27,-

BASTEI LÜBBE

Von Victoria Holt ist bei BASTEI-LÜBBE erschienen:

10677 In der Nacht des siebten Mondes
11689 Die Frau aus dem Dunkel

VICTORIA HOLT

LILITH

Aus dem Englischen
von Christiane Bergfeld

BASTEI
LÜBBE

BASTEI-LÜBBE-TASCHENBUCH
Band 12205

Titel der 1954 erschienenen Originalausgabe:
Lilith

Lizenzausgabe: Gustav Lübbe Verlag GmbH, Bergisch Gladbach
Printed in Germany August 1994
Einbandgestaltung: Zembsch Werkstatt, München
Titelfoto: Image bank
Satz: hanseatenSatz-bremen, Bremen
Druck und Bindung: Ebner Ulm

ISBN 3-404-12205-4

Teil 1

1

AN EINEM STÜRMISCHEN Novembertag kam Lilith ins Haus der Leighs. Amanda, die hinter dem Fenster des Schulzimmers auf der Fensterbank kniete und auf den feuchten Rasen hinaussah, erblickte sie – eine kleine, zornige Gestalt; der Wind zerrte an ihren kurzen schwarzen Locken, als wolle er sich mit ihr gegen die Mutter verbünden, die sie mit sich fortzog. Das Schulzimmerfenster lag nach hinten hinaus zu den Rasenanlagen und Ställen; und da sich das Zimmer ganz oben im Haus befand und das Haus der Leighs auf halber Höhe eines Hügels gelegen war, konnte Amanda über den Grund und Boden ihres Vaters hinausblicken, bis zu den Feldern, die zum Polgard-Hof gehörten.

Amanda drückte das Gesicht fest an die Scheibe, denn von allen Leuten, die sie kannte, war Lilith nicht nur am seltsamsten, nein, sie spürte, daß sie sich auch von ihrer eigenen Person sehr unterschied. Immer, wenn sie Lilith oder deren Großmutter sah oder an ihrem Häuschen vorbeikam, erfüllte sie gespannte Erwartung, als ob irgend etwas Außergewöhnliches in der Luft läge. Als sie einmal mit ihrer Gouvernante, Miss Robinson, vorbeigegangen war, hatte die alte Frau – Liliths Großmutter – vor der Tür ihre Pfeife geraucht. Amanda hatte sich fasziniert und voll zitternder Erregung nach ihr umgeschaut; darauf hatte die alte Frau die Pfeife aus dem Mund genommen und ihr verstohlen zugenickt, vielleicht feindselig, denn Amanda war überzeugt, daß sie dies nicht gewagt hätte, wenn Miss Robinson zu ihr hingesehen hätte.

In jenem Häuschen wohnten die Tremorneys, eine

sehr große Familie, doch die Großmutter und Lilith schienen anders als die übrigen zu sein; Amanda hatte einen Haufen kleiner Kinder gesehen – und auch Liliths Vater und Mutter –, die barfuß und ohne Kopfbedeckung auf den Feldern arbeiteten und am Strand nach Sandaalen suchten, wenn die Nahrung knapp wurde. Sie sammelten allerlei Meeresschnecken, wenn heftige Stürme die Fischerboote am Auslaufen hinderten. Bei solchen Gelegenheiten war Amanda traurig. Sie mußte an ihre hageren kleinen Gesichter denken und brachte dann nur mit Mühe ihr Mittagessen am Tisch des Speisesaals oder das Abendbrot im Schulzimmer herunter. Mehr als einmal hatte Miss Robinson sie dabei überrascht, wie sie still vor sich hin weinte, und es war ihr nicht gelungen, ihren Gefühlen Ausdruck zu verleihen. Ohnehin hatte man ihr oft genug zu verstehen gegeben, daß eine Dame unter allen Umständen ihre Gefühle unter Kontrolle halten müsse. Wohl zwanzigmal am Tag wiederholte Miss Robinson: »Vergiß nicht, daß du eine Dame bist!« Und auch die arme Mama, die den größten Teil des Tages auf einem Sofa im Wohnzimmer verbrachte, ihr Riechfläschchen stets griffbereit, sagte immer wieder: »Mein Schatz, mach doch nicht solchen Lärm. Es dröhnt in meinem Kopf, und so etwas ziemt sich nicht für eine Dame.« Was nun Amandas Vater betraf, so war er, wie sie wohl wußte, zu seinem Leidwesen fest davon überzeugt, daß auch die strenge Erziehung, welche er ihr angedeihen ließ, sie vor der Hölle nicht zu retten vermochte; denn eine wirkliche Dame kam natürlich nicht in die Hölle.

Amanda war mit ihren zwölf Jahren groß für ihr Alter; ihr Haar war lang und fein wie Seide, im satten Gelb des Sommerweizens. Sie hatte blaue Augen, eine kurze gerade Nase, einen sinnlichen Mund und ein blasses ernstes Gesicht. Ihr goldenes Haar trug sie straff nach hinten gekämmt und mit einem schmalen schwarzen Band zusammengehalten, damit es sowenig wie möglich auffiele. Miss Robinson hatte den Spiegel im Zimmer ihres Zöglings zugehängt, seit sie Amanda einmal dabei überrascht hatte, wie sie ihr Haar über die Schultern fallen ließ und frisierte. Eitelkeit, so meinte Miss Robinson, sei eine der größten Versuchungen, welche der Teufel den Unbedachten in den Weg lege. Amanda wußte, daß allein die Farbe ihrer Haare den Anstoß ihres Vaters erregte, denn sie glich der ihres Großvaters, dessen Porträt in der Galerie hing. Dieses Bild war zwar nicht größer als all die anderen Familienporträts, doch schien es stets das ganze Haus zu dominieren.

Amanda, von schneller Auffassungsgabe und zugleich phantasiebegabt, bemerkte vieles von dem, was um sie herum geschah, und konnte darüber hinaus noch etliches erraten. Sie galt als stilles Kind, dessen Stillsein jedoch nicht als gutes Zeichen gesehen wurde, da sie zu schlimmen Unarten neigte: Sie rannte, wenn sie sich unbeobachtet glaubte, entwendete Essen aus der Küche, um es den Gassenkindern zu geben, weinte in Anwesenheit des Grafen, weil sie nicht zusehen konnte, wie die Hunde über einen Hirsch herfielen. »Ein schwieriges Kind!« seufzte Amandas Mutter. »Ich kann mir nicht erklären, warum sie so merkwürdig ist. Wie sehr ich mir doch wünsche, daß sie ein bißchen normaler wäre.«

»Auf ruhige Art eigensinnig«, sagte Miss Robinson, die nach eigenem häufigen Beteuern eine reiche Erfahrung mit Kindern ... *und* Kindern aus den besten Familien besaß. Amanda spürte oft, daß Miss Robinson lediglich aus Angst vor ihren Eltern nicht ihre Partei ergriff; daß sie nur deshalb so bereitwillig zustimmte, daß Amanda ein schwieriges Kind wäre, um ihre eigenen Schwächen zu überdecken. Und Amandas Vater glaubte, seine Tochter wäre mit mehr als dem üblichen Maß an Erbsünde zur Welt gekommen.

All das stürzte Amanda von Zeit zu Zeit in Verwirrung, sie fühlte sich von allen isoliert, wurde sich ihrer eigenen Schwächen nur allzu bewußt; und da sie liebend gern allen gefallen wollte, war es ihr leidenschaftlicher Wunsch, so ein Mädchen zu sein, wie sie es haben wollten. Sie wußte, sie neigte zu Widerspruch, denn nie konnte sie sich die Bemerkung verkneifen: »Aber das sehe ich nicht ein« – obgleich ihr die ganze Zeit über klar war, daß es klüger wäre zuzustimmen. Sie konnte ihr Mitleid für kleine Geschöpfe, für arme hungernde Tiere, streunende Katzen und Hunde, für die Verfolgten und Heimatlosen, für die barfüßigen Kinder, die in den Gassen herumliefen und in schlechten Zeiten kaum etwas zu essen hatten, nicht unterdrücken.

»Es ist Gottes Wille, daß sie arm sind, mein Liebes«, hatte ihr die Mutter erklärt, als sie als kleines Kind nach solchen Dingen fragte. »Es muß auch Arme geben. Und wenn ER es nicht so gewollt hätte, warum hätte ER sie dann arm geschaffen? Darum ist es dumm, über sie nachzudenken; und über sie zu *reden* gehört sich einfach nicht.«

Bald hatte Amanda erkannt, daß sie es ihnen nie recht machen würde, trotz aller Bemühungen. Schon vor ihrer Geburt war über ihr Gefallen und Nichtgefallen entschieden worden – durch Gott, wie sie vermutete. Miss Robinson konnte sie es nicht recht machen, weil sie erwachsen werden mußte. Und war sie erst erwachsen, würde sie Miss Robinson nicht länger brauchen. Arme Robbie! Amanda nannte sie hin und wieder so, obwohl sie nicht ihrer Vorstellung von ›Robbie‹ entsprach. Wie konnte Miss Robinson mit ihrer spitzen

Nase und dem dünnen Mund, der nie aus freien Stükken fröhlich oder böse war, sondern nur, wenn dieses ratsam schien, mit den roten, stets kalten Händen *Robbie* heißen? Aber Amanda wußte, daß Miss Robinson gerne Robbie genannt wurde; immer wenn sie merkte, daß ihre Gouvernante besonders bekümmert war, verwendete sie diesen Namen zu ihrer Besänftigung. Miss Robinson erzählte von Kindern, die sie Robbie genannt hatten. »Robbie«, hatten sie gesagt, »wenn wir groß sind und Kinder haben, sollst du die Gouvernante sein. Nur du kommst dafür in Frage, Robbie.« Daher sagte Amanda, wenn sie eine doppelte Portion Süßholz für geboten hielt, daß niemand außer Robbie sich später um *ihre*, Amandas Kinder, kümmern sollte, wenn sie einmal groß wäre.

Und auch den Eltern würde Amanda es niemals recht machen, wie sie wohl wußte. Sie hatten viele Kinder gewollt, und sie hatten nur eins. Sie hatten einen Sohn gewollt, und sie hatten eine Tochter. Bisher hatte sie noch nichts aufbieten können, um die Eltern dies vergessen zu lassen. Amandas Leben wurde von den Erwachsenen um sie herum bestimmt, und sie war in einem Haus gefangen, zu dem das Böse keinen Zutritt hatte – vielleicht lag gerade darin die Erklärung, warum sie sich derart für Lilith interessierte, die alle Eigenschaften besaß, welche ihr selbst abgingen. Lilith war wild und frei, im Gegensatz zu ihrer Schwester Jane, die in der Küche unter Mrs. Derry, der Köchin, arbeitete. Amanda konnte sehen, daß Jane sich kaum von Bess, dem anderen Mädchen, unterschied; sie hatte die beiden beobachtet, wie sie zusammen herumalberten, wenn Mrs. Derry nicht dabei war.

Nur Lilith und die Großmutter waren seltsam. Da gab es zwar noch einen Jungen, ungefähr in Liliths

Alter, der auch ziemlich komisch war, aber nicht auf die gleiche Art wie Lilith und die Großmutter.

Während Amanda so am Schulzimmerfenster kniete, sah Lilith plötzlich hoch und entdeckte sie. Lilith streckte ihre Zunge heraus und zog mit der freien Hand ihre Augenwinkel bis tief ins Gesicht hinunter; es war eine scheußliche Fratze.

Einige Sekunden lang starrten die beiden sich an, Amanda voller Ernst, Lilith voller Geringschätzung; dann zog die Mutter Lilith davon.

Amanda kletterte von der Fensterbank herunter und wurde dabei von Miss Robinson überrascht.

»Amanda, was machst du da? Du solltest über deinen Büchern sitzen. Wie schmutzig deine Hände sind! Ach, ich habe mich doch so bemüht, eine kleine Dame aus dir zu machen. Nach allem, was ich für dich getan habe . . .«

Das Mitleid – Amandas größte Schwäche – nahm wieder Besitz von ihr. »Nach allem, was ich für dich getan habe . . .« Das konnte nur heißen, daß Amanda erwachsener wirkte als sonst oder daß einer von den Eltern sein Mißfallen hatte durchblicken lassen. Die arme Miss Robinson – ständig besorgt, daß ihre guten Dienste verkannt und bald in Vergessenheit geraten würden. Amanda hatte gehört, daß Menschen sich von ihrer Vergangenheit bedroht fühlten, aber um wieviel schrecklicher war es doch, von der Zukunft bedroht zu sein! Sie legte die Hände hinter den Rücken und bemühte sich, wie die kleine Dame auszuschauen, die Miss Robinson in ihr sehen wollte.

»Robbie, Lilith Tremorney wird gerade in die Küche gebracht. Warum?«

»Eine Dame kümmert sich nicht um gewöhnliche Menschen«, sagte Miss Robinson. »Und du darfst nicht so neugierig sein. Hast du die drei ersten unregelmäßigen Verben gelernt? Wo ist deine französische Grammatik? Komm, fang an. Das hilft dir über deine Neugier hinweg.«

»Aber das stimmt nicht, Miss Robinson«, verkündete Amanda ernst. »Dabei lerne ich nur drei unregelmäßige Verben. Gegen meine Neugier hilft es nicht, denn neugierig bin ich nun mal . . .« Sie nahm stumm und ergeben Platz.

Sie hätte auch schmollen können. Frith hätte das getan – wenigstens hätte er Widerworte gegeben, denn das entsprach mehr seiner Art. Alice hätte vielleicht geschmollt. Die Pfarrerskinder waren normaler als sie. Selbst Mary und Janet Holford, die Arzttöchter, ruhige Mädchen, hätten sich nicht so demütig verhalten wie Amanda. Aber wie sollte sie denn Miss Robinson gegenüber anders reagieren, da sie doch deren Auftreten nur zu gut verstehen konnte?

Also begann Amanda ohne Widerrede jene Verben zu lernen und wünschte dabei, sie könnte sich damit amüsieren, Miss Robinson solche Fratzen zu schneiden, wie Lilith es zweifellos tun würde. Wenn sie sich doch nur nicht immer in andere Menschen hineinversetzen und deren Sorgen noch zu ihren eigenen tragen müßte! Sie seufzte und versuchte ihre Neugier in bezug auf Lilith damit zu ersticken, wie die Franzosen ›gehen‹, ›senden‹ und ›beschaffen‹.

Lilith betrachtete das Haus der Leighs und sah darin ein Gefängnis, einen goldenen Käfig. Noch nie hatte sie es von innen gesehen, aber Jane hatte ihrer Familie von den wunderbaren Dingen im Haus erzählt, als sie mit Käse, Butter und dem Brot, wie es die feinen Leute essen, in ihr eigenes Häuschen zurückgekehrt war. Es war ganz anders als das tägliche Brot der Armen, das aus Gerste gebacken wurde.

Lilith und ihre Geschwister, die nicht mehr viel von der Zeit erlebt hatten, die diesen Jahren – später ›die hungrigen Vierziger‹ genannt – vorangegangen war, dachten fortwährend an Essen; und das Haus der Leighs kam ihnen fast so vor wie das Pfefferkuchenhäuschen, das Hänsel und Gretel im Wald gefunden hatten: zwar waren seine Wände nicht aus Lebkuchen, jedoch aus Käse und Pasteten; die gute Stube bestand in ihrer Vorstellung aus der größten Delikatesse – aus Schweinswurst.

Derzeit machte das Haus einen düsteren Eindruck, aber Lilith wußte, daß es im Sonnenschein glänzte; all die Butzenscheiben in den Giebelfenstern funkelten wie echte Diamanten. Und selbst jetzt funkelten die Diamanten auf den Büschen, die der getreue alte Steert zu kunstvollen Formen gestutzt hatte – Geflügel und Fasanen, Hunde und Löwen. Es war alt, dieses Haus; es war zu Königin Elisabeths Zeiten gebaut worden – nicht daß Lilith dies gewußt oder daß es sie interessiert hätte. Für sie war es das Haus der Leighs, in dem Amanda Leigh wohnte. Und gegen Amanda verspürte Lilith einen eigenartigen Groll, der ihr gleichzeitig lästig und willkommen war.

Die alte Großmutter Lil hatte diesen Groll genährt. Sie war schon eine komische Alte, die Großmutter. Aber dennoch hatte sie alle fünf Sinne beisammen. Sie führte im Häuschen das Kommando, obwohl sie nichts zum Unterhalt beisteuerte – zumindest nicht nach außen hin erkennbar; aber Lilith war klug genug zu wissen, daß sie indirekt eine Menge dazu beitrug. Wenn die Leighs zur Weihnachtszeit Präsentkörbe an alle Kätner schickten, war der für die Tremorneys größer als die anderen. Mrs. Leigh schenkte zu Weihnachten jeder armen Familie eine Wolldecke, aber die Tremorneys erhielten zwei. In diesen schweren Zeiten schickten die Leighs und die Danesboroughs aus dem Pfarrhaus das ganze Jahr über Lebensmittel; manchmal gab es ein Stück gepökeltes Schweinefleisch oder eine große Pastete, die eine Mahlzeit für die ganze Familie abgab. Doch die Tremorneys bekamen mehr von den Leighs als die anderen Kätner; dann schaute die Familie Großmutter Lil an, wie sie dasaß und schmunzelnd nickte wie eine alte Fee, die ihren Stab schwingt und das Essen herbeizaubert.

Großmutter Lil mochte von allen Kindern Lilith am liebsten. Lilith, so sagte sie, war das genaue Ebenbild von dem Kind, das sie in diesem Alter gewesen war. Lilith war froh, das zu wissen, aber sie hatte auch erkannt – obwohl sie zu schlau war, dies auszusprechen –, daß sie klüger sein würde als ihre Großmutter. Sie beabsichtigte nicht, ihre Tage in einem alten Kotten zu beenden und dabei Pfeife zu rauchen und Geschichten von der Vergangenheit zu erzählen – auch wenn sie die Königin der Kate war und sich ihrer Vergangenheit mit Recht rühmen durfte.

Die Großmutter konnte Geschichten aus alten Zeiten erzählen, die Lilith in Entzücken versetzten. Sie erinnerte sich daran, wie die Männer der Grafschaft sich zu Banden zusammengerottet hatten, als die Franzosen kamen, und wie ihre Mutter versucht hatte, sie mit dem schwarzen Mann zu erschrecken: »Der schwarze Mann kommt dich holen. Dann frißt er dich auf.« Aber sie hatte nie Angst vor dem schwarzen Mann gehabt. »Ich habe weder Gott noch die Menschen gefürchtet«, sagte sie. »Und du wirst es auch nicht tun, Enkeltochter, denn du wirst genauso sein wie deine alte Großmutter.«

Sie konnte sich an Zeiten erinnern, in denen sie gehungert hatten, weil die Salzsteuer so hoch war, daß sie den Fisch nicht haltbar machen konnten und ihn als

Düngung in den Boden graben mußten. Nicht daß sie selbst hätte Mangel leiden müssen; bei solchen Rückblicken drückte sie oft verschmitzt ein Auge zu. Da wußte Lilith, daß die Geschichten auf ihrem Höhepunkt angelangt waren, denn sie handelten von Großmutter Lils Schläue, ihrer Fähigkeit, den Sorgen der einfacheren Leute zu entkommen.

»Ich hatte meine Gönner, meine kleine Königin«, sagte sie dann, wobei sie Lilith über die Locken strich, die so wie ihre eigenen früher waren. »Ach, mein hübsches Kind, deine Großmutter war schlau, sie war genau wie du, meine kleine Lilith.«

Großmutter Lil hieß auch Lilith; und sie behauptete, sie hätte Liliths besondere Fähigkeiten schon in der Wiege erkannt und deshalb darauf bestanden, daß man das Kind auf den Namen der alten Großmutter taufte. Der Junge, Liliths Zwillingsbruder, hatte sie nicht interessiert. Lilith war ihr Mädchen, ihre kleine Königin, ihr hübsches Kind.

So hatte Lilith also von Anfang an gewußt, daß sie etwas besaß, was ihren Geschwistern abging. Es verlieh ihr Selbstvertrauen und Mut. Sie dachte nur an sich, ihre Großmutter und William, ihren Zwillingsbruder.

»Dein Bruder«, sagte Großmutter Lil, während sie den Rauch ausstieß – denn sie wurde stets mit Tabak versorgt, ein Geschenk von einem alten Schmuggler, der vor vielen Jahren angeblich ihr Liebhaber gewesen war –, »dein Bruder, meine kleine Königin, ist ein Schlappschwanz, mit dem mußte dich nich abgebn.«

Aber Lilith kannte William besser als alle anderen, und obwohl er weder verschlagen noch klug war wie sie selbst, liebte sie ihn; ja, sie liebte ihn gerade wegen der Eigenschaften, die ihre Großmutter an ihm verachtete.

Wenn Amanda Leigh mit ihrer Gouvernante an den

Katen vorbeikam, nett und gepflegt in ihren schönen Kleidern, mußte Großmutter Lil vor Lachen fast erstikken. Dann aber wurde sie heftig, zeigte voller Zorn auf das adrette kleine Mädchen und ihre Gouvernante und sagte: »Das ist dein rechtmäßiger Platz, meine kleine Königin. Du solltest genau wie die da mit so 'ner Gouvernante vorbeistolziern.«

Zwei Tage zuvor hatte Lilith erfahren, daß sie im Hause der Leighs arbeiten sollte. Ihre Mutter hatte es ihr gesagt, als sie die Wäsche auf der Leine aufhängten, die zwischen den Katen gespannt war.

»Du sollst mit Jane zusamm im Haus arbeitn.«

»Das tu ich nicht«, erwiderte Lilith, die es haßte, sich etwas vorschreiben zu lassen, und grundsätzlich erst einmal trotzig widersprach, bevor sie einen Vorschlag auch nur in Betracht zog.

»Bist wohl nich gescheit« sagte ihre Mutter. »Besser kanns des gar nich ham. Da haste Glück gehabt, find ich.«

»Ich will nich«, protestierte Lilith. Ihre schrägen schwarzen Augen blitzten, ihr Mund war bockig und ihr spitzes Gesicht mit dem dunklen Teint und den hohen Backenknochen leicht gerötet.

»Da biste mit Jane zusamm«, sagte ihre Mutter. »Dann haste jede Menge zu essen.«

Lilith dachte darüber nach und streckte ihre langen, dünnen braunen Streichholzarme aus. Jede Menge zu essen. Schon seit Jahren hatte es wenig zu essen gegeben. In diesen Zeiten, in denen Hunger und Not herrschten, wirkten die Worte ›jede Menge zu essen‹ wie ein Zauberspruch.

Lilith legte die Hände auf ihren kleinen Bauch, der wie eine leere Höhle war. Wie üblich hatte es morgens zum Frühstück ›Taucher im blauen Himmel‹ gegeben. Das war nichts anderes als ein bißchen Gerstenwasser, vermischt mit gekochter Milch und kleinen Stückchen Gerstenbrot. Die Magermilch hatte einen Blaustich, und das Brot sank immer auf den Boden des Tellers. Darum war dieses Gericht im ganzen Land unter diesem Namen bekannt. Am Abend vorher hatte jeder nur eine Sprotte bekommen; und beim Essen hatte Großmutter Lil von den üppigen Gerichten aus alten Zeiten erzählt; sie hatte von Tischen geschwärmt, die gedeckt waren mit gepökeltem Schwein und Hühnchen- oder Lammpastete, mit Schlagsahne und Safrankuchen, zum Nachspülen ein Glas Honig- oder Pastinakenwein. Jetzt wußte Lilith, daß eine Absicht hinter ihren Erzählungen gesteckt hatte. Großmutter Lil war diejenige, die sie ins Haus der Leighs schicken wollte – in den goldenen Käfig.

Lilith hatte William von Großmutters Plänen berichtet, da sie sich mit allen ihren Problemen William anvertraute. Er war still, hatte nichts von ihrer Lebhaftigkeit, ihrem draufgängerischen Mut; er war auf seine Art vernünftig und würde wissen, was zu tun wäre.

Schon vorher war ihm klar gewesen, daß sie beide nicht mehr sehr lange in dem Häuschen bleiben durften, da sie jetzt die Älteren waren, seit Jane sie verlassen hatte. Der Kotten bestand aus einem einzigen Raum, der durch eine Trennwand unterteilt war, welche nicht ganz bis zur Decke reichte. Die Mauern waren aus den Steinen Cornwalls errichtet – grau wie die häufigen Nebel, das Dach war aus kornischem Schiefer, regenfarben; und gebaut hatte es, so jedenfalls erzählte man sich, ihr Urgroßvater – der Vater des Mannes, der Großmutter Lil geheiratet hatte; und er hatte es mit Hilfe seiner Freunde in einer einzigen Sommernacht gebaut, denn zu jener Zeit galt ein Gesetz im Lande, daß jeder der über Nacht ein Häuschen aufstellen konnte, das Grundstück mitsamt dem Häuschen sein eigen nennen durfte. In der Kate war eine offene Feuerstelle, daneben auf einer Seite ein Ziegelbackofen. Eine Treppe war nicht vorhanden, denn ein oberes Stockwerk gab es nicht; dafür waren Borde an den Wänden angebracht, die mit einer Leiter zu besteigen waren und auf denen die Kinder schliefen. Lilith und William hatten schon seit einiger Zeit gemerkt, daß sie allmählich zu groß für die Borde wurden; sie schliefen unruhig, denn sie mußten die Beine hinabhängen lassen.

Gestern waren sie in die Dünen gegangen. Dort hatten sie gelegen und auf den Fluß hinuntergeblickt, der sich durch das Tal zwischen den Hügeln schlängelte und die Stadt in zwei Hälften teilte. Von dort oben konnten sie ihre Kate unter all den anderen Häuschen sehen, die sich am Westkai dicht aneinanderdrängten, und ganz in der Nähe das alte Gebäude, das einst die St.-Nikolaus-Kirche beherbergt hatte, jetzt jedoch der Stadt als Rathaus diente. Lilith ließ ihren Blick über das östliche Ufer des Flusses schweifen, über die Hügel bis Plaidy und Millendreath. Hinter diesen Hügeln hielt sich das Haus der Leighs versteckt.

Wie sie so dalagen, erzählte sie William von ihren Ängsten. Er sagte kaum etwas. Aber wann tat er das schon? Er war nicht wie sie – mit Ausnahme des Aussehens. Er war klein und wirkte exotisch, was viele für ein Erbe der Spanier hielten, welche diese Küste in einem anderen Jahrhundert heimgesucht hatten.

»Da soll ich hin!« jammerte Lilith. »Zu den Leighs ... um andere zu bedienen!«

Er dachte eine Weile darüber nach; dann sagte er, was sie alle gesagt hatten, was für alle, die den Hunger kennengelernt hatten, am schwersten wog: »Da gibt es jede Menge zu essen, Lilith. Kein ›blauen Himmel‹ oder Hafergrütze, nich nur Sprotten, sondern Pasteten und manchmal sogar Schweinswurst!«

Sie sah ihn an und las die Angst in seinen Augen. Sie waren gleichaltrig: er war nur eine Stunde früher als sie geboren; und er war zu groß, um auf dem Bord zu schlafen.

»Und was wird aus dir, William?« fragte sie.

Er antwortete: »Ich glaub, ich werd auf den Feldern arbeitn.«

Sie dachten an die letzte Ernte, bei der sie von morgens sechs bis abend acht Uhr auf den Feldern geschufftet hatten. Die Erschöpfung kam ihnen wieder in den Sinn, die schmerzenden Glieder, die scharfen Augen des Bauern und der Bäuerin, die sichergehen wollten, daß sie sich ihre paar Pennys auch verdienten und das kärgliche Essen, das man ihnen gab. Sie erinnerten sich, wie sie Kartoffeln geerntet und die Ställe ausgemistet hatten. Armer William! Das würde er wieder tun müssen!

»Ein Fischer hat ein besseres Leben«, sagte sie, »auch wenn er bei jedem Wetter aufs Meer hinaus muß.«

»Und wenn du ein eigenes Boot besitzt«, sagte William, »dann biste dein eigener Herr.«

Lilith dachte: William würde nie ein eigenes Boot haben; er würde nie sein eigener Herr sein.

»Es gibt noch die Zinngruben bei Cheesewring und Caradon«, meinte sie. »Vielleicht wär das was für dich?«

Sie fand, daß das Schmugglerleben das beste für einen Jungen wäre, der dem Bord entwachsen war; wenn sie ein Junge wäre, würde sie sich so ein Leben ausgesucht haben. Aber William war nicht Lilith.

»Ich komm oft heim und besuch dich, William. Und du mußt mich in dem Haus besuchen«, sagte sie.

»Das wern die nich gern sehn.«

»Dann müssen se sich dran gewöhnen.«

Sie dachten beide an Amanda Leigh, Lilith voller Groll, William voller Bewunderung. William wagte es nicht, Lilith zu gestehen, wie sehr er die elegante junge Lady mit dem gelben Haar und dem zarten Mund bewunderte. Und als Lilith ihren Bruder ansah, wurde ihr bewußt, daß trotz all ihrer stürmischen Zornesausbrüche und Beteuerungen, wie sehr sie das Leben bei den Leighs hassen werde, mit dem ganzen Drum und Dran, William das bei weitem schlimmere Los treffen würde.

Am nächsten Tag ließ sie sich also widerstrebend zu den Leighs bringen; und als ihre Mutter an die Hintertür klopfte, öffnete ihnen Jane. Sie kam sich klug und wichtig vor, da sie schon seit Jahren in diesem Hause Dienst tat.

»Kommt rein«, sagte Jane. »Mrs. Derry wartet schon auf euch.«

Mrs. Derry, eine große Frau mit rosigen Wangen, saß an einem langen Eßtisch. Ihre Haube schien aus feinster Spitze gearbeitet; sie wirkte äußerst imposant, wenn nicht gar furchterregend, fand Lilith, doch nur auf solche, die nicht wie sie selbst fest entschlossen waren, jegliche Furcht vor der Autorität zu verachten. Sie gab vor, Mrs. Derry gar nicht zu bemerken; statt dessen sah sie sich die riesige warme Küche an, den roten Kachelfußboden und das große Feuer mit dem Ziegelbackofen. Viel Messing glänzte um den Herd herum, auf dem hohen Sims standen Teller und Krüge aus Zinn; da tickte auch eine große Uhr vor sich hin. Der Raum erschien Lilith ungeheuer groß, denn zwei kleine Katen hätten mit Leichtigkeit hineingepaßt. Von den Dachbalken baumelten Schinken und Speckseiten, hingen Kräuter- und Gewürzsäckchen und Zwiebelbündel; vom Ofen her duftete es nach Gebäck. Ein Haus, in dem Milch und Honig floß! Lilith lief das Wasser im Mund zusammen.

Zwei Dienstmädchen, die gerade Geschirr in den Schrank stellten, wurden von Mrs. Derry barsch hinausgewiesen. Sie saß immer noch an dem Tisch und bat Liliths Mutter, mit ihrer Tochter näher zu treten.

Mrs. Derry musterte Lilith mit einem Blick, der nicht gerade sehr schmeichelhaft war. Sie wählte sich ihre Küchenhilfen lieber selbst aus, ließ sie sich ungern aufzwingen. Aus Jane hatte sie etwas gemacht; aber diese hier schien aus spröderem Material geschaffen. Wenn Mrs. Derry jemals Widerstand gespürt hatte, dann jetzt in diesem Gesicht. Und das in Anbetracht der vielen netten Mädchen im Dorf, die nur zu gern gekommen wären. Sie war mehr als nur ein wenig verstimmt. Befehl von seiten der Hausherrin! Und alle wußten, daß die Befehle der Hausherrin vom Hausherrn ausgingen.

»Komm her, mein Kind«, sagte Mrs. Derry.

Lilith kam näher, und Mrs. Derrys graue Augen schauten in die schwarzen Augen Liliths.

»Hoffentlich arbeitest du gut«, sagte Mrs. Derry. »Sonst will ich dich nicht in meiner Küche haben.«

»Sie wern bestimmt mit ihr zufrieden sein«, meinte Liliths Mutter.

»Das will ich ihr auch geraten haben! Du liebe Zeit, sie ist klein für ihr Alter!«

»Sie macht sich noch«, sagte Liliths Mutter. »Sie wächst noch.«

»Sie ist stark, ja?«

»Stark wie ein Heidepony.«

»Ist sie sauber? Ich dulde keine in meiner Küche, die schmutzig ist.«

In Liliths Augen blitzte es auf. Hätte es vom Backofen her nicht so gut gerochen, wäre sie hinausgerannt; doch der Duft verzauberte sie.

»Sie schläft mit Jane und Bess zusammen. Wir werden sie einarbeiten. Jetzt kann sie sich setzen und etwas essen. Sie auch. So will es die Hausherrin.«

»Danke, Ma'am«, sagte Mrs. Tremorney.

»Hat das Mädchen keinen Mund?«

Liliths erster Gedanke war, ihr die Zunge herauszustrecken, aber weil es aus dem Ofen so gut roch, sagte sie: »Danke, Ma'am.«

»Also, Jane«, befahl Mrs. Derry, »dann bring mal den Rest von der Pastete her.«

Lilith saß an dem großen Tisch und schlang alles in sich hinein. Nein, sicher hatte sie noch nie so gute Sachen gegessen. Alle hatten recht gehabt; reichlich zu essen stand an oberster Stelle; erst dann konnte man an andere Dinge denken.

Als sie ihre Mahlzeit beendet hatten, wurde Mrs. Tremorney mit einem Paket voller Leckerbissen in ihr Häuschen zurückgeschickt. »Die Hausherrin will es so«, brummte Mrs. Derry widerwillig.

»Also, Jane«, sagte Mrs. Derry, »bring deine Schwester nach oben und zeig ihr ihren Schlafplatz. Dort soll sie die Sachen anziehen, die ich für sie zurechtgelegt habe. Anschließend kommt ihr sofort wieder runter. Das Feuer in Miss Amandas Zimmer muß angezündet werden; sie kann dir dabei helfen. Dann muß das Badewasser für die Herrin hochgetragen werden.«

»Ja, Ma'am«, antwortete Jane. Und sie nahm ihre Schwester mit.

Lilith riß die Augen weit auf vor Staunen, und ihr Magen war keine leere Höhle mehr. Das Haus, in dem Milch und Honig floß, war ja noch wunderbarer als in Janes Schilderungen. Es war weitaus schöner, als Lilith es sich je hatte träumen lassen.

Als sie in lautes Staunen ausbrach, sah Jane sie überlegen an. »Das hier is nur die Hintertreppe. Warte, bis du die Vorderseite siehst. Aber da darfste dich nich blicken lassen. Niemals dürfen die dich da sehen. Die woll'n uns da *nich* haben. Das mußte dir merken.«

»Warum denn nich?« fragte Lilith.

»Der Herr is sehr streng. Und die Herrin kann kein Lärm vertragen.«

Lilith ließ die Füße in den dicken Teppich einsinken; niemals hatte sie sich so einen Teppich vorstellen können. Im Flur war eine wunderbare Tapete. Lilith strich voller Staunen darüber.

»Wart's ab«, sagte Jane verheißungsvoll.

An den Wänden hingen Bilder von Leuten in wunderschönen goldenen Rahmen

»Die Familie. Die hängt überall rum. Warte nur, biste die Galerie siehst. Ich zeig sie dir – morgen früh, bevor die auf sind. Am Tage darfste nich dahin.«

Sie waren jetzt oben angelangt, und Jane öffnete eine Tür. Sie kamen in ein Zimmer, das noch größer war als die Küche, obwohl es schräge Wände und ein Dachfenster hatte. Der Holzfußboden war auf Hochglanz poliert. Vier Betten standen dort, sehr sauber und sehr eng.

»Bessies, Adas, meins«, erklärte Jane, während sie jeweils auf ein Bett zeigte. »Und das da is deins.«

Ein Bett! Wie würde es sich wohl in einem Bett schlafen? Das hatte sie noch nie ausprobiert. Vater und Mutter hatten eine Matratze. Großmutter Lil auch.

Mit einem Satz landete sie auf dem Bett und streckte sich aus.

»Deine Füße sind schmutzig!« schrie Jane.

Aber Lilith lag da und grinste ihre Schwester trotzig an.

»Steh auf. Steh auf. Wenn das Mrs. Derry wüßte . . .«

»Du machst dir zuviel Sorgen um Mrs. Derry. Die is nur 'ne Dienstmagd«, erwiderte Lilith.

Jane war erschrocken. »Se is die Köchin.«

»Die is nur 'ne Dienstmagd, hab ich gesagt.«

»Na und du, was bis du?«

Lilith schwieg. Sie war etwas Besseres. Sie dachte an die verschmitzten Blicke von Großmutter Lil.

»Komm«, sagte Jane. »Zieh diese Sachen an. Wir müssen das Feuer in Miss Amandas Zimmer anmachen.«

Lilith stand auf. Miss Amandas Zimmer. Das wollte sie mehr als alles andere sehen. Sie schlüpfte in den Hausrock und in die Schuhe, die Mrs. Derry für sie bereitgelegt hatte. Sie waren zu groß, aber schöner als alles, was sie jemals besessen hatte; sie fühlte sich in ihnen wie eine Königin – die Königin des Hauses Leigh.

Sie trat ans Fenster. Auf Zehenspitzen konnte sie eben hinaussehen. Eine wilde, zerklüftete Szene breitete sich vor ihren Augen aus; einige Sekunden lang stand sie da und starrte hinaus. Sie kannte diesen Teil der Küste, doch noch nie hatte sie ihn von einem Dachfenster dieses Hauses aus betrachtet. Sie beobachtete die Meeresbrandung zwischen den zerklüfteten Felsen, die jetzt schwarz dalagen. Aber im Sonnenschein würden sie rosa und violett leuchten. Das Kliff hing heute grün-glitzernd über dem grauen Wasser. Rame Head war nur ganz undeutlich zu erkennen, verschmolz förmlich mit dem Dunst.

»Ich hab ›komm‹ gesagt«, drängte Jane voller Ungeduld. »Soviel Zeit ham wir nich.«

Schweigend gingen sie die Treppe hinunter, und wenig später stiegen sie mit einem Eimer Kohlen wieder hinauf.

Amandas Zimmer war schön, die Seidenvorhänge um das Himmelbett faszinierten Lilith.

»Es is ganz alt«, sagte Jane, als Lilith die Vorhänge

befingerte. »Alles hier is ganz alt. Es is noch alles so wie zu Lebzeiten von Mr. Leighs Großvater.«

Lilith hörte gar nicht hin. Sie rannte vom Bett zum Ankleidetisch und betastete die Volants drum herum; sie war so mutig, eine Schranktür zu öffnen und hineinzulinsen. Jane war außer sich vor Schrecken. »Das darfste nich ... das darfste nich ... Was, wenn Mrs. Derry ...«

Aber Lilith lachte nur und befühlte Seide und Samt; vom Schrank ließ sie sich nur weglocken, um den Zierat auf dem Kaminsims zu bewundern.

Das Feuer war entfacht, als Amanda hereinkam. Lilith erinnerte sich an die Grimasse, die sie dem Mädchen geschnitten hatte, und ging sofort in Verteidigungsstellung; aber sie fand es aufregend, Amanda so nahe zu sein. Ihre wunderbaren Kleider waren nicht mehr so wunderbar; und die ganze grimmige Eifersucht, die die Großmutter genährt hatte, überkam sie wieder.

Amanda erwähnte Liliths Fratze nicht. Hatte sie sie vielleicht übersehen? Lilith konnte sich gar nicht vorstellen, daß man sich nicht unter allen Umständen rächen wollte.

»Ist das deine Schwester, Jane?« fragte Amanda.

»Ja, Miss.«

»Du bist also Lilith.«

Lilith nickte. Jane sah ihre Schwester stirnrunzelnd an. Diese machte keine Anstalten zu einem Knicks, was auch immer danach mit ihr geschehen würde.

»Hoffentlich gefällt es dir hier«, sagte Amanda.

»Danke, Miss«, erwiderte Jane. »Verzeihen Se meiner Schwester, Miss. Se is schüchtern. Das is es, was mit ihr los is, Miss.«

»Bin ich nich«, sagte Lilith.

Amanda lächelte, und während dieses Lächeln über

ihr Gesicht flog, zog sie für einen Moment sorgenvoll die Brauen zusammen. In diesem Augenblick war *sie* Lilith, das arme kleine Dienstmädchen an seinem ersten Tag in der neuen Stellung. Sie sagte: »Es muß komisch sein ... in ein neues Haus zu kommen ... das erste Mal, meine ich.«

»Ich hab keine Angst«, entgegnete Lilith.

Janes Finger gruben sich tief in Liliths Arm. Sie zog sie mit sich zur Tür. Sie würde ihr die Leviten lesen, wie man mit der Herrschaft zu reden hatte. An der Tür wandte sich Lilith um. Amanda beobachtete sie. Lilith wollte wieder eine Grimasse schneiden, aber sie traute sich nicht.

Laura Leigh saß nahe bei der Lampe hinter ihrem Stickrahmen. Flink bewegte sie ihre Nadel und schien tief in ihre Arbeit versunken. Doch in Wirklichkeit war sie ganz von der Nähe ihres Gatten eingenommen. Wenn er im selben Raum war, konnte sie nur noch ihn wahrnehmen. Er saß jetzt entspannt in seinem Sessel, seine Lippen bewegten sich kaum, während er in der Bibel las. Er war ein sehr guter Mann, das wußte sie wohl, und es war ein großes Glück für sie, ihn geheiratet zu haben. Sie bedauerte, daß ihre schwächliche Konstitution es ihr nicht erlaubte, ihm die Kinder zu gebären, die er gerne gehabt hätte. Schon vier Fehlgeburten hatte sie hinter sich und nur ein Kind, ausgerechnet ein Mädchen.

Und nur darum war sie nicht stolz auf ihren zarten Gesundheitszustand. Denn schließlich geziemte es sich für eine Lady, zartbesaitet zu sein; nach dem Zeitgeschmack jener Jahre aß sie sehr wenig zu den Mahlzeiten und ließ sich oft ein Tablett auf ihr Zimmer bringen, denn Essen war eine abstoßende Gewohnheit und sollte ihrer Ansicht nach nur stattfinden, wenn es unumgänglich war, und dann nicht vor anderen.

Ihre Tochter stellte ein Problem dar. Das Kind verfügte über einen hervorragenden Appetit; auch ihre Offenherzigkeit ziemte sich nicht für ihren Stand. Laura fragte sich, ob die Gesellschaft der Holford- und der Danesborough-Kinder gut für sie war. Die beiden Arzttöchter und Alice Danesborough waren nette, ruhige Mädchen, aber Frith Danesborough war ungestüm, ein Wildfang; er ritt wie ein Besessener in der Gegend herum. Niemand würde vermuten, daß er der Sohn eines Pfarrers war; doch zugegeben, auch Pastor Charles Danesborough war kein typischer Geistlicher. Auch er war ein passionierter Reiter, trank gern guten Wein und war den Gaumenfreuden ganz offensichtlich sehr zugetan. Man hielt ihn für charmant, und in dieser Beziehung schlug Frith ganz nach ihm.

Alle jungen Dienstmädchen waren aufgeregt, wenn Frith mit seiner Schwester herüberkam, um mit Amanda im Schulzimmer den Tee einzunehmen. Die Köchin brachte jedesmal einen ganz besonderen Kokosnußkuchen, weil Master Frith Kokosnußkuchen gerne mochte; sogar Miss Robinson mußte immer ein wenig kichern und hatte bemerkt, er wäre zwar ein wilder Junge, aber irgendwie könne man ihm nie lange böse sein. Wäre er nicht ein Danesborough gewesen – Charles Danesborough war der jüngere Sohn eines Peers und durchaus nicht auf das Einkommen angewiesen, das er von der Kirche bezog –, Laura hätte zweifellos Bedenken gehabt, ob die Freundschaft zwischen Amanda und Frith auch statthaft gewesen wäre. Gleichzeitig grübelte sie darüber nach, ob Amanda ihre lächerliche Freimütigkeit von Frith hätte. Dann hatte sie auch noch diese unglückselige Angewohnheit, sich um streunende Hunde und barfüßige Kinder zu sorgen. Natürlich, auch ihr Großvater hatte sich um die Armen gekümmert – vorwiegend um die *weiblichen* Vertreterinnen der Klasse, das mußte man bedauerlicherweise einräumen –, aber vielleicht hatte auch sein Laster so seinen Anfang genommen?

Amanda bereitete nicht nur ihrer Mutter unablässig Sorgen, sondern auch diesem guten Mann, der hier saß und seine Bibel las, denn sie befürchteten beide, Amanda könnte nach ihrem Großvater geraten sein. Ihr Haar hatte dieselbe Farbe, und man hörte oft, daß die Haarfarbe den Charakter verrät. Rothaarige waren beispielsweise berüchtigt für ihr aufbrausendes Temperament.

Mrs. Leigh und ihr Gatte sprachen nie über Mr. Leighs Vater. Er zählte zu den Gesprächsthemen, die sich nicht gehörten, denn Mr. Leigh hatte einen unmoralischen Lebenswandel geführt und sich nicht nur der Trunksucht, sondern auch des Ehebruchs schuldig gemacht.

Sie wußte, ihr Gatte dankte Gott jede Nacht, daß ER es für richtig befunden hatte, seinen Vater zu sich zu rufen; und da Mr. Leigh barmherzig war, fügte er seinen Dankgebeten die Bitte hinzu, die Seele seines Vaters zu erlösen.

Nur mit Schaudern konnte Laura an dem Porträt in der Galerie vorbeigehen; die Augen ähnelten Amandas so sehr, die Haare wuchsen um seine Augenbrauenpartie genauso wie bei ihr. Amandas Mund war weich, während der ihres Großvaters einfach nur sinnlich war – das war richtig; aber Amanda war noch ein Kind, und auf beiden Gesichtern lag ein eigensinniger Zug, der sehr ähnlich war. Das Gesicht des Mannes drückte unmißverständlich aus, daß ihn die Meinung der anderen nicht scherte, er bestand auf seinem Vergnügen; und genau dieser Blick lag auf Amandas Gesicht, wenn sie nach Ansicht ihrer Mutter ›zum Streiten aufgelegt‹ war, wenn sie Fragen stellte und eigensinnig bei dem springenden Punkt blieb, anstatt die Erklärungen zu akzeptieren, die alle wohlerzogenen Kinder üblicherweise auch annahmen.

Erst an diesem Nachmittag hatte Laura über Amandas reichlich schmuddeliges Mustertuch geseufzt. Es war ein Blutfleck darauf, weil sich das Kind in den Finger gestochen hatte. Amanda würde nie gut sticken können. »Dies hier ist das Mustertuch von meiner Mutter«, hatte Laura gesagt. »Sie war damit fertig, als sie sechs Jahre alt war – nur halb so alt wie du. Schämst du dich nicht?«

Amanda hatte die akkuraten Kreuzstiche kritisch betrachtet, welche verkündeten, daß der Herr Mathilda Bartletts Hirte wäre und sie das Mustertuch am sechsten Tag des Januar im Jahre des Herrn 1806 beendet hätte.

»Vielleicht ist mein Tuch später wertvoller«, meinte Amanda, »weil mein Blut darauf ist.«

»Das ist einfach widerwärtig«, rief Laura schaudernd aus. »Wenn dein Vater das gehört hätte, würde er dich auspeitschen lassen.«

Amanda wirkte zerknirscht; sie wollte nicht absichtlich Anstoß erregen; es war ihre Natur.

Amandas Mustertuch lag jetzt in Lauras Arbeitskorb. Sie erwog, ob es ihre Pflicht wäre, es Mr. Leigh zu zeigen. Er war sehr streng und würde vermutlich anordnen, Amanda solle in ihrem Zimmer bleiben, bis das Tuch fertig wäre. Er würde nur an ihr Wohl denken. Dennoch zögerte sie, ihm Amandas Fehler vor Augen zu führen; sie befürchtete, es könnte ihn daran erinnern, daß ihr einziges Kind ein Mädchen war, und noch nicht einmal ein wohlgeratenes. Er betete jeden Abend um ein Kind. Leider gehörte dies zu den Dingen, die mehr als Gebete erfordern. Sie seufzte leise, um ihn nicht zu stören. Sie war völlig unschlüssig, was sie mit Amanda anfangen sollte. Ihr Leben bestand aus solch schwierigen Problemen; sie waren schuld an ihren Falten im Gesicht; sie quälten sie ständig.

Mr. Leigh unterbrach ihre Gedanken. »Läuten Sie bitte, meine Liebe. Wir brauchen mehr Kohle.«

Gehorsam erhob sie sich und ging zum kunstvoll bestickten Klingelzug.

»Es tut mir leid . . . es ist mir entgangen.«

Er schwieg; seine Lippen bewegten sich, da er seine Lektüre fortsetzte.

Es klopfte an der Tür, und Jane kam herein.

»Jane, mehr Kohle, bitte.«

»Ja, Ma'am.«

Janes Schwester Lilith, das neue Mädchen, brachte die Kohle, und Laura fühlte sich augenblicklich unwohl. Als Jane ins Haus gekommen war, hatte sie die gleiche Unruhe gefühlt; sie hatte ihren Gatten beobachtet und sich gefragt, was er wohl jedesmal dachte, wenn das Dienstmädchen erschien. Er hatte geschwiegen; aber auf seine Anordnung hin war Jane gekommen; und jetzt hatte er Liliths Anwesenheit befohlen. »Wir brauchen ein neues Mädchen, Mrs. Leigh«, hatte er gesagt. »Sie müssen eine von den Tremorney-Töchtern holen.« Es war ein sehr beunruhigendes Gefühl, diese Kreaturen im Hause zu haben; aber Mr. Leigh war ein guter Mann, der sich nicht vor Verantwortung scheute.

Und jetzt war Lilith hier, und sie würde nie so werden wie die anderen Mädchen, befürchtete Laura.

»Schütte sie auf das Feuer«, sagte Laura wie von fern. Lilith war ungeschickt. Sie würde noch viel lernen müssen. Während sie die Kohlen auf das Feuer schüttete, fielen einige rasselnd in den Herd hinein.

Als sie wieder gegangen war, sagte Laura nervös: »Sie ist neu. Sie hat es noch nicht gelernt. Ich wünschte, es wäre nicht nötig gewesen, sie zu nehmen; es gibt so viele *nette* Mädchen im Dorf.«

Mr. Leigh sah erstaunt auf. »Ich dachte, Sie kennen meine Einstellung in dieser Angelegenheit.«

»Ja ... ja, Sie haben ganz sicher recht ... aber ...«

»Ich *weiß*, daß ich recht habe. Wir müssen lernen, unsere Last zu tragen.«

»Aber ... nach all den Jahren.« Sie war über ihre eigene Kühnheit erschrocken und bemühte sich vergebens, sie zu verdecken. Sie hatte es gewagt, sein Vorgehen zu kritisieren. Was war nur über sie gekommen?

»Meine Liebe«, sagte er streng, »Sie müssen mir zutrauen, daß ich meine Pflicht kenne.«

Im Eßzimmer hatte sich die Familie zur Andacht versammelt. Am Kopfende des Tisches kniete der Herr des Hauses; neben ihm die Hausherrin, und zu seiner Linken Amanda. Neben Amanda war Miss Robinson; und weiter unten am Tisch, in respektvollem Abstand, knieten Steert, der Kutscher und Butler in einer Person war, Mrs. Derry, der Pferdeknecht und der Stallbursche, die beiden Gärtner und die drei Dienstmädchen zusammen mit Lilith.

Mr. Leigh sprach die Gebete, die Hände gefaltet, die Augen geschlossen; aber nie konnte man sichergehen, daß die Augen geschlossen bleiben würden; sie konnten sich ganz plötzlich öffnen und jedes Fehlverhalten seitens seiner kleinen Gemeinde registrieren.

Amanda schmerzten die Knie; es fiel ihr schwer, stillzuhalten, aber in unmittelbarer Nähe ihres Vaters wagte sie nicht, sich zu rühren, denn auch der allergeringste Fehler von ihr würde ungleich schwerer geahndet werden als ein ähnlicher Lapsus von seiten der Diener. »Vergiß nicht, daß du Vorbild sein mußt«, erklärte man ihr immer wieder.

Ihr Vater erhob sich, und die Zehnminutenpredigt, die er jeden Morgen hielt, nahm ihren Anfang. Er sprach über die Abgründe und die Sündhaftigkeit der menschlichen Natur – und meinte damit natürlich jene, an die er sich wandte; unablässig spielte er auf den Engel an, der alle guten und bösen Werke der Menschen aufzeichnet. Amanda stellte sich darunter immer so etwas wie eine allwissende und bösartige Miss Robinson vor. Danach verlor sie den roten Faden, bis sie plötzlich voller Panik daran dachte, daß sie vermutlich beim Mittagessen über dieses Thema examiniert werden würde. Wenn ihr Vater sie bei Tisch in die Konversation mit einbezog, dann ging es nur um Unterricht und Gebete; es gab lauter Fallen für sie, und Amanda wußte nicht, was sie mehr fürchtete – seine Konversation oder sein melancholisches Schweigen. Sie würde von Miss Robinson in Erfahrung bringen müssen, worum es bei dieser Morgenandacht gegangen war.

Auf die Predigt folgte noch ein Gebet. Amanda bedeckte ihr Gesicht mit den Händen und blinzelte durch die Finger zu Lilith hinüber. Sie sah, daß Lilith es ebenso machte; ihre Blicke trafen sich, und keine von beiden konnte wegsehen.

Jetzt war das Gebet beendet. »Gehet hin«, sagte ihr Vater; und die Bediensteten gingen an ihre Arbeit, Mr. Leigh wendete sich der Verwaltung seines Besitzes zu, Mrs. Leigh erteilte der Köchin Anweisungen oder arbeitete in der Teeküche oder an ihrer Stickerei, Amanda und Miss Robinson begannen mit dem Unterricht.

Amanda holte ihre Geschichtsbücher heraus und fragte: »Miss Robinson, was halten Sie von Papas heutiger Predigt?«

»Sehr gut und sehr notwendig.«

»Glauben Sie, daß auch der erste Teil gut war?«

Miss Robinson warf ihrer Schülerin einen gereizten, aber auch mitfühlenden Blick zu. Amanda hatte nicht zugehört. Das konnte Miss Robinson verstehen. Sie selbst hatte sich zur Aufmerksamkeit zwingen müssen; es gab so viele Dinge, zu denen sich Miss Robinson zwingen mußte.

Sie begann, die wesentlichen Punkte der Predigt langsam und klar zu erörtern, damit das Kind sie auswendig lernen konnte. Miss Robinson hatte ihren Zögling gern, doch mußte sie ihre Gefühle vollkommen unter Kontrolle halten, da sie ihre Arbeitgeber unter allen Umständen zufriedenstellen mußte. Immer wieder war sie gezwungen, sich gegen ihre Schützlinge auf die Seite der Auftraggeber zu schlagen, denn sie waren schließlich diejenigen, die über ihr weiteres Verbleiben in dieser Stellung zu entscheiden hatten.

Jetzt war sie sehr besorgt darum, daß Amanda beim Mittagessen die richtigen Antworten würde geben können, wenn man sie über die heutige Predigt examinieren sollte. Denn jegliches Unvermögen seitens der Schülerin würde unweigerlich auf die Lehrerin zurückfallen.

Amanda las in ihrem Geschichtsbuch und mußte ein bißchen über die Prinzen im Tower weinen, die zum Zeitpunkt ihrer Ermordung in ihrem Alter gewesen waren. Heute morgen erinnerten sie die Prinzen an die arme Miss Robinson, was ersichtlich machte, wie merkwürdig sie war. Wie recht doch jeder hatte, der ihr eine blühende Phantasie nachsagte. Allerdings erregte Miss Robinson größeres Mitleid in ihr als die Prinzen. Sicherlich war es besser, als Prinz im Tower gemeuchelt zu werden, wenn man Antonios Worte vernimmt:

»Weh dem, der seinen Reichtum schwinden sieht,

Um dann gezeichnet von des Lebens Müh'n
Im Alter Armut zu erleiden . . .«

Diese Zeilen brachten sie immer zum Weinen, denn sie schienen auf Miss Robinson zuzutreffen. Kein Wunder, daß Amanda keinen Kopf für Geschichte hatte; sie vermischte sie immer wieder mit ihrem alltäglichen Leben.

»Hast du schon wieder geweint?« fragte Miss Robinson unangenehm berührt. Nie aber fragte jemand nach der Ursache für Amandas Tränen; jedem schien klar, daß man ihre allzu komplizierten Gründe ohnehin nicht nachvollziehen konnte. Miss Robinson wollte sie nicht mit dem verweinten Gesicht zum Mittagstisch lassen. Es könnte Anlaß zu der Vermutung geben, daß der Unterricht schwierig gewesen war, und Miss Robinson befürchtete, daß ein schwieriger Unterricht sie als inkompetente Gouvernante ausweisen würde.

Zum Glück kam Jane in diesem Augenblick, um auszurichten, daß Master Frith und Miss Alice Danesborough mit ihren Pferden gekommen waren. Sie ließen fragen, ob Miss Amanda sie auf ihrem Morgenritt begleiten dürfe.

»Ja, das darfst du«, sagte Miss Robinson. »Du hast heute morgen gut gelernt. Der Wind wird die Spuren deiner Tränen verwischen. Amanda, versuche doch bitte, deinen Gefühlen nicht so freien Lauf zu lassen. Es schickt sich nicht für eine Lady.«

»Ich . . . bemühe mich ja, Miss Robinson.«

»Dann geh.«

Amanda eilte zu den Ställen und bat den Burschen, Gobbo für sie zu satteln. Die Pferde der Danesboroughs scharrten schon ungeduldig mit den Hufen, während Frith und Alice im Garten umherrannten.

»Hallo!« rief Frith. »Da ist Amanda.«

Amanda ging ihnen entgegen. Frith war hochgewachsen und sah sehr gut aus. Er war beinahe siebzehn – fast schon ein Mann; Alice bewunderte ihn, denn sie war ein sanftmütiges kleines Mädchen in Amandas Alter.

»Heil dir, Niobe!« rief Frith. Im Grunde war er ein guter Kerl, aber ziemlich unbekümmert; er sagte immer, was ihm gerade in den Sinn kam, und dachte erst hinterher darüber nach.

»Niobe?« fragte Alice, die nach Friths Worten eine hoffnungslose dumme Gans war – außer in den weiblichen Tugenden der Handarbeit und der Kochkunst. »Du meinst wohl Amanda.«

Amanda faßte sich an die Wangen. »Kann man es sehen?«

»Macht nichts«, sagte Frith. »Man wundert sich nicht mehr darüber. Und Niobe paßt nicht zu dir. Du hast von allen Leuten, die ich kenne, den geringsten Stolz. Und du hast wohl auch noch nie jemandem die Stirn geboten? Hast du Gobbo satteln lassen?«

»Ja.«

»Dann los.«

»Frith hat gesagt, wir müßten dich von dem alten Drachen, Miss Robinson, befreien«, verriet Alice.

»Eigentlich ist sie gar kein Drachen. Sie ist wirklich ganz nett . . .«

»Ach, Amanda«, sagte Frith. »Du würdest selbst den Teufel verteidigen.«

Sie ritten aus den Stallungen hinaus und den Weg hinunter zum Meer.

Es war warm an diesem Morgen, und es blies ein sanfter Südwestwind; Amanda sog mit Wonne das vielfältige Aroma der See ein – Seetang, Teer, salzige Gischt und den eigenartigen Duft, den angeblich der Wind den ganzen Weg von Spanien herüberwehte.

Frith ritt voran. Er wählte die gefährlichsten Stellen über die Klippen. Von Zeit zu Zeit sah er sich um, ob mit den anderen alles in Ordnung war.

Er schlug die Richtung zum Strand ein.

»Galopp!« schrie Frith; und sie galoppierten über den Strand, der heute morgen voller Sand lag. Noch gestern hatten die grausamen Felsen herausgeragt. »Muß in der Nacht stark gestürmt haben«, sagte Frith, »um soviel Sand hierherzutragen.«

Er gewann das Rennen; Amanda spürte, er würde stets der Sieger sein, wenn er wollte.

»Das dumme an euch Mädchen ist, daß ihr den Pferden nie ihr Letztes abfordert. Ihr habt Angst. Man darf keine Angst haben.«

Als Frith des Wettreitens überdrüssig war, verließen sie den Strand. Er führte sie den Pfad über die Klippen.

»Ein falscher Schritt«, sagte er munter, »und ihr stürzt kopfüber in die Tiefe, mitsamt eurem Pferd, und das wäre das Ende von Miss Amanda Leigh oder Miss Alice Danesborough.«

Eigentlich ist er gar nicht so kaltschnäuzig, dachte Amanda; in Wirklichkeit war er sehr freundlich. Er wollte bloß immer mit seinem Mut und seinem Führungsanspruch im Mittelpunkt stehen.

»Das brauchst du uns nicht zu erzählen«, sagte sie laut. »Wir wissen es.«

»Was weißt du?« schrie Frith.

Aber sie konnte nichts darauf erwidern, und er war zu sehr in Anspruch genommen, denn nun ritten sie weiter durch die Schmugglergasse. Dieser Pfad ging durch die Klippen, von unten nicht zu sehen, da er durch Blattwerk abgeschirmt war. Sie bahnten sich ihren Weg durch das Geäst. Wenn sie nicht aufpaßten, schlugen ihnen die Zweige ins Gesicht, und Alice wäre beinahe vom Pferd gestürzt, als ein Ast sie unerwartet traf.

Amanda sagte: »Wir haben ein neues Mädchen. Sie kommt aus den Kotten am Westkai.«

»Nicht schon wieder eine Tremorney?« fragte Alice.

»Doch . . . Lilith.«

»Das ist die kleine Dunkelhaarige«, erinnerte sich Frith.

»Ja, das ist sie.«

»Sie sind so schmutzig . . . alle von ihnen«, sagte Alice angewidert.

»Sie ist ziemlich seltsam«, begann Amanda.

»Seltsam? Wieso?« fragte Frith.

Aber das war etwas, das Amanda nicht erklären konnte.

»Ach . . . ich weiß nicht . . . eben einfach seltsam.«

Sie waren bei den Kellow-Katen angelangt. Ein paar von den Kindern kamen heraus, um zu knicksen, und faßten sich ins Haar. Bei ihren Eltern hatten sie gesehen, wie sie so vornehme Leute gegrüßt hatten.

Frith warf ihnen ein paar Münzen hin. So war er. Er genoß es, bewundert zu werden, aber er wollte auch beliebt sein. Und stolz war er außerdem; er gab vor, sich nicht zu freuen, als die Kinder begeistert aufjuchzten, und es war unter seiner Würde, sich nach ihnen umzudrehen.

»Frith, wieviel Uhr ist es?« fragte Amanda. »Ich darf nicht zu spät zum Essen kommen.«

Frith sah nach.

»Es wird knapp«, sagte er; und er ließ sie fast den ganzen Weg zurück bis zum Haus der Leighs galoppieren.

Trotz seiner Großspurigkeit und obwohl er im Hause seines Vaters das Zepter schwang, wie er glaubte – denn jeder wußte, daß der Geistliche, der ehrenwerte

Charles Danesborough, ein bequemer Mann war, der seine Bequemlichkeit und Ruhe im Hause liebte –, besaß er genügend Phantasie, um Amandas mißliche Lage zu verstehen, und auch die Güte, sie zu bedauern.

Dennoch blieben ihr nur zehn Minuten, um in die Stallungen zu gehen und sich zum Essen umzuziehen.

Sie nahm den Weg durch die Koppel. Als Gobbo schnell durch das lange Gras trabte, sah sie eine kleine Gestalt an der Hecke kauern.

Sie hielt an. Sie wußte, daß es jemand aus dem Dorf war, und augenblicklich wurde ihr angst und bange, denn dies bedeutete unbefugtes Betreten des Besitzes. Wenn ihr Vater solche Leute entdeckte, erging es ihnen schlecht. Schlimmer noch, die Diener fürchteten ihren Vater so sehr, daß sie wie alle, die in Angst leben, ständig nach Sündenböcken suchten, mit denen sie seine Aufmerksamkeit von ihren eigenen Fehlern ablenken könnten.

»Wer bist du?« rief sie. Aber sie wußte die Antwort bereits, denn sie erkannte ihn sofort als Liliths Bruder.

Sie ritt zu ihm zurück und sagte: »Du weißt, daß du nicht hierherkommen darfst!«

»Ja, Miss . . . ich wollte . . .«

Sie beugte sich vor und schenkte ihm ihr zärtliches Lächeln, das viele so sehr an ihr liebten.

»Ich wollte Lilith sehen«, sagte er.

»Lilith ist deine Schwester. Sie ist gestern zu uns gekommen.«

»Ja, Miss.«

»Du mußt vorsichtig sein. Wenn sie dich hier finden . . . dann übergeben sie dich dem Magistrat.«

»Weiß ich, Miss. Aber . . . wir sind Zwillinge. Wir ham alles zusammen gemacht . . . bis jetzt.«

»Zwillinge!« sagte Amanda. »Und du wolltest sehen, daß es ihr hier gutgeht?«

Er nickte. »Vielleicht meinen Se, daß se sich nicht anpassen kann, Miss. Aber se lernt's noch . . .«

»O ja, sie wird es lernen.«

Er lächelte, und Amanda wußte, daß er sehr besorgt um seine Schwester war. Er fürchtete, sie könnte so wild sein, daß man sie wieder fortschicken würde.

»Weiß sie, daß du sie besuchen wolltest?«

»Nein, Miss. Ich hab gehofft, daß se rauskommt. Ich hab gedacht, vielleicht hab ich Glück und seh se . . .«

»Ich . . . ich werde es ihr ausrichten. Aber hier darfst du nicht bleiben. Man könnte dich schnappen. Versteck dich hinter der Hecke. Ich sage deiner Schwester, daß du hier bist.«

Sie las Bewunderung in seinen Augen und freute sich darüber. Vielleicht war sie Frith ein bißchen ähnlich, der von den Dorfkindern gleichzeitig bewundert und geliebt werden wollte.

Sie ritt in den Stall und übergab Gobbo dem Stalljungen. Als sie das Haus betrat, sah sie, daß ihr nur noch fünf Minuten zum Umziehen blieben.

Sie rannte in ihr Zimmer hinauf und zog ein Kleid über. Der Junge würde warten müssen. Aber wie konnte er während der ganzen Mahlzeit warten? Vielleicht würde ihn einer von den Dienstboten entdecken, wenn er zur Koppel ging.

Sie griff nach dem Glockenzug und zog dreimal kräftig. Bess kam.

»Ich möchte augenblicklich Lilith sehen. Sag ihr, sie soll sich beeilen. Es ist sehr dringend.«

Aber Lilith erschien nicht, und die Uhr lief weiter.

Jetzt würden sie im Speisesaal das Tischgebet sprechen.

Endlich kam Lilith, langsam und widerstrebend.

»Dein Zwillingsbruder ist gekommen, um dich zu besuchen«, sagte Amanda. »Er wartet bei der Koppel auf dich. Sei vorsichtig. Bleib dicht an der Hecke, dann kann man dich nicht sehen. Zu dieser Tageszeit ist es ziemlich sicher.«

Lilith starrte sie verwundert an.

»Geh schnell«, sagte Amanda. »Und sei vorsichtig.«

Amanda rannte an Lilith vorbei und die Treppe hinunter in den Speisesaal.

Sie öffnete die Tür; die Stimme ihres Vaters erhob sich gerade, da er im Begriff war, das Gebet zu beenden. Alle waren sich ihrer Gegenwart bewußt, doch sie taten so, als ob sie sie nicht bemerkten, da sie die Augen geschlossen hatten und gemeinsam Gott für SEINE Gaben danken sollten.

Steert, der neben der Anrichte stand, hielt die Augen ebenfalls geschlossen. Bess blinzelte ein wenig, um Amanda einen mitleidigen Blick zuzuwerfen.

Als das Tischgebet gesprochen war, öffnete Mr. Leigh die Augen und betrachtete seine Tochter mit starrem, kaltem Blick.

»Papa«, begann Amanda. »Es tut mir leid . . .«

»*Mein* Bedauern ist viel größer«, unterbrach er sie. »Ich bin zutiefst bekümmert. Welche Erklärung könnte es für ein derartiges Betragen geben?«

»Ich . . . ich war leider zu lange draußen.«

»Du warst zu lange draußen! Du bist ausgeritten, vermute ich, und hast in deiner großen Selbstsucht nur an dein eigenes Vergnügen gedacht, ohne einen Gedanken daran zu verschwenden, welche Sorgen du deiner Mutter und mir bereitest. Du hast uns fürchten lassen, daß du uns nicht ehren willst. Das wiegt jedoch nicht so schwer wie deine Sünde gegen Gott. Ich sprach zu IHM. Deine Mutter, deine Gouvernante und alle Diener haben zu IHM gesprochen. Aber du bist in unser Gebet hineingeplatzt. *Du* hast dich entschieden, unserem Herrn nicht für die Gaben auf unserem Tisch zu danken.«

»Papa . . .«, begann sie hilflos.

Doch er machte eine wegwerfende Handbewegung. »Du »Du bist erhitzt; du bist zerzaust. Dein Zustand ziemt sich nicht für diesen Tisch. Du darfst nicht glauben, daß ich deine Gotteslästerung nicht ahnden werde, auch wenn ich dich nicht bestrafe für die Schmach, die du deiner Familie angetan hast. Du sollst nicht an einem Mahl teilhaben, zu dem du nicht pünktlich sein wolltest. Du wirst in deinem Zimmer bleiben, bis man dich herausbittet.«

Unter den vorwurfsvollen Blicken der Mutter, den ängstlichen von Miss Robinson, den mitfühlenden von Steert und Bess verließ Amanda das Zimmer.

Miss Robinson kam gleich nach dem Essen zu Amanda hinauf.

»Dein Vater ist sehr zornig«, sagte sie, »und deine Mutter sehr traurig. Während der Mahlzeit ist kein einziges Wort gefallen. Ich weiß wirklich nicht, was ich sagen soll. Nach allem, was ich für dich getan habe . . .«

Amanda legte den Arm um die Gouvernante. »Es tut mir leid, Robbie. Es war nicht deine Schuld. Ich erkläre ihnen, daß es nicht deine Schuld war.«

»Dein Vater sagt, daß du sofort in sein Studierzimmer kommen sollst. Ich würde keine Zeit verlieren. Aber kämme dir erst die Haare. Sie sehen ja aus wie ein Vogelnest. Sind deine Hände sauber? Beeil dich, Kind. Es wäre höchst unklug, ihn warten zu lassen.«

Amanda glättete sorgfältig ihr Haar, die Zeit zum Händewaschen aber nahm sie sich nicht. Als sie durch die Galerie kam, fiel ihr Blick auf das Porträt ihres Großvaters, das sie in ihrer Phantasie oft ein wenig tadelte. Es schien sie zu ermuntern, mutig zu sein und sich nicht darum zu kümmern, für wie schlecht man sie hielt. Sie ging die Treppe zur Halle hinunter und klopfte an die Tür des Studierzimmers.

Sie mochte das Zimmer nicht. Es war düsterer als jeder andere Teil des Hauses; die Fenster waren fast völlig hinter den schweren Vorhängen versteckt. Ihr Farbton war nicht ganz grau und nicht ganz braun. Es gab keine leuchtenden Farben in dem Raum; nichts hier erinnerte an fröhlichere Tage, kein Stück an vergangenen Prunk; dies war das Privatzimmer ihres Vaters, er selbst hatte es eingerichtet.

Amanda wurde gebeten einzutreten.

Er sah nicht sofort auf, doch als er es schließlich tat, sprühte sein Blick fast vor Verachtung. »Da bist du also. Kannst du meine Tochter sein? Ist das möglich?« Dies war eine seiner vielen Fragen, auf die er keine Antwort erwartete; also stand sie einfach da und preßte die Hände hinter dem Rücken zusammen. In ihrem langen blauen Merinokleid wirkte sie sehr ernst. »Warum bist du zu spät zum Essen erschienen?« fragte er.

»Es tut mir sehr leid, Papa. Ich habe nicht auf die Uhr geachtet.«

»Du hast nicht auf die Uhr geachtet! ›Ein jedes Ding zu seiner Zeit!‹ Manchmal frage ich mich, was aus dir werden soll. Du scherst dich nicht darum, ob du mir und deiner Mutter Kummer bereitest. Du bist schlecht! Es gibt Momente, in denen ich glaube, daß du dich in der Sünde suhlst. Tag für Tag sehe ich dich fast heiter auf dem breiten Pfad zur Hölle wandeln. Ich frage mich, was für ein Ungeheuer ich da in die Welt gesetzt habe. Bist du völlig verantwortungslos? Und wenn du mir, deinem irdischen Vater, schon solches Leid zufügst, um wieviel mehr wirst du deinen Vater im Himmel betrüben? Du sagst nichts. Bist du verstockt?«

»Nein, Papa. Es tut mir sehr leid, dich und Gott zu betrüben. Es war nicht meine Absicht.«

»Ich zweifle an deiner Reue. Ich bezweifle auch, daß dir überhaupt das Ausmaß deiner Schuld bewußt ist.«

Er erhob sich und beugte sich über sie, während seine Hände auf dem Tisch ruhten. Dann begann er über den Weg zur Hölle zu reden, wie die Menschen unversehens auf diesen Pfad geraten; wie der Teufel schon im Verborgenen lauert und jederzeit die Seinen erkennt.

»Du wirst mit mir niederknien«, sagte er endlich. »Wir werden Gott um Hilfe für dich bitten. Wir werden nichts unversucht lassen; wir werden dem Teufel entgegentreten.«

Sie kniete nieder. Selbst die Teppiche in seinem Zimmer waren rauh; er lebte wie ein Mönch in seiner Zelle. Er war so gut, daß alle anderen ihm schlecht vorkamen. Sie hörte ihn schier endlos reden. Als er ihr endlich ein Zeichen gab, sich zu erheben, konnte sie sich nicht an seine Worte erinnern, nur daß es um ihre Sündhaftigkeit gegangen war.

Jetzt verkündete er das Urteil. »Du gehst auf dein Zimmer und bekommst heute und morgen nur Wasser und Brot. Du wirst deinen Unterricht auf deinem Zimmer erhalten und den fünfundzwanzigsten Psalm auswendig lernen. Morgen abend wirst du ihn mir aufsagen. Bis du ihn fehlerlos beherrschst, wirst du bei Wasser und Brot bleiben. Gehe jetzt. Und versuche dich zu bessern. Nicht nur um meinetwillen, nicht nur um der Liebe Gottes willen, sondern für deine unsterbliche Seele.«

Als die Tochter gegangen war, setzte sich Mr. Leigh an den Tisch und vergrub sein Gesicht in den Händen. Er konnte den Eindruck nicht verwischen, den seine Tochter auf ihn gemacht hatte, wie sie so vor ihm stand; ihr gelbes Haar erinnerte ihn an das seines Vaters; diese Augen, die unterwürfig hatten blicken wollen, waren – wenn nicht keck, so doch äußerst geheimnisvoll. Er dachte daran, wie sich sein Vater nach einem besonderen Bubenstück aufgeführt hatte, als sich die ganze Gegend über seinen letzten skandalösen Streich das Maul zerriß. Er erinnerte sich, wie charmant und zartfühlend oder wie zerknirscht er sich gegeben hatte, wie er seiner Frau Komplimente machte und ihr sagte, daß sie das hübscheste Geschöpf in ganz Cornwall wäre. Er meinte, denselben Blick in Amandas Gesicht gelesen zu haben. Die Sündhaftigkeit war dem Mädchen in die Wiege gelegt worden; sie hatte eine Generation übersprungen.

Er schloß die Augen und sah das Gesicht seines Vaters vor sich – nicht schön, sondern gerötet vom Wein und aufgedunsen von Wollust, wie es am Ende gewesen war, als ihn die Ärzte zur Ader ließen. Und wie er laut gebrüllt hatte, weil sie ihm seinen Whisky verboten hatten; er mußte daran denken, wie sein Vater sich von seinem Krankenlager erhoben hatte, um die Flasche zu suchen, die man ihm auf ärztliche Anweisung vorenthielt. Dann war er die Treppe hinuntergestürzt und hatte unten mit gebrochenem Genick und in all seiner Sünde gelegen.

Mr. Leigh kniete nieder und betete für die Seele seines Vaters, die er in ewiger Höllenqual glaubte, und bat um Gottes Führung bei der Austreibung des Satans aus seiner Tochter.

Er hatte mit Charles Danesborough über Amanda gesprochen, aber Danesborough war, wie er jetzt annehmen mußte, zu sehr dem leichten Leben verhaftet, als daß er ein wahrer Mann Gottes sein konnte. Mr. Leigh traute seinem herzlichen Lachen nicht, traute nicht der Nachsicht, die jener gegenüber seinen eigenen Kindern übte. »Amanda?« hatte Danesborough gesagt. »Ein nettes kleines Ding. Ein stilles kleines Ding. Meine beiden mögen sie sehr.« Als ob Amanda ein Muster an Tugend sein müßte, nur weil seine Kinder sie schätzten! Danesborough war ein zu leichtfertiger Mensch; der Mann war ein Narr. Von ihm war keinerlei Hilfe zu erwarten.

Mrs. Leigh klopfte schüchtern an die Tür; er bat sie herein, blieb aber auf den Knien. Dann gab er ihr ein Zeichen, es ihm gleichzutun, und betete noch einmal laut für die Erlösung ihrer sündigen Tochter.

»Amen«, schloß er endlich.

»Amen«, kam Lauras Echo.

»Unsere Tochter stellt ein schwieriges Problem dar«, sagte er, als er sich erhob.

Laura war dankbar, daß er Amanda »unsere Tochter« nannte. Es gab Zeiten, in denen er »Ihre Tochter« sagte. Sie hielt dies für ein gutes Zeichen.

»Ich habe Angst um ihre Zukunft«, fuhr er fort.

»Wenn man jung und zerstreut ist, vergißt man so leicht die Zeit. Mir passiert das leider auch.«

»Man hat sie gelehrt, Vater und Mutter zu ehren, und sie hat uns zutiefst verletzt. Ich wünschte, es wäre das erste Mal gewesen. Sie hat Gottes Gebot gebrochen: ›Du sollst Vater und Mutter ehren . . .‹ Versuchen Sie nicht, Ihre Tochter in Schutz zu nehmen, Mrs. Leigh. Wenn man sie ein Gebot übertreten läßt, wird sie es auch mit anderen tun. Ihre Sünde mag um so schwerer wiegen angesichts des Umstands, daß sie ein Einzelkind ist.«

Laura schlug die Augen nieder. Hier war er wieder, der andere Schatten, der über dem Hause hing. Zwei Fehlgeburten – und danach Amanda. Zwei weitere – und immer noch kein Sohn. Der Gedanke an eine Schwangerschaft flößte ihr große Angst ein. Außerdem war ihr das Ritual nicht sonderlich willkommen, das solchen beschwerlichen Monaten notgedrungen voranging. Jeden Abend, wenn sie zusammen im Wohnzimmer saßen, fürchtete sie sich vor den Worten: »Ich werde heute nacht zu Ihnen ins Zimmer kommen, Mrs. Leigh.«

Gestern hatte sie aus ihrem Fenster geschaut und die junge Jane Tremorney mit Bauer Polgards Sohn sprechen sehen, der mit seiner Ponykutsche Eier und Butter ausfuhr; sie hatte den linkischen, schüchternen Bauernsohn beobachtet, während Jane ihn mit jenen derben Späßen provozierte, deren sich die Frauen aus den unteren Klassen oft im Umgang mit jungen Männern bedienten. Wie konnten sie nur! Sie hatten ja keine Ahnung! Es machte ihnen offensichtlich Spaß; aber schließlich waren sie ja auch keine zartbesaiteten Damen.

»Gewiß haben Sie so gehandelt, wie die Angelegenheit es erfordert«, entgegnete sie rasch. »Ich glaube fest daran, daß wir sie auf dem Pfad der Rechtschaffenheit wandeln sehen werden.«

Er beugte sein Haupt, während sie vor ihm stand und nur zu gern geflohen wäre in Erwartung der gefürchteten Worte, die nun folgen würden: daß er ihr diese Nacht Gesellschaft leisten wolle. Doch sie wagte nicht, zu gehen.

In der Abenddämmerung saß Amanda allein in ihrem Zimmer.

»›Nach Dir, Herr, verlanget mich. Mein Gott, ich hoffe auf Dich; laß mich nicht zuschanden werden, daß meine Feinde nicht frohlocken über mich.‹«

Ihre Feinde waren der Teufel und seine Knechte, die sündigen Menschen, die sein Werk auf Erden taten, wie sie wohl wußte.

Plötzlich hörte sie ein Geräusch. Als sie sich zur Tür umdrehte, sah sie, wie diese sich langsam öffnete.

»Wer ist da?« fragte sie rasch.

Die Tür ging nun ganz auf, und dort stand Lilith. Sie kam lächelnd näher und hielt irgend etwas hinter dem Rücken in der rechten Hand.

»Bist du allein?« flüsterte Lilith.

»Ja.«

Daraufhin zauberte Lilith etwas hinter ihrem Rücken hervor, das in eine Serviette eingewickelt war. Sie legte es auf den Tisch und öffnete die Serviette. Zum Vorschein kam ein Stück Pastete, gefüllt mit Fleisch, Kartoffeln und Zwiebeln. Lilith betrachtete sie voller Vergnügen.

»Das ist für dich«, wisperte sie.

»Hast du es aus der Küche gestohlen?«

Lilith nickte grinsend.

»Oh ... das hättest du nicht tun sollen.«

»Es is nich wirklich gestohlen«, sagte Lilith voller Ungeduld. »Es war doch für dich, das ist doch nich gestohlen. Ich hab mir gedacht, daß du Hunger hast.«

»Ja, aber ...«

»Dann sei doch nich so dumm«, sagte Lilith verächtlich.

Amanda nahm die Pastete, und ihre Skrupel waren verflogen, denn sie war wirklich sehr hungrig. Sie machte sich darüber her.

»Nur keine Angst«, sagte Lilith. »Egal, wie lange se dich hier einsperren, ich bring dir was zu essen, du Arme.«

»Hast du ... mit deinem Bruder gesprochen?«

»Ja, hab ich. Und ich hab auch in der Küche gehört, was mit dir los is. Es is eine Schande, sagen se. Und ich hab gesagt: ›Meine Güte, das hat se für mich und William getan.‹«

Lilith freute sich. Sie merkte, daß das Mädchen, welches sie ihr ganzes Leben lang beneidet hatte, nicht besser dran war als sie selbst; sie war so unwichtig, daß man sie vor der Dienerschaft demütigen, auf ihr Zimmer schicken und sie auf Wasser und Brot setzen konnte. Und die da unten speisten Entenbraten mit Käse, Pasteten und Schlagrahm. Lilith hätte sich das nie bieten lassen. Es war also kein reines Honigschlecken, eine Tochter aus vornehmem Hause zu sein. Was sie betraf, so war die ganze Feindschaft dahingeschmolzen.

»Wenn dich jemand beim Stehlen erwischt hätte, wärst du vielleicht vor den Magistrat gebracht worden«, sagte Amanda.

Lilith nickte vergnügt.

»Mein Vater ist ein sehr guter Mensch«, fuhr Amanda fort. »Er ist so gut, daß er fast alle anderen für sehr schlecht hält.«

Lilith nickte abermals. Sie legte sich auf Amandas Bett und begutachtete die Schuhe, die Mrs. Derry für sie besorgt hatte.

»Bitte geh von meinem Bett runter«, sagte Amanda mit der ganzen Strenge, die ihr zu Gebote stand.

Aber Lilith blieb lachend liegen. Dann mußte auch Amanda lächeln. Sie erkannte eine Verbündete in Lilith und bot ihr die Freundschaft an. Die einzige Bedingung war, daß sie sie als ihresgleichen behandeln sollte, solange sie unter sich waren.

2

Ein Jahr war vergangen, seit Lilith ins Haus der Leighs gekommen war. Sie ließ als Dienstmädchen zu wünschen übrig, sah zu, daß sie möglichst außer Reichweite war, wenn man sie brauchte, und kam ihren Pflichten nur sehr oberflächlich nach. Mrs. Derry behauptete, daß es ihr das Herz zerrisse. Immer wieder beschwerte sie sich über Lilith. »Wir müssen unser Kreuz tragen«, hatte Mrs. Leigh zu ihr gesagt; und damit zitierte sie den Hausherrn. Das hieß, sie mußten sich mit dieser widerwärtigen kleinen Kreatur abfinden. Aber eines stand für Mrs. Derry fest: sie würde nicht sparsam mit der Rute umgehen; und mit der Rute war ihre eigene kräftige Rechte gemeint, mit der sie Lilith ziemlich häufig durch die Küche fegte.

Sie sei widernatürlich, dieser Kobold, behauptete Mrs. Derry; es war ihr alles gleichgültig. Sie würde immer wieder aufstehen, leichenblaß und so trotzig wie zuvor. Mrs. Derry wußte, daß Lilith hinter ihrem Rükken Fratzen zog, und niemand konnte so schreckliche Grimassen schneiden wie Lilith Tremorney.

Mrs. Derry rang in ihrer Küche vor Zorn nach Atem. Sie bildete sich ein, ein schwaches Herz zu haben und jeden Moment sterben zu müssen. Einer ihrer Lieblingssätze war: »Das wirst du noch bereuen, wenn ich erst hin bin.« Bisher hatte sie jede damit erschrecken können. Sie hatte mit diesen Worten die Vision heraufbeschworen, daß der stattliche Geist dieser Köchin die Küchenmädchen verfolgen würde, welche sie durch ihre Schlechtigkeit in den Tod getrieben hätten. Doch Lilith ließ sich durch solche Worte nicht aus dem Gleichgewicht bringen.

Lilith war zufrieden in ihrem goldenen Käfig; sie verschwendete kaum noch einen Gedanken an Essen, denn das war wie Geld und Bequemlichkeit nur dann von Bedeutung, wenn man es nicht besaß. Sie war glücklich, weil sie ihr eigenes Leben dem von Amanda vorzog. Der Schlüssel zu ihrer Zufriedenheit lag in Amanda, denn die goldhaarige Tochter des Hauses befand sich in schlimmerer Gefangenschaft, als sie Lilith jemals erfahren würde. Die arme kleine Gefangene! Ihr Vater, ihre Mutter und die Gouvernante waren die Gefängniswärter; sie hatte sich stets zu vergegenwärtigen, daß sie eine Dame war; und sie mußte aus Büchern lernen; oft wurde sie mit Wasser und Brot auf ihr Zimmer geschickt. Und dort konnte sie sich nur noch auf die guten Dienste ihrer Freundin und Wohltäterin verlassen, dem Mädchen aus der Küche.

Für Amandas Leben war Lilith eine Bereicherung. Lilith faszinierte sie; sie mußte die Tatsache anerkennen, daß es noch eine andere Art von Wissen gab außer Latein, Griechisch und Zinsrechnung; Liliths Wissen nämlich war gewieft und raffiniert.

Amanda hätte mehr Bücherweisheit, meinte Lilith; aber sie, Lilith, kannte sich besser aus in weltlichen Dingen, und dieses Wissen wäre nützlicher.

Lilith kam häufig zu Amanda ins Zimmer. Und weil es ihr auf deren Bett so gut gefiel – es war ein echtes Federbett und so ganz anders als ihr eigenes –, erzählte sie Amanda Geschichten aus jener wundersamen Welt, von der jene vor Liliths Anwesenheit im Haus so wenig geahnt hatte.

Lilith hatte ihre eigene Philosophie. Sie sagte, Amanda brauche sich vor Strafe nicht zu fürchten. Wenn sie in ihrem Zimmer eingesperrt wäre, würde Lilith Mittel und Wege finden, zu ihr zu gelangen; und wenn sie zu Wasser und Brot verurteilt wäre, würde Lilith ihr einige Leckerbissen aus der Speisekammer bringen.

»Sie würden dich nie richtig Hunger leiden lassen«, sagte Lilith. »Manche sterben vor Hunger. Ich habe sie gesehen. Kleine Kinder aus den Katen . . . spindeldürre Beine und aufgedunsene Bäuche. Die essen Gras, und das vertragen se nich. Aber so weit lassen ses mit dir nich kommen. Du bis doch das einzige Kind, und vornehme Herrschaften halten große Stükke auf ihre Kinder . . . auch auf Mädchen.«

Amanda verlangte mehr zu wissen; sie wollte hören, was die Armen zu erleiden hatten; von den Kindern, die Gdern, ras aßen und gern eine öffentliche Auspeitschung riskierten, wenn sie ein, zwei Äpfel aus einem Garten stahlen.

Auch Lilith hatte diesen Hunger kennengelernt.

»Manchmal ist das Wetter so schlecht, daß es in den Kotten nix zu essen gibt, denn die Boote können nich auslaufen. Dann teilste dir zu zweit eine Salzsprotte von ganz unten ausm Faß. William und ich, wir ham beim Bauern Polgard gearbeitet. Wir warn auf'm Feld ... die Sonne hat geknallt ... mein Rücken tat so weh, ich dacht, ich halt's nich mehr aus. William ging's auch so. Und wir hatten so'n Bärenhunger, daß wir unser Leben riskiert hätten für was zu essen. Die alte Polgardsche, die is'n Schwein. ›Jeder 'ne Kartoffel‹, hat se immer gesagt, ›und nich mehr. Ich kenn euch Gauner. Ihr wollt bei uns essen, aber nich arbeiten.‹ Und dann saßen wir da am Küchentisch ... aber erst mußten wir warten, bis die Großen Platz hatten. Und die alte Polgardsche hat uns kaum Zeit gelassen, damit wir nicht zuviel essen. Wir mußten es ganz schnell in uns reinstopfen ... bevor sie uns wieder zur Arbeit auf die Felder gescheucht hat.«

»Hattet ihr keinen Haß auf sie?«

»Umbringen hätten wir se können.«

»Ein Wunder, daß es keiner getan hat.«

»Das kann man nich. Dafür wirste gehängt. Fürs Stehlen wirste ausgepeitscht, aber fürs Töten gehängt. Haste das nich gewußt? Weißte denn gar nix?«

»Du solltest nicht in diesem Ton mit mir reden«, sagte Amanda. »Das ist unverschämt. Und wenn du unverschämt bist, muß ich dich fortschicken.«

Aber Lilith erzählte weiter, wie sie einmal zugesehen hatte, als ein Dieb in den Straßen von Liskeard ausgepeitscht worden war – dabei strich sie lächelnd über die Bettdecke. Sie war eine kleine raffinierte Scheherezade, eine Märchenerzählerin, für Amanda so unwiderstehlich wie Scheherezades Geschichten für den Sultan.

»Geschrien hat er, du hättest mal das Blut sehn solln. Es war über die ganze Straße verspritzt. Er hat ein Brot gestohlen, das war's, was er getan hat, und er is dabei gesehn worden. William fand es schlimm; er wollte nich hingucken.«

»William ist also ein gutmütiger Mensch«, sagte Amanda.

»Es hätt ihm nich soviel ausgemacht, wenn se *ihn* gepeitscht hätten. Er wollte einfach nicht mit ansehn, wie se 'n andern ausprügeln. Er ist anders. Er is immer so weich und ich so hart ... weil wir zusammen im Mutterleib waren.«

»Wo?«

»Vor unserer Geburt sind wir zusammen im Bauch gewachsen. Haste das nich gewußt? Weißte denn gar nix? Ich nehm dich mal mit zu Mutter Trelaw. Die is verrückt, die ham se an die Dachbalken in ihrem Häuschen gefesselt. Weil's im Irrenhaus kein Platz für sie gibt. Die Tür is immer auf, und du kannst reingehn und se angucken. Die schnappt nach dir wie 'n Wolf und brüllt wie 'n Löwe.«

Lilith machte große Gedankensprünge beim Reden; sie behauptete, alles zu wissen; über Geburt und Tod und über die Liebe; und diese Geheimnisse gab sie bereitwillig preis, um auf Amandas Federbett liegen zu dürfen.

»Eines Tages schlafe ich noch in einem Federbett ... in meinem eigenen Federbett«, sagte Lilith.

Dann kam der Tag, an dem Amanda mit Lilith in das Häuschen ging, von dem sie schon so viel gehört hatte;

sie wollte den alten Tisch mit eigenen Augen sehen, an dem Lilith mit ihren Geschwistern saß, und auch die Schlafbänke; aber am meisten interessierte es sie, Großmutter Lil ganz aus der Nähe zu sehen.

Es war ein heißer Juni. Die Hecken leuchteten rot, blau und weiß von Feuernelken, Glockenblumen und Vogelmiere. Die sengende Hitze brachte die Luft zum Flimmern, auf den Hügeln lag sie wie ein glitzernder See.

Sie nahmen die Hauptstraße, die am Polgard-Hof vorbeiführte. Lilith schüttelte die geballte Faust in Richtung der Heuwiese, wo jetzt der rote Klee in Blüte stand.

»Guck. Das is der Hof. Das is, wo der Polgard und seine häßliche Alte wohnen. Schweine sind se, alle beide. Hoffentlich wern se von'n Elfen geschnappt, wenn's dunkel is, daß se irre wern. Hoffentlich wern se von den geholt.«

Auch da wußte Lilith Bescheid; sie kannte nicht nur diese Welt mit all ihren Merkwürdigkeiten, sondern auch die unsichtbare. Sie wußte alles über Elfen mit ihren scharlachroten Wämschen und ihren Zipfelmützen.

Nun tanzte sie die Straße entlang, und als sie die St.-Martins-Kirche erreichten, bog sie nach links ab und rannte den Berg hinunter.

»Hierher, hierher«, schrie sie.

Es war ein Tag des Triumphs für Lilith. Noch nie hatte sie Amanda mit in das Häuschen gebracht. Bei ihren früheren Besuchen hatte sie der Familie von ihrer Freundschaft erzählt, merkte aber bald, daß man ihr nicht glaubte. »Lüg doch nich so«, sagte die Mutter. »Ein Wunder, daß dich die Erde nich verschlingt.« Ihr Vater schwieg, und die Kleinen lauschten mit offenem Mund. William wollte alles haargenau über

Amanda erzählt haben. Großmutter Lil auch. »Richtig, richtig«, sagte sie. »Du hast die gleichen Rechte wie sie.«

Sie kamen in die Stadt, überquerten die Brücke zum Westufer und rannten bis zum Häuschen.

Großmutter Lil saß vor der Tür und schmauchte ihre Pfeife.

»Hier is meine Freundin Amanda«, sagte Lilith; und Amanda sah der alten Frau ins Gesicht.

Amanda hatte sich im Laufe des letzten Jahres verändert; sie empfand immer noch so tief, konnte ihre Gefühle aber besser unter Kontrolle halten, und auch die Tränen kamen nicht mehr so schnell. Die Kenntnisse, die Lilith ihr von ihrer Welt vermittelt hatte, hatten ihren Horizont erweitert. Jetzt bedauerte sie Großmutter Lil nicht mehr, denn selten hatte sie ein derart zufriedenes Gesicht gesehen.

»Dies ist ein großer Tag«, sagte Großmutter Lil. »Eine feine Dame kommt eine arme alte Frau besuchen.«

Obwohl die Worte nach Ergebenheit klangen, spürte Amanda den Spott heraus.

»Wie geht es Ihnen, Mrs. Tremorney?«

»Sehr wohl, meine schöne Königin; und noch besser dank der Nachfrage durch Ihre Gnaden. Du bis also die Freundin von meiner Enkelin. Laß dich anschauen.«

Die alte Frau gab Lilith ihre Pfeife, winkte Amanda zu sich heran, nahm ihren Kopf in ihre knochigen Hände und sah sie lange an.

»Meiner Seel! Du bis ihm ja wie aus dem Gesicht geschnitten«, sagte sie.

Dann zog sie das Mädchen an sich und küßte sie hart auf den Mund. Wider Willen schrie Amanda entsetzt auf und kämpfte sich frei. Die Schamröte stieg ihr in die Wangen, aber die alte Frau lachte nur. Unsicher stand Amanda da. Sie wünschte, sie wäre nicht gekommen, brachte es aber nicht fertig, sich stolz abzuwenden.

»Und wie geht es allen im Hause?« fragte Großmutter Lil. »Sag es mir, meine kleine Königin.«

Amanda fand ihre Stimme wieder. »Danke, uns geht es gut.«

»Und deine arme süße Mutter? Wann schenkt sie dir einen kleinen Bruder oder eine kleine Schwester, hm?«

»Ich . . . ich weiß nicht.«

»Nie, sag ich. Nie!« Die alte Frau lachte grob, als ob es in ihrer Gewalt stünde. »Und dein Vater? Was macht dein frommer Vater?«

»Es geht ihm gut, danke.«

»Und er wandelt auf'm andern Pfad als sein Vater, was?«

Sie lachte wieder und entblößte dabei ihre Zahnstummel, die häßlich und voller Nikotinflecke waren.

William kam aus dem Häuschen heraus. Er blieb wie angewurzelt stehen und errötete, als er die Besucherin erkannte.

»Steh nicht so dumm herum«, sagte die alte Frau. »Mach einen Diener für die Lady. So wie ein Gentleman. Küß ihr die Hand und sag ihr, daß sie schön ist.«

William verbeugte sich und sah noch verlegener aus als sonst.

»Du has nich jeden Tag das Glück, einer Lady die Hand zu küssen . . . obwohl es dir zusteht. Es steht dir zu.«

William und Amanda starrten sich schüchtern an. Amandas Herz klopfte wie verrückt. Es war eine komische Familie, viel komischer, als sie angenommen hatte.

Plötzlich überkam sie Mitleid für den linkischen Jungen, der da vor ihr stand, genauso wie damals, als sie ihn bei der Koppel entdeckt hatte. Sie streckte ihm ihre Hand hin; er nahm sie, und sie spürte, wie rauh die seine war. Sie mußte an die Knochenarbeit auf Bauer Polgards Feldern denken und an den Küchentisch, an dem sie nicht lange genug sitzen durften, um sich satt zu essen; und statt Ekel – wie sie ihn wohl eigentlich spüren sollte – fühlte sie nur Mitleid.

Sie lächelte ihn an, und er küßte ihr mit hochrotem Kopf die Hand. Dann drehte er sich um – scheinbar voller Scham – und rannte, so schnell er nur konnte, vom Häuschen und dem spöttischen Gelächter der Großmutter davon.

»Jane, du kannst das Stück Pastete mit nach Hause nehmen ... und den Rest von dem, was wir am Mittwoch gebacken haben. Deine Schwester kannst du auch mitnehmen«, sagte Mrs. Derry. Ihr Blick, der auf Jane voller Wohlwollen geruht hatte, verfinsterte sich, als er Lilith traf. »Und es wär mir recht, wenn du sie dalassen würdest«, murmelte sie leise vor sich hin.

Lilith zog eine Grimasse, sobald ihr Mrs. Derry den Rücken zugewandt hatte, und Jane hatte große Angst, daß Mrs. Derry es sehen könnte.

Jane war ein frisches junges Mädchen von siebzehn. Seit sie ins Haus gekommen war, hatte sie sich willig gezeigt. Was ihr Äußeres betraf, unterschied sie sich sehr von Lilith und William; das Haar war brünett, die Augen grau; ihre Ausdruckslosigkeit ließ kaum einen Unterschied zwischen ihr und Bess oder Ada erkennen. Jane war von Natur aus friedfertig; alles was sie sich wünschte, nachdem sie nun reichlich zu essen hatte, war, in Frieden zu leben ... dachte Lilith, und Lilith verachtete sie dafür. Es kam ihr so vor, als ob Jane mit dem Leben eines Dienstmädchens hochauf zufrieden wäre, bereit zu dienern und zu buckeln, stets besorgt, man könnte sie aus dem Hause der Leighs fortschikken. Mrs. Derry gegenüber war sie ehrerbietig, immer bemüht zu gefallen. Aber an diesem Nachmittag sollte Lilith erfahren, daß es einiges gab, was sie über Jane nicht wußte.

Sie waren aus dem Haus gegangen, den Berg zur Hauptstraße hinaufgestiegen und bei Three Acres, dem ersten Feld des Polgard-Hofes, angelangt. Jane schluckte ein wenig, nahm Liliths Arm und sagte: »Lilith, willst du mir einen Gefallen tun?«

Überrascht drehte Lilith sich um. Jane war nervös und tat geheimnisvoll, und Lilith stellte erstaunt fest, daß sie diesen Blick an ihrer Schwester nicht kannte.

»Also was denn?« fragte Lilith und hielt inne, um ihre Schwester besser ansehen zu können.

»Nimm dies mit nach Hause.« Hastig legte sie das Essenspaket in Liliths Hände. »Sag ihnen nicht, daß ich mit dir kommen sollte; und wenn du wieder zu den Leighs gehst . . . warte hier auf mich, damit wir beide zusammen ins Haus zurückkehren.«

Lilith kniff die Augen zusammen. »Warum? Wohin gehste denn?«

»Das is meine Sache.«

»Meine auch . . . wenn ich sagen soll, daß du nich mitgekommen bist, und auf dich warten soll.«

Jane war bedrückt. Sie runzelte die Stirn, als ob sie sehr bekümmert wäre.

»Ach Lilith, willste das nich für mich tun?«

»Ich muß wissen, warum. Dann tu ich's vielleicht.«

»Schwörste, daßte nix verrätst?«

Lilith nickte eifrig.

»Keiner Menschenseele. Nich Bess oder Ada, überhaupt keinem? Nich einmal William?«

»Ich schwör's!« verkündete Lilith feierlich.

»Also, du kennst doch Tom Polgard.« Jane lächelte ziemlich albern, so daß Lilith zu ahnen begann.

»Was ... du und Tom Polgard?«

Jane nickte. Dann bekam sie es plötzlich mit der Angst zu tun. »Du darfst keinem ein Wörtchen verraten. Das wär einfach schrecklich. Was würden seine Eltern wohl sagen?«

»Die Schweine!« Lilith spuckte aus, wie sie es bei den Fischern gesehen hatte. »Schweine sind das, alle beide!«

»So darfste nich reden«, sagte Jane.

Lilith sah hochmütig drein. Von nun an sollte Jane nicht mehr so mit ihr reden wie früher. Lilith würde Janes Geheimnis nicht verraten; es machte richtig Spaß, die Geheimnisse anderer Leute für sich zu behalten. Es gab einem ein gewisses Machtgefühl. Macht! Das war es, was Lilith mehr wollte als alles andere. Sie hatte Macht über Amanda und war deshalb ihresgleichen, wenn sie allein waren. Jetzt besaß sie auch Janes Geheimnis, und Jane konnte sich nicht länger als die große Schwester aufspielen.

Lilith sagte noch einmal: »Schweine ... alle beide! Aber Jane, willste ihn heiraten?«

Jane war bestürzt. »Ja, das möchten wir ... aber die wern es niemals zulassen.«

»Dann müßt ihr durchbrennen.«

»Wo sollen wir denn hin?«

Lilith musterte ihre Schwester verstohlen. Weglaufen ... in die hungrige Welt? Das Schlaraffenland ver lassen, welches das Haus der Leighs für Jane und der Polgard-Hof für Tom bedeutete – denn Mrs. Polgard würde wohl kaum ihren eigenen Sohn vom Tisch scheuchen, dachte Lilith; Landwirte, die nicht der Oberklasse angehörten, aber doch ein, zwei Stufen über der arbeitenden Bevölkerung standen, hielten große Stücke auf ihre Kinder, besonders wenn es Söhne waren.

»Also was wollt ihr denn machen?« fragte Lilith.

»Das wissen wir eben nich.«

»Willste dich jetzt mit ihm treffen?«

»Ja. Wir müssen, Lilith. Aber wir haben Angst, daß uns einer sieht. Gott weiß, was der Bauer und seine Frau anstellen, wenn man uns schnappt. Doch wir müssen uns einfach sehen, Lilith. So is es nun mal.«

»Dann geh«, sagte Lilith. »Ich verpetz dich nich. Ich geh nach Haus und sag, daß se dich dabehalten ham; ich warte auf dem Rückweg auf dich.«

»Das is gut. Tu das. Aber vergiß nich ... kein Sterbenswort. Es is schrecklich gefährlich.«

Lilith nickte und setzte ihren Weg fort. Sie dachte über Jane und Tom nach, die sich ziemlich ähnlich waren, ruhige Menschen, die nur genügend zu essen haben und in Frieden leben wollten; und jetzt hatte sie die Liebe gepackt, und sie wollten noch etwas, das jedoch sehr schwer zu bekommen war.

Aber warum eigentlich? Lilith wurde plötzlich zornig. Weil der Bauer und seine Frau Jane Tremorney nicht für gut genug hielten für ihren Sohn. Wieso? Es war eine von den Ungerechtigkeiten des Lebens, daß einige in Katen und einige auf Höfen geboren wurden – und einige in großen Häusern, wie Amanda Leigh. Solche Gedanken schürten in Lilith einen Haß auf die Welt.

Als sie zum Häuschen kam, war nur die Mutter mit den kleinen Kindern da – William war mit seinem Vater auf See. Die Familie hatte gerade eine Mahlzeit aus Sandaalen hinter sich, die die Kleinen vom Strand gebracht hatten. Das hieß, daß Schmalhans Küchenmeister war. Sie freuten sich daher, Lilith zu sehen, und besonders freuten sie sich über das Paket, das sie bei sich trug.

Sie öffnete es und sah, wie ihre Augen aufleuchteten. Sie legte selbst die Portionen für William und den Vater beiseite; dabei erfüllte sie das wunderbare neue Machtgefühl, an dem sie Gefallen zu finden begann.

Wie erhebend es war, gleichgültig das Essen zu betrachten, während die Kleinen sie anblickten, als wäre sie eine Göttin. Und Großmutter Lil ließ ein leises Brummen vernehmen, was Stolz ausdrücken sollte.

»Wo is denn Jane?«

»Die mußte dableiben.«

Sie nickten. Die Augen der Großmutter leuchteten. Zwei aus der Familie im Haus der Leighs! Das war ein Erfolg, um den sie die ganze Dorfgemeinschaft beneidete; und es war allein ihr Verdienst!

Später saß Lilith mit der alten Frau vor dem Häuschen und stopfte ihr die Pfeife, wie sie es schon als kleines Mädchen getan hatte.

»So is es gut, meine Hübsche. Tu man ordentlich Tabak rein. Ich krieg ihn regelmäßig, weißte.«

»Kriegst ihn von Bill Larkin«, sagte Lilith. »Der, dem sein Vater früher dein Liebhaber war und der es nich vergißt.«

Lilith wollte über Liebe reden – diese Sache, die über Jane gekommen war und aus dem sanften Mädchen ein mutiges gemacht hatte, bereit, den Zorn der Polgards zu riskieren für eine Stunde auf den Feldern mit dem Erstgeborenen.

Die alte Großmutter Lil war nur zu willig, über ihr Lieblingsthema zu sprechen.

»Du hast recht, meine kleine Königin. Der alte Jack Larkin hat auf'm Totenbett zu seinem Sohn Bill gesagt – der hat das Geschäft von ihm übernommen: ›Bill‹, hat er gesagt, ›sieh zu, daß die alte Lil Tremorney immer ihren Tabak kriegt . . . so regelmäßig wie zu meinen Lebzeiten . . . denn Lil und ich haben uns viel bedeutet in früheren Tagen ... und mit ihr hat es Spaß gemacht wie mit keiner sonst.‹ Das hat er gesagt.«

Lilith sah ihr ins Gesicht. »Und jetzt bist du zu alt ... zu alt für den Spaß?«

»Zu alt für den Spaß, ja. Aber das kommt auf uns alle zu.«

»Du warst eine schlechte Frau, ja?«

Die Großmutter stupste Lilith zum Spaß. »Komm, ich flüster dir was. Du bist eine ganz Schlaue, meine Hübsche, das biste. Du bist genauso, wie ich war. Du wirst klug sein. Wenn andere weinen und am Hungertuch nagen, dann sitzt *du* am Tisch und hast'n großen Quarkkuchen vor dir ... und Lammpastete mit Schlagrahm wie die Herrschaft. Und du hast Wein ... Schlehenschnaps und Honigwein zum Runterspülen ... genau wie ich. Ich war eine ganz Schlaue ... so wie du, meine Königin. Ach, die sagen: ›Der Tod ist der Sünde Lohn‹, aber das stimmt nich; mein Lohn für meine ›Sünde‹ war ein voller Bauch. So war es. Andere ham auf Stroh geschlafen, ich in meinem Federbett.«

»Ich hab auch schon auf einem Federbett gelegen. Es war das von Amanda. Ich erzähl ihr Geschichten, und sie läßt mich da drauf liegen. Federbetten kommen gleich nach reichlichem Essen.«

Die Klauen der Alten grapschten nach Liliths Lokken. Sie schüttelte den Kopf der Enkelin voller Zuneigung.

»Du wirst groß, Mädchen. Wie alt biste jetzt?«

»Beinah vierzehn.«

»Ah, vierzehn. Da hab ich schon auf eigenen Füßen gestanden. Aber damals war vierzehn was anderes als heute. Alles war damals anders. Mit vierzehn war ich eine Frau, und du bist noch ein Kind.«

»Wer war dein erster Liebhaber?«

»Der Hausierer ... der mit seinen Waren rumgefahren is. Ein schöner Mann, meine Kleine, und er ist im ganzen Land rumgekommen. Die anderen mußten für seine Ware zahlen, doch nich deine alte Großmutter. Siehste den Schal hier? Den hab ich von ihm. Er ist alt, aber er hält mich noch warm in der Nacht. Der Hausierer hält mich immer noch warm, obwohl ich nicht weiß, wo er jetzt ist ... nur, daß er nich mehr in dieser Welt sein kann, denn er war alt genug, mein Vater zu sein, und ich bin jetzt auch schon eine alte Frau. Nachts, wenn die Fenster klappern und der Schnee fällt, dann wickel ich mich in meinen Schal und sag mir: ›Das ist ein schöner Schal, den du mir geschenkt hast, Hausierer.‹ Seinen Namen weiß ich nämlich nich mehr ... auch wenn er mal die Welt für mich war. Hier haste also den Lohn für das bißchen Sünde.«

Lilith nahm den Schal in die Hand und befühlte ihn. Er war einmal dick gewesen, und, wie die Großmutter sagte, er konnte immer noch die Zugluft abhalten.

»Was ich am meisten wissen will ... was war mit dem Mann aus dem Haus der Leighs?«

»Das will ich dir sagen. Ich bin da hingegangen, als ich fünfzehn war, meine Hübsche ... nur ein Jahr älter als du jetzt. Aber ich war eine Frau ... größer als du ... größer, als du jemals werden wirst ... und ich hab in der Küche gearbeitet. Er war ein feiner Mann ... ein feinerer Mann als sein Sohn. Der ist bloß ein winselnder Puritaner, denkt zuviel an das Leben im Jenseits, um sich in diesem zu vergnügen. Weiß nich, ob er recht hat oder nich. Was sagt Gott wohl zu ihm, wenn er oben ankommt? Und was sagt er wohl zu mir? Weiß ich auch nich. Aber wenn er gewollt hätte, daß wir so leben wie unser Herr, dann hätt er die Welt nich so schön machen dürfen. Das sag ich ihm, wenn ich vor sein Angesicht tret. Ich sag: ›Das is so, wie wenn dich einer einlädt zu einem Fest ... und alle guten Sachen stehn da auf'm Tisch, und du läufst weg und ißt 'ne Mohrrübe oder 'ne Runkel vom Boden.‹ Bestimmt wär er beleidigt, wenn sie weglaufen ... wo er doch extra alles so schön gemacht hat. Darum bin ich nicht bange vor ihm. Bestimmt versteh ich mich besser mit ihm als der jammernde Mr. Leigh.«

»Erzähl mal. Was ist passiert, als du dort gearbeitet hast?«

»Er war ein schöner Mann – blondes Haar, und ein Bart, der mehr rot als blond war ... und große blitzende Augen ... wie Miss Amanda, nur daß ihre zu weich sind. Er sah damit in die Welt, als ob er weder Gott noch Menschen scheute, nicht einmal Frauen. Und so war er auch. Ich hab ihn gesehen und sofort gewußt, daß er mir gehört ... für immer und ewig. Und er fand das auch: und schon bald hab ich in einem Federbett geschlafen ... in seinem Federbett.«

»Und die Herrin?«

»Die hat nich gezählt. Arm und krank und matt war sie. Sie is gestorben, und keinem hat's anscheinend leid getan. Und dann sein Sohn ... der jetzt der Herr ist ... ein stiller, unnatürlicher Junge, der Sohn der Mutter, hat sein Vater immer gesagt. Komm, mein Liebes. Komm, meine kleine Königin. Jetzt will ich dir mal ein Geheimnis anvertrauen ... jetzt biste alt genug dafür. Ich hab's dir irgendwann sagen wollen. Hörste mir zu?«

»Ja«, sagte Lilith eifrig.

»Es war, als ich fast achtzehn war. Ich weiß es noch genau. Ich sollte ein Kind bekommen, weißte ... es war von mir und dem Herrn. Und ich hab's ihm erzählt, und er hat gesagt: ›Mach dir nur keine Sorgen, Lil. Das kommt schon in Ordnung.‹ Und so war es auch. Ich bin mit deinem Großvater Tremorney verheiratet worden, und dein Vater is ehelich zur Welt gekommen; und dein Großvater Tremorney hat einen hübschen Batzen Geld gekriegt, damit er keine Fragen stellt. So waren die feinen Herren damals, und so hat es Miss Amandas Großvater auch mit mir gemacht. Nach dem Haus der Leighs war es nicht leicht, wieder in einer Kate zu wohnen, das kann ich dir sagen. Zuerst fand ich's schlimm. Aber ich bin oft zu ihm hingegangen, und unser Häuschen war immer warm im Winter, und das ganze Jahr gab's reichlich zu essen. Ich hab dafür gesorgt ... und dein Großvater war klug genug, keine Fragen zu stellen. Jetzt weißt du die Wahrheit, meine Hübsche. Jetzt weißt du, warum du ebenso viele Rechte im Haus hast wie die kleine Lady; es steht dir wohl zu, dich auf ihrem Federbett auszustrecken, für das Vergnügen brauchste nich mit Geschichten zu zahlen. Du hast ein Recht auf'n eigenes Federbett da oben im Haus ... und eines Tages haste vielleicht eins, wer weiß.«

»Dann hab ich also denselben Großvater wie Amanda Leigh, weil der andere ... den du geheiratet hast ... nicht mein richtiger Großvater war. Mein Vater ist der Bruder vom Herrn.«

»Halbbruder nennt man das. Aber ganz so is es nich. Der Herr, der is ein gebildeter Herr, ehelich geboren und alles, und dein Vater, der hat sein ganzes Leben lang ... anstandshalber ... als Sohn von 'nem andern Mann gelebt.«

»Aber sie sind Brüder, Großmutter; das sind se wirklich.«

»Das sind se.«

»Und was sind wir beide denn, Amanda und ich?«

»Na, ihr seid wohl Kusinen, nich?«

»Kusinen!«

Lilith stand auf und schlang die Arme um die Großmutter.

»Ich hab's dir schon lange sagen wollen«, erklärte die alte Frau. »Dein Vater, der war gar nich wie sein Vater ... ein echter kleiner Kätnerjunge war er. Aber du, meine Hübsche, du bist wie ich; und William hat vielleicht doch was von mir, auch wenn er so still is.«

»Ja«, sagte Lilith, »das hat er.«

»William, der is so sanft. Er is nich wie sein Großvater; aber er is auch nich wie ich ... und er is kein Kätnerjunge. Gib ihm schöne Kleider und lern ihm ein bißchen was, nimm ihm was von seiner Schüchternheit, dann haste'n feinen Herrn, einen richtigen Gentleman. Solche hab ich auch getroffen. Da haste'n feinen Herrn, gut genug, seine Kusine zu heiraten und Leigh House zu erben. Denn da kommt wohl kein Sohn, dem man's vererben könnte, und so was bleibt am besten in der Familie.«

Lilith saß und lauschte, die Augen zusammengekniffen. Dann ließ sie ihren Blick schweifen, von Großmutter Lil fort, in die Zukunft.

Das Haus der Leighs war noch stiller und noch düsterer als sonst. Amanda weinte und versuchte, sich das Leben ohne Mama vorzustellen, denn Mama war sehr krank. Miss Robinson dachte offensichtlich, daß sie sterben würde. Amanda konnte das aus der Art herauslesen, wie sie den Kopf schüttelte und ihre Lippen zusammenpreßte, den schwachen Kummer – und mehr noch, eine Hoffnung, die alles andere überwältigte und täglich mit rasender Geschwindigkeit wuchs.

Lilith hatte vor Monaten geflüstert: »Ich will dir mal was sagen. Du kriegst'n kleinen Bruder oder 'ne Schwester ... oder auch beides.«

Amanda hatte es nicht geglaubt, wagte aber auch nicht, Lilith nach dem Grund ihrer Annahme zu fragen, denn sie wollte nicht das hämische ›Weißte denn gar nix? Du bist ja so dumm‹ provozieren.

Aber bald darauf hatte Amanda entdeckt, daß Lilith recht hatte.

Papa verbrachte mehr Zeit beim Gebet als sonst. Mama hatte ganz einfach Angst; sie weinte viel und betete um Kraft, um ihr Kreuz zu tragen. Ganz ohne Zweifel erwarteten alle, daß Mrs. Leigh sterben würde, taten aber so, als wäre es ein neues Baby.

Amanda stützte den Kopf auf und betrachtete sinnend Miss Robinson, die, wie es schien, hübscher geworden war. Ihr Haar war fülliger, und sie trug neue Spitzenkragen. Beim Essen errötete sie, wenn Papa mit ihr sprach; und sie kam immer auf die kleine Predigt zurück, die er in der Hausandacht gehalten hatte.

Im Laufe der Wochen verbrachte Laura mehr und mehr Zeit auf dem Sofa, wenn sie nicht in ihrem Schlafzimmer war. Dann hatte sie Amanda gerne bei sich sitzen und war ganz zärtlich zu ihr. Amanda begann sie zu umsorgen, als wäre sie die Erwachsene und die Mutter das Kind.

Eines Nachts im August war Unruhe im ganzen Haus. Amanda zog sich den Bademantel über, wurde aber in barschem Ton von Miss Robinson ins Bett zurückgeschickt. Die Gouvernante trug ihr Haar in einem dünnen Zopf, ihre Augen glitzerten vor Erregung. Am nächsten Morgen waren zwei Krankenschwestern im Haus, und der Arzt kam am Nachmittag. Die Neuigkeit sickerte schnell durch: es würde kein Baby geben, und Mrs. Leigh war sehr krank.

Und sie blieb krank. So fiel es Amanda – selbst wenn sie traurig und besorgt sein wollte und das auch eine lange Zeit bleiben konnte – nicht leicht, in diesem Zustand, der ihr schon wochenlang ununterbrochen abverlangt wurde, weiter zu verharren.

Da die Mutter krank war, der Vater des öfteren nicht am Essenstisch erschien und Miss Robinson weiterhin schwankte zwischen der Rolle der liebevollen Mutter in spe und der gestrengen Gouvernante, konnte sich Amanda größerer Freiheit erfreuen; und eines Tages, als sie auf der Fensterbank des Schulzimmers saß, hörte sie Kieselsteine an die Scheibe schlagen. Als sie hinaussah, bemerkte sie Lilith unten.

Lilith winkte ihr auf eine Weise, die etwa Dringendes und Angenehmes ankündigte.

Amanda ging hinunter.

»Komm«, sagte Lilith. »Jetzt gibt's was ganz Besonderes. Bist du schon mal mit einem Heuwagen gefahrn?«

Das war Amanda nicht.

»Dann haste jetzt Gelegenheit dazu.«

»Aber Lilith . . . wo . . .? Ich müßte eigentlich im Schulzimmer sein . . .«

Lilith schnippte mit den Fingern. »Sei nicht so dumm. Morgen kannste lernen. Nie wieder wirste so 'ne Gelegenheit kriegen, auf'm Heuwagen zu fahren. William soll eine Fuhre nach St. Keyne bringen. Ich fahr mit.«

»Dann fahr du. Ich kann nicht.«

»Sei doch kein Feigling, Amanda. Du weißt nix und bist nirgends gewesen.«

»Ich habe meine Hausschuhe an.«

»Hausschuhe!« sagte Lilith voller Verachtung. »Es würde dir nichts schaden, barfuß zu laufen. Komm, sei kein Feigling!«

Lilith nahm ihre Hand und schoß mit ihr durch die Büsche bis zur Hecke, die an die Koppel grenzte; und dann rannten sie quer über die Koppel bis zur Straße. Da war der Wagen mit dem schüchternen, stillen William. Er hielt die Zügel in der Hand, während das Pferd neben dem Weg weidete.

»Steig auf«, sagte Lilith. »William, hilf ihr.«

Es war ein denkwürdiger Tag. Später träumte Amanda manchmal davon, wie sie die Straße entlanggezukkelt waren, an den Feldern vorbei, auf denen der Weizen sich goldbraun zu färben begann, vorbei an weißem Hafer und gelber Gerste; bergauf, bergab, vorbei an Wäldern, aus denen sie die Begonien rot leuchten sah, vorbei an Gärten voll reifender Früchte. Sie plauderten zwanglos – zumindest sie und Lilith. William blieb still, doch auf seinem Gesicht zeigte sich tiefe Zufriedenheit: Er sagte, er müßte eine Fuhre zu einem Hof bei St. Keyne bringen; und schüchtern fügte er hinzu, daß er sich über die Gesellschaft freue.

»Er hat mir Bescheid gegeben«, sagte Lilith. »Ich dachte, du kommst gern mit uns . . . wo du doch noch nie auf'm Heuwagen gefahren bist.«

»Manche sollten in einer Kutsche fahren, nicht auf Heuwagen«, meinte William schüchtern.

»Besser is es, in Kutschen *und* auf Heuwagen zu fahren«, wies Lilith ihn zurecht, »denn man sollte alles kosten, was es nur gibt. Das sagt meine Großmutter immer, und sie weiß Bescheid . . .«

»Wem gehört die Fuhre?« fragte Amanda. »Und der Wagen?«

»Bauer Polgard«, antwortete William.

»Arbeitest du für ihn?«

»Nur bis zur Ernte.«

»Und was machst du, wenn die Ernte vorbei ist?« fragte Lilith schroff.

»Das weiß ich nicht«, sagte William.

Amanda standen die Tränen in den Augen; sie stellte sich vor, wie er Kartoffeln auflas, erschöpft und hungrig, und in die Küche des Hofes kroch, wo die böse Mrs. Polgard hinter ihm stand und ihm nur wenige Minuten ließ, um etwas zu essen. Amanda litt mit ihm, so wie sie mit allen litt, die ihr Mitleid erweckten.

»Bleib doch nicht da«, sagte sie. »Warum läufst du nicht davon?«

Lilith warf ihr einen verächtlichen Blick zu. »Wo soll er denn hin?« fragte sie.

»Er könnte doch ... Fischer werden.«

»Und was weißt du von den Fischern, Amanda?« Lilith sprach beinahe anmaßend; bisher hatte sie immer *Miss* Amanda in Gegenwart Dritter gesagt.

»Das ist doch sicher besser, als für die Polgards zu arbeiten.«

»Ich weiß nicht«, sagte Lilith. »Denk mal drüber nach ... denk mal drüber nach in deinem warmen Federbett ... denk an die Fischer mit der See überall um sie rum, wie der Nebel aufkommt und sie vom Land ausschließt. Denk an den Wind und den Sturm und wie das Boot schaukelt, hin und her, daß du beinah rausgeworfen wirst ... und der Schein auf dem Wasser, der vielleicht nur ein Irrlicht ist und kein Schwarm von Makrelen. Ein Fischer weiß nie, wann seine Zeit gekommen ist. Die Stürme halten ihn an Land, und es gibt wochenlang keinen Fisch. Was soll er tun? Zu Hause bleiben und verhungern oder rausfahren und ertrinken ... oder für Bauer Polgard arbeiten?«

Amanda schauderte.

»Siehst du?« fuhr Lilith fort. »Du bist ein Dummkopf, das bist du!«

»Also«, meinte Amanda, »ich wäre lieber Fischer, als daß ich für die Polgards arbeiten würde.«

William sagte: »Es is egal, was einem angenehmer is, Miss. Man muß nehmen, was man kriegt.«

»Man muß nehmen, was man kriegt?« wiederholte Lilith zornfunkelnd. »Ich weiß, was ich täte, wenn ich ein Mann wär. Mir wär alles egal, ich würde zu den Schmugglern gehen.«

»Und wenn sie dich fangen würden?« fragte Amanda.

»Lieber vom Gesetz erwischt werden als von der See.«

»Was passiert denn, wenn sie einen fangen?«

»Ich hab mal einen Mann gesehen, als ich klein war«, sagte William. »Er war in der Strafkolonie gewesen und nach sieben Jahren zurückgekehrt. Er war Tag und Nacht mit vielen anderen zusammengekettet ... und arbeitete an den Straßen. Die Narben auf seinem Rükken, dort wo sie ihn geprügelt hatten, heilten nie aus. Die Maden saßen drin und hatten sein Fleisch gefressen. Er hat von der Kolonie erzählt ... all die schönen bunten Vögel und das blaue Meer und die Sonne ... und all das Elend und die Peitsche und der Hunger.«

»Oh ... wie konnten sie das tun!« murmelte Amanda.

»Da schicken sie keine Männer mehr hin, Miss. Doch es gibt andere schlimme Sachen. Da war mal ein Knecht, der hat ne Rübe gestohlen vom Acker.« Williams Augen leuchteten; er war nicht mehr der Kätnerjunge. Lilith beobachtete ihn liebevoll, Amanda aber blickte ihn erschrocken an.

William fuhr fort: »Es bleibt nicht immer so. *Wir* müssen damit Schluß machen. Wir müssen das alles ändern ... wir müssen dafür sorgen, daß die Menschen nicht schlecht behandelt werden, nur weil sie arm sind. Und daß sie bei der Menge, die es gibt, nicht verhungern.«

»Aber wenn das Wetter zu schlecht ist und die Fischer nicht auslaufen können ... was kann man dagegen tun?« fragte Amanda.

»Miss Amanda«, sagte William, »Sie dürfen nicht gekränkt sein: Aber wir müssen alles besser verteilen. Es darf nicht sein, daß manche schlemmen und andere verhungern. Das ist nicht recht. Man muß alles teilen. Es ist gefährlich, so zu reden. Dafür hat man noch vor kurzem Männer in die Strafkolonie geschickt. Sie nennen es ein Verbrechen, Miss. Aber es ist keins. Und eines Tages ... eines Tages ...« Er lächelte und sagte zum Schluß leise: »Eines Tages werde ich etwas dagegen tun.«

Die weitere Fahrt verbrachten sie schweigend. Er hatte sich verändert, dachte Amanda, so sehr, daß man seine zerlumpte Kleidung nicht mehr wahrnahm; er sah mächtig aus, wie er so dasaß mit den Zügeln in der Hand, als ob er seine unterdrückten Mitmenschen in ein besseres Leben führen wollte und nicht eine Fuhre Heu und zwei junge Mädchen zu einem Hof in der Nähe von St. Keyne kutschierte.

Dann fing er wieder an zu reden, und Amanda wunderte sich, daß sie ihn jemals für einen unbeholfenen Kätnerjungen gehalten hatte. Er sprach von dem Elend seiner Leute, von Hunger und Armut; er sprach voller Zorn, Groll und Entschlossenheit. Er erzählte von der Abordnung von Männern aus Dorset, die über ihre Rechte gesprochen hatten und für ihre Schamlosigkeit deportiert worden waren. Er war sehr beredt, und die Mädchen hörten ihm schweigend zu.

Schließlich kamen sie zum Hof. Er bat sie abzuspringen und auf dem Weg zu warten, während er das Heu ablieferte; und solange sie warteten, sprachen sie über William.

»Eines Tages wird William ein großer Mann sein, glaube ich«, meinte Lilith. »Ich habe immer daran geglaubt. William und ich ... wir sind uns ganz nah. Stell dir vor, wir waren schon zusammen, bevor wir geboren sind ... haben uns in unserer Mutter umarmt. Is das nich wunderbar?«

»Aber er darf nicht so reden«, sagte Amanda. »Was

ist, wenn ihn jemand hört und er verurteilt wird? Was ist damit erreicht? Was haben die Männer damit gewonnen?«

»William sagt, daß alles, was man tut, eine Spur hinterläßt. Er sagt, es sieht aus, als ob sie scheitern und furchtbar leiden müssen dafür, aber daß die Menschen sich an sie erinnern. So als ob sie sich zum Banner machen für die, die nach ihnen kommen. So ist das.«

»Ein Banner!« sagte Amanda. »Ein Banner, auf dem geschrieben steht: ›Versucht es nicht. Seht, was mit uns passiert ist.‹«

»Das glaub ich auch. Aber William nicht. Ich meine, William irrt sich. Das hab ich ihm auch gesagt, doch er denkt immer nur an die anderen. Er würde sich auch zum Banner machen, bestimmt. Aber was nützt das schon? Er muß für sich selbst kämpfen, sag ich ihm, nicht für andere. Wer will denn ein Banner? Was die Leute wollen, ist ein reich gedeckter Tisch mit Speis und Trank und ein Federbett zum Schlafen. Das erklär ich ihm immer wieder. Aber er ist ein *gütiger* Gentleman. So was gibt's. Meine Großmutter sagt das, und sie weiß es. William müßte ein Herr sein; dann könnt er richtig reden lernen, und was er sagt, würd ihn nich in Schwierigkeiten bringen.«

Amanda erwiderte: »Er kann kein Herr sein, weil er nicht als Herr geboren ist, darum sollte er seine Worte vorsichtig wählen.«

Lilith blinzelte sie an, doch Amanda sah nicht hin, denn sie hatte die Wagenräder gehört, die Williams Rückkehr ankündigten.

Als sie auf dem Wagen saßen, sagte Lilith: »William, fahr am Brunnen vorbei! Bestimmt hat Amanda den Brunnen noch nie gesehen.«

»Nein«, sagte Amanda. »Laßt uns am Brunnen vorbeifahren.«

»Das kostet aber Zeit«, entgegnete William.

»Ach!« spottete Lilith. »Hast du etwa Angst vor dem alten Polgard? Du kannst schön reden, aber du tust nicht viel. Hast du dir keinen Umweg verdient? Außerdem möchte Amanda gern, nicht, Amanda?«

Rasch warf Amanda ein: »Ich möchte es nicht, wenn ... wenn William deshalb Schwierigkeiten bekommt.«

Liliths Augen sprühten vor Verachtung. »Sie denkt, du bist feige, William. Sie denkt, du redest nach außen kühn daher und hast im tiefsten Innern Angst.«

»Nein«, schrie Amanda. »Ich will nur nichts tun, was Schwierigkeiten bringt«

Aber William hatte dem Pferd schon die Peitsche gegeben, und weiter ging die holprige Fahrt zum Brunnen.

»Was ist das für ein Brunnen?« fragte Amanda.

»Weißte das nich?« spöttelte Lilith. »Du weißt gar nix. Jeden Morgen haste Unterricht, und nix weißte. Du guckst Karten an und zeichnest sogar welche, aber was mit dem Brunnen von St. Keyne is, das weißte nich.«

»Untersteh dich, in diesem Ton mit mir zu reden, Lilith!« sagte Amanda.

Doch Lilith lachte nur. »Hier haste nix zu sagen. Was wär denn, wenn William und ich dich jetzt auf die Straße setzten? Dann wärste ganz schön in der Klemme.«

William aber beruhigte sie: »Das würden wir nie tun, Miss Amanda. Lilith, du darfst nicht somit Miss Amanda reden.«

»Nun hör sich mal einer das an«, schrie Lilith. »Er will für seine Rechte und die Rechte von uns allen kämpfen, vergißt aber dabei nicht, vor der Herrschaft die Mütze zu ziehen.«

»Lilith ist unverschämt, und sie wird es noch bereuen. Aber laß jetzt mal«, sagte Amanda ernst.

Lilith machte sich nichts daraus; sie schnippte verächtlich mit den Fingern.

Dann kamen sie zum Brunnen, der an einer Weggabelung hinter üppig wachsendem Blattwerk verborgen lag.

»Ich halte das Pferd, und William zeigt dir den Brunnen. Dort ist er. Du gehst diesen Weg. Und William, du den andern. Mal sehen, wer zuerst da ist«, sagte Lilith.

»Nein, Lilith, *nein!*« protestierte William.

Aber Lilith lachte nur, denn Amanda war schon in die Richtung gelaufen, die sie ihr gezeigt hatte.

»Sei nich albern«, ermunterte Lilith ihren Bruder. »Tu, was ich sage. Los ... du hast keine Sekunde zu verlieren.«

Amanda war auf dem rechten Pfad, der gerade Platz genug für eine Person bot, beim Brunnen angelangt, nur wenige Sekunden, bevor William auf dem linken daherkam, puterrot und verlegen.

Sie starrten in die dunkle Tiefe.

»Es ist ja nur ein ganz gewöhnlicher Brunnen«, sagte Amanda. »Er riecht unangenehm.«

»Das sind die Wasserpflanzen und so ...«

»Ob wir uns etwas wünschen sollen?«

William schüttelte den Kopf.

»Dann ist es ja gar kein Zauberbrunnen. Schade, daß es nicht der von St. Uny bei Redruth ist, William.«

»Warum bedauern Sie das, Miss Amanda?«

»Weil man nicht gehängt wird, wenn man den Finger in das Wasser taucht.«

»Und das möchten *Sie* gern tun?«

»Nein, ich möchte, daß du es tust.«

»Sie glauben also, daß es so weit mit mir kommen wird, Miss Amanda?«

»Ich weiß nicht, aber ich habe Angst, daß du etwas Wildes, Unbedachtes sagst und dafür bestraft wirst. Du bist nicht wie die anderen Leute aus den Katen. Du siehst so aus wie sie, aber unter der Oberfläche bist du ... irgendwie anders.«

Er legte seine Hände auf den Brunnenrand und sagte ernst: »Und Sie sind nicht wie die vornehmen Leute, Miss Amanda. Sie schauen zwar so aus, aber Sie sind anders ... Sie sind liebevoll und gütig und sehen die Menschen richtig an ... als ob sie Ihnen nicht gleichgültig sind.«

»He!« rief Lilith. »Was ist denn da los?«

Sie lächelten sich an; Amanda nahm den rechten, William den linken Pfad, und beide rannten zur Straße zurück.

»Wer war zuerst da?« fragte Lilith.

»Miss Amanda.«

»William, du Dummkopf!« schrie Lilith mißbilligend. »Hättste besser aufgepaßt!«

»Is doch dumm, an so was zu denken«, antwortete William.

»Ich hatte einige Sekunden Vorsprung«, sagte Amanda.

»Das is egal«, erwiderte Lilith. »Na, jetzt is es zu spät.«

»Was denn?«

»Ach, weißte denn gar nix? Wenn eine Frau und ein Mann das erste Mal zusammen zum Brunnen gehen, gibt der, der als erster ankommt, später in der Ehe den Ton an. Das ist der Zauber von St. Keyne.«

»Wie albern!« sagte Amanda kühl.

»Is nich albern, is 'n Zauber«, widersprach Lilith.

»Hör doch auf«, sagte William streng und knallte mit der Peitsche.

Lilith schwatzte pausenlos; sie verfügte über ein unerschöpfliches Repertoire an Geschichten, die meisten hatte sie von Großmutter Lil gehört. Sie erinnerte William und Amanda immer wieder an den kleinen Vorfall, der den beiden so peinlich und für sie selbst so belustigend gewesen war. Jetzt erzählte sie ihnen, wie Großmutter Lil zusammen mit einem Hausierer nach Altarnon geritten war. Da hatten sie gesehen, wie man eine geisteskranke Frau in den Brunnen von St. Nun tauchte. »Rein ging se und schrie, als ob se von tausend Teufeln besessen war... raus kam se vollkommen gesund. Die Brunnen in Cornwall haben Zauberkräfte, weil unsere Heiligen sie vor langer, langer Zeit gesegnet ham.«

Dann fing Lilith an zu singen; sie hatte eine klare, angenehme Mezzosopranstimme, die bei so einer kleinen Person doppelt kräftig klang. Sie sang nach der Melodie des ›Furry Dance‹ einen eigenen Text über ein Paar, das sich in St. Keyne gefunden hatte, und über einen Mann, der ein Mädchen zuerst dort ankommen ließ. Anschließend kamen die Weihnachtslieder an die Reihe: ›Einst saß ich am sonnigen Ufer‹ und ›Es stimmen der Herr und die Herrin die Weihnachtslieder an‹. Und William und Amanda fielen mit ein.

Bald darauf waren sie beim Hause der Leighs angelangt. Die Mädchen stiegen ab, und William fuhr in Richtung des Polgard-Hofs weiter.

Amanda wollte nicht reden, aber Lilith gab immer noch den Ton an.

»Du bist eingeschnappt«, sagte sie.

»Bin ich nicht.«

»Doch. Und ich sag dir auch, warum. Weil das am Brunnen passiert is. Du warst schneller als William, und das heißt, du hast die Hosen an, wenn ihr heiratet.«

»Ich verbiete dir, so zu reden. William und ich könnten unmöglich heiraten.«

»Ein junger Mann und ein Mädchen können wohl heiraten.«

»Du vergißt, wer ich bin ... und wer er ist.«

»Das hast *du* vergessen, als du mit uns gefahren bist.«

»Nicht eine Minute lang habe ich es vergessen.«

»Das sollteste aber. Du bist keine Spur besser als wir ... wenigstens nich viel ... es is kaum der Rede wert.«

»Ich habe noch nie solchen Unsinn gehört und wünsche, daß du mir mehr Respekt entgegenbringst. Ich muß darauf bestehen.«

Lilith tänzelte voraus und sah sich spöttisch um.

»Amanda, kennste das Porträt in der Galerie, von dem Mann mit den blonden Haaren, der solche Augen hat wie du?«

»Meinst du meinen Großvater?«

»Ja. Dein Großvater ... und meiner.«

»Dein Großvater?«

»So is es. Mein Vater war sein Sohn ... genauso wie dein Vater. Großmutter Lil hat im Haus gearbeitet. Er hat sie an Großvater Tremorney verheiratet ... aber er bleibt doch trotzdem mein Großvater, so wie deiner ... und Williams is er auch.«

Lilith rannte lachend weiter und sah sich von Zeit zu Zeit nach ihr um. Amanda stolperte hinterher; die rauhen Steine taten ihr weh durch die dünnen Sohlen ihrer Hausschuhe.

Laura Leigh lag in ihrem Krankenzimmer. Die Vorhänge waren zugezogen; die Fenster waren fest verschlossen; ein Feuer brannte im Kamin. Daß es ein sonniger Septembertag war, wußte sie nur, weil einige Strahlen durch die Vorhänge fielen, dort, wo das Mädchen sie nicht richtig zugezogen hatte.

Ihr Kopf schmerzte; ihr ganzer Körper schmerzte; aber diese physischen Qualen waren nicht so bitter wie der Groll in ihrem Herzen.

Ihr Ehemann war fort; er besuchte seinen Bruder an der Grenze von Devon und Somerset und würde mehrere Wochen bleiben. Sie war froh über seine Abwesenheit. Während ihrer Krankheit, als sie in diesem Zimmer gelegen hatte in dem Glauben, es nie wieder verlassen zu können, war die Wahrheit durchgedrungen, so wie jetzt das Sonnenlicht durch den Spalt im Vorhang. Sie war durch einen Spalt im Vorhang der Heuchelei gedrungen, und sie war schmerzhaft ... so schmerzhaft wie das Sonnenlicht für ihre müden Augen.

Sie griff nach ihrem Riechsalz. Bei der geringsten Bewegung fühlte sie sich schwach. Aber sie würde genesen, so wie sie es nach jeder Heimsuchung getan hatte; und zu gegebener Zeit würde wieder der Befehl kommen – denn um einen Befehl handelte es sich, einerlei, in welche sanften Worte er gekleidet war: »Ich werde heute abend in Ihr Zimmer kommen.«

Sie hatte ihn während ihrer Krankheit für sie beten hören. Um mehr Glück in Zukunft? Darüber grübelte sie nach. Darum, daß der Herr auf SEINE Weise Paul Leigh einen Sohn schenken sollte?

Die Allmacht Gottes konnte beides bewerkstelligen: ein Wunder in der Gestalt eines Sohnes für Laura oder ein natürliches Ereignis wie den Tod einer Ehefrau, eine diskrete Pause, dann die Heirat mit einer anderen, in deren Zimmer er gehen konnte.

Sollte sie ihn bedauern? Sie wußte, er litt auf seine

Art so sehr wie sie auf ihre. Er mußte gegen die Sinnlichkeit ankämpfen. Das war ihr nicht verborgen geblieben. Hätte er anders darüber gedacht, wäre er so gewesen wie sein Vater. O ja, auch er hatte sein Kreuz zu tragen!

Hier war sie also auf dem Wege der Besserung und konnte ihm keinen Sohn bieten . . . nur einen Körper, der ein wenig schwächer war als vorher, einen Körper, der noch weniger fähig war, seinen Zweck zu erfüllen.

Sie begann zu weinen, weil sie sich so schwach fühlte. Dann dachte sie an ihre Kindheit, wie glücklich sie zu Hause gewesen war. Ihr Vater war ein lebenslustiger Mensch, die Mutter ein bißchen dominant, doch ihr Herz war liebevoll und zartfühlend. Im nachhinein erschienen ihr jene Tage als sehr glücklich – der Kummer der Kinderzeit verblaßte; die Erinnerung zeichnete alle Freuden in leuchtenden Farben. Sie waren drei Schwestern und zwei Brüder gewesen. Zwei von ihnen waren schon tot, die anderen verheiratet; ihre beiden Schwestern gehörten zur Londoner Gesellschaft, erlebten rauschende Bälle, erfreuten sich an Ausflügen im Park und waren bei der Krönung der Königin und der Eröffnung des Parlaments dabei. Was hatten sie für ein Leben! Und hier war sie, in einem Haus, dessen Herr es trübsinnig machte, der sie ständig mit ihrer Unfähigkeit konfrontierte, ihm einen Sohn zu schenken.

Wäre sie doch wieder ein Kind! Zu dieser Jahreszeit würden sie sich auf die Kirchweih in St. Matthew freuen. Ihr Vater hatte sie immer hingefahren. Sie hatten die Dame mit dem Bart und den dicken Mann bestaunt; sie erinnerte sich, wie ihr die Wahrsagerin die Heirat mit einem Lord prophezeit hatte; es war, als könnte sie Lebkuchen und Limonade auf der Zunge schmecken und als stiege ihr der Geruch von gebratenem Ochsen in die Nase.

Die Tür ging auf, und Amanda betrat das Zimmer.

»Mama, bist du wach?«

»Ja, mein Liebes. Was möchtest du?«

»Dich besuchen. Was macht dein Kopf?«

»Er tut sehr weh.«

»Dann will ich dich nicht stören.«

»Ich möchte mit dir reden, Amanda.«

Kam sie nur widerwillig ans Krankenlager? Sehnte sie sich danach, das Zimmer zu verlassen? Arme kleine Amanda! Was für ein Leben hatte sie in diesem Haus!

»Mir ist gerade eingefallen, daß ich in deinem Alter zu dieser Jahreszeit immer zur Kirchweih in St. Matthew gefahren bin. Das war ein großes Erlebnis. Würdest du gern hingehen?«

»Ja, Mama. Aber . . . würde Papa es erlauben?«

Laura zupfte an ihrem Laken, bis es glatt und ordentlich war. Dann antwortete sie: »Suche Miss Robinson und bringe sie her, wenn du sie gefunden hast.«

Amanda ging hinaus, und Laura wunderte sich ein wenig über den Anflug von Widerspruchsgeist, den sie in sich spürte. War sie ein bißchen verrückt? Angeblich sollten Frauen ja manchmal in dieser Situation durchdrehen. Bei seiner Rückkehr würde sie ihm sagen: »Ich habe Miss Robinson mit Amanda zur Kirchweih gehen lassen.« Sie konnte sich vorstellen, wie sich seine Überraschung in Entsetzen verwandeln würde. Er glaubte, daß alle Kirchweihen – ja, alles was dem Vergnügen diente – von den Handlangern des Teufels im Auftrag des Satans geschaffen waren. Na, wenigstens dieses eine Mal würde es zu spät sein, sie daran zu hindern, eine kleine Sache nach ihrem Willen durchzusetzen. Und vielleicht brauchte er es auch nie zu erfahren, dachte sie, als die Vernunft allmählich wieder die Oberhand gewann.

Amanda brachte Miss Robinson herein.

»Ach, Miss Robinson«, sagte Laura, »Amanda würde gerne zur Kirchweih in St. Matthew gehen. Warum fahren Sie nicht mit ihr hin? Der Ausflug würde Ihnen und ihr guttun. Morgen ist, glaube ich, der erste Oktober. Steert soll Sie im Einspänner hinfahren. Amanda, du kannst mir ein Herz mitbringen. Ich weiß noch, wie das erste aussah, das ich bekommen habe. Es war rosa mit einem blauen Bändchen.«

Sowohl Amanda als auch Miss Robinson waren zu verblüfft, um etwas zu sagen.

Aber am nächsten Tag, der tatsächlich der erste Oktober war, fuhren sie im Einspänner zur Kirchweih nach St. Matthew.

Amanda dachte, die Orte verändern sich, je nachdem in wessen Gesellschaft man sie aufsucht. Während der ersten halben Stunde war die Kirchweih ein von Menschen wimmelnder, lärmender Ort, ein wenig ordinär, nicht das, was eine Dame zu genießen gewohnt war; doch das war wahrscheinlich nur deshalb so, weil sie dies alles in Miss Robinsons Gesellschaft sah; mit Lilith wären ihr hundert aufregende Sachen und Vergnügungen aufgefallen, da war sie ganz sicher. Miss Robinson hielt Amanda fest an der Hand; sie trug den Kopf hoch und hob ihre Röcke etwas an, um sie nicht von den drängelnden Massen beschmutzen zu lassen. Amanda hatte noch nie so viele Menschen auf einem Haufen gesehen, die nur eines im Kopf hatten – Vergnügen.

»Soll ich Ihnen die Zukunft lesen?« Die alte Zigeunerin sah Miss Robinson eifrig an. »Ehrlich, Sie haben ein glückliches Gesicht, jawohl!«

Und da gab es auch eine dicke Frau mit Kugelhaube und fettigen Löckchen. »Lebkuchen, meine Damen. Ohhh, wunderbarer Lebkuchen. So was hat's noch nie gegeben. Lebkuchen mit Korinthen und Nüssen ... meine Dame ... die besten auf der ganzen Kirchweih.«

Amanda sah, wie die barfüßigen Jungen und Mädchen sich durch die Menge schoben, ohne die Einhalt gebietende Hand einer Gouvernante. Noch vor einem Jahr hätte sie über sie geweint, weil sie barfuß waren und dünn aussahen; aber Lilith hatte sie gelehrt, daß es ein Segen war, keine Gouvernante zu haben und keine Lady sein zu müssen; und daß man die Töchter aus vornehmem Hause nicht darum beneidete.

Auf dem Feld hinter dem Rummelplatz begann man, einen Ochsen zu braten; sie sah den Rauch aufsteigen und konnte das Knistern der Flammen und die Schreie der Leute hören, während sie das brutzelnde Fleisch roch. Bald würde man portionsweise Stücke abschneiden und an die Menge verkaufen. Hoffentlich würde Miss Robinson das nicht sehen wollen. Lilith hätte sie ausgelacht wegen ihrer Empfindlichkeit.

Sie kamen an einem Zelt vorbei, vor dem ein Mann mit Messingohrringen und einem blauen Turban stand. Seine Stimme war heiser.

»Kommen Sie herein. Kommen Sie und sehen Sie Salome, die wunderbarste Tänzerin auf der Welt. Drei Pennys, um Salome tanzen zu sehen.«

Unter diesen Anpreisungen trat Salome selbst heraus – ein Mädchen, kaum älter als Amanda, in einem rosafarbenen Kleid mit aufgenähten Rosen und Flitter am Halsausschnitt und Ärmeln. Amanda fand sie wunderschön.

»Miss Robinson ... sehen Sie! O sehen Sie doch nur!«

»Komm weiter«, sagte Miss Robinson. »So etwas Ordinäres. Ein Kind in dem Alter.«

»Es ist Salome«, protestierte Amanda. »Wie kann Salome denn ordinär sein? Sie kommt doch in der Bibel vor.«

Salome wußte, daß man von ihr sprach; sie wußte, daß Amanda Miss Robinson drängte, die sechs Pennys zu zahlen, um ins Zelt hineinzukommen; sie lächelte Amanda bittend, ja flehend an, und Amanda wollte sie zu gern tanzen sehen. Außerdem war sie arm und tanzte für ihren Lebensunterhalt. Amanda war zutiefst gerührt.

»Ach, Robbie ... bitte. Ich möchte so gerne. Mehr als alles andere.«

Der Mann mit den Ohrringen trat vor.

»Sie möchten Salome tanzen sehen, ja, meine Liebe? Bringen Sie das kleine Mädchen herein, Madam.«

Miss Robinson hatte sich hochmütig aufgerichtet.

»Auch Ihnen wird es gefallen«, setzte er schmeichelnd hinzu. »So eine Schau sieht die Gnädige nicht in jeder Bude. O nein. Das hier ist Kultur. Und Sie sind eine Dame mit Kultur, eine gebildete Dame. Das braucht man mir nicht zu sagen.«

Amanda, die ihre Gouvernante bittend ansah, beobachtete, wie Miss Robinsons Züge weich wurden. Der Mann legte seine Hand auf Miss Robinsons Arm. In seinen Augen las sie etwas, das Amanda nicht verstand. Sie erwartete, daß Miss Robinson ihn ärgerlich abschütteln würde, doch sie tat nichts dergleichen.

»Sie lieben das Schöne, meine Dame. Das kann ich sehen.« Sein Blick glitt über sie, und er setzte sanft hinzu: »Das tun alle schönen Frauen.«

Miss Robinson wandte sich Amanda zu. »Du möchtest es wirklich sehen?«

»O ja, bitte.«

Das schöne Mädchen im rosafarbenen Kleid lächelte Amanda an; der Mann faßte sie liebevoll an die Schulter. »Natürlich möchte sie. Nicht wahr, meine Kleine? Es wird ein unvergeßliches Erlebnis für sie sein.«

»Es ist hoffentlich ... nicht unschicklich«, sagte Miss Robinson mit einer ziemlich frivolen Stimme. Das war nicht der übliche strenge Ton, in dem sie sonst mit Leuten sprach, die sie nicht für ihresgleichen hielt.

»Aber meine Dame – es ist *Kunst!*«

Da zahlte Miss Robinson den Eintritt, und sie gingen in das Zelt hinein, das nach feuchter Erde und Schweiß roch. Sie setzten sich auf eine Bank. Als ihre Augen sich an die Dunkelheit gewöhnt hatten, sahen sie, daß schon einige Besucher dort warteten und gespannt auf einen blauen Vorhang am anderen Ende des Zeltes blickten.

Amanda fühlte sich in dem dunklen Zelt wie an einem verzauberten Ort; die Geräusche des Jahrmarkts drangen nur gedämpft herein und klangen aufregender als draußen. Es machte ihr nichts aus zu warten, während sich die Bänke allmählich füllten. Salome würde ja nicht nur für sie auftreten, erklärte sie der langsam ungeduldig werdenden Miss Robinson. Endlich, nach einer Viertelstunde Wartezeit begannen die Leute, die schon im Zelt waren, mit den Füßen zu trampeln, zu pfeifen und zu schreien, so daß Miss Robinson Angst um ihre Würde hatte und Amanda sich um Salome sorgte.

Dann tat sich der blaue Vorhang auf, und da war Salome in dem rosafarbenen Kleid mit den roten Rosen; und sie tanzte auf der beleuchteten Bühne, wirbelte auf den Zehenspitzen herum, ließ ihre Röcke schwingen und sah so wunderschön aus, daß alle juchzten und klatschten.

Plötzlich hielt Salome inne und hob die Hand.

»Meine Damen und Herren«, sagte sie, »danke für

Ihren Beifall. Ich tanze jetzt den Tanz der Sieben Schleier. Ich hoffe, es wird Ihnen gefallen.«

Dann verschwand sie hinter dem Vorhang, bis das Publikum zu trampeln und zu klatschen begann, um seine Ungeduld zu zeigen; und als sie wieder auftauchte, war sie in etwas gehüllt, das Amanda für weißen Musselin hielt. Das schwarze Haar fiel ihr lose über die Schultern.

Sie verbeugte sich und sagte in der seltsamen Stimme, die nicht dem Westen entstammte: »Meine Damen und Herren, der Tanz der Sieben Schleier.«

Sie tanzte und zog dabei am Musselin, der sich wie das Papier von einem Paket abwickelte; darunter kam ein zweiter Musselin zum Vorschein; den ersten warf sie hinter den Vorhang.

Ein Mann mit rotem Gesicht, der neben Miss Robinson saß, begann zu schmunzeln.

Alles starrte gebannt auf Salome. Sie tanzte geschmeidig, drehte sich, wand sich hin und her, wirbelte herum ... und dann fiel noch ein Schleier.

Miss Robinson saß steif und starr da. Sie ergriff Amandas Arm. »Wir gehen«, flüsterte sie ihr zu.

Aber Amanda hatte von Lilith gelernt, Widerstand zu leisten. »*Ich* bleibe«, sagte sie; und trotzig hielt sie ihre Augen auf Salome gerichtet.

Der Mann mit dem roten Gesicht wandte sich an Miss Robinson: »Das ist der vierte«, sagte er. »Sieben gibt's. Und was dann, hä?« Und er knuffte sie mit seinem Ellbogen in die Seite.

Empört wich sie vor ihm zurück. »Ich bestehe darauf ...«, zischte sie Amanda ins Ohr.

Doch Amanda rückte von ihr fort; sie konnte die Augen nicht von der quirligen Gestalt lassen. Der fünfte Musselin fiel. Der Mann mit dem roten Gesicht war hoch erfreut; zu Miss Robinson sagte er: »Wer hätte das gedacht, wer hätte das gedacht?«

Der sechste Schleier fiel, und Miss Robinson hatte sich erhoben.

»Setzen!« schrien die Leute, die hinter ihr waren. »Du versperrst die Sicht! Setzen!«

Puterrot vor Zorn, setzte sich Miss Robinson.

Als der siebte Schleier verschwunden war, stand Salome da in fleischfarbenen Strümpfen, die so eng anlagen, daß sie wie ihre eigene Haut wirkten. Sie trug ein Trikot, welches weit unter dem Hals begann und dort endete, wo die Strümpfe anfingen.

Sie verneigte sich. Der Mann mit dem roten Gesicht stieß einen Pfiff aus; das Zelt war erfüllt von Schreien und Klatschen.

Dann rannte Salome hinter den Vorhang und kam in einer Art Umhang aus schwarzem Satin wieder heraus, der besät war mit glitzernden Ziermünzen; sie hielt ihn so, daß er ihre hübschen Beine in den fleischfarbenen Strümpfen auch ja nicht bedeckte.

»Meine Damen und Herren«, sagte sie, »danke für Ihren Applaus. Falls einige unter Ihnen die Vorstellung noch einmal sehen möchten, bleiben Sie bitte sitzen. Ich komme und sammle den kleinen Betrag von drei Pennys ein.«

Der Zelteingang öffnete sich und ließ die Sonne und den Lärm herein.

»Komm«, sagte Miss Robinson. »Laß uns schnell hier weggehen.«

Sie traten hinaus in den Sonnenschein, aber Salomes Zauber blieb bei Amanda.

»Es war einfach widerlich«, sagte Miss Robinson. »Das darfst du nie deiner Mutter erzählen. Sie würde sich schämen. Hast du gesehen, wie mich der Mann neben mir . . . belästigt hat?«

»Ich glaube nicht, daß er Sie belästigen wollte,

Miss Robinson. Er hat sich nur gefreut und wollte es Ihnen mitteilen.«

»Und hast du gesehen, wie der Mann mit den Ohrringen mich angeschaut hat?«

»Weil er Sie bewundert. Er sagte, Sie seien eine Dame mit Kultur und Bildung. Und er fand Sie schön, nicht?«

»Nein!« sagte Miss Robinson, lächelte aber dabei erfreut. Jetzt hatte sie gute Laune, das stand für Amanda fest.

Aber sie wußte auch, daß der Schausteller Miss Robinson weder für kultiviert noch für schön gehalten hatte. Er wollte sie mit seinen Komplimenten nur ins Zelt locken, genauso wie Salome mit ihrer Schönheit; doch offenbar zog Miss Robinson soviel Vergnügen daraus, ihm zu glauben, daß Amanda sie darin bestärkte. Sie fühlte sich heute glücklich; sie liebte den Jahrmarkt, und dieser Tag war einer der aufregendsten in ihrem Leben.

»Du glaubst doch nicht etwa, daß der Mann im Zelt einen Annäherungsversuch gemacht hat?« fragte Miss Robinson.

»Das ist schon möglich«, versetzte Amanda.

»So eine Unverschämtheit!«

Oh, was für ein Freudentag! dachte Amanda. Miss Robinson war glücklich, ohne einen Gedanken an die Zukunft zu verschwenden; und alles nur wegen der Zudringlichkeit eines Mannes mit rotem Gesicht!

»Ich glaube tatsächlich, daß er versucht hat, uns zu folgen, als wir hinausgingen«, sagte Miss Robinson. »Hoffentlich haben wir ihn in der Menge abgehängt. Es wäre sonst höchst unerfreulich.«

Amanda verriet nicht, daß er sie mit Sicherheit nicht verfolgte, da sie beobachtet hatte, wie er sein Geld herauszog und Salome bezahlte, um sie noch einmal tanzen zu sehen. Denn sie wußte, daß Miss Robinson sich nur zu gerne verfolgt glaubte.

In der Laune, in der sich Miss Robinson augenblicklich befand, war sie leicht zu überreden, zur Wahrsagerin zu gehen. Sie fanden die alte Zigeunerin, die Miss Robinsons Glück noch vermehrte, indem sie ihr einen Ehemann in nächster Zukunft versprach. Und auch Amanda sagte sie eine schöne Zukunft voraus ... einen guten Mann, ein Vermögen und eine Reise über das Wasser.

Danach kauften sie das Zuckerwerk für Mrs. Leigh – ein rosa Herz mit einem blauen Bändchen und der Aufschrift ›Das treue Herz‹ in gelben Buchstaben.

Miss Robinson sah soviel jünger und hübscher aus, daß Amanda dachte, sie müßte bei einem Jahrmarkt wohnen, dann würde sie viel attraktiver werden und einen Mann finden.

Der Zuckerstand war am Rande des Rummelplatzes, und ganz in der Nähe standen mehrere Männer und Frauen auf einem Podest.

»Was ist das?« fragte Amanda. »Wer sind diese Leute?«

Miss Robinson sah hin und antwortete: »Ach, das sind Dienstmädchen und Männer, die sich verdingen.«

»Sich verdingen?«

»Sie wollen, daß jemand sie als Dienstboten nimmt.«

»Sie verkaufen sich!« schrie Amanda. »Wie die Frau Zuckerwerk verkauft!«

»Wie lächerlich!« sagte Miss Robinson. »Laß uns weitergehen.«

Doch Amanda gab nicht nach. Sie wollte mehr über diese Menschen wissen, denn sie mußte sich unwillkürlich in deren Lage versetzen, so als ob sie selbst Leute bitten müßte, sie anzuheuern, als ob sie selbst um Arbeit betteln müßte – ohne zu wissen, was für eine Arbeit, zu welchen Leuten sie kommen würde.

Jetzt kam es ihr wie ein Unrecht vor, daß sie noch vor kurzem so glücklich gewesen war. Einige von ihnen schienen verängstigt. Da waren auch zwei junge Mädchen – nicht älter als zehn Jahre –, die sich aneinanderklammerten und die Tränen nur mühsam unterdrückten. In der Nähe standen ein großer Mann, der seine Armmuskeln spielen ließ, und ein Mädchen, ein bißchen drall, die Augen schwarz, das lange Haar im Gesicht. Ein Mann war bei ihr und stellte ihr Fragen. Sie lächelte ihn frech an. Amanda sah, wie der Mann sie kniff und das Mädchen lachte.

»Wo starrst du denn hin?« fragte Miss Robinson. »Komm sofort weiter.«

Aber Amandas Blick war von dem Mädchen zu einem Jungen gewandert. Da stand er linkisch, unglücklich, apathisch, denn während die meisten anderen eifrig ihre Kräfte demonstrierten, hielt er sich zurück. Entrüstung, Zorn und Verzweiflung erstickten Amandas ganzes Vergnügen, denn da stand, verloren und tieftraurig – William.

Miss Robinson zog sie an der Hand. »Komm den Lebkuchen probieren.« Er würde nicht wollen, daß ich ihn sehe, dachte Amanda, während sie sich fortziehen ließ. Dann wäre er nur noch unglücklicher.

Der Jahrmarkt hatte jeden Reiz für sie verloren. Das Leben war nicht schön; es war häßlich. All die aufregenden Erlebnisse des Tages, der ganze Zauber Salomes waren dahin – niedergeschmettert durch den elenden Blick in Williams Augen.

Der Lebkuchen blieb ihr im Halse stecken. Was ging auf dem Podest vor sich? Wer würde William nehmen?

»Magst du deinen Lebkuchen nicht?« fragte Miss Robinson. »Wie komisch du bist!«

»Miss Robinson, lassen Sie uns in diese Richtung gehen . . .«

»Aber da kommen wir doch her. Wir wollen nicht wieder zurück.«

»Aber *ich* möchte . . .«

»Nun hör sich einer diesen Unsinn an. Wir müssen bald Steert suchen und uns auf den Heimweg machen.«

Doch Amanda mußte zum Podest zurück. Es war feige gewesen wegzulaufen. Sie hätte abwarten sollen, was passieren würde; sie hätte mit ihm reden sollen, ihm sagen müssen, wie sehr sie mit ihm litt.

Miss Robinson musterte einige Bänder an einem Stand. Amanda drehte sich um und rannte los, bahnte sich tränenblind ihren Weg durch die Menge.

Als sie beim Podest ankam, starrte sie es verzweifelt an, denn William war nicht mehr da. Aber schon hatte sie ihn entdeckt. Er hatte ihr den Rucken zugekehrt, trotzdem wußte sie, daß er unendlich traurig war, unendlich niedergeschlagen. Er ging hinter einem Mann, den Lilith ihr als Bauer Polgard gezeigt hatte.

Amanda sah ihnen nach. William folgte dem Bauern in ein bereitstehendes Gig. Im Gig saß eine Frau. Sie war klein und boshaft; unter ihrer schwarzen Haube zeigte sie ein grausames Gesicht. Amanda erkannte die Frau des Bauern in ihr, welche Lilith und William vom Tisch gescheucht hatte, bevor sie sich satt essen konnten.

William kletterte hinten in das Gig.

Miss Robinson rief nach ihr, aber sie hörte sie nicht und war überrascht, die Gouvernante neben sich zu sehen, erregt und empört. Miss Robinson packte sie am Arm und schüttelte sie. »Was ist denn in dich gefahren? Einfach so wegzulaufen! Ich habe dich gerade noch rechtzeitig gesehen. Warum? Warum nur?«

Amanda sah Miss Robinson mit melancholischen Augen an, doch sie konnte es ihr nicht erklären.

»Ich verstehe dich nicht. Einfach so wegzulaufen! So ... so ohne jeden Grund ... so eigensinnig. Komm sofort mit, mein Fräulein.«

Sie suchten Steert, und als sie in dem Einspänner saßen, entdeckte Amanda, daß sie auf der Flucht zum Podest das Zuckerherz verloren hatte, das sich die Mutter gewünscht hatte.

»So etwas von Nachlässigkeit! So eine Undankbarkeit! Meine Güte, was für ein schwieriges Kind«, seufzte Miss Robinson.

Aber Amanda hörte nicht zu; sie weinte leise vor sich hin, als der Einspänner sie durch die Gassen trug.

3

DER POLGARD-HOF WAR einer der größten in der Nachbarschaft; er war auch einer von den Höfen, die am besten florierten. Einige meinten, das sei das Verdienst des Bauern, Jos Polgard; andere waren jedoch der Ansicht, es sei auf Annies Knauserigkeit zurückzuführen.

Die Polgards hatten Glück gehabt. Sie hatten zwei Töchter für die Arbeit im Haus und die Frauenarbeit auf dem Hof und drei Söhne für die erforderliche Männerarbeit. Annie jammerte ununterbrochen; noch eine Tochter für die Molkerei wäre recht gewesen; und wenn sie noch zwei, drei Söhne hätte gebären können, hätte man keine Männer anheuern müssen.

Sie war eine kleine Frau, die Annie Polgard, während

ihr Mann Jos ein großer Kerl war, langsam, aber jähzornig – und war sein Ärger erst entfacht, war er verrückt und gewalttätig, ähnlich wie seine Bullen. Jeder auf dem Hof hatte Angst vor ihm, außer Annie; alle wußten, daß er im Gegenteil Angst vor Annie hatte. Es war nicht so, als ob seine Söhne, Tom, Harry und Fred, es nicht mit ihm hätten aufnehmen können. Tom und Harry waren wie der Vater stark wie Ochsen, und Fred war dünn und klein wie die Mutter, dabei aber stark und drahtig. Und was die beiden Lohnarbeiter betraf, Jim Burke und William Tremorney, so waren sie genauso stark, auch wenn sie nicht den Kampfgeist der Polgards besaßen. Die Tatsache, daß sie vom Hof gejagt würden, wenn sie Jos Polgard reizten, ließ sie seine Schläge erdulden. Niemand, der kein eigenes Einkommen hatte, konnte ruhig einer Zukunft ohne Arbeit und damit ohne Brot entgegensehen; und in jenen Tagen der Not nahm man jede Arbeit an, einerlei welche Nachteile sie mit sich brachte.

Die Polgards wußten das nur zu genau und schlugen den größtmöglichen Profit daraus.

Jos mußte man daher in Kauf nehmen, aber allen bereitete es Genugtuung, daß seine kleine böse Frau ihm unangenehme Stunden bescherte. Jos' Macht ließ sich leicht erklären. Er war einen Meter neunzig groß, sehr korpulent, ein Mann mit dunklem Teint und dichter schwarzer Haarmähne, die ihm wild vom Kopf abstand, da sie sich nicht zähmen ließ. Schwarze Haare schienen überall auf seinem Körper zu sprießen; sie standen ihm oben zum Hemd heraus; sie wuchsen ihm aus Nase und Ohren; seine grobschlächtigen Hände waren völlig davon bedeckt. Wenn er auf dem Hof herumschnaubte – denn er atmete heftig durch den Mund –, dann war er wie ein Tier, ein wildes Tier von einer seltsamen, schreckenerregenden Spezies. Er hatte die Angewohnheit, mit seiner Reitpeitsche über den Hof zu gehen, mit der er gern seine Pferde, seine Hunde, aber auch seine Männer und Frauen traktierte. Es war schon angenehm zu wissen, daß er sich vor Annie fürchtete.

Noch furchterregender als der Bauer jedoch war die Bäuerin. Vielleicht, weil ihre Macht aus einer geheimnisvollen Quelle gespeist wurde. Jos war ein Muster an Brutalität; aber Annie, so erzählte man sich, hatte den Teufel im Leib. Ihre schrille Stimme konnte man aus der Küche und der Molkerei hören – ihrer ureigenen Domäne. Wenn der Polgard-Hof ein Fegefeuer war, dann waren die Küche und die Molkerei das Innerste der Hölle.

Es gab eine Legende über Annie: Sie war vor fünfundzwanzig Jahren mit ihrem Vater auf den Hof gekommen, einem Gelegenheitsarbeiter ohne einen roten Heller, der herumzog und hier und da Arbeit annahm. Jos war zu der Zeit ein junger Mann und hatte soeben den Hof von seinem Vater geerbt. Der Erzählung nach kamen sie auf den Polgard-Hof, und Jos gab dem Mann ein paar Tage Arbeit auf dem Feld. Er sagte, Annie könne sich im Hause nützlich machen. Sie schliefen in einer Scheune – zumindest der alte Mann –, berichtete Millie Tarder, die damals dort Haushälterin war und sich Hoffnungen machte, Jos zu heiraten; aber schon bald verführte Annie ihn. Millie war empört. Annie! Ein kleines Ding ohne Schönheit und Anmut, und ihr zänkisches Wesen stand ihr klar im Gesicht geschrieben, klar für jeden Mann mit Vernunft. Nicht daß Jos viel davon besessen hätte; aber er hätte es auch mit seinem bißchen Verstand klar erkennen müssen, meinte Millie. »Es ging nicht mit rechten Dingen zu«, davon war Millie auch jetzt noch überzeugt. »Sie war nichts für Jos. Und selbst wenn er seine Dummheiten machte, konnte er immer noch rechtzeitig alles wieder in Ordnung bringen. Nein, es ist nicht mit rechten Dingen zugegangen. Sie hat ihn irgendwie in der Hand gehabt. Sie hat gesagt: ›Jos Polgard, ich muß die Herrin auf diesem Hof werden.‹ Und das war sie dann auch nach zwei Monaten.«

Aber der Hof blühte auf, als sie kam. Die Butter wurde fetter; die Kühe gaben mehr Milch. »Da ist Hexerei im Spiel«, sagte Millie; aber Millie war voreingenommen, denn man hatte sie an dem Tag weggeschickt, an dem Annie die Herrin auf dem Hofe wurde.

Sie war geizig, sah jedes kleinste Bröckchen Brot, das sie aßen. »Ein Wunder«, sagte Millie, »daß sie sie nicht den Dreck von den Stiefeln kratzen ließ und eine Verwendung dafür gefunden hat.«

Mit Jos wurde es immer schlimmer seit seiner Heirat. Es hatte den Anschein, als ob er sich an anderen rächen müßte, weil sie ihn unter der Fuchtel hatte. Er hatte nicht ihr Mundwerk, aber einen starken Arm und eine Faust wie eine Keule; er besaß die Kraft eines Ochsen und das Hirn eines Esels. Doch auch wenn er den schönsten Hof in der Nachbarschaft hatte, die weniger Erfolgreichen lachten darüber hinter vorgehaltener Hand und sagten: »Das kann schon sein, aber Annie Polgard gehört auch dazu!«

Und ausgerechnet auf den Hof der Polgards kam William wieder an jenem Tag im Oktober. Einzig um der Arbeit auf diesem Hof zu entfliehen, hatte er sich auf dem Jahrmarkt zur Verfügung gestellt, und es war Ironie des Schicksals, daß die Polgards ihn dann genommen hatten. Er war sensibel und nervös, fühlte sich mutlos und entwürdigt. Allein die Tatsache, daß er der Enkel des alten Mr. Leigh war – Lilith hatte es ihm erzählt –, hielt ihn die schrecklichen Monate hindurch aufrecht; dies und seine Freundschaft mit Tom Polgard, dem ältesten Sohn des Bauern.

Die langen Arbeitstage begannen, bevor das erste Morgenrot sich am Himmel zeigte, also sobald es hell genug zum Sehen war. Napoleon, der Junge aus dem Arbeitshaus, der schlimmer dran war als alle anderen, mußte sie wecken. Napoleon war aus Spaß so genannt worden; im Arbeitshaus hatte es so viele Wellingtons gegeben. Jetzt war er elf; er schlief in einer Hütte, die schlechter war als die Scheune, in der die Lohnarbeiter die Nacht verbrachten. Annie Polgard, die dafür zuständig war, glaubte an strikte Klasseneinteilung. Sie war die Königin dieses Bienenstaates; der Bauer war der Prinzgemahl mit großer Macht, doch von ihr kontrolliert; ihre Söhne folgten in der Rangordnung, waren allerdings machtlos gegen sie und ihren Vater; dann kamen die Töchter; und ganz unten auf der Leiter standen die Lohnarbeiter; und noch etwas unter den Tieren rangierte der junge Napoleon.

Napoleon war angeblich zurückgeblieben, was nicht der Wahrheit entsprach; nur wenn er einer Autoritätsperson gegenübertreten mußte, konnte er vor lauter Angst nicht sprechen. So lange er zurückdenken konnte, war sein Leben voller Elend, Hunger und physischer Gewalt gewesen. Er hatte ständig den Blick eines kranken Tieres, das Schläge erwartet. Er liebte jeden, der gut zu ihm war, und William betete er an, denn William zeigte Mitleid und Sympathie, und er war auch der erste Mensch, der Napoleon darüber belehrte, daß solche Gefühle und Emotionen selbst in einer bitteren Welt existierten.

Napoleon arbeitete nur für Kost und Logis; er war für drei Jahre verpflichtet, ›zur Lehre‹, wie es hieß. Danach sollte er drei Pence die Woche erhalten. Er wußte, daß er sie nie bekommen würde, denn nach Ablauf der drei Jahre würde Annie Polgard ihn wegschicken und das Arbeitshaus um einen anderen ›Lehrjungen‹ bitten.

Napoleon durfte nie am Tisch sitzen; er hockte in einer Ecke, und nach dem Essen sammelte man die Reste von den Tellern und gab sie ihm. William hatte mehr als einmal ein Stück Gerstenbrot in seiner Tasche verschwinden lassen und sie dem Jungen heimlich zugesteckt.

Es war Napoleons Pflicht, mit dem Hahnenschrei aufzuwachen und die Lohnarbeiter zu wecken. Sie mußten die Kühe vor dem Frühstück melken. Das Frühstück bestand aus ›Taucher im blauen Himmel‹. Vor kurzem hatte Annie Polgard ein Stück Gerstenbrot dazugetan, da Jim Burke mitten am Morgen vor Hunger ohnmächtig geworden war. Und obgleich man erwartet hatte, daß Annie sagen würde: »Wir holen uns einen Mann, der nicht so dumm ist, mitten am Morgen in Ohnmacht zu fallen«, war sie doch klug genug zu wissen, daß Arbeiter wie die Hunde ihr Futter brauchen.

Den ganzen Morgen über gab es keine Pause, dafür sorgte Jos. Zum Mittagessen wurde die Arbeit unterbrochen. Und weiter ging es bis um vier. Dann gab es selbstgebrautes Bier und trockenes Brot. Zum Abendessen bekam jeder Mann eine Pastete und einen Krug Apfelwein.

William verbrachte jene Tage wie in einem Nebel von Trübsal; es war nicht so sehr die Arbeit, die ihn schmerzte, als vielmehr die entwürdigenden Umstände. Niemand, dachte er, hatte das Recht, andere Menschen so zu behandeln, wie Jos Polgard es tat. Er vergaß nie, daß er selbst viel litt, Napoleon aber unendlich mehr. Er hatte Demütigungen zu erdulden, Napoleon dagegen äußerste Entwürdigung. Manchmal dachte William daran, vom Hof wegzulaufen, in einen anderen Teil des Landes zu fliehen. Bis dahin bemühte er sich, Napoleon das Leben erträglicher zu machen.

Tom Polgard plauderte mit ihm, wenn sie die Hecken

ausbesserten oder Vorbereitungen trafen für die Zeit des Lammens. Und William, überaus mutig, redete zu Tom über die Gedanken, die ihm durch den Kopf gingen; er erwähnte sogar die Männer von Tolpuddle, die seine Phantasie dermaßen erregt hatten. Tom hörte zu – oder tat so. Von Zeit zu Zeit nickte er und sagte: »So is es«, »recht haste«. Doch William spürte, daß Toms Gedanken weit weg waren.

Eines Tages entdeckte William den wahren Grund für Toms Freundschaft.

Es war Dezember, und sie brachen das Eis in einem Viehtrog. Tom sagte: »Bleib 'ne Weile hier. Wenn mein Vater nach mir fragt, sag ihm, ich fang ein Kaninchen bei Five Acres, ja?«

Mit heiterer Miene ging er davon, aber ein paar Stunden später, als William ihn wiedersah, war sie finster, und er hatte eine Strieme im Gesicht. William hatte oft Spuren von der Faust oder der Peitsche seines Vaters an ihm gesehen, aber nie war er in so brütender, zorniger Verfassung gewesen.

Napoleon brachte ihm die Neuigkeit.

»Ich wette, sie geben dir die Schuld.«

»Was meinst du damit, Nap?«

»Na, sie haben Master Tom doch mit deiner Schwester erwischt.«

»Mit welcher Schwester?«

»Die von den Leighs. Die große – Jane.«

»Jane . . . und Tom?«

»So is es. Der Herr hat se zusammen erwischt. Er hat seine Peitsche über se geschwungen. Sie ist weggelaufen . . . aber Tom konnte nicht.«

Jetzt verstand William: Tom hatte ihn zum Freund gewählt, weil er Janes Bruder war.

Er ging zum Essen ins Haus, und Annie Polgard blickte ihn verächtlich an; sie hatte sich in leidenschaftlichen Zorn hineingesteigert. Als die anderen am Tisch saßen, sagte sie zu William: »Hol mir'n Korb Kartoffeln. Hier . . . diesen.«

Er nahm den Korb und ging in den Hof, an den Taubenschlägen und dem Geschirrhaus vorbei zum Kartoffelspeicher. Während er den Korb füllte, hörte er, wie sie hinter ihm herkam.

»Einige Kartoffeln sind schlecht«, sagte sie. »Sortier sie aus, sonst werden alle faul.«

Hungrig von der Schufterei am Vormittag, dachte William an den Küchentisch und an das Essen, das er verpaßte, denn er mußte mit den anderen wieder die Arbeit aufnehmen.

Dann sprudelte alles aus ihr heraus, was ihr durch den Kopf ging; sie konnte ihre Zunge nie im Zaum halten.

»Also deine Schwester is hinter Tom her. Frech wie die is. Die muß noch viel lernen. Hat kein Zweck zu kommen und zu sagen, unser Tom muß se heiraten . . . das gibt's nich, Will Tremorney. Ich laß meinen Jungen nich so eine heiraten, das tu ich nich. Sag ihr, sie soll sich bloß in acht nehmen. Is ja unerhört! Sie will wohl Herrin vom Polgard-Hof wern. Will wohl in meine Fußstapfen treten. Soll se nur kommen, dann kriegt se die Peitsche vom Bauern. Wenn du diese Schlampe von deiner Schwester siehst, sag ihr, sie soll sich nich über ihren Stand erhebn. Sie soll hingucken, wo sie will, aber nich auf Tom Polgard.« Sie kam ganz nahe an ihn heran und warf ihm einen gehässigen Blick zu. »Ich wette, du steckst dahinter. Ich wette, du hast zu Tom gesagt: ›Ich hab 'ne Schwester . . . eine willige Schwester . . .‹« Sie brach in Lachen aus, ihre kleinen Frettchenaugen wurden grob und boshaft, und ein Schwall von Obszönitäten ergoß sich aus ihrem Mund. Sie spuckte beim Sprechen, kleine feuchte Tröpfchen setzten sich in den Haaren um ihren Mund fest. »Denkste, sie kommt in mein Haus ... und nimmt mein Platz ein? Meine Jungen heiraten, wenn ich's sag ... und sonst nich ... und sie heiraten, wen ich will ... ihresgleichen und keine Schlampe aus den Hütten am Ufer.«

William sortierte weiter die Kartoffeln, er verzog keine Miene. Er würde für seine Rechte kämpfen, wenn die Zeit gekommen wäre, aber die Zeit war noch nicht gekommen und es gab keinen Grund, sich schon vor der Schlacht Wunden zu holen.

»Weich wie Wachs ... das biste«, sagte sie. »Nich ein Wort zu deiner Verteidigung. Na, vernünftig biste wenigstens. Geh in die Küche zurück und nimm den Korb mit. Hast nich mehr viel Zeit zu essen, was?«

William bekam nur noch ein paar Bissen, bevor die Arbeit weiterging, doch obwohl sein Magen knurrte, spürte er den Hunger nicht.

Es war dunkel in Amandas Zimmer. Sie hatte keine Lampe. Das hatte ihr der Vater verboten.

Als sie hörte, wie die Tür aufging, war sie nicht im geringsten überrascht, denn sie konnte sich denken, wer da zu ihr wollte. Liliths Sehnsucht nach Amandas Federbett war noch immer vorhanden, und sie kam oft, um seine Bequemlichkeit auszukosten.

An diesem Abend hatte sie Neuigkeiten. Als sie ausgestreckt auf dem Bett lag, begann sie zu erzählen. »Es is Jane. Ihr Herz is gebrochen, sagt se, und nur wegen Tom Polgard.«

Der Name Polgard ließ Amanda erschaudern; das erging ihr so, seit sie William auf dem Jahrmarkt in das Gig hatte steigen sehen.

»Liebt Tom Polgard Jane?«

»Ja, ehrlich. Es war gestern. Sie ham sich in Five Acres getroffen, schon seit Monaten tun se das. Als sie sich geküßt und geschmust ham, wer taucht da auf – der Bauer persönlich. Jane is weinend nach Haus gekommen; sie sagt, sie mußte um ihr Leben laufen. Sie hat Angst, daß er Tom halb totgeschlagen hat.«

»Der Polgard-Hof ist ein Ort des Schreckens, Lilith.«

»Das stimmt. Der Bauer hat den Teufel im Leib, und seine Alte is noch schlimmer als er. Jane sagt, sie läßt se nie heiraten.«

»Sie müßten weglaufen. William auch.«

»Du weißt gar nix. Wo solln se denn hin?«

»Könnte Großmutter Lil nicht etwas für William tun?«

»Könnt se wohl, aber er will das nich. Er könnte bei den Larkins mitmachen, wenn er wollte. Aber William tut nichts Ungesetzliches. Bescheuert is er, denn was hat das Gesetz für ihn getan? Ich sag dir was, Kusine Amanda, ich hab Jane was versprochen. Ich geh zum Polgard-Hof und red mit Tom ... oder mit William, und ich bring ihnen Zettel hin und her, das tu ich.«

»Und wenn sie dich schnappen?«

»Glaubste denn, ich hab Angst vor den Polgards ... dem Bauern oder der Bäuerin?«

»Lilith, du mußt aufpassen, daß sie dich nicht erwischen. Ich werde nie das Gesicht des Bauern vergessen ... oder das von seiner Frau ... damals, als ich sie in dem Gig gesehen habe.«

Lilith nickte. An jenem Tag, als Amanda heimgekommen war und Lilith alles erzählt hatte, was auf der Kirchweih passiert war, hatten sie beide geweint – es war das erste und einzige Mal, daß Amanda Lilith Tränen vergießen sah.

Lilith stieß gegen die Bettvorhänge. »Amanda, *Kusine* Amanda, wenn ich morgen Janes Nachricht hinbring, kommste mit. Versuch mal, mit William zu reden. Er hat so 'ne hohe Meinung von dir. Ich wette, es macht 'ne Menge aus, wenn du ihm ein, zwei Sachen sagst.«

»O Lilith, das werde ich tun, ganz bestimmt.«

Miss Robinsons Finger zitterten, als sie den Spitzenkragen auf ihr schwarzes Samtkleid nähte. Ihre Mutter hatte gesagt: »Du solltest immer ein Abendkleid haben, falls du mal plötzlich eins brauchst. Man kann ja nie wissen. Und schwarzer Samt ist so praktisch.«

Das stimmte. Der schwarze Samt sah noch so gut aus wie vor zehn Jahren; es hatte nur wenige Gelegenheiten gegeben, ihn zu tragen.

Doch an diesem Morgen war Mrs. Leigh in Miss Robinsons Zimmer gekommen und hatte gesagt: »Miss Robinson, ob Sie wohl heute mit uns zu Abend essen würden? Mr. Danesborough kommt, aber seine Schwester kann ihn nicht begleiten.«

Miss Robinson hatte sich einverstanden erklärt. Mrs. Leigh hatte eine Verschwörermiene, fand Miss Robinson, als ob sie etwas ausheckte, wobei Miss Robinson mitspielen sollte.

War es denn möglich? Seit dem Tode der Gattin des Pastors Charles Danesborough hatte Miss Robinson sich Hoffnungen gemacht. War sie doch schließlich auch eine Pfarrerstochter und gehörte der Church of England an. So betrachtet, waren ihre Hoffnungen nicht ganz unbegründet. Mr. Danesborough brauchte eine Ehefrau; und Amanda würde bald keine Gouvernante mehr benötigen. Dachten die Leighs möglicherweise daran, ihr zu einem Ehemann zu verhelfen, da sie ja wohl bald keine Schülerin mehr hätte und sie darum auf ihre Dienste verzichten könnten?

Wie glücklich sie ihn machen würde! Die Zigeunerin auf der Kirchweih hatte ihr die Wahl zwischen zwei

Männern vorhergesagt. Einer wäre schon genug, wenn er so akzeptabel war wie Charles Danesborough!

Sicher würde sie bestens mit seiner Familie auskommen; es waren so nette Leute. Und sie würde Miss Danesborough nicht in die Haushaltsführung hineinreden; sie würden gute Freundinnen werden. Sie hatte sie schon immer bewundert – mehr als die etwas frivole Mrs. Danesborough, die sie für höchst unschicklich gehalten hatte.

Was Frith betraf, so mußte er auf die Neunzehn zugehen; ein gefälliger junger Mann, allerdings sehr lebhaft. Und seine Schwester Alice, etwa in Amandas Alter, war ein ruhiges, nettes Mädchen. Wie froh sie war, daß sie immer mit großem Eifer bei der kirchlichen Arbeit geholfen hatte.

Sie glühte vor Aufregung und innerer Anspannung, als Amanda betrübt ins Zimmer kam.

»Miss Robinson, ich soll heute zum Dinner hinuntergehen.«

»Du?« fragte Miss Robinson.

Amanda nickte düster. »Ja. Mama hat es mir gerade gesagt. Ich soll mein neues Seidenkleid anziehen. Sie bittet Sie nachzusehen, ob alles in Ordnung ist. Warum soll ich da hingehen? Wissen Sie es?«

Miss Robinson preßte die Lippen zusammen, ihre roten Hände zitterten ein wenig. »Vermutlich meinen sie, daß du erwachsen wirst und bei solchen Angelegenheiten dabeisein solltest.«

»Muß ich denn jetzt immer zum Dinner gehen?«

Amanda versuchte sich zwei Alptraummahlzeiten täglich vorzustellen, statt einer wie bisher.

»Vielleicht handelt es sich um einen besonderen Anlaß. Du bist doch erst fünfzehn, und das ist noch reichlich jung. Ich hätte nicht gedacht, daß dein Vater dich schon bei einem Dinner für Erwachsene dabeihaben will. Aber sicher hat er seine Gründe. Ich nehme auch daran teil.«

»O ... Robbie ... Sie *möchten* gehen! *Warum* denn nur?«

»Mein liebes Kind, es ist eine Abwechslung. Es macht Spaß, ab und zu Menschen zu treffen.«

»Wen treffen wir denn?«

»Es ist nur ein kleines formloses Dinner, denke ich. Nur der Pastor und sein Sohn, soviel ich weiß.«

»Das wäre das erste Mal, daß Frith zum Dinner kommt. Und Alice? Warum ist sie nicht eingeladen?«

»Meine Liebe, das ist mir nicht bekannt. Nun laß mich dein Kleid ansehen.« Das blaue Kleid lag ausgebreitet auf dem Bett, Miss Robinson prüfte es sorgfältig. Sie sagte: »Bald wirst du ein richtiges Ballkleid haben, glaube ich. Dein Vater und deine Mutter werden Pläne für dich machen.«

Amanda schlang die Arme um ihre Gouvernante – sie wollte das eigentlich nicht tun, aber sie konnte ihr auch nicht ins Gesicht sehen.

»Das dauert noch viele, viele Jahre, Robbie ... viele, viele Jahre ...« Sie zog ihre Arme zurück. »Ich freue mich, daß Sie auch dabei sind, Robbie. Merkwürdig, daß wir beide kommen sollen.«

»Ich nehme daran teil, weil Miss Danesborough verhindert ist. Sie ist ein wenig unpäßlich, wie ich höre.«

»Die arme Miss Danesborough! Ich dachte, sie würde niemals krank werden.«

Miss Robinson lächelte insgeheim. Hatte Miss Danesborough dies eventuell arrangiert? Dachte sie vielleicht, es sei höchste Zeit, daß ihr Bruder eine Gattin bekäme? Miss Danesborough hatte sich als sehr tüchtig in der Gemeindearbeit erwiesen – denn die arme Mrs. Danesborough war der Aufgabe nicht gewachsen gewesen –, vielleicht wollte sie jetzt ihre Tüchtigkeit auf andere Gebiete ausdehnen. Schließlich konnte man nie wissen, wozu unverheiratete Männer fähig wären – sogar Pfarrer. Möglicherweise hielt es Miss Danesborough für ratsam, die zweite Mrs. Danesborough auszusuchen, bevor der Pastor selbst eine törichte Wahl treffen konnte.

Das waren angenehme Gedanken; sie trugen Miss Robinson heiter durch den Dezembernachmittag.

Beim Dinner saß Miss Robinson zur Rechten des Pfarrers, der auf seine ziemlich ungestüme Art charmant zu ihr war. Wie er sich wohl freute, daß sie in Angelegenheiten der Kirche so bewandert war. Laura Leigh sah attraktiv aus in ihrer violetten Seide; und sogar der Herr des Hauses wirkte weniger ernst als sonst. Er sprach ein ganz besonderes Tischgebet. Es war länger als das übliche.

Steert war bereit zu servieren, Bess stand an seiner Seite. Ada und Jane liefen zwischen Speisezimmer und Küche hin und her. Amanda überlegte, was Lilith wohl machte. Sicherlich würde sie früher oder später auftauchen. Seit sie von ihrer Verwandtschaft zu den Leighs erfahren hatte, wollte sie alles über die Art der vornehmen Leute wissen. Amanda war überzeugt, sie würde unter irgendeinem Vorwand beim Mahl erscheinen.

Frith lächelte Amanda zu. Er sah älter aus als der Junge, mit dem sie ausgeritten war und der ihr das letzte Mal beim gemeinsamen Tee den Kadaver eines von ihm sezierten Kaninchens gezeigt hatte. Ihr und Alice hatte er anvertraut, daß er Arzt werden wolle; das könnte Schwierigkeiten geben, denn seine Tante – die den stärkeren Einfluß auf seine Erziehung nahm – wünschte natürlich, daß er Geistlicher würde. Doch Frith war ein junger Mann, der tat, was er wollte, dachte Amanda; ein Zug um seinen Mund deutete das unmißverständlich an.

Die würzige Suppe wurde serviert. Die Unterhaltung zwischen Paul Leigh und dem Pastor drehte sich hauptsächlich um Gemeindeangelegenheiten, um die wütenden Stürme, die in diesem Oktober schlimmer als sonst getobt hatten, und um die vielen Anzeichen, die für einen bevorstehenden harten Winter sprachen.

Als Fischgericht gab es Seezunge und Steinbutt mit Hummersauce.

Nachdem alle bedient worden waren, sagte Laura wie auf ein Stichwort ihres Gatten: »Dies ist das erste Dinner unserer Tochter.«

Mr. Danesborough erhob sein Glas. »Herzlichen Glückwunsch, liebe Amanda.«

»Danke«, antwortete Amanda.

»Und wie gefällt es dir?« fragte Frith. Er zwinkerte ihr zu; er hatte sich verändert. Jetzt, da sie ihn unter Erwachsenen sah, erkannte sie, daß auch er dazugehörte. Er ging nun aufs College, draußen in der großen Welt; er wappnete sich für den Kampf, den er mit Miss Danesborough und vielleicht auch mit seinem Vater würde ausfechten müssen. Diese kleine Ecke Englands hatte er weit hinter sich gelassen.

»Danke, es gefällt mir sehr gut«, sagte Amanda ernst.

Sie spürte, daß ihre Eltern und Miss Robinson jedes ihrer Worte genau verfolgten, ja sogar ihren Tonfall; es kam ihr vor, als wiederhole sie eine Lektion, die sie hätte vorbereiten sollen. Aber wie war das möglich, wenn sie nicht vorgewarnt war und keine Ahnung von dem Zweck der Prüfung hatte?

»Meine Tochter ist jetzt fünfzehn Jahre alt«, erklärte ihr Vater. »Wir meinen, es ist an der Zeit, ihr ein paar Ausflüge aus dem Schulzimmer zu erlauben, um sich auf den Lebenskampf vorbereiten zu können, der auf sie zukommt.«

Amanda schwieg; sie errötete; sie fühlte sich der Situation nicht gewachsen, verstand nicht, warum man sie heute abend zum Dinner gebeten hatte. Frith lächelte ihr zu, und der Wein ließ ihre Wangen glühen. Ohne die Anwesenheit ihres Vaters hätte es ihr wirklich gefallen können.

Die Konversation wurde wieder von den Männern beherrscht. Es ging um den Krieg, den Amerika gegen Mexiko führte; und als die Lammkoteletts serviert wurden, diskutierten sie die großen aktuellen Ereignisse des Tages – die Aufhebung der Getreidegesetze und die Vorzüge des Freihandels und der Schutzzollpolitik.

Ab und zu warf Miss Robinson etwas ein, um zu beweisen, daß sie zwar eine Frau war, als Gouvernante aber eine Stufe höher stand; zugegeben, sie war ziemlich klug, doch achtete sie genau darauf, Mr. Danesborough stets zuzustimmen und Mr. Leigh nie zu widersprechen.

»Da muß ich Ihnen voll und ganz recht geben. Mein Vater vertrat dieselbe Meinung wie Sie. Er war selbstverständlich auch bei der Kirche.«

»Das ist ja interessant«, sagte Mr. Danesborough, der jeden höflich zu behandeln pflegte. »Und in welchem Landesteil?«

»In Berkshire«, antwortete Miss Robinson freudig erregt. »In einem kleinen Ort nicht weit entfernt von Wantage.«

»Ob das wohl der James Robinson war, den ich kenne . . . na, es muß so vierzig Jahre her sein . . .«

Miss Robinsons Vater war leider nicht jener James Robinson, aber wie erfreulich war es doch, so mit Mr. Danesborough plaudern zu können – nicht auf einem Wohltätigkeitsbasar, nicht in der Kirche als Pastor und Gemeindeglied, sondern am selben Tisch.

Frith unterhielt sich mit Mr. Leigh, und aus Mr.

Leighs Miene war herauszulesen, daß ihm Friths Bemerkungen nicht sonderlich gefielen. Amanda hörte zu und bewunderte Friths Kühnheit; er schien sich nicht im mindesten vor ihrem Vater zu fürchten.

Sie diskutierten über einen Mr. Charles Dickens. Mr. Leighs Auffassung nach ein höchst unangenehmer Mann, Frith dagegen fand ihn äußerst interessant.

»Ich würde meiner Familie nie gestatten, auch nur eine Zeile von diesem Kerl zu lesen«, sagte Mr. Leigh.

»Aber warum denn nicht, Sir?«

»Warum nicht? Weil ich der Ansicht bin, mein lieber Junge, daß sein Geschreibsel unschicklich für Damen ist.«

»Aber Sir, vergleichen Sie ihn doch mit Balzac und . . .«

»Ich wünsche ihn nicht mit irgend jemandem zu vergleichen, und ich will meine Zeit auch nicht mit einem französischen Geschichtenerzähler verschwenden, der meiner Meinung nach noch unangenehmer ist als sein englisches Gegenstück.«

»Sir, wenn Sie mir die Bemerkung verzeihen – ich glaube, es entgeht Ihnen eine Menge.«

»Ich verzeihe dir, Frith«, erwiderte Mr. Leigh würdevoll. »Ich verzeihe dir aufgrund deiner Jugend, deiner Unerfahrenheit und deiner Unverantwortlichkeit.«

Frith zuckte mit den Achseln und lächelte plötzlich Amanda an.

Mr. Leigh fuhr fort: »Obgleich ich meinen Sinn nicht mit den Werken von diesem Dickens betrüben will, habe ich kürzlich etwas über ihn gelesen, das mich in meiner Meinung bestärkt. Es war im *Athenaeum*, glaube ich. Der Verfasser sagte: ›Ein Meteor, den wir über den Himmel schießen und zu Boden fallen sahen, ohne daß er in buntem Feuerwerk explodiert wäre . . .‹ oder so ähnlich. Hast du jetzt immer noch eine so hohe Meinung von deinem Mr. Dickens, Frith?«

»Ihn schätze ich ebenso hoch wie zuvor, den Kritiker allerdings sehr gering.«

Mr. Danesborough ließ sein gewinnendes Lachen vernehmen. »Frith ist noch jung«, sagte er. »Er ist extrem in all seinen Sympathien und Antipathien. So ist die Jugend.«

»Das klingt entschieden zu radikal für meinen Geschmack«, sagte Mr. Leigh streng.

Laura wechselte das Thema, als das Huhn hereingebracht wurde. »Ich habe gehört« – dabei sah sie ihren Gatten an, so daß Amanda sofort wußte, daß er die Quelle gewesen war –, »ich habe gehört, daß Peel mit der Aufhebung der Getreidegesetze politischen Selbstmord begangen hat.«

»Das ist eine unumstrittene Tatsache«, bemerkte Mr. Danesborough.

»Das hätte er wissen müssen, als er die Steuer aufhob«, sagte Mr. Leigh. »Und was geschieht jetzt mit unseren Bauern? Welchen Preis werden sie nun für ihr Getreide erhalten, bei dieser großen Konkurrenz?«

»Die Hauptsache ist, daß die Armen billiges Brot bekommen«, sagte Frith. »Die Bauern werden sich schon zu helfen wissen, daran besteht kein Zweifel.«

Mr. Danesborough warf seinem Sohn einen amüsierten Blick zu, und Laura sagte rasch: »Ich weiß wirklich nicht, wie das alles weitergehen soll. Jetzt ist die Einkommensteuer schon bei sieben Pence pro Pfund ... ich weiß wirklich nicht ...«

»Ja, es sind traurige Zeiten!« sagte Mr. Danesborough in heiterem Ton, der genau das Gegenteil ausdrückte.

»Und sie werden auch nicht besser, wenn dieser radikale Bursche namens Dickens mit den Gefühlen der

Ungebildeten herumspielt«, fügte Mr. Leigh hinzu, wobei er Frith mit strengem Blick ansah.

Frith besaß einen angeborenen Widerspruchsgeist, besonders heute schien es so. »Nicht mit den Gefühlen der Ungebildeten, sondern der Gebildeten, Sir«, korrigierte er. »Er möchte, daß die Gebildeten die Leiden der Ungebildeten verstehen.«

Amanda war erregt. Es kam ihr so vor, als wäre Frith derselben Gesinnung wie William. Vielleicht waren alle jungen Leute so; vielleicht war dies kein Kampf zwischen arm und reich, sondern eher zwischen alt und jung.

»Frith ist in seinem College Mitglied im Debattierclub geworden«, sagte sein Vater lächelnd. »Und immer wenn in unserem Hause eine Meinung vorgebracht wird, muß er sofort die gegenteilige Ansicht vertreten, um uns in eine Debatte zu verwickeln.«

»Ah«, sagte Laura. »So etwas habe ich schon geahnt. Na, wenn du das tust, Frith, wird man dich für einen streitsüchtigen jungen Mann halten.«

»Und das bin ich meiner Meinung nach auch«, sagte Frith.

Der Zitronenpudding war serviert worden, und Amanda sah Lilith das Zimmer betreten; sie brachte die Mandelsoße. Steert funkelte sie böse an. Er wußte, daß Lilith es so eingerichtet hatte, um ihre Neugier zu befriedigen. Sie hatte im Speisezimmer nichts zu suchen.

Amanda sah Lilith an und errötete leicht; Frith bemerkte es und schaute ebenfalls zu Lilith, um den Grund zu erforschen. Lilith erwiderte seinen Blick. Sie konnte kaum glauben, daß er der Sohn des Pfarrers war. Sie hatte ihn für einen reichlich hochmütigen und eingebildeten Jungen gehalten. Er hatte sie noch nie eines Blickes gewürdigt, obwohl sie manchmal beim

Tee im Schulzimmer geholfen hatte, zu dem er immer mit seiner Schwester gekommen war.

Jetzt im Abendanzug sah er nicht mehr wie ein Junge aus. Er machte eine so gute Figur neben dem melancholischen Hausherrn und seinem großen Vater mit dem roten Gesicht. Mit ihrer raschen Auffassungsgabe erkannte Lilith sofort, warum Amanda in ihrem schönen blauen Seidenkleid an diesem Tisch saß. Weil die Leighs und die Danesboroughs wünschten, daß Frith und Amanda heirateten.

Lilith ignorierte die mißbilligenden Blicke, die ihre Anwesenheit hervorgerufen hatte. Sie sah nichts von dem Kristall und dem Tafelsilber und der aufwendigen Blumendekoration in der Tischmitte; sie hatte nur Augen für Frith Danesborough, gutaussehend, liebenswürdig und unverschämt mutig; und eine Eifersucht regte sich in ihr gegenüber Amanda, die viel bitterer war als die, welche sie vor ihrem Aufenthalt in diesem Haus und ihrer Freundschaft mit Amanda empfunden hatte.

»Geh in die Küche«, zischte Steert; und Lilith ging.

Mr. Danesborough fand den Pudding köstlich; und er setzte hinzu, er wüßte nicht, wann er je solch einen phantastischen Pudding gegessen hätte – es sei denn das letzte Mal bei den Leighs.

Danach wurde allgemeine Konversation gemacht, und obwohl die Männer zur Politik zurückkehrten, mischte Frith sich nicht ein. Statt dessen unterhielt er sich mit Amanda, fragte sie, was sie so den ganzen Tag treibe; und Amanda antwortete schüchtern, da sie überlegte, ob ihr Vater wohl zürnen würde, wenn sie zur selben Zeit sprach wie er; aber sie mußte Friths Fragen beantworten. Dann beteiligten sich ihre Mutter und Miss Robinson an dem Gespräch, sehr zu ihrer Erleichterung.

Laura gab schließlich das Zeichen, die Damen erhoben sich und ließen die Herren am Tisch zurück.

»Frith ist ein wenig aufmüpfig«, sagte Laura beim Betreten des Wohnzimmers. »Vielleicht ist es sein Alter.«

»Oder es fehlt ihm die Mutter«, meinte Miss Robinson.

»Ich glaube, es liegt an seinem College. Junge Männer . . . sie verlassen ihr Heim und fühlen, daß sie keine Knaben mehr sind. Sie müssen eigene Ideen haben.«

»Die Jungen bringen immer ihre Ideen zum Ausdruck«, sagte Miss Robinson.

»Ich fürchte, Mr. Leigh könnte ein bißchen böse mit ihm sein. Ich nehme an, daß *du*, Amanda, mit allem einverstanden bist, was er sagt?«

In Lauras Stimme schwang eine Spur von Koketterie mit, auch in dem Blick, den sie ihrer Tochter zuwarf. Miss Robinson begann plötzlich die Bedeutung von Amandas Anwesenheit beim Dinner zu erahnen.

Eine schlimme Panik ergriff sie, obwohl sie sich einen Erfolg bei Mr. Danesborough ausmalte. Also dachten sie schon daran, Amanda zu verheiraten! Aber sie war doch erst fünfzehn. Miss Robinson verstand. Da sie die Hoffnung auf einen Sohn begraben hatten, wünschten sie sich einen Enkel. Frith Danesborough war in jeder Hinsicht ein geeigneter Kandidat. Die Danesboroughs waren eine Familie mit Geld. Wenn Frith in den Kirchendienst ginge und die Pfarrei seines Vaters übernähme, könnte er mit seiner Frau in der Nachbarschaft wohnen, und seine Kinder würden im Schatten von Leigh House aufwachsen. Miss Robinson begannen die Knie zu zittern – eine dumme Angelegenheit in der letzten Zeit. In diesem Augenblick zitterten sie, weil ihr klar wurde, daß ihre Tage als Amandas Gouvernante gezählt waren.

Amanda antwortete, sie wisse nicht genug, um zu sagen, ob sie Frith zustimme; aber wenn die Aufhebung der Getreidegesetze wirklich zur Folge hätte, daß die Armen mehr zu essen bekämen, wäre Peel ... und wäre auch Frith sicherlich im Recht.

»Sag das nur nicht vor deinem Vater«, meinte Mrs. Leigh lachend.

Miss Robinson schwieg, und Amanda bemerkte die Angst auf ihrem Gesicht, die sie nur zu gut kannte.

Später sagte Frith im Wohnzimmer zu Amanda: »Du gehst wohl sonst viel früher zu Bett?«

»Sehr viel früher.«

»Bist du müde?«

»Nein. Obwohl ich früh zu Bett gehe, schlafe ich selten um diese Zeit.«

»Du siehst immer noch aus wie ein Kind. Dein blaues Kleid und die neue Frisur ändern daran nichts.«

»Nein, vermutlich nicht.«

»Hoffentlich habe ich deinen Vater nicht beleidigt. Oder doch?«

Sie schwieg, und er lachte auf dieselbe stürmische, ansteckende Art wie sein Vater. »Na ja, wir können doch nichts mehr daran ändern. Die ältere Generation denkt immer, sie selbst wäre bereits mit sechzehn reif gewesen, während wir so zurückgeblieben sind, daß wir das ganze Leben lang auf dem geistigen Niveau sechsjähriger Kinder stehenbleiben.«

»Meint sie das?«

»Ja. Laß dich von ihnen nicht unterkriegen, Amanda. Tritt für deine Rechte ein. Ich werde das tun. Soll ich dir ein Geheimnis verraten?« Er beugte sich vor, seine Augen sprühten. »Du weißt, sie beobachten uns. Es ist amüsant, scheinbar über Banalitäten, in Wirklichkeit aber über die wichtigsten Dinge zu reden. Hör mal, Amanda. Ich werde definitiv nicht in den Kirchendienst eintreten.«

»Dann zwingen sie dich bestimmt.«

»Mich zwingen? Das können sie nicht. Man kann ein Pferd mit Gewalt zur Tränke bringen, es aber nicht zum Saufen zwingen. Kennst du das Sprichwort, Amanda?«

»Ja, das kenne ich sehr wohl.«

»Und es ist wahr.«

»Man kann das Pferd ins Wasser treiben.«

»Aber dann säuft es noch lange nicht.«

»Man kann es vom Saufen abhalten, bis es so durstig ist, daß es ihm dann gar nicht schnell genug gehen kann.«

»Du bist eine Philosophin, Amanda. Solche Vergleiche stimmen nie. Ich bin kein Pferd und die Kirche kein Wasser. Ich sage dir: Ich werde nie in den Kirchendienst gehen. Und noch ein anderes Geheimnis. Ich habe bereits die medizinische Laufbahn eingeschlagen. Ich habe es der Tante erzählt. Darum konnte sie nicht mitkommen. Der Kummer hat sie überwältigt, die Enttäuschung und so weiter. Heute abend erzähl ich's meinem Vater.«

»Ach Frith, das ist ja wunderbar! Keiner kann dich mehr daran hindern. Aber sie werden niemals verstehen, warum du den Arztberuf dem geistlichen Stand vorziehst.«

»Das sollten sie aber. Es ist doch ganz einfach. Ich interessiere mich mehr für den Leib als für die Seele der Menschen.«

»Es ist ein großartiger Beruf, Kranke zu heilen. Der großartigste von allen . . .«

Ihr standen die Tränen in den Augen, und er lachte sie aus. »Liebe Niobe! Wein doch nicht, um Himmels willen. Dann glauben sie, ich wäre grob zu dir gewesen. Weinst du denn immer noch so viel? Alice hat dich mit der alten Ballade von dem Mädchen, das in den Schnee hinausgeht und erfriert, immer zum Weinen gebracht.

Aber laß dir jetzt mal etwas sagen, Amanda. Du bist zu sentimental. Du brauchst ein paar Tränen für deinen eigenen Kummer, verplempere sie nicht für andere Menschen. Nicht alle sind nämlich so gut wie du. *Ich* mache mir keine Gedanken darüber, was man gegen die Leiden der Menschen tun kann. Ich seziere lieber, um hineinzusehen. Wer war denn die Hexe mit den schwarzen Augen, die beim Diner aufgetaucht ist?«

»Lilith ... du kennst sie doch.«

»Lilith ... natürlich. Sie sah heute abend anders aus. Ich habe nie zuvor auf sie geachtet.«

Laura gesellte sich zu ihnen. »Ich glaube, es ist Zeit, gute Nacht zu wünschen, Liebes«, sagte sie zu Amanda. »Sie ist noch nie so lange aufgeblieben, Frith. Ich bitte Miss Robinson, sie jetzt nach oben zu bringen.«

»Gute Nacht«, sagte Amanda zu Frith.

Frith nahm ihre Hand und verbeugte sich. »Ich hoffe, wieder dabeizusein, wenn du das nächste Mal am Dinner teilnimmst.«

Als Miss Robinson Amanda beim Auskleiden half, bemerkte sie, daß die Hände der Gouvernante zitterten. Von plötzlichem Mitleid ergriffen, schlang sie die Arme um Miss Robinsons magere Schultern und sagte: »Robbie, wenn ich heirate, soll keine ... keine außer dir meine Kinder erziehen. Das schwöre ich dir hoch und heilig.«

Lilith beobachtete, wie sie aus den Stallungen geritten kamen – Amanda, Frith und Friths Schwester Alice. Lilith hatte nur Augen für den jungen Mann. Er war fast einen Meter neunzig groß, sein glattes blondes Haar war unter der Reitkappe verborgen. In seiner Reitkleidung sah er genauso gut aus wie beim Dinner – er war tatsächlich der schönste Mann, den Lilith je gesehen hatte.

Ach, wenn sie doch nur mit ihm reiten könnte! Sie sah sich selbst in einem eleganten Reitdreß, ihr Pferd galoppierte voran und Frith lachend hinterher. Er rief ihren Namen in dem Tonfall, über den sie sich früher lustig gemacht hatte. Aber das würde sie nie wieder tun; nie wieder würde sie sich über irgend etwas, das er tat, lustig machen.

Mrs. Derry schickte Bess hinter ihr her.

»Was is los?« fragte Bess. »Du mußt die Kartoffeln schäln. Was glotzte denn so?«

Nie zuvor war ihr bewußt geworden, wie ungerecht das Leben war. Das braune Schmutzwasser lief ihr über den Arm, sie stach wütend auf die Kartoffeln ein. Dabei stellte sie sich Amanda auf ihrem Pferd vor, wie sie mit ihm an ihrer Seite dahingaloppierte.

Sie hatte an dem Abend des Dinners auf Amandas Bett gelegen und sich von ihr genau berichten lassen, worüber geredet wurde; und die ganze Zeit hatte sie darauf geachtet, was *er* gesagt oder getan hatte. Seit dem Tag, an dem Amanda zur Kirchweih gegangen und Salomes Tanz gesehen hatte, träumte Lilith davon, ein rosafarbenes, rosenverziertes Kleid zu tragen, so zu tanzen wie Salome, ihre Musselinschleier abzuwerfen und in fleischfarbenen Strümpfen vor einem bewundernden Publikum zu stehen. Jetzt hatte sie einen zweiten Traum, dem sie abwechselnd mit dem ersten nachhing.

Die Kartoffeln waren fertig geschält und lagen im Topf. Alle waren beschäftigt, also schlüpfte Lilith zur Küche hinaus. Sie mußte einfach weg; die Folgen kümmerten sie nicht.

So schnell sie nur konnte, rannte sie den steilen und

unwegsamen Hügel hinab, vorbei am Barbican-Hof bis zur Stadt; sie raste über die Brücke und hielt nicht an, bis sie beim Häuschen am Westufer angekommen war. Sie freute sich, Großmutter Lil vor der Türe zu sehen.

»Das ist aber eine Überraschung, meine Hübsche.«

Lilith ließ sich neben die alte Frau fallen; sie war völlig außer Atem, und ihre Augen glitzerten von unterdrückten Tränen.

»Biste weggelaufen?«

»Ich wollte nach Hause. Ich wollte mit dir reden.«

»Was is denn bei den Leighs passiert, daß du wegläufst? Erzähl's deiner alten Großmutter.«

»Die woll'n se verheiraten«, sagte Lilith.

»Na, das überrascht mich nich. Sie wird erwachsen. Fast sechzehn is se. Zeit zum Heiraten.«

»Sie verheiraten se mit Mr. Danesboroughs Sohn.«

Großmutter Lil nickte. »Da gibt's nich viel zu raten. Die war'n schon immer für 'nander bestimmt.«

Lilith schwieg.

»Ah«, fuhr die Großmutter fort. »Ich weiß, was dir im Kopf rumgeht. Bist ja im selben Alter . . . wie sie. Wenn sie heiratet, warum nich auch du? Da fragste dich wohl: ›Warum soll ich kein Mann ham?‹ Aber so geht das nich, meine Hübsche. Sie is die rechtmäßige Tochter. Ihr Vater is ehelich geborn, deiner auch, aber es is nich dasselbe. Sie is 'ne gebildete junge Dame und du nich, meine Kleine. Sie weiß, was in de Bücher steht, und manche nehm das furchtbar wichtig, was in de Bücher steht. Du mußt dich nach einem Mann umgucken . . . wenn de ein willst . . . dann mußte ihn dir aufs Korn nehm und zusehn, wie de ihn kriegst. Da is zum Beispiel Tom Polgard, ein schöner junger Mann, und er erbt Haus und Hof und Vermögen, wenn sein Vater stirbt.«

»Polgard!« rief Lilith und spuckte aus wie ein Fischer. »Die Schweine ... ich hasse sie. Guck doch, wie William lebt. Glaubste, mit den will ich was zu tun ham?«

»'s wär was anderes, wenn de die Herrin auf'm Hof wärst. Überleg doch mal. Dann könntste dich um William kümmern ... und um den muß man sich kümmern.«

»Und was is mit dem Bauern und der Bäuerin?«

»Mit den nimmste es auf, meine Königin; und die leben auch nich ewig.«

»Tom will unsere Jane heiraten.«

Die alte Frau lachte. »Das geht nich. Der Polgard will seinen Ältesten an de Tochter von 'nem Bauern in Barcelona verheiraten. Jane kriegt den Tom nie, weil se nich das Zeug dazu hat. Und Tom hat kein eigenen Willen, auch wenn er so stark is wie die Ochsen von seim Vater. Und 'n eigenen Willen brauchste schon, wenn de dich durchsetzen willst. Wenn du's wärst und nich Jane ... du würdst schon 'n Weg finden. Du hättst den Willen. Magst ihn nich leiden?«

»Ich hasse alle Polgards.«

»Na, wie wär's denn mit Jim Larkin? Der tritt in de Fußstapfen von seim Vater und Großvater. Wenn de den nehm würdst, hättste alle Schnickschnack-Hütchen und Firlefanzkleider von Cornwall. Dann hättste reichlich zu essen und 'n Federbett zum Schlafen.«

»Reichlich essen is gut, und Federbetten kommen gleich hinterher. Aber Jim Larkin nehm ich nich, auch nich, wenn ich Tag für Tag Fasanenbraten und für jede Nacht meines Lebens 'n Federbett krieg.«

»Was is mit dir los, meine Kleine? Haste dich in ein verguckt?«

»Nein ... *Nein*! Aber ich nehm kein, in den ich mich nich verguckt hab.«

»Ha! Mutig, mutig! Ich sag dir, was ich an deiner

Stelle tät. Ich tät mich nach'm netten vornehmen Herrn umgucken, der mich 'n bißchen wärmt.«

Die alte Frau vergrub ihre Hände in die Locken ihrer Enkelin. Aber Lilith wollte nicht getröstet werden, auch nicht von der Großmutter. Plötzlich bekam sie Angst, ihre Flucht könnte entdeckt und sie entlassen werden – dann würde sie Frith nicht sehen, wenn er ins Haus käme.

Sie sprang hoch. »Ich muß schnell zurück. Sie regen sich furchtbar auf, wenn se merken, daß ich weg bin.«

Und sie wartete keinen Augenblick länger, sondern hastete den Weg zurück, den sie gekommen war, und dachte dabei an die Großmutter, wie sie damals mit ihrer ersten Liebe, dem Hausierer, nach Altarnon geritten war; und während Lilith den Wind in ihren Locken spürte, war sie es, die zu Pferde saß, nicht mit einem Hausierer, sondern mit Frith Danesborough.

Es war ein kalter Januartag, der Ostwind heulte durch die Kamine. Das Mittagessen war vorbei, und Mrs. Derry döste am Feuer. Lilith benutzte die Gelegenheit zur Flucht. Jane würde dafür sorgen, daß ihre Arbeit bis zur Rückkehr mit getan war und Mrs. Derry ihre Abwesenheit nicht entdeckte. Bess und Ada waren in Liliths Mission eingeweiht und versprachen auch zu helfen. Kein Mädchen konnte wissen, wann sie selbst einen Liebsten haben und ähnliche Hilfe benötigen würde.

Sie wollte Tom Polgard aufsuchen und ihm sagen, er solle sich in der Nacht mit Jane im Gehölz hinter dem Haus der Leighs treffen. Aber vorher suchte Lilith Amanda; denn die sollte sie zum Polgard-Hof begleiten.

Vor einiger Zeit hatten sie sich unterhalten. Lilith hatte auf Amandas Bett gelegen und nicht nur von Williams Not erzählt, sondern auch von der Napoleons.

»Du mußt ihnen etwas zu essen bringen« hatte Amanda gesagt.

Und Lilith, die Amanda unbedingt dabeihaben wollte, hatte erwidert: »Das mußt du schon tun, denn wenn se mich schnappen, bin ich dran wegen Diebstahl.«

Amanda hatte zugestimmt und während der nächsten Tage Essen gesammelt.

Nun war sie ausgehbereit, und Lilith musterte sie in ihrem dicken Umhang und den Stiefeln, die ihre Füße schön warm hielten. Sie war um ein paar Zentimeter größer als Lilith, obwohl sie gleichaltrig waren; sie war schön in ihren teuren Kleidern; und Lilith verglich ihr eigenes blasses kleines Gesicht mit dem rosigen Amandas, ihre eigenen dicken Locken mit Amandas glatter goldener Mähne. Und doch entschied sie bei sich, daß sie sie nur wegen der Kleider beneiden müsse.

»Haste das Paket mit dem Essen?« fragte Lilith.

»Ja.«

»Dann wart bei der Koppel auf mich, und mach schnell. Zeit, daß wir wegkommen.«

Als sie auf der Hauptstraße waren und der Ostwind an ihren Röcken zerrte, sagte Amanda: »Lilith, irgend etwas ist mit dir passiert. Weißt du noch, wie du immer getanzt hast . . . wie du mir eines Tages den Tanz der Sieben Schleier vorführen wolltest? Du wolltest Tänzerin werden, und man hat es dir wirklich geglaubt, wenn man dich ansah. Ich dachte immer, du hättest die Absicht davonzulaufen.«

Lilith aber ging nicht darauf ein: »Ich hasse diesen Wind. Wohin seid ihr heute morgen geritten?«

»Zum Pfarrhaus. Alice wollte, daß wir den Holunderwein probieren, den sie gemacht hat. Sie hat es von ihrer Tante gelernt.«

»Na, demnächst reitest du wohl nur noch mit Miss Alice. Ihr Bruder geht doch sicher bald weg.«

»Ja. Lilith ... es wird einigen Ärger geben im Pfarrhaus. Bald kommt es sowieso heraus, daher kann ich es dir ja sagen. Frith will kein Geistlicher werden. Er wird Arzt.«

»Wie wird man denn Arzt?«

»Man muß Prüfungen ablegen und einige Zeit im Krankenhaus arbeiten, glaube ich.«

»Ich finde, Arzt zu sein ist eine großartige Sache«, meinte Lilith.

»Ja, das finde ich auch.«

»Wo lernt er das denn?«

»In London, glaube ich ... oder vielleicht an seiner Universität.«

»Und in den Ferien kommt er hierher?«

»O ja.«

»Dann bleibt also alles genauso, als ob er in den Kirchendienst gehn würde wie sein Vater?«

»Vermutlich schon ... natürlich nur, bis er fertig ist. Aber auch dann könnte er hier wohnen. Doch das wird noch wird lange dauern.«

Lilith rannte voraus; sie dachte an Amanda und William, und an sich und Frith.

Was, wenn Amanda William heiraten und ihn zum Herrn von Leigh House machen würde; und wenn Frith hier der Doktor würde und die ganze Nachbarschaft in Erstaunen versetzte, wenn er die wilde Lilith Tremorney zur Frau nähme?

»Laß sie nur die Nase rümpfen«, sagte er in Liliths Träumen. »Laß sie reden, soviel sie wollen. Ich will keine außer dir, und du willst keinen anderen als mich.«

Aber das war Liliths Stimme, nicht die seine; und das war ein wilder Traum – der wildeste, den sie je geträumt hatte.

Doch Lilith glaubte an die Erfüllung von Träumen. Sie hob ihre Augen zum dunklen Himmel, an dem der

Wind die grauen Wolken dahintrieb wie ein verrückt gewordener Schäfer.

»Hör mal«, sagte Amanda. »Da ruft doch jemand die Pferde.«

Lilith blieb stehen, um zu lauschen. »Ich glaub, das ist William«, sagte sie und ging in Richtung Hecke.

»Halt dich versteckt, Amanda«, flüsterte sie. »Vergiß nicht, daß wir auf Polgards Grund und Boden sind«

Vorsichtig schlich sie über das Feld und blieb dabei dicht an der Hecke; auf dem angrenzenden Acker war William beim Pflügen, und Napoleon half ihm.

»William«, rief Lilith; William drehte sich um und sah sie.

Er überließ Napoleon den Pflug, während er zu ihr hinüberkam.

»Amanda hat euch was zu essen gebracht«, sagte Lilith zu den anderen.

»Es ist nicht viel«, bemerkte Amanda. »Aber wir kommen wieder.«

»Wo is Tom?« fragte Lilith ungeduldig. »Ich muß ihn finden.«

»Kann ich nich sagen. Irgendwo auf dem Hof.«

»Dann muß ich ihn suchen. Du kannst hier mit William reden. Wart auf mich bei der Straße, Amanda.«

Sie rannte fort und ließ die beiden allein.

»William«, sagte Amanda. »Wir haben leider nicht so viel bringen können, wie wir wollten. Aber wir kommen bald wieder. Es ist nur ein bißchen für dich ... und Napoleon. Wie geht es dir, William? Sind sie immer noch so grausam zu dir?«

William schien die Sprache verloren zu haben; er betrachtete die Sachen, die Amanda ihm gegeben hatte, machte aber keine Anstalten zu essen.

»Vielleicht woll'n se gar nich grausam sein, Miss

Amanda«, stotterte er endlich. »Die benehm sich ganz normal . . . was sie normal finden.«

»O William, könntest du nicht irgend etwas tun? Könntest du nicht weg von hier?«

Er sah sich um. »Das hab ich vor, Miss Amanda. Ich spare mein Geld. Ich spare es jede Woche. Und wenn ich genug habe, gehe ich weg, um mein Glück zu machen. Ich kriege einen Shilling pro Tag – obwohl se meistens einen Vorwand finden, um nicht alles zu zahlen. Aber etwas krieg ich, und das spar ich. Keinem sag ich was davon . . . Wenn der Bauer und die Bäuerin wüßten, daß ich Geld habe, würden se es mir bestimmt wegnehm.«

»Hast du Angst, sie würden es stehlen, William?«

Er nickte.

»William, laß es mich für dich aufheben. Ich würde gut darauf achtgeben. Ich habe ein kleines Perlmuttkästchen, zu dem nur ich einen Schlüssel besitze. Würdest du es mir anvertrauen, William?«

»Ihnen tät ich mein Leben anvertrauen, Miss Amanda. Ich hab se in einen Lumpen gewickelt und in meinen Mantel eingenäht.« Er begann, die Naht aufzureißen.

»O William, wohin willst du denn gehen?« fragte sie.

»Das kann ich nich sagen. Hierhin und dahin. Vielleicht als Kesselflicker . . . über den Tamar. Wir liegen hier weitab, Miss Amanda. Ich denk, ich würd gern durch Devonshire nach Dorset gehen.« Er gab ihr das Geld. »Das sind einundzwanzig Shilling, Miss Amanda.«

»Ich werde sehr gut darauf aufpassen. Ich schließe es ein, sobald ich nach Hause komme. Und wenn du etwas davon brauchst . . . oder alles . . . laß es mich wissen. Jetzt kann ich sicher sein, daß du nicht weggehst, ohne es mir zu sagen.«

»Nein, das tät ich niemals, Miss Amanda, wenn se es gern wissen wollen.«

Sie lächelten sich an; den schneidenden Ostwind bemerkten sie nicht.

Lilith blieb dicht bei der Hecke. Es hätte schlimme Folgen für sie, entdeckt zu werden. Der alte Bauer Polgard würde sie des Stehlens verdächtigen – der alte Halunke. Die Kühe auf dem Feld sahen sie neugierig an.

»He!« sagte Lilith. Sie warteten, bis sie näher kam, dann gingen sie langsam weiter.

Der Wind war bitter kalt; der fröhliche Ruf eines Spechts schreckte sie plötzlich auf. Sie sah sich fieberhaft um. Wo war Tom Polgard? Wo konnte er wohl um diese Tageszeit sein?

Auf dem Nachbarfeld stand eine Scheune; dahin machte sie sich auf. Leise öffnete sie die Tür einen Spalt und sah hinein. Sie hielt den Atem an. Schon in der allerersten Überraschung war sie froh, so vorsichtig gewesen zu sein. Die Scheune lag in einiger Entfernung vom Bauernhaus und bot daher an so einem Tag warmen und sicheren Unterschlupf für die, die ihn brauchten.

Hastig trat sie zurück und versteckte sich, so schnell sie konnte, hinter der Scheune. Sie lehnte sich an die Wand, sprungbereit, falls jemand auftauchen sollte. Ihre Wangen brannten; ihr Herz klopfte heftig. Dann hörte sie eine Stimme sagen: »Alles in Ordnung. Es war nur der Wind.« Das Scheunentor schlug krachend zu. Lilith wartete noch ein, zwei Sekunden, dann rannte sie weg, so schnell sie ihre Füße trugen.

Laura saß an ihrer Stickerei im Wohnzimmer. Diese Stunde nach dem Abendessen fürchtete sie am meisten. Mr. Leigh las in seiner Bibel.

Er hatte gerade gesprochen, und seine Worte hatten Laura in Schrecken versetzt: »Sie scheinen wieder ganz die alte zu sein, meine Liebe.«

Sie hatte die Hand aufs Herz gelegt und geantwortet: »Ich fühle mich noch sehr matt.«

»Sie brauchen mehr Bewegung.«

»Ja, vielleicht, aber das erschöpft mich um so mehr.«

Dann hatte er seine Lektüre fortgesetzt.

Beabsichtigte er, das Experiment zu wiederholen? Er war rastlos, wie sie wohl wußte. Vorige Nacht hatte sie ihn an ihre Tür kommen hören. Sie hatte sich in ihrem Bett zusammengekauert, bis er wieder gegangen war. Ja, er war gewiß voller Unrast. Er wußte, daß der Versuch, noch ein Kind zu bekommen, gefährlich für sie war. Trotzdem redete er sich ein, daß dem nicht so wäre. Wäre er wie sein Vater gewesen, hätte er andere Frauen gehabt. Die Frau seines Vaters war zart gewesen, aber um wieviel friedlicher ihr Leben doch im Vergleich zu Lauras war; und welche Ironie, daß ein guter Mann seiner Frau nicht die Ruhe und den Frieden geben konnte wie ein schlechter.

Seltsame Gedanken waren ihr in letzter Zeit durch den Kopf gegangen. Sie hatte sogar an Flucht gedacht, zu einer ihrer Schwestern in London. Aber wie konnte sie Paul verlassen? Sie wäre völlig mittellos. Das kleine Vermögen, das sie bei ihrer Heirat besessen hatte, gehörte jetzt ihm. Das Leben war so ungerecht für Frauen. Warum mußte die Ehe ein Joch für sie bedeuten? Warum sollte es ihr nicht möglich sein auszubrechen, wenn sie es unerträglich fand?

Mr. Leigh beobachtete sie. Als er wieder sprach, fuhr sie erschrocken zusammen. »Ich habe entschieden, daß der junge Frith Danesborough eine Enttäuschung ist.«

»So?«

»Ja, er ist arrogant, unverantwortlich und ungehorsam.«

»Meinen Sie?«

»Ja, das meine ich.«

»Sie ... Sie haben entschieden ...«

»Ich habe beschlossen, die Pläne, die ich mit ihm und unserer Tochter hatte, fallenzulassen, meine Liebe.«

»Oh! Aber ... er ... er ... er ist doch so ein charmanter junger Mann.«

»Ein charmanter junger Mann! Was wollen Sie damit sagen?«

»Nur daß ... er sehr liebenswürdig ist ... und Amanda ihn gern zu haben scheint.«

»Seien Sie versichert, daß *ich* ihn alles andere als liebenswürdig finde. Sein Benehmen bei dem Dinner neulich könnte kaum so bezeichnet werden, nicht einmal von der unbedarftesten Frau, hätte ich angenommen. Und für Amanda hoffe ich, daß sie nicht so unweiblich sein wird, einen anderen Mann gern zu haben als den, den sie heiraten wird.«

»Ich ... bin sicher ... Ja ... Sie haben natürlich recht.«

»Wie man sagt, hat er sich gegen den geistlichen Stand entschieden. Haben Sie jemals solch einen arroganten Unsinn gehört? Er erklärt, er will seinen eigenen Lebensweg wählen. Er will Arzt werden. Wenn er mein Sohn wäre ...«

Laura erschauderte wie immer, wenn er von einem Sohn sprach.

»Wenn ich mit einem Sohn *gesegnet* wäre«, fuhr er entschlossen fort, »dann hätte ich ihn aus meinem Haus gewiesen bei soviel Ungehorsam.«

»Mr. Danesborough scheint sich mit dem Gedanken abgefunden zu haben ...«

»Mr. Danesborough ist ein Narr, meine Liebe. Er läßt sich von seinem Sohn und seiner Schwester auf dem dem Kopf herumtanzen. Ich glaube allmählich, seine Kinder üben einen schlechten Einfluß auf Amanda aus.«

»Wollen Sie damit sagen, daß sie nicht mehr herkommen dürfen?«

»Sie nehmen mich zu wörtlich, Mrs. Leigh. Wie könnten wir unser Haus vor den Danesboroughs verschließen? Unsere Familien sind seit Generationen miteinander befreundet. Nein. Ich wünsche Ihnen lediglich mitzuteilen, daß ich ein weiteres Festhalten an unserem Plan mißbillige. Zwischen Frith Danesborough und unserer Tochter darf es keine Vertraulichkeiten geben.«

»Ich . . . ich hoffe, es ist noch nicht zu weit gegangen, da wir sie doch sehr dazu ermuntert haben . . .«

»Mrs. Leigh! Was sagen Sie da!« polterte er los. »Zu weit? Wir haben *was* getan? Drücken Sie sich präzise aus.«

»Ach nichts, gar nichts. Ich habe nur gedacht, daß sie sich vielleicht gern haben.«

»Wie ich schon sagte«, versetzte er in scharfem Ton, »ich hoffe, daß meine Tochter nicht so unweiblich ist, eine solche Angelegenheit ›zu weit‹ gehen zu lassen, wie Sie es so bildhaft umschreiben. Ich setze Sie von folgenden Plänen in Kenntnis: Als ich bei meinem Bruder in Devonshire zu Besuch war, habe ich mit ihm gesprochen. *Er* hat *sechs* Söhne, wie Ihnen bekannt ist.« Sie errötete heftig, wie ein kleines Mädchen, das an letzter Stelle mit seinen Schulleistungen steht und die Noten der Klassenbesten zu sehen bekommt.

»Ja, ich weiß. Sie . . . müssen sehr glücklich sein.«

»Sechs Söhne und drei Töchter. ›Glücklich der Mann, der seine Scheune voll hat.‹«

»Glücklich fürwahr«, sagte sie ehrerbietig.

»Also, ich habe folgendes im Sinn: Ich möchte meine Tochter so bald wie möglich verheiraten. Ich hatte, wie Sie wissen, Frith Danesborough dazu erwählt. Er ist unser Nachbar; er stammt aus guter Familie und wird ein akzeptables Einkommen haben, so daß sie mit Amandas Erbe ein angenehmes Leben hätten führen können. Aber der junge Mann enttäuscht mich, und Gott hat mir in seiner Gnade die Augen für seine Fehler geöffnet. Da habe ich mir nun darüber Gedanken gemacht, daß mein Bruder zwar kein armer Mann ist, alle sechs Söhne jedoch unmöglich so reich werden können wie er, da sein Vermögen notwendigerweise zwischen ihnen geteilt wird. Dies geht mir schon seit einiger Zeit durch den Kopf; es muß wohl eine besondere Inspiration gewesen sein, denn als ich bei meinem Bruder war, habe ich darauf angespielt. Sie müssen nämlich wissen, daß es mir großen Kummer bereiten würde, wenn in Zukunft keine Leighs mehr in diesem Hause weilten.«

Laura wollte das Gesicht mit ihren Händen bedecken und in Tränen ausbrechen. Sie hatte plötzlich das Gefühl, als ob die gesamte Linie der Leighs, seit den Zeiten der Tudors, in denen dieses Haus erbaut worden war, sie anklagte: »Immer Leighs im Leigh House, bis *du* keinen männlichen Erben mehr hervorgebracht hast.«

»Ich schlage daher vor, den Vetter unserer Tochter, Anthony Leigh, für einige Zeit einzuladen. Und bevor er uns wieder verläßt, hoffe ich, seine Verlobung mit unserer Tochter bekanntgeben zu können.«

»Sie ist . . . noch sehr jung.«

»Sie ist sechzehn. Sie selbst haben mit siebzehn geheiratet.«

»Ja . . . aber die Kinder sind heutzutage irgendwie jünger.«

»Welch ein Unsinn! Amanda ist heiratsfähig. Sie soll ihren Vetter Anthony Leigh heiraten. Sie werden hier wohnen, und ich vertraue darauf, daß ich bald einen Enkel im Leigh House sehen werde, da mir ein Sohn ja verwehrt ist. Jetzt kennen Sie meine Wünsche.«

»Was ... was soll ich tun?«

»Sorgen Sie dafür, daß Frith Danesborough nicht mehr so häufig hierherkommt. Bereiten Sie das Mädchen vor, indem Sie ihr von ihren Vettern und deren guten Eigenschaften erzählen. Versuchen Sie, wenigstens *sie* mit Pflichtbewußtsein zu erfüllen.«

»Ich will es versuchen.«

»Gut. Ich werde meinem Bruder schreiben, und ich glaube, im Frühjahr wird uns Anthony besuchen. Er ist ein junger Mann von zwanzig Jahren – angenehm und gottesfürchtig. Unsere Tochter wird sich höchst glücklich schätzen.«

Laura nickte und begann, sich mit ihrer Nadel zu beschäftigen.

Lilith konnte nicht schlafen. Sie lag in ihrem engen Bett und beobachtete an den Schatten im Zimmer, wie die Wolken über das Gesicht des Mondes jagten. Mal wurde es hell, mal dunkel. Mal konnte sie die Gesichter der schlafenden Mädchen sehen, mal waren es nur schemenhafte Gestalten in ihren Betten.

Der Wind rüttelte in den Ästen des Baumes, der vor dem Fenster stand, und seine Zweige klopften gegen die Scheiben. Sie warfen ein Muster auf Janes Gesicht, welches wieder verschwand, als der Baum sich bog. Es war, als ob der alte Mond schalkhaft lachte, weil der Wind allerhand Unfug trieb und mit dem Ast des Baumes Runzeln auf Janes Gesicht zeichnete. Wie ein

Kind, das ein Bild in einem Buch auslöscht und mit wenigen groben Strichen eine junge Frau in eine alte verwandelt.

Und sie wird auch alt, dachte Lilith, bevor sie Tom Polgard kriegt. Die Bauerntochter drüben in Barcelona würde Tom bekommen. Er war so ein Schlappschwanz. Wie ein Schaf aus der Herde seines Vaters. »Määääh! Määääh! Ich will Jane. Aber ich tu, wozu man mich zwingt.«

Dummköpfe waren sie, alle miteinander ... außer Lilith.

Schade, daß sie so jung war. Wenn sie doch nur ein bißchen älter wäre. Wenn sie doch nur ein bißchen mehr Lebenserfahrung hätte, dann wüßte sie, was zu tun wäre. Sie kroch unter die Bettdecke und rief sich den Augenblick ins Gedächtnis zurück, als sie das Scheunentor geöffnet hatte; wieder sah sie die Szene lebhaft vor sich und fühlte sich aufgeregt und mächtig. Ja, das war in ihre Hand gegeben worden: Macht! Aber sie war nicht sicher, ob sie schon alt genug war ... alt genug, sie auch zu benutzen.

Lange Zeit konnte sie nicht einschlafen. Als sie es endlich geschafft hatte, träumte sie von Frith Danesborough. Und im Traum sagte sie zu ihm: »Du mußt mir gehorchen. Du mußt tun, was ich will, denn ich habe die Macht, dich zu zwingen.«

Sie konnte nicht lange geschlafen haben, denn als sie wieder aufwachte, zeichnete der Mond immer noch Muster auf Janes Gesicht. Alt ... jung ... So alt, wie sie wird, bevor sie Tom Polgard kriegt!

Manchmal weinte Jane in der Nacht – dummes, nutzloses Weinen. Was hatte sie davon? Wenn man etwas will, muß man hingehen und es sich holen. Im Bett zu weinen half da überhaupt nicht weiter.

Dann schlief sie wieder ein, und am Morgen mußte

man sie wachrütteln. Als sie aufstand, hatte sie die Träume noch nicht abgeschüttelt. Sie konnte in dem schlaksigen Mädchen, das ihr der alte blinde Spiegel zuwarf, kaum die mächtige Person aus ihren Träumen wiedererkennen.

Nachdenklich machte sie sich an die Arbeit. Einmal hätte sie sich fast Amanda anvertraut. Aber Amanda war unwissend, abgesehen von ihrer Bücherweisheit; und was Lilith in der Scheune gesehen hatte, hatte ganz und gar nichts mit Bücherweisheit zu tun.

Zwei Tage später war ihr Entschluß gefaßt.

Sie war stark genug, es zu tun; sie war sich dessen ganz sicher. Wenn es schiefgehen sollte, wäre ihr ganzes Selbstvertrauen dahin. Wovor sollte sie sich aber fürchten? Sie hatte keinen Grund, sich zu fürchten. Den Grund hatten andere.

Sie lungerte auf dem Polgard-Hof herum, bis sie ihn sah. Er trug eines von den Lämmern und war noch häßlicher als in ihrer Erinnerung; vielleicht deshalb, weil er ein Lamm trug wie Jesus auf den Bildern. Denn Bauer Polgard hatte so gar nichts von dem Guten Hirten an sich.

Sie erblickten einander in der Nähe der Scheune. Sie stand stocksteif da und starrte ihn an, er war so erstaunt, daß er mit offenem Mund auf dem Fleck stehenblieb. Sein Gehirn arbeitete schwerfällig, und er brachte einen Augenblick lang kein Wort heraus; es verblüffte ihn, jemanden unbefugt sein Land betreten zu sehen, der bei seinem Anblick nicht entsetzt davonstob.

Lilith sprach als erste. »Bauer Polgard, ich will mit dir reden.«

Die Haare in seiner Nase schienen zu vibrieren; seine Lippen verzogen sich zu einem bösartigen Knurren.

»Du . . .«, stotterte er. »Du . . . du . . . Kobold!«

Lilith hielt reichlich Abstand. Sie war einen Meter siebenundvierzig groß und gertenschlank, er einen Meter dreiundachtzig und entsprechend breit. Sie konnte sich vorstellen, daß er bei einer Verfolgungsjagd keine Chance hätte; sollten diese großen haarigen Hände sie aber packen, würde er sie ebenso mühelos umbringen können wie ein Kaninchen.

Sie behielt ihn wachsam im Blick. Ihre Stimme war schrill vor Nervosität und Trotz. »Paß nur auf, wie du mit mir redest, Bauer.«

Sie wartete gespannt auf die Wirkung ihrer Worte, doch sein langsam arbeitendes Hirn war ganz offenbar starr vor Erstaunen. Nie hatte jemand so zu ihm gesprochen außer seiner Frau.

»Aber wenn du mir zuhörst«, fuhr Lilith fort, »und tust, was ich dir sage, hast du nichts zu befürchten.«

Er stieß hervor: »Du ... du ... ich laß dich auspeitschen ... du Gör. Ich laß dich ... einsperren. Bestimmt. Ich bring dich eigenhändig um.«

»Das tuste nich. Fürs Töten wird man gehängt. Paß besser auf. Du mußt gut achtgeben, denn ich weiß was über dich. Etwas, von dem deine Frau nix wissen soll. Ich hab dich in der Scheune gesehn, mit deiner dicken Milchmagd, Dolly Brent. Vor drei Tagen war's. Ich hab reingeguckt und euch gesehn. Was ihr da gemacht habt, daran gibt's nix zu deuteln, das schwör ich.«

Er stürzte nach vorne, aber sie war schnell zurückgesprungen.

»Mach dich nich zum Narren, Bauer. Du mußt dir anhörn, was ich dir zu sagen hab. Ich hab dich gesehn ... und Dolly auch. Ich könnt's Mrs. Polgard erzählen. Und das tu ich ... wenn de mich nicht davon abhältst.«

»Ich ... ich halt dich ab. Ich brech dir sämtliche Knochen ...«

»Nein, das tuste nich. Du kannst mich nämlich nich

kriegen. Und wenn de nich still stehst und mir zuhörst, dann renn ich schreiend in dein Haus und sag, du willst mit mir dasselbe tun, was du mit Dolly Brent getan hast.«

Jetzt triumphierte sie und genoß es. Sie war ein junger David – klein und wendig, bereit, den haarigen Goliath zu besiegen. Er hatte die Kraft, aber Kraft konnte nichts gegen Köpfchen ausrichten ... zumal sich das Köpfchen ganz schnell in Sicherheit bringen konnte.

»Glaub nur nich, du kannst dich retten, indem du mich los wirst. Das geht nich. Aber das erklär ich dir später. Jetzt hör erst mal zu, was de tun mußt, wenn de Dolly Brent weiter in der Scheune treffen willst und deine Frau nix davon erfahrn soll. Du mußt tun, was ich sage. Ihr müßt euern Tom unsere Jane heiraten lassen und William gut behandeln.«

Er stierte sie an, als ob er den Sinn ihrer Worte nicht verstünde.

»Bleib da«, warnte sie ihn. »Nur ein Schritt näher, und ich renn schreiend ins Haus. Das wär bestimmt nich schön für euch. Dolly würde sicher weggeschickt ...«

»Du hältst die Klappe«, grollte er. »Ich bring dich um.« Doch zu ihrer Genugtuung bemerkte sie, daß er ihren Anweisungen folgte. Er beherrschte sich; sein rechter Fuß war sprungbereit, doch sein schwerfälliger Verstand mahnte ihn zur Vorsicht.

»Das is alles, was du tun mußt. Laß die beiden heiraten, und behandle William gut. Mehr nich.«

»Du ... du ...« Er schluchzte fast vor Wut.

Doch sie lachte nur, und ihr Lachen klang dämonisch in seinen Ohren.

»Wart nur ab ...«, sagte er. »Wart nur ab!«

Plötzlich bekam sie es mit der Angst zu tun. Das Lamm auf seinen Armen begann zu blöken, als ob von dem Mann, der es hielt, Gefahr ausginge; ein Buchfink begann zu zwitschern, und der Wind sang in den Hekken. Wenn ich jetzt schreie, hört mich keiner, dachte Lilith. Er hatte Macht, dieser Mann. Er würde sich schon etwas ausdenken, um sie zu vernichten. Vielleicht würde er sich, wenn sie sich allein hinauswagte, heimlich anschleichen und seine behaarten Hände um ihren Hals legen. Vielleicht würde er sie in einer einsamen Gasse abfangen, wenn er mit seinem Gig unterwegs war, und sie einfach überfahren. Oder er würde sie in seinen starken Armen zerquetschen und die Klippen hinunterwerfen.

Er war jetzt völlig hilflos, da sein Verstand nicht schnell arbeiten konnte. Aber wenn er nachgedacht hätte, würde er wie ein wilder Bulle auf sie losgehen.

Doch ihre Angst schwand dahin, und sie fühlte sich wieder mächtig, so wie in ihren Träumen.

»Also hör mal, Bauer. Versuch nur keine Tricks. Dann wird alles nur schlimmer. Du mußt tun, was ich sag, wenn deine Frau nichts von dir und Dolly erfahren soll. Das is doch nich weiter schlimm, oder? Jane is 'ne tüchtige Arbeitskraft. Und ihr müßt William nur gut behandeln. Sonst nix, und das solltet ihr sowieso. Denk bloß nich, du kannst mir was tun, ich bin nämlich nich die einzige, die was weiß . . .«

Er ballte die Faust, sie sah, wie sie zitterte, zitterte vor Wut, der er freien Lauf lassen wollte – doch er wagte es nicht.

»Das ist dieser Bruder von dir«, grollte er. »Bei Gott . . .«

Sie schüttelte den Kopf. »Nein, er is es nich . . .«

»Dann deine verschlagene Schwester, die is es. Das habt ihr zwei zusammen ausgeheckt.«

»Nein. Vielleicht wissen noch andere auf diesem Hof über dich und Dolly Bescheid. Davon weiß ich aber nix.

Doch einem Menschen hab ich's erzählt. Und da trauste dich nich, der was zu tun, denn an die kommste nich ran. Ich hab zu ihr gesagt: ›Wenn mir was passiert, dann weißte, wer's getan hat; ich hab nämlich gesehn, wie er's mit Dolly in der Scheune getrieben hat.‹ Ahnste nich, wen ich mein? Na, ich sag's dir. Miss Amanda Leigh. Und wenn mir was zustößt, weiß Miss Amanda Leigh, wer schuld is. Dann hängt man dich, Bauer Polgard, weil de mich abgemurkst hast. Das wär aber dumm, wenn ihr doch euern Sohn nur heiraten lassen sollt, wen er will . . . und meinen Bruder so behandeln sollt, wie's ihm wohl zusteht.«

Bei den letzten Worten machte sie einen Satz rückwärts; der Abstand zwischen beiden wuchs; dann begann sie plötzlich zu rennen. Am Rande des Feldes hielt sie inne und sah sich um. Er stand immer noch so da, das Lamm auf dem Arm, ein verwirrter, beunruhigter Schäfer.

Niemand konnte verstehen, warum die Polgards ihrem Sohn plötzlich erlaubten, Jane Tremorney zu heiraten – niemand außer Lilith selbstverständlich. Ein Lächeln flog unwillkürlich über Liliths Gesicht, wann immer die Hochzeit erwähnt wurde. Sie führte sich so überlegen auf, daß sie fast unerträglich wurde, selbst für Amanda. Jane war die einzige, die es mit ihr aushielt, aber schließlich war Jane so glücklich, daß sie keinen Fehler an Lilith entdecken konnte.

Auf dem Polgard-Hof traf man aufwendige Vorbereitungen für die Hochzeit, denn trotz allen Geizes war Annie Polgard eine konventionelle Frau. Und wenn der älteste Sohn heiratete, dann mußte es eine anständige Hochzeit geben, um der ganzen Nachbarschaft zu zeigen, wie vermögend die Polgards waren. Sie selbst hatte alles in die Hand genommen. Sie wollte die Hochzeit ihres Sohnes nicht in einem schmutzigen kleinen Kotten am Ufer feiern lassen, auch wenn es das Zuhause der Braut war – so weit ging es bei ihr nicht mit der Konvention. Nein, die Hochzeit von Tom Polgard sollte in seinem eigenen Heim stattfinden, und seine Mutter würde die Verantwortung dafür übernehmen.

Sie war eine eigensinnige Frau, doch wenn man ihr sagte, wie sie Geld einsparen konnte, war sie stets zu einer Sinneswandlung zu bewegen. Sie hatte sich das Mädchen aus Barcelona für Tom in den Kopf gesetzt, aber Jos hatte sie herumgekriegt.

»Was glaubste wohl, was ich über die gehört hab?« hatte Jos gesagt. »›Mädchen! Die is kein Mädchen mehr.‹ Na, wenn unser Tom die heiratet, macht er sich zum Gespött der ganzen Gegend.«

Annie Polgard sah nicht ein, warum das ein Hinderungsgrund sein sollte, da doch das Mädchen einen hübschen Batzen Geld von ihrem Vater erben würde.

Doch Jos fuhr fort: »Se hat nix im Kopp als Tanzen und Kleider. Se denkt nich daran, Sahne und Butter zu machen, Frau.«

Diesen Punkt mußte man allerdings berücksichtigen. Leichtfertige Mädchen galten nichts bei Annie Polgard.

»Und ich hab noch an was anderes gedacht, Frau. Die Leute hier woll'n nich, daß ihre Nachbarn Fremde heiraten. Die finden's nich gut, wenn Tom eine heiratet von der andern Seite vom Fluß. Barcelona gehört schon mehr nach Polperro, nich nach Looe, und die ham auch schlechtes Blut da, Frau. Wenn unser Tom die Schlampe heiratet, gibt's bestimmt Ärger. Weißte noch, wie se dem Fischer Penrose die Hütte angesteckt ham, als er das Mädchen aus Pelynt geheiratet hat?«

Das stimmte, mußte Annie zugeben.

Sie stellte sich vor, wie ihre Schober und Scheunen in Flammen stehen, wie Knüppel und Steine ihr die

Fensterscheiben zertrümmern würden. Die Nachbarn waren nachtragend. Die würden nie warm werden mit einer Fremden aus Barcelona. Und war ein leichtfertiges Mädchen, das mehr an Tanzen und Putz dachte als an Sahne und Butter machen, den ganzen Ärger wert?

»Er hat ein Auge auf Jane Tremorney geworfen, Frau. Se kommt zwar nur aus'm Kotten, aber ich denk an das, was se ihr bei den Leighs beigebracht ham. Was Besseres als da kann em Mädchen gar nich beigebracht werden. Se versteht was vom Haushalt, mein ich, mehr als die meisten. Se is dir bestimmt 'ne große Hilfe, Frau.«

Schließlich hatte er Annie überzeugt. Sie hatte Jane zu sich holen lassen, und Jane beantwortete ihre Fragen richtig und wie es sich gehört. Sie zeigte Annie, wie die vornehmen Leute Sahne zwischen die Schichten von Äpfeln, Speck, Zwiebeln, Hammel und Täubchen geben, wenn sie eine Pastete bereiten. Sie hatte eine gute Hand für Pasteten; Annie stellte sie auf die Probe. Und sie war auch stark. Also kam Annie zu dem Schluß, daß Jos recht hatte; und die Vorbereitungen für Toms Hochzeit mit Jane nahmen ihren Lauf.

Die jungen Leute schienen wie betäubt vor lauter Glück; sie küßten sich und schmusten jetzt in aller Öffentlichkeit. Jane sang bei der Arbeit, und Mrs. Derry mußte sie zur Ordnung rufen, denn der Hausherr mochte keinen Gesang außer Kirchenliedern, und die durfte man nicht so singen, wie Jane es jetzt tat. Mrs. Derry selbst hatte Verständnis; sie liebte Hochzeiten wie alle anderen auch. Es bedeutete zwar, daß sie mit Jane ein gutes Mädchen verlieren würde, aber dieses Mal konnte sie die Neue selbst aussuchen, denn von den Tremorney-Töchtern war noch keine alt genug. Bess und Ada beneideten Jane – auf nette Art. Sie tuschelten und kicherten in den Nischen. Es schien, als geschähen doch noch Wunder; und wenn es Jane Tremorney so ergangen war, warum dann nicht auch ihnen?

Sogar auf dem Polgard-Hof war das Leben angenehmer geworden. Der Bauer machte nicht mehr so oft von seiner Peitsche Gebrauch. Er schien ruhiger zu sein, nicht mehr so zur Gewalt neigend; und Annie, die mit der Hochzeitsvorbereitung beschäftigt war, achtete nicht darauf, was die Helfer aßen. Als der Frühling in diesem Jahr Einzug hielt, war das Leben relativ leicht und schön.

Der April kam, die Wiesen leuchteten vom goldenen Löwenzahn, und die Hecken waren weiß vom Hagedorn; die wilden Veilchen, feucht und süßlich duftend, vermischten sich mit dem Sauerklee, und die Vogelmiere übersäte die Flußufer mit ihren Sternchen.

In der Küche führte Annie Polgard das Kommando. Die Dienstboten gingen ihr zur Hand, der Schweiß lief ihr in Strömen von der Stirn, ihre Arme waren weiß vom Mehl, ihr Gesicht heiß von der Hitze des Ofens. Pasteten, zum Bersten gefüllt mit guten Sachen, lagen auf dem Tisch; Kuchen – mit Safran und Rosinen – wurden zuletzt gebacken. Die Getränke waren schon fertig. Annie machte selbst den Shenegrum, sie rührte das hausgemachte Bier eigenhändig. Sie leckte sich die Lippen, als sie den Jamaika-Rum, die Zitrone, den Zucker und die Muskatnuß dazutat. Der Honigwein und die Schnäpse waren fertig.

»So eine Hochzeit hat's noch nie gegeben. Sie hat Geld gekostet ... aber die Ausgabe hat sich gelohnt, denn alle Welt sieht, wer die Polgards sind.«

Sie schaute immer wieder zum Faß mit dem Apfelwein hin, in dem die Kröte gewohnt hatte. Sie hatte den Apfelwein wiederholt gereinigte denn bekanntlich wird er klarer, wenn eine Kröte ihn trinkt und er durch ihren Magen fließt.

»Geht's dir gut darin, kleine Kröte?« rief sie. »Mach dich jetzt an die Arbeit ... und sieh zu, daß der Polgardsche Apfelwein für die Hochzeit besser schmeckt als jeder andere.«

Und so traf Annie Polgard in jenen ersten Aprilwochen die Vorkehrungen zur Hochzeit ihres Sohnes.

Gigs und offene Zweisitzer standen vor der Kirche bereit, um die Hochzeitsgesellschaft zum Hof zurückzubringen, damit sie das Ereignis feiern konnte.

Mr. und Mrs. Tremorney waren stolz auf ihre Tochter, die es so gut getroffen hatte, die auf der sozialen Leiter emporgestiegen und die Frau eines Bauern geworden war. Großmutter Lil war ebenfalls stolz. Es schien ihr, als hätte die stille kleine Jane von allen das beste Los gezogen, und das war schon ein Wunder. Jane selbst war auch stolz, aber in einem derartigen Glückstaumel, daß sie gar nichts anderes mehr empfinden konnte. Annie Polgard dachte während des ganzen Gottesdienstes daran, wie sie die Gäste mit den vielen guten Dingen überraschen würde, die es zu essen und zu trinken gab. Aber die stolzeste von allen war Lilith. Sie war die unbekannte Fee, die ihren Zauberstab geschwungen hatte; sie war die Zauberin.

Als die Gäste ins Bauernhaus kamen, dachte zunächst jeder nur an Essen und Trinken.

Lilith blieb bei der Großmutter. Zu gerne hätte sie ihr alles erzählt, was sie getan hatte; wenn die Großmutter Jane noch länger so bewundernd anschaute, würde Lilith der Versuchung nicht mehr widerstehen. Aber die Großmutter Lil vergaß sogar Janes vermeintliche Gerissenheit zu bewundern bei all den köstlichen Speisen.

»Ach, ich hab ganz vergessen, daß es solche Sachen gibt«, sagte sie zu Lilith. »Quarkkuchen, hm? Das war früher mein Lieblingsessen ... und auch noch mit Rosinen ...! Meine Güte, Mrs. Polgard versteht was vom Kochen ... da gibt's nix. Ich wollt, es gäb hier jeden Tag so 'ne Hochzeit. He, meine Königin, du langst ja gar nicht tüchtig zu. Füttern se dich zu gut bei den Leighs? Rümpf man ja nich die Nase über solch gutes Essen. Schau, hier is Schweinswurst!«

Annie Polgard beobachtete, wieviel ihre Gäste verputzten. Sie war teils stolz, teils ärgerlich. Sie hatte zwar alle in Staunen versetzt, aber was hatte sie das gekostet! In einem Moment wollte sie die Gäste zum Essen nötigen, im nächsten hätte sie es ihnen gern wieder entrissen. Einerseits beglückwünschte sie sich, andererseits hielt sie sich für verrückt, so viele gute Sachen aufgetischt zu haben, nur weil Tom ein Mädchen aus einer Kate heiratete. Dann fiel ihr ein, daß sie eins von den Milchmädchen wegschicken und Toms Frau nur für ihre Kost arbeiten würde. Und dazu würde sie noch einen Großteil der Küchenarbeit übernehmen. Dolly Brent würden sie nicht wegschicken. Jos hatte gesagt, sie wäre vermutlich auch nicht besser als das andere Milchmädchen, aber sie verstünde es, sich draußen nützlich zu machen, und da kannte Jos sich aus. Annie nahm an, er hätte sie mit den Kühen gesehen. Also glaubte sie ihm, daß die andere besser ginge, und nicht Dolly.

Die Mädchen schenkten nach, und einige von den Gästen wurden ein bißchen ungestüm. Der Alkohol stieg ihnen zu Kopf.

Dann gingen alle in die Küche, die zum Tanzen ausgeräumt war, und sie sangen die alten Lieder, und Braut und Bräutigam tanzten den alten Fandango, der aus Spanien stammen soll. Jane tanzte gut, und Annie hoffte, daß ihr das Tanzen nicht zuviel bedeuten würde. Das würde Annie nicht zulassen.

Während Braut und Bräutigam tanzten, stampften die Gäste mit den Füßen und machten lustige Witze über Brautpaare. Tom und Jane guckten verlegen und zeigten vor aller Welt, wie glücklich sie waren.

Lilith kam alles merkwürdig unwirklich vor. Das lag daran, daß sie es zustande gebracht hatte, ohne daß jemand davon wußte, und auch an Annie Polgards Shenegrum. Jos Polgard stand in ihrer Nähe. Als sich ihre Blicke trafen, meinte sie, Mordlust in seinen Augen zu lesen. Aber er traut sich nicht, mir was zu tun, dachte Lilith; und sie lächelte ihn unverfroren an.

»Eine schöne Hochzeit, Bauer Polgard«, sagte sie verschmitzt.

Andere hatten sich den Tänzern angeschlossen, aber Lilith tanzte nicht. Ihr war ganz schwindlig im Kopf. Sie wollte nur still dasitzen und zuschauen und denken, daß sie das Ganze eingefädelt hatte.

Sie wünschte, Amanda könnte dies alles sehen, aber der armen Amanda waren solche Erlebnisse verwehrt.

Der Fiedler spielte eine heitere Weise, und Liliths Füße schienen gegen ihren Willen zu tanzen. Doch sie wollte nicht. Es gab nur einen Mann, mit dem sie bei einem solchen Fest tanzen konnte; und der war natürlich nicht hier, denn einige Menschen standen zu hoch, um einer Bauernhochzeit beizuwohnen.

Sie sah, wie sie sich hin und her drehten, auf den Zehenspitzen herumwirbelten, sich verneigten, in die Hände klatschten, sich im Tanze wiegten – schwitzendes, unbeholfenes Landvolk. Aber keiner fand so großes Vergnügen an der Hochzeit wie Lilith. In ihrem Leben war dieser Tag ebenso wichtig wie in Janes, denn heute hatte sie gelernt, daß sie alles haben konnte, was sie begehrte, wenn sie nur kühn und klug genug war, es sich zu holen.

»Shallal!« Lilith hörte, wie dieses Wort leise unter den Gästen die Runde machte.

Sie waren alle aus dem Bauernhaus herausgekommen und tuschelten miteinander und lachten. Das Brautpaar hatte sich auf sein Zimmer zurückgezogen. Jeder wußte, welches man den beiden zugewiesen hatte. Es war unmöglich, eine so wichtige Angelegenheit geheimzuhalten, dafür sorgte schon das Gesinde.

Shallal! Das war das letzte Zeremoniell am Hochzeitstag, das Ritual, welches alle – Braut und Bräutigam vielleicht ausgenommen – mit Spannung erwarteten, nachdem sie gegessen, getrunken und getanzt hatten.

Es war eine große Hochzeit gewesen, und sie sollte ein großes Finale haben. Die Menge war in höchst ausgelassener Stimmung dank des Polgardschen Shenegrums, dank Honigwein, Schnaps und Apfelwein. Ein Shallal mußte diese Hochzeitsfeier abrunden.

Sie lachten, als sie die flackernde Kerze im Brautgemach sahen. Jim Larkin stellte sich vor die Menge und hob die Hand; er gab das Zeichen, und alle begannen zu singen: »Seid ihr im Bett, Braut und Bräutigam? Seid ihr im Bett?«

Nach einer Pause setzte der Gesang wieder ein: »Wir kommen euch suchen.«

Lilith war auch dabei, sie tanzte jetzt, tanzte wie ein Kobold und sang so laut wie all die anderen.

»Seid ihr bereit?« rief Jim Larkin.

»Wir sind bereit!« sang die Menge; alle marschierten nun in Reih und Glied über die Veranda des Bauernhauses und sangen: »Shallal, Shallal.« Und singend gingen sie auch durch die Diele und die breite Treppe hinauf.

Annie Polgard schrie hinter ihnen her: »Was ihr kaputtmacht, müßt ihr bezahlen. Vergeßt das bloß nich bei eurem Shallal.«

Die Menge kümmerte sich nicht um Annie. »Seid ihr da, Braut und Bräutigam?« sangen sie auf der Treppe.

Lilith stand als erste im Korridor. Sie war gerade an der Tür, als diese aufgerissen wurde. Tom war in Hemd und Hose, und auch Jane war nicht ausgekleidet, doch ihr Haar fiel offen über ihre Schultern. Sie hatten gewartet. Sie wußten, daß nach dem Hochzeitsschmaus und dem Gelage ein Shallal folgen mußte; und sie würden sich nicht im Bett erwischen lassen wie so viele vor ihnen.

Jane kreischte, als sie die Menge erblickte, die ihrerseits vor Entzücken juchzte.

»Shallal!«

Lilith, von allen die weitaus lustigste, noch berauscht von ihrem Erfolg und dem Shenegrum, sprang mit einem Satz auf das Bett und schrie: »Shallal!« Sie fühlte sich als Anführerin, als Königin, denn ohne sie gäbe es auch keinen Shallal, ohne sie hätte die Hochzeit nicht stattgefunden.

Lilith sprang wieder vom Bett herunter, denn Jim Larkin, der einen mit Sand gefüllten Strumpf in der Hand hielt, trat vor und packte mit Hilfe der anderen die kreischende Braut und den Bräutigam. Sie schlugen Tom mit dem Sandstrumpf, und dieser warf mit seinen großen Fäusten zwei von ihnen zu Boden. Jane rannte schreiend aus dem Zimmer. Während man Tom noch festhielt, ließ der junge Harry Polgard den stacheligen Ginsterbusch im Bett verschwinden.

Lilith, die sich von der Spannung völlig hatte hinreißen lassen, wußte, daß sie im nächsten Moment ihren

Anteil an der ganzen Sache herausschreien würde, wenn sie auch nur eine Sekunde länger im Zimmer bliebe.

Sie preßte ihre Lippen fest zusammen und drängte sich zur Tür hinaus; sie rannte die Treppe hinunter und in den Hof; erst an der Straße hielt sie an.

Der Mond war beinahe voll. Lilith blieb stehen, um ihn zu betrachten. Sie war berauscht vom Mondlicht, vom Leben, vom Erfolg und vom Shenegrum.

Wie sie so dastand, bemerkte sie, daß sich dicht hinter ihr etwas bewegte. Das Herz schlug ihr bis zum Hals, die Angst drohte sie zu ersticken. Entsetzt dachte sie, Jos Polgard wäre ihr gefolgt und stünde nun hinter ihr.

»Hallo«, sagte eine Stimme. »Das ist doch Lilith?«

Lilith lächelte verstohlen und drehte sich langsam um. Es war nicht Jos Polgard, sondern der junge Mann, der sie seit einiger Zeit in ihren schönsten Träumen verfolgte.

»Ich habe dich zuerst für eine Elfe gehalten«, sagte er und kam näher. »Warst du beim Shallal?«

»Ja.«

»Anscheinend hat es dir Spaß gemacht.«

Sie ging langsam auf der mondhellen Straße, und das Herz hüpfte ihr vor Freude, während sie nach Worten suchte.

Er ging neben ihr und legte seine Hand auf ihren Arm.

»Ich bin froh, daß ich dich heute abend gesehen habe«, sagte er. »Ich wollte mit dir reden ... mit dir allein ... so wie jetzt, schon seit langem. Es ist sonderbar, Lilith, aber ich glaube, ich kenne dich erst seit kurzer Zeit.« Sie schwieg; sie starrte angestrengt auf die dunklen Wälder.

»Hast du mir nichts zu sagen, Lilith?«

Sie sah ihn an, und ihr Blick muß ihm eine Menge verraten haben, denn er packte ihre Locken und zog ihren Kopf zurück, daß ihr das Mondlicht voll ins Gesicht fiel.

Er lachte; und sie lachte auch – berauscht vom Shenegrum und dem Mondlicht und der plötzlichen Erkenntnis, daß noch einer ihrer Träume kurz vor der Erfüllung stand.

4

LILITH LAG AUF Amandas Bett.

Was hatte sie in letzter Zeit so verändert? fragte sich Amanda.

Sie war anders – manchmal ruhiger, gelegentlich auch noch wilder als sonst.

Gestern war Amandas sechzehnter Geburtstag gewesen. Ein Geburtstag konnte teilweise noch ermüdender sein als gewöhnliche Tage. Die Gebete dauerten länger. Zum Frühstück war ihr feierlich das Geschenk ihrer Eltern überreicht worden – ein Buch in einem weichen tiefvioletten Einband mit einem violetten Lesezeichen; es war ein Begleitbuch für ihre Bibel und ihr Gebetbuch, und es war voller Ratschläge für junge Mädchen. Über jeder Seite stand ein Text als Motto. Miss Robinson hatte ihr sechs Taschentücher geschenkt, Alice Danesborough eine Spieluhr in Form eines Klaviers, die beim Öffnen ›Süßer Lavendel‹ ertönen ließ. Von Frith hatte sie ein Exemplar der *Pickwick Papers* bekommen. Dies deutete Amanda als einen Trotzakt, denn sie erinnerte sich wohl, daß ihr Vater bei ihrem ersten Dinner gesagt hatte, er würde keine Bücher von Mr. Dickens in seinem Hause dulden.

Sie versteckte das Buch und beschloß, auf die Frage, was die Danesboroughs ihr geschenkt hätten, die Spieluhr zu zeigen. Sollten sie ruhig annehmen, es wäre ein gemeinsames Geschenk von Frith und Alice.

Sie zog Lilith ins Vertrauen, und Lilith nickte zustimmend.

Lilith streichelte jetzt das Buch, während sie auf dem Bett lag.

»Das ist das schönste Geschenk von allen«, erklärte Lilith.

»Warum gefällt es dir so, wenn du nicht lesen kannst?«

Lilith schlug es auf und sah die Worte stirnrunzelnd an. Plötzlich lächelte sie.

»Nein. Aber ich kann die Bilder anschauen. Ich kann den dicken Mann und die Kutsche sehen und den Mann, der die Schuhe putzt, und die Dame in Lockenwicklern.«

»Soll ich dir daraus vorlesen?«

»Nein, ich seh mir die Bilder an. Ich behalte das Buch hier ... erzähl du mir mal was von deinem Geburtstag.«

»Ich glaube, ein gewöhnlicher Tag wäre mir lieber als mein Geburtstag – abgesehen von den Geschenken natürlich. Sie sind wunderbar. Aber die Gebete waren so lang, und Papa hat darüber geredet, wie ich erwachsen werde und was für Pflichten mich erwarten. Das war nicht sehr aufregend. Ich habe nur dagesessen und nicht gewußt, ob ich erfreut aussehen soll, weil ich erwachsen werde, oder ernst wegen all der neuen Pflichten. Ich bin dann ernst geblieben, weil ich das für sicherer hielt. Anschließend hat er mich gefragt, wie mir das Geschenk gefällt – das von ihm und Mama. Ich habe gesagt, es wäre schön; und er meinte, es würde mich auch in meinem späteren Leben leiten, nicht nur jetzt.

Ich hatte solche Angst, daß er mich nach Friths Geschenk fragen würde.«

»Warum sollte er dagegen sein, daß Frith dir was schenkt?«

»Es ist nicht wegen Frith. Es ist wegen Charles Dikkens ... der das Buch geschrieben hat. Papa findet es schlecht.«

Lilith lachte und preßte das Buch an sich, als ob es ein Baby wäre, das sie liebhatte.

»Ist es ein schlechtes Buch?«

»Nein, ich denke nicht.«

»Meint er, daß es schlecht is, weil es schön is und dir gefällt?«

»Ich glaube schon. Und dann steht da vermutlich auch etwas über die Armen. Das macht es in Papas Augen schlecht.«

»Er mag die Armen ... Frith, meine ich.«

»Ja, davon bin ich überzeugt. Manchmal redet er wie William ... irgendwie. Darum ist Papa auch oft ziemlich böse auf ihn. Aber Frith kümmert sich nicht darum. Er sagt immer wieder Sachen, von denen er genau weiß, daß Papa sie nicht mag.«

Lilith lachte.

»Und dann«, fuhr Amanda fort, »habe ich mit Papa und Mama im Wohnzimmer Tee getrunken, statt mit Miss Robinson im Schulzimmer. Das fand ich ganz schrecklich. Sie haben mit mir geredet, als ob ich erwachsen wäre. Vermutlich, weil ich sechzehn bin. Mama hat gesagt: ›Wir haben eine Überraschung für dich ... eine angenehme Überraschung ...‹ Und sie haben mich beide angeschaut ... so komisch irgendwie, Lilith, als ob sie abwägten ...«

»Was denn?« fragte Lilith.

»Wie groß ich bin ... wie alt ich bin ... wie *schlecht* ich bin, nehme ich an.«

»Haben se wütend geguckt?«

»Nein, eigentlich nicht. Mama ein wenig ängstlich, und Papa nur ein bißchen streng. Dann hat er erklärt: ›Jetzt kommt die Überraschung, meine Tochter.‹ Und wenn er in diesem Ton ›Tochter‹ zu mir sagt, weiß ich, daß etwas Ernstes folgt. Er hat gesagt: ›Dein Vetter Anthony Leigh kommt uns besuchen.‹«

»Anthony Leigh«, wiederholte Lilith. »Is der schon mal hier gewesen?«

»Nein. Er wohnt weit weg. An der Grenze von Devon und Somerset. Sein Vater ist Papas Bruder, er ist also mein Vetter.«

»Dann is er auch mein Vetter«, sagte Lilith.

»Er hat eine Menge Geschwister, und Papa besucht sie ab und zu. Mama hat mir später erzählt, daß er einundzwanzig ist.«

»Also erwachsen.«

»Ja; und dann haben sie etwas Komisches gesagt, Lilith. Papa hat es gesagt, das heißt, es ist wichtig. Er ist nicht wie Mama. Alles was er sagt, ist sehr ernst gemeint. Er hat gesagt: ›Tochter‹, da wußte ich, daß es von großer Bedeutung ist. ›Wir, deine Mutter und ich, wir wollen, daß du alles Erdenkliche tust, um ihm seinen Aufenthalt hier angenehm zu machen.‹ Er hat es sehr langsam gesagt und nach dem ›du‹ eine Pause gemacht, als ob ich auf einmal ganz wichtig geworden wäre und anderen Leuten ihren Besuch angenehm machen könnte, wenn ich wollte.«

Lilith knurrte.

»Er kommt ungefähr in einer Woche. Er fährt ein Stück mit der Eisenbahn. Wie er wohl ist?«

»Ich mag Fremde nich«, sagte Lilith.

»Sei doch nicht albern. Er ist mein Vetter.«

»*Unser* Vetter«, grollte Lilith. »Aber er ist trotzdem ein Fremder.« Dann hellte sich ihre Miene auf. »Ich kann dir sagen, warum er kommt. Sie haben ihn für dich ausgesucht. Das is es. Du bist sechzehn, und es is höchste Zeit, daß se 'n Mann für dich finden. Er is einundzwanzig, also is es höchste Zeit für ihn zum Heiraten. Darum kommt er – er will dich fragen, ob du'n heiratest.«

»Da irrst du dich aber gewaltig, Lilith, da bin ich ganz sicher. Sie haben schon entschieden, wer mein Ehemann werden soll.«

»Nein. Der hier is es.«

»Nein. Es ist Frith. Sie wollen, daß ich Frith heirate. Miss Robinson hat es mir verraten. Sie hat gesagt, das war der Grund, warum ich an jenem Abend am Dinner teilnehmen sollte. Sie glaubt, daß es eine abgesprochene Sache zwischen unseren Familien ist.«

Liliths Augen sprühten plötzlich vor Wut. »Das stimmt nich!« murmelte sie zornig.

»Was ist denn los mit dir? Warum stört dich das denn?«

Lilith biß sich in ihre braune Faust und betrachtete den Zahnabdruck. »Ich weiß, daß es nich stimmt. Ich weiß, daß es der Neue is. Wart's nur ab. Der Neue is es. Hier, nimm das Buch und lies mir'n bißchen vor. Von dem Mann, der die Schuhe putzt, lies was über den vor.«

Amanda warf ihr einen scharfen Blick zu; sie nahm das Buch, aber Lilith hörte nicht, was sie ihr vorlas; sie dachte an das feuchte Moos im Gehölz und an Janes Hochzeitsnacht. Sie war am folgenden Tag wieder hingegangen; sie hatte sich auf denselben Fleck gelegt und die feuchte Erde geküßt. Und auch in der Nacht war sie wieder ins Gehölz gegangen, aber dieses Mal hatte niemand das Mooslager mit ihr geteilt.

Sie unterbrach Amanda beim Vorlesen. »Willst du Frith heiraten?«

»Frith ist nett«, sagte Amanda. »Ich kenne ihn besser als sonst irgend jemanden, nehme ich an. Ich würde lieber Frith heiraten als diesen neuen Vetter, glaube ich.«

Lilith lachte voller Bitterkeit. »Du weißt gar nix; noch nie haste was gewußt.«

»Und was weißt du darüber?« fragte Amanda.

»Was ich weiß? Ich weiß 'ne Menge, Amanda. Ich weiß ganz schrecklich viel.«

Amanda saß im Wohnzimmer an einer Stickarbeit, wie es sich für ein Mädchen ziemt. Miss Robinson und ihre Mutter leisteten ihr Gesellschaft; und jeden Moment konnten sie jetzt damit rechnen, die Wagenräder auf der Auffahrt zu hören, denn Mr. Leigh brachte Anthony Leigh das letzte Stück seiner Reise mit dem Wagen.

Amanda wußte, daß sowohl Miss Robinson als auch ihre Mutter sie genauestens wahrnahmen – ihre äußere Erscheinung, ihre Körperhaltung, die Anmut, mit der eine junge Dame ihre Sticknadel zu führen hätte. Amanda spürte, daß ihr die Eigenschaften abgingen, nach denen sie bei ihr suchten. Es fiel nicht leicht, anmutig zu wirken, wenn man eine Beschäftigung so sehr haßte wie sie diese Stickerei. Widerwillig sah sie sich ihre Arbeit an; die Rosen wollten ihr nicht gleich groß geraten; sie sahen aus wie auf Stöcke gespießte Kohlköpfe.

Sie war beunruhigt. Das Haus stand unter Spannung, und sie war die Ursache dafür. Sie lag auf dem Präsentierteller. Sie kam sich vor wie eine prämierte Kuh auf einer Viehschau oder vielleicht auf dem Markt. »Senke deinen Kopf mit Anmut. Zeige, wie gehorsam, wie gefügig du bist. Denn hier kommt ein Käufer.«

Lilith hatte ihr erzählt, daß man beabsichtigte, sie mit diesem Vetter zu verheiraten, und sie befürchtete,

Lilith könnte recht haben. Miss Robinson hatte auch solche Anspielungen gemacht; und außerdem war es Amanda nicht verborgen geblieben, daß sich Miss Robinson nach mehreren Seiten hin erkundigte, wo man die Dienste einer Gouvernante benötigte.

Amanda beugte sich über ihren Stickrahmen und lauschte angestrengt auf die ersten Hufschläge, während ihre Mutter und Miss Robinson miteinander plauderten.

»Er wird sehr müde sein nach der langen Reise«, sagte Laura. »Ob ich ihm den Tee im Wohnzimmer servieren lasse, oder ob er ihn wohl lieber auf seinem Zimmer einnehmen möchte?«

»Eisenbahnfahrten stimmen mich ängstlich. Man fühlt sich nie sicher. Und außerdem sind so viele schreckliche Leute in den Zügen«, klagte Miss Robinson.

Amanda hing ihren eigenen Gedanken nach. Was würde wohl geschehen, wenn sie sagte: »Ich möchte nicht heiraten. Am allerwenigsten möchte ich meinen Vetter heiraten!« Würde man sie bestrafen? Würde man sie prügeln, sie auf ihr Zimmer schicken, bei Wasser und Brot? Das konnte sie unbegrenzt aushalten ... mit Liliths Hilfe. Wie lange würde sie den Bitten ihrer ltern standhalten können, den Predigten und den Vorwürfen?

»Hören Sie!« sagte Laura. Stille trat ein, nur unterbrochen von dem Hufgeklapper auf der Straße.

»Ja, sie biegen jetzt in die Auffahrt ein«, sagte Miss Robinson.

Laura wurde auf der Stelle nervös. »Ich werde sie begrüßen. Nein, nein, Amanda. Du bleibst, wo du bist. Du bleibst hier bei Miss Robinson. Ich werde sie sofort ins Wohnzimmer führen. Beuge dich über dein Stickzeug ... Und tu so, als ob unser Eintreten dich überrascht ... als ob du deinen üblichen Pflichten nachgehst und durch die unerwartete Ankunft von Besuchern gestört wirst.«

Sie eilte hinaus, und Amanda sah Miss Robinson an.

»Miss Robinson, wie kann man überrascht aussehen, wenn man es absolut nicht ist?«

»Beuge dich nur über deine Arbeit ... Und wenn dann die Tür aufgeht, zähle bis drei, bevor du hochschaust. Dann reiße die Augen weit auf und erhebe dich langsam, aber gib acht, daß du den Stickrahmen nicht fallen läßt.«

»Wäre es nicht angenehmer für ihn zu glauben, wir hätten ihn schon eifrig und gespannt erwartet?«

»Vielleicht ist es klüger, ihn nicht ... zu früh ... zu erfreuen«, sagte Miss Robinson steif.

»Das kommt mir sehr rätselhaft vor«, seufzte Amanda. »Ich finde es ein bißchen albern. Er muß doch wissen, daß das ganze Haus ihn erwartet.«

»Und *ich* finde, daß dies eine äußerst unangebrachte und überflüssige Unterhaltung ist«, sagte Miss Robinson.

Als sie ihr Gespräch beendet hatten, hörten sie die Kutsche anhalten. Stimmen drangen durch das offene Fenster herein. Steert fuhr die Kutsche zu den Stallungen, und Mr. und Mrs. Leigh kamen mit dem Besucher ins Haus.

»Sieh auf deine Arbeit hinunter«, zischte Miss Robinson, als sich die Tür öffnete.

»Eins, zwei, drei«, zählte Amanda gehorsam. Dann blickte sie auf.

Ein junger Mann kam auf sie zu; er war gedrungen und ziemlich plump, hatte helles rötliches Haar und beinahe keine Augenbrauen oder Wimpern; seine Augen waren klein und hellbraun; er war pausbäckig, etwa wie ein Säugling, dessen übriger Körper gewachsen war, während das Gesicht genauso geblieben war wie im Alter von ein bis zwei Jahren.

»Meine Tochter«, sagte Mr. Leigh; und Amanda erhob sich.

»Das ist also Base Amanda.«

Er nahm Amandas Hand in seine dicke weiße, beugte sich über sie und küßte sie.

»Ich bin entzückt, deine Bekanntschaft zu machen, Base Amanda. Ich habe schon viel von dir gehört und wollte dich gern kennenlernen.«

»Ich freue mich auch, dich zu sehen, Vetter Anthony.«

Mr. Leigh warf Miss Robinson einen Blick zu, der besagte, daß ihre Anwesenheit nach der Begrüßung des Gastes nicht länger erforderlich wäre. Daher hieß sie ihn willkommen und schlüpfte aus dem Zimmer, Arbeit vorschützend.

»Und hattest du eine angenehme Reise?« fragte Amanda.

Er zog die Augenbrauen hoch. Sie waren jedoch so blaß, daß er lediglich seine Augen weiter zu öffnen schien.

»Diese Eisenbahnen!« sagte er schaudernd. »Ich gestehe, ich war froh, als ich auf der Straße weiterfuhr. Dein Vater war wirklich sehr gütig, mich von so weit abzuholen.«

»Schön, nun bist du da«, sagte Mr. Leigh. »Wir hoffen, es gefällt dir bei uns.«

»Wirst du den Tee ... hier im Wohnzimmer zu dir nehmen?« fragte Laura. »Oder möchtest du lieber, daß ich ihn dir auf dein Zimmer bringen lasse?«

»Ich hätte ihn gern hier, aber ich bitte dich, liebe Tante, meinetwegen keine Umstände zu machen.«

»Es freut mich, daß du ihn mit uns zusammen trinken willst. Möchtest du erst einmal auf dein Zimmer gehen? Ich lasse dir heißes Wasser hinaufschicken, damit du dir die Hände waschen kannst.«

»Du bist zu gütig, Tante.«

»Gut, zeigen Sie jetzt meinem Neffen seine Unterkunft«, sagte Mr. Leigh. »Und du gehst mit, Tochter. Kümmere dich darum, daß er alles bekommt, was er braucht.«

Amanda kam nicht ungern mit. Einen schrecklichen kurzen Augenblick lang hatte sie befürchtet, mit ihrem Vater allein im Wohnzimmer bleiben zu müssen.

»Welch ein entzückendes Haus!« sagte Anthony, als sie nach oben gingen. »Ich stelle fest, es ist noch schöner, als ich es mir den Schilderungen nach vorgestellt habe. Ich möchte es gern näher ansehen, und ich bestehe darauf, daß meine Base mir die Geschichte des Hauses erzählt.«

»Darauf versteht sich Vater besser als ich«, erwiderte Amanda.

Er lächelte sie an und legte seine Hand auf ihren Arm. »Trotzdem hoffe ich, sie von *dir* zu hören«, sagte er.

Erschrocken wich sie zurück. Aber er hatte sich schon wieder ihrer Mutter zugewandt. »Welch wundervolle alte Treppe! Sechzehntes Jahrhundert, schätze ich. Mein Besuch in diesem Hause verspricht angenehm und interessant zu werden.«

Amanda versuchte, hinter ihm und ihrer Mutter die Treppe hinaufzusteigen, aber er nahm sie beim Arm und schob sie sanft nach vorn.

»Geh du voran, Base«, sagte er.

Sie fühlte seinen Blick auf ihr ruhen, während sie hinaufgingen. Er musterte sie, wie man Pferde bei einer Reitvorstellung beobachtet.

Hier war sein Zimmer: groß und geräumig mit einem schönen Kamin und Butzenscheibenfenstern, dunkel wie alle Räume dieses Hauses. Das Mobiliar – mit Ausnahme des schweren Himmelbettes – zeugte von der vornehmen Eleganz des achtzehnten Jahrhunderts.

»Wunderbar! Wunderbar!« murmelte er; und obwohl er vorgab, die Möbel zu bestaunen, betrachtete er in Wahrheit Amanda. Er schätzte sie ab, hielt sie zweifellos für schüchtern und unbeholfen, leicht zu beherrschen. Sie wollte diesem Hause entfliehen, denn jetzt beherbergte es nicht nur ihren Vater, sondern auch noch ihren Vetter.

»Ah!« sagte Laura. »Ich sehe, das heiße Wasser ist da. Wir werden unten auf dich warten.«

»Ich freue mich darauf«, sagte er. Dabei lächelte er Laura an, warf seiner Kusine jedoch einen raschen Seitenblick zu.

Amanda ging schaudernd die Treppe hinunter.

»Meine Liebe«, flüsterte Laura. »Ich glaube, du hast ihn *sehr* beeindruckt.«

Mr. Leigh machte eine zufriedene Miene, als sie ins Wohnzimmer zurückkamen.

»Ein angenehmer junger Mann«, sagte er. »Ein echter Leigh. Finden sie nicht auch, meine Liebe?«

»O ja«, stimmte Laura zu.

»Er hat mir erzählt, daß es schon immer sein größter Wunsch war, uns zu besuchen. Sein Vater versichert, daß er äußerst ernsthaft ist und sehr religiös. Ich glaube, meine Liebe, Sie werden mir, wenn Sie ihn näher kennen, beipflichten, daß er ein sehr angenehmer junger Mann ist.«

»Das werde ich gewiß. Er scheint seine Kusine auf den ersten Blick sympathisch zu finden. Du kannst ihm die Gegend zeigen, nicht wahr, Amanda?«

»Er ist ein passionierter Reiter, hat er mir erzählt«, fuhr Mr. Leigh fort. »Ich vermute, er ist ein erstklassiger Reiter. Wenn unsere Pferde ihm nur zusagen! Ich werde Steert anweisen, ihm die kastanienbraune Stute zu überlassen. Ich denke, sie ist am besten für ihn geeignet. Tochter, du sagst nichts. Es wird dich freuen, einen Vetter zu haben, dem du unsere schönsten Aussichten zeigen kannst, hm?«

»Ja, Papa.«

»Ich erwarte von dir, daß du alles unternimmst, um ihm den Aufenthalt so angenehm wie möglich zu machen.«

Als der Tee hereingebracht wurde, erschien auch Anthony.

»Du mußt großen Hunger haben«, sagte Mr. Leigh.

»Ich gestehe, daß der Anblick so vieler erlesener Speisen meinen Hunger zu wecken scheint.«

»Dann laßt uns sofort mit dem Tee beginnen.«

Als Mr. Leigh das Tischgebet sprach, bemerkte Amanda, daß Anthony augenscheinlich sehr ernst und feierlich, ja tief versunken war.

Sie setzten sich, und es wurden gekochte Eier mit Brot und Butter serviert. Wie anders war der Tee doch im Schulzimmer gewesen; da gab es Brot und Butter mit Konfitüre oder Honig und Milch, manchmal als besonderes Zugeständnis auch ein Stück Mohn-, Safran- oder den Rosinenkuchen, den die einfachen Leute Fuggan nannten. Dies hier war alles sehr viel aufwendiger, doch wie sie sich danach sehnte, mit Miss Robinson im Schulzimmer zu sein!

Die Unterhaltung wurde beim Essen fortgesetzt. Amanda hatte den Eindruck, daß Anthony in den Augen ihres Vaters nahezu vollkommen war. Er glich ihrem Vater in allen Gedanken und Bemerkungen; er brachte ihm äußersten Respekt entgegen und hatte dennoch keine Angst zu reden; er zögerte nie, obwohl er, wie Amanda glaubte, erkannt hatte, daß man die Fragen ihres Vaters auf die eine oder die andere Weise beantworten konnte. Doch im Gegensatz zu ihr wählte er stets die richtigen Worte.

Mitten in der Mahlzeit wurde Frith angekündigt.

Amandas Lebensgeister regten sich wieder bei Friths Anblick. Er sei herübergeritten, sagte er, in der Meinung, gerade rechtzeitig zum Tee zu kommen. Man möge ihm verzeihen, daß er ohne Einladung gekommen sei, aber er würde am nächsten Tag nach London reisen. Er wollte sich eigentlich nur verabschieden.

Der Schalk blitzte aus seinen Augen, und Amanda erriet, daß er nicht nur zum Abschiednehmen erschienen war, sondern um den neuen Vetter zu begutachten. Wahrscheinlich hatte er erraten, daß der Neuankömmling Amanda als Ersatz für ihn selbst offeriert wurde.

Wenn er doch nur nicht nach London ginge! dachte Amanda. Ich könnte ihm sagen, wie ich mich fühle, und er könnte mir einen Rat geben.

Man machte ihm einen Platz am Tisch frei.

»*Sie* reisen also in dem Moment ab, in dem *ich* ankomme«, sagte Anthony.

»Leider ja! Ich frage mich, ob das eine Tragödie oder ein Segen ist. So genau kann man das nie sagen.«

Frith war vorsätzlich frivol – unbekümmert, wie Mr. Leigh denken würde, in der Arroganz seiner Jugend. Er war sehr selbstsicher, da er seinen Willen bei seiner Familie durchgesetzt hatte.

Er aß mit dem größten Vergnügen, als er erkannte, daß seine Gegenwart alles andere als willkommen war – ausgenommen für Amanda vielleicht –, er scherte sich nicht im mindesten darum.

»Mr. Danesborough nimmt in London sein Studium auf«, berichtete Laura. »Er bereitet sich auf den Arztberuf vor.«

»Wie interessant«, sagte Anthony.

»Planen Sie etwas zu tun?« fragte Frith.

»Mein Neffe arbeitet nicht«, belehrte ihn Mr. Leigh streng. »Er ist ein Gentleman.«

»Finden Sie das nicht ein bißchen langweilig?« Frith wartete die Antwort nicht ab. »Bleiben Sie lange hier?«

»Ich hoffe, daß mein Gastgeber es mir gestattet.«

»Das tut er sicher«, sagte Frith.

»Mein Neffe hat mir erzählt, daß er sich sehr auf den Aufenthalt bei uns gefreut hat. Ich hoffe, daß er recht lange bleibt. Die Entfernung zwischen unseren beiden Familien ist zu groß für kurze Besuche.«

»Mr. Danesborough wird eine noch längere Reise antreten«, sagte Laura. »Den ganzen weiten Weg nach London. Ich frage mich, ob dein Vater nicht außer sich ist vor lauter Sorge. Und auch Miss Danesborough.«

»Sie wissen, daß ich es mit jedem gewitzten Londoner aufnehme. Haben Sie jemals die Hauptstadt besucht?«

»Nie«, sagte Anthony. »Und ich möchte anfügen, daß ich auch keinen Wunsch dazu verspüre.«

»Alle Übel von England werden vom Zentrum angezogen«, erklärte Mr. Leigh. »Ich muß schon sagen, es wundert mich, daß dein Vater dir gestattet hat, dorthin zu gehen.«

»Ich könnte mir vorstellen, daß Frith nicht um Erlaubnis *fragt*«, ergriff Amanda zum ersten Mal das Wort. Doch kaum daß sie gesprochen hatte, merkte sie, daß ihre Äußerung sehr unüberlegt war.

Ihr Vater und ihre Mutter betrachteten sie mißbilligend, Anthony mit Erstaunen, Frith zustimmend.

»Meine liebe Amanda!« sagte Laura vorwurfsvoll zitternd.

»Sie hat natürlich recht«, warf Frith ein.

»Sie scheinen ja reichlich stolz darauf zu sein«, sagte Anthony. »Ich hätte gedacht, Sie würden es bedauern, den Wünschen Ihres Vaters zuwiderzuhandeln.«

»Weder mein Vater noch ich neigen zur Reue oder Traurigkeit. Mein Vater besitzt genug gesunden Menschenverstand, um einzusehen, daß ein wichtiger Schritt im Leben hauptsächlich den etwas angeht, der ihn unternehmen will.«

»Das scheint mir eine sehr revolutionäre Einstellung zu sein«, sagte Mr. Leigh streng.

»Revolutionär in der Tat!« rief Frith aus. »Aber Revolution liegt in der Luft, dies ist das Zeitalter der Revolutionen. Auf dem Kontinent gibt es Revolution. Wird sie auch nach England kommen? Denken Sie nur an all die gekrönten Häupter, die jetzt fallen. Was wird aus der Königin? Wird sie das Debakel überleben?«

»Anthony, wir nehmen Mr. Danesborough nicht allzu ernst. Er scherzt gern«, versuchte Laura zu beschwichtigen.

»Aber ich scherze doch nicht. Ich meine es ernst. Es ist wahr. Revolution *liegt* in der Luft. Sehen sie, sie ist unausweichlich. Es gibt eine zu tiefe Kluft zwischen arm und reich. Unruhe brodelt ... erreicht den Siedepunkt ... kocht über. Wenn man nicht einschreitet, passiert es auch hier.«

»Du scheinst einige ungewöhnliche Ideen zu haben, junger Mann«, sagte Mr. Leigh.

»Gar nicht so ungewöhnliche«, widersprach Frith und nahm sich von Lauras selbstgemachter Erdbeerkonfitüre, die er auf ein Stück Rosinenkuchen klackste. »Diese Ideen sind schon größeren Männern als mir gekommen. Haben Sie Kingsleys *Alton Locke* gelesen? Und Mr. Dickens oder Mr. Jerrold?«

»Gedungene Schreiberlinge!« schnaubte Mr. Leigh. »Es werden ja schöne Zustände in England herrschen, wenn wir den Burschen, die derart zum Aufruhr anstacheln, nicht das Handwerk legen.«

Laura hatte Angst, wie immer, wenn jemand eine andere Meinung vertrat als ihr Gatte. Paul war der toleranteste Mensch, versicherte sie sich, es sei denn, man widersprach ihm in Dingen, bei denen er sich *wirklich* im Recht wußte. Voller Unbehagen warf sie ein: »Ich finde, diese Einkommensteuer ist höchst schädlich.«

Das sollte eine Bemerkung sein, der selbst Frith zustimmen mußte. Aber offenbar legte es Frith darauf an zu streiten.

»Ein notwendiges Übel, meine liebe Mrs. Leigh.«

»Ich schließe mich meiner Frau an«, sagte Mr. Leigh unheilverkündend. »Ein *schädliches* Übel.«

»Man hätte sie niemals einführen dürfen«, erklärte Anthony.

»Es mußte einfach sein. Wie sonst hätte Pitt die Kriege finanzieren können. Ich hatte Sie für einen Tory gehalten, Mr. Leigh. Es waren doch die Tories, die sie vor sieben Jahren eingeführt haben, wenn Sie sich erinnern.«

»Ich stimme mit der Partei nicht in allen Dingen überein.«

»Ach! Dann unterstützen Sie also die Whigs, Sir?«

»Mir scheint, daß Sie, der Sie offenbar Anhänger der Whigs sind, jetzt auf der Seite der Tories stehen.«

»Ich nicht!« rief Frith. »Ich bin weder Whig noch Tory. Ich bin in vieler Hinsicht ein Radikaler; aber die Whigs, die sich so für die Steuerfreiheit eingesetzt haben, hatten, wie Sie wissen, keine Ahnung von Finanzen. Wenn das Land verschuldet ist, müssen wir irgendeine Steuer haben, um aus den Schwierigkeiten herauszukommen; und meiner bescheidenen Ansicht nach hat Peel sie zum richtigen Zeitpunkt erhoben. Sieben Pence pro Pfund . . . aber nur bei Einkommen, die einhundertundfünfzig Pfund jährlich übersteigen. Es gefällt uns nicht, ist aber vernünftig.«

»Das mag Ihre Ansicht sein«, sagte Mr. Leigh, »aber ich würde sie kaum bescheiden nennen.«

Anthony lachte, und Amanda haßte dieses Lachen. Sie war in Gedanken auf Friths Seite, so sicher wie Anthony auf der Seite ihres Vaters stand.

»Dem können wir armen Frauen doch gar nicht folgen, nicht wahr, Amanda?« seufzte Laura.

»Ich meine schon, Mama. Ich stimme Frith zu. Keine Seite hat in allem recht, und keine hat völlig unrecht. Daher kann man durchaus mal für Lord Russell sein, ein andermal für Sir Robert.«

Sie verstummte, als sie den kalten, mißbilligenden Blick ihres Vater wahrnahm.

»Ah«, sagte Anthony galant, »mein kleines Bäschen interessiert sich also für Politik. Geist und Schönheit, wie ich sehe. Welch seltene Kombination!«

Frith sah Amanda hilflos an.

»Sollen wir es uns gemütlich machen?« fragte Laura und erhob sich von der Tafel.

Sie saßen da und sahen auf die Rasenflächen hinaus, während Steert und Bess den Tisch abräumten.

Frith blickte mitfühlend zu Amanda hinüber; er war sogar ein wenig zerknirscht, da er merkte, daß seine verwegene Redeweise Amanda zu einer kleinen Bemerkung verleitet hatte, für die man ihr später Vorwürfe machen würde. Er bemühte sich daher, den alten Herrn in gute Stimmung zu versetzen, indem er von der Landschaft und den schönen Fleckchen redete, die Anthony zu sehen bekäme. Er kannte sich gut aus mit dem alten kornischen Brauchtum und konnte sehr unterhaltsam sein, wenn er wollte. Frith besaß viel Charme, das wußte Amanda. Es fiel ihm nicht schwer, ihren Vater schnell in gute Laune zu bringen, obwohl er beim Tee solch eine Meinungsverschiedenheit heraufbeschworen hatte. Jetzt redete er von früheren Zeiten und dem

Aberglauben im Volk, von den diversen Heilkräften, die man den kornischen Brunnen zuschrieb. Von den kornischen Bräuchen kam er dann auf kornische Spezialitäten. »Unsere Sahne ist genauso wie die, die man bei Ihnen Devonshire-Sahne nennt. Aber die Leute aus Devon haben von uns gelernt, wie man sie zubereitet, und wir unsererseits von den Phöniziern.« Das war die Art Rivalität, gegen die Mr. Leigh nichts einzuwenden hatte, und in diesem Falle konnte er sich auf Friths Seite stellen. Die beiden jungen Männer diskutierten eine Weile über die Vorzüge ihrer jeweiligen Grafschaften. Mr. Leigh blickte wohlwollend drein, während Laura lächelte und Amanda ihnen schweigend zusah.

»Neulich abends gab es hier einen Shallal«, sagte Frith.

»Shallal?« fragte Anthony.

Amanda sah ihren Vater die Stirn runzeln und bewunderte die geschickte Art, mit der Frith schnell antwortete: »Ach, nur eine kleine Hochzeitszeremonie. Sehr merkwürdig.« Denn Shallals lieferten keinen geeigneten Stoff für höfliche Konversation.

Amandas Gedanken wanderten zur Polgard-Hochzeit. Das war der Shallal, den Frith erwähnt hatte. Lilith war dabeigewesen; sie hatte ein bißchen davon berichtet, aber nicht mit ihrer üblichen Begeisterung. Sie ar in jener Nacht spät nach Hause gekommen und hatte Amanda nicht umgehend aufgesucht. Amanda war ziemlich gekränkt, denn sie war sehr neugierig gewesen und hatte gedacht, daß Lilith darauf brannte, ihr alles von der Hochzeit zu erzählen.

Als Frith später ging, konnte er Amanda zuflüstern: »Der ist also dein Trostpreis. Nimm ihn nicht an, Amanda . . . es sei denn, du willst ihn. Sei mutig. Wähle deinen eigenen Weg. Denk an mich . . . als leuchtendes Beispiel.«

Er bestand darauf, daß sie ihn nicht bis zu den Stallungen begleiteten, um ihn zu verabschieden.

»Adieu. Ich werde euch wiedersehen, wenn ich zurückkomme – voraussichtlich in ein paar Monaten.«

»Ein sehr stürmischer junger Mann«, sagte Mr. Leigh, nachdem Frith gegangen war. »Und er wird seiner Familie Kummer bereiten, fürchte ich.«

Inzwischen pfiff Frith vor sich hin, während er langsam zu den Ställen ging. Lilith kam wie zufällig zur Hintertür heraus.

Sie blieb stehen und sah ihn an.

»Lilith«, sagte er. »Ich wollte zu dir . . . nicht zur Familie. Heute abend? Im Gehölz . . . um acht?«

Lilith nickte. Sie war sehr schön in ihrer Freude und ihrem Eifer.

Es war still im Gehölz.

Dann und wann redeten die Liebenden; das Gefallen, das sie aneinander fanden, erschien ihnen wie ein Wunder. Lilith wurde ängstlich, als die Zeit des Abschiednehmens näher rückte.

»Wo bist du morgen um diese Zeit? Weit weg von mir?«

»Das hört sich ja an, als ob ich ans andere Ende der Welt ginge.«

»So is es doch auch, ich bleib hier, und du bist weit weg in England.«

Er küßte sie und sagte: »Es dauert nicht lange, Lilith, ich komme zurück.«

»Wie is es denn da in London?« wollte sie wissen.

»Wunderbar, Lilith. Es ist schöner als alles, was du bisher gesehen hast. Eines Tages kommst du auch nach London.«

»Wann?«

»Wenn ich da für immer wohne. Ich bleibe nicht hier.

Ich will in die Welt hinaus. Ich will im Zentrum des Lebens sein. Verstehst du das, Lilith? Ich weiß, daß du auch da sein möchtest.«

»Ich möchte bei dir sein.«

»Ach Lilith«, murmelte er, »wie klein du bist! Wie eine Statue. Könnte ich dich doch nur in eine Statue verwandeln, eine kleine Statue aus Stein, dann könnte ich dich in ein Seidentuch wickeln und mit nach London nehmen. Und dort würde ich dich in Fleisch und Blut zurückverwandeln, wann immer mir danach wäre.«

»Kann man das machen?« fragte sie eifrig. »Gibt es einen Zauberspruch dafür?«

Er lachte. »Lilith, was du für Sachen sagst! Und selbst wenn es möglich wäre, würdest du es zulassen? Was wäre, wenn ich den Zauberspruch vergessen würde, der dich wieder zum Leben erweckt?«

»Das wär mir gleich ... wenn du mich nur überall dabeihättest.«

Eine Weile schwiegen sie, dann sagte er: »Du sollst nach London kommen, Lilith. Wenn ich fertig bin, sollst du kommen.«

»Wann? Wann is das?«

»Wenn ich fertig bin. Wenn meine Ausbildung abgeschlossen ist.«

»Nächstes Mal, wenn du zurückkommst?«

»So schnell noch nicht. Aber eines Tages werde ich zu dir sagen: ›Lilith, jetzt bin ich Arzt.‹ Und dann ... wenn ich dann wieder nach London gehe, kommst du mit. Ich werde das schon regeln, Lilith, weil du mich liebst. Wie sehr liebst du mich und für wie lange?«

»So lange, wie es nur geht«, antwortete sie, »für immer und ewig.«

Lilith saß neben der Großmutter. Der Rauch aus ihrer Pfeife stieg spiralförmig in die Luft, was ihre Zufriedenheit zum Ausdruck brachte. Lilith konnte immer die Stimmung der Großmutter an ihrer Art zu rauchen ablesen.

Die alte Hand streichelte Liliths Locken.

»Glaub nich, daß du's vor mir geheimhalten kannst«, sagte sie. »Ich weiß es. Ich seh's. Du strahlst wie 'n Licht. Es hat dich schön gemacht, meine Königin. Du bist lebhaft gewesen, und du hast schon immer schöne Locken gehabt, aber bis jetzt biste nie schön gewesen.«

Lilith schwieg.

»Ach, streit's nur nich ab. Es hat kein Zweck. Vor mir kannste so was nich verstecken. Jane, die hat's zu was gebracht. Sie is 'ne Bäuerin, und wenn der alte Bauer stirbt, is unsere Jane Herrin über 'n schönes Stück Land. Das nenn ich, es zu was bringen. Aber für dich is so was nix, meine Hübsche. Du bist nich fürs ruhige Landleben geschaffen. Du brauchst Abwechslung. Das brauchste. Du mußt so leben wie deine alte Großmutter. Ein Bauer is nich gut genug für dich. Du brauchst 'nen Mann von Stand ... so wie ich.«

Lilith nahm die Hand der Großmutter und legte sie sich auf die Wange. »Wollteste auch mal in die Fremde gehen, Großmutter?«

»Oh, ich bin schon 'n bißchen rumgekommen, das hab ich dir ja erzählt. Ich bin in Altarnon gewesen und in Launceston mit meim Hausierer.«

»Ich meine ganz weit weg ... so richtig raus aus Cornwall. Irgendwoanders.«

»Nein, in der Fremde bin ich nich gewesen und hab auch nie hingewollt.«

»Nein? Wirklich nich?«

»Nein. Meine Heimat is gut genug für mich. Und von hier will ich auch nich lange weg, denn ich spür Heimweh, wenn ich den Seewind nich im Gesicht hab und die Schiffe nicht auf'm Wasser seh. Auf der andern Seite vom Tamar sind die Engländer, die soll'n ein schreckliches Volk sein ... grob und hinterhältig ... und furchtbar eingebildet.«

»Aber haste nie Lust gehabt, London zu sehen, Großmutter? Das is die wunderbarste Stadt der Welt.«

»Wer hat dir das erzählt? War er's?«

Lilith nickte.

»Gut«, sagte die Großmutter lächelnd. »Wenn die Herrschaft das meint, dann is es wohl so. Is bestimmt 'ne große Stadt. Womöglich 'n zweites Liskeard oder Plymouth.«

»Noch größer, Großmutter. Die Königin wohnt da.«

»So, tut se das?«

»Ja. Amanda hat mir 'n Bild gezeigt, wo se wohnt. Es is in London. Aber da wohnt se nich immer. Sie geht noch woandershin aufs Land.«

»Wenn's dort so großartig is, warum bleibt se nich die ganze Zeit da?« fragte Großmutter Lil triumphierend.

»Vielleicht hat se gern 'ne Abwechslung.«

»Ich nich. Hier is es gut genug für mich, und wenn's da gut genug wär für die Königin, würd se auch bleiben. Sag mal, meine Hübsche, hat er gesagt, er will dich mit dahin nehmen?«

Lilith nickte.

»Na, dann is es gut, wenn de gehst. Liebt er dich sehr, meine Königin?«

Lilith nickte erneut.

»Das muß er auch, denn du bist es wert. Und wenn er dich mitnehm will nach London, dann is es da richtig für dich. Neulich hab ich hier ein vorbeireiten sehn, und er hat gerufen und mir gewinkt. Er is 'n feiner junger Mann, hab ich da gedacht, der liebt die Frauen und sie ihn. Glaub mir, meine Kleine, die Frauen lieben die, die sie lieben ... so wie die Männer ... und das is ja ganz natürlich. So wie der aussieht, könnt er glatt der Sohn von deim Großvater sein und nich der vom Pastor. Ich glaub, der bleibt nich treu. Er is zu fröhlich und zu schön, zu viele wern ihn lieben. Und verlang nich, daß er treu is. Die Menschen ham verschiedene Eigenschaften, meine Hübsche, und ein Mann kann nich alle ham, die man sich wünscht. Du mußt zufrieden sein mit dem, was da is, und nich versuchen, noch was draufzusetzen ... denn das is der sicherste Weg, 'n Mann zu verlieren ... war wenigstens meine Erfahrung. Der Herr von Leigh House ... der gehört zur treuen Sorte. Der stromert nich rum. Und warum nich? Weil ihm keine zuwinken will, darum. Du kannst glücklich und zufrieden sein. Du hast 'n feinen Gentleman, und er nimmt dich mit nach London, da bin ich sicher ... und wenn de da glücklich bist, dann gehörste da hin.«

Es war angenehm, sich in der heißen Sonne an die Röcke der Großmutter zu schmiegen, als ob sie wieder ein kleines Mädchen wäre. Sie saß da und träumte von einer Zukunft voll Liebe und Zufriedenheit, dachte an die feuchte Erde im Gehölz, die frischen wilden Veilchen und an seine Stimme, die von Liebe und gemeinsamer Zukunft sprach.

Und ganz sicher, daß diese Enkelin genauso war wie sie, schmauchte Großmutter Lil glücklich und zufrieden ihre Pfeife.

Amanda hatte Angst. Es gab scheinbar kein Entrinnen vor ihrem Schicksal. *Er* war immer zur Stelle. Selbst während des Unterrichts sah sie ihn durch das Schulzimmerfenster. Und wenn sie nahe beim Fenster stand, bemerkte er sie unweigerlich; dann drehte er sich um und verbeugte sich. Er war wie eine Spinne mit ihrem Netz und sie die Fliege, die bald hineingehen sollte.

Wenn sie zusammen ausritten, ließ er sein Pferd ganz nah neben ihrem laufen. Bei den Mahlzeiten – und die nahm sie jetzt immer mit der Familie ein – verfolgte er sie die ganze Zeit über mit den Augen; seine Stimme liebkoste sie, wenn er sprach – sanft, zärtlich, doch auf gewisse Weise autoritär; manchmal ließ er seine plumpen weißen Hände auf ihrem Arm ruhen; sie erinnerten sie an eine Blindschleiche, die sie einmal versehentlich angefaßt hatte, bevor sie schaudernd zurückgezuckt war.

Seit er ins Haus gekommen war, hatte sie den Polgard-Hof nicht wieder aufgesucht. Es war unmöglich, da sie wußte, daß er ihr folgen würde. Als sie einmal mit Lilith dorthin unterwegs war, hatte er sie eingeholt.

»Wo geht ihr denn hin?« hatte er gefragt.

»Oh . . . nur zu ein paar armen Leuten . . . um ihnen etwas zu essen zu bringen.« Dabei war sie ganz rot geworden. Falls er es nämlich ihren Eltern erzählen sollte, würden sie fragen, welcher Familie sie Essen bringe.

»Darf ich mitkommen?« hatte er gefragt und zu Lilith gesagt: »Du kannst gehen!«

Wie sehr er doch ihrem Vater ähnelte, dachte Amanda. Er fragte: »Darf ich mitkommen?« und tat es einfach, ohne die Antwort abzuwarten.

In dieser Situation war ihr nichts anderes übriggeblieben, als zu sagen: »Lilith, du gehst alleine. Laß uns ausreiten, Vetter. Ich zeige dir Polperro, das wolltest du doch gerne sehen.«

Mit einer leichten Verbeugung hatte er erwidert: »Dein Wunsch ist mir Befehl, liebe Base.«

Gemeint aber hatte er natürlich, daß er die Befehle erteilte. Er suchte ihre Gesellschaft, und da er sie lieber beim Reiten genoß als bei einem Wohltätigkeitsbesuch, war er auf ihren Vorschlag eingegangen.

Es gab kein Entrinnen vor ihm.

Lilith hatte sich verändert, sie schien nicht mehr dasselbe lebhafte Interesse an allem, was vorging, zu zeigen. Lilith war in Gedanken weit weg, abwechselnd freudig erregt oder melancholisch. Frith war in London, Alice besuchte ihre Tante in St. Austell; und es gab Augenblicke, in denen Amanda verzweifelt war und sich einsam fühlte.

Selbst Miss Robinson schien mit ihren Gedanken weit weg zu sein. Sie war zu sehr mit ihrer Zukunft beschäftigt, um über Amandas Probleme nachzudenken. Und Amanda war wiederum zu sehr um ihre eigene Zukunft besorgt, um sich in Miss Robinsons Lage versetzen zu können. Denn eine Ehe mit Anthony war, so glaubte sie, ein größerer Alptraum als alles, was Miss Robinson zustoßen könnte.

Eines Tages war die Gouvernante ganz aufgeregt.

»Ich habe einen Brief von meiner verheirateten Schwester bekommen«, erklärte sie. »Sie schreibt, sie hätte gehört, daß Lady Egger eine Gouvernante für ihre jüngste Tochter sucht. Die Eggers sind eine große Familie. Ich erinnere mich, daß sie ein Haus in der Nähe der Pfarrei meines Vaters hatten, in Berkshire. Es wäre wunderbar, meine Lieblingsfleckchen wiederzusehen. Ich werde Lady Egger sofort schreiben.«

»Miss Robinson, haben Papa oder Mama Ihnen gesagt, daß ich Sie nicht mehr benötige?«

»Du wirst erwachsen«, antwortete Miss Robinson steif. »Wenn eine junge Dame Bewunderer hat ... wenn ihre Eltern *Pläne* mit ihr haben ... dann wird sie offenbar nicht mehr viel Zeit im Schulzimmer verbringen.«

»Dann haben sie also mit Ihnen gesprochen!«

»Sie haben angedeutet, daß ich mich umsehen soll. Dein Papa hat gesagt, wenn ich eine passende Stelle fände, würde er mich gern gehen lassen. Er sagte, ich müsse an mich selbst denken und nicht an etwaige Unannehmlichkeiten für die Familie. In Anbetracht der Umstände ist es wohl durchaus nicht voreilig von mir, an Lady Egger zu schreiben.«

»Nein, Miss Robinson.« Amanda starrte ins Leere. »Oh!« brach es plötzlich aus ihr hervor. »Robbie ... Robbie ... ich will nicht, daß Sie gehen.«

Miss Robinson umarmte sie. Aber wie hätten sie einander trösten können? Miss Robinson hatte Angst, trotz ihrer hochgesteckten Hoffnungen, Angst vor einem neuen Haus, neuen schweren Prüfungen, welche auf sie zukämen, vor der ständigen Selbstkontrolle, der sie sich unterwerfen mußte, um gleichzeitig ergeben und vornehm zu erscheinen. Das war das Los einer Gouvernante, deren prekäre Existenz sich zwischen der Herrschaft und den Dienstboten abspielte, während sie zu keiner Seite gehörte. Immer mußte sie zusehen, wie ihre Zöglinge aufwuchsen, immer mußte sie Angst vor der Zukunft haben, wenn sie selbst für dieses freudlose Leben zu alt würde. Und womit hätte Amanda sie trösten können? Sie konnte nicht mehr wie früher sagen: »Robbie, wenn ich heirate, sollen nur Sie sich um meine Kinder kümmern.« Der Gedanke an Kinder war unerträglich, denn wie konnte sie daran denken, ohne ihren Vetter Anthony auszuklammern, den lächelnden Gefängniswärter, den ihr Vater zum Beschützer ihrer Zukunft auserkoren hatte?

Langsam und feierlich brachten die Träger den Sarg zur Kirche. Einer von ihnen war William, und Lilith folgte dem Sarg mit ihrer Familie und einigen Freunden und Nachbarn.

Großmutter Lil hatte sich eines Abends auf ihre Matratze gelegt, wie sie es seit vielen Jahren getan hatte, und als man sie morgens wecken wollte, war sie tot.

»Se hat im Schlaf gelächelt«, sagte Mrs. Tremorney, »als ob se sich darauf gefreut hat, die letzte Reise anzutreten.«

»Wir werden se vermissen«, meinte Mr. Tremorney, »aber wir wissen, daß se ihren Frieden hat; und ich sag, das is 'ne gute Sache in unsrer traurigen Welt.«

Die Kinder waren aufgeregt; eine Beerdigung kam nicht alle Tage vor. Sie hatten den ganzen Morgen Blumen in den Wäldern und Hecken gepflückt, um Großmutter Lils Sarg für die letzte Reise zu schmücken.

Lilith war verwirrt. Es geschah zuviel auf einmal: die Macht, die sie über den Bauern Polgard gewonnen hatte, hatte ihr ein Gefühl der Stärke verliehen, die Liebe zu Frith Danesborough ein Gefühl der Schwäche, und jetzt fühlte sie sich hilflos durch den Verlust ihrer alten Ratgeberin und Vertrauten. Sie weinte nicht wie die anderen.

Wie schrecklich hart se is, dachte ihre Mutter. Unsere Lilith war der Liebling von Großmutter Lil, und jetzt vergießt se nich eine Träne.

Und Lilith dachte: Se is nie mehr da. Se schmaucht nich mehr ihre Pfeife vor der Tür und streichelt mir das Haar, se prahlt nich mehr, daß se schlauer is als andere. Ich kann nich mehr zu ihr.

Der Weg ging steil bergauf, und die Träger mußten oft anhalten und wechseln.

O Großmutter Lil, dachte Lilith, du hast 'ne feine Beerdigung. Du wärst stolz drauf.

Die Stille des Friedhofs wirkte unheimlich auf Lilith. Der alte Kirchturm mit seinen grauen Steinen, gewaschen vom Regen der Jahrhunderte, sah grausam gleichgültig aus, als ob er sagen wollte, er hätte seit Jahren dort gestanden und würde es noch viele Jahre tun, und was ginge es ihn denn an, wenn man noch einen armen Leichnam zur Ruhe brachte? Die Bienen summten geschäftig bei der Ligusterhecke. Sie können doch nich einfach so weitermachen, als ob nix wär, dachte Lilith, wo Großmutter Lil doch tot is.

William berührte ihre Hand, und sie starrten beide auf den Sarg hinab, wie er ins Grab gesenkt wurde.

In der Nähe schrie ein Kuckuck; von der ersten Frühlingsfreude war ihm nichts mehr anzuhören. Tränen traten Lilith in die Augen, das erste Mal, seit sie von Großmutter Lils Tod erfahren hatte. Sie war fortgegangen aus dem Kotten und weg von dem Anblick der Schiffe, die auf dem Wasser schaukelten.

Jetzt war alles vorbei. Die letzten Worte waren gesprochen, die Erde war auf den Sarg gefallen. In einer langen Reihe verließen sie den Kirchhof und bewegten sich langsam den Berg hinab.

Alle erzählten von Großmutter Lil, was für eine feine alte Dame sie gewesen war, wie sie ihre Kinder großgezogen und immer ihre Pflicht getan hatte, ihr ganzes Leben lang. Sie war eine gute Frau und eine gute Mutter, sagten sie. Und Lilith hätte am liebsten dazwischengeschrien: »Sie würde nich woll'n, daß ihr das sagt. Sie würde woll'n, daß ihr sagt, sie wär schlecht gewesen . . . und pfiffig und schlau, und daß se immer gewußt hätte, wie man's sich leichtmacht.«

William flüsterte: »Sie war schon alt. Sie hätt nich viel länger leben woll'n . . . sie hätt nich taub und blind wern woll'n . . .«

Lilith wandte sich ihm zu. »Es is nur, daß ich ihre Stimme nich mehr hör«, murmelte sie. »Es is, daß ich nich mehr neben ihr sitzen kann . . . nie, nie mehr.«

Miss Robinson sagte: »Gute Nachrichten! Ich habe Antwort von Lady Egger. Sie schreibt mir, sie betrachte meine Bewerbung mit großem Wohlwollen. ›Vorausgesetzt‹, meint sie, ›Ihr derzeitiger Arbeitgeber kann Ihnen ein befriedigendes Zeugnis ausstellen. Wenn dies der Fall ist, können Sie Ihre Pflichten zu Beginn des kommenden Monats aufnehmen.‹«

»Wird Papa Ihnen das Zeugnis ausstellen?«

»Er hat es versprochen.«

»Hoffentlich werden Sie glücklich dort.«

Amanda fühlte, wie sich die Vergangenheit Stück für Stück auflöste und die Zukunft feste Konturen annahm.

»Willst du mit mir ausreiten?« fragte Anthony eines Morgens. »Ich möchte, daß du mir den Morvalwald zeigst.«

Seine Augen leuchteten. Er war jetzt bereits drei Wochen im Hause der Leighs, und seine Haltung ihr gegenüber veränderte sich von Tag zu Tag ein wenig. Er war besitzergreifender geworden. Ihrem Vater gegenüber schlug er nie einen falschen Ton an, wartete stets ab und stimmte immer zu. Er war ständig zutiefst dankbar und entschlossen, sich des Vertrauens seines Onkels würdig zu erweisen. Der Vater erschien Amanda glücklicher als je zuvor, er behandelte Anthony wie seinen eigenen Sohn, und Anthony benahm sich wie der ideale Sohn ihres Vaters.

Sie ritten Seite an Seite, die steile Heugasse hinauf und die Hauptstraße entlang, bis sie in die Wälder abbogen.

»Wie ich höre, gibt es einen Hufschmied im Dorf«, sagte er. »Es klingt mir ganz danach, als ob die Kastanienbraune ein loses Eisen hätte.«

Sie mußten jetzt hintereinander reiten, was Amanda nur zu recht war. Sie ritt voran durch die Wälder, in denen die Äste so tief hingen, daß man sich oft ducken mußte, um ihnen auszuweichen. Mit Frith und Alice zusammen hatte das Spaß gemacht. An diesem Morgen schienen der Fingerhut unter den Bäumen und das Wald-Weidenröschen in seinem satten Rosa noch schöner als gewöhnlich; und sie dachte: Wäre er doch bloß nicht mit dabei!

Sie passierten das Schwinggatter, überquerten die Rasenflächen des großen Hauses und ritten an der Kirche, wo die alten Eiben über Gräbern Wache hielten, und an den alten Katen vorbei.

Das Gehämmer klang heiter an jenem Morgen, der Hufschmied trat selbst in die offene Tür und grüßte.

Herablassend erteilte Anthony seine Anordnungen. Wie unterschied er sich jetzt von dem ehrerbietigen jungen Mann, der sich mit ihrem Vater unterhielt! Frith war unbekümmert und jähzornig, manchmal auch herablassend und arrogant, aber er behandelte jeden gleich. Es war Anthonys kalte Arroganz einigen gegenüber und anderen gegenüber wiederum seine einstudierte Art, ihnen zu gefallen, was Amanda erschreckte und anwiderte; sie haßte solche Heuchelei; überdies wußte sie intuitiv, daß seine höfliche Aufmerksamkeit, die er ihr zukommen ließ, nach der Heirat sofort verschwinden würde.

Sie lächelte den alten Reuben Escott an.

»Und es geht Ihnen gut, Miss Amanda?« fragte er. »Trinken Se 'n Glas Apfelwein, während Se warten?«

Es war Brauch, ein Glas von Reubens Apfelwein zu trinken, wenn man die Pferde zum Beschlagen brachte. Er behauptete immer, in der ganzen Grafschaft gebe es keinen besseren Apfelwein als seinen; und er freute sich den ganzen Tag lang über ein diesbezügliches Kompliment.

»Wir holen die Pferde in einer Stunde ab«, erklärte Anthony barsch.

Reuben sah enttäuscht aus, und Amanda sagte

rasch: »Ich muß erst ein Glas von Reubens Apfelwein kosten. Ich habe mich darauf gefreut, seit ich wußte, daß wir hierherkommen würden.«

Jetzt strahlte der alte Mann vor Freude. »Jawoll, Sie wissen, was guter Apfelwein is, Miss Amanda, da gibt's gar nix.«

»Willst du wirklich diesen Wein trinken?« fragte Anthony. Er verzog seine Lippen zu einem gekünstelten Lächeln, doch seine Augen blieben hart und ärgerlich.

»Natürlich. Und du auch, wenn du ihn erst probiert hast.«

Reuben rieb sich die Hände. »Ich hol eben ein Glas. Der hier is was ganz Besonderes. Der beste, den ich je gemacht hab.«

Anthony sagte: »Ich hatte vor, mit dir zu sprechen, Base.«

»Das kannst du hier tun.«

»Was ich zu sagen habe, ist nur für deine Ohren bestimmt.«

»Dann erzähl es mir ein anderes Mal. Obwohl der alte Reuben sowieso nichts hört. Er ist ein bißchen schwerhörig, auch wenn er es nicht zugeben will; und wenn er ein Pferd beschlägt, ist er so in seine Arbeit vertieft, daß er gar nichts mitbekommt.«

Der Hufschmied brachte zwei randvoll gefüllte Gläser auf einem Tablett. Er stand da und blickte sie fragend an, während sie tranken.

»Na! Wie schmeckt's denn?«

»So gut wie noch nie!« lobte Amanda.

»Sehr gut«, sagte Anthony beiläufig.

Sie sahen zu, wie die Kastanienbraune beschlagen wurde. Amanda triumphierte; es war ihr gelungen, den gemeinsamen Spaziergang zu verhindern, den er zweifellos im Sinn gehabt hatte. Er trank seinen Wein schnell und schaute ungeduldig auf ihr Glas; doch sie ließ sich nicht drängen. Sie stand da und genoß den Geruch des versengten Hufs, sah den Feuerschein und lauschte dem Gehämmer vom Amboß. Sie sog die Atmosphäre der Schmiede ein und erinnerte sich an die vielen Male, die sie mit Frith und Alice hierhergekommen war.

»Meine liebe Base, du brauchst lange für deinen Apfelwein!«

»Das soll man auch, um ihn richtig zu genießen.«

»Es ist ungewöhnlich, daß sich eine Dame mit diesem Getränk so gut auskennt.«

»Vielleicht, aber ich hatte das Glück, Reubens Apfelwein zu kosten, als ich noch sehr jung war und mein Pony zum Beschlagen gebracht habe.«

Er lächelte, doch es funkelte immer noch böse in seinen Augen.

Das war ihr erster Sieg, denn auf dem Rückweg von der Schmiede würden sie notgedrungen direkt heimreiten müssen oder zu spät zum Mittagessen kommen – und das würde Anthony natürlich nie und nimmer zulassen. Sein Onkel hatte nämlich ausdrücklich betont, daß er Unpünktlichkeit für eine schwere Sünde hielt.

Sie waren im Gehölz, Seite an Seite, die Pferde im Schritt. Er brachte sein Pferd zum Stehen und griff in ihre Zügel.

»Amanda«, sagte er. »Ich wollte heute morgen mit dir sprechen, und das tue ich jetzt. Ich will dich heiraten.«

Sie war überrumpelt. Sie hatte mit einem Antrag gerechnet, aber unter anderen Umständen. Sie hatte geglaubt, es an diesem Vormittag erfolgreich abgewendet zu haben.

»Aber«, stotterte sie, »ich . . . ich habe nicht erwartet . . .«

»Du brauchst keine Angst zu haben. Ich habe mit

deinem Vater gesprochen, und er hat seine Einwilligung gegeben. Das wäre also erledigt.«

»Aber du bittest *mich* um meine Einwilligung«, erinnerte sie ihn.

Er lächelte nachsichtig und nahm ihre Hand. Sie wollte sie ihm entziehen und bekam Angst vor seinem festen Griff. Die Pferde standen jetzt beide still; die Wälder kamen ihr plötzlich stumm, wachsam vor, all die Insekten und Vögel, all die Bäume und Blumen, jeder Grashalm . . . sie alle schienen gespannt zu warten, ob sie mutig genug wäre, ihre Meinung zu sagen.

»Natürlich, meine Liebe. Aber, wie ich dir schon erklärte, dein Vater wünscht es, also hast du nichts zu befürchten.«

Sie betete jetzt, betete um den Mut, der nicht ihr, sondern Frith gegeben worden war, betete um Liliths Tapferkeit.

Sie flüchtete sich in die Ausrede: »Ich habe das nicht erwartet . . .« Doch er hielt dies natürlich für mädchenhafte Scheu; ganz plötzlich packte er sie an den Schultern. Bevor sie wußte, wie ihr geschah, wurde sie beinahe vom Pferd gerissen, und sie spürte seine Lippen auf ihrem Mund.

Völlig außer sich, jetzt nur noch den Wunsch verspürend, vor ihm zu fliehen, gab sie ihrem Pferd die Peitsche, so daß es sich in Bewegung setzte und Anthony sie loslassen mußte. Sie sah, daß ihr Vetter lächelte, selbstgefällig und zufrieden.

Ihr Gesicht war schamrot; sie kochte vor Wut. Dieser Kuß war so widerlich, daß er ihr den Mut gab, den sie brauchte. Jetzt fühlte sie, sie würde lieber sterben, als mehr davon zu erdulden. Sie sah sich um.

»Ich will nicht heiraten«, rief sie.

»Mein liebes Bäschen, ich habe dich zu sehr überrascht.«

Sie warf alle Heuchelei über Bord. »Ich bin nicht überrascht. Ich habe gewußt, was ihr alle vorhabt. Ich wußte, warum du die Schmiede verlassen wolltest, als das Pferd beschlagen wurde. Also kommt es nicht überraschend. Ich weiß, warum du hier bist. Und eins weiß ich ganz genau: daß ich dich nicht heiraten will.«

»Ah!« sagte er obenhin. »Sie wollte gern umworben werden.«

»Nein. Das will ich ganz und gar nicht.«

Sie brachte ihr Pferd in leichten Galopp. »Ich will nicht heiraten«, rief sie über ihre Schulter. »Noch lange nicht . . .«

»Du wirst deine Meinung ändern.«

»Nie.«

Er war jetzt neben ihr und zwang sich zu einem Lächeln, das seine Zähne entblößte. Es glitzerte in seinen Augen.

»Dann, mein Bäschen, müssen wir dich dazu zwingen, deine Meinung zu ändern.«

Laura sagte: »Aber Amanda, meine Liebe, hast du überlegt, was das bedeutet? Dein Vater hat sein Herz an diese Heirat gehängt.«

»Ich muß doch wohl *mein* Herz daran hängen, Mama.«

»Was kannst du denn für Einwände haben? Dein Vetter ist ein liebenswürdiger junger Mann. Er ist jung und gutaussehend . . . und überhaupt, dein Vater und ich wünschen es so.«

»Aber ich wünsche es nicht, Mama. Ich nicht.«

»*Du* nicht, Amanda? Das spielt doch kaum eine Rolle. Dein *Vater* hat es so beschlossen.«

Lauras Lippen begannen zu zittern; sie wollte das Kind in die Arme nehmen und weinen; aber sie wagte es nicht. Sie mußte fest bleiben; sie mußte ihren Mann unterstützen. Amanda war ein störrisches Mädchen, auf stille Art eigensinnig.

Laura hielt es für klüger, jetzt nicht bei ihrer Tochter zu bleiben. Sie sagte: »Du bist sehr eigensinnig, Amanda. Manchmal denke ich, du benimmst dich so, um uns absichtlich Kummer zu bereiten.«

Das ist nicht wahr, Mama. Ich möchte dir und Papa gehorchen. Aber diese Heirat ... das ist zuviel verlangt.«

»Wie kann ein Vater denn zuviel von seinem Kind verlangen?«

»Mit dieser Heirat könnte er zuviel verlangen.«

Laura seufzte. Ihre Tochter war manchmal so schwierig.

Miss Robinson redete mit Amanda.

»Du machst mir keine Ehre, Amanda. Nach allem, was ich getan habe, damit du die Wünsche deines Vaters zu achten lernst!«

»Miss Robinson, diese Ehe würde mein ganzes Leben lang dauern. Wie könnte ich sie so leichtfertig eingehen?«

»Dein Vater hat sie für dich arrangiert. Ziehst du seine Weisheit in Zweifel?«

»Ja, Miss Robinson.«

»Ich bitte dich, beherrsche dich doch. Laß ihn das nur nicht hören.«

Arme Miss Robinson! Trotz ihres eigenen Unglücks verschwendete Amanda noch einen Gedanken an sie. Miss Miss Robinson, die so lange hatte kämpfen müssen, war der Meinung, daß irgendeine Ehe besser wäre als gar keine; aber Amanda wußte, sie würde lieber einer Zukunft voller Armut und Not ins Auge sehen – alles wäre ihr lieber als die Heirat mit ihrem Vetter.

Zwei Tage verstrichen – zwei Tage voller Spannung. Anthony war stets bei ihr, wenn sie ausritt; und er saß auch neben ihr, wenn sie im Wohnzimmer waren; sie nahm an, daß er ihren Vater gebeten hatte, nicht zu streng mit ihr zu sein. Sie sollte die Möglichkeit haben, sich mit Zärtlichkeit und sanfter Überredung zur Vernunft bringen zu lassen. Er beugte sich über ihren Stickrahmen und bewunderte die Farben, die sie gewählt hatte; immer schien er um sie herum zu sein, sie fühlte seinen Atem in ihrem Nacken, und sie mochte es nicht, wenn er ihr Haar, ihre Arme, ihre Hände berührte; seine blitzenden, lodernden Augen jagten ihr Furcht ein.

In ihrem Schlafzimmer berichtete sie Lilith von ihrer Angst, aber Lilith war schon die ganze letzte Zeit geistesabwesend. Wie Miss Robinson schien sie keinen Anteil mehr an den Vorgängen im Hause der Leighs zu nehmen. Sie stellte dauernd Fragen über London; offenbar war es nun ihr größtes Ziel, dorthin zu gehen.

»Jetzt, wo Großmutter Lil tot is«, sagte sie, »gibt's hier nix mehr, was mich hält. Ich glaub, se is zufrieden gestorben, weil se wußte, daß ich gut versorgt bin. Als ob se's gewußt hätte und dann gestorben wär.«

»Sie wußte, daß es dir gutgeht, als du hierhergekommen bist.«

Aber Lilith sah an Amanda vorbei.

Plötzlich sagte sie: »Du haßt ihn, ja? Du haßt diesen Vetter?«

»Ja. Zuerst habe ich nichts gegen ihn gehabt. Wenn er nach kurzer Zeit wieder abgereist wäre, hätte ich ihn vielleicht sogar gemocht. Aber so nicht. Lilith, ich habe Angst, denn ich hasse ihn von Tag zu Tag mehr.«

»Liebste denn einen andern?« fragte Lilith. »Haste 'n andern im Sinn, den de gern zum Mann haben willst?«

»Nein, Lilith. Ich will keinen Mann. Ich möchte warten . . . noch lange. Lilith, was soll ich tun, wenn sie mich zur Heirat zwingen?«

»Du könntest nach London durchbrennen.«

»Lilith, wie denn?«

»Andere gehen auch hin. Du kannst mit der Eisenbahn fahren. Dann dauert es nicht lange.«

»Lilith . . . wie könnte ich denn weglaufen? Wo soll ich denn hin? In London kann man nicht allein leben.«

»Ich würd mit dir kommen. Ich würd schon auf dich aufpassen.« Liliths Augen leuchteten. »Wir könnten mit der Eisenbahn hinfahren. Sicher würde Frith uns bei sich wohnen lassen.«

»Ich weiß nicht, wo er ist.«

»Du hast gesagt, er is in London.«

»Ja. Aber ich weiß nicht, wo.«

»Wir könnten doch fragen, wenn wir da sind.« Lilith lächelte.

Seitdem redete sie ständig davon, nach London zu fahren, und Amanda ermunterte sie dazu; die Erörterung eines solch absurden Vorschlags lenkte sie ein wenig von der miserablen Zukunft ab, die vor ihr lag.

Eine Woche war seit Anthonys Antrag verstrichen, und Amanda hatte seinem grausamen Blick am Frühstückstisch entnommen, daß er allmählich die Geduld verlor.

Nach dem Gebet hatte er Mr. Leigh um eine Unterredung in seinem Arbeitszimmer ersucht. Dieser Wunsch wurde ihm gewährt, und daraufhin wurde Amanda zu ihrem Vater zitiert.

Voll banger Erwartung betrat sie sein Zimmer.

»Tochter«, sagte er, »ich bin sehr bekümmert, obwohl ich doch eigentlich Grund zur Freude haben sollte. Sage mir eines: Macht es dir Spaß, deine Eltern zu verletzen?« Es war nicht erforderlich, dies zu verneinen, denn er erwartete keine Antwort. »Es ist mein innigster Wunsch, dich glücklich versorgt zu sehen, damit du ein gutes und nützliches Leben führen kannst. Das weißt du, und dennoch verhöhnst du meine Wünsche, wie du es während deiner ganzen Kindheit getan hast; du bringst Kummer über deine Mutter, Unglück über uns beide. Ich habe zu Gott gebetet, ER möge dein Herz erweichen, dich mit ein wenig töchterlichem Pflichtbewußtsein erfüllen, an dem es dir traurigerweise mangelt; doch bisher hat es dem Herrn nicht gefallen, meinem Wunsche stattzugeben. Dein Vetter hat mich um meine Zustimmung gebeten, dich zur Frau zu nehmen. Ich gab sie ihm mit Freuden. Er ist ein junger Mann, den ich sein ganzes Leben gekannt habe; er ist meines Bruders Sohn. Mit keinem anderen sähe ich dich lieber glücklich vereint. Er ist ein Leigh – von unserem Fleisch und Blut. Eure Verehelichung würde mir den Sohn bescheren, den Gott mir verwehrt hat. Ich wußte, daß Gott mir den Gedanken eingegeben hat, als ich die Möglichkeit einer solchen Verbindung erwog. Dies ist Gottes Antwort auf meine Gebete. Das war der Grund, warum mein ernstes Flehen um einen Sohn nicht erhört worden war. ›Hier ist dein Sohn‹, sagte Gott. ›Nimm ihn und vereine ihn mit deiner Tochter.‹ Gern würde ich Gottes Willen tun, das war stets mein Bestreben. Doch du hast wieder einmal beschlossen, nicht nur mir, sondern auch deinem himmlischen Vater zu trotzen.«

Das Gespräch nahm den üblichen Verlauf. Wie oft hatte sie schon dieselben Worte gehört, dieselben Phrasen? Gott stand immer auf seiten ihres Vaters, führte ihn bei allen seinen Entscheidungen.

»Papa«, sagte sie, »ich fühle mich noch zu jung.«

»Darüber habe ich zu befinden. Du bist sechzehn geworden. Deine Mutter wurde kurz vor ihrem siebzehnten Geburtstag verheiratet, und ich sehe keinen Grund, warum du es nicht solltest.«

»Wenn ich noch eine kleine Weile warten, andere Menschen kennenlernen könnte . . .«

»Maßt du dir etwa an, mir zu sagen, ich wüßte nicht, was für meine Tochter am besten ist?«

»Ja, Papa. So ist es wohl.«

Überrascht starrte er sie an; dann schloß er die Augen und preßte seine Hände zusammen. »O Gott«, sagte er, »welch eine Bürde hast DU mir auferlegt? Welch ein Kreuz habe ich zu tragen . . . und welches Kreuz ist bitterer als eine undankbare, ungehorsame Tochter? Vergib mir, denn ich weiß nicht, was ich sage.«

Amanda hatte die Zwiegespräche ihres Vaters mit Gott immer als peinlich empfunden. Trotz all seiner angeblichen Demut schien er mit Gott beständig zu hadern, weil ER etwas getan oder nicht getan hatte. Er bemühte sich stets, IHN auf dem Weg zu leiten, den ER gehen solle. Sie legte die Hände auf den Rücken und versuchte, sich Friths lachendes Gesicht vorzustellen und Mut daraus zu schöpfen.

Ihr Vater hatte die Augen geöffnet.

»Du widersetzt dich«, sagte er.

»Ich fürchte ja, Papa.«

»Dennoch ist dir bekannt, daß ich entschlossen bin, dich mit deinem Vetter zu verheiraten?«

»Ja, Papa.«

»Du kannst auf dein Zimmer gehen. Wir werden beim Dinner eure Verlobung offiziell bekanntgeben.«

»Ich bitte dich, mich nicht dazu zu zwingen, Papa.«

Sie wußte, daß es Schwäche war. Es war kein »Ich will nicht«; es war ein »Ich bitte dich, zwinge mich nicht«. Dazwischen lagen Welten. Sie hatte ihre Niederlage erkannt, und lebenslange Gewohnheit ließ sie diese akzeptieren.

»Ich werde darauf bestehen«, sagte ihr Vater; er lächelte wohlwollend, denn er hatte blitzschnell den Zusammenbruch des Widerstandes erkannt. »Und«, fügte er hinzu, beinahe sanft, »in späteren Jahren wirst du vor mir auf die Knie fallen und mir danken für das, was ich getan habe. Gehe nun hin, mein Kind.« Er kam zu ihr und klopfte ihr auf die Schulter. »Ein bißchen Zaudern ist zuerst vielleicht natürlich. Du meinst, wir hätten dich zu sehr gedrängt. Nun geh auf dein Zimmer! Du bist eine glücklich zu schätzende junge Frau. Ich gratuliere dir zu deinem charmanten Ehemann.«

Sie ging hinaus; jede Diskussion war überflüssig. Es war eine von den Prüfungen, die man ihr auferlegte. Schon war sie im Begriff, die trotzige Hälfte ihres Ichs zu beruhigen. Vielleicht gewöhne ich mich daran, dachte sie. Vielleicht ist es gar nicht so schlimm. Alle müssen heiraten, und wenn sie es nicht tun – so wie Miss Robinson –, bedauern sie es anscheinend bis an ihr Lebensende.

Sie war sehr blaß, als sie zum Dinner herunterkam, sehr bedrückt.

Es sollte ein feierlicher Anlaß werden. Mr. Leigh ließ alle Dienstboten in den Speisesaal rufen.

»Meine Tochter hat sich mit Mr. Anthony Leigh verlobt. Wir wollen auf ihre Gesundheit und ihr Glück anstoßen. Steert, schenke jedem ein Glas ein.«

Und Amanda stand neben Anthony, der ihre Hand ergriff und sie vor allen küßte.

Lilith war auch da. »Feigling!« signalisierten ihre Augen.

Als Amanda später in ihrem Zimmer war, kam Lilith und legte sich auf ihr Bett.

»Du bist ein Feigling«, sagte Lilith.

»Ja, Lilith, das bin ich. Plötzlich, als ich in Papas Zimmer war, da wußte ich, daß ich es tun mußte . . .

daß es keine andere Möglichkeit gab. Es ist wie das Auswendiglernen von Psalmen ... man muß es tun, weil man nicht drum herumkommt.«

»Es gibt immer einen Ausweg.«

»Nein. Du redest vom Weglaufen. Was könnte ich tun, wenn ich wegliefe? Wohin sollte ich gehen? Man kann nicht einfach weglaufen. Wenn ich Gouvernante werden könnte wie Miss Robinson, würde ich es tun.«

»Das kannst du vielleicht.«

»Wie denn? Man braucht Zeugnisse. Wo könnte ich sie bekommen? Du verstehst nichts von diesen Dingen, Lilith. Man kann nicht davonrennen ... das kann man nicht! Ich bin Papas Tochter und muß tun, was er sagt.«

»Bloß Feiglinge lassen sich zu was zwingen.«

»Lilith, was soll ich denn machen? Was kann ich machen?«

»Du kannst weglaufen, sag ich dir. Du kannst nach London durchbrennen.«

Amanda wandte sich unwillig von ihr ab.

Die Hochzeit von Amanda und Anthony Leigh sollte in vier Monaten stattfinden.

»Das gibt uns Zeit für alle Vorbereitungen«, sagte Laura.

Miss Robinson war abgereist, um ihre neue Stelle anzutreten. Beim Abschied hatte sie bitterlich geweint und Amanda ein Andenken geschenkt – ein kleines Lesezeichen aus Seide mit einem blumenbestickten Saum. Amanda hätte die Blumen für alles mögliche halten können, wenn Miss Robinson ihr nicht ausdrücklich erklärt hätte, daß es Rosmarin wäre. Sie gab Amanda ihre Adresse und bat sie, ihr zu schreiben. Das Lesezeichen, das sie hoffentlich für immer aufbewahren würde, sollte sie daran denken lassen, daß Rosmarin die Pflanze der Erinnerung ist.

»Liebe Robbie, das will ich tun!« sagte Amanda mit Tränen in den Augen. Das Schicksal der armen Miss Robinson hätte sie beinahe ihre eigene mißliche Lage vergessen lassen.

»Wenn du mich je brauchen solltest, schreibe mir«, sagte Miss Robinson leicht errötend. Da Amanda nun verlobt war, hielt sie es für unschicklich, ihre zukünftigen Kinder zu erwähnen. »Du würdest für mich immer an erster Stelle stehen, Amanda. Jetzt, da ich gehe, kann ich es dir ja sagen, daß du meine Lieblingsschülerin gewesen bist.«

»O Robbie!« Amanda weinte bitterlich, nicht nur über Miss Robinson, sondern auch über sich und die Traurigkeit, die all jene erleiden mußten, die nicht Friths und Liliths Stärke besaßen.

Anthony war seltsamerweise als offizieller Verlobter erträglicher. Er lächelte jetzt nicht nur mit dem Mund, sondern auch mit den Augen, und das war ein Fortschritt. Wenigstens war er nicht länger böse. Sie wich ihm nach Möglichkeit aus; und als er ankündigte, er wolle für einen Monat nach Hause, um dort seine Angelegenheiten zu regeln, war sie fast wieder glücklich.

Es war ein warmer Augusttag, an dem sie ihn mit ihrem Vater und ihrer Mutter das erste Stück seiner Reise begleitete; als die Kutsche an den Weizenfeldern vorbeikam, die sich goldenbraun färbten, faßte Amanda neuen Lebensmut. Sie fuhren mit ihm bis zu dem Gasthof, wo er die Postkutsche nehmen wollte, die ihn aus Cornwall hinausbrachte. In Devon würde er dann per Bahn weiterreisen.

»Feigling! Feigling!« glaubte Amanda aus dem Hufgeklapper herauszuhören, aber dennoch war ihr leicht ums Herz. Er würde sechs Wochen lang fort sein – vielleicht sogar zwei Monate. In der Zeit konnte sich eine Menge ereignen.

Schweigend fuhren sie zurück. Ihr Vater und ihre Mutter gaben vor, Amandas Schweigen für Kummer über Anthonys Abreise zu halten. *Gaben vor*! Alles war Heuchelei ... alles in ihrem Leben. Das erkannte sie jetzt. Ihre Mutter fürchtete sich vor dem Vater, obwohl sie so tat, als sei dem nicht so; ihr Vater gab vor, die Mutter zu beschützen, dabei verlangte er nur Gehorsam von ihr. Amanda war in Aufruhr. Ich will Anthony nicht heiraten. Ich will kein Feigling sein.

Aber das war leicht gesagt in seiner Abwesenheit. Bald ... allzu bald würde er zurückkommen; und dann würde die Hochzeit stattfinden.

Es dämmerte, als sie die Hauptstraße entlangfuhren. Sie waren alle drei schläfrig von der Hitze, dem monotonen Hufgeklapper und vom Holpern der Kutsche. Als sie sich der St.-Martins-Kirche näherten, hörten sie Geschrei. Bald kam eine kleine Prozession aus der Richtung vom Polgard-Hof in Sicht. Die Spitze bildete ein tanzende, schreiende und kreischende Menschenmenge; hinter ihr folgte ein Eselkarren, auf dem zwei Strohpuppen saßen.

Amanda war sofort hellwach; sie wollte wissen, was da los war.

»Das ist nur so ein Unfug, wie ihn die Einwohner hier gern treiben«, sagte ihr Vater. »Wenn sie Gott mit demselben Eifer anbeten würden, wie sie ihre alten Bräuche in Ehren halten ...«

»Was das wohl für ein Brauch ist«, fragte Amanda und unterbrach damit ihren Vater mitten im Satz. Das hatte sie noch nie zuvor getan, trotzdem überraschte es sie nicht. Sie hatte sich verändert. Etwas war während der Fahrt mit ihr vorgegangen. Sie wollte kein Feigling mehr sein.

»Ich habe keine Ahnung«, sagte ihr Vater beiläufig;

erfreut stellte sie fest, daß er ihr keinen Vorwurf machte.

Sie fuhren weiter.

Lilith kennt bestimmt den Grund, dachte sie. Lilith findet findet ihn schnell heraus.

Lilith hatte ihn herausgefunden. Sie war in der Menge. Sie hatte sofort gewußt, daß es ein ›Eselsritt‹ war, denn sie hatte schon einmal solch einer Zeremonie beigewohnt. Auf dem Eselkarren saßen zwei Puppen, welche zwei Menschen darstellen sollten, die allen bekannt waren. Es waren Sünder, schuldig eines Vergehens, das bei Entdeckung mehr Entrüstung auslöste als jedes andere. Grausamkeit konnte man mit Gleichmut hinnehmen; Ehebruch und Hurerei aber zwei Sünden, die viele aus der Menge heimlich begangen hatten, wie Lilith bekannt war – entfesselten einen Sturm der Entrüstung, wenn sie aufgedeckt wurden, aber auch nur dann.

Auf dem Karren saßen die Abbilder zweier Ehebrecher.

Die Menge stimmte einen schrecklichen Singsang an; Steine und Dreck fielen auf die Puppen. Am Ufer brannte schon ein Feuer, und der Karren wurde langsam darauf zugerollt.

Wer? fragte sich Lilith.

Die Menge schrie Obszönitäten; sie konnte ein undeutliches Stimmengewirr wahrnehmen, aber im Näherkommen hörte sie jemanden rufen: »Na los, meine liebe Dolly. Zeit, daß wir beide uns mal wieder treffen, nich?«

Alle kreischten, dann trat Schweigen ein.

Eine nachgeäffte schrille, affektierte Frauenstimme antwortete: »Ach ja, mein lieber Jos, Lust hab ich schon!«

Dolly! Jos! Lilith blieb stehen, der Atem stockte ihr. Dolly Brent! Jos Polgard!

Es gab keinen Zweifel über die Identität des Puppenpaars auf dem Karren. Der Ehebruch von Jos Polgard und Dolly Brent war nicht länger Liliths Geheimnis, das sie zum Zeichen ihrer Macht schwingen konnte wie eine Königin ihr Zepter. Jetzt würde es die ganze Nachbarschaft wissen.

Sie wandte sich ab, von Übelkeit und Angst überwältigt. Was jetzt? Wenn Jos nun glaubte, sie hätte ihn verraten? Wenn er merkte, daß er vor ihr keine Angst mehr zu haben brauchte. Und William? Was würde aus ihm werden? Er war nie mehr geschlagen worden seit dem Tag, an dem Lilith Jos Polgard auf seinem Feld entgegengetreten war. Was nun? Vor ihrem geistigen Auge sah sie das brutale haarige Gesicht, bleich vor Wut, rachsüchtig. Und an wem sonst könnte er sich rächen als an William? Jane war in Sicherheit. Sie war mit Tom Polgard verheiratet. Sie war glücklich auf dem Hof, denn Annie hatte sie schätzengelernt, da sie gut und willig arbeitete und bereit war, sparsam zu wirtschaften. Um Jane hatte sie keine Angst, aber um William.

Sie rannte vom Feuer weg; sie rannte, so schnell sie nur konnte, den Barbicanhügel hinauf und hielt erst wieder am Polgard-Hof an.

Glücklicherweise fand sie Napoleon in seiner Hütte.

»Such William«, stieß sie keuchend hervor. »Du darfst keine Minute verlieren. Geh und bring ihn zu mir.«

Der Junge rannte los. William war sein Gott. William hatte ihm bei seiner Arbeit geholfen und ihn oft vor dem Auspeitschen gerettet; William hatte ihm zu essen gegeben, wenn er Hunger hatte, und ihm das Leben erträglich gemacht. Er hatte seinem Leben etwas gegeben, das Napoleon zwar nicht ganz begreifen konnte, aber er spürte eine vage Hoffnung auf ein besseres Dasein. Er war wie ein Hund; er würde schnurgerade zu seinem Herrn laufen.

»William«, schrie Lilith, sobald ihr Bruder kam, »es is was Schreckliches passiert!«

Sie erzählte ihm alles von Anfang an, wie sie einen Blick in die Scheune geworfen und Jos Polgard und Dolly Brent beim Liebesakt ertappt hatte.

William hörte überrascht zu. »Du steckst also hinter Janes Hochzeit!«

Sie nickte stolz, trotz ihrer schrecklichen Angst.

»Aber jetzt nützt es nix mehr, William. Andere sind dahintergekommen. Die ganze Stadt weiß über Jos und Dolly Bescheid. Ich wette, bis morgen weiß es Jos ... und Annie Polgard auch. Da möchte ich nich dabeisein. Der bringt mich sicher um ... und dich auch, William. Dein Leben wär nich mehr lebenswert. Er macht es dir zur Hölle ... und mir auch, wenn's ihm gelingt ... weil Annie *ihm* die Hölle heiß macht.«

William begriff, in welch mißlicher Lage sie sich befanden. »Lilith, da haste dich aber schön eingemischt!«

»Und das war gut so. Für dich und für Jane.«

»Ja«, sagte er. »Aber was soll denn jetzt werden?«

»Laß uns weglaufen, William.«

»Wohin denn?«

»Nach London.«

»Nach London? Das is ja furchtbar weit.«

»Nich so weit, wie de glaubst. London ist eine wundervolle Stadt. Das weiß ich, weil Amanda mir Bilder gezeigt hat. Du hast Geld. Ich hab auch ein bißchen. Ich will schon lange nach London. William, wir müssen jetzt gehen. Hol deine Sachen. Du hast keine Minute zu verlieren. Vielleicht weiß er schon, daß es in der Stadt einen Eselsritt gibt. Der bringt dich bestimmt um, William. Uns beide bringt er um. Nimm alles mit, was du hast. Versteck dich ... im Morvalwald. Ich hol dein Geld von Amanda und alles, was ich hab ... und wir gehen zusammen. Wir gehen nach London. Das is das einzige, was wir tun können.«

Er starrte sie an. Ja, sie hatte recht. Sie war so resolut, so selbstsicher. Er wurde sich ihrer Stärke bewußt – das war das kleine Mädchen, das dem mächtigen Jos Polgard gegenübergetreten war und ihm für seinen Sohn die Erlaubnis abgerungen hatte, das Mädchen seiner Wahl zu heiraten.

»Lilith, du hast recht«, sagte er. »Ich glaub tatsächlich, daß du recht hast.«

Lilith stand in Amandas Zimmer.

»Amanda, gib mir Williams Geld. Ich bin gekommen, um mich zu verabschieden.«

»Lilith! Wie meinst du das?«

»Wir gehn weg. Wir gehn nach London.«

»Wie wollt ihr das denn machen?«

»Weiß ich nich, aber wir gehn. Mit Williams Geld und dem, was ich hab. Wenn wir bleiben, bringen se uns um.«

»Lilith, bist du verrückt geworden?«

»Ich bin nich blöd. Ich weiß, was wir tun müssen. In der Stadt ham se 'n Eselsritt gemacht. Jetzt verbrennen se die Strohpuppen – die sind angezogen wie Jos Polgard und Dolly Brent ... Sie lassen se auf'm Karren reiten, und dann verbrennen se se.«

»Ich habe sie auf der Straße gesehen.«

In kurzen atemlosen Sätzen erzählte Lilith die Geschichte von ihrer Entdeckung in der Scheune, die anschließende Erpressung und die Ergebnisse.

»Jetzt weiß es alle Welt, und er schont William keine Sekunde länger. Er denkt vielleicht, ich hätt's weitererzählt ... er bringt mich um. Er hat gesagt, daß er's tut, nur seine Angst hat ihn bisher abgehalten. Er prügelt William tot.«

»Das würde er nicht wagen.«

»Nein? Er wär bestimmt nich der erste, der so was macht.«

»Aber das wäre Mord.«

»Bei unsereim zählt so was nich als Mord, das weißte selbst.«

Amanda preßte die Hände an die hämmernden Schläfen. »Ihr geht also ... fort?« sagte sie langsam. Das würde sie nicht ertragen. Ohne Lilith konnte sie hier nicht weiterleben. Der zynische Gedanke schoß ihr durch den Kopf, daß ihr Vater jetzt an ihrer Stelle sagen würde, daß Gott ihm den richtigen Weg zeigen werde. Es war kühn und machte ihr angst; aber warum sollte sie größere Angst haben als Lilith? Die Antwort war einfach: Ihr fehlte Liliths Mut.

»Lilith«, sagte sie atemlos, »könnte ich mit euch nach London kommen?«

Lilith starrte sie an.

»Ich ... ich habe etwas Geld ... ziemlich viel, glaube ich. Es ist in meiner Sparbüchse, es ist noch nicht auf der Bank. Ich kann für uns beide Kleider mitnehmen. Oh, Lilith ... ich komme mit ... ich komme mit euch nach London!«

Lilith begann zu lächeln; und dann tat sie etwas, was sie noch nie zuvor getan hatte; sie lief auf Amanda zu und umarmte sie.

Teil 2

1

ALLMÄHLICH WURDE ES hell am Himmel. Amanda lag auf dem Boden des Dachstübchens, das sie mit Lilith teilte, und sah das Licht durch das winzige Fenster hereinfallen. Das Leben in Freiheit hatte vor einer Woche begonnen.

Es war eine zugige Mansarde; die Tapete kam von den Wänden herunter, und unter der rissigen Decke gab es feuchte Stellen; das eine kleine Fensterchen konnte man nur mit Mühe öffnen, und war es einmal offen, ließ es sich nur schwer wieder schließen. Das Mobiliar bestand aus zwei Matratzen – eine für sie, eine für Lilith –, einem kleinen Waschtisch und zwei Stühlen. Es war sehr bescheiden, und dennoch war sie nicht unglücklich, denn jeder Tag wurde ihr zum Erlebnis; sie konnte nie sicher sein, was passieren würde. Seit ihrer Ankunft in London war sie zwischen Entzücken und Ekel hin und her gerissen; sie fühlte sich sicher in ihrer Freiheit, und gleichzeitig hatte sie Angst davor.

Sie konnte gerade eben den Umriß eines Päckchens auf dem Fußboden erkennen, und sie sah lächelnd hin. Sie erwartete sehnsüchtig das Tageslicht, so daß sie das Päckchen öffnen könnte; sie wollte den anderen zeigen, daß sie zu ihnen gehörte.

Diese Hauptstadt war wahrhaftig ein wunderbarer Ort, wie Frith gesagt hatte; aber Amanda wußte, daß sie und William sie mit anderen Augen sahen als Lilith und Napoleon. Amanda erschien sie wie eine Frau mit häßlichen Narben im Gesicht, die luxuriös gekleidet war und vor Juwelen blitzte; es waren diese Kontraste, die allgegenwärtig waren und sie zugleich abstießen und faszinierten.

Während sie so dalag und auf das Tageslicht wartete, dachte sie an die erste Woche in Freiheit, die mit der Flucht aus Cornwall begonnen hatte. Noch einmal durchlebte sie in Gedanken die Flucht, was sie in der letzten Woche schon wiederholt getan hatte: wie sie Kleider und soviel Geld wie möglich zusammengesucht und den Brief an die Eltern geschrieben hatte, in dem sie ihre Gründe darlegte. Wie sie sich mit Lilith getroffen und sie gemeinsam William und Napoleon gesucht hatten, die im Morvalwald schon auf sie warteten. Sie waren stundenlang zu Fuß gegangen. Erst viele Meilen hinter Looe hatten sie, erschöpft und matt, einen Fuhrmann überreden können, sie bis zu der Stelle mitzunehmen, von wo sie mit der ›Kellow-Post‹, dem Transportmittel der arbeitenden Bevölkerung, aus Cornwall hinaus weiterfahren konnten.

Wie aufregend die erste Eisenbahnfahrt gewesen war! Liliths Augen waren wie schwarze Steine gewesen, die das Licht reflektierten; unablässig hatte sie von London geredet, heiter und doch voller Ehrfurcht; seltsamerweise hatte sie die phantasievolle Amanda an einen Ritter auf der Suche nach dem Heiligen Gral erinnert. Napoleon war fast so glücklich wie Lilith, obwohl er sehr still war. Mochten ihn Hunger und Not in der Stadt erwarten, er war bereits mit beidem vertraut, und was man kennt, das fürchtet man nicht. Er war wie ein Sklave, der seine Fesseln abgeworfen hatte und endlich frei war. William war zu ernst, um den unbeschwerten Optimismus seiner Schwester teilen zu können; er sorgte sich um Amanda. Woher sollten sie wissen, was in der Stadt auf sie wartete? Und wie würde es einer Dame ergehen, einer wie Amanda, die an Luxus gewöhnt war? Amanda hatte gespürt wie er sich ihretwegen Sorgen machte.

Wie hatten sie gelacht, als die Eisenbahnwaggons sie durchrüttelten! Und wie sie gefroren hatten, weil sie nicht gegen den Wind geschützt waren. Denn obwohl der Waggon überdacht war wie eine Vieh-Box, waren die Seiten offen. Klamm vor Kälte, war Amanda blitzschnell durch den Kopf geschossen, wie Frith und Anthony mit der Eisenbahn zu reisen pflegten; sie wären erster Klasse gefahren, hätten auf gepolsterten Sitzen gesessen und genügend Platz für ihre Beine gehabt. Auch sie wäre so gereist in Begleitung ihrer Eltern oder mit Anthony. Aber was waren schon steife kalte Glieder gegen die Angst, die ihr Vater ihr immer wieder machte? Was war schon das bißchen Gerüttel im Vergleich zu dem Entsetzen, das Anthony ihr einflößte?

»Frei! Frei! Frei!« ratterte der Zug; und Freiheit war wunderbar; sie machte froh.

Gleich nach ihrer Ankunft in London waren Amanda die dort herrschenden Kontraste ins Auge gefallen – Luxus und Armut, Erhabenheit und Schmutz, Überfluß an Lebensmitteln in den Läden und hungernde Menschen auf den Straßen. Amanda hatte zwei sehr widersprüchliche Empfindungen dabei – Freude und Entsetzen.

Es war das Jahr der Weltausstellung, und es wimmelte von Ausländern aus aller Herren Länder in den Straßen; Inder mit edelsteinbesetzten Turbanen waren zu sehen, Chinesen mit Zöpfen, Afrikaner in wallenden Gewändern. Auf den Straßen fuhren Kutschen, gutgekleidete Frauen und dandyhafte Männer vergnügten sich auf ihrem Weg zum Kristallpalast im Hyde Park mit Hühnchen- und Champagner-Picknicks. Dabei sahen ihnen die Armen zu – barfüßig, zerlumpt und verlaust. Sie fingen die Knochen auf, die aus den fahrenden Kutschen fielen, und prügelten sich darum, wer für einen Penny die Pferde halten durfte. Flaggen schmückten die Fenster sämtlicher Gebäude, und alle Straßen schienen auf diejenige hinauszulaufen, auf deren einer Front die großen Gebäude standen – Ennismore House, Park House und Gore House –, auf der anderen Seite aber der riesige glitzernde, gläserne Palast. Die ganze Strecke säumten jene, die von dem großen Ereignis in der Geschichte Englands zu profitieren suchten. Die Stände und Karren der Händler waren überladen von Obst und Ingwerbier; dazwischen krabbelten die Gassenjungen herum und nahmen alles, was sie gebrauchen konnten. Taschendiebe und Scharlatane lauerten auf die Unachtsamen. Leierkästen spielten; Straßenhändler tanzten, Kinder bettelten lautstark um rotweißblaue Anstecknadeln oder um lustige Bilder von der Ausstellung, die sie als Andenken mit nach Hause nehmen wollten. Sie sahen, wie die unteren Mittelklassen auf dem Rasen vor dem Palast saßen und sich mit Picknicks vergnügten oder ins Gore House zur Rast einkehrten oder zu Battys Hippodrom gingen, das in der Nähe vom Broad Walk in den Kensington Gardens aufgestellt worden war. Und sie sahen die Modenschau an einem späten Sonnabendnachmittag, als nur noch die Besitzer von Fünfshilling- oder Dauerkarten Zutritt zur Ausstellung hatten. In London mußte es wie in Cornwall scharfe Trennungslinien zwischen den Klassen geben, und man mußte sie strikt auseinanderhalten. Noch nie hatte Amanda etwas Derartiges wie die Straßen dieser Hauptstadt gesehen, in all ihrer Buntheit und dem Schmutz, ihren Reichtümern und der Armut; der ständige Kontrast versetzte sie in einem Augenblick in Hochstimmung, im nächsten in tiefste Niedergeschlagenheit, denn ihr war, als wäre die ganze große Stadt wie ein Kristallpalast, erbaut über einer Jauchegrube.

Amanda erinnerte sich an den leichten Schock, den sie bei der Ankunft im Londoner Bahnhof erlitten hatte. Dieser Schock brachte die Erkenntnis mit sich, daß sie von einer Klasse zu einer anderen übergewechselt war. Auf dem Bahnsteig hatte ein Schild verkündet: »Angestellten der Eisenbahngesellschaft ist es strengstens untersagt, für Waggonpassagiere Gepäck zu tragen«. Sie war froh gewesen, daß ihre Freunde das nicht lesen konnten. Es war bedeutsam. Es war ihr Willkommensgruß in die neue Klasse, zu der sie jetzt gehörte; es war das Gebot der Stunde. Reichtum war ehrbar und Armut eine Schande.

Sie verbrachten ihre erste Nacht in London in einem Gasthof in der Nähe des Bahnhofs, doch es war ihnen klar, daß sie nicht weiter so extravagant leben konnten. Sie hatten Glück, denn am Tage nach ihrer Ankunft fanden sie billige Zimmer; doch erst nachdem sie einiges über die Stadt erfahren hatten, konnten sie die Größe ihres Glücks ermessen.

Es hatte damit angefangen, daß Amanda einen Blinden gesehen hatte, der sich einen Weg durch den gefährlichen Verkehr zu bahnen suchte. William war ihm zu Hilfe geeilt, und der Mann wurde ganz aufgeregt, als er ihre Stimmen hörte. Sie kämen ja vom Lande, sagte er. Er wollte wissen, wer sie wären und was sie hier vorhätten. Sie hatten ihn bis zu seinem Verkaufsstand in der Oxford Street begleitet, wo seine Frau ihn schon erwartete. Sie hatte ihm Blumen gebracht, die er verkaufen sollte: Rosen und Vergißmeinnicht, die sie aus Seide angefertigt hatte.

Wie ihr Mann zeigte auch sie sich sehr an ihnen interessiert. Als sie von ihrer Zimmersuche hörte, wurde sie noch eifriger.

Sie wohnte mit ihrer Familie – Mutter, Vater, Ehemann und Schwester – in einem kleinen Häuschen in der Nähe der Tichfield Street. Sie hatten zwei wunderschöne Mansardenzimmer. Die Miete war niedrig – nicht mehr als drei Shilling und sechs Pence die Woche. Billiger ginge es doch wohl kaum?

So fanden sie also schon kurze Zeit nach ihrem Eintreffen in London eine passende Unterkunft, die ihr kleines Kapital nicht zu sehr angriff.

Die Blumenmacherin und ihr Mann hatten sich als ihre besten Freunde erwiesen. Die Frau saß den größten Teil des Tages in ihrem Zimmer, denn sie mußte vierzehn Stunden täglich arbeiten, um bei gutem Wetter mit ihrem Mann zusammen zehn Shilling in der Woche verdienen zu können. Die meisten Blumen verkauften sie an die Läden, die sieben Pence für die Veilchen zahlten, wie Amanda erzählte. Für die schönen Rosen konnten sie allerding bis zu drei Shilling erzielen.

War Amanda schon über die Armut in Cornwall erschüttert gewesen, um wieviel mehr hätte sie die Armen in London bedauern müssen; doch es wollte ihr nicht recht gelingen, Mitleid mit ihnen zu haben, denn sie setzten sich dagegen zur Wehr. Irgend etwas in ihrem Wesen verschmähte das Mitleid; es war eine Trotzhaltung gegenüber der Welt, ein Stolz, ein Sinn für das Lächerliche, der ansteckend wirkte und sich nicht unterdrücken ließ. In den Straßen von London folgte auf Weinen schnell Lachen. Nicht einmal die Bettler an den Straßenecken, mit ihren geschwollenen Füßen, verbeult und vernarbt, gezeichnet von den Jahren, fest in ihre Lumpen gehüllt, waren durch und durch traurig. Die Straßenhändler, die mit Gewalt ihre Waren an den Mann bringen wollten, wußten immer noch munter daherzuplaudern; sogar die Betrunkenen, die aus den ganztägig geöffneten Schnaps- und Bierstuben torkelten, hatten stets ein Lied auf den Lippen. Und die Kinder, die davor auf ihre Eltern warteten, hüpften, tanzten, balgten und lachten trotz allen Elends, das sie zu erdulden hatten.

So war es auch mit den Menschen, die mit ihnen unter einem Dach hausten. Außer Dora, der Blumenmacherin, und ihrem Mann Tom waren da noch Mr. und Mrs. Murphy, Doras Eltern, die sich mit dem Verkauf von Moritaten, Brunnenkresse, Fisch- und Obstpies ein paar Shilling wöchentlich verdienten, und Doras Schwester Jenny, die Hemden nähte. Diese Familie war beklagenswert arm, aber sie alle besaßen jene besondere Charaktereigenschaft der Straße: Mut, Ausdauer und den Wunsch, über das Leben zu lachen.

Die Notwendigkeit, Geld zu verdienen, war offensichtlich. Was konnte Amanda tun? Sie konnte nähen. Wäre sie doch nur fleißiger mit ihrer Näharbeit gewesen, als die Mutter und Miss Robinson es noch von ihr verlangt hatten!

Jetzt würde sie also Geld verdienen. Das Päckchen auf dem Fußboden enthielt Hemden und Knöpfe, die Jenny ihr gebracht hatte. Sie mußte die Knöpfe annähen, und wenn sie einhundertundvierundvierzig angenäht hatte und das Päckchen zur Fabrik zurückbringen würde, erhielte sie drei Pence für ihre Mühe. Sie hatte Glück gehabt, daß Jenny schon seit Jahren mit Hemden arbeitete und daher kein Pfand zu zahlen brauchte, um die Hemden hierherzubringen.

»Ich trage die Verantwortung, weißt du«, sagte Jenny, und sie war stolz auf diese Verantwortung.

Auch vollkommene Glücksmomente hatten sie in dieser wunderbaren Stadt schon erlebt. Sie hatten den Kristallpalast gesehen, obwohl sie sich den Eintritt von einem Shilling nicht leisten konnten an den Tagen, an denen den unteren Klassen Zutritt gewährt war. Aber es war wunderbar gewesen, davorzustehen und ihn zu betrachten; im Gras zu liegen und die Leute zu beobachten. Sie hatten alle vier einige Stunden am Samstagabend auf dem nahe gelegenen Markt zugebracht. Er hatte phantastisch ausgesehen im Schein der Gas- und Öllampen und mit den Kerzen, die die Stände erleuchteten. Die Rufe der Straßenhändler hatten in ihren Ohren wie eine Fremdsprache geklungen. Man konnte dort unmöglich sein, ohne die prickelnde Erregung zu spüren, ohne Spaß daran zu haben, zum ersten Mal etwas so Exotisches zu sehen, etwas günstig zu erwerben. Fisch stand zum Verkauf; heiße Pasteten; Äpfel; Geschirr; Töpfe, alte Kleider; da waren Metzger, Gemüsehändler und Drogisten mit ihren Flaschen voll gefärbten Wassers. Überall waren Bettler – Blinde, Krüppel oder einfach nur zerlumpte Menschen. Da waren Kleinhändler mit Brunnenkresse, Orangen, Goldlack und Lavendel. Es machte Spaß, an einem Kaffeestand eine Tasse Kaffee zu trinken und ein Schinkenbrot zu essen, es war amüsant, dem Kaffeestandinhaber mit seinem drolligen Cockney zuzuhören und seinen Belehrungen über die Schlechtigkeit der Leute, die eine Großstadt besuchten, zu lauschen.

Die anderen hatten auch Glück gehabt, nicht nur Amanda mit ihren Hemden. Napoleon hatte einen Shilling bekommen, weil er einem vornehmen Herrn am Bahnhof ein Paket getragen hatte. Er brachte das Geld nach Hause, und es erschien ihnen wie ein Vermögen. William hatte im Park einen Chartisten für die Sache der Arbeiter reden hören, was seine Augen zum Leuchten brachte; Lilith hatte getanzt, als sie in der Kensington Road einen Leierkasten gehört hatte. Mehrere Leute waren stehengeblieben, um ihr zuzusehen, und hatten ihr ein paar Kupfermünzen hingeworfen. Möglicherweise lag hier doch das Geld auf der Straße; wenn man nur ernsthaft danach suchte, würde man es vielleicht finden.

»Wenn wir völlig verarmen würden, wenn wir am Verhungern wären, würd uns Frith bestimmt helfen«, sagte Lilith.

»Aber wir wissen nicht, wo er ist«, antwortete Amanda.

»Du könntest Alice schreiben. Kostet nur 'n Penny, einen Brief zu schicken. Du kannst doch schreiben.«

»Ich würde nie an Alice schreiben. Ich bin durchgebrannt. Ich habe alle Brücken hinter mir abgebrochen.«

»Aber das hat doch nichts mit Frith zu tun. Schreib halt an Alice, die würd sicher gern wissen, wo de bist.«

»Ich werde nichts dergleichen tun. Das würde sie in Verlegenheit bringen. Und außerdem wüßte sie dann, wo wir sind. Was wäre, wenn mein Vater hierherkäme?«

Lilith mußte zugeben, daß das eine Schwierigkeit sein könnte. Außerdem könnte Jos Polgard es erfahren und nach London reisen. Da hatte Lilith nicht mehr von einem Brief an Alice gesprochen, aber Amanda wußte, daß sie sich in Gedanken noch immer damit beschäftigte.

Und jetzt stand die Sonne am Himmel, es war Zeit aufzustehen, um einen neuen Tag zu beginnen. Zum ersten Mal würde Amanda heute nicht mit ihnen ausgehen. Sie war stolz und glücklich, weil sie eine Arbeit hatte.

Die anderen unterhielten sich beim Frühstück darüber, was sie tun wollten. Das Frühstück fand im Zimmer der Mädchen statt und bestand aus einer Scheibe Brot und einer kalten gebackenen Kartoffel für jeden.

William hatte etwas Brunnenkresse zu verkaufen. Amanda vermutete, daß er zum Park gehen würde, weil er noch mehr Reden zu hören hoffte.

Lilith begann eine von den Moritaten vorzusingen, die sie an den Mann bringen wollte. Sie erfand ihre eigenen Melodien und tanzte dazu. Die Murphys hatten ihr erzählt, wo sie dafür einen Viertelpenny bekommen konnte; sie selbst verkauften ihre Balladen für das Doppelte. Lilith aber verlangte forsch einen ganzen Penny für ihre Lieder, denn sie sagte, daß sie ja obendrein dazu tanzen würde; und überraschenderweise bekam sie den auch oft. Sie verdiente bereits mehr als der alte Mann, der sie eingeführt hatte. Ihre drolligen Grimassen, ihr komischer Akzent, ihre ganze lebhafte Art, kurz ihr Straßengören-Charme zog die Zuschauer an; es brachte sie zum Lachen, und Lachen war hier mehr als willkommen. Die Leute ließen sich dieses Lachen gern etwas kosten, und Lilith merkte, daß sie den Bogen raus hatte, wie man ihnen das Geld aus der Tasche zog. Sie war bereits die Hauptverdienerin der kleinen Gruppe. Bald schon nahm sie zehn Shilling in der Woche ein – leicht und angenehm verdientes Geld. Das war dieselbe Summe, die die geschickte Blumenmacherin und ihr Mann gemeinsam erzielen konnten. Lilith trug den Kopf hoch. *Sie* war die Anführerin der kleinen Gesellschaft. Sie hatte gewußt, daß sie diesen Londonern sehr ähnlich war, trotz ihres exotisch anmutenden kleinen Gesichtchens und trotz ihres Akzents. Ihr eigener Mutterwitz konnte sich mit dem der Londoner messen, denn sie war ihnen, im Gegensatz zu den drei anderen, an Schlagfertigkeit ebenbürtig; sie fühlte sich in diesem Labyrinth von Straßen sofort heimisch, sie waren ihr fast schon so vertraut wie die Gassen, in denen sie aufgewachsen war.

Napoleon hatte einen Besen und war ganz zufrieden. Er war noch kein anerkannter Straßenfeger mit eigenem Stammplatz, aber ein alter Straßenfeger in der Regent Street hatte ihm in seiner Abwesenheit seinen

Platz überlassen, und zwar für zwei oder drei Stunden am Tag. Für Napoleon war es ein aufregendes Spiel; er wußte nie, wann er Geld für seine Arbeit bekommen würde, aber er vergaß auch nicht denjenigen, der ihm einen Shilling gegeben hatte. In seiner optimistischen Art hoffte er jeden Tag aufs neue, daß er wieder einen Shilling zum gemeinsamen Einkommen beisteuern könnte und daß er durch irgendein Wunder einmal eine eigene Stelle zum Fegen erhalten würde.

Amanda war durchaus nicht traurig, als die anderen nach dem Frühstück das Haus verlassen hatten. Sie ging zu dem Bündel, wickelte es aus und begann mit der Arbeit.

Im Laufe des Vormittags kam Jenny herein, um zu sehen, wie sie zurechtkäme. Jenny rümpfte ein bißchen die Nase über die Knöpfe.

»Du darfst sie nicht so unordentlich annähen, Schätzchen. Dafür zahlen sie nichts, dafür ziehen sie dir was ab. Du mußt sauberer arbeiten. Schau, ich zeig's dir mal.«

Sie setzte sich also ein Weilchen hin und nähte die Knöpfe mit flinken Fingern an. Ihre Schnelligkeit beschämte Amanda. Das erinnerte sie an Mathilda Bartletts Musterbuch, fertiggestellt im Jahre 1806, das man ihr als Beispiel zum Nachahmen gezeigt hatte.

»Du darfst deine eigene Arbeit nicht vernachlässigen«, sagte sie.

»Ist schon recht, Schätzchen. Du mußt das Tageslicht unbedingt ausnutzen. Zeige mir die Hemden, wenn du fertig bist, dann sage ich dir, wo du sie hinbringen sollst. Lege die unordentlichen in die Mitte. Vielleicht fallen sie nicht auf. Obwohl sie sich bei einer Neuen immer fürchterlich anstellen.«

»So schnell wie du werde ich nie.«

»Ach Gott, das kommt noch. Der Kristallpalast ist auch nicht an einem Tag erbaut worden, Schätzchen.«

»Könnte ich ... sie mit in dein Zimmer nehmen und mit dir zusammen arbeiten? Wir könnten uns dabei unterhalten. Das würde mir Spaß machen.«

»Ich komme hierher«, sagte Jenny. »Hier oben ist es heller.«

»O ja, bitte, das wäre schön.«

So brachte Jenny also ihre Arbeit mit in das Dachstübchen, und sie erzählte Ereignisse aus ihrem Leben, während Amanda nähte. Sie berichtete, wie sie bei einem Schneider in der Lehre gewesen war.

»Das war ein hartes Leben, Schätzchen ... aber am Anfang habe ich geglaubt, es würde gut. Ich habe da auch gewohnt. Da hast du immer dein Essen und ein Bett zum Schlafen, habe ich mir gesagt. Aber es war so 'ne Akkordarbeit. Wenn es ein Eilauftrag war, ließen sie zehn von uns daran arbeiten. Wenn's nicht so eilig gewesen wäre, hätten fünf genügt. Danach gab es dann überhaupt keine Arbeit, und wir mußten Miete für das Bett und Kostgeld zahlen ... Und wenn es dann wieder Arbeit gab, mußten wir immer noch Kost und Logis abbezahlen für die Zeit, in der wir arbeitslos waren. So haben wir denn überhaupt keinen Lohn bekommen, praktisch haben wir umsonst gearbeitet. Das war ein hartes Leben. Na, habe ich mir da gesagt, als Selbständige wärst du besser dran, Jin. Und so war es dann auch. Aber bei dieser Näherei – du mußt dich unbedingt ranhalten, sonst verdienst du nichts.«

»Das ist so schlimm!« schrie Amanda. »So ungerecht.«

»Ja, schon, Schätzchen ... aber wie der Schneider immer gesagt hat, wenn er die Waren nicht zum richtigen Preis liefert, kann er sie nicht verkaufen. Und wenn die Leute die Sachen schnell haben wollten, mußten sie sie haben, da gab's gar nichts.«

Jenny nähte resigniert weiter, während Amanda so redete, wie William es an ihrer Stelle getan hätte.

»Wenn sich die Menschen nur zusammentun würden. Wenn man nur etwas machen könnte ... Wenn die Leute ihre Sachen schnell fertig haben wollen, müßten sie auch mehr Geld dafür hinlegen. Und die Preise müßten heraufgesetzt werden, damit die Arbeiter genug Lohn bekämen, um ihr Essen und eine anständige Unterkunft bezahlen zu können.«

»He, Schätzchen, du hast dich in den Finger gestochen. Schau! Du hast einen Blutflecken auf das Hemd gemacht. Das wollen die nicht. Ich weiß, daß die nicht für blutverschmierte Hemden zahlen. Er ist am Schoß. Ich zeige dir, wie man das Hemd falten muß, damit man ihn nicht sieht. O mein Gott, Schätzchen, mach bloß nicht noch mehr rein, sonst arbeitest du umsonst.«

Knöpfe an Hemden zu nähen war offenbar eine Arbeit, die gelernt sein wollte. Amanda arbeitete fleißig. Das Geld, das ihr die Hemden einbringen würden, wäre ihr erster eigener Verdienst. Und sie hatte als einzige aus der Gruppe noch nichts eingenommen. Sie konnte sich zwar mit der Tatsache trösten, daß sie mehr Geld mitgebracht hatte als die anderen und auch für Kleider gesorgt hatte, die sie alle nachts warm hielten und die Lilith auch gern tagsüber trug; aber trotzdem hoffte sie, Geld zu verdienen, um eine von ihnen zu sein.

Es war vier Uhr, bis Amanda alle Knöpfe angenäht hatte.

»Ich erkläre dir, wo du sie hinbringen mußt«, sagte Jenny. »Ich würd es ja selbst tun, aber ich bin spät dran. Geh geradeaus bis zum Ende der Allee nach Tichfield und dann auf die Oxford Street, bieg links ab und überquere die Straße, dann gehst du weiter bis zur Dean Street. Da gehst du runter, dann die erste links und gleich wieder rechts. Dann siehst du den Fiddlers'

Court, und da ist der Laden. Es ist ein großes Gebäude . . . hoch und schmal. Du kannst es gar nicht verfehlen.«

Amanda packte also die Hemden zusammen und verließ das Haus.

Die Straßen waren belebt, aber noch nicht so sehr, wie sie es kurze Zeit später sein würden, wenn die Verkäuferinnen und Lehrlinge herauskamen, um sich die Beine zu vertreten. Dann würden auch die Angestellten die großen Handelshäuser verlassen und sich dem Verkehrs- und Menschenstrom anschließen, der sich wie gewöhnlich in Richtung Hyde Park bewegte.

Jennys Anweisungen folgend, kam sie bald zum Fiddlers' Court, einem kleinen muffigen Platz mit hohen Häusern, die mit den Dächern aneinanderzustoßen schienen, so als wollten sie verhindern, daß zuviel Licht hineinfiele. Ein paar schmutzige Kinder kauerten auf dem Kopfsteinpflaster, andere schwangen auf einem Seil hin und her, das sie an einem Laternenpfahl festgebunden hatten.

Sie erkannte das Geschäft auf den ersten Blick, da im Fenster stapelweise Hemden lagen. Schüchtern trat sie näher und blickte durch die Ladenfläche in das Untergeschoß, wo sie Frauen bei der Arbeit sitzen sah. Es war dunkel da unten, einige hielten sich das rauhe, kalkartige Zeug dicht vor die Nase. Amanda erschauderte. Sie konnte schon die Ausdünstungen der schwitzenden Körper und den kalkartigen Geruch der Hemden wahrnehmen.

Sie ging drei Steinstufen hinunter und kam in einen dunklen Flur. Rechts war eine Tür mit der Aufschrift ›Auskunft‹. Sie klopfte schüchtern an; niemand antwortete, also klopfte sie noch einmal.

»Herein!« rief eine tiefe Stimme, und sie trat ein.

In dem kleinen Raum saß ein dicker Mann inmitten

von Hemdenstapeln. Er trug ein dreckiges Hemd mit geöffnetem Kragen. Es war sehr heiß in diesem Zimmer, die Fliegen schwirrten um einen Teller auf dem Tisch herum, auf dem sich ein Fleischgericht befand. Etwas von dem Essen war auf dem Hemd des Mannes, und das Bier glitzerte auf seinem Schnurrbart – ein halbleerer Krug stand noch neben ihm.

»Ha!« sagte er bei Amandas Anblick. »Die Dame hat also Hemden wiedergebracht, ja?«

Er grinste. Trotz ihres Widerwillens war Amanda erleichtert, daß er doch freundlich zu sein schien. Vor dem Lächeln hatte er sehr böse ausgesehen.

Er klopfte mit der flachen Hand auf den Tisch, an dem er saß. »Legen Sie sie mal dahin, meine Dame. Legen Sie sie hin.«

Sie legte das Päckchen auf die von ihm gezeigte Stelle.

»Das erste Mal hier, wie?«

Sie nickte.

»Sie haben also Hemden mitgebracht, hä?« wiederholte er überflüssigerweise, und dann beinahe ungläubig: »Und Sie wollen wohl, daß ich Geld dafür bezahle, hä?«

Sie nickte wieder. Sie hatte große Angst vor ihm. Das Zimmer war zu klein und zu heiß für sie.

»Sind wohl auf den Mund gefallen, hä?«

»Ja«, sagte sie schüchtern. »Ich ... ich habe die Hemden zurückgebracht.«

Irgend etwas schien ihn zu erheitern; er lehnte sich zurück, so daß der Stuhl nur noch auf den hinteren Beinen stand, wippte ein bißchen und sah sie verschlagen an.

»Kleines Fräulein Goldköpfchen!«

»Würden Sie mir bitte das Geld für die Hemden geben«, sagte Amanda. »Ich bin ziemlich in Eile.«

»Ho!« schrie er; und dann fing er an zu lachen. Er sah die Hemden an und sprach mit ihnen. Offenbar wollte er sie nachäffen. »Fräulein Goldköpfchen belieben, in Eile zu sein. Fräulein Goldköpfchen wünschen ihr Geld. Fräulein Goldköpfchen ham keine Zeit für ein freundliches Wort für den alten Jimmy.«

Die Art, wie er den Spitznamen immer wieder verwendete, den er ihr gegeben hatte, verhieß nichts Gutes. »Es tut mir leid«, begann sie.

»Ho!« fuhr er fort, immer noch zu den Hemden sprechend. »Fräulein Goldköpfchen tut es leid. Schön. Egal.« Er stand langsam auf und ging um den Tisch herum; dann setzte er sich auf den Tisch und starrte sie unverwandt an.

»Wir schaun uns die Arbeit mal an«, sagte er. »Wollen mal sehen, ob das Fräulein Goldköpfchen ihre Arbeit gut gemacht hat, ja? Wollen mal sehen, ob das kleine Fräulein Goldköpfchen das Geld auch *verdient* hat.«

Er öffnete das Päckchen und begann die Arbeit zu prüfen.

»Ho! Sie ist ja 'n kleiner Schuster, das kleine Fräulein Goldköpfchen. Kleines Fräulein Schuster, hä? Sie sollte für den Schuhmacher ein paar Häuser weiter arbeiten.« Er zerrte an einem Knopf.

»Das . . . das ist unfair«, sagte Amanda.

Er wischte sich die Nase mit dem Handrücken. Dann wandte er sich ihr grinsend zu. »Nun regen Sie sich nicht auf, Fräulein Schuster. Sie geben mir einen netten Kuß, und wir wollen nichts mehr über die schlechte Arbeit sagen.« Er zwinkerte ihr zu. »Wir werden uns nicht beschweren. Wir sagen, es gibt kein Fräulein Schuster. Sie ist Fräulein Goldköpfchen und hat ihren Lohn verdient.«

Entsetzt wich sie einen Schritt zurück.

»Geben Sie mir mein Geld!« sagte sie. »Geben Sie mir das Geld, das ich verdient habe.«

Er saß auf dem Tisch und hob drohend den Finger. »Noch haste nix verdient. Den Packen Hemden hier haste versaut, sonst nix.«

Er gab den Hemden einen Stoß mit der Hand, und sie lagen auf dem Fußboden verstreut.

»Kommen Sie her. Sie geben mir einen netten Kuß . . . dann werden wir sehen.«

Er erhob sich, aber sie wartete keine Sekunde länger. Sie drehte sich um, riß die Tür auf, stolperte die drei Stufen hinauf auf die Straße und rannte, so schnell sie konnte, davon.

Lilith freute sich, daß es ein schöner Tag war. An schönen Tagen waren die Straßen überfüllt. Ihr großer Plan war es, so schnell wie möglich ihre Pennies mit den Moritaten zu verdienen und den Rest des Tages auf der Suche nach Frith durch die feineren Gegenden zu spazieren. Er würde sich niemals in dieses Gewirr von Straßen mit den Elendsquartieren wagen. Der bloße Gedanke daran brachte sie zum Lachen. Er gehörte auf die großen breiten Straßen; er gehörte in eine Kutsche. Sie glaubte fest und unerschütterlich daran, daß sie ihn finden würde. Er war in dieser Stadt, also mußte sie ihn treffen.

Hier war die Straße, die sie heute ausprobieren wollte. Sie lag zwischen Covent Garden und der neuen Statue von Lord Nelson auf dem großen Platz. Sie würde ihr Glück bringen; sie war weder eine arme noch eine reiche Straße. Es gab hier zwei miteinander konkurrierende Speiselokale, Sam Marpits und Dan Delaneys.

Als sie in die Straße einbog, sah sie schon den alten Mann mit dem Leierkasten. Erst gestern hatten sie zusammen an derselben Stelle gestanden; sie hatte zu seinen Melodien gesungen – Lieder, die sie schnell gelernt hatte; und wenn sie die Texte nicht kannte, sang sie ihre eigenen Worte. Die Zuhörer störte es nicht; den Leierkastenmann auch nicht. Die Massen waren herbeigeströmt, und wenn einige Pennies auch an sie gefallen waren, so waren doch eine ganze Menge in seiner Mütze gelandet.

Der Leierkastenmann hatte sich vor dem Marpit aufgebaut, um die Vorübergehenden abzupassen, denn das Marpit war um diese Zeit geschlossen. Später, wenn das Lokal öffnete, war der alte Drehorgelspieler nervös. Er hatte Lilith in seinem gebrochenen Englisch erklärt, daß Sam Marpit es nicht mochte, wenn sie so nahe vor seiner Tür standen.

Lilith hatte Sam Marpit gestern gesehen, als er herausgekommen war, um sie zu betrachten. Er war ein Mann in den späten Zwanzigern, sehr vornehm – hätte Lilith denken können, wenn sie nicht mit der Kleidung und den Manieren der wirklich Vornehmen vertraut gewesen wäre. Sam Marpit trug eine prächtige Weste mit aufgestickten scharlachroten Blümchen, eine breite Krawatte, eine Blume im Knopfloch, und eine Schmalzlocke hing ihm in die Stirn.

»Heute schlecht. Heute Leute nix zahlen Geld«, sagte der Drehorgelspieler.

»Ach was!« rief Lilith. »Heute ziehen wir's ihnen aus der Tasche.«

Der Leierkastenmann verfügte nur über ein beschränktes Repertoire. Es bestand aus einigen populären aktuellen Gassenhauern und einigen Melodien von Rossini.

»Spiel!« befahl Lilith. »Wir fangen sofort an.«

Und so begann er mit dem Lied von der Tochter des Rattenfängers. Da Lilith noch nie von der Dame gehört hatte, die nicht in Westminster geboren war, sondern auf der anderen Seite des Flusses, summte sie und sang ihren eigenen Text und tanzte dazu; und bald versammelte sich eine Traube von Menschen ringsum.

Die Sonne kam heraus, und die Traube wuchs. Manche klatschten Beifall, und die Pennies rollten – einige in die Mütze des Leierkastenmanns, andere waren für sie bestimmt.

Die Drehorgel spielte eine Rossini-Melodie, heiter, frivol und sinnenfroh, und Lilith tanzte den Tanz der Sieben Schleier, den sie nach Amandas Beschreibung von der Jahrmarktvorstellung selbst einstudiert hatte. Sie warf imaginäre Schleier ab, sehr zum Vergnügen der Zuschauer.

»Kaufen Sie eine Moritat. Kaufen Sie eine Moritat«, rief sie, während sie sich durch die Menge schob. Als sie einem Mann ein Bänkellied in die Hand drückte, hielt sie jedoch plötzlich inne, denn es war niemand anderes als Sam Marpit, der da vor ihr stand. Seine Miene war völlig ausdruckslos. Er mußte aus seinem Lokal gekommen sein, um sich an den Rand der Menge zu stellen.

»Danke, Sir«, sagte sie keck.

Er antwortete: »Wenn die Vorstellung zu Ende ist, junge Frau, komm doch mal in Sam Marpits Speiselokal, ja? Ich hab dir was zu sagen.«

»Vielleicht«, sagte Lilith.

»Wenn du schlau bist, kommst du«, erwiderte er.

Sie hatte sechs Moritaten in ihrer Hand. Sie sagte: »Wenn *du* schlau wärst, würdste die hier kaufen, dann könnt ich gleich mitkommen. Ich bleib hier, bis ich sie verkauft hab . . . und dann geh ich vielleicht in eine andere Straße, und wer weiß, ob ich dann wiederkomm.«

Sie zwinkerte mit den Augen, jedenfalls kam es ihm so vor.

»Kluges Kind, hm?« sagte er.

Sie nahm schon den Straßenjargon an. Er vermischte sich sehr vorteilhaft mit ihrem kornischen Akzent, was nie eine erheiternde Wirkung auf die Zuhörer verfehlte.

»Wo ich herkomm, sind alle schlau, Mister.«

»Recht haste, Fräulein I-ta-li-en. Hier haste deinen Sixpence. Her mit den Moritaten. Ich kaufe sie.«

»Sechs Moritaten für sechs Pence«, sagte sie. Beim Anblick des Geldstücks leuchteten ihre Augen auf. »Und ich bin nicht aus Italien.«

»Schon gut, du spanisches Äffchen. Komm rein und laß uns miteinander reden.«

Sie hatte ein wenig Angst vor ihm. Sie hatte gehört daß Mädchen von fremden Männern in gefährliche Häuser gelockt wurden, und obwohl sie bei Sam Marpit das Gefühl hatte, daß er nicht zu der Sorte gehörte, war er doch immerhin in erster Linie ein Geschäftsmann. Und wenn ein Geschäftsmann sechs Pence für ein halbes Dutzend Lieder zahlte, für die er unmöglich Verwendung haben konnte, war er sicher hinter irgend etwas her.

Er führte sie in einen Saal voller Tische und Stühle; die Stühle standen auf den Tischen. Auf dem Fußboden lag Sägemehl, und in einer Ecke des Saales war ein Klavier.

»Setz dich hierhin«, forderte er sie auf.

Sie tat, was er sagte, und er setzte sich ihr gegenüber und stützte die Ellenbogen auf den Tisch.

»Willste 'ne Tasse Kaffee, Kleine, während wir über Geschäfte reden?«

»Na, da sag ich nich nein.«

»Recht haste. Und was willste dazu essen, hm? Ein schönes Schinkenbrot . . . mit oder ohne Senf?«

»Mit Senf, bitte.«

»Ach nee«, spöttelte er. »Ich dachte, du brauchst

keinen Senf.« Er lachte und wiederholte den Witz noch einmal. »Hätt ich ja nicht gedacht, daß du Senf willst. Warum? Weil du auch so schön scharf aussiehst!«

»Das kommt vom Tanzen«, sagte sie. »Da wird eim ganz heiß von.«

Das erheiterte ihn noch mehr.

»Komm mal her, Fanny«, rief er. »Bring zwei Tassen Kaffee und Schinkenbrote für die Dame. Und tu ordentlich Senf drauf, das mag sie.«

Er klopfte sich auf den Schenkel, so anerkennend, als ob der für seine Scherze verantwortlich wäre und er ihm dafür gratulieren wolle.

Kaffee. Brote mit Senf. So kommt man vom rechten Weg ab, dachte Lilith. Sie würde sie annehmen, aber sie würde keine Gegenleistung erbringen. Für sie gab es nur Frith, und wenn sie ihn mit diesem Mann hier verglich, mit seiner geblümten Weste und seiner wallenden Krawatte, die Schmalzlocke in Rowland Makassaröl glänzend, brachten sie seine etwaigen Absichten nicht in Empörung, sondern einfach nur zum Lachen.

»Also«, sagte er bedächtig und bedeutungsvoll. »Ich würd sagen, du bist 'ne Kleine, die 'ne ganze Menge weiß.« Er brach wieder in Lachen aus und schlug sich auf den Schenkel.

»Das streit ich nich ab«, konterte sie.

Er zeigte mit dem Finger auf sie. »Du weißt also alles«, sagte er und erstickte fast vor Lachen.

»Nich alles«, erwiderte sie mit bescheidenem Augenaufschlag. »Nur einiges.«

Die Brote kamen und wurden ihr von Fanny vorgesetzt – einer jungen Frau Anfang Zwanzig mit einem großen Busen, breiten Hüften und einem Samtband in den krausen Haaren.

»Danke, Fan.« Er machte eine auffordernde Geste in Liliths Richtung. »Laß dich von mir nicht stören. Hau rein, Kleine!«

Lilith machte sich über die Brote her. Sie wollte sie so schnell wie möglich aufessen, bevor er ihr etwas vorschlug, was ihren sofortigen Rückzug erfordern würde.

»Also«, sagte er langgedehnt und durch die Nase, »nun hör mal zu. Ich beobachte dich, seit du in meiner Straße zum ersten Mal gesungen und die Leute angelockt hast. Weißte was? Du könntest was Besseres als Moritaten verkaufen, ehrlich ... eine Kleine wie du, die so viel kann.«

Jetzt ging es wieder von vorn los. Er muß wohl dauernd Witze reißen und seinen Schenkel dafür beglückwünschen, dachte Lilith.

Sie aß seelenruhig ihre Brote. Sie würde den anderen etwas Gutes zu essen kaufen; sie würde beim Essen zusehen wie früher, wenn sie ein Paket von den Leighs nach Hause mitgebracht hatte.

Er nahm sich einen Zahnstocher und fing an, in seinen Zähnen herumzupulen.

»Du kannst was Besseres«, sagte er. »Leierkasten. Moritaten!«

Sie wartete.

»Möchteste hier drin singen?« fragte er.

Lilith hörte auf zu essen und schaute ihn an.

»Hier singen?« Ihre Augen wanderten zu dem Klavier.

»Die Leute hören gern 'n bißchen Musik. Das ist wie Senf. Fördert die Verdauung.« Er fing schon wieder an zu lachen.

Doch jetzt wollte es Lilith genau wissen. »Meinst du, du willst mich dafür *bezahlen*, daß ich hier singe? Ich koste nämlich was.«

Er schlug mit der Faust auf den Tisch. »Zehn Shilling und dein Abendbrot«, sagte er.

Liliths Herz klopfte wie rasend, aber irgendein Instinkt ließ sie antworten: »Fünfzehn Shilling die Woche und mein Abendbrot.«

»Knallhart!« staunte er. »Härter geht's nicht. Zwölf Shilling sechs Pence und dein Abendbrot.«

Zwölf Shilling und sechs Pence! Pro Woche! Die Blumenmacherin und ihr Mann schätzten sich glücklich, wenn sie zehn verdienten. London entsprach genau ihren Vorstellungen, wenn die Leute hier bereit waren, für ein paar Lieder zwölf Shilling und sechs Pence und das Abendessen zu bezahlen.

Sie dachte an Amanda, die sehr schön singen konnte und Gesangsunterricht gehabt hatte. »Ich kenne eine, die schön singen kann«, sagte sie. »Das ist eine richtige Dame.«

»Will hier keine Damen haben. Die Gäste mögen die nicht. Ich will dir mal was sagen. Du hast das, was die Leute anzieht. Weiß nicht, was es is, aber es lockt sie an. Schau doch mal, wie sie da um den Leierkasten rumgestanden haben. Weswegen? Wegen der ›Tochter des Rattenfängers‹? Erzähl mir doch nix. Wegen den italienischen Melodien? Nee! Ich weiß warum. Sie haben dich tanzen gesehn; und wie du tanzt, das is zu gut für die Straße. Darum biete ich dir zehn Shilling – 'n halbes Pfund ... und dein Abendbrot, dafür, daß du abends kleine Liedchen singst und tanzt.«

»Nich zehn«, sagte sie. »Zwölf und sechs müssen's schon sein.«

»Schon gut, schon gut.« Er schaute verschmitzt, zwinkerte und schlug sich auf den Schenkel, obwohl es diesmal kein Witz war. »Sollste ham. Zwölf Shilling und 'n Sechser. Und wir nehmen echte Schleier für den Tanz ... das lockt sie an.«

»Ich müßte aber Strümpfe tragen und ein Trikot, das hier anfängt und da aufhört, wo die Strümpfe beginnen.«

»Schon gut. Schon gut.« Er zwinkerte wieder. »Das ist ein anständiges Haus hier. Wir besorgen die Kostüme, und du tanzt, hm? Hast du Familie?«

»Ja.«

»Wohnst du da?«

»Ja.«

»Du könntest hier wohnen. Das wär besser für dich. Ist nicht gut, wenn du so spät durch die Straßen gehst.«

»Ich werde aber nach Feierabend durch die Straßen gehen.«

»Von sechs Uhr abends bis zwei Uhr morgens ... und du kriegst dein Abendessen.«

»Gut. Soll ich morgen abend anfangen?«

»Nein. Montag. Morgen kommst du, und wir probieren die Tänze. Wollen mal sehen, was du singst ... und Kleider anschauen. Wir wollen 'n paar Proben machen.«

»Aber nur, wenn ich dafür bezahlt werde.«

»Du kriegst dein Geld. Diese Woche geb ich dir sieben und sechs, nächste Woche fängste mit zwölf und sechs an. Na, wie wär's? Und nach den Proben kriegste was zu futtern. Du mußt 'n bißchen aufgepäppelt werden.«

Er streichelte ihre Hand, und sie schüttelte ihn ab.

»Ooooh!« sagte er. »Vorsicht, Sammy-Boy. Benimm dich!«

Sie wartete, bis er mit Lachen und Schenkelklopfen fertig war, bevor sie aufstand. Sie brannte darauf, zur Mansarde zurückzukehren und den anderen alles zu erzählen, Amanda zu erklären, daß es nun nichts mehr ausmachen würde, wenn sie nicht zu dem gemeinen

Kerl in dem Hemdenladen zurückging. Jetzt war alles egal. Lilith würde reich sein. Sie würde eine richtige Tänzerin werden, wie sie es sich immer erträumt hatte.

Seit ihrer Ankunft in London war ein Jahr vergangen. Mit der Stadt waren sie jetzt so vertraut wie die meisten ihrer Einwohner; sie wußten, wo sie auf dem Markt billig einkaufen konnten, wie sie schlagfertig antworten mußten; sie hatten Cremorne einen Besuch abgestattet, Austern in einem Austernsaal gespeist und Cervelatwurst und Leberknödel an einem Imbißstand gegessen. Sie sahen nicht länger voller Entsetzen auf die Friedhöfe, wo die Ratten zwischen den ausgestellten Gebeinen alter Leichen herumhuschten; sie akzeptierten London, als ob sie ihr ganzes Leben dort zugebracht hätten.

Amanda hatte herausgefunden, daß sie doch nicht die Stümperin war, für die sie sich zunächst gehalten hatte. Sie war nie in den Hemdenladen zurückgegangen, aber Jenny hatte ihr Arbeit mit nach Hause gebracht. Inzwischen war sie vom Knöpfeannähen zum Hemdennähen avanciert. Es war harte Arbeit. Am Ende des Tages war sie völlig ausgelaugt und nicht wenig ernüchtert bei der Feststellung, daß ihr Verdienst äußerst gering war. Da sie viele Stunden ans Haus gefesselt war, wurde sie blaß; ihre Haare hatten nicht mehr den Glanz von früher; sie hatte oft Ringe unter den Augen; aber sie war glücklicher, als sie in Cornwall gewesen war. Sie fühlte sich unabhängig – zumindest verdiente sie ihren Anteil am Essen; sie wußte nicht, wohin dieses Leben sie führen sollte, aber sie dachte nicht viel darüber nach. Sie war jetzt siebzehn und sagte sich immer wieder, daß die Freiheit ihren Preis wohl wert sei, auch wenn es bedeutete, stundenlang

Hemden zu nähen, bis ihre Finger wund waren, die Augen und der Rücken schmerzten und sie völlig erschöpft war.

William war am unzufriedensten von allen. Er wußte, daß er ein Versager war. Ihm fehlten Liliths Energie, Amandas Fähigkeit, ihre Umgebung zu würdigen, indem sie sie mit dem verglich, was ihr statt dessen geblüht hätte, und auch Napoleons schlichter Optimismus ging ihm ab. William beschäftigte sich mit dem Unrecht, das den Armen und Unterdrückten angetan wurde. Aber niemand wollte etwas davon wissen; die Menschen wollten lachen.

Lilith tanzte in der Mansarde herum und äffte die Leute nach, die Marpits Speiselokal aufsuchten, all die Damen der Stadt, die nach Kundschaft Ausschau hielten, all die Dandys und Schürzenjäger. William redete sich ein, Liliths Lebenswandel wäre abstoßend, in Wahrheit war er jedoch ein bißchen eifersüchtig, denn Lilith hatte die Beschützerrolle für die Gruppe übernommen, die ja wohl eigentlich ihm zustünde.

Sogar Napoleon war glücklich. Armer, schlichter Napoleon! Jeden Morgen zog er mit der einen Hoffnung los – daß er einen Gentleman treffen würde, der ihm einen Shilling gäbe!

Es überraschte William, daß Amanda sich diesen Lebensbedingungen so bereitwillig angepaßt hatte. Ihre rosige Gesichtsfarbe war von ihr gewichen, sie war wie eine blasse Primel, ätherisch, ihre Haare waren jetzt wie stumpfes Gold. Er liebte Amanda, und hauptsächlich deswegen wollte er ein Mann mit Würde sein, denn Würde brauchte er mehr als Reichtümer. Er war etwas über siebzehn und hatte Mühe, seine eigenen Gedanken zu begreifen. Er konnte sich nicht eingestehen, daß seine eigene traurige Lage ihn manchmal wütend machte und manchmal deprimierte; er wollte edel sein, also sagte er sich, es wäre das Los aller Armen, das er zu erleiden hätte, und daß seine Unzufriedenheit nichts mit seiner Enttäuschung zu tun hätte.

Alle seine Bemühungen, Geld zu verdienen, waren gescheitert. Er ging mit Mrs. Murphy nach Billingsgate, aber er konnte seine Heringe nicht schnell genug verkaufen, so daß sie schlecht wurden. Ein paar Tage lang war er Pastetenverkäufer. Er hatte Fleisch-, Fisch- und Obstpies in seinem Korb, aber sie brachten ihm nicht mehr Glück als die Heringe. Die Leute erkannten an dem Tonfall, in dem er »Kauft oder gewinnt« rief, daß er vom Lande war. Kein Pastetenverkäufer konnte Geschäfte machen ohne diesen alten Brauch. Die Straßenhändler warfen Münzen mit ihm; wenn sie gewannen, gab es eine Pie umsonst, wenn sie verloren, bezahlten sie ihm einen Penny und bekamen keine Pie. William sagte immer »Kopf«, wenn »Zahl« fiel, und umgekehrt. Er hatte die meisten seiner Pasteten verloren, bevor er merkte, daß diese Menschen wußten, wie man eine Münze warf, um einen Pastetenverkäufer vom Lande zu übertölpeln.

Aber eines Tages fand William jemanden, mit dem er reden konnte. Dieser Jemand veränderte sein ganzes Leben. Es war ein junger Mann, ein paar Jahre älter als er, der zur Menge im Park sprach. William hatte ihm oft zugehört, da ihn seine Theorien begeisterten. Er war erstaunt, daß der junge Mann ihn bemerkt hatte.

»Ich habe dich oft gesehen«, sagte er eines Tages.

»Ich höre dir sehr gern zu«, erwiderte William. »Du sprichst alle meine Gedanken aus.«

»Aus welcher Gegend kommst du?«

»Aus Cornwall.«

»Das ist weit weg. Bist zweifellos nach London gekommen in der Hoffnung, dein Glück zu machen?«

»In der Hoffnung, mein Auskommen zu finden.«

»Vom Regen in die Traufe, hm?«

»Ach, so gut war es in Cornwall auch nicht.«

»Nirgendwo im Land ist es gut für die Armen!« sagte der junge Mann hitzig; und das erfüllte William mit Bewunderung, denn er war teuer, ja beinahe elegant gekleidet.

»So is es.«

»Und was tun sie dagegen?« fragte der junge Mann mit der gleichen Schärfe, mit der er zu seinem Publikum zu reden pflegte.

»Ich denk, du zeigst ihnen, was se tun könnten.«

»Wollen sie auf mich hören? Nein! Sie sind träge, diese Leute. In Europa, auf dem Kontinent, werden Kronen in den Staub getreten. Und was passiert hier? Wenn die Königin heraustritt, brüllt dieses hungernde Volk vor Begeisterung wie blöd los.«

William nickte.

»Komm und trink und iß was mit mir.«

Williams neuer Freund führte ihn in eine Gaststätte, in der sie Eier mit Speck und heißen Kaffee zu sich nahmen. Für William war es wie Nektar.

Der junge Mann erzählte, daß er David Young hieß und eine Zeitlang Reporter bei den *Daily News* gewesen war. Der Name paßte zu ihm, er vermittelte einen jugendlichen Eindruck. Er war voller Feuer und Enthusiasmus; er war entschlossen, die Lebensbedingungen der Armen in London zu verbessern, sagte er. Seine Familie war gegen seine Aktivitäten. Sie war reich; sie brauchten sich um nichts zu sorgen. Sie wohnten in Sussex; dort war die Familie schon seit ein, zwei Jahrhunderten ansässig. »Sorglose Landjunker!« sagte Mr. Young voller Verachtung. Er war nicht mehr bei den *Daily News*; er wollte frei sein für seine Arbeit. Um sie tun zu können, ließ er sich von seinem Vater finanziell unterstützen.

Er sprach beredt über die Übel des Tages, welche seiner Ansicht nach ihren Ursprung in der Entstehung neuer Industrien hatten. »Handel ... Handel ... Handel ...«, schrie er mit blitzenden Augen. »England wird reicher ... und huldigt dem Götzen des Wachstums und des Profits. Erkennen sie, daß dieser Götze tönerne Füße hat? Wissen sie, daß diese Reichtümer und das wirtschaftliche Wachstum auf den Nöten der Armen gegründet sind? Es ist unsere Aufgabe, den Götzen zu Fall zu bringen.«

Mit seinem neuen Freund konnte William auch über seine eigenen Sehnsüchte sprechen; seine Zunge war gelöst, und seine Augen leuchteten genauso leidenschaftlich wie die von Mr. David Young.

»Du mußt mal eine Rede halten. Du mußt den Stadtbewohnern von der Not der Landbevölkerung erzählen. Wir werden uns wieder treffen. Hier ... morgen.«

Und so fand William in London, was das Land ihm nicht hatte geben können.

In Sam Marpits Speiselokal ging es rund. Sam stand an der Tür in seiner Abendkleidung, die bis ins Detail stimmte; auf der weißen Weste prangten blaue und rote Blumen, die Krawatte war länger denn je, im Knopfloch steckte eine große Nelke. Mit der Schnupftabaksdose in der Hand begrüßte er seine Gäste, wobei er den prominentesten unter ihnen eine Prise von seinem teuren Tabak anbot.

Sam war sehr mit sich zufrieden. Das Speiselokal florierte aufs prächtigste. Viele kamen, weil es hier das beste Essen gab – dafür sorgte Sam –, aber viele kamen auch, um das merkwürdige kleine Mädchen zu sehen, das nach Sams eigenen Angaben ein wenig Talent zum Tanzen, ein wenig zum Singen und ein beachtliches im Leute-Anlocken besaß.

Lilith und die Sieben Schleier! Das zog eine Menge Menschen an. Wohl an die hundertmal am Tag beglückwünschte sich Sam schenkelklopfend. Er verstand sich auf ein, zwei Dinge. Er hatte etwas an ihr entdeckt, als sie mit dem italienischen Leierkastenmann auf der Straße getanzt hatte. »Was zählt, ist, daß sie Kundschaft reinbringt!« sagte Sam.

Lilith! Schon ihr Name war eine Gabe Gottes für den Lokalbesitzer, denn wie in aller Welt hätte man sich so einen Namen ausdenken können? Es war irgendwer aus der Bibel, meinte er... nicht eine von diesen gewöhnlichen Figuren wie Eva oder Dalila, die jeder kannte. Lokalinhaber mit weniger Feinsinn hätten solche Künstlernamen einer Jane oder Sally verpaßt. Nein! Lilith war *exklusiv*, wirkte anziehend auf die vornehmen Herrschaften. Niemand wußte viel über diese Lilith in der Bibel, gab es aber ungern zu und machte ein geheimnisvolles Gesicht. Lilith war geheimnisvoll. Das war der richtige Ausdruck. Und Lilith mit ihrem Tanz der Sieben Schleier bei gedämpftem Licht zu sehen – na, das war nach Sams Meinung des Rätsels Lösung. Wenn natürlich *nichts* unter dem siebten Schleier gewesen wäre... na, das wäre *die* Sache! Solche Dinge aber mußten in einem Keller stattfinden, und dies war ein anständiges Haus. »Ich halte mein Lokal sauber und anständig«, hatte er zu dem alten Gentleman mit dem Monokel gesagt, der ein kleines Geschäft im Keller vorschlug; um der Wahrheit die Ehre zu geben – Sam wäre einem kleinen Geschäft im Keller nicht abgeneigt gewesen, brachte so was doch zweifelsohne Geld herein.

Sam liebte das Geld – nicht nur das, was man damit kaufen und anfangen konnte. Er liebte es einfach so; er hatte eine romantische Auffassung vom Geld.

»Ich liebe es einfach«, sagte er zu Fanny. »Ich fühle

es gern in meinen Händen. Ich sehe es gern hereinkommen.«

Und so stand er nun an der Tür des Lokals und murmelte melte seinen Kunden ein »Guten Abend« zu. Zuerst strich er sich über die Locke, die dank des Makassaröls an seiner Stirn klebte, danach streichelte er die Nelke im Knopfloch und zückte die goldene Tabaksdose. Dabei überschlug er, was an Geld hereinkam, schnupperte den Sardellentoast, eine Spezialität des Hauses, und auch den Duft der gehaltvolleren Speisen. Er war nicht wirklich so unbekümmert, wie er sich gab; er war beunruhigt, und zwar wegen Lilith.

Dan Delaney war ebenso hereingekommen; er rauchte eine Zigarre und wirkte sehr professionell; es stand wohl fest, daß er aus geschäftlichen Gründen hier war, denn warum sollte er sein eigenes Lokal um diese Stunde verlassen und die Konkurrenz aufsuchen, es sei denn aus geschäftlichem Anlaß?

Dan war gewieft, ein Mann, der Geld ebenso liebte wie Sam. Und vielleicht, dachte Sam tugendhaft erhaben, hatte er weniger Skrupel, auf welche Weise er es bekam. Es sollte angeblich einen sehr gemütlichen Keller unter Delaneys Speiselokal geben; und die Reichen gingen dort als Stammgäste ein und aus.

Sam wußte daher, daß irgendein Geschäftsvorhaben Dan hierhergeführt hatte. Sam wettete insgeheim die wöchentlichen Einnahmen von Delaney gegen einen Penny-Pie, daß es etwas mit Lilith zu tun hatte.

Das war es; Dan wollte Lilith für sein Lokal.

Lilith stand jetzt auf der Bühne; das Licht war gedämpft, aber noch nicht so sehr, wie es später bei der Nummer mit den Schleiern sein würde. Sie sang eines von den alten kornischen Liedern auf ihre komische Art. Es handelte von einem Mädchen mit einem ›Schnickschnack-Hütchen und einem Firlefanz-Kleid‹;

und Lilith selbst trug ihr rotes rosengesäumtes Kleid und ein rotes Band in ihrem dunklen Haar. Sie hatte auf diesem Kostüm bestanden, und Sam mußte zugeben, daß es genau richtig war. Jetzt hatte sie ein anderes Lied angestimmt; man sang es in ihrer Heimat zu einer Tanzweise, und sie hatte ihre eigenen Worte dazu gedichtet. Sie war geschickt darin, Texte zu Melodien zu erfinden; und dieses hier handelte von dem Speiselokal und seinen Stammkunden. Diese sogen es gierig auf wie ein verhungertes Kätzchen die Milch. Sam fand, daß sie das Pfund wohl wert war, daß sie ihm inzwischen abknöpfte.

Das Lied war zu Ende, und sie war in das kleine Zimmer hinter der Bar gegangen, wo sie sich umzog.

Er wartete und schlüpfte dann unbemerkt aus dem Saal und in den Flur hinein, von dem aus eine zweite Tür in Liliths Zimmer führte.

Er klopfte, und sie sagte: »Na, komm rein« in jenem merkwürdigen Tonfall, der fremd klang und es doch nicht ganz war. Er spielte auch eine Rolle beim ›Anlocken der Gäste‹.

»Oh«, sagte sie mit Blick auf Sam. »Du bist es.«

»Ja, ich bin's«, erwiderte Sam.

Sie sah sehr hübsch aus in ihrem roten Kleid und mit dem roten Band in den ungebändigten Haaren.

»Es wird voll da draußen«, sagte er mit dem charakteristischen Schenkelklopfen.

»Ja«, antwortete sie ebenso selbstgefällig wie er. »Die sind gekommen, um den Tanz der Sieben Schleier zu sehen.«

Sam war ein vorsichtiger Mensch. Er sagte: »Ja, und um Fans Sardellentoast oder eins von ihren Steaks oder Koteletts zu essen ... und um ein paar Gläser zu leeren. Ich wette die Einnahmen von heute abend gegen einen Penny-Pie, daß man in ganz

London keinen Sardellentoast kriegt, wie Fan ihn macht.«

Darüber lachte sie spöttisch. Sie war keck, selbstsicher und wußte um die undefinierbare Macht, die sie auf das Publikum so anziehend wirken ließ.

Er war nervös. Vor einiger Zeit hatte eine Idee in seinem Kopf Gestalt angenommen, jetzt bekam sie ganz klare Konturen.

Es hatte damit angefangen, daß er bei einer ähnlichen Gelegenheit wie dieser versucht hatte, sie zu küssen. Mit einem Tritt vors Schienbein hatte sie ihn scharf zurechtgewiesen. Sie benutzte nie ihre Hände; immer nur die Füße; sie schlug nicht, sie trat; er hatte noch nie ein Mädchen mit so einem hübschen Gesicht gesehen, das zu so was fähig gewesen war.

Es kam ihm reichlich albern vor – ein Mädchen wie Lilith und ein Mann wie er! Warum konnten sie kein freundschaftlicheres Verhältnis haben? Es war unnatürlich. Wenn er die Pomade ins Haar kämmte und seine Krawatte zurechtrückte, wenn er an seinem Knopfloch zupfte und sich mit seiner Tabaksdose in der Hand so im Spiegel betrachtete – na, da könnte man doch glatt an den Prinzregenten denken! Einige erinnerten sich noch an den Prinzen, und einmal hatte jemand zu ihm gesagt: »Sam, wenn du ein paar Pfund mehr hättest, wärst du dem Regenten täuschend ähnlich ... und zwar, als er noch Regent war ... bevor er König wurde und so häßlich.«

Doch Lilith war zurückhaltend; sie wollte auch nichts mit den anderen zu tun haben, die hinter ihr herrannten. Es ergab einfach keinen Sinn. Sie war durchaus nicht der schmachtende Typ, der keinen an sich heranläßt aus Angst vor dessen bösen Absichten. Davon hatte Lilith überhaupt nichts an sich. Wie sie sein könnte, sah man, wenn sie tanzte. Verheißungsvoll! Ja, das war Lilith. Es ergab keinen Sinn, daß diese Verheißungen unerfüllt bleiben sollten.

Sam glaubte zu verstehen. Lilith wollte wohl mehr als nur vorübergehende Macht über Sam und sein Speiselokal.

»Na schön, Lilith«, sagte er; dabei mußte er immer den Wunsch unterdrücken, sie Lil zu nennen, was schlecht fürs Geschäft gewesen wäre. »Na schön, Lilith, ich will nicht abstreiten, daß du entscheidend dazu beiträgst, Kunden anzuziehen. Denkst du noch manchmal daran, wie ich dich gefunden hab, als du um einen Leierkasten getanzt bist?« Ihre spöttischen Augen beobachteten die schenkelklopfende Hand. So als ob sie sagen wollte, solange es nicht ihr eigener Schenkel wäre, würde sie sich nicht beklagen. »›Sam, mein Junge‹, sag ich oft zu mir, ›ohne dich wäre das arme kleine Mädchen am Verhungern, wenn sie ihre Moritaten nicht verkaufen könnte.‹«

»Ein anderer hätte vielleicht auch erkannt, was in mir steckt, Sam. Man kann nie wissen.«

»Schau mal, Lilith, ich, ich hab ein scharfes Auge.«

»Na, dann dreh dich mal lieber um, wenn ich mich ausziehe.«

Sie wurde einfach zu schlagfertig – zu sehr wie eine Londonerin. Als ob sie nicht von Natur aus schlagfertig genug gewesen wäre.

»Undank ist der Welten Lohn«, sagte er traurig. »Da baut man die Leute auf, und was tun sie? Danken sie dir? Nein; sie drehen sich um und beißen die Hand, die sie füttert.«

»Oder sie treten die Schienbeine von solchen, die falsche Ideen im Kopf haben.«

»Lilith«, sagte er ernsthaft, »wer hätte das für dich getan, was ich getan habe?«

Sie schien darüber nachzudenken. »Dan Delaney?« schlug sie vor.

Panik übermannte ihn. »Der! Aber Lilith, ich möchte dich nicht ihm in die Hände fallen sehen. Er hat einen schlechten nen Ruf. Über Marpits Lokal kann man sagen, was man will, aber es ist anständig.«

»Da gab es aber Zeiten, wo de was anderes im Kopf gehabt hast. Weißte, wie de 'n Keller in . . .«

»Ach, das hab ich doch nicht ernst gemeint. Lilith, ich hab über uns nachgedacht . . . über dich und mich, mein ich.«

»Ernsthaft? Oder so wie de über'n Keller nachgedacht hast?«

»Ganz im Ernst. Du bist schon über ein Jahr hier. Du hast dich sehr verändert, Lilith. Wenn ich daran denke, wie du warst, als ich dich von der Straße aufgelesen hab, könnte man meinen . . .«

»Und du hast dich so rührend um mich gekümmert und mich gut bezahlt und hast nie krumme Dinger versucht. Mach weiter. Den Teil hab ich schon für dich zu Ende gebracht.«

»Ja, das stimmt. Ich weiß . . .« Er sah lächelnd auf seine Nelke hinunter. »Lilith ich weiß, ich hatte da manchmal so Ideen im Kopf. Ich bin auch nur ein Mensch. Ich streit's nicht ab.«

»Das hat aber gar keinen Zweck. Willst du mir mehr Geld anbieten?«

»Mehr als das, Lilith.«

»Mehr als Geld!«

»Mich selbst«, sagte er dramatisch. »Lilith, ich biete mich selbst an. Wie würde es dir gefallen, Mrs. Sam Marpit zu sein?«

Vorübergehend aus dem Konzept gebracht, antwortete Lilith: »Darüber hab ich noch nich nachgedacht.«

Er trat auf sie zu und legte ihr seine Hand auf die

Schulter; er strahlte wohlwollend. »Warum nicht? Vielleicht habe ich das im Sinn gehabt, als ich dich mit dem Drehorgelspieler gesehen habe. Vielleicht hab ich mir da gesagt: ›Das ist das richtige Mädchen für mich!‹«

»Vielleicht haste es dir auch nich gesagt«, meinte Lilith.

»Na, du scheinst ja nicht sehr begeistert zu sein. Ist das kein gutes Angebot?«

»Weiß ich nich. Vielleicht meinst du es nich ernst.«

»Ich meine es immer ernst.«

»So wie damals mit dem Keller.«

»Eine flüchtige Laune, sonst nichts. Ich ... und einen Keller wie Dan Delaney unterhalten? Ich doch nicht! Ich achte meine Angestellten viel zu hoch. Ich habe dieses Geschäft auf ehrliche Art und Weise aufgebaut, und ...«

»Es soll anständig bleiben!« sagte Lilith.

»Du hast mir die Worte aus dem Mund genommen, Lilith. Na, was sagst du denn dazu? Wann sollen wir denn heiraten?«

»Ich brauche Zeit.«

»Zeit!« stieß er hervor.

»Haste das nich gewußt? Eine Dame braucht immer Bedenkzeit nach einem Antrag.«

Sie zog das rote Kleid aus und stand da in ihren Strümpfen und dem fleischfarbenen Trikot, das so eng anlag, daß sie nichts anzuhaben schien.

Er hatte sie oft so gesehen, wie sie auch die Gäste im schummerigen Raum sahen; aber wie er sie jetzt so anschaute, erkannte er, daß eine Ehe mit Lilith mehr sein würde als das Einsparen von zwanzig Shilling und dem Ende der Angst vor Dan Delaneys Abwerbung.

»Lilith«, sagte er bewegt, »du bist irgendwie anders. Ich weiß nicht, wie ich es ausdrücken soll.«

»Na, so was!« spottete sie. »Es gibt was, das Sam Marpit nich kann! Wer hätte das gedacht!«

»Sieh mal, wer hat dich denn ...?«

»Von der Straße runtergeholt? Du!« antwortete sie; und sie wirbelte herum und zeigte sich ihm von allen Seiten, als wollte sie sagen: schau doch mal, was du vielleicht kriegst, vielleicht aber auch nicht! Sie war ein Naturtalent im Necken, das war sie. Und er hatte immer gesagt, so was würde er sich nie gefallen lassen. Und jetzt ließ er es sich gefallen, von ihr.

Sie fand eine von ihren Melodien, die zu diesen Worten paßte.

»Hast mich runtergeholt von der Straße, das haste getan, Sam Marpit, das haste getan. Aber andere gibt's in dieser Stadt, Sam Marpit, die würden's auch gern tun ... die würden's auch gern tun.«

»Hör auf damit«, sagte er. »Spar dir deine Lieder und Tänze für die Gäste. Dafür wirst du bezahlt.«

»Na, diese Vorstellung geb ich dir umsonst, Sam, um dir meine Dankbarkeit zu zeigen, weil ... du mich von der Straße runtergeholt hast, Sam Marpit. Das haste getan. Das haste getan, Sam Marpit. Das haste für mich getan ...«

Er kam mit großen Schritten auf sie zu; sie hatte aufgehört, ihre Augen blitzten, ihr Fuß war stoßbereit.

»Das ist ja reizend!« beklagte sich Sam. »Da fragt dich einer, ob du ihn heiraten willst, und du kannst ihm keine höfliche Antwort geben.«

»Du bekommst schon noch 'ne höfliche Antwort ... aber höfliche Antworten brauchen Zeit.«

Sie wickelte sich in den Musselin.

Sie sieht noch so hübsch aus wie eh und je, dachte er, mit diesen fleischfarbenen Strümpfen unter dem Musselin, als ob sie gar nichts anhätte. Ein richtiger Magnet für die Massen war dieser Schleiertanz; und draußen wartete Dan Delaney mit seinem Angebot – wer weiß, wie hoch das war!

»Ich muß jetzt eine Antwort haben ... *jetzt*!« schrie er.

Sie knickste.

»Tut mir sehr leid, Sammy, mein Junge. Du hast mich doch hierhergebracht, hast mein Leid in Freud verwandelt ...«

»Lilith!« schrie er.

»Samuel?«

»Wie ist deine Antwort?«

»Wart's ab.«

Sie fing an zu singen: »Wie wird die Antwort sein? Wart's ab, wart's ab ...«

Heute abend war kein vernünftiges Wort mit Lilith zu reden. Sie kannte alle seine Befürchtungen, alle seine Wünsche. Sie wußte auch, wie er wirklich über den Keller gedacht hatte; und vor allem wußte sie, daß Dan Delaney heute abend da draußen saß.

Jetzt hatte sie den letzten Schleier umgelegt.

Sie sagte: »Du wirst es erfahren, wenn's soweit is, Sammy. Alles zu seiner Zeit. Du müßtest doch wissen, daß so was seine Zeit braucht. Ich würd immer noch mein Geld jede Woche haben wollen, und ich würd meine Familie hierhaben wollen. So was darf man nicht übereilen, weißte.«

Er wurde weich, wie er sie so vor sich sah – frisch, eifrig, bereit hinauszugehen und denen zu geben, was sie wollten –, in seinem Herzen wußte er wohl, daß sie nur kamen, um Lilith zu sehen. Abend essen konnten sie auch woanders.

»Gib mir nur einen Kuß«, bat er. »Nur einen Kuß auf den Weg.«

»Ja, wenn du tust, was ich sage ...«

»Und das wäre?«

»Nimm die Tabaksdose in die Hand. Ja, so. Jetzt halt sie, als ob du 'nem Gentleman eine Prise anbietest. Die andere Hand leg auf deine Krawatte. Wunderbar. So ist es prima.«

Sie kam zu ihm und gab ihm einen Kuß auf die Wange.

Gleich darauf trat sie lachend einen Schritt zurück. »Das ist im Augenblick alles, Sam Marpit.«

Dann lief sie hinaus, und er hörte das Gemurmel und den Beifall, als sie erschien. Sie war der Grund, warum sie gekommen waren. Das stand fest.

Er ging in den abgedunkelten Saal und sah ihr zu. Und er schaute auch zu Delaney hinüber.

Diesmal bin ich dir zuvorgekommen, Dan! sagte er zu sich; und er lächelte selbstgefällig, dachte an Lilith mit all ihren Schleiern und ohne Schleier und auch ohne die fleischfarbenen Strümpfe.

Er dachte daran, wieviel er heute abend einnehmen würde, und er fand, daß Sam Marpit doch ein kluges Kerlchen war.

Napoleon machte sich mit seinem Besen auf den Weg. Er hatte einen wunderschönen neuen Besen, ein Geschenk von Lilith. Es war ein ganz besonderer, fand er; und das lag sicher daran, daß er von Lilith war. Alles an Lilith war etwas Besonderes. Amanda war gleichbleibend freundlich, Lilith nicht. Napoleon hatte ein schönes Leben gehabt, seit seine Freunde ihn in diese wunderbare Stadt mitgenommen hatten; er liebte alle seine Freunde, aber Lilith liebte er am meisten. Es war aufregend, ihr zuzusehen. Sie hatte schöne Kleider und tanzte und sang im Dachstübchen, wenn sie ihnen vorführte, auf welche Art und Weise sie im Speiselokal zu Reichtum kam. Napoleon fand Amanda so hübsch, daß er sie lieber nicht zu oft ansah; doch von Lilith konnte er seinen Blick nicht abwenden.

Lilith puffte ihn, wenn sie wütend war, aber das machte ihm nichts aus. Ein Puff war besser als gar keine Zuwendung. Manchmal jedoch lächelte sie ihn an und küßte ihn sogar. »Armer alter Nap«, sagte sie dann. »Hier ist ein Penny. Geh und wirf ihn mit 'nem Pastetenverkäufer; und hier hast du noch einen Penny, falls du verlierst.«

Und jetzt hatte sie ihm einen neuen Besen geschenkt, den würde er in Ehren halten; er würde mit jedem kämpfen, der ihn wegzunehmen versuchte.

An diesem Tag machte er sich stolz und glücklich auf den Weg. Wer weiß, vielleicht träfe er heute einen Gentleman, der ihm einen Shilling geben würde. Der Tag, an dem sich so etwas Wunderbares ereignet hatte, schien weit weg zu sein, also wäre es wohl Zeit, daß es wieder einmal passierte. Heute. Er war sicher, heute würde es passieren. Er hatte jetzt seine eigene Stelle und fühlte sich wichtig. Der alte Mann, der ihm seinen Platz zeitweise überlassen hatte, hatte nun aufgehört; und der Polizist, der in der Nähe auf Posten stand, war freundlich zu ihm, denn ihn amüsierte Napoleons ulkige Redeweise und seine Hingabe an seinen Beruf.

Es fing an zu regnen, und Napoleon hätte vor Freude singen können, denn was war günstiger für einen Straßenfeger als ein Regentag? Die Straßenübergänge wurden an nassen Tagen mit großem Tempo gefegt. Hier ein Penny; da ein halber; da gar nichts. Aber nur die Allerhartherzigsten konnten dem strahlenden Optimismus in Napoleons Gesicht widerstehen.

Und dann geschah ein Wunder.

Er war ein großer Mann mit blondem Haar – ein Gentleman, das sah Napoleon sofort; beim Straßenfegen lernte man die Menschen kennen.

»Einen Weg, Sir? Wollen se 'n Weg gefegt ham?«

Der blonde Mann blieb stehen und sah Napoleon an. »Na, was für ein Landsmann bist du denn?«

»Aus Cornwall, Sir.«

»Aus welchem Teil von Cornwall?«

»Ich bin in Bodmin im Arbeitshaus gewesen, und dann bin ich zum Bauern Polgard bei Looe gekommen.«

»Ach«, sagte der Mann. »So ein Zufall. Ich bin auch aus der Gegend. Polgard, hm? Den Hof kenne ich gut. Und warum bist du nach London gekommen?« Er lächelte. »Ich weiß schon. Um dein Glück zu machen.«

»Ja, Sir.«

»Dann fege mir einen Weg über die Straße.«

Das tat Napoleon. Als sie auf der anderen Straßenseite waren, sagte der große Mann: »Hier ist ein Beitrag zu deinem Glück.«

Als er fort war, stand Napoleon starr vor Staunen, denn er hielt ein goldenes Zehnshillingstück in der Hand. Er traute seinen Augen nicht.

Klar, daß er heute nicht mehr fegen konnte.

Er rief den armen kleinen Jungen, der die Stelle übernahm, wenn Inhaber Pause machen wollten; dann ging er direkt nach Hause.

Lilith und Amanda waren beide in der Mansarde, und Lilith war gerade dabei, sich für das Lokal zurechtzumachen.

»Du kommst früh«, sagte Amanda. »Es muß etwas passiert sein. Du siehst aus, als ob du dem Gentleman mit dem Shilling begegnet wärst.«

»Ja . . .«, stotterte Napoleon. »Oder nein . . . es ist sogar noch mehr. Schau mal.«

»Ein Zehnshillingstück!« sagte Amanda. »Wer hat dir denn das gegeben, Napoleon?«

Sogar Lilith war beeindruckt, wie Napoleon zu seinem Vergnügen feststellte. Sie nahm die Münze in die Hand.

»Sie ist echt«, sagte sie.

»Das hab ich gewußt«, erwiderte Napoleon strahlend. »Das war 'n echter Gentleman, der se mir gegeben hat. Er hat zu mir gesagt; ›Na, was für'n Landsmann biste denn?‹ Und ich habe geantwortet: ›Aus Cornwall, Sir.‹ ›Ach‹, hat er gesagt, ›so 'n Zufall. Ich bin auch aus der Gegend. Polgard ... Den Hof kenn ich gut ...‹«

»Jemand aus Cornwall«, sagte Amanda. »Jemand, der die Polgards kennt. Wer das wohl war?«

»Er war 'n richtiger Gentleman«, beteuerte Napoleon noch mal. »Er hat gesagt: ›Hier is 'n Beitrag zu deinem Glück.‹ Weil er mich nämlich gefragt hat, ob ich mein Glück suche oder so.«

Lilith stand stocksteif da, ihr Gesicht war leichenblaß. Langsam sagte sie: »Nap ... denk genau nach ... du mußt dich erinnern. Wie hat er ausgesehen, der Gentleman?«

»Och, er war groß.«

»So groß wie wer?«

»Größer als William. Größer als alle, die ich kenn.«

»War er blond oder dunkel?«

»Er war blond. So wie Gold.«

»Und hat er wie 'n Gentleman gesprochen ... wie ein echter Gentleman?«

»O ja, das war 'n echter Gentleman. Da gibt's gar nix.«

»Hat er ein bißchen langsamer gesprochen als andere und ein bißchen dabei gelacht, als ob er 'n Witz macht, aber 'n netten?«

»Genau.«

Lilith ballte die Fäuste. »Hat er das so gesagt: ›Na, was für ein Landsmann bist du denn? So ein Zufall. Ich bin auch aus der Gegend.‹?«

»Ja, ganz genau. Als ob er das gerade gewesen war!«

»Frith!« rief Amanda. »Das war Frith.«

Liliths Augen wirkten noch größer und dunkler in der plötzlich aufkeimenden Wut.

Sie packte Napoleon bei den Schultern und rüttelte ihn wild hin und her.

»Du hast ihm nicht gesagt, wo wir sind! Du hast ihn gehen lassen!«

»Weiß ich nich. Ich weiß nich, was de meinst. Hab ich was falsch gemacht?« Er warf Amanda einen hilfesuchenden Blick zu, und die eilte auch sofort zu ihm und befreite ihn aus Liliths Klauen.

»Was machst du denn mit ihm? Bist du denn verrückt geworden?«

»Kapierste denn immer noch nich?« schrie Lilith, in den alten Tonfall rutschend, wie immer, wenn sie emotional aufgewühlt war. »Das war Frith, mit dem er geredet hat . . . es war Frith . . .«

Dann schwieg sie. Sie wandte sich ab und brütete. Er war in London, und nur deswegen hatte sie hierherkommen wollen. Jeden Tag hatte sie gehofft, daß er sie finden würde; sie hatte geglaubt, er müßte unbedingt sie finden . . . nicht sie ihn. Sie hatte eine ganze Menge gelernt, seit sie in Sam Marpits Speiselokal arbeitete. Oft hatte sie überlegt, ob Frith wohl genauso erfreut wäre, sie hier in London zu sehen wie in Cornwall. Der Gedanke, ein Zusammentreffen mit ihr könnte ihm peinlich sein, war ihr unerträglich; er müßte entzückt sein, hingerissen, genau wie sie. Und darum mußten sie sich unbedingt durch Zufall wiederbegegnen. Es durfte nicht so aussehen, als ob sie ihn gesucht hätte.

Doch wenn sie dem Zufall ein bißchen auf die Sprünge helfen könnte . . . nur so ein bißchen, so daß er nicht merken würde, daß sie nachgeholfen hätte. Wie gern würde sie das tun!

Sie wartete, bis sie mit Napoleon allein war; dann

legte sie ihre Hände auf seine Schultern und sagte: »Nap, wenn du die Straße fegst, mußt du nach diesem Gentleman Ausschau halten. Und wenn du ihn siehst, mußt du, ganz gleich, was du gerade machst, alles stehen- und liegenlassen und ihn zu mir bringen. Hast du verstanden?«

»Ja, Lilith.«

»Alles stehen- und liegenlassen!«

»Ich laß alles stehen und liegen. Wenn ich die Straße für die Königin fege, laß ich sie allein weitergehen und in 'ne Pfütze treten, ganz bestimmt ... auch wenn se mir ein Zehnshillingstück schenkt wie der Gentleman. Und dann bring ich ihn zu dir, Lilith.«

Von da an kannte Napoleon nur noch ein Ziel. Er wollte nicht mehr die Straße für eine Dame oder einen Herrn fegen, die ihm einen Shilling oder sogar zehn geben würden; er wollte diesen einen Gentleman zu Lilith bringen.

Das Jahr ging zu Ende, ein neues begann. Es war ihr zweites in London, ein Jahr der Enttäuschung für Lilith, Napoleon und Sam Marpit.

Napoleon verließ jeden Tag mit dem sicheren Gefühl das Haus, heute würde er den blonden Herrn finden; aber jeder Tag verstrich ohne Ergebnis. Napoleon ging es sehr gut; er zählte zu den erfolgreicheren Straßenfegern. Den Damen gefiel seine Art zu reden und den Herren der Eifer, mit dem er ihnen ins Gesicht sah. Der kleine Straßenfeger vom Lande war eine wohlbekannte Figur geworden; doch vergebens hielt er nach dem blonden Herrn Ausschau, dessen Erscheinen so viel für Lilith bedeutet hätte ... und daher auch für Napoleon. Lilith schwankte zwischen Hoffnung und Niedergeschlagenheit. Manchmal dachte sie, sie sähe Frith im Dämmerlicht des Speiselokals. In ihren Phantasien kam er dorthin und holte sie weg. Manchmal war sie sich sicher, daß sie Frith für immer verloren hatte.

»Zum Donnerwetter noch mal«, schimpfte Sam. »Ich weiß wirklich nicht, was mit dir los ist. Ich biete dir ein schönes Zuhause und einen guten Ehemann, und du kannst dich nicht entschließen, ja zu sagen. Und wenn ich meine Meinung ändere? Wenn ich Fan heirate, was dann?«

Sie sah ihn spöttisch an. »Vergiß mal nich, daß es nich der Sardellentoast is, der die Leute anzieht ... Sardellen sind jetzt sowieso nich groß in Mode. Und ihre Steaks sind auch nich so gut. Bei Delaney sollen se besser sein. Ich bin diejenige, die sie anlockt, das weißte ganz genau. Wenn ich zu Delaney gehe, nimmt der dir fast dein ganzes Geschäft weg.«

»Hoffentlich hat er sich nicht an dich rangemacht. Er ist nicht so wie ich. Laß dich vor ihm warnen, er ist ein Mann von zweifelhaftem Ruf, laß dich nur warnen.«

»Man sollte dich warnen, nicht zu große Stücke auf dich selbst zu halten.«

Aber sie mochte Sam; sie sehnte sich nach Frith, doch sie mochte auch Sam. Manchmal war sie des Wartens so überdrüssig, daß sie beinahe gesagt hätte: »Na schön, heiraten wir.« Ab und zu stellte sie sich das Lokal als Sams und Liliths Speiserestaurant vor. Nein! Liliths und Sams. Sam ... na, ein Gentleman war er nicht, aber er sah schon gut aus mit seinen prächtigen Westen, und wenn ein Gentleman so was auch nicht tragen sollte, Lilith gefielen sie. Großmutter Lil hatte ihr die vornehmen Herren in den Kopf gesetzt; doch wenn Napoleon Frith nicht in London gesehen hätte, dann wäre sie jetzt sicher schon mit Sam verheiratet, dachte sie.

Während Lilith und Napoleon enttäuscht waren, war William zufriedener geworden.

Er hatte sich in den letzten Monaten oft mit David Young und seinen Freunden getroffen. Ein-, zweimal hatte er sogar Vorträge gehalten. Er hatte entdeckt, daß sie ihm zuhörten, wenn er ganz unbefangen erzählte. Er mußte nur von der Not sprechen, die er in Cornwall gelitten hatte, und einige Sachen von sich geben die er seine neuen Freunde so oft hatte sagen hören, daß er sie auswendig konnte.

Er wurde kühner, weniger demütig; gleichzeitig dachte er immer mehr an Amanda. An einem Frühlingstag sagte David Young zu William, daß er für eine Weile verreisen wolle.

»Es wird ein bißchen schwierig für uns. Wir werden beobachtet. Die Behörden. Sie nennen uns Agitatoren ... und Agitatoren mögen sie nicht. Der Vater von dem jungen Milbanke hat eine Warnung bekommen. Er ist Rechtsanwalt, mußt du wissen ... und er kennt jeden. Man hat ihm gesagt, daß sie etwas unternehmen wollen, wenn wir weiterhin ›Unruhe stiften‹, wie sie es nennen. Wir stören ihrer Meinung nach den Frieden, und dafür könnten sie uns verhaften. Deshalb haben wir beschlossen unterzutauchen. Das ist das klügste, was wir tun können. Keine Versammlungen mehr für einige Zeit. Milbanke und ich wollen aus London verschwinden. Ich gehe zu meiner Familie. Aber in ein paar Wochen, wenn sich alles beruhigt hat, kommen wir wieder.«

So gingen Williams neue Freunde aus London fort, und er vermißte sie sehr. Manchmal war er entschlossen, Amanda von seinen Zukunftsplänen mit ihr zu erzählen, aber jedesmal verließ ihn im letzten Augenblick der Mut. In ihrer Gegenwart konnte er sie nur als Tochter der Leighs sehen.

Eines Tages betrat er den Moritatenladen, um einen größeren Vorrat mitzunehmen. Der Einäugige, der die

Bündel mit den Bänkelliedern verkaufte, warf ihm einen schnellen, verschwörerischen Seitenblick zu.

»Ach«, sagte er, wobei er sich am Kopf kratzte, »du kommst doch jetzt schon 'ne ganze Weile zu mir, nich?« Er zwinkerte. »Ich glaub, es wird allmählich Zeit, daß ich dir etwas Besseres als diese Bänkellieder gebe. Die sind zwar ganz nett . . . ganz nett für die Amateure, wie ich sie nenne. Aber wenn ein alter Kumpel kommt – na, dann will ich doch was Besonderes für ihn tun. Hier. Schau mal, was ich da habe.« Er zog einen Stapel Papiere unter der Theke hervor und schwenkte sie vor Williams Nase. »So was hier kann ich einem Kumpel überlassen. Und warum? Weil ich ihm einen Gefallen tun will. ›Königliche Schundliteratur‹ heißt das. Das geht weg wie warme Semmeln. ›Königliche Schundliteratur‹ mußt du rufen. Dann sind sie hinter dir her wie die Fliegen hinterm Honig.« William sah sich die Zettel an; sie schienen nicht viel anders zu sein als die üblichen Moritatenblätter. Da stand nur mehr drauf, und es war nicht in Versform geschrieben.

»Nimm sie mit, und du wirst schon sehen. Damit kannst du 'ne Menge rausschlagen. Allmächtiger! Du kommst bestimmt zurück und willst noch mehr haben. Also wenn du davon ein paar hundert Päckchen hättest, wärst du ein gemachter Mann. Darum ist es auch ein großer Gefallen, den ich dir damit tu.«

William nahm die Blätter und zog mit ihnen davon.

»›Königliche Schundliteratur‹«, rief er. »Wer kauft ein Blatt? Ein Blatt für einen Penny. ›Königliche Schundliteratur‹.«

Jemand lächelte verschmitzt und kaufte eins. Noch ein Interessent kam. Der Mann hatte recht gehabt. Es ging weg wie warme Semmeln. Bald wäre er alle Exemplare los, dann würde er mehr holen, falls es noch welche gab. Einmal in seinem Leben würde er reich nach

Hause kommen. Vielleicht hatte auch er jetzt endlich etwas Glück.

Die Leute kauften seine Blätter schnell. Er träumte unterdessen davon, genügend Geld zu verdienen, daß er etwas sparen und vielleicht sogar einen kleinen Laden irgendwo aufmachen konnte.

»Er ist nicht gut genug für dich, Amanda«, sagte er in seinem Tagtraum. »Aber ich werde hart arbeiten, und vielleicht können wir uns eines Tages eine Kutsche leisten. Vielleicht . . .«

»Kommen Sie bitte mit.«

William drehte sich auf dem Absatz um. Zwei Polizisten hatten ihn in ihre Mitte genommen und legten ihm die Hände auf die Schultern.

»Was . . . was hab ich denn gemacht?«

Einer der beiden Polizeibeamten nahm William die Flugblätter weg und hielt sie ihm vor die Nase.

»Sie sind verhaftet wegen Unruhestiftung durch das Verteilen von Schriften, die die Krone beleidigen.«

Verständnislos starrte William auf die Blätter, die ihm Reichtum hätten einbringen sollen.

»Aber . . . ich hab nicht gewußt . . .«

Jeder Protest war sinnlos. Sie wollten ihm nicht zuhören. Das war noch demütigender, noch entwürdigender, als sich auf einem Jahrmarkt zu verdingen.

Amanda vergaß nie die unruhige Nacht nach Williams Verhaftung.

Sie verstand nicht, warum er nicht nach Hause gekommen war; und sie war sicher, daß daran nur ein entsetzliches Unglück schuld sein konnte. Ihr erster Gedanke war, daß er einen Unfall gehabt hatte. Sie sah ihn im Geiste zermalmt und blutend unter einem Omnibus liegen. Dann kam ihr in den Sinn, er könnte von Banditen überfallen und ermordet worden sein.

Ungeduldig wartete sie auf Liliths Rückkehr aus dem Lokal.

Sam brachte Lilith jetzt immer nach Hause; er behauptete, sie wäre ohne seine Begleitung nie und nimmer Nacht für Nacht wohlbehalten in ihrer Wohnung angekommen. Es hieße das Schicksal herausfordern, diesen Weg allein zu gehen. Lilith war im stillen froh über seine Begleitung, nach außen hin aber protestierte sie, daß sie sehr wohl in der Lage wäre, auf sich selbst aufzupassen.

Als sie hörte, daß William nicht nach Hause gekommen war, war sie ebenso besorgt wie Amanda. Da sie London bereits sehr gut kannte, konnte sie sich eine ganze Reihe von Gründen für sein Ausbleiben vorstellen.

Mr. Murphy hatte schließlich in Erfahrung bringen können, was passiert war. Ein Freund von ihm – ein anderer Balladenverkäufer – hatte Williams Verhaftung beobachtet.

»Zwei Polizisten haben ihn ins Gefängnis abgeführt«, sagte Mr. Murphy düster. »Der ist bestimmt in Newgate.«

»In Newgate!« rief Amanda entsetzt aus.

»Ja, meine Dame. Im Gefängnis Newgate. Er hat ›königliche Schundliteratur‹ verkauft. Er hätte lieber die Finger davon lassen sollen. Oder wenigstens hätte er es nicht an der Stelle verkaufen dürfen. Das mußte ja schiefgehen!«

Lilith bat um nähere Erklärung.

»Also, das ist nämlich so«, fuhr Mr. Murphy fort. »Er hat die falsche Art Literatur erwischt. Manche Sachen kann man ohne weiteres verkaufen. Liebesromane und . . . Stelldichein von vornehmen Herrschaften mit kleinen Putzmacherinnen und Näherinnen. Das ist in Ordnung. Man kann auch das Neueste über die schrecklichen Morde und das ganze Blut und das ganze furchtbare Zeug verkaufen. Das geht auch. Aber was er hatte, war ›Königszeug‹. Das würde ich nie anfassen bei all meiner Erfahrung.«

»Was ist das für eine ›Königliche Schundliteratur‹?« fragte Amanda. »So etwas habe ich noch nie gesehen.«

»Nein, natürlich nicht. Es handelt von der Königin und dem Prinzgemahl, und wie sehr sie ihn liebt und wie sie über dies und das streiten. Es ist Majestätsbeleidigung. So als ob sie eine kleine Putzmacherin wäre und der Prinz ein Herzog, der ihr den Hof macht.«

»Aber William kann das nicht wissen. Er kann nicht lesen«, sagte Amanda.

»Das können nur wenige von uns, aber wir kennen ›königliche Schundliteratur‹ vom Sehen. Und wenn die Polizisten sich wichtig machen wollen, können sie einen für den Verkauf einsperren.«

»Wir müssen es ihnen erklären«, sagte Amanda. »Wir müssen ihnen sagen, daß er nicht lesen und nichts davon gewußt haben kann.«

Lilith schaute spöttisch, und der Moritatenverkäufer schüttelte den Kopf.

»Glaubst du denn, daß die auf dich hören?« fragte Lilith. »Du bist nicht mehr die Dame, die du vor zwei Jahren als Miss Amanda Leigh gewesen bist. Jetzt bist du nur eine arme Hemdennäherin. Du hast keinen Einfluß mehr. Du bist arm, weißte das denn immer noch nich?«

»Aber wir müssen doch etwas *tun*«, widersprach Amanda. »Wir müssen erklären, daß er unschuldig ist.«

Lilith sagte nichts mehr. Das war typisch Amanda! Sie konnte nicht einmal ihr Geld von einem alten Lüstling im Hemdenladen kriegen. Amanda wußte gar nichts! Und sie würde auch nie schlauer, dachte Lilith, die jetzt wirklich in großer Sorge war.

»Es sind auch schon früher welche dafür eingelocht worden«, sagte Mr. Murphy beschwichtigend. »Sie bleiben nicht lange drin. Sie können ihm keine Geldstrafe verpassen, weil er kein Geld hat. Die behalten ihn zur Verwarnung für eine Woche, dann lassen sie ihn wieder laufen.«

Doch William blieb drei Monate im Gefängnis Newgate. Angeblich war er eine Person, deren Charakter eingehend überprüft werden mußte; er hatte nicht nur ein widerliches Machwerk über Ihre Majestät vertrieben, er gehörte bekanntlich auch zu einer Gruppe von Agitatoren, die versuchte hatte, den Frieden zu stören.

Er nahm im Gefängnis ab. Verwirrt und zutiefst verletzt über das, was ihm passiert war, brütete er unablässig; er war abwechselnd zornig und verzweifelt, deprimiert und resigniert. Amanda und Lilith, die ihn so oft wie möglich besuchten, erschraken über die Veränderung, die in ihm vorgegangen war.

Der Alptraum dieser Monate verfolgte Amanda und William noch lange Zeit. Amanda glaubte, sie würde den Gefängnisgeruch für immer in der Nase behalten. In ihren Träumen hörte sie die Tore ins Schloß fallen und die Schlüssel klimpern, wenn sie William besuchte; sie sah die düsteren Steinkorridore, die Gitter hoch oben in den Wänden, die Gefängniswärter; und überall war der unvermeidliche Gestank von Krankheit, Verfall und menschlichem Schweiß, der Amanda vorkam wie die Hoffnungslosigkeit schlechthin.

Wann immer sie konnte, besuchte sie William. Sie sprach mit ihm durch ein Eisengitter. Das bereitete große Schwierigkeiten, denn auch andere Gefangene hatten Besuch von ihren Freunden, und alle mußten durch das Gitter sprechen; es war unmöglich, ihm Essen zu bringen, denn durch die feinen Maschen des Gitters ließ sich nichts hineinreichen. Amanda und Lilith, Napoleon und David Young – der zutiefst betroffen war von Williams Unglück – kamen zu ihm und versuchten ihn aufzumuntern, indem sie von seiner sicherlich bald bevorstehenden Entlassung sprachen.

David Young kam in die Mansarde, um über William zu reden. Er war voller Feuer und Empörung, er fühlte sich mitschuldig an dem, was passiert war. Wütend lief er in dem Dachstübchen herum, oder er stand am Tisch und schlug beim Reden mit der Faust darauf.

»Sie hatten schon seit längerem ein Auge auf ihn geworfen. Er sitzt nicht wegen der Blätter im Gefängnis, sondern weil er mit uns zusammengearbeitet hat. Sie haben uns observiert. Man hat uns gewarnt. Aber ich glaube, sie wollten William verhaften, um für uns andere ein Exempel zu statuieren. Unsere Familien hätten protestiert, wenn man uns verhaftet hätte.«

Amanda war sehr zornig auf den jungen Mann. »Sie hätten ihn nicht da hineinziehen dürfen.«

»Meine liebe Miss Leigh, wir müssen für unsere Rechte kämpfen.«

»Warum soll William denn leiden, wenn Sie und Ihre Freunde dafür verantwortlich sind?«

»Das liegt am System. Das ist genau das, was wir ändern wollen.«

Er war ein sehr ernsthafter junger Mann, ein echter Idealist, wahrhaft bestürzt, daß es William so ergangen war, weil er mit ihm und seinen Freunden Umgang gehabt hatte – denn er war ganz sicher, daß darin der eigentliche Grund für seine Verhaftung bestand, und während der Monate, in denen William inhaftiert war, kam er regelmäßig ins Haus der Murphys.

Lilith meinte, er käme wegen Amanda. »Wenn du klug bist, heiratest du ihn«, sagte sie zu ihr.

»Ihn heiraten! Er hat kein Wort davon gesagt!«

»Oh, dazu kann man ihn doch bringen. Ein Mann ist sich einer positiven Antwort gern gewiß, bevor er so eine Frage stellt.«

»Ich bin sicher, daß du dich irrst«, sagte Amanda.

»Und ich bin sicher, daß ich recht habe. Was soll aus uns werden, Amanda? Hast du schon mal drüber nachgedacht? Wir können doch nicht ewig so weiterleben. Was ist denn, wenn du zu alt wirst fürs Hemdennähen?«

»Aber ich kann doch nicht einfach so heiraten. Um einer solchen Heirat zu entfliehen, bin ich doch von zu Hause weggelaufen. Und warum hältst du dich nicht lieber selbst an deinen Rat? Warum heiratest du nicht Sam Marpit?«

Lilith sah sie nachdenklich an und wunderte sich, daß sie keine Antwort darauf wußte. Sie zuckte mit den Achseln und war in dem Moment wieder die blutjunge Lilith, die Amanda vom Federbett aus finster angeschaut hatte.

»Du bist ein schrecklicher Dummkopf«, sagte sie höhnisch. »Ja, das biste!«

Es wurde Winter, bevor William heimkam. David Young brachte ihn in einer Droschke, er behandelte ihn wie einen Märtyrer.

Die Veränderung, die mit William vorgegangen war, trat in der Mansarde noch mehr zutage als im Gefängnis. William war jetzt von einem Feuereifer erfüllt; wenn auch physisch krank, befand er sich doch in geistiger Hochstimmung; denn in der Märtyrerrolle lag mehr Würde als in jeder anderen, in die er hätte hineinschlüpfen können.

»Bald verdiene ich wieder Geld«, sagte er.

Aber sein Gesundheitszustand verbesserte sich nicht; im Gegenteil, er verschlechterte sich.

David Young kam so häufig zu Besuch wie vorher.

»Man wird dich nicht vergessen«, sagte er zu William. »Eines Tages werden alle wissen, daß du ins Gefängnis mußtest – nicht wegen der albernen Schriften, die schon Hunderte verkauft haben, ohne deswegen verhaftet worden zu sein –, sondern weil du gewagt hast, deine Meinung zu sagen.«

Er rannte in der Dachstube hin und her, mit blitzenden Augen und geballten Fäusten. Amanda hörte ihm bei ihrer Näharbeit zu.

»Wir müssen das Stimmrecht für die Arbeiterklasse durchsetzen. Warum sollte nicht jeder eine Chance haben, seine Vertreter im Parlament zu wählen. Das erste Reformgesetz geht nicht weit genug. Das Wahlrecht muß für alle Leute gelten, sowohl für die, die nicht zehn Pfund Steuern im Jahr bezahlen, als auch für die, die sie bezahlen. Wir müssen den gleichen Lebensstandard für alle erreichen.«

William hörte mit leuchtenden Augen zu, und Amanda spürte, daß ihm David Youngs Besuche guttaten. Sie selbst interessierte sich auch für Davids Theorien. Er schien ein so bewundernswerter junger Mann zu sein, so selbstlos, ging nicht seinen Vergnügungen nach, sondern widmete sich den Problemen anderer. Sie wünschte, sie hätte so für ihn empfinden können, wie William es offenbar tat.

Der Tag kam, an dem David sie dazu überredete, ihre Arbeit liegenzulassen und mit ihm einen kleinen Ausflug zu den Cremorne-Gärten zu unternehmen.

»Amanda, Sie sollten da nicht wohnen«, sagte er beim Spaziergang durch die Avenuen.

»Keiner von uns sollte da wohnen«, erwiderte sie.

»In Ihrem Fall ist es was anderes.«

»Aber Sie behaupten doch, wir seien alle gleich. Warum ist es dann bei mir etwas anderes?«

»Sie wissen, warum. Es ist mit Ihrer Herkunft nicht vereinbar. Kommen Sie und verbringen Sie einige Zeit bei meiner Familie auf dem Land.«

»Das würde mein Problem auch nicht lösen«, sagte sie. »Ich müßte wieder in die Mansarde und zu meinen Hemden zurückkehren.«

»Vielleicht würden Sie nicht in die Mansarde zurückkehren.«

Sie stellte sich vor, wieder in einem komfortablen Haus zu leben, dachte an die angenehme Atmosphäre und hunderterlei Privilegien der Zivilisation, die für sie alle selbstverständlich waren, bis sie sie verloren hatte. Für einen kurzen Augenblick war sie in Versuchung. Er war nicht arrogant, auch nicht beherrschend wie Anthony; aber sie liebte ihn nicht. Wenn sie jetzt einen bequemen Weg suchte, hätte sie nur einen halben Sieg errungen.

»Denken Sie darüber nach. Sie sollten da nicht bleiben, es ist nicht das richtige für Sie.«

Sie lächelte. »Sie sind sehr gütig, aber ich glaube, auch Sie lassen zwei verschiedene Gesetze für arm und reich gelten ... zumindest für die ehemaligen Reichen.«

Das Blut stieg ihm ins Gesicht. »Das ist etwas ganz anderes«, sagte er.

William lag im Sterben. Er wußte es; Amanda und Lilith wußten es ebenfalls.

Und so hatte er keine Bedenken mehr, Amanda einzugestehen, welche Gefühle er für sie hegte. Es war eines Nachmittags, als er auf seiner Matratze in seinem Dachstübchen lag und sie ihre Arbeit mit zu ihm hereingebracht hatte, um sich beim Nähen mit ihm unterhalten zu können.

Als er sich von einem Hustenanfall erholt hatte, sagte er: »Ich werde nie wieder gesund.«

Sie widersprach ihm, aber er schüttelte den Kopf. »Nein«, sagte er. »Miss Amanda ... hoffentlich war es richtig, daß Sie nach London gekommen sind. Ich frage mich immer wieder, was aus Ihnen wird.«

»So darfst du nicht reden, William. Du wirst wieder gesund. Es wird uns schon gutgehen.«

»Ich liebe Sie, Miss Amanda«, flüsterte er. »Ich hät te es nicht gesagt ... wenn ich nicht wüßte, wie es um mich steht. Ich weiß wohl, daß ich kein Recht dazu habe. Eigentlich gehört es sich nicht für mich. Aber ich kann nichts dafür. Es ist so gewesen, seit ich Sie das erste Mal gesehen habe. Aber ich hab es Ihnen nie sagen wollen.«

»William, du hast ein Recht darauf, deine Gefühle zu äußern«, antwortete sie.

»Nein, das hab ich nicht. Wenn ich an andere Menschen denke, find ich es falsch, daß manche vornehm sein sollen und man vor ihnen buckeln muß und sie mit Respekt behandeln soll und andere überhaupt nicht zählen. Aber bei Ihnen ist es nur recht und billig, das weiß ich.« Sie sah auf ihre Finger, die von der Näharbeit rauh und voller Einstiche waren. Sie sagte nichts, aber die Tränen rollten ihr über die Wangen.

William sah sie an, voller Scham und doch erhaben. Er fühlte sich demütig und zugleich stolz.

Lilith war zornig, weil William sterben mußte. Der Arzt hatte ihr gesagt, daß er im fortgeschrittenen Stadium der Erschöpfung war. Sie konnte jetzt an nichts anderes mehr denken als an William; sie erinnerte sich an die Tage ihrer Kindheit und stellte sich vor, wie sie zusammen im Mutterleib gewesen waren; vor allem aber war sie von dem Wunsch beseelt, ihn vor seinem Tode sehr glücklich zu machen.

Was wünschte er sich am sehnlichsten? Sie wußte es: Amanda zu heiraten. Und er sollte Amanda heiraten, das war für sie beschlossene Sache.

Lilith redete mit Amanda während eines Spazierganges im Park. Sie war launischer als sonst, dachte Amanda; in einem Moment war sie traurig und bedrückt, im nächsten feurig und empört; mal herrisch, dann wieder bittend.

»William liegt im Sterben. Das weißt du, Amanda. Wie lange hat er noch zu leben? Einen Monat? Zwei Monate? Was hat er denn vom Leben gehabt . . . außer harter Arbeit und schlechter Behandlung? Du bist als Dame geboren worden Ach, schau nicht weg. Es ist großartig, als Dame zur Welt zu kommen. Du hast immer genügend zu essen gehabt und ein Federbett zum Schlafen. Das ist in deinen Augen vielleicht nicht viel, aber du warst daran gewöhnt. Und ich bin mit der Macht geboren, beides zu bekommen. Wir beide haben Glück. William nicht. William gehört zu den Unglücklichen. Es gibt nur einen einzigen Menschen, der jetzt was für ihn tun könnte – und das würde ihn wohl für alles entschädigen. Dieser Mensch bist du, Amanda. Du könntest ihn so glücklich machen, wie er es sich nie erträumt hat. Alles, was er durchgemacht hat, hätte sich dann für ihn gelohnt. Es liegt in deiner Hand.«

Als sie im Park durch die Straßen spazierten, musterten die Leute sie neugierig im Vorübergehen; Liliths Augen leuchteten, ihre Locken waren jetzt sorgfältig frisiert, sie war elegant gekleidet.

Amanda sah ganz anders aus mit ihrem blassen blonden Haar und den lebhaften Augen im bleichen Gesicht, so groß und so traurig, in Tränen schwimmend.

»Warum heiratste ihn nich?« fragte Lilith. »Es wär keine richtige Ehe. Er stirbt. Das weißte doch. Nur daß er das Bewußtsein hat, daß du seine Frau bist ... daß du etwas Liebe für ihn empfindest. Was würde das denn schaden? Ihr braucht keine Liebe zu machen ... falls du davor Angst hast! Er ist zu krank, und auch wenn er's nicht wäre, würde ein Blick von dir genügen. Er betet dich an. Es würd dir nich weh tun, ihm alles auf Erden zu geben. Warum tust du's nich?«

»Hör auf, Lilith. Hör auf.«

»Du willst dich nich gerne so sehen, wie de bist. Du bist 'n Feigling. Biste immer gewesen. Du weinst wegen nix ... und du denkst wunders wie gut du bist, weil du weinst. William würd für dich sterben, und du kannst nich mal vergessen, daß du 'ne Dame bist, und kannst ihm nich geben, was er sich am meisten wünscht, obwohl es dich nix kosten würd.«

»Ich habe gesagt, du sollst aufhören, Lilith. Ich habe mich entschlossen, William zu heiraten.«

Lilith lächelte, erstaunt über ihre eigene Macht. Alles fiel ihr in den Schoß. Vor Jahren, als Großmutter Lil von solchen Dingen geredet hatte, hatte sie Amanda dazu bringen wollen, William zu heiraten. Und jetzt war dieses Ziel fast erreicht. In der Bibel stand, daß der Glaube Berge versetzen kann. Lilith glaubte allmählich, daß sie den Mount Everest nach London versetzen könnte, wenn sie es nur wollte.

Und so wurden sie getraut.

Amanda bereute nichts. Sie wußte, daß sie sich bis an ihr Lebensende an Williams freudiges Gesicht erinnern würde, wie er so auf seiner Matratze lag.

Jetzt glaubte er wieder daran, gesund zu werden, und sprach von der Zukunft.

»Wenn es mir wieder gutgeht, werde ich was Großes

vollbringen, Amanda. Es ist komisch, aber ich habe das sichere Gefühl in mir. Ich weiß, daß ich für etwas ausersehen bin. Verstehst du das? Ich hab's gespürt, als ich neben Mr. Young stand und mit all den Leuten gesprochen hab, über die schrecklichen Unterschiede zwischen arm und reich. Sie haben mir zugehört, Amanda. Wenn ich meine Augen schließe, sehe ich sie vor mir ... alle sind um mich herum ... die Gesichter zu mir gekehrt, ganz hingerissen. Ich weiß seit damals, daß ich was in mir habe ... eine Gabe Gottes, Amanda. Ich weiß es, als ob ich eine Vision gehabt hätte.«

Sie sah ihn voller Sorge an; sie hatte Angst vor seinen heißen geröteten Wangen, vor seinen glänzenden Augen. Wie konnte sie irgend etwas bereuen, wenn sie soviel Glück in seinen Augen sah; sie hatte ihm dieses Glück geschenkt, als sie nach der Rückkehr von ihrem Spaziergang mit Lilith gesagt hatte: »William, du wirst mich nie um meine Hand bitten, darum bitte ich jetzt dich, mich zu heiraten. Ich liebe dich, William; und ich möchte mich um dich sorgen dürfen und hier bei dir sein ... und dich gesund pflegen.«

Er hatte ihr mit fieberglühenden Lippen die Hände geküßt. Lilith und die Murphys hatten es arrangiert, daß die Zeremonie von einem Geistlichen in der Mansarde abgehalten wurde. Es mußte eine Hochzeit am Krankenbett sein, da William nicht genügend Kraft aufbrachte, sich von seiner Matratze zu erheben.

Lilith hatte den Ring gekauft; und jetzt war er an Amandas Finger.

Stille, friedliche Tage folgten der Zeremonie. William war offenbar in seinem ganzen Leben noch nie so glücklich gewesen. Er glaubte, ein Wunder wäre geschehen. Er hatte ein Märtyrer werden wollen, und anscheinend war er auch einer geworden; er hatte nicht ernsthaft gewagt, an eine Heirat mit Amanda zu denken, und er hatte sie geheiratet. Er war ein kranker Mann, aber was bedeutete schon Krankheit? Wenn er auch ahnte, daß gerade diese Krankheit ihm die Erfüllung seiner sehnlichsten Wünsche gebracht hatte, gestand er es sich nicht ein; er trug seine Krankheit mit Geduld, fast als ob er sie liebte. Das war die Märtyrerkrone.

Manchmal lag er auf seiner Matratze, zu schwach, um etwas anderes tun zu können, als zu träumen; manchmal redete er mit Amanda, während sie bei ihm saß und nähte; er sprach über die Zukunft, was er alles tun würde, wenn er wieder stark wäre, von ihrem gemeinsamen Leben. Er dachte an die Kinder, die sie haben würden; aber darüber redete er nicht.

Und auch Amanda erzählte ihm ihre Zukunftspläne.

»Wir gehen aufs Land zurück, William«, sagte sie. »Das ist das beste für dich. Dort ist das Leben einfacher. Wir werden ein kleines Häuschen haben und ein Stück Land ... unser eigenes. Und wir werden Kühe und Schweine haben. Wir nehmen Napoleon mit. Er kann uns eine große Hilfe auf dem Hof sein.«

Amanda malte wunderschöne Bilder von einer Zukunft, an die sie nicht glaubte. Doch er glaubte daran; er lag da und lauschte ihrer sanften Stimme, und während sie die Hemden nähte, entwarf sie das Bild von dem Häuschen in solchen Einzelheiten, daß er es deutlich vor sich sah, und jeden Tag erzählte sie, was ihnen alles in Zukunft begegnen werde, baute ein gemeinsames Leben für sie beide auf.

Für ihn war es wirklich; er sah es alles vor sich: das strohgedeckte Häuschen mit der Regentonne vor der Tür und den süß duftenden Moosrosen und den Lavendelsträuchern im Garten. Amanda kümmerte sich um die Blumen, während er das Land bearbeitete; und sie saßen am Tisch vor weit geöffnetem Fenster, durch das der Duft vom frisch gemähten Gras und vom Geißblatt, das auf der Veranda wuchs, hereinströmte.

Schließlich kam Amanda auch auf ihre Kinder zu sprechen – mehrere Jungen und Mädchen, so daß sie das Häuschen verlassen mußten, weil es zu klein geworden war.

Er lag da und hörte zufrieden zu, lebte in seinen Träumen das Leben, das er in der Realität nie haben konnte.

An einem Sommermorgen wollte Amanda nach William sehen und fand ihn tot auf. Am Tag zuvor hatte er sie offenbar schon nicht mehr hören können, als sie von dem anderen Leben gesprochen hatte. Er war ein wenig abgeschweift, hatte von alten Zeiten erzählt, von Demütigungen, Entwürdigungen und Hoffnungen; aber all das zusammenhanglose Zeug war überlagert gewesen von dem Wunsch, etwas Lohnenswertes zu tun, und von seiner Liebe zu Amanda.

Sie hatte bei ihm gesessen und genäht. Daß sie ihm geholfen hatte, seine Wünsche zu erfüllen, gab ihr Frieden. Da war seine Märtyrerkrone – sie war so klein, daß sich außer denen, die ihn gekannt hatten, niemand an seinen Namen erinnern würde; und das Leben mit Amanda, nach dem er sich verzehrt hatte, hatte sie ihm geschenkt – nicht in der Realität, aber in seiner Vorstellung. Und doch hatte er die letzten Monate seines Lebens so intensiv gelebt, daß es realer für ihn gewesen war als die Dachstube, in der er lag.

William ... tot. Sie stand da und betrachtete ihn, sah ihn in hundert verschiedenen Bildern – wie er auf Anordnung von Großmutter ihre Hand küßte; wie er am Brunnen von St. Keyne neben ihr stand; am Podest auf dem Jahrmarkt; in Newgate. Aber sie würde ihn wie in den letzten Wochen im Gedächtnis behalten: glücklich, weil er ein Leben mit ihr teilte, das nicht existierte.

Lilith stand auf und stellte sich neben Amanda. Beide schwiegen. Ihre Augen waren trocken.

2

Ein Jahr war seit Williams Tod vergangen. Die Mädchen waren jetzt neunzehn und Napoleon vierzehn.

Napoleon wäre glücklich gewesen, wenn er William hätte vergessen können, aber wie er Amanda erzählte: »Das kann ich einfach nich. Ich muß dauernd dran denken, daß ich ohne William noch auf dem schrecklichen Hof wär, wo der Bauer mich immer ausgepeitscht hat. Und dann würd ich jetzt nich jeden Morgen mit meinem Besen weggehen und Geld verdienen und den Gentleman suchen. Ich muß immer dran denken, daß er weg is, und dann bin ich traurig.«

»Vergiß nicht, daß William jetzt nicht mehr traurig ist«, sagte Amanda.

»Aber ich bin traurig«, sagte Napoleon. »Weil er nich mehr bei uns is.«

Er liebte die beiden Mädchen mit Hingabe, und seine Liebe war ihm eine Quelle der Freude. Wenn er Amanda auf irgendeine Weise dienen konnte, tat er es; wenn ihm ein Pastetenverkäufer, der sich mit ihm vor dem Regen untergestellt hatte, eine Obstpie gab, nahm er sie für Amanda mit nach Hause; einmal hatte er einen Veilchenstrauß gefunden. Eine Dame hatte ihn aus einer Kutsche geworfen, weil er schon zu welken anfing; den brachte er Amanda mit, und es bereitete ihm eine große Freude; aber die größte Freude hätte es ihm gemacht, den blonden Gentleman für Lilith mit nach Hause zu bringen; und er war davon überzeugt, daß es ihm eines Tages gelingen würde.

David Young kam immer noch zu Besuch. Jetzt machte er kein Geheimnis mehr daraus, daß er Amandas wegen kam. Er brachte Blumen und Essen als Geschenke mit.

»Untrügliche Zeichen, daß er sie umwirbt«, sagte Jenny ahnungsvoll zu ihrer Mutter.

Falls Amanda Mr. Young heiraten sollte, würde Lilith Sam Marpit heiraten, dachte Jenny, und eine von ihnen würde Napoleon mitnehmen. Aber offenbar hatten es weder Lilith noch Amanda besonders eilig damit.

Amanda genoß es, sich mit David Young zu unterhalten. Sie ließ die Straßen von London gern hinter sich mit all den Kontrasten, die sie immer noch in Erstaunen versetzten; es machte ihr Spaß, in den schönen Hainen und Pfaden der Lustgärten spazierenzugehen. David bestand darauf, ihr ein anderes London zu zeigen – ein verspieltes London. Sie gingen auf den berühmten Jahrmarkt in Greenwich, aßen die traditionellen Sprotten und tranken eisgekühlten Champagner in einer Schenke in Blackwall. Sie ließen kaum einen Lustgarten aus. Sie besuchten die Teegärten in Bayswater, aßen Krabben in Rosherville und gingen ins St. Helena's in Rotherhithe, wo sie zusammen tanzten. Das war natürlich gewagt, aber David betonte, daß Amanda jetzt eine Witwe wäre und kein junges Mädchen, das eine Anstandsdame brauchte. In Highbury Barn tanzten sie auf dem Leviathan-Tanzboden; danach saßen sie in einer geschützten Laube. Sie gingen in den Gärten um das Copenhagen House spazieren, setzten sich zum Teetrinken an eines der kleinen Tischchen und genossen die Aussicht über die Felder von Highgate und Hampstead.

Amanda mochte David Young, ihr gefielen seine Ernsthaftigkeit und seine Sympathie für die Armen, welche auch sie empfunden hatte in den Tagen, als sie noch nicht wußte, was arm sein bedeutet. Auf diesen Ausflügen bemühte sie sich nach Kräften, sich in ihn zu verlieben, aber es gelang ihr nicht; er schien jünger zu sein als sie – obwohl dies nicht der Fall war; seine Ideen waren von der Logik her nicht schlüssig.

Er versicherte ihr, daß er Gleichheit für alle wolle; aber sie mußte ihn darauf hinweisen, daß dies nicht völlig zuträfe. Wie konnten alle gleich sein, wenn einige Bildung hatten und andere nicht? Der Mann, der die Pferde hielt, der Pasteten verkaufte, konnte nie so wichtig für die Gesellschaft sein wie große Staatsmänner wie Pitt oder Peel, wie große Ärzte wie Jenner; und bis deren Bildung jenes Niveau erreicht und deren Geist entsprechend entwickelt wäre, so daß sie einem Vergleich standhalten könnten, war Gleichheit unmöglich.

Er nahm dann ihre vernarbten Hände in die seinen und sah sie bekümmert an. »Hemden nähen ... deine Hände ruinieren ... deine Augen verderben ... das ist lächerlich. Komm mit mir zu meiner Familie in Sussex.«

»Du hast ihnen von mir erzählt? Daß ich von zu Hause weggelaufen bin? Daß ich Witwe bin?«

»Ich habe ihnen einiges erzählt.«

»Ah!« sagte sie. »Das sieht dir ähnlich. Das ist typisch für alles, was du tust und was du denkst. Du erzählst den Leuten, was gut für sie ist ... und unterschlägst den Rest.«

»Man muß nicht alles erzählen.«

Wenn sie ihm zuhörte und ihn beobachtete in der

Hoffnung, ihm zu gefallen, konnte sie die Veränderung nicht übersehen, die in ihm vorgegangen war. Die Politik schien ihn nicht mehr so ernsthaft zu interessieren; er gab seine alten Freunde auf; er sprach kaum bei Versammlungen; er streifte seine Gleichheitsliebe ab wie eine Raupe die Puppe; und er kam aus sich heraus, wurde erwachsen. Sie erkannte, daß das, was für William die ernsteste Angelegenheit auf der Welt gewesen war, für ihn nicht mehr war als ein interessantes und amüsantes Spiel. Sie wußte, daß er schon bald das tun würde, was seine Eltern zweifellos ›zur Ruhe kommen‹ nennen würden. Er würde ein wohlhabender Mann sein, ein Landjunker in Sussex; das einzige Zugeständnis, das er an seine alten Ideale machen würde, bestünde darin, daß er den Whigs statt den Tories seine Stimme geben würde; und jene Tage voller gerechtem Zorn, voller Begeisterung und tiefem Mitleid wären dann für ihn nur noch ein jugendliches Fieber, das ihn in jenen Jahren überfallen hatte, das ihn angesteckt hatte, weil er jung gewesen und nur die eine Seite eines Problems gesehen hatte.

Über all dies war sie sich im klaren, und zwar schon seit dem Tag, da er *sie* zu seinen Eltern eingeladen hatte – und nicht William, dem ein solcher Ortswechsel zwar nicht das Leben gerettet, es aber zumindest verlängert hätte.

Vielleicht lag hier einer der Gründe, warum sie ihn nicht lieben konnte. Auch sie war Idealistin; auch sie suchte nach Vollkommenheit.

Lilith sagte, sie sei ein Dummkopf. »Worauf wartest du denn?« fragte sie. »Auf Liebe? Wo willst du die denn finden? Bei dem Mann an der Ecke, der Aale und Pasteten verkauft?«

»Und was wird aus *dir*? Willst du bis an dein Lebensende bei Marpit singen?«

Lilith sah weg, sie versuchte in die unbekannte Zukunft zu blicken. Sam wurde allmählich ungeduldig; sie hatte immer noch die Macht, Gäste anzuziehen, aber wie lange noch? Sie war neunzehn, kein frühreifes Kind mehr; und ihre Frühreife war ihrer eigenen Einschätzung nach einer ihrer größten Vorzüge gewesen. Sam war nicht der Typ, der ewig warten würde; und er und Fan hatten die Beziehung, die vor Liliths Erscheinen zwischen ihnen bestand, wiederaufgenommen. Fan war der zufriedene, unbeschwerte Typ; sie besaß die Art von Mutterwitz, die Sam »Kontra geben« nannte. Sie hatte zwar nicht Liliths außergewöhnliche Charakterstärke, aber man konnte auch zu lange warten, bis alle Chancen verflogen waren.

So gab Amanda David Young keine endgültige Antwort, während Lilith sich über Sam Marpit Gedanken machte. Sie warteten beide, dachte Lilith; Amanda, der kleine Dummkopf, der sie schon immer gewesen war, wartete auf etwas, das sie wahrscheinlich nie finden würde. Amanda wußte wieder einmal nicht, was sie wollte; Lilith wußte es dagegen nur zu gut.

Und dann trat die große Veränderung ein.

Sie kam durch Napoleon. Er war mit seinem Besen losgezogen. Es war ein sonniger Tag – vielleicht nicht ganz so gut fürs Geschäft wie schlechtes Wetter mit Schlamm oder Schnee auf den Straßen –, aber auch an einem Sonnentag gab es jede Menge Pferdeäpfel und Abfall, den man den Damen und Herren aus dem Weg zu fegen hatte.

Er sah sich müßig um, dachte an William im Himmel, fragte sich, ob der da oben auch genug zu essen bekäme; er hatte Geschichten von Gott gehört. Und aus der Art, wie einige dessen Namen aussprachen, stellte er sich darunter einen größeren, schlimmeren Bauern Polgard vor. Napoleon hoffte inbrünstig, daß

William im Himmel glücklich wäre, als er plötzlich auf der anderen Straßenseite den blonden Mann sah, den Lilith so gern treffen wollte.

»Mr. Danesborough!« murmelte Napoleon in heller Aufregung, denn Lilith hatte ihm den Namen eingeschärft.

Er nannte den Namen noch einmal; dieses Mal schrie er ihn. Die Menge drohte den Mann zu verschlucken, und natürlich konnte er Napoleons Stimme bei dem Straßenlärm nicht hören. Napoleon begann über die Straße zu flitzen und rief dabei: »Mr. Danesborough! Mr. Danesborough! Halt! Halt!«

Der Fahrer eines Omnibusses fluchte, als er plötzlich vor ihm auftauchte.

»Mr. Danesborough! Mr. Danesborough!«

Der blonde Mann war stehengeblieben und drehte sich um. Gerade in dieser Sekunde erfaßte ein Bierwagen Napoleon. Er war hinter dem Omnibus gefahren.

Er hörte die Stimmen der Menschen von weit her, sehr schwach, sehr flüchtig, als er das Bewußtsein verlor.

Amanda war ganz außer sich. »Lilith, ich habe Angst. Was hat das zu bedeuten? Wo ist Napoleon? Zwei ganze Tage und Nächte ist er nicht nach Hause gekommen. Haben sie ihn ins Gefängnis gesteckt wie William? Was hat das zu bedeuten?«

Lilith lag schweigend auf der Matratze und dachte an Napoleon.

Was konnte es bedeuten? Es konnte bedeuten, daß der Junge einen Unfall gehabt hatte und tot war.

Lilith und Amanda gingen zur Regent Street, um Napoleon zu suchen, denn sie wußten, wo er seine Stelle hatte. Von einem Polizisten erfuhren sie, daß es an dem Tag, an dem Napoleon verschwunden war, einen Unfall gegeben hatte. Er konnte nicht sagen, ob es Napoleon gewesen war, denn er war erst gekommen, nachdem alles vorbei war. Er hatte aber gehört, daß es sich um einen Straßenfeger handelte.

»Man muß es irgendwie feststellen können«, sagte Amanda. »Sicher braucht er uns.«

»Es ist schon sonderbar«, murmelte Lilith. »Zuerst geht William von uns . . . jetzt Napoleon. Amanda, was sollen wir nur machen?«

»Er hatte einen Unfall. Ich gehe zu David. Er wird wissen, was zu tun ist. Er wird wissen, wie man herausfinden kann, wo Napoleon ist.«

Sie nahm ihren Umhang und ging fort. David würde helfen können. Sie wandte sich schon an ihn. Bald würde sie ihn heiraten, Lilith hatte recht, und sogar Amanda sah allmählich ein, daß sie nicht ewig so weiterleben konnten. So gingen Liliths Gedanken, als sie auf ihrer Matratze in der Mansarde lag. Was für einen Sinn hatte es, abzuwarten? Es lief ihr kalt den Rücken hinunter, wenn sie an all die schrecklichen Dinge dachte, die dem Wehrlosen in einer Großstadt begegnen konnten.

Während sie sich solchen Gedanken hingab, rief Jenny hinauf, daß ein Gentleman sie und Amanda besuchen wolle.

Lilith rannte zur Tür und öffnete sie; ihr Herz klopfte wie rasend, und ihre Knie begannen zu zittern, denn die Treppe zur Mansarde hinauf stieg – Frith.

»Lilith!« rief er.

»Du . . .«, stotterte sie. »Du bist es . . .«

Frith hatte die Tür hinter sich geschlossen und lehnte sich dagegen. Er sagte langsam: »Es ist alles in Ordnung. Der Junge wird wieder gesund. Er wird am Leben bleiben, obwohl es am seidenen Faden hing. Ich hab gerade erst herausbekommen, warum er mich sehen wollte. Er ist in meiner Wohnung. Ich kümmere mich um ihn.«

Lilith hörte gar nicht richtig zu; sie wollte nicht gefühllos sein, was Napoleon betraf, aber sie konnte nur an die wunderbare Tatsache denken, daß Frith hier war.

»Frith!« sagte sie; und sie hörte das seltsame kleine Lachen aus ihrer Kehle emporquellen, das sie nicht unter Kontrolle hatte. Sie wollte auf ihn zulaufen, sich ihm in die Arme werten, aber sie hatte Angst. Er hatte sich stark verändert, und auch sie war nicht mehr wie früher. Vielleicht mußte sie ihn wieder ganz neu für sich gewinnen.

»Lilith«, sagte er, »wie wunderbar, daß ich euch gefunden habe! Wo ist Amanda? Doch nicht hier . . . sie wohnt doch nicht hier?«

Da erkannte sie, daß das Haus der Murphys ihm sehr dürftig und bescheiden vorkommen mußte.

»Doch«, erwiderte sie.

»Das ist unfaßbar! Amanda doch nicht!«

»Doch, Amanda«, sagte sie und fügte vorwurfsvoll hinzu: »Und ich!«

Er mußte plötzlich lachen. »Und du, Lilith. Seltsam . . . ich hätte euch schon vor längerer Zeit treffen können. Stell dir mal vor. Der Junge war hier bei euch. Ich habe seinen Akzent erkannt, und als er mir bei unserem ersten Zusammentreffen erzählt hat, daß er aus meiner Nachbarschaft käme, ist es mir nicht im Traum eingefallen, daß er bei euch wohnt.«

»Willst du dich nicht setzen, Frith?«

Er beantwortete die Frage nicht. »Ihr . . . schlaft hier in dieser Mansarde?«

»Ja.«

»Du . . . und Amanda?«

Sie wünschte, er würde nicht fortwährend von

Amanda reden; es entsetzte ihn nicht, daß sie, Lilith, in so einem Loch wohnte, nur daß Amanda es tat. Sie hatte Angst; sie befürchtete, Amanda könnte zu zeitig zurückkehren. Wie sehr hatte sie sich nach diesem Wiedersehen gesehnt, und wie schwierig war es jetzt, die richtigen Worte zu finden. Wie hatte sie sich diese Szene ausgemalt? Daß sie sich sehen und ohne eine Sekunde zu zögern in die Arme fallen würden. Aber es war eine Brücke zu überqueren, bevor das Verhältnis von früher wiederhergestellt wäre. Sie hatte Angst, sie zu überqueren.

»Ja, Amanda und ich . . . wir schlafen beide hier.«

»Was macht ihr?«

»Sie näht Hemden, und ich singe in einem Speiselokal.«

»Amanda näht Hemden!« Das verletzte ihn; sie sah es genau, denn er verzog sein Gesicht ganz merkwürdig, es blieb keine Spur von Heiterkeit darin zurück; es zuckte mißbilligend.

Stolz verkündete sie: »Uns geht es . . . vergleichsweise gut. Ich habe großen Erfolg im Speiselokal.«

Jetzt lachte er. »O Lilith, das sieht dir ähnlich!«

Sie mußte ihn daran hindern, weiter von Amanda zu reden.

»Was ist mit Napoleon?« begann sie.

»Er ist auf der Straße überfahren worden, als er hinter mir herlief. Ich habe ihn nach mir rufen hören und ihn gerade noch fallen sehen, als ich mich umdrehte. Ich habe ihn mit zu mir nach Hause genommen. Er ist sehr krank. Es stand auf Messers Schneide. Ich dachte schon, ich könnte ihn nicht retten. Er war im Delirium. Er hat dauernd von ›dem Gentleman‹ gesprochen. Ich nahm an, daß er mich damit meinte, da er immer wieder meinen Namen nannte. Dann sagte er ›Lilith‹ und ›die Lady‹. Erst heute war er wieder in der Lage, mir zu erklären, wo ihr seid und was er von mir wollte. Da bin ich sofort gekommen.«

Sie machte ein paar Schritte auf ihn zu und sagte: »Er wird doch wieder gesund ... der arme Napoleon?«

»Ja. Aber vielleicht bleibt er ein Krüppel. Ein Fuß ist böse gequetscht.«

»Oh!« sagte sie. »Napoleon mußte also ein Krüppel werden, damit ich dich wiedersehen konnte.«

Ihre Stimme wurde brüchig; er nahm sie in die Arme und küßte sie.

»Du bist noch ganz der alte«, sagte sie.

»Ja, ich glaube schon«, erwiderte er.

Dann lachte sie laut vor Glück. Was zählte alles andere jetzt, da sie ihn gefunden hatte?

Amanda kam bald zurück, da sie David nicht hatte finden können.

Lilith stand abseits und beobachtete, wie sich die beiden über das Wiedersehen freuten. Amandas Aussehen schockierte ihn; er war gleichzeitig bewegt, verletzt und voller Zuneigung.

»Frith!« rief Amanda.

Er ging schnell auf sie zu, nahm ihre Hände und küßte sie zuerst auf eine Wange, dann auf die andere. Er sah ihr lange ins Gesicht.

»Amanda! Wie konntest du nur? Wie konntest du nur?«

Sie lachte: »O Frith, wie wunderbar, dich zu sehen. Was hat dich hierhergeführt? Woher wußtest du?«

»Napoleon.«

»Napoleon?«

Sie machte es natürlich richtig, dachte Lilith erbittert; sie zeigte sofort ihre Sorge um den Jungen. Ihre Angst um Napoleon war größer als die Freude darüber, Frith wiederzusehen. Es war so leicht, das Richtige zu tun, wenn man nicht mit allen Fasern seines Herzens liebte.

»Es ist alles in Ordnung, Amanda«, warf sie rasch ein. »Napoleon ist bei Frith.«

»Ja«, sagte Frith. »Er hatte einen Unfall. Er ist hinter mir hergerannt und hat nicht auf den Verkehr geachtet. Er ist seit zwei Tagen bei mir. Ich habe gerade erst herausgefunden, was er von mir wollte und daß er etwas mit euch zu tun hat. Da bin ich sofort gekommen.«

»Aber Napoleon . . . ist er . . .?«

»Er wird wieder gesund. Es hat ihn böse erwischt, den armen kleinen Kerl. Aber mach dir keine Sorgen. Ich kümmere mich um ihn.«

»Wir müssen ihn besuchen.«

»Natürlich.« Er sah sich im Zimmer um. »Amanda, du und Hemden nähen! Was würden deine Eltern dazu sagen?«

»Würde sie das interessieren?«

Frith antwortete nicht. Er erzählte ihr nicht, daß ihr Vater sie enterbt hatte, als sie aus seinem Hause geflohen war; es war überflüssig, es ihr zu sagen. Sie wußte, daß dies der einzige Weg wäre, den er einschlagen würde. In seinen Augen war sie entehrt; daher war es nur logisch, zu vermuten, daß sie nicht länger seine Tochter war.

»Irgend etwas muß geschehen«, sagte er.

Lilith beobachtete ihn mit Unbehagen und fragte sich, ob Friths Rückkehr ihr tatsächlich das Glück bringen und ob ihre etwas verächtliche Zuneigung für Amanda nicht in bittere Eifersucht umschlagen würde.

Sie besuchten Napoleon auf der Stelle. Wie merkwürdig er aussah in einem eigenen kleinen Bett! Er war schüchtern; immer wieder fragte er sich, ob nicht alles ein phantastischer Irrtum war. Er mußte ab und zu voller Verwunderung die Laken streicheln; noch nie zuvor hatte er in Bettwäsche geschlafen. Offensichtlich hatte er einen neuen Gott entdeckt, und dieser Gott war Frith. Als Amanda und Lilith an seinem Bett standen, las er in Liliths Augen, daß er etwas Großartiges damit vollbracht hatte, den Gentleman zu finden.

Amanda küßte ihn. »Napoleon! Armer kleiner Napoleon! Wie froh ich bin, daß du hierhergekommen bist!«

»Das is 'n richtiges Bett!« sagte er. Er sah sich stolz im Zimmer um. »Und das is 'n richtiger Spiegel auf dem Tisch. Da kann man sich selber drin anschauen . . . prima. So 'n Zimmer hab ich noch nie gesehen.«

»Bist du sehr glücklich, Napoleon?«

Er nickte. »Aber was is mit meiner Stelle? Die will ich nich verliern. Da arbeitn jetzt bestimmt andere.«

Frith legte ihm seine Hand auf den Kopf. »Denk jetzt nicht an deine Stelle. Dahin gehst du nicht zurück. Wenn du gesund bist, wirst du mein Diener.«

»Ihr Diener, Sir?«

»Ein Diener für meine Kutsche.«

Napoleon ahnte, daß es noch bessere Dinge im Leben gibt als Straßenfegen.

»Lilith«, sagte er. »Ich hab ihn gefunden. Ich hab ihn gefunden, nich, Lilith?«

Da kniete Lilith am Bett nieder und brach in Tränen aus, sie konnte sich nicht länger zurückhalten. Es war nicht die Art von Tränen, die Amanda auf so reizende Weise vergoß, sondern es war ein wildes, leidenschaftliches Schluchzen, das ihren ganzen Körper erschütterte.

»O Lilith«, schrie der Junge angstvoll. »Hab ich's nich richtig gemacht? Hab ich was falsch gemacht?«

»Nein!« stieß Lilith schluchzend hervor. »Nein. O

Napoleon, du bist verletzt . . . und ich bin nicht gut zu dir gewesen.«

Sie spürte Friths Hand in ihrem Nacken, und sie ergriff sie und bedeckte sie mit leidenschaftlichen Küssen – vor allen anderen. Da erkannte Amanda, was sie schon längst hätte wissen müssen: Lilith liebte Frith. Diese Beobachtung beunruhigte sie.

»Es ist alles gut, Napoleon«, sagte Frith. »Sie freut sich ja nur so, daß es dir wieder gutgeht. Darüber freuen wir uns alle. Und vergiß nicht: Du bleibst bei mir und lernst meine Kutsche zu lenken. Du brauchst dir keine Gedanken zu machen. Du bleibst immer hier.«

»Soll ich?« fragte der Junge erstaunt. Aber er wollte erst Liliths Bestätigung, bevor er sich freuen konnte. »Lilith, hab ich's richtig gemacht?«

»Ja, Nap. Ja. Aber ich wollte nicht, daß du dabei verletzt wirst.«

»Steh auf«, sagte Frith zu Lilith, und er zog sie an den Haaren, als ob . . . dachte Amanda . . . als ob – was? Sie wußte es nicht.

Lilith lachte kurz auf und erhob sich. »Tut mir leid. Das war dumm von mir. Das hätt ich nicht tun soll'n.« Sie sah Frith an, sie sprach nur zu ihm.

»Laßt uns Tee trinken«, sagte Frith. »Er wird im Wohnzimmer serviert. Deinen lasse ich hierherschikken, Napoleon.«

Amanda und Lilith küßten Napoleon, bevor sie ihn verließen. Er lag jetzt glücklich in seinem Bett, starrte die weiße Zimmerdecke an und wunderte sich über die schöne Welt.

Tee im Wohnzimmer! Genauso wie zu Hause! Obwohl die Möbel sehr modern waren, vom schweren Typ, mußte Amanda unwillkürlich an das Wohnzimmer in ihrem Elternhaus denken.

Lilith schwieg während der ganzen Mahlzeit. Sie

achtete auf die geringste Kränkung von seiten der Dienerschaft, die sie sofort erkannt hätte. War sie nicht selbst Dienstmädchen gewesen, um zu wissen, wie man so etwas machte?

Sie sprachen über Napoleons Verletzungen, über den merkwürdigen Zufall, der sie zusammengeführt hatte, über sein Leben und das ihre.

Lilith sagte, es wäre Zeit für sie, ins Speiselokal zu gehen, und Amanda fühlte sich erleichtert, als sie fort war. Frith schien sich auch wohler zu fühlen; dann sprachen sie über Cornwall.

»Es hat ein furchtbares Theater gegeben, das kann ich dir sagen. Alice hat erzählt, deine Mutter wäre fast an dem Schock gestorben, und dein Vater, der hat sich tagelang in seinem Zimmer eingeschlossen und mit niemandem gesprochen. Er würde dich nie wieder aufnehmen, Amanda.«

»Das würde ich auch nicht wollen.«

»Ich habe übrigens eine Neuigkeit für dich. Alice ist verheiratet.«

»Wen hat sie denn geheiratet?«

»Das errätst du nie, ich sag's dir lieber: Anthony Leigh, deinen Vetter.«

»Die arme Alice!«

»Das würde sie bestreiten. Als ich sie das letzte Mal gesehen habe, war sie ganz glücklich im Leigh House. Dein Vater hat Anthony zu seinem Erben gemacht. Du bist leider enterbt, Amanda. Als ich dich erwähnt habe, sagte er: ›Meine Tochter? Ich habe keine Tochter!‹ Ich kann dir gar nicht sagen, wie sehr ich mich freue, daß ich dich gefunden habe. Soll ich es ihnen erzählen, wenn ich hinfahre?«

»Nein, Frith, lieber nicht.«

»Ich würde ihnen gerne berichten, daß du einen Herzog geheiratet hast. Wäre das nicht witzig?«

»Witzig? Für wen denn? Für sie? Für mich? Oder für den Herzog? Was mich betrifft, so käme das sehr auf den Herzog an.«

»Ich habe wie immer dabei nur an mich selbst gedacht. Ich meine: Ich gehe so zu deinem Vater und sage: ›Neulich habe ich mich mit der Herzogin von M ... unterhalten. Kennen Sie die Herzogin übrigens? Sie ist eine ehemalige Miss Amanda Leigh aus dem Hause Leigh. Ich hätte schwören können, es wäre Ihre Tochter, aber nein, sie haben natürlich keine Tochter.‹«

»Vermutlich würde er einer Herzogin eher verzeihen als einer Hemdennäherin?«

»Zweifellos würde eine Herzogskrone alle deine Sünden auslöschen.«

»Frith, es ist wunderbar, dich wiederzusehen.«

»Es macht mich ganz verrückt, daß wir zur selben Zeit in London gewesen sind und uns nicht getroffen haben.«

»Lilith wollte, daß ich an Alice schreibe, um ihr mitzuteilen, wo wir sind.«

»Und warum hast du das nicht getan?«

»Ich konnte nicht. Woher sollte ich wissen, ob du mich überhaupt noch kennen willst?«

»Amanda, was redest du da! Ich sehe schon, wer von euch am meisten Köpfchen hatte. Gott sei Dank hattest du genug Verstand, sie mitzunehmen.«

»Sie ist sehr klug. Sie ist auch sehr mutig. Sie wirkt gelegentlich wild und benimmt sich manchmal schrecklich daneben, aber darunter steckt ...«

»Ich weiß«, sagte er. »Ich weiß eine ganze Menge über Lilith.«

»Sie war großartig ... sie hat für uns alle gesorgt. Weißt du, wie sie zu Marpit gekommen ist?« Sie erzählte die Geschichte, soweit sie ihr bekannt war. »Du solltest aber mal Liliths Version davon hören. Die ist viel amüsanter. Man glaubt, Sam Marpit leibhaftig vor sich zu sehen. Er ist ein sehr wohlhabender Mann und trägt solche Westen! Er ist außerdem in Lilith verliebt und möchte sie heiraten.«

»Wäre das nicht gut für Lilith?«

»Doch. Aber sie sagt immer wieder nein. Sie lacht Sam aus, obwohl sie ihn ziemlich gern hat, glaube ich. Er ist ein bißchen grob und eine Spur ordinär, aber ich denke, er hat ein gutes Herz.«

»Arme Lilith!« sagte er.

»Glückliche Lilith!« korrigierte sie ihn. »Lilith ist nie arm. Sie liebt das Leben zu sehr.«

Er wollte offenbar auf ein anderes Thema kommen. »Und was ist mit dir, Amanda? Was hast du jetzt vor?«

»Ich gehe zu Mrs. Murphy zurück und mache mit meinen Hemden weiter.«

»Das kannst du nicht tun.«

»Warum nicht? Ich mache das seit drei Jahren.«

»Du hältst das nicht noch mal drei Jahre durch!«

»Wieso nicht?«

»In dem Loch! Du würdest an Unterernährung sterben, bevor die Zeit um ist. Du könntest ein bißchen frische Luft und nahrhaftes Essen gebrauchen so wie du aussiehst. Die drei Jahre in der Mansarde haben dich verändert, Amanda.«

»Drei Jahre würden jeden verändern.«

»Auf dem Land warst du kräftiger . . . gesünder.«

»Ja, aber hier bin ich glücklicher.«

»Du bist ein merkwürdiges Geschöpf. Du warst immer so weich. Diese ständigen Tränen! Weißt du noch? Und dann brennst du auf einmal durch. Ich habe es nicht fassen können, als ich es gehört habe.«

»Vielleicht bin ich weich. Vielleicht bin ich ein bißchen feige. Aber alles hat sich so entwickelt, daß eine

Flucht unvermeidlich war. Es war der einzige Weg, meinem Vetter zu entkommen.«

»Ich werde es niemals zulassen, daß du in der Mansarde bleibst.«

»Wohin soll ich denn gehen?«

»Ich werde mir etwas einfallen lassen.«

»Was? Kannst du mir eine Stellung als Gouvernante verschaffen, so eine, wie Miss Robinson hatte? Komische Vorstellung, so zu werden wie Miss Robinson. Aber vermutlich hat sie mit neunzehn auch nicht daran gedacht, Gouvernante zu werden.«

»Ich werde mir etwas einfallen lassen«, wiederholte Frith.

Sam sah Lilith an diesem Abend beim Tanzen zu. Er hatte sie noch niemals so tanzen sehen. Sie kam ihm gar nicht wie ein menschliches Wesen vor. Es lag eine Spannung im Raum, dachte Sam, als ob sie irgend etwas an sich hätte ... er hätte nicht sagen können, was es war, nur war es kaum menschlich.

Der Schleiertanz schien nie seinen Reiz einzubüßen. Einmal hatte er an eine Änderung gedacht. Aber nein! Die Leute wollten ihn. Sie verlangten danach. »Kein Schleiertanz, Sam? Aber deswegen sind wir doch gekommen!«

Also kam der Schleiertanz wieder ins Programm; und man durfte nicht daran rühren. Die farbige Sängerin, die er engagiert hatte, war gut, aber sie kamen, um Lilith zu sehen.

Sie machte ihn verrückt. Apropos nicht menschlich! Er wollte ihr zeigen, daß auch andere Mütter schöne Töchter haben. Da war zum Beispiel Betty Flower – eine nette Tänzerin, hübsch, mollig und mit einer gewaltigen roten Mähne. Das Publikum mochte Betty genauso wie die farbige Sängerin; aber wenn er es wagte, den Schleiertanz auszulassen, wollten alle den Grund wissen.

Warum? fragte er sich. Was war es nur? Jede Nacht erweckte sie in ihnen die Hoffnung, daß sie ohne alles dastehen würde, wenn der letzte Schleier fiele; sie wußten, daß es nicht sein würde; sie wußten, daß sie so etwas nur in einem Keller erwarten konnten; und dennoch hofften sie darauf. Das war Liliths Macht; sie konnte in den Menschen auch dann noch Hoffnung erwecken, wenn es gar keine gab.

Er sah zu Fan hinüber, die die Ellbogen auf die Theke gestützt hatte und sich den Tanz ansah. Fan war gar nicht so übel ... im Dunkeln. Nett und warm und lieb, ohne eine spitze Zunge – der dankbare Typ. Wie ein anhänglicher Spaniel – obwohl auch Spaniel mal beißen, wenn man sie zu sehr ärgert.

Sie hatte ein besonderes Talent für Sardellentoast, das war auch nicht zu verachten. Er schätzte sich glücklich, ein Mädchen wie Fan im Geschäft zu haben. Aber was brachte es schon, Fans Tugenden aufzuzählen, wenn es Liliths Launen waren, die ihn quälten?

Heute abend saß ein neuer Gast an einem der Tische. Einen richtig feinen Pinkel nannte ihn Sam bei sich. Und er war gekommen, um Lilith zu sehen. Sam war gewieft, ihm entging nichts. Er hatte beobachtet, was für Blicke sie ihm zuwarf. Er hatte etwas mit ihrer seltsamen Stimmung zu tun. Er, Sam, würde sie warnen müssen. Schließlich war sie nur ein Mädchen vom Lande, und solche feinen Pinkel konnten einem Mädchen wie Lilith nichts Gutes bringen.

Sie hatte sich verspätet; und schon als sie eintrat, war sie etwas eigenartig gewesen. Sie trug einen neuen Hut – sie mußte ihn auf dem Weg hierher gekauft haben, denn sie hatte den alten in einer Papiertasche bei sich. Es war ein sehr eleganter Hut, schwarzer Samt, verziert mit Splittern aus schwarzem Marmor und korallenfarbenen Bändchen.

»Wir haben Napoleon gefunden«, hatte sie gesagt.

»Ach Gott«, hatte er erwidert. »Und ich dachte, ihr hättet ein Vermögen gefunden.«

Sie hatte gelächelt und ganz sanft ausgesehen. Er hatte versucht, diese Sanftheit für sich auszunutzen.

»Ich glaube, du hast den Jungen gern. Na, wenn du mich heiratest, könnte ich mich nach einer Arbeit für ihn hier im Lokal umsehen.«

»Schon deine Augen lieber«, hatte sie erwidert. »Du brauchst dich nicht umzusehen, denn ich werd dich nich heiraten.«

»Was, worauf willst du denn hinaus? Du willst doch nicht etwa einen anderen heiraten?«

»Ich hab nich die Absicht, dir meine Pläne zu verraten.«

Aber die Sanftheit in ihren Augen strafte ihre spitze Zunge Lügen.

Und jetzt war sie da oben, aufreizender denn je, und der Mann sah ihr zu. Sam bildete sich genug auf seine Menschenkenntnis ein, um eine Verbindung herzustellen.

Sie ging in ihr Zimmer. Das Publikum applaudierte und pfiff, das hieß, sie wollten eine Zugabe von Lilith. Hin und wieder tanzte sie noch einmal oder sang irgend etwas; aber den Schleiertanz zeigte sie nie zweimal am selben Abend. Einmal hatte er sie darum gebeten, aber sie hatte sich geweigert, und er hatte dies für eine weise Entscheidung gehalten. »Du willst doch nich, daß sie genug davon kriegen, Sam«, hatte sie gesagt. »Sie sehen ihn einmal. Sie müssen um eine bestimmte Zeit hier sein, um ihn zu sehen. Die dürfen nicht denken, sie können jederzeit kommen. Mach es ein bißchen schwierig, und sie mögen es um so mehr.« Und sie hatte recht gehabt.

Er ging aus dem Lokal und durch die Hintertür zu ihrem Zimmer.

Er klopfte, bekam aber keine Antwort. Er klopfte erneut, und da sie immer noch nicht antwortete, öffnete er die Tür und ging hinein.

»Hast du mein Klopfen nicht gehört?«

Sie nickte.

»Warum hast du nicht ›herein‹ gesagt?«

»Vielleicht wollte ich, daß du draußen bleibst.«

»Nun hör mir mal gut zu, ich hab allmählich die Nase voll von deinen Allüren und Launen.«

Sie lächelte nur vage.

»He, Lilith, was ist denn? Was ist los?«

Sie gewann etwas von ihrer alten Härte zurück und starrte nachdenklich an die Zimmerdecke.

»Irgendwann werd ich dich noch grün und blau schlagen«, sagte er.

»Das wär schlecht fürs Geschäft«, erwiderte sie. »Sie mögen mich in meiner normalen Farbe. Das mußt du bedenken, Sam.«

»Was ist los mit dir? Wer ist der Kerl da draußen?«

»Da draußen sind viele Kerle.«

»Du weißt, wen ich meine. Den, der dich die ganze Zeit angeglotzt hat. Hab ihn hier noch nie gesehen.«

»Hat er mich wirklich die ganze Zeit angeschaut? Ich hab mich gefragt, ob er mich sehen oder Fans Sardellentoasts probieren wollte.«

»Sie klatschen nach dir. Du ziehst jetzt besser dein Kleid an und gehst raus. Sing irgendwas.«

»Ich sing heute abend nich mehr. Ich geh jetzt nach Hause.«

Sams Gesicht lief dunkelrot an, farblich passend zu den Blumen auf seiner Weste.

»Tust du nicht!« sagte er.

»Tu ich doch.«

»Hör mal, wofür bezahl ich dich eigentlich?«

Sie zog eine Grimasse. »Damit ich sie anlocke ... was ich ja auch mache.«

»Schau mal ...«

»Wohin?«

»Jetzt werd nicht frech!«

»Ich gehe, Sam.«

Sam war im allgemeinen gutmütig, aber, wie er selbst sagte, wenn er erst einmal in Wut geriet, kam er richtig in Fahrt; und nun war es soweit, mehr konnte er nicht von ihr einstecken.

Er sagte: »Wenn du jetzt nicht da rausgehst und für sie singst, bist du hier fertig.«

»Gut, Sam. Auf Wiedersehen.«

Sie war heute abend nicht normal; sie schien nur die Hälfte von dem mitzukriegen, was er sagte.

»Hast du mich verstanden?« schrie er.

Sie nickte. »›Geh raus und sing oder geh!‹ Das haste gesagt. Gut. Ich gehe. Ich will nicht mehr raus und singen ... nicht nach dem letzten Tanz.«

Sie schlüpfte in ihre Straßenkleider und setzte den neuen Hut mit dem schwarzem Marmor und den Korallenbändchen auf.

Er starrte sie an.

»Hör mal«, sagte er. »Hast du dich mit Dan Delaney eingelassen?«

Sie schüttelte den Kopf.

»Nach allem, was ich für dich getan habe ...«, stotterte er.

»Das war nich für mich, das war für dich, Sam.«

»Ich bin wie ein Vater zu dir gewesen.«

»Ein schöner Vater!« spottete sie.

Das war die alte Lilith, er war froh, sie so zu sehen.

»Weißt du denn nicht, hinter was so 'n Kerl her ist? Würde *er* dir die Ehe anbieten? Möchtest du denn nicht eine anständige Frau sein? Wenn ich daran denke, wie ich mich bemüht habe, eine richtige Sängerin aus dir zu machen!«

Aber sie war schon hinausgegangen. Er hörte das verblüffte Schweigen, das eintrat, als die Gäste sie in ihren Straßenkleidern sahen, und er war wütend. War sie hier der Boß oder er? Sollte sie ruhig gehen. Gut, daß er sie endlich los war! Er konnte auch ohne sie auskommen. Er würde eine andere finden, die den Schleiertanz aufführte, und zwar so, wie er richtig getanzt werden sollte!

Lilith kam zu Frith an den Tisch.

Er sagte: »Laß uns gehen.«

Sie verließen das Lokal, und alle beobachteten sie. Sam kam heraus, als sie gerade durch die Tür verschwanden.

Ein paar Straßen lang gingen sie schweigend nebeneinander her. Dann sagte sie: »Du bist also gekommen, um mich tanzen zu sehen?«

»Amanda hat mir von Marpit erzählt. Ich wollte es mit eigenen Augen sehen.«

»Wo ist Amanda?« Sie konnte ein Lachen nicht unterdrücken, als sie das fragte.

»Ich habe sie nach Hause gebracht.«

»Du hättest sie wohl lieber bei dir behalten«, sagte Lilith. »Aber das tut man nicht. Das gehört sich nicht. Also hast du sie nach Hause gebracht und bist ausgegangen, um das Nachtleben zu genießen.«

»Ich bin gekommen, um dich zu sehen.«

In dem Augenblick warf sie alle Vernunft über Bord; es war ihr einerlei, ob er sah, wie glücklich sie war, und ob er den Grund dafür kannte; jetzt war es ihr ohnehin unmöglich, ihn vor ihm zu verbergen.

»Frith, freust du dich, daß wir uns gefunden haben?«

»Was glaubst du denn?«

Sie lachte. Er wollte nicht sagen, wie sehr er sich freute, weil sie auf der Straße waren; solche Dinge sagte er im Dunkeln, wenn sie ganz allein waren.

»Ja«, nickte sie, »ich glaube, du freust dich.«

»Wir nehmen eine Droschke«, sagte er und winkte eine heran.

Als sie im Wagen saßen, nahm er sie in die Arme und küßte sie. Ihr Hut wurde zerdrückt, aber sie hatte vergessen, wie stolz sie darauf war.

»Du bist noch genauso wie in Cornwall«, sagte er.

»O nein, das bin ich nicht! Ich bin erwachsen. Das einzige, was noch genauso ist, ist meine Liebe zu dir. Und die bleibt für immer und ewig.«

»Ja«, meinte er. »Ich erinnere mich. Du sagst solche entzückenden Dinge auch auf entzückende Art.«

Sie schwiegen eine Weile. Sie schmiegte sich an ihn und fand das Geklapper der Pferdehufe und die mit Gas beleuchteten Straßen schöner als die kornischen Wälder. Im Gehölz hatte immer der Gedanke an das flüchtige Glück über ihnen geschwebt, denn die Trennung stand nahe bevor; sie hatte in ständiger Angst gelebt, ihn zu verlieren. Aber jetzt würde sie ihn nicht mehr verlieren; sie waren erwachsen. O ja, die gasbeleuchteten Straßen Londons verhießen mehr Glück als der Morvalwald.

»Hörst du immer um diese Zeit auf?« fragte er.

»Nein. Viel später.«

»Warum bist du heute eher gegangen?«

»Wegen dir. Außerdem gibt es keine Abende mehr. Marpit hat gesagt, wenn ich jetzt Schluß mache, brauche ich nicht wiederzukommen.«

»Lilith! Warum hast du das getan?«

»Weil du auf mich gewartet hast.«

»Heißt das, du hast deine Arbeit verloren?«

»Red nicht mehr davon. Jetzt bin ich bei dir.«

Er schwieg. Sie fuhr fort: »Egal was ich tu ... es ist mir gleich. Ich will nur bei dir sein.«

Der Droschkenkutscher hatte in der Wimpole Street gehalten, vor seinem Haus. Sie sah ihn überrascht an.

»Hier ...«, sagte sie und lachte leise. »Ich dachte, du bringst mich nach Hause ... zu Amanda.«

»Da können wir doch nicht zusammensein.«

»Hier ...«, wiederholte sie. »In deinem Haus ... schickt sich das denn?«

Er gab keine Antwort und ging die Stufen hinauf.

Er öffnete die Tür mit seinem Hausschlüssel, und sie betraten die Diele, in der ein schwaches Gasflämmchen in einer Kugel aus Milchglas brannte. Er löschte es.

Er flüsterte ihren Namen und fuhr mit den Fingern durch ihr Haar. Sie sagte nichts, sie war zu glücklich für Worte.

Drei Wochen verstrichen; es waren Wochen voll leidenschaftlicher Liebe für Frith und Lilith, für Napoleon Wochen der Genesung und für Amanda Wochen des Unbehagens. Seit sie die Art der Beziehung zwischen Frith und Lilith erkannt hatte, war Amanda beunruhigt. Lilith kam erst in den frühen Morgenstunden nach Hause, aber Amanda wußte, daß sie nicht mehr im Lokal arbeitete. Amanda stellte keine Fragen, denn sie durchschaute, was sich da abspielte. Lilith ging nicht mit ihrer sonstigen Klugheit vor. Weder Frith noch Lilith waren sich offenbar bewußt, wie seltsam ihr Benehmen war. Sie schienen wie in einem Taumel.

Frith besuchte Amanda oft, und Amanda ging in sein Haus in der Wimpole Street, unter dem Vorwand, Napoleon Gesellschaft zu leisten. Frith sorgte sich um Amanda.

Immer wieder sagte er: »Hemden nähen! Das ist doch lächerlich! So kannst du nicht auf Dauer leben.«

»Lilith«, sagte Frith eines Abends, als sie wieder einmal heimlich in sein Haus gekommen war, »wir können nicht endlos so weitermachen. Ich glaube, die Dienerschaft hat schon Verdacht geschöpft. Diener haben scharfe Ohren für so was. Ich habe eine Idee.«

»Du willst mich doch nicht wegschicken?«

»Ach, so ein Unsinn. Natürlich nicht!«

»Wenn du das tätest«, sagte sie, »würde ich dich verfolgen. Ich würde hinter deiner Kutsche herlaufen, bis ich tot umfiele.«

»Sprich nicht vom Sterben.«

»Nein. Außer daß ich hoffe, vor dir zu sterben ... weil ich es nicht ertragen könnte, ohne dich zu leben.«

»Lilith, sag so etwas nicht. Wir sollten die Dinge realistisch betrachten. Du mußt ein Apartment haben, wo ich dich besuchen kann.«

»Jede Nacht?«

»Jede Nacht, wenn es irgendwie möglich ist – darauf kannst du dich verlassen.«

»Dann kommst du jede Nacht«, sagte sie selig. Sie war still und dachte darüber nach. Dann meinte sie: »Ich muß es Amanda erzählen, ja?«

»N ... nein, ich glaube nicht.«

»Aber was wird sie denn denken? Was wird sie tun?«

»Laß sie annehmen, daß du einen Freund hast ... den Mann aus dem Lokal vielleicht.«

»Oh!«

»Das wäre das beste.«

»Aber was wird sie tun? Sie kann doch nicht ohne mich bei den Murphys bleiben.«

Er schwieg eine Weile, dann begann er zu reden, als ob er seine Worte sehr sorgfältig auswählen wollte.

»Lilith, ich glaube, es gäbe da eine Lösung. Ich glaube, es wäre gut, wenn ich ... genaugenommen ist es die einzige Lösung. Weißt du, ich fühle mich gewissermaßen verantwortlich für Amanda. Ich habe ihr damals, als man sie drängte, ihren Vetter zu heiraten, gesagt, sie solle tapfer sein. Ich hätte nicht gedacht, daß ihre Tapferkeit im Durchbrennen enden würde. Es lastet auf meinem Gewissen. Als ich sie in dem Dachstübchen sah, habe ich meine Verantwortung zutiefst empfunden.«

»Ja?« sagte Lilith schwach.

»Ich denke, es gibt nur einen Ausweg. Amanda sollte mich heiraten.«

Lilith konnte nicht glauben, daß sie das wirklich gerade von ihm gehört hatte. Das war ein Alptraum! Sie konnte nicht wach sein. Amanda heiraten! Aber er liebte doch Lilith.

Schnell fuhr er fort: »Für uns würde sich nichts ändern. Du bist diejenige, die ich liebe. Ich wünschte, ich könnte dich heiraten, aber du bist wohl klug genug, um einzusehen, daß das unmöglich ist.«

Sie sagte immer noch nichts. Ein Kloß in ihrem Hals hinderte sie daran, sie wußte nicht, ob es Traurigkeit war oder blanker Zorn.

»Ich habe doch gewußt, daß du Verständnis dafür haben würdest, Lilith. Es ist Pech für uns beide, daß du nicht aus dem richtigen Stand kommst. Wenn nötig, könnten wir Amanda erklären, wie die Dinge liegen, aber das wäre vielleicht unklug. Amanda braucht nämlich einen Beschützer. Sie kann nicht da wohnen bleiben. Aber wohin soll sie denn? Ich kann sie nicht einfach zu mir nehmen. Ich habe viel darüber nachgedacht, und dies scheint mir die einzige Lösung zu sein. Lilith, warum sagst du nichts? Was ist denn los?«

Sie richtete sich plötzlich auf, ballte die Fäuste und drückte sie fest an ihre Brust, als ob sie so ihren Gefühlssturm zurückhalten könnte.

»Bin ich nicht gut genug zum Heiraten«, sagte sie, »dann bin ich auch nicht gut genug, um hier zu sein und von dir geliebt zu werden.«

»Lilith«, fuhr er schnell dazwischen, »du bist doch sonst nicht so töricht. Du weißt ganz genau, wie die Dinge stehen. Es ist bedauerlich, aber wir können nichts dagegen tun. Wir müssen die Konventionen beachten. Stell dir doch mal vor, du wärst meine Frau ... Das wäre doch einfach unmöglich.«

»Warum?« schrie sie. *»Warum?«*

»Warum? Das muß ich dir doch wohl hoffentlich nicht erklären. Ich wünschte, wir könnten weit weg von hier sein – auf einer einsamen Insel.«

»Ja«, sagte sie wütend. »Für eine einsame Insel bin ich gut genug, ja? So ... wie ich im Morvalwald gut genug war, ja? Nur hier bin ich's nicht.«

Er faßte sie an den Schultern und drückte sie aufs Bett.

»Lilith, sei still. Jemand könnte dich hören.«

Da lachte sie leise, und weil es dunkel war, konnte er die Tränen auf ihren Wangen nicht sehen.

Jetzt, da er Lilith vorbereitet hatte, entschloß sich Frith, mit Amanda zu sprechen.

Das tat er beim Tee, nachdem sie Napoleon besucht hatte. Er war sehr zufrieden mit sich.

Die Sache hatte er gut hingedreht, redete er sich ein. Amanda wäre genau die richtige Frau für ihn: willig, unbeschwert und dankbar, weil er sie wieder in ihre Rechte einsetzte. Die vollkommene Ehefrau, sanft, charmant und nicht fordernd. Und Lilith würde eine perfekte Geliebte abgeben.

Er meinte, mit Grund stolz sein zu können auf die Art, wie er eine delikate Situation zu meistern verstand.

»Amanda«, begann er, »ich möchte mit dir über die Zukunft sprechen.«

»Ja, Frith, ich habe da eine Idee. Vielleicht kannst du mir helfen.«

Er hörte ihr wohlwollend zu und hielt sein Angebot noch eine Weile zurück, wie ein gütiger Vater zu Weihnachten, der die Feenpuppe auf der Baumspitze bis zuletzt aufhebt, um seine Kinder noch einmal zu überraschen.

»Ich denke oft an Miss Robinson. Ich könnte dasselbe wie sie tun. Ich dachte, wenn ich Kinder erziehe oder eine Gesellschafterin werde . . . jemandem vorlese, vielleicht einem Kranken . . . etwas in der Art. Ich würde mich gut dazu eignen. Ich weiß, daß ich nicht für immer Hemden nähen kann, und ich möchte mich nicht von Lilith trennen. Ich brauche sie sehr. Sie ist wunderbar gewesen. Jetzt erkenne ich erst, wie wunderbar sie gewesen ist. Und manchmal glaube ich – aber vielleicht schmeichle ich mir damit nur –, daß sie mich auch ein bißchen braucht.«

»Lilith kommt schon zurecht. Sie kann auf sich selbst aufpassen. Ich denke mehr an dich.«

»Du hast Freunde, Frith. Vielleicht kannst du mich Ihnen empfehlen.«

»Das ist kein Leben für dich, Amanda. Eine Art von gehobenem Dienstboten! Unsinn!«

»Vergiß nicht, daß ich nur eine bescheidene Hemdennäherin bin.«

»Daran denke ich voller Bedauern. Nein, Amanda, du mußt das alles hinter dir lassen, und ich schlage vor . . . daß du mich heiratest.«

»Dich heiraten, Frith! Das ist das letzte, woran ich gedacht hätte, besonders da . . .«

Er unterbrach sie. »Du mußt die Möglichkeit doch früher mal in Betracht gezogen haben. Du weißt, daß es die Absicht unserer Eltern war. Wenn du mich heiratest, käme es zu einer Aussöhnung mit deiner Familie, daran zweifle ich nicht einen Moment.«

Sie stand auf. »Frith! Was ist denn mit Lilith? Ich denke, ihr habt ein Verhältnis miteinander?«

»Hat sie dir das gesagt?«

»Nein, aber ich bin nicht so blind, daß ich nicht sehe, was so offensichtlich ist. Was würde sie empfinden, wenn ich dich heiraten würde?«

»Lilith ist ein äußerst kluges Mädchen, auch wenn sie völlig ungebildet ist. Sie würde sich ins Unvermeidliche fügen. Sie weiß, daß sie und ich niemals heiraten können.«

»Wenn du glaubst, daß sie irgend etwas als unmöglich akzeptiert, kennst du sie aber schlecht.«

»Meine liebe Amanda, ich kenne sie sehr gut. Sie schickt sich ins Unvermeidbare.«

»Und dann? Was hast du danach vor? Willst du Lilith als deine Geliebte behalten?«

Er schwieg.

Sie fuhr fort: »Du kennst uns beide nicht sehr gut, Frith.«

»Du bist schockiert. Du verabscheust mich. Liebste Amanda, du warst immer so behütet in deinem Leben. Was weißt du denn von der Welt? Überhaupt nichts. Du siehst in mir ein Ungeheuer, weil ich euch beide gern habe ... auf verschiedene Weise. Glaube mir, diese Situation ist gar nicht so ungewöhnlich.«

»Ich sehe kein Ungeheuer in dir. Ich sehe nur Frith in dir ... einen alten Freund, der mich heiraten wollte. Aber ich will dich nicht heiraten, Frith. Ich möchte, daß du mir hilfst, irgendeine Arbeit zu finden, für die ich mich eigne. Wenn du das tust, bin ich dir sehr dankbar.«

»Das ist einfach dumm von dir, Amanda. Ich soll dir

zu einem Leben voller Plackerei verhelfen, wenn ich dir doch anbiete . . .«

»Ich weiß. Du bietest mir ein ehrbares, angesehenes Leben in einer Art *ménage à trois*. Das ist sehr freundlich von dir, aber das kann ich nicht akzeptieren. Du mußt mich mein Leben nach meinen eigenen Vorstellungen gestalten lassen.«

»O Amanda, wie sentimental du immer bist! Wenn du doch nur so vernünftig wärst wie Lilith! Sie hat Verständnis. Ich habe es ihr erklärt.«

»Du hast es ihr erklärt . . . bevor du mir einen Antrag gemacht hast!«

Er nickte selbstgefällig; aber Amanda war sicher, daß er Lilith nicht so gut kannte wie sie, und sie glaubte, daß er wenig Grund zur Selbstzufriedenheit hatte.

Sam Marpit saß an einem Tisch und prüfte niedergeschlagen die Abrechnungen, als Lilith hereinkam. Er tat so, als sähe er sie nicht; er wollte seinen Gesichtsausdruck unter Kontrolle behalten; es wäre ein Fehler, sich anmerken zu lassen, welchen Auftrieb ihm ihr Anblick gab. Die Einnahmen waren gesunken, seit sie gegangen war. Die Leute hatten nach ihr gefragt. Sie waren gekommen, um den Schleiertanz zu sehen, und gingen enttäuscht weg. Er machte jede Wette, daß sie zu Delaney überlaufen würden, wenn er nicht einen vollwertigen Ersatz für Lilith und ihre Schleier fand.

Und hier war sie, kam angekrochen, ziemlich demütig, und wollte ihren Job zurück, wie er annahm. Offenbar hatte sie ihren Fehler eingesehen, wußte, daß sie auf ihn hätte hören sollen.

Sie setzte sich ihm gegenüber; beide fühlten sich an ihr erstes Zusammentreffen erinnert, als sie in diesem Saal zwischen den hochgestellten Stühlen gesessen hatte, mit den heruntergelassenen Jalousien und dem Fußboden voller Sägemehl.

»Oh!« sagte Sam. Er versuchte seiner Stimme einen möglichst neutralen Ton zu geben. »Wer ist das denn?«

»Die Königin von Saba«, antwortete Lilith mit einem stärkeren Cockney-Akzent, als er je von ihr gehört hatte. »Und wer bist du? König Salomon?«

Er wollte lachen, sich auf den Schenkel klopfen. Es war nicht der Witz – sosehr er Witze auch schätzte –, sondern die Tatsache, Lilith wieder zurückzuhaben, die ihm gefiel.

»Salomon«, sagte er, »ja, der bin ich. Du solltest mal meine Frauen und Konkubinen sehen.«

Er vertiefte sich wieder in seine Abrechnungen.

»Ich bin wieder da«, sagte sie.

Er nickte. »Das ist schade. Ich meine, es ist schade, daß du so weggegangen bist. Ich habe eine neue Sängerin. Sie ist eine Wucht. Sie weiß, wie man die Leute anlockt. Es tut mir sehr leid, Lilith.«

»Es braucht dir nicht leid zu tun, Sam. Ich wollte dir nur die erste Wahl lassen. Delaney wartet.«

Sie stand auf, und er ließ sie drei Schritte auf die Tür zugehen.

»Nicht so schnell«, sagte er. »Setz dich. Du brauchst nicht wegzurennen, nur weil wir nicht ins Geschäft kommen können. Wie wär's mit einem kleinen Plausch unter alten Freunden?«

»Sam, ich habe zu tun. Ich muß zu Delaney.«

»Schau mal. Ich würde dich ungern so einem Mann in die Hände fallen lassen.«

»Wieso?«

»Dieser Keller!«

»Ich würde nicht in seinem Keller arbeiten. Er wird auf meine Bedingungen eingehen. Auf Wiedersehn, Sam.«

»He, komm mal 'n Moment zurück. Du darfst nicht jedes Wort auf die Waagschale legen. Ich hab diese Sängerin, sie ist auch ein Magnet, aber ... na, ich könnte vielleicht ein Plätzchen für dich finden ... aus alter Freundschaft. Ich könnte dir natürlich nicht dasselbe Geld wie vorher anbieten. Ich würde dir fünfzehn Shilling die Woche zahlen ...«

»Das hat keinen Zweck. Wenn ich nicht zu Delaney soll, muß ich dasselbe haben wie vorher ... und da ist noch was ... ich möchte gern hier wohnen.«

Er konnte kaum ein heiteres Lachen unterdrücken. »Es ließe sich einrichten. Doch wir dürfen nichts übereilen. Du verlangst eine Menge. Geschäft ist Geschäft. Aber ich habe eine Schwäche für dich, Lilith.«

»Laß deine Schwäche mal aus dem Spiel. Wenn du mich zurückhaben willst, dann deshalb, weil ich die Leute mehr anziehe als deine anderen Sängerinnen, farbig oder nicht. Die Geschäfte sind nicht mehr so gut gewesen, seit ich weg bin, oder?«

»Das könnte man als eine dicke Lüge bezeichnen – eine gewaltige Übertreibung. Mit meinen eigenen Worten – das stimmt einfach nicht. So ein Magnet bist du auch wieder nicht.«

»Na, wenn das deine Meinung ist, Sam Marpit, dann geh ich zu Delaney. Ich könnte mir denken, daß *er* mich für einen Magneten hält.«

»Du warst schon immer so empfindlich, Lilith. Du siehst mitgenommen aus. Wie wär's mit einem schönen heißen Whisky? Der tut dir sicher gut. Fan!« rief er. »Fan!«

Fan kam. Sie war ein ruhiges, gelassenes Mädchen, aber bei Liliths Anblick schien sie doch ein bißchen verstimmt.

»Einen schönen heißen Whisky, Fan«, sagte Sam. »Lilith ist wieder da.«

Fan brachte den Whisky, und Sam sah zu, wie Lilith ihn trank.

Er sagte: »Es läuft: wohl nicht alles so, hm? Hab ich nicht recht gehabt?«

Sie schluckte den großen Kloß in ihrem Hals. »Vielleicht hast du recht gehabt, Sam.«

»Ich konnte sehen, daß er ein falscher Fuffziger ist. Diese feinen Pinkel sind immer so. Was wollen sie von einem Arbeitermädchen? Das hab ich mich schon immer gefragt.«

»Und du hast auch bereits die richtige Antwort. Dasselbe, was du willst, Sam Marpit.«

»Hab ich dir nicht ein ehrliches Angebot gemacht? Hab ich dich nicht sogar heiraten wollen?«

Sie nickte.

»Allerdings«, fügte er vorsichtig hinzu, »das war vorher ... jetzt natürlich nicht mehr.«

»Keine Angst, Sam. Man schlägt sich nich darum, dich zu heiraten. Außer Fan vielleicht.«

»Du gibst es mir aber, was? Ich will doch nur helfen ... und du gibst mir immer was auf den Deckel.«

»Ich bin gekommen, um mit dir übers Geschäft zu reden. Wenn du mich wiederhaben willst, dann sag's, Sam ...«

»Schön, schön. Ich will dich wiederhaben. Du bist wie eine Tochter für mich.«

»Das freut mich, Sam«, sagte sie, plötzlich weich werdend. Sie wirkte mit einem Mal so gefühlvoll und zärtlich, daß Sam die Tränen in die Augen stiegen. »Genauso möchte ich es.«

Sam nickte. Aber wart nur ab, dachte er. Er sah im Geiste schon das Schild, das er draußen aufhängen würde: »Liliths Rückkehr«. Vielleicht könnten sie acht Schleier haben statt sieben, nur so zur Abwechslung, um die Spannung ein bißchen zu erhöhen; oder vielleicht zögen die Gäste sechs vor und eine rasche Enthüllung. Es spielte keine Rolle. Lilith war wieder da. Sie würden kommen, um sie zu sehen. Und sie würde auch noch hier wohnen! Hatte er das nicht immer gewollt? Er dachte, ihre Erfahrungen hätten sie weich gemacht, sie hätte erkannt, was für ein guter Mensch Sam im Vergleich zu den Verführern von Stand war. Sie konnte das Zimmerchen auf dem Dachboden haben. Sie würde reuevoll sein, nicht mehr das hochmütige Stück von vorher. Und sie würde nicht mehr so mit ihren Gunstbeweisen geizen, oder? Sie würde sich verändert haben. So was veränderte die Frauen immer.

Sam lächelte selig und sah sich schon die Treppe zu dem Zimmerchen hochsteigen – in dem Lilith wäre – über Sam Marpits Speiselokal.

Frith machte sich keine Gedanken. Es stand für ihn außer Zweifel, daß er Lilith wieder für die alte Beziehung zurückgewinnen könnte. Sein Plan, Amanda zu heiraten, war ihm bloß zweckmäßig erschienen – nicht nur für ihn selbst, sondern auch für Amanda. Er war ein unbekümmerter, warmherziger Mann, der gern eine gute Tat vollbrachte, wenn sich die Gelegenheit dazu bot; er war allerdings enttäuscht und etwas verstimmt, daß seine wohlüberlegten Pläne durch zwei Frauen zunichte gemacht worden waren.

Er hatte von Amanda erfahren, daß Lilith sich entschlossen hatte, ins Lokal zu ziehen, da sie meinte, Amanda würde zweifelsohne demnächst ihre Mansarde bei den Murphys verlassen.

Also machte er sich zum Speiselokal auf, um Lilith zu suchen.

Er saß da und sah ihrem Schleiertanz zu; sie erinnerte ihn an viele intime Momente; sie war so vollkommen sinnlich – so sehr sie selbst in diesem Tanz. Warum konnte sie nicht aus seiner eigenen sozialen Sphäre stammen? Wie er sie so sah, fühlte er sich versucht, sie trotz allem zu heiraten. Das würde natürlich gleichbedeutend sein mit gesellschaftlichem Selbstmord. War es doch schon schlimm genug, daß er arbeitete, denn in der Gesellschaft ging der soziale Status eines Gentleman durch Arbeit verloren.

Er hatte sich imstande gefühlt, sich darüber hinwegzusetzen. Er besaß Witz und Charme – und zwar genügend, um dahin zu gelangen, wohin er wollte; aber eine falsche Heirat würde das Ende der besonderen Karriere bedeuten, die er für sich geplant hatte.

Er konnte Lilith nicht heiraten; aber er hatte im Grunde keine Angst, daß sie nicht auch weiterhin seine Geliebte sein wollte.

Er spürte, daß sie nur für ihn tanzte. Er war sicher, daß sie ihn gesehen hatte, obwohl sie den gegenteiligen Eindruck zu erwecken suchte; ihr verändertes Benehmen war offensichtlich. Er lächelte zufrieden. Er wußte, sie würde nach dem Tanz an seinen Tisch kommen, und sie würden zusammen heimgehen; und morgen würde er irgendwo ein Haus mieten – nicht zu weit von der Wimpole Street entfernt.

Lilith tanzte, bis sie ohne einen Schleier dastand – bezaubernd im gedämpften Licht; dann verneigte sie sich, für den Applaus dankend, und mit einer anmutigen Geste hob sie die Schleier auf und verschwand.

Sam folgte ihr in ihr Zimmer.

Er fühlte sich unbehaglich. Alles war genauso wie an jenem Abend, als dieser Mann zum ersten Mal da war und sie sich geweigert hatte, noch einmal hinauszugehen.

Er stand in der Tür und beobachtete sie; sie war nervös. Das war die Wirkung, die jener Mann auf sie hatte.

Seit ihrer Rückkehr war sie, wie Sam es nannte, »stachelig und hochtrabend wie eh und je«.

Sie hatte darauf geachtet, daß an der Tür zu ihrem Zimmer ein Schloß war und ein passender Schlüssel dazu; und sie hielt ihn auf Distanz. Der Mann da draußen bereitete ihm immer noch Sorgen.

»Sie rufen nach dir, Lilith«, sagte er. »Du gehst jetzt raus und singst ein kleines Liedchen. Wickel dich in deine Schleier . . . los.«

»Ja, ja«, erwiderte sie.

So weit, so gut.

Er wartete in ihrem Zimmer, hörte sie singen und anschließend den Beifall.

Als sie zurückkam, sagte sie: »Du bist ja immer noch hier!«

»Schau mal«, begann Sam, »geh nicht wieder weg wie neulich. Der Schlag soll mich treffen, wenn ich dich ein zweites Mal zurücknehme.«

Sie antwortete nicht; aber sie zog ihr Kleid mit den roten Rosen an und den Umhang mit den Ziermünzen. Und auch ins Haar steckte sie sich eine rote Rose.

»Wo willst du hin?«

»Den Gästen Gesellschaft leisten. Das ist doch mein Job, oder? Ich werde sie dazu bringen, mehr Brandy und Champagner zu bestellen. Und mehr Steaks und Sardellentoast zu essen.«

»Hör mal«, begann er von neuem, hilflos und mit gekünstelter Herausforderung in der Stimme; denn sie sah seine Befürchtungen sehr wohl.

Im Lokal setzte sie sich zu einigen Stammkunden und plauderte mit ihnen. Frith beobachtete sie, seine Augen flehten sie an, zu ihm an den Tisch zu kommen. Sie ließ ihn gerne zappeln.

Wenn sie nicht in seine Welt paßte, so paßte er

nicht in ihre. War sie auch nicht gut genug für seine Freunde, in Marpits Lokal war sie die Königin.

Endlich ging sie an seinen Tisch und nahm Platz.

»Lilith!« sagte er vorwurfsvoll.

»Bestell Champagner«, erwiderte sie. »Das wird erwartet.«

»Wer erwartet das?« fragte er. »Dieser Dummkopf . . . mit dem öligen Haar?«

Sie verteidigte Sam auf der Stelle. »Ich wäre dankbar, wenn du nichts gegen ihn sagen würdest. Er ist ein Freund von mir . . . ein guter Freund.«

»Freund? Weiter nichts?«

»Er ist wirklich mein Freund. Er will mich heiraten, also mach ihn nicht runter.«

Sie gab einem der Kellner ein Zeichen. »Champagner«, sagte sie. »Champagner, Jack.«

Frith fragte: »Hast du seinen Heiratsantrag angenommen?«

»Das tu ich vielleicht.«

»Das würde ich nicht, wenn ich du wäre.«

»Aber du bist nicht ich.«

»Lilith, komm jetzt mit. Ich sehe dich hier nicht gern.«

Ihr Augen wurden hart: »Nein? Wieso denn nicht? Weil es zu gewöhnlich ist? Weil es ordinär ist? Ich bin das schließlich auch, wie du weißt.«

»Sei doch nicht albern.«

»Ach, albern bin ich also auch noch, außer gewöhnlich und ordinär und . . . Danke, Jack. Zahl ihm den Champagner«, fügte sie hinzu, während Jack einschenkte.

Als Jack fort war, sagte Frith: »Um Gottes willen, nimm doch Vernunft an.«

»Was ist das, Vernunft?«

»Geh jetzt mit mir von hier weg.«

»Wozu?«

»Ich habe ein entzückendes Haus gefunden. Es gibt sogar zwei. Du kannst dir eins aussuchen. Beide sind nicht weit von der Wimpole Street entfernt.«

»Aber nicht *in* der Wimpole Street.«

»Fang nicht wieder davon an.«

Sie lächelte ihm über den Rand ihres Glases zu. »Ich weiß nicht, warum du gekommen bist.«

»Um dich zur Vernunft zu bringen.«

»Um mich zur Sünde zu überreden, meinst du wohl?«

»Sünde, Lilith! Für solche Prüderie ist es wohl schon ein bißchen spät.«

»Es ist ein bißchen zu spät für dich, hierherzukommen.«

»Ich will es dir erklären, Lilith. Du würdest es hassen, mit mir verheiratet zu sein.«

»Ich kann selbst am besten beurteilen, was ich mag und was ich hasse.«

»Es würde nicht ... deinem Stil entsprechen. Du müßtest eine Menge lästiger Leute treffen. Wenn du dir nur diese Häuser ansehen wolltest ...«

»Ich muß mir keine Häuser anschauen, um zu wissen, was ich will. Häuser sind mir vollkommen egal.«

»Ich verstehe ja, wie du dich fühlst, Lilith. Es gäbe nichts auf dieser Welt, was ich lieber täte, als dich zu heiraten ... wenn es nur möglich wäre. Es ist aber einfach nicht möglich. Alles, nur das nicht, Lilith ... alles ... alles. Sieh doch mal, Liebling, es wäre völlig falsch ... sowohl von deinem Standpunkt aus als auch von meinem. Meine Leute würden es mißbilligen ...«

»Du hast dir nichts aus der Meinung deiner Familie gemacht, als du sich entschieden hast, Arzt in London zu werden, oder?«

»Das ist etwas ganz anderes.«

»Du hättest heute abend nicht zu kommen brauchen«, sagte sie traurig.

»Was machst du eigentlich hier ... wieso wohnst du hier? Was tust du bei diesem schrecklichen ... ordinären Mann? Wie stehst du zu ihm?«

»Es is nich so wie mit dir. Er ist kein Gentleman, darum kann er mich heiraten.«

»Du bist ziemlich albern, Lilith.«

»Ich bin, wie ich bin; und wenn du mich nicht magst, hättest du nicht kommen sollen.«

»Du weißt, wie sehr ich dich mag. Mehr als alles andere auf der Welt. Ich liebe dich, um genau zu sein.«

»Es hat keinen Zweck ... noch was zu sagen. Ich will dich nie mehr wiedersehen. Und wenn du mit Amanda verheiratet bist ... dann will ich keinen von euch beiden mehr sehen.«

»Ich werde Amanda nicht heiraten.«

»Nein?«

»Nein. Ich habe sie gefragt, und sie hat abgelehnt. Weißt du, warum?«

Sie antwortete nicht, und er fuhr fort: »Ich glaube, weil sie über uns Bescheid weiß.«

Lilith starrte ihn ungläubig an, und zum ersten Mal, seit sie an diesem Tisch saß, wurden ihre Augen weicher. »Sie hat es also gewußt. Sie wird erwachsen. Und sie hat nein gesagt? Ach du liebe Zeit, du holst dir überall einen Korb. Erst ich. Dann Amanda.«

»Also du siehst, Lilith, du würdest uns nicht zusammen begegnen.«

»Nein. Du hättest also ein bißchen Zeit für das kleine Haus übrig, das in der Nähe der Wimpole Street is und nich in der Wimpole Street?«

»Ich liebe dich, Lilith. Ich kann an gar nichts anderes mehr denken. Ich bin heute hierhergekommen ...«

»Es war schrecklich gütig von dir, daß du in ein solches Lokal wie dieses hier gekommen bist. Du . . . ein Gentleman!«

»Ich nehme dich heute abend mit.«

»Nein, das tust du nicht.«

»Doch. Wenn es sein muß, warte ich, bis geschlossen wird.«

»Sam hat einen sehr guten Rausschmeißer, er war Kampfboxer . . . ein Meister im Ring.«

»Glaub ja nicht, daß du mich einschüchtern kannst.«

»Ich sage jetzt gute Nacht. Ich darf nicht zuviel Zeit mit einem einzigen Gast verbringen. Sam mag das nicht.«

»Glaubst du denn, ich lasse mich abweisen? Ich werde dir keine Ruhe lassen.«

»Vielleicht sind die Zeiten vorbei, in denen du meine Ruhe stören kannst.«

»Es ist nicht möglich, daß du dich so schnell verändert hast.«

»Wenn ich mich ändere, dann dreh ich mich ganz rum.«

Er begann ihr mit leiser, leidenschaftlicher Stimme zuzureden, erinnerte sie an gemeinsame Erlebnisse, wie sehr sie sich nach ihm verzehrt, ständig an ihn gedacht hatte.

Sie erhob ihr Glas und leerte es mit einem Lächeln; er erkannte nicht ihren Egoismus, ihren Stolz; er sah nur die hingabefähige Geliebte in ihr, die ohne Zögern erklärt hatte, daß sie ihn begehrte.

Sie hörte ihm ziemlich halbherzig zu und ließ dabei ihre Blicke durch den Saal schweifen.

»Ich komme immer wieder«, verkündete er. »Ich bringe dich schon noch zur Vernunft.«

Da stand sie auf und ging an einen anderen Tisch. Doch er war immer noch der felsenfesten Überzeugung, alles würde nach seinem Wunsch verlaufen. Er wußte, daß sie nicht länger an seinem Tisch bleiben konnte, daß sie Angst hatte, nachzugeben.

Als sie in ihr Zimmer kam, um das rote Kleid mit den Rosen auszuziehen, war Sam da.

»Immer noch hier?« fragte sie.

»Also, ich hab gesehen, wie du mit ihm geredet hast.«

»Das war doch ganz harmlos. Er hat eine Flasche Champagner bestellt.«

»Du willst mich doch nicht wieder reinlegen?« fragte Sam.

»Kommt ganz drauf an, wie du das meinst, Sam Marpit.«

»Geh nicht wieder auf und davon.«

Sie gab keine Antwort, und er kam auf sie zu, plötzlich halb verrückt vor Angst, sie zu verlieren – und zwar sie als Mensch, nicht den Kassenmagneten –, und er packte sie bei den Schultern und rüttelte sie. Die Rose fiel ihr aus dem Haar.

»Du bist zu grob, Sam Marpit. Kein Wunder, daß ich dich nicht heiraten will.«

Er hob die Rose auf. »Ich?« fragte er. »Ich und grob?« Dann lachte er nervös und klatschte sich auf den Schenkel – dieses Mal nicht aus Vergnügen, sondern aus reiner Nervosität. »Du weißt genau, daß ich nicht grob wäre. Ich wär bestimmt in Ordnung.«

»Wenn das so ist, dann tu ich's vielleicht doch«, sagte sie.

Da nahm er sie in seine Arme und küßte sie, und sie war passiv – süß und still, dachte er. Und er liebte sie, Lilith – einfach nur so, um ihrer selbst willen, und aus keinem anderen Grund.

Amanda zog sich passend zum Dinner an. Sie trug ein schwarzes Samtkleid, äußerst vorteilhaft für eine Witwe, wie Frith meinte. Er hatte ihr das Geld zum Kauf des Kleides geliehen. »Wenn du Skrupel hast, kannst du es mir zurückzahlen, sobald du Geld verdienst, und das wird schon in Kürze der Fall sein. Heute ist ein wichtiger Abend. Es ist deine erste Vorstellung.«

Er war geheimnisvoll gewesen. »Ich möchte nicht, daß du wie ein junges Mädchen zum Dinner erscheinst – du weißt ja, daß du nicht wie eine Witwe aussiehst –, nicht wie ein junges Mädchen, die ihren zukünftigen Arbeitgeber treffen will. Denk an die trübselige Miss Robinson! Immer darauf aus zu gefallen! Gibt's denn wohl etwas Ungefälligeres als eine Person, die sich so bemüht zu gefallen? Nein. Ich möchte, daß du meine Gäste kennenlernst ... und wenn einer von ihnen dir eine Stellung anzubieten hat, kannst du das Angebot gnädig annehmen.«

Frith war komisch in letzter Zeit – manchmal brütete er, manchmal war er sogar melancholisch, was ihm gar nicht ähnlich sah; und dann wieder brach er in Heiterkeit aus und war der junge Mann, den sie gekannt hatte.

Sie selbst fühlte sich nicht wohl in ihrer Haut, sie machte sich Sorgen um ihre Zukunft und dachte immer wieder an die arme Miss Robinson; und auch wegen Lilith war ihr unbehaglich zumute. Sie war eines Vormittags ins Lokal gegangen – als Dame konnte sie sich abends dort nicht zeigen –, und Lilith hatte sie in dem großen Saal zwischen hochgestellten Stühlen und den Tischen und dem Sägemehl auf dem Fußboden empfangen; es sah genauso aus wie bei Liliths erstem Besuch. Sie hatten sich herzlich umarmt; es war eine jener Gelegenheiten gewesen, bei denen Amanda Lilith tief bewegt gesehen hatte.

»Du mußt Sam kennenlernen«, sagte Lilith. »Wir wollen nämlich heiraten. Ich möchte, daß du zur Hochzeit kommst. Es soll eine Hochzeit mit allem Drum und Dran werden. Sam besteht drauf, weil es gut fürs Geschäft ist. Viele Gäste aus dem Lokal kommen auch, aber keine Sorge, ich paß schon auf die auf.«

»Lilith . . . glaubst du, daß das richtig ist?«

»Was denn?«

»Daß du Sam heiratest?«

»Ich kann selbst am besten beurteilen, was richtig für mich ist, Amanda. Du denkst doch nicht, ich mach was Falsches, oder?«

»Vermutlich nicht.«

»Du heiratest also nicht?«

»Nein.«

»Amanda, was willst du denn tun? Ich mache mir Sorgen um dich. Napoleon ist gut untergebracht. Und ich, ich werde Mrs. Sam Marpit. Aber was wird aus dir?«

»Ich glaube, ich bekomme eine Stelle. Frith will mir dabei helfen. So etwas wie Gouvernante oder Gesellschafterin oder so. Das ist alles, was ich außer Hemden nähen kann, und du warst tatsächlich diejenige, die mir geholfen hat, das durchzustehen. Das weiß ich schon. Ich bin nicht so klug wie du, Lilith. Du warst stark. Ohne dich hätte ich nicht leben können.«

Lilith nickte. »Das stimmt wohl. Jetzt mache ich also eine gute Partie. Sam ist kein armer Mann, und ich werde dafür sorgen, daß er noch reicher wird.«

»Du wirst dich immer durchschlagen, Lilith. Du hast das Zeug dazu, das ist mir völlig klar.«

»Und du wirst auch versorgt sein. Darum kümmere ich mich schon. Weißt du noch, wie ich dir immer was aus der Küche gebracht hab, wenn sie dich in deinem Zimmer eingesperrt haben? Ich hab dir schon damals geholfen, und das tue ich auch weiter. Wenn die Gouvernantensache unerträglich für dich wird, komm zu mir. Du kannst hier wohnen.«

»O Lilith, du bist . . . so schrecklich gut.«

»Jetzt fang bloß nicht an zu weinen. Tränen haben noch noch nie jemandem geholfen. Und hier ist Sam. Sam, dies ist meine Kusine und Schwägerin. Es wird allmählich Zeit, daß du meine Familie kennenlernst.«

»Sehr erfreut.«

»Das bin ich auch«, hatte Amanda zu ihm gesagt. »Ich freue mich, Sie endlich kennenzulernen. Lilith hat viel von Ihnen gesprochen.«

Er klopfte sich auf den Schenkel. »Hat sie das, ja?«

Er legte den Arm um Lilith, die sich daraus befreite. Was wird bloß aus allen, fragte sich Amanda; sie selbst brach auf in ein neues Leben, das bestenfalls eine zweite Miss Robinson aus ihr machen würde; und Lilith, die Frith liebte, heiratete Sam Marpit?

Bei der zwanglosen Abendgesellschaft, die Frith arrangiert hatte, waren nur zwei Gäste; eine Mrs. Gillingham, eine geschwätzige Dame mittleren Alters, und Dr. Stockland, ein Mann um die Dreißig, still, hochgewachsen, von hagerer Gestalt, mit traurigen Augen und melancholischer Miene.

Während des ganzen Essens redete Mrs. Gillingham von ihrem Haus auf dem Lande, ihrem Haus in der Stadt und ihren Hunden. Frith amüsierte sich über sie. Er war charmant zu ihr, und Amanda vermutete, daß Frith Mrs. Gillingham für eine nützliche Person hielt, so wie sie Frith neuerdings einschätzte. Er neckte sie, mokierte sich liebevoll über sie, flirtete mit ihr; und ihr schien es zu gefallen. Dieser Dr. Stockland und ich sind hier eigentlich überflüssig, dachte Amanda, wir tragen nichts zur Unterhaltung bei.

Sie fing einen Blick des Arztes auf, und er lächelte sie an; sie bildete sich ein, daß er ihre Gedanken teilte.

Als sie im Wohnzimmer Kaffee tranken, hielt sich Frith an Mrs. Gillingham und überließ Amanda und Dr. Stockland sich selbst.

Dieser beugte sich jetzt zu ihr hinüber und sprach mit leiser Stimme. »Frith hat mir erzählt, daß Sie seit dem Tode Ihres Gatten in schwierigen Umständen leben.« Und er fuhr fort: »Er hat mir auch erzählt, daß Sie eine Stellung suchen ... etwas, das sich für eine junge Dame wie Sie eignet.«

»Das stimmt«, sagte sie.

»Hat er Ihnen etwas über meine Situation berichtet?«

»Nein, gar nichts.«

»Dann hat er es vermutlich für richtiger gehalten, daß ich es Ihnen selbst sage. Ich wohne hier in dieser Straße. Ich bin Spezialist für Herzkrankheiten.«

»Aha.«

»Meine Frau leidet an einer Herzkrankheit und ist daher nicht imstande, ein sehr aktives Leben zu führen. Sie braucht eine Gesellschafterin. Sie braucht so jemanden wie Sie. Jemanden, der sie ablenkt ... ihr vorliest und mit ihr redet, ihr Gesellschaft leistet. Ich glaube, Sie würden gut mit ihr auskommen. Sie war nämlich früher einmal voller Vitalität, sehr lebhaft. Es ist einfach schrecklich für sie, so krank zu sein. Hätten Sie nicht Lust, uns zu besuchen und meine Frau kennenzulernen?«

»Sie bieten mir ... eine Position an?«

»Ja, wenn Sie und meine Frau entscheiden, daß Sie sich mögen und gut miteinander auskommen.«

»Es ist äußerst freundlich von Frith, das alles für mich zu tun.« Die Tränen schossen ihr in die Augen; er sah es und blickte schnell weg.

Er starrte auf Friths prächtigen modernen Zierat über dem Kamin und sagte: »Ich weiß, daß Sie Mitgefühl haben werden. Es ist nicht leicht, müssen Sie wissen. Ich bin sicher, meine Frau wäre erfreut, sie zur Freundin zu haben. Schon als ich Sie gesehen habe, wußte ich, daß es eine sehr zufriedenstellende Lösung für uns beide – für meine Frau und für mich – sein würde, falls man Sie dazu überreden könnte.«

»Ich kann nur hoffen, daß Ihre Gattin mich mag. Ich brauche sehr dringend eine Arbeit. Ich bin Ihnen so dankbar . . .«

»Darf ich ihr sagen, daß Sie sie morgen besuchen?« fragte er. »Kommen Sie zum Tee. Dann können Sie alles miteinander regeln.«

»Danke. Ich werde sehr gerne kommen.«

Sie lächelte, denn Frith sah in ihre Richtung. Er zog eine Braue hoch in gespieltem Erstaunen.

Amanda besuchte Mrs. Stockland am folgenden Tag. Als sie die Stufen hinaufging und die Glocke läutete, klopfte ihr Herz wie rasend.

Ein Diener öffnete die Tür.

»Ich bin Mrs. Tremorney«, sagte sie. »Ich glaube, Mrs. Stockland erwartet mich.«

»Folgen Sie mir bitte, Madame.«

Sie wurde in ein Wohnzimmer im ersten Stock geführt. Der Diener klopfte, und Amanda hörte eine schrille, fast mädchenhafte Stimme »herein« rufen.

In wenigen Sekunden hatte Amanda den Luxus im Zimmer wahrgenommen; die Teppiche und Läufer waren dick, das Zimmer war voll schwerer, moderner Möbelstücke. Schnell entdeckte sie die eleganten Porzellanfiguren auf dem Tisch, das überladene Gestell und den Zierat aus Bronze, Jade und Elfenbein, der überall herumstand. Ein großer Spiegel mit Goldrahmen hing über dem Kamin. Er spiegelte das Zimmer sowie die goldene Uhr und die Figuren auf dem Kaminsims wider.

»Verzeihen Sie, daß ich nicht aufstehe, Mrs. Tremorney. Ich habe heute einen meiner schlechten Tage.«

Die Stimme kam aus dem Lehnstuhl, und darin erblickte Amanda die Frau des Arztes. Sie war eine füllige Frau Mitte Dreißig, zur Korpulenz neigend, ziemlich aufgetakelt. Vorne trug sie eine Ponyfrisur, hinten war ihr Haar hochgesteckt; Ohrringe baumelten an ihren Ohren, und ihre Bluse war voller Spitzenrüschen und Schleifchen aus rosafarbener Seide; Ringe blitzten an ihren Fingern, Armbänder an ihren Handgelenken, und um den Hals trug sie einen glitzernden Aquamarinanhänger.

»Wie geht es Ihnen?« sagte Amanda und nahm die ausgestreckte Hand.

»Bitte, nehmen Sie Platz. Sie sind sehr jung.«

»Ich bin zwanzig.«

»Sie sehen jünger aus. Und Sie sind Witwe, wie ich höre.«

»Ja.«

»Ihr Mann muß sehr früh gestorben sein. Wie traurig für Sie. Sie müssen mir alles darüber berichten. Ich höre mir gern den Kummer anderer Menschen an. Natürlich bin ich selbst auch sehr krank. Hesketh hat es Ihnen vermutlich erzählt. Es ist das Herz, wissen Sie. So haben wir uns auch kennengelernt. Sein Vater wurde zu mir gerufen. Er war damals Facharzt für Herzkrankheiten. Das ist Jahre her ... Meine Beschwerden waren zu dieser Zeit noch nicht gravierend. Ich hatte nur ein bißchen Atemnot. Man dachte, ich wäre zu eng geschnürt. Natürlich war ich damals durchaus noch nicht *krank*. Das bin ich erst seit meiner Heirat.«

»Wie außerordentlich traurig.«

»Läuten Sie bitte mal die Glocke? Hoffentlich hat Shackleton angeordnet, daß sie den Tee hochschicken. Ich habe gesagt, sie sollten ihn bringen, sobald Sie hier wären ... aber schließlich« – ihre Miene wurde plötzlich fast mürrisch –, »schließlich kümmern die sich nicht immer darum, was *ich* sage. Bitte läuten Sie. Danke. Setzen Sie sich. Sie wollen also meine Gesellschafterin werden? Und auch eine Art Pflegerin, hat Hesketh gesagt. Sie haben Ihren Mann gepflegt, berichtete er mir. Ich brauche manchmal eine Krankenschwester. Ich bin nämlich sehr krank. Das sieht man mir vielleicht nicht an. So ist es aber immer bei den Herzkranken. In der einen Minute sind sie wohlauf, und in der nächsten liegen sie flach. Und man sieht nicht richtig krank aus. Ich habe das geerbt. Mein Vater ist daran gestorben. Oh ...«

Ein Dienstmädchen kam ins Zimmer.

»Sie haben geläutet, Madame?«

»Tee ... *Tee!*« sagte Mrs. Stockland ungeduldig. »Ich habe ihn bestellt, sobald Mrs. Tremorney ankäme.«

»Er wird gleich hier sein, Madame.«

Mrs. Stockland schüttelte den Kopf; die Ohrringe schlugen gegen ihren Hals, und die Adern an ihren Schläfen traten deutlich hervor. »Gut. Aber lassen Sie mich nicht länger warten. Ich dulde das nicht.«

Sarah ging hinaus, und die Frau des Arztes wandte sich an Amanda. »Sie müssen mir alles von sich erzählen. Sie können sich vorstellen, was für ein trauriges und elendes Leben ich führe. Ich kann nicht mehr ausgehen wie früher. Als ich ein paar Jahre jünger war ... vor meiner Heirat ... habe ich Bälle besucht und die lustigsten Gesellschaften. Ich stand immer im Mittelpunkt. Stellen Sie sich nur vor, wie es jetzt ist ... völlig abgeschnitten zu sein ... so selten auszugehen. Und dann auch nur zu einer Fahrt im Park. Oh, da kommt der Tee.«

Sie wirkte verstimmt, während er hereingebracht wurde.

»Sie brauchen nicht zu bleiben, Sarah. Mrs. Tremorney wird einschenken. Das tun Sie doch, Mrs. Tremorney? Dann können wir uns unterhalten. Ich möchte gern etwas von Ihnen erfahren. Sie werden mich für sehr neugierig halten, fürchte ich. Ich höre mir zu gern die Lebensgeschichten anderer Leute an. Was gäbe es denn sonst für mich ... abgeschieden, wie ich bin, von der Gesellschaft?«

»Nehmen Sie Zucker? Sahne?« fragte Amanda.

»Zucker, bitte ... und viel Sahne. Oh, sie haben nur indischen Tee gebracht. Die wissen doch, daß ich manchmal gern chinesischen trinke. Mrs. Tremorney, ich glaube, die tun das, um mich zu plagen. Ich will Ihnen mal was sagen ... aber egal! Sie denken womöglich, das ist ein komischer Haushalt hier, und wollen die Stelle nun doch nicht haben ... ich möchte gern, daß Sie zu uns kommen. Sie werden mir vorlesen, hat Hesketh gesagt. Das wäre zu schön. Und Sie werden mir eine Krankenschwester und eine Gesellschafterin sein. Das wäre wunderbar. Man wird ja so einsam. Die Leute kommen nicht zu Besuch, wenn sie wissen, daß man krank ist. Die Menschen sind so gräßlich selbstsüchtig ... alle ... *alle*! Oh, geben Sie mir bitte einen kleinen Kuchen. Da sind ja keine Korinthen drin! Na, egal. Hoffentlich verabscheuen Sie Kuchen ohne Korinthen nicht.«

»Er ist köstlich, Mrs. Stockland. Bitte sagen Sie mir, worin meine Pflichten bestehen würden, wenn Sie sich entschließen sollten, mir diese Stelle zu geben.«

»Pflichten? Oh, sich um mich armes Wesen zu kümmern. Ich habe doch schließlich nur die Dienstboten. Hesketh ist immer beschäftigt ... sagt er wenigstens. Er hat nie Zeit für mich.«

Wieder sah Amanda die Schmollmiene. »Patienten, wissen Sie. Sie sind so fordernd, sagt er. Und er liest immer ... zu Forschungszwecken. Alles über das Herz. Ich glaube, er hofft, mich heilen zu können.« Sie schüttelte den Kopf, und die Ohrringe baumelten funkelnd hin und her. »Es gibt keine Heilung. Ich habe gesehen, wie es meinem Vater ergangen ist.« Ihr Gesicht verdüsterte sich in tiefer Niedergeschlagenheit. Noch nie hatte Amanda so viele unterschiedliche Emotionen innerhalb so kurzer Zeit gesehen.

»Lesen Sie gern?«

»Ich denke, ich wäre mehr an Büchern interessiert, wenn ich vorgelesen bekäme. Wenn ich selbst lese, erschöpft es mich zu sehr ... Ah, ich sehe, Sie schauen sich gerade mein Porträt an.«

Amanda hatte nur Augen für ihre zukünftige Dienstherrin gehabt, doch mittlerweile verstand sie sie gut genug, um zu begreifen, daß ihre Aufmerksamkeit auf ein Bild gelenkt werden sollte. Und zwar auf das Gemälde eines schönen jungen Mädchens; man konnte eben noch erkennen, daß die Frau im Lehnstuhl Modell dazu gesessen hatte. Wie mochte sie den Anblick nur ertragen, fragte sich Amanda, da sie doch offenbar so großen Wert auf ihr Aussehen legte! Das Gesicht auf dem Porträt war rundlich, vielleicht ein wenig zu voll, ihr jetziges fleischiges schon andeutend; das rötliche Haar war in der Mitte gescheitelt, fiel glatt zu beiden Seiten des Gesichtes herunter und wurde in einem Knoten im Nacken zusammengehalten. Die schönen runden Schultern waren bloß, und das Blaugrün des Abendkleides harmonierte farblich mit dem rötlichen Haar.

»Es ist sehr schön«, sagte Amanda.

»Sie haben mich erkannt? Dann habe ich mich doch nicht so sehr verändert.«

»Ich habe sofort sehen können, wer es ist.«

Amanda merkte, daß sie das Richtige gesagt hatte.

Und falls sie in diesem Hause arbeiten würde, läge ihre heikelste Aufgabe darin, ihre Worte immer genau zu wählen.

Mrs. Stockland war plötzlich wie ausgewechselt, sie war dem jungen Mädchen auf dem Bild ähnlicher geworden.

»Ich kann mich noch genau erinnern, wie ich für das Porträt Modell gesessen habe. Der Maler war zu der Zeit nicht sehr bekannt. Das kam erst später. Ich glaube wirklich, mein Porträt hat ihm ein bißchen dazu verholfen. Es hat in der Akademie gehangen und wurde allgemein bewundert. Er war natürlich in mich verliebt. Ich weiß noch, wie die Massen sich um das Bild gedrängt haben ... Es war das Bild des Jahres.«

»Das glaube ich gern. Es ist sehr beeindruckend.«

»Beeindruckend! Wie schön Sie das gesagt haben! Ich sehe schon, Sie werden amüsant sein. Hesketh hat mir erzählt, daß Sie auf dem Lande gelebt haben. Und Sie sind eine Freundin von Frith Danesborough. So ein unterhaltsamer Mensch! Sie müssen mir alles über Ihr Leben auf dem Lande erzählen, obwohl es vermutlich reichlich langweilig war. Fast so langweilig wie hier ... Ja, ich nehme gern noch eine Tasse Tee. Der ist dünn. Die wissen genau, daß ich ihn stark liebe. Ich glaube, die machen das mit Absicht. Vielleicht werden Sie mit denen fertig, wenn Sie erst eine Weile hier sind. Dienstboten sind so verschlagen, finde ich. Besonders, wenn sich eine Gelegenheit dazu bietet ... und keiner dagegen Einspruch erhebt.«

»Sollten wir uns nicht über die Bedingungen und ähnliches unterhalten?« schlug Amanda vor.

»Ja, sicher. Sie würden natürlich hier wohnen; und ich möchte, daß Sie ein Zimmer in meiner Nähe haben. Schließlich sollen Sie ja *meine* Gesellschafterin sein, nicht wahr? Und Sie würden mit uns essen ... und zur Familie gehören.«

»Ich möchte auf gar keinen Fall in Ihre Privatsphäre eindringen. Ich könnte die Mahlzeiten auf meinem Zimmer Zimmer einnehmen ... wenn das weniger Umstände macht. Sie werden mich nicht ständig um sich haben wollen ...«

»Ich wage zu behaupten, daß die Dienstboten darüber befinden. Die treffen offenbar sämtliche Entscheidungen in diesem Hause. Geben Sie mir doch bitte mal meinen Fächer, Mrs. Tremorney.«

Ihr Gesicht war jetzt sehr erhitzt, sie begann sich mit dem japanischen Zierfächer, den ihr Amanda gereicht hatte, Luft zuzuwedeln. Als Amanda sie so sah, verspürte sie den plötzlichen Wunsch, aus diesem überladenen Zimmer zu fliehen, vor der Frau, deren Gesicht sie abstieß; sie hatte bereits den Verdacht, daß das Leben als Krankenschwester und Gesellschafterin von Mrs. Stockland viele Schwierigkeiten mit sich bringen würde.

Mrs. Stockland lehnte sich im Sessel zurück, fächelte und redete über Gehalt und Rechte. Sie bot ihr zweifellos eine sehr bequeme Existenz im Vergleich zu dem Leben in Mrs. Murphys Mansarde an, und dennoch konnte sich Amanda über ihre Aussichten nicht freuen. Im Gegenteil, sie begann Zweifel zu hegen, ob es klug wäre, die Stelle anzunehmen.

»So ist es besser«, sagte Mrs. Stockland. »Manchmal wird mir die Hitze zuviel. Ich lebe ständig in der Angst, einen meiner schlimmen Anfälle zu bekommen. Ich darf mich nicht aufregen. Das ist der springende Punkt. Ich muß Ruhe bewahren. Die Menschen sind so rücksichtslos. Sie regen mich auf, ohne daran zu denken, was Sie mir damit antun können.«

Amanda fühlte sich sehr niedergeschlagen. Diese

Frau versetzte sie in Schrecken, und doch – was konnte sie denn tun?

Frith hatte dies für sie arrangiert, und sie sollte dankbar dafür sein. Sie mußte annehmen. Sie sollte es wenigstens versuchen. Mrs. Stockland war krank – und sehr empfindlich. Was war es, das den Gedanken an Flucht auslöste? Das überheizte Zimmer? Das Porträt? Der merkwürdige Glanz in den Augen der Frau, ihr Selbstmitleid oder die ständigen Vorwürfe gegen Leute, die nicht da waren, um sich zu verteidigen? Sie hatte eine sanfte Kranke erwartet und noch keine Zeit gehabt, sich auf die bestehende Situation einzustellen.

Mrs. Stockland hatte ihren Fächer fallen lassen und sah ihm hilflos hinterher, also hob Amanda ihn auf; als sie ihn Mrs. Stockland gab, waren sich ihre Gesichter einen Augenblick lang ganz nahe. Amanda sah die erhitzten Wangen und glänzenden Augen und nahm den Geruch von Alkohol wahr. Ihre zukünftige Dienstherrin mußte sehr stark getrunken haben, wenn man es nach dem Tee noch so deutlich roch. Amanda vermutete, daß eine Art Rausch der Grund für ihr merkwürdiges Verhalten war.

Berauscht! Amanda dachte an die Menschen, die sie auf dem Straßenpflaster vor den Schnaps- und Bierstuben sitzen gesehen hatte, an den seltsamen verlorenen, verdorbenen Blick in ihren Gesichtern, die hitzige Erregung von einigen, die bleiche Depression von anderen. Warum hatte sie das nicht sofort an dieser Frau bemerkt?

Ich kann hier nicht bleiben, dachte sie. Es wäre unmöglich. Ich würde nie mit ihr auskommen.

Und dann betrat Dr. Stockland das Zimmer. Sie verstand jetzt den Grund für seine Erschöpfung und seine melancholische Miene. Diese Frau hatte ihn so weit gebracht.

»Ah, Mrs. Tremorney«, sagte er. »Ich habe mir schon gedacht, daß ich Sie hier vorfinden würde.« Er nahm ihre Hand und hielt sie fest. Seine Augen waren voller Besorgnis. Er schien ein anderer Mensch zu sein als der Mann, den sie am Abend zuvor in Friths Haus kennengelernt hatte. Er war nervös.

»Mrs. Tremorney hat mir *alles* von sich erzählt«, berichtete seine Frau. »Wie sie ihren armen kranken Mann gepflegt und auf dem Lande gelebt und sich da so gelangweilt hat. Sie wird sehr gern bei mir sein. Ich bin sicher, daß mein Leben etwas angenehmer dadurch wird. Und das ist auch dringend nötig.« Sie war jetzt boshaft, und die Boshaftigkeit richtete sich gegen ihn.

Ich kann in diesem Haushalt nicht leben, dachte Amanda. Ich sehe, daß es einfach unmöglich ist. Ich werde sie nicht zufriedenstellen. Nichts wird sie je zufriedenstellen. Und sie haßt ihren Mann.

»Ist noch Tee da?« fragte er lächelnd Amanda. »Es freut mich, daß Sie sich so gut mit meiner Frau verstehen.«

Amanda schenkte ihm eine Tasse Tee ein, und sie spürte daß ihre Hand ein wenig zitterte.

»Mrs. Tremorney soll das Zimmer neben meinem haben«, sagte Mrs. Stockland. »Wir haben alles schon geregelt.«

»Das freut mich aber.«

»Also . . .«, begann Amanda.

Er warf ihr einen besorgten Blick zu, was sie mehr bewegte, als es die Situation erforderte.

»Wir werden alles tun, um es Ihnen angenehm zu machen«, sagte er. »Meine Frau braucht Gesellschaft, wie Sie wohl schon erraten haben. Sie braucht intelligente Gesellschaft, Mrs. Tremorney. Ich bin so froh, daß Sie zu uns kommen wollen. Sie haben sich doch dazu entschlossen, ja?«

Das war der Augenblick, zu verneinen und sich Bedenkzeit zu erbitten. Sie sah von einem zum anderen; beide Augenpaare drängten sie zu kommen, das der Frau war weit aufgerissen und verschwommen, das des Mannes traurig-melancholisch. Sie wurde sich wieder ihrer Schwäche bewußt, über die sich Frith und Lilith immer lustig machten.

»Wir brauchen Sie unbedingt«, sagte er. »Es bedeutet sehr viel für uns beide.«

Er sah so ernst aus, so erschöpft, so eifrig. Es war, als ob er sagen wollte: »Hilf mir. Unterhalte sie. Nimm sie mir jeden Tag ein bißchen ab. Entlaste mein Gewissen.«

Und sie hörte sich schwach antworten: »Ja, doch ... natürlich komme ich.«

Teil 3

1

AMANDA LAG IN ihrem Bett und konnte keinen Schlaf finden. Man hatte ihr ein behagliches Zimmer in dem Haus in der Wimpole Street zugewiesen. Es befand sich im zweiten Stock direkt über dem Wohnzimmer, und nebenan war Bella Stocklands Schlafzimmer.

»Ich möchte Sie in Rufweite haben«, hatte Bella gesagt. »Das gibt mir ein Gefühl der Geborgenheit.«

Das Zimmer war reich möbliert, wie alle Zimmer in diesem Haus. Ein dicker Teppich lag auf dem Boden, das Bett war aus geschnitztem Mahagoni und die Vorhänge aus dunkelblauem Samt. Auf dem schweren Ankleidetisch stand ein großer Spiegel, der das Zimmer mit der hohen Decke und der Verzierung in der Mitte reflektierte; und wenn das Wetter auch nur ein ganz klein wenig kalt war, brannte ein Feuer im Kamin.

Die Dienerschaft behandelte sie mit Aufmerksamkeit. Ihre Position war ganz anders als die, die Miss Robinson gehabt haben mußte. Jeder in diesem Hause, einschließlich Bellas, erkannte, wie wichtig Amanda war. Denn sie hatte eine Fähigkeit, die außer ihr offenbar niemand hier besaß: nämlich die, Bellas Ausbrüche zu besänftigen und den Frieden wiederherzustellen. Jeder andere, einschließlich ihres Mannes – und er wahrscheinlich mehr als alle –, konnte mit einer ganz beiläufigen Bemerkung die Herrin in Rage bringen; und wenn sie wütend war, wenn sie tobte oder vor Selbstmitleid zerfloß, wurde das Leben im Haus geradezu unerträglich.

Das Feuer im Kamin war am Erlöschen, es mußte nach Mitternacht sein. Amanda war erschöpft – denn ihre Tage waren sehr anstrengend, und dennoch konnte sie nicht schlafen.

Sie wußte auch, warum: der Arzt war heute abend nicht zu Hause. Es war das erste Mal, seit sie die Stelle vor sechs Monaten angetreten hatte, daß er abwesend war; und sie fühlte sich unsicher.

Ich glaube, überlegte sie zum wiederholten Male, ich sollte dieses Haus verlassen.

Es war ein Haus voller Schatten. Seine stattlichen, herrlichen Möbel verliehen ihm eine Atmosphäre solider Ehrbarkeit, doch das täuschte. Hier herrschte nur Haß. Die Diener haßten ihre Herrin. Sie war so unberechenbar, so schwer zufriedenzustellen. Ihre Sanftheit war nur gespielt, sie haßten Bella Stockland. Aber sie empfanden Mitleid für den Ehemann.

Und der Arzt selbst? Er war tapfer und mild; immer beschwichtigte er seine Frau, nie ließ er sich zu Zornesausbrüchen hinreißen.

Einmal war Amanda im Begriff gewesen zu kündigen, doch er hatte offenbar geahnt, was in ihr vorging, und hatte zu ihr gesagt: »Mrs. Tremorney, ich kann Ihnen gar nicht genug danken. Sie üben einen so wohltuenden Einfluß auf meine Frau aus. Seit Sie da sind, ist sie viel glücklicher geworden. Ich hoffe, daß Sie recht lange bei uns bleiben werden.«

Daraus war neues Unbehagen entstanden. Sie hatte gespürt, daß seine Dankbarkeit in keinem Verhältnis zu dem stand, was sie tatsächlich hatte tun können.

Seine Hilflosigkeit gegenüber seiner Frau machte ihn doppelt bedauernswert, wenn man dabei bedachte, wie klug er war und wie groß die Bedeutung seiner Arbeit war. Frith hatte ihr erzählt, daß Hesketh

Stockland einer der klügsten ›Herzmänner‹ Londons sei und daß seine Dienste ständig beansprucht wurden. Seine Praxis und seine Arbeit in einem großen Hospital im Londoner Eastend beschäftigten ihn vollauf. Wie seltsam und wie traurig, daß ein Mann, der soviel für die leidende Menschheit tun konnte, außerstande war, mit einer kränkelnden Frau fertig zu werden.

Warum hatte er sie geheiratet? Diese Frage stellte sich Amanda immer wieder. Sie paßten so gar nicht zueinander. Er war ein so ernsthafter Mensch, sie so frivol. Dann sah Amanda sich das Bild im Wohnzimmer an und erkannte, daß jenes heitere junge Mädchen nichts mit ihrer jetzigen Arbeitgeberin gemein hatte. Die Jahre und das Leiden hatten ihren schrecklichen Tribut gefordert.

Nachts schien es leichter, die Situation einzuschätzen.

Steigerte sich ihre Antipathie gegen Bella von Tag zu Tag in dem Maße, in dem ihr Mitleid mit Bellas Ehemann wuchs?

Manchmal aß Bella allein in ihrem Zimmer. Amanda und der Arzt nahmen dann die Mahlzeit gemeinsam ein. Bei solchen Gelegenheiten war er freier, ohne die Spannung, die Bellas Gegenwart in ihm verursachte. Und er ermunterte Amanda zu reden, und nach und nach hörte er ihre Lebensgeschichte. Sie hatte sie ihm nicht erzählen wollen, aber irgendwie hatte er sie aus ihr herausgelockt. Er wußte jetzt von ihrem Leben im Elternhaus und von ihrer Angst, die schwer über ihrer Kindheit gelastet hatte. Er konnte das nur zu gut verstehen, denn er spürte eine andere Art von Angst in seinem Hause. Sie erzählte ihm von Lilith und wie sie Cornwall verlassen hatten; und sie berichtete von ihren Abenteuern in London.

Er war erstaunt, schockiert und gleichzeitig voller Bewunderung.

Er suchte nie ihre Gesellschaft, doch war seine Freude, mit ihr allein zu sein, nicht zu übersehen. Das schob sie allerdings mehr auf die Abwesenheit seiner Frau als auf ihre eigene Gegenwart.

Amanda hatte viel über die Angelegenheiten dieser beiden Menschen erfahren, denn Bella redete pausenlos über sich – doch ihr Mann mußte notgedrungen in ihren Erzählungen auftauchen. Gelesen wurde wenig, da Bella sich auf nichts anderes konzentrieren konnte als auf ihre eigene Person. Und einerlei, um welches Buch es sich handelte, immer kam etwas darin vor, das sie an ein Ereignis aus ihrem eigenen Leben erinnerte. Dann sagte sie: »Dabei fällt mir ein ... Legen Sie das Buch weg, lassen Sie uns plaudern ...«

Darauf folgten stets diese Ausflüge in die Vergangenheit, die sie ebenso aufmunterten wie die geistigen Getränke, die sie in ihrem Nachtschränkchen versteckt hielt. Beides erregte in ihr dasselbe Hochgefühl, das nach einer Weile in Melancholie oder schlimmer noch in heftige Wut umschlug und sich vorgeblich gegen ein Mitglied des Haushalts, in Wirklichkeit aber gegen das Leben an sich richtete, das einen lebenslustigen Menschen wie sie mit Krankheit geschlagen hatte, welche unweigerlich zu einem frühen Tod führen mußte.

Amanda erfuhr von dem Haus auf dem Lande, in dem angeblich Fest auf Fest gefolgt war. Bella war das vergötterte Kind nachsichtiger Eltern gewesen, aufgewachsen in dem Glauben, daß sie alles haben könnte, was sie begehrte.

Sie mußte in jener Zeit hübsch gewesen sein – davon legte das Bild Zeugnis ab. Es hatte viele Freier gegeben; sie hatten sich eingefunden, als sie kaum sechzehn gewesen war. »Wie die Fliegen um den Honig«, hatte ihr Vater angeblich gesagt. »Ach, wenn Sie mich damals hätten sehen können! Ich habe die ganze Nacht getanzt, und am nächsten Morgen war ich wieder früh auf und habe den ganzen Tag gejagt.«

Ihr liebster Zeitvertreib bestand darin, sich auszumalen, was geschehen wäre, wenn sie Lord Bankside oder Sir Gerald Thor geheiratet hätte oder einen jener Männer, die um ihre Hand angehalten hatten. »Ich hätte wohl gut und gerne zwanzigmal heiraten können, ganz sicher. O nein, öfter.« Dann fing sie immer an, an ihren Fingern abzuzählen. »Ich war viermal verlobt. Mein Vater hat immer gesagt, ich würde zu lange zögern. Und dann befürchteten meine Eltern, daß ich seinen Herzfehler geerbt haben könnte. Ich weiß noch, wie sie mich beobachtet haben. Ich fing an, in Atemnot zu geraten, und eines Tages hatte ich einen Anfall. Sie haben den Arzt geholt . . .«

»War er *auch* in Sie verliebt?« fragte Amanda mit leicht ironischem Unterton.

»Ja, ein bißchen schon. Er war um die Sechzig, aber er sagte so charmante Dinge. Doch sie waren nicht sehr zufrieden mit ihm. Und da haben sie beschlossen, einen Facharzt zu Rate zu ziehen. Hesketh war der Sohn jenes Spezialisten. Er war damals in der Ausbildung. Unsere beiden Familien haben sich kennengelernt. Vielleicht hätte ich nicht heiraten sollen. Oder . . . einen anderen. Hesketh sagt immer ›Du darfst dies nicht . . .‹, ›Du darfst das nicht . . .‹ Und natürlich ist ›dies‹ oder ›das‹ praktisch alles, wozu ich Lust habe. ›Das würde dich zu sehr anstrengen.‹ ›Das wäre zuviel für dich.‹ Manchmal wäre ich lieber tot, als so langweilig zu leben, wie Hesketh es von mir verlangt.«

»Er gibt ja nur so gut auf Sie acht, weil er um Ihr Wohlergehen bemüht ist«, besänftigte Amanda sie.

»O ja, ich weiß. Aber was nützt mir mein Wohlbefinden, wenn ich so ein langweiliges Leben führe?« Ihre Augen füllten sich mit Tränen, Tränen des Selbstmitleids, die ebenso gefürchtet waren wie ihre Zornesausbrüche. »Manchmal wünschte ich, ich wäre tot. Manchmal denke ich, ich gebe einen Ball und tanze, tanze ... wie früher ... tanze und tanze, bis ich tot umfalle.«

»Aber Sie würden nicht tanzen, bis Sie tot umfallen«, sagte Amanda nüchtern. »Das ist eine romantische Vorstellung. Sie würden außer Atem sein ... nicht mehr tanzen können. Sie würden einen Anfall bekommen und zusammenbrechen. Sie könnten nicht tanzen, bis sie fein säuberlich und charmant tot umfielen.«

»Wie herzlos Sie sind!«

Aber von Amanda ließ sie sich solche ›Herzlosigkeiten‹ gefallen, wenn auch von niemandem sonst. Amandas ruhiger gesunder Menschenverstand erzürnte sie nicht. Vielleicht, weil ihr Amanda Mitleid und Verständnis entgegenbrachte, was mehr war, als sie von irgend jemand anderem erhielt.

Ja, dachte Amanda wieder und sah nachdenklich in die schwache Glut im Kamin, ich müßte von hier weggehen.

Sechs Monate in diesem Haus hatten sie zur Genüge überzeugt, daß sie gehen mußte, und je länger sie bliebe, desto schwieriger wäre es wegzukommen, nicht aus Mitleid mit der Kranken, sondern mit dem Ehemann der Kranken.

Es gab Alternativen: Sie könnte Frith heiraten. Sie war sicher, daß er sie noch einmal fragen würde, wenn sie ihn dazu ermunterte. Sie könnte David

Young heiraten. Sie stellte sich das Leben in einem schönen Landhaus vor – die Rückkehr in ein Leben, in welchem sie aufgewachsen war.

Lilith würde ihr helfen können. Amanda besuchte Lilith von Zeit zu Zeit, und Lilith hatte diese Besuche am liebsten, wenn Sam nicht da war. Sie fragte nie nach Frith, und Frith sprach nie von ihr. Amanda erriet, daß sie oft aneinander dachten. Sie hätten heiraten sollen. Oder nicht? Es war das alte Standesproblem; es gab kein Entrinnen. Entweder man gehörte dazu oder nicht. Und Lilith und Frith stammten aus zwei verschiedenen Welten. Konnten diese beiden Welten zusammenkommen? Einige Menschen brachten das vielleicht zustande. Amanda konnte Friths Einstellung verstehen, aber sie hatte ebenso viele Sympathien für Liliths. Daher fand sie es schwierig, von ganzem Herzen die eine oder die andere Seite zu unterstützen; sie konnte sich nie voll und ganz einer Sache hingeben, wie William es getan hatte, wie David es gerne gewollt hätte. Sie konnte nicht einer Seite die Treue schwören. Nichts auf der Welt ließ sich so eindeutig trennen. Es gab zu viele Abstufungen zwischen Schwarz und Weiß, zu viele Übergänge zwischen Gut und Böse. Hesketh tat ihr leid; Bella tat ihr leid. Und da war sie wieder bei dem Arzt und seiner Frau.

Wie sie so dalag, nahm sie ein Geräusch von nebenan wahr. Bella lief im Zimmer umher. Sie hörte, wie sich die Nachtschranktür öffnete, danach das Klimpern von Gläsern. Bella konnte nicht schlafen, und der Trost gegen die Schlaflosigkeit war in ihrem Nachtschränkchen.

Amanda lief es kalt den Rücken hinunter. Bella hatte nach dem Abendessen drei Gläser Portwein getrunken. Wenn der Arzt da war, sorgte er immer dafür, daß sie sich mäßigte, und er hielt den Wein und die geistigen Getränke nach Möglichkeit unter Verschluß.

Amanda hatte oft mit angesehen, wie Bella ihm einen verstohlenen Blick zuwarf, wenn er den Schrank verschloß. Dabei dachte sie vermutlich an ihren geheimen Vorrat, den sie in ihrem eigenen Schränkchen versteckt hielt.

Der Schrank im Schlafzimmer wurde durch die Dienerschaft aufgefüllt. Bella hielt sich für schlau und gerissen. Sie ließ immer einen anderen Diener Gin oder Whisky besorgen und redete sich ein, sie behielten dies für sich. Manchmal, wenn sie den Weinkeller unverschlossen fand, brachte sie sich hocherfreut eine Flasche für ihren Vorratsschrank hinauf.

Oft hatte Amanda den Arzt das Zimmer seiner Frau betreten hören; und sie hatte sie streiten hören – seine Stimme war abwechselnd autoritär und flehend, ihre schrill und kampfeslustig.

Aber heute abend war er nicht da, um sie am Trinken zu hindern.

Sie fuhr zusammen, als sie splitterndes Glas hörte. Sie stand auf, zog sich den Morgenmantel über und ging auf den Flur hinaus. Vor Bellas Tür blieb sie stehen, zögerte ein, zwei Sekunden und klopfte dann an.

Es kam keine Antwort.

»Mrs. Stockland«, rief sie, »ist alles in Ordnung mit Ihnen?«

Da sie immer noch keine Antwort erhielt, öffnete sie die Tür und ging hinein.

Bella saß in dem Lehnstuhl. Die Glasscherben lagen zu ihren Füßen, und sie lächelte und winkte Amanda zu.

»Ich habe nur einen kleinen Drink genommen. Habe Durst gehabt ... schrecklichen Durst. Bin aufgestanden und habe mir was zu trinken geholt ...«

Amanda bückte sich nach den Scherben.

»Ich wische es auf«, sagte sie. »Da muß irgendwo ein Lappen sein.«

Bella nickte. Ihre Augen waren glasig, sie lachte. Gott sei Dank war sie nicht aggressiv.

Amanda fand einen Lappen und wischte den Flekken vom Teppich. Dabei sah sie zum Nachtschrank, die Tür stand offen. Er enthielt mehrere Flaschen und Gläser. Bella folgte ihrem Blick.

»Ich habe den Schlüssel ...«, murmelte sie. »Er will ihn haben, ich geb ihn nie her. Ist die Katze aus dem Haus ... wie geht das noch? Tanzen die Mäuse! Ich bin das kleine Mäuschen. Maus! So hat mein Vater mich immer genannt. Hat gesagt, ich wäre seine kleine Hausmaus. Aber die Katze hat das Mäuschen gefangen, und die Katze ließ es keinen Spaß mehr haben. Wollte sie nicht tanzen lassen ... wollte ihre Freunde nicht zu Besuch kommen lassen ... hat versucht, den Schlüssel zu ihrem Schrank wegzunehmen ...«

»Sie sollten ins Bett gehen«, sagte Amanda. »Lassen Sie mich Ihnen helfen.«

»Whisky ...«, murmelte Bella.

»Sie haben genug getrunken.«

»Das sagt *er* immer ... hat versucht, mir den Schlüssel wegzunehmen. Warum sollte ich nicht ein Schlückchen Whisky trinken, wenn ich Lust habe, he? Sagen Sie's mir.«

»Es ist nicht gut für Sie«, erwiderte Amanda. »Kommen Sie. Ich will Ihnen ins Bett helfen. Dann kann ich Ihnen vielleicht etwas heiße Milch besorgen.«

»Heiße Milch! Heiße Milch! Sie sind genauso

schlimm wie er! Will keine heiße Milch. Whisky will ich!«

Amanda half ihr auf die Füße, wandte sich aber mit dem Gesicht von ihr ab, um nicht ihren Atem riechen zu müssen. In solch einem Zustand hatte sie Bella nie zuvor gesehen.

Sie war sehr betrunken – so sehr, daß sie kaum noch wußte, was sie sagte. Ob so etwas oft in der Nacht passierte? Sah er sie häufig in diesem Zustand?

Glücklicherweise wurde sie allmählich schläfrig, und Amanda konnte sie auf das Bett zuschieben, sie hineinlegen und ihre Füße hochheben. Sie deckte sie zu, als ob sie ein kleines Kind wäre.

»Whisky . . .«, murmelte Bella.

»Keinen mehr.«

»So schlimm wie er . . . aber ich habe den Schlüssel, nicht?«

»Geben Sie ihn mir, und ich schließe den Schrank zu.«

Bella lächelte verschmitzt. »Den geb ich nie her. Ist meiner.«

»Morgen früh müssen Sie daran denken, ihn abzuschließen.«

»Er hätte gerne den Schlüssel. Er kann alles einschließen, was er will. Wenn ich nur meinen Schlüssel habe. Er ist grausam zu mir, jawohl. Er läßt mich nicht auch nur ein kleines bißchen trinken, wenn ich durstig bin. Sie sind genauso schlimm. Sie und Hesketh . . . ihr steckt unter einer Decke. Sie sind auch gegen mich.«

Da war sie wieder, die wohlbekannte Laune, der Verfolgungswahn. Die ganze Welt hatte sich gegen sie verschworen. Wie oft hatte sie das schon zu Amanda gesagt?

»Wir wollen Ihnen helfen«, erklärte Amanda. »Wir wollen, daß es Ihnen so gut wie möglich geht, und es kann Ihnen nicht gutgehen, wenn Sie zuviel trinken.«

»Es war nicht zuviel. Nur ein bißchen. Nur einen Schluck ... bitte. Geben Sie mir ein Schlückchen ...«

Ihre Lider fielen zu. Wie schrecklich sie jetzt aussah – verlebt, nicht mehr schön; ihr rotes Haar hatte seinen Glanz verloren und hing ihr ungepflegt ins Gesicht, ihre Augen waren blutunterlaufen, sie hatte rote Flecke, der Mund hing herunter.

»Sie ... Sie wollen mir nichts geben? Sie und Hesketh ... Sie stecken doch unter einer Decke.«

Plötzlich schien sie aufzuwachen. »Natürlich. Glaubt bloß nicht, daß ich es nicht weiß. Ihr meint wohl, ich bin blind. Ich habe gesehen, wie er Sie anschaut. Er denkt: Hätte ich doch bloß nicht Bella geheiratet. Bella taugt nichts. Sie ist krank. Sie trinkt ... und ist einfach unausstehlich. Ich hätte eine ruhige Frau nehmen sollen, eine wie ich, ruhig und langweilig, die es wunderbar fände, mit einem aufsteigenden Arzt verheiratet zu sein ... die sich für meine Arbeit interessiert. So denkt er. Ihr könnt mir nichts vormachen. Ich hab's gesehen. Er denkt, da ist Amanda Tremorney. Hübsch ist sie mit ihren blonden Haaren und den blauen Augen ... und so sanft. Keine Sorge ... ich kenne ihn viel, viel besser, als er glaubt.«

Amanda sagte scharf: »Sie müssen schlafen. Sie dürfen keinen Unsinn reden.«

»Unsinn? Unsinn ... keine Sorge. Geben Sie mir einen Schluck Whisky ... Nur einen kleinen Schluck ... Meine Beine fühlen sich so komisch an. Sie würden mich nicht bis zum Nachtschrank tragen.

Sehen Sie ... sogar meine Beine sind gegen mich ...«

»Schlafen Sie«, sagte Amanda.

Bella legte sich hin; ihre Augen schlossen sich. Amanda Amanda blickte sich im Zimmer um, sah den offenen Schrank, die Flaschen und Gläser, das elegante Mobiliar, all die schönen Dinge, mit denen sich diese Frau so gern umgab; und sie sah auf die Tür, welche in das andere Zimmer führte, in dem sich normalerweise der Arzt um diese Zeit befand.

Bellas Kopf rollte zur Seite, ihr Mund öffnete sich, und sie ließ ein röchelndes Schnarchen vernehmen.

Amanda schloß vorsichtig die Tür des Nachtschränkchens; und als sie leise aus dem Zimmer ging, sagte sie sich: »Ja, es ist Zeit, daß ich dieses Haus verlasse.«

Das Speiselokal florierte. Es hieß immer noch Sam Marpits Speiselokal, aber die meisten Leute nannten es bereits Sams und Liliths.

Lilith tat mehr als nur tanzen; sie saß an den Tischen und plauderte und scherzte, stand mit Sam an der Tür, um die vornehmsten Gäste zu begrüßen, und trat in ihren eleganten Abendkleidern auf, freundlich und auffallend hübsch.

Sie war entschieden härter geworden, und das Leben mit Lilith war nicht nur Sardellentoast und heißer Punsch, sagte sich Sam. Komisch, dachte er, er hatte sich vorgestellt, daß sie durch die Ehe weicher würde; er war überzeugt, daß er die Oberhand gewinnen würde. Aber dem war nicht so. Sie war unabhängig wie immer. Nur ein bißchen Ärger – und es gab natürlich ziemlich oft ein bißchen Ärger –, und sie geriet völlig aus dem Häuschen und redete davon, zu Dan Delaney überzuwechseln, ganz so, als ob sie nicht Sams Hausdrachen wäre. Hausdrachen! Der, der das Wort erfunden hatte, wußte, wovon er sprach!

Trotzdem, sagte sich Sam oft, ich würde alles wieder genauso machen, selbst wenn ich die Uhr zurückdrehen könnte. Er hatte noch dieselben Gefühle für sie; nur die Ehe war eine Enttäuschung. Und dann war da noch Fan. Na, man konnte es nicht immer allen Frauen gleichzeitig recht machen. Der einen Freud war der andern Leid sozusagen. Nicht, daß Fan nicht immer sein ganz besonderer Liebling gewesen war; das war sie nämlich. Fan gehörte zu den Frauen, die einfach nicht nein sagen konnten. Weich und nachgiebig. Obwohl er Lilith direkt vor ihrer Nase geheiratet hatte, wußte er, daß er ihre Gunst jederzeit – mit einer kleinen Schmeichelei, ein, zwei freundschaftlichen Klapsen, einem kleinen Kitzeln unter dem Kinn wiedergewinnen konnte. Vielleicht hätte er Fan wegschicken sollen. Nein, das wollte er nicht. Es sei denn, er könnte eine andere Arbeit für sie finden. Und warum sollte er sie wegschicken? Er hatte ihr genug angetan, dachte er. Fan konnte doch nicht ihren Job verlieren *und* den Spaß, den sie mit ihm gehabt hatte. Außerdem – Sam blinzelte da niemanden Bestimmten an, wenn er sich das sagte –, man konnte ja nie wissen!

Lilith hatte ihn nicht gebeten, Fan zu entlassen. Wenn Sie es getan hätte, wäre er dazu gezwungen gewesen. O nein, Madame Lilith war zu stolz, so was vorzuschlagen. Da war sie eigen. Jede normale Frau hätte gesagt: »Sie muß weg!« Aber Lilith hatte ihren Kopf in den Nacken geworfen und so getan, als ob es ihr gleichgültig wäre – ob Fan nun da wäre oder nicht.

Also blieb Fan – für schlechte Zeiten, könnte man sagen, dachte Sam wieder und blinzelte dabei.

Der feine Pinkel war nicht mehr im Lokal gewesen, um Lilith zu holen. Sam hätte gerne gewußt, was aus ihm geworden war. Na, Lilith hatte schon vornehme Freunde. Da war eine Kusine oder Schwägerin von ihr, die sie ab und zu besuchte. Eine nette junge Dame. Eine Art Gesellschafterin für irgendeine reiche Frau. Er fragte sich, warum Lilith nie zu ihr ging. Es sah Lilith gar nicht ähnlich, ihre Nase nicht überall reinzustecken.

Er erwog, da mal nachzuhaken, aber es gab einige Dinge, die man Lilith besser nicht fragte, wenn man keinen Unfrieden wollte. Na, er konnte sich nicht beklagen. Die Geschäfte gingen gut, und er hatte Lilith heiraten wollen. Komisch war nur, daß sie ihn immer noch auf die Folter spannte, ihm das Gefühl gab, sie nicht sehr gut zu kennen, trotz all dem, was man so ›intime Beziehungen‹ nannte.

Hinter der Theke stocherte Sam in seinen Zähnen herum und sah ihr zu, wie sie sich mit den Gästen unterhielt. O ja, sie brachte Kundschaft herein. Sie wußte auch mit Menschen umzugehen. Ein kleiner Flirt und dann ›He! Betreten verboten!‹.

Lilith war schwer in Ordnung, und sie tat mehr als ihre Lieder singen und den Schleiertanz vorführen. Heute abend sah sie ein bißchen anders aus . . . etwas dünner im Gesicht. Wie sollte man es nennen? Nachdenklich? Nein, das stimmte nicht ganz. Eher, als ob sie ein schönes Geheimnis ganz für sich allein hätte. Voller Unbehagen fragte er sich, ob sie vielleicht wieder mit dem feinen Pinkel zusammenkam. Aber das konnte nicht sein. Er wußte ziemlich genau Bescheid, wo sie sich aufhielt, und sie schien sich nie weit vom Speiselokal zu entfernen.

Doch da war eine Veränderung an ihr – ohne jeden Zweifel. Lilith . . . aber nicht ganz Lilith. Sie warf einen Schleier nach dem anderen ab. Er war froh, daß er sie nicht zu dem Keller hatte überreden können. Jetzt konnte er sich in die Brust werfen; er konnte seine Nase hoch tragen, wenn jemand Delaney erwähnte. Der gute, ehrliche Mann, der sein Lokal anständig hält, macht am Ende das Rennen.

Was war nur so anders an ihr? Sie tanzte mit denselben Gebärden. Er kannte jetzt jedes Detail am Schleiertanz . . . jede Geste. Alles war so wie immer, doch sie schien weit weg zu sein, sie wirkte nicht länger verheißungsvoll, ließ die Gäste nicht mehr glauben, sie würde wirklich nackt dastehen, wenn der letzte Schleier gefallen wäre.

Er folgte ihr in das Zimmer, eine Angewohnheit, die er von früher beibehalten hatte, als er um sie warb. Und er hatte das Gefühl, immer noch um sie werben zu müssen.

»Oh, du bist es.«

»Na, das ist ja eine nette Begrüßung für dein Pottdeckelchen.«

Sie warf ihm diesen für sie typischen vernichtenden Blick zu. Sie konnte das Cockney nicht ausstehen; sie wollte sich verbessern und versuchte so zu sprechen wie ihre damenhafte Schwägerin.

Sie saß jetzt da und schaute in den Spiegel; sie wirkte abwesend und traumverloren. Er legte seine Hände auf ihre bloßen Schultern, und sie schüttelte sich. Er wünschte, sie wäre so warm und lieb wie Fan.

»Was ist los?« fragte er.

Sie starrte an die Decke mit dieser gereizten Geste, die ihm nur zu bekannt war.

»Du bist so anders«, sagte er. »Irgend etwas ist passiert. Ich weiß es.«

Sie drehte sich zu ihm um und war plötzlich ganz weich und lächelte. »Weißt du's, Sam?«

Dann stand sie auf und setzte sich auf den Ankleidetisch, mit dem Rücken zum Spiegel. Sie lächelte immer noch. Er liebte sie sehr in diesem Moment. Sie konnte ihn dazu bringen, daß er sie haßte. Und dann, mit einem plötzlichen Lächeln, ließ sie seine Stimmung umschlagen, so daß er so empfand wie in diesem Moment. Hatte sie nicht schon von Anfang an diese eigenartige Macht über ihn gehabt, als sie ihn überredet hatte, ihr zwölf Shilling und sechs Pence zu zahlen und das Abendessen statt zehn Shilling, die er ihr angeboten hatte?

»Lilith«, sagte er, wobei seine Stimme höher klang als sonst, »was ist passiert?«

»Zunächst war ich nicht sicher«, antwortete sie. »Ich wollte es erst bestätigt haben, bevor ich's dir sage. Es ist ein Baby, Sam.«

»Ein Baby!«

»Na, nun schau mal nicht so, als ob du's nicht glauben könntest.«

Er ging zwei Schritte auf sie zu und legte seine Arme um sie. »Lilith«, sagte er. »Ein Baby, wirklich?«

»Du freust dich wohl, nehme ich an.«

»Ja, wer würde sich da nicht freuen. Du denn nicht?«

»O Sam«, sagte sie. »Ich freue mich so sehr, ich hätte heute abend alle Zuschauer im Saal küssen können.«

»Na, na! Marpits Lokal ist ein anständiges Haus!«

Da lachten sie, und er küßte sie, küßte sie immer wieder. Sie packte ihn bei den Ohren und schüttelte ihn.

»Das hab ich mir mehr gewünscht als alles andere auf der Welt«, sagte sie. »Ein Baby. Ein richtiges Baby. Meins!«

Sam wollte tanzen. Er nahm die Schleier und wikkelte sie sich um den Körper, tanzte ... warf einen nach dem andern ab, lachte oder tat wenigstens so, bis ihm die Tränen über die Wangen rollten. Aber es waren echte Tränen. Nun stell sich das mal einer vor, dachte Sam, ich und weinen!

Sie lehnte sich gegen den Tisch – und auch sie weinte. So weich wie Fan, aber sehr viel schöner.

»Bald kann ich nicht mehr tanzen, Sam.«

Er klopfte sich immer wieder sacht auf den Schenkel, liebevoll, als wäre er die Quelle seiner Freude.

»Nein«, meinte er. »Du mußt dich schonen. Der Schlag soll mich treffen, wenn ich keine Runde Champagner für den kleinen Burschen ausgebe.«

»Sag noch nichts.«

Er lächelte sie an. Er freute sich, daß sie ein Geheimnis teilten ... solch ein Geheimnis.

»Wann ist es soweit?«

»Noch lange nicht. Frühestens in sechs Monaten.«

»Was wird es ... ein Junge oder ein Mädchen?«

»Ein Junge«, sagte sie.

»Das glaube ich auch. Wir nennen ihn Sam.«

Sie antwortete nicht; sie hatte nicht die Absicht, ihm den Namen Sam zu geben.

»Er soll alles haben, Sam. Er muß alles vom Feinsten haben.«

»Genau! Er kriegt 'n Silberlöffel und Windeln mit Diamanten drauf.«

»Die tun ihm aber weh«, lachte sie.

»Ach, das nennt man ›phantasievoll ausschmükken‹. Ich meine natürlich, daß nur das Beste gut genug für ihn ist.«

»Er muß eine gute Bildung erhalten, Sam.«

»Bildung? Wozu? Mit Bildung kommt man nicht weit.«

»Ich möchte, daß er gebildet sein wird.«

Sam stopfte seine Hände in die Hosentaschen und schob das Jackett nach hinten, um seine Westen voll zur Geltung kommen zu lassen. Er stellte sich seinen Sohn in einer noch prunkvolleren Weste vor, wie er eine mit Diamanten besetzte Tabaksdose seinen Gästen hinhielt – an der prächtigen Eingangstür zu einem der größten Lokale in London.

Lilith sagte aufgeregt: »Er soll alles haben ... alles ... Er muß das Beste haben, was dieses Land hergibt, unser Sohn. Keiner soll sich umdrehen und sagen: ›Du bist nicht gut genug.‹ Er soll gut genug sein, um mit der Königin zu tanzen.«

»Lilith, ich bring ihm das Geschäft bei. Er soll alle Chancen haben, die ich nicht gehabt hab. Und wenn er alt genug ist, machen wir es zusammen ... Marpit & Sohn.«

Lilith antwortete nicht. Die Aussicht auf das Kind stimmte sie milder. Sam verstand sie nicht, und sie wollte seine Gefühle nicht verletzen. Darum erzählte sie ihm auch nicht, daß sein Sohn nie Kneipenwirt werden sollte. Sie, die so elend und unglücklich war, weil sie der falschen Klasse angehörte, wollte sichergehen, daß ihr Sohn nicht auf die gleiche Weise leiden mußte. Früher hatte sie sich nichts weiter gewünscht, als ihr Leben mit Frith zu teilen; jetzt wollte sie ihn nicht mehr. Sie konzentrierte nun all ihre leidenschaftliche Liebe auf ein anderes Wesen – auf das Kind, das noch nicht geboren war. Ihre ganze Vitalität, ihre Pläne und ehrgeizigen Ziele galten jetzt ihrem Kind; sie war entschlossen, das Stigma der geringeren Geburt von ihm fernzuhalten.

Hoffentlich wird es ein Junge, dachte sie. Sie wollte unbedingt einen Gentleman aus ihm machen. Und nichts auf der Welt sollte sie daran hindern.

Amanda zog zum Dinner das schwarze Samtkleid an, für dessen Anschaffung sie Geld von Frith geliehen hatte. Sie trug ihr blondes Haar hochgesteckt, was ziemlich unmodern war. Aber sie wollte Bella nicht in den Schatten stellen, denn Frith sollte kommen, und Bella mochte Frith sehr gern. Amanda überlegte, ob Bella sich wohl einbildete, daß Frith in sie verliebt wäre. Er machte ihr ausgefallene Komplimente, die sie mit Freuden hörte. Alle waren Frith dankbar, denn wenn er erwartet wurde, hatte Bella den ganzen Tag über gute Laune.

Amanda kam in Bellas Zimmer. Sie hatte Anweisung erhalten, dort zu erscheinen, bevor sie hinunterging. Die Zofe war da, und Bellas Toilette war soeben beendet. Sie trug Lila, was die Farbe ihrer Wangen noch betonte. Ihre Augen leuchteten. Amanda erriet, daß sie schon an ihrem Schrank gewesen war.

»Ah, da sind Sie ja. Wie sehe ich aus?«

»Sehr attraktiv«, sagte Amanda. Es stimmte, denn sie würde sicher Aufmerksamkeit erregen in dem malvenfarbenen Seidenkleid und dem dazu passenden Band im Haar sowie einem Diamanten, den sie an einem ebenfalls malvenfarbenen Bändchen um den Hals trug.

»Frith hat das letzte Mal gesagt, daß Lila mir besser stünde als jede andere Farbe. Wissen Sie, ich glaube, er hat recht. Er kennt sich mit so was gut aus. Ein charmanter junger Mann. Ich wundere mich oft, daß er nicht heiratet.«

Sie lächelte selbstgefällig ihr Spiegelbild an und sah dabei im Hintergrund Amanda. »Wie hübsch Sie aussehen! Ihr Schwarz paßt ziemlich gut zu meinem Lila, nicht wahr? Schwarz paßt natürlich zu allem. Das Kleid hier erinnert mich an eins, das ich vor Jahren besaß. Oh, wir hatten damals richtige Abendgesellschaften. Wir waren zwanzig beim Dinner. Und jetzt werden wir nur zu viert sein. Na, egal. Frith ist so charmant ... und wenn noch andere da wären, würde er mir nicht genügend Aufmerksamkeit schenken.«

Aber in Wahrheit glaubte sie, daß weder Frith noch sonst irgend jemand sich in ihrer Gegenwart für andere interessieren könnte.

Sie war nicht wieder auf Hesketh Interesse an Amanda zurückgekommen seit jener Nacht vor einigen Monaten, als Amanda sie betrunken in ihrem Zimmer gefunden hatte. Amanda war dankbar dafür; sie spürte, daß eine weitere Anspielung dieser Art ihren Abschied erforderlich gemacht hätte. Nein, Bella glaubte nicht ernsthaft, daß jemand in ihrer Gegenwart an eine andere Frau denken könnte. Vielleicht war sie nur im trunkenen Zustand fähig, sich so zu sehen, wie sie wirklich war; wenn sie nüchtern oder halbwegs nüchtern war, lebte sie in ständigen Träumen, in denen sie die Rolle einer Helena oder Kleopatra spielte.

Für Amanda war es eine unangenehme Abendgesellschaft, denn während des ganzen Essens beobachtete Hesketh seine Frau. Sie redete unaufhörlich – fast ausschließlich mit Frith –, und sie trank wie gewöhnlich sehr viel.

Frith tat so, als ob er nichts Besonderes bemerkte. Er schmeichelte Bella und versetzte sie in immer bessere Laune. Lieber Frith! dachte Amanda. Er ist wirklich ein netter Mensch.

Bella beherrschte die Tafelrunde – so wie sie das ganze Haus beherrschte –, indem sie ihre Umgebung in angstvoller Spannung hielt, was sie wohl in ihren Wutausbrüchen sagen würde. Einfach lächerlich, daß eine so dumme Frau sich derart wichtig machen konnte.

Sie erzählte jetzt von ihrem Elternhaus und den Abendgesellschaften, die man dort gegeben hatte.

»Hesketh denkt dummerweise, daß ich nicht gesund genug bin für Gesellschaften. Ich habe ihm gesagt, daß sie mir guttun. Ich habe gern Menschen um mich. Aber Hesketh scheint mehr in seine Arbeit versunken zu sein als in alles andere. In diesem Hause geht es immer nur um seine Arbeit. Frith, ich vermute, du bist auch so. Ich glaube, wenn du jemals heiraten solltest, vernachlässigst du deine Frau so, wie Hesketh mich vernachlässigt.«

»Pfui, Hesketh!« sagte Frith leichthin. »Aber ich glaube nicht, daß er dich vernachlässigt, aus dem einfachen Grund, weil das niemand tun könnte.«

»Das ist ja völlig absurd. Du erinnerst mich an einen jungen Mann, den ich mal kannte. Er war damals achtzehn. Er war in mich verliebt – das hat er wenigstens behauptet.«

Hesketh sah seine Frau besorgt an. Ihre Stimme stieg jeweils am Ende ihrer Sätze zu einem kleinen Lacher an, genaugenommen zu einem Gekicher.

»Was passiert wohl auf der Krim?« warf Hesketh rasch ein, um abzulenken.

»Das bleibt abzuwarten«, sagte Frith.

»Wie werden es unsere Männer in dem schrecklichen Klima aushalten?« fragte Amanda.

»Es wird mehr Tote durch Krankheiten als durch Verwundungen geben«, meinte Hesketh.

»Ich habe übrigens erwogen, meine Dienste anzubieten. Ich stimme dir zu, daß man fast ebenso viele Ärzte wie Soldaten benötigen wird«, sagte Frith.

»O Frith!« rief Bella aus. »Du willst doch nicht etwa fort?«

»Ich bin mir noch nicht sicher. Ich kann mich nicht entschließen. Manchmal denke ich, es ist pure Dummheit, London zu verlassen und weiß Gott wohin zu gehen. Da draußen wird ein schönes Durcheinander herrschen. Die Franzosen unsere Verbündeten! Na, es ist noch nicht lange her, da waren wir Todfeinde. Manchmal habe ich das Gefühl, daß sie unbequeme Verbündete sind ... und dazu noch gegen den russischen Bären!«

»Du darfst nicht gehen!« sagte Bella. »Ich verbiete es.«

»Ah«, meinte Frith heiter. »Du hast mir die Entscheidung abgenommen.«

»Meine Liebe, meinst du wirklich, daß du noch ein Glas Wein trinken solltest?« fragte Hesketh hastig.

»Wieso nicht?« Ihre Stimme klang streitlustig.

»Weil ich glaube, daß du in deinem Gesundheitszustand schon genug getrunken hast.«

»Und ich glaube, daß ich das selbst am besten beurteilen kann. Siehst du, Frith«, fuhr sie fort, und die tiefrote Gesichtsfärbung trat jetzt deutlich zutage; sie breitete sich auf Kinn und Ohrläppchen aus. »Siehst du, wie ich behandelt werde? Wie ein Kind. Ich darf dies nicht ... und ich darf das nicht.«

Shackleton hatte sich zur Anrichte gewandt; das Hausmädchen sah auf den Teppich; Unbehagen erfüllte das ganze Zimmer.

Frith eilte zu Hilfe. »Es ist zu deinem eigenen Wohl. Er sorgt sich ... wir sorgen uns alle.«

»Du und dich sorgen. Wenn du mich wegen einer Menge Leute irgendwo im Ausland verlassen willst!«

»Als ob ich dich jemals verlassen würde. Darum stimme ich jetzt in Hesketh Bitten ein und sage: ›Bitte, Bella, trink jetzt keinen Wein mehr.‹«

Sie lachte, war aber nicht völlig besänftigt. In ihren Augen war ein gefährliches Glimmen. »Ihr seid alle gegen mich«, klagte sie. »Ihr wollt mich um jedes kleine Vergnügen bringen. Man könnte glauben, ich wäre Trinkerin. Dabei tut es mir gut. Einer von meinen Ärzten ... hat vor langer Zeit gesagt ... und so ein netter Mann war das ... daß ich Wein aus Gesundheitsgründen trinken soll.«

»Vermutlich hast du ihn um den kleinen Finger gewickelt.«

Ihre gute Laune war wiederhergestellt. »Ach, der würde dich nicht interessieren. Der Arme! Er hat nie geheiratet. Ich frage mich oft, warum.«

»Noch so ein zertrampeltes Herz, das deinen Lebensweg säumt«, sagte Frith.

Sie erhob sich etwas unsicher und legte die Hand aufs Herz.

»Ist alles in Ordnung?« fragte Hesketh.

Sie nickte. »Kommen Sie, Mrs. Tremorney. Sie und ich wollen die Männer allein lassen, damit sie ungestört ihren Portwein trinken und über Kriege, Krankheiten und ähnliche nicht gerade angenehme Dinge diskutieren können, an denen sie Gefallen finden. Mehr jedenfalls als an unserer frivolen Unterhaltung.«

Als sie mit Amanda das Speisezimmer verlassen hatte, ging sie in ihr Schlafzimmer hinauf.

»Ich komme gleich zurück«, sagte sie.

Amanda wußte, daß Bella zu ihrem Geheimschrank gegangen war, um sich den Drink zu holen, den sie sich im Speisezimmer hatte ausreden lassen.

Als die Männer in das Wohnzimmer kamen, war Bella immer noch nicht zurück. Hesketh war erschrocken.

»Ich werde sie suchen«, sagte er.

Als sie allein waren, meinte Frith: »Tragisch! Sie wird immer schlimmer. Der arme alte Hesketh, der hat es auch nicht leicht.«

»Ja, Frith. Manchmal glaube ich, meine Anwesenheit nützt nichts.«

»Da irrst du dich. Er hat mir gerade erzählt, daß sie wunderbar mit dir zurechtkommt.«

»Bald wird sie zuviel trinken.«

»Das tut sie schon.«

»Ich meine, daß sie sich zu Tode trinkt.«

»Arme Bella!«

»Frith, hast du das ernst gemeint, daß du auf die Krim willst?«

»Ich denke tatsächlich darüber nach.« Er runzelte die Stirn. »Manchmal habe ich das Gefühl, ich muß weg von hier.«

»Verlierst du dann nicht alles, was du dir aufgebaut hast?«

»Darüber habe ich auch nachgedacht. Nein. Ich glaube kaum. Ich denke, es wäre ein gewaltiger Vorteil, als Kriegsheld zurückzukommen. Mein Assistent wird mich in meiner Abwesenheit vertreten. Verstehst du, was ich meine?«

»Vielleicht kommst du nicht zurück.«

»Leute wie ich kommen zurück. Sie fallen immer wieder auf die Füße. Du kannst dich drauf verlassen, daß ich als Held zurückkehre.«

»Ich würde dich vermissen.«

»Meine süße Amanda!«

»Könnte ich wohl mit dir gehen? Oh . . . nicht mit dir zusammen, natürlich. Aber könnte ich auch dorthin?«

»Du, meine liebe Amanda! Frauen sind auf der Krim nicht erwünscht.«

»Ich dachte, ich könnte helfen, die Verwundeten zu pflegen.«

»Du! Du würdest Tag und Nacht weinen. Du kannst dir überhaupt kein Bild von den schrecklichen

Schlachtfeldern der Welt machen. Nein. Bleib du hier und kümmere dich um Bella. Versuche dem armen alten Hesketh das Leben erträglicher zu machen. Er behauptet, du hättest ein kleines Wunder vollbracht.«

»Hast du . . . Lilith in letzter Zeit gesehen?«

»Lilith? Ich habe sie seit ihrer Hochzeit nicht gesehen.«

»Sie hat jetzt ein Kind. Einen niedlichen Jungen.«

»Lilith . . . und Mutter! Wie seltsam.«

»Sie ist eine sehr gute Mutter. Sie vergöttert den Jungen. Sie hat ihn Leigh getauft. Mir zu Ehren, glaube ich. Ich war Patin. So glücklich habe ich sie nicht mehr gesehen seit den Tagen, nachdem Napoleon dich gefunden hatte.«

»Ich freue mich, daß sie glücklich ist. Ich würde sie gern sehen und . . . ihren Sohn.«

»Nein, Frith. Laß sie in Ruhe. Sam ist ein guter Mann. Er liebt Lilith, und ich glaube, daß das Kind sie fest aneinanderbindet. Ich mag Sam sehr gern. Er ist amüsant und . . . hat ein gutes Herz. Halte dich von ihnen fern, Frith. Laß sie in Ruhe.«

»Na, die Schlachtfelder auf der Krim sind weit weg von Sam Marpits Lokal.«

»Du möchtest gehen, weil du keine Ruhe findest, ja? Du willst auch einen räumlichen Abstand zwischen dir und Lilith schaffen.«

Er berührte sanft ihre Wange. »Ah, wie genau unsere junge Amanda neuerdings zu beobachten weiß! Hör mal. Sie kommen zurück. Sie klingt betrunken. Armer alter Hesketh! Passiert das oft?«

»Nicht, wenn Besuch da ist.«

Bella stand in der Tür; das Samtband in ihrem Haar war verrutscht.

»Ah, da seid ihr ja«, sagte sie. »Es tut mir leid, daß

ich euch allein gelassen habe. Ich war nur einen Augenblick in meinem Zimmer. Jetzt wollen wir Kaffee trinken.«

Das Mädchen brachte Kaffee und Brandy.

Bella saß hoch aufgerichtet auf ihrem Stuhl; sie sah bedrückt aus, und Amanda bemerkte die beginnenden Anzeichen für ihre Trotzlaune, vor der man mit Recht Angst hatte.

Frith verabschiedete sich zeitig, und als er weg war, ging auch Amanda auf ihr Zimmer, aber nicht um zu schlafen. Sie zog das schwarze Samtkleid aus und ihren Morgenmantel an. Dann setzte sie sich ans Kaminfeuer und dachte noch einmal über die Ereignisse des Abends nach. Bella mußte vergessen haben, daß sie einen Gast hatte, als sie in ihr Zimmer gegangen war.

Sie sah sich selbst als Krankenschwester auf der Krim. Sie hatte gehört, daß eine Miss Florence Nightingale eine Kompanie von Krankenschwestern zusammenstellte, um sie mit in den Krieg zu nehmen. Frith überlegte, ob er hingehen sollte, weil er ihrer Meinung nach den Verlust Liliths so sehr bereute, daß er von allem fern sein wollte, was ihn an sie erinnerte. Sie, Amanda, wollte auch weg.

Sie konnte Stimmen von nebenan hören – ihre war zornig und zeternd, seine besänftigend.

Irgendwann einmal wird er nicht mehr so sanft sein. Wie kann er das nur ertragen? Bald wird sie einfach zu weit gehen.

Plötzlich trat Stille ein; dann hörte sie, wie eine Tür ins Schloß fiel. Kurz danach klopfte jemand leise an ihre Tür. Sie öffnete, und da stand Hesketh.

»Ob Sie wohl freundlicherweise zu ihr hineingehen könnten?« fragte er. »Vielleicht reagiert sie auf Sie. Ich reize sie leider offenbar nur.«

»Ja, selbstverständlich gehe ich.«

Sie eilte an ihm vorbei. Bella lachte auf, als sie Amanda erblickte.

»Hat er Sie also geschickt! Ich habe mich noch nie in meinem Leben so geschämt. Er hätte Frith beinahe erzählt, daß ich Trinkerin bin . . . eine heimliche Trinkerin . . . das hat er Frith erzählt.«

»Er hat nichts dergleichen erzählt.«

»Worüber haben Sie mit Frith gesprochen, als ich oben war? Über mich?«

»Nein. Nicht über Sie.«

»Das glaube ich nicht.«

»Es gibt noch andere Gesprächsthemen außer Ihnen, Mrs. Stockland«, sagte Amanda. Selten sprach sie so energisch, und wenn sie es tat, verfehlte es nie seine Wirkung.

»Worüber haben Sie denn geredet?«

»Darüber, daß er auf die Krim geht.«

»Wissen Sie, warum er geht?« Sie lachte wild. »Weil er in mich verliebt ist und ich Hesketh Frau bin. Das hat er zu Ihnen gesagt, nicht wahr?«

»Bitte, seien Sie vernünftig. Gehen Sie jetzt ins Bett. Sie werden sich dann viel besser fühlen. Lassen Sie mich Ihnen helfen.«

Amanda nahm ihren Arm. Bella stand auf, taumelte und griff nach dem Stuhl, als sie auf dem Boden ausrutschte.

»Ach je, das Zimmer dreht sich im Kreis. Ich fürchte wirklich, daß ich ein klein wenig . . . be . . . schwipst . . . bin.«

»Ich helfe ihnen beim Auskleiden, und wenn Sie dann nicht ins Bett gehen, werde ich ihren Mann rufen müssen.«

»Manchmal denke ich, er will, daß ich immer im Bett liege . . . immer, die ganze Zeit . . . damit ich überhaupt keine Freunde mehr haben kann.«

Amanda löste ihr das Samtband vom Hals und alle Haken und Ösen an dem malvenfarbenen Kleid. Es war schwierig, sie aus dem Unterrock und dem Fischbeinkorsett zu befreien.

»Sie sollten sich nicht so eng schnüren«, sagte Amanda. »Das ist gar nicht gut für Sie.«

»Ich hatte so eine schlanke Taille ... eine ganz schlanke Taille ...«

»Ja, als sie jung waren. Aber Sie können doch nicht ewig die Figur eines jungen Mädchens behalten.«

»Sie würden mich gern an allem hindern, was mir Freude macht. Nicht mehr schnüren ... nicht mehr trinken ... ach, ich habe solchen Durst. Geben Sie mir einen Schluck Gin ... ich hätte Lust auf Gin.«

Amanda zog ihr das Rüschenband über den Kopf. »Wollen Sie jetzt versuchen, ins Bett zu gehen?«

»Wenn ich einen Schluck Gin bekommen habe.«

»Heute abend nicht ... Sie haben genug getrunken.«

»Ich bleibe hier sitzen, bis Sie mir was geben.«

Amanda klopfte an die Verbindungstür. Hesketh öffnete sofort.

»Ich bekomme sie nicht ins Bett. Ich glaube, wir müssen sie gemeinsam tragen. Sie ist nicht mehr fähig zu laufen.«

»Ja. Ich werde ihr ein Beruhigungsmittel geben.«

Sie brachten sie gemeinsam ins Bett. Bella hatte ihre Augen halb geschlossen und schien nicht mitzukriegen, daß sie sie auf das Bett legten und Amanda sie zudeckte.

»Ich will einen Drink«, stöhnte Bella.

»Bleiben Sie einen Moment bei ihr«, sagte Hesketh. »Ich hole ihr einen Schlaftrunk.«

Als er zurückkam, hatte er ein Glas mit einer Flüssigkeit in der Hand. Er setzte es an ihre Lippen, und Amanda war überrascht, wie widerspruchslos sie es leerte.

Sie standen zu beiden Seiten des Bettes und beobachteten sie. In wenigen Minuten war sie fest eingeschlafen.

»Sie schläft bis zum Morgen durch«, sagte er. »Lassen Sie sie schlafen, bis sie von selbst aufwacht. Sagen Sie das bitte auch der Dienerschaft?«

Sie nickte und dachte, wie müde er aussieht, als sie hinausgegangen waren und nun zusammen auf dem Flur standen.

»Dieser Abend war ein ziemlicher Alptraum«, sagte er.

»Leider ja. Besonders für Sie.«

»Wenn ich sie nur dazu bringen könnte, nicht mehr zu trinken.«

»Gibt es kein Mittel?«

»Es gibt Heime, in denen Kuren versucht werden. Aber sie hat nicht den Willen, geheilt zu werden, und der ist unbedingt erforderlich.«

»Ist sie schon lange so?«

»Seit Sie hier sind, hat sich ihr Zustand verschlimmert. Noch ein Jahr . . . ich wage nicht daran zu denken, was dann mit ihr passiert.«

»Das tut mir sehr leid.«

»Sie sind so gut, Amanda. Oh, verzeihen Sie mir. Ich denke an Sie immer als Amanda. Es ist mir herausgerutscht, entschuldigen Sie.«

»Es . . . es macht nichts. Ich kann nur wiederholen, wie furchtbar leid mir das tut. Ich hoffe, alles wendet sich zum Guten. Es ist so schmerzlich für Sie.«

»Es ist erträglicher geworden, seit . . . Sie gekommen sind.«

»Gute Nacht«, sagte sie und wandte sich ab.

»Gute Nacht.« Und als sie ihre Türe öffnete und schnell wieder schloß, hörte sie ihn sagen: »Gute Nacht . . . Amanda.«

Lilith lag im Bett. Sam war neben ihr, und nahe bei ihnen stand die Wiege mit dem Baby.

Es war bereits halb zehn, aber sie gingen erst in den frühen Morgenstunden zu Bett, da das Lokal sehr spät schloß; also schliefen sie lange.

Leigh spielte stillvergnügt in seiner Wiege. Er schien zu wissen, daß er sie noch nicht wecken durfte, und jetzt war er völlig mit dem schwierigen Versuch beschäftigt, seinen rechten Fuß in den Mund zu stekken.

Lilith beobachtete ihn lächelnd. Wie schön er war. Wie ähnlich er ihr sah! Er hatte fast nichts von Sam an sich. Sie rückte ein wenig von Sam weg. Im Schlaf sah er noch ungehobelter aus als sonst. Auf der Stelle, wo sein fettiger Kopf gelegen hatte, war jetzt ein dunkler Fleck, denn seine Nachtmütze war verrutscht; er schnarchte mit Unterbrechungen, und bei jedem Schnarcher sah das Baby erschrocken-amüsiert zu ihm hin.

Der Mann kam Lilith grob vor, das Kind dagegen vollkommen. Wenn es doch nur woanders geboren wäre! In einem Haus in der Wimpole Street beispielsweise.

Gestern hatte sie Sam mit dem Baby zusammen überrascht, wie er es hochhob, über seinen Kopf hielt und ein vulgäres altes Lied sang, das ihm sein Vater angeblich immer vorgesungen hatte. Seit der Geburt des Kindes hatte Lilith sehr empfindlich auf Vulgarität reagiert.

»Frau Wirtin hat auch einen Sohn.
Lernts Turteln in der Wiege schon.

Mit Damen zu poussieren,
Tut er sich nicht genieren,
Vor keiner Frau läuft er davon . . .«

Das Baby hatte gelacht und Sam an den Haaren gezogen. Es stand außer Frage, daß das Baby und Sam – mit Sams eigenen Worten – sich gesucht und gefunden hatten.

Er würde ihm solche Lieder beibringen; er würde ihm klarmachen, daß das Leben in der Gaststube das richtige für ihn war. Aber ein Leben als Gastwirt schickte sich nicht für einen Gentleman.

Lilith sah viele Kämpfe auf sich zukommen – Kämpfe um das Baby. Sam würde alles tun, was in seiner Macht stünde, um ein Ebenbild seiner selbst heranzuziehen; und sie war entschlossen, einen Gentleman aus ihm zu machen.

Sam rührte sich und streckte die Hand aus, der sie sich entzog.

Sie stand auf und schlüpfte in den Morgenmantel. Sie beugte sich über die Wiege; Leigh nahm den Finger, den sie ihm hinhielt, und versuchte ihn in den Mund zu stecken; und wie sie sah, daß sich die kleinen Fingerchen um ihren großen klammerten, fühlte sie sich schwach vor lauter Liebe und stark in ihrer Entschlossenheit.

Sie kniete nieder und umarmte das Baby, das strampelte, und das Baby warf einen Blick in Richtung auf das Bett, der abwartendes Staunen ausdrückte.

»Du solltest nicht hier sein, mein hübscher Kleiner«, sagte Lilith. »Du solltest ein schönes Zimmer für dich allein haben . . . aber nicht über einer Kneipe.«

Wenn ich Sam verlassen wollte, dachte sie, hätte ich guten Grund dazu.

Sie wußte, was zwischen ihm und Fan vorgefallen war im letzten Stadium ihrer Schwangerschaft. Sie kannte die Bedeutung seines reuigen, verschämten Blicks, als er ihr große Blumensträuße und Weintrauben gebracht hatte. »Drückt dich dein schlechtes Gewissen, Sam?« hatte sie ironisch gefragt.

Er hatte versucht, völlig verwundert auszusehen, aber er hatte ihr nichts vormachen können. »Tut mir so leid, daß du soviel Schmerzen haben mußt, das ist alles. Das find ich irgendwie nicht richtig«, hatte er gemurmelt. Aber sie hatte ihn nur zu gut verstanden.

Manche Ehefrauen hätten eine Szene gemacht, hätten Fan entlassen und Sam gründlich die Meinung gesagt. Nicht so Lilith. Sie würde auf eine wichtigere Gelegenheit warten. Es gab ihr ein Gefühl der Macht zu wissen, daß er ihr untreu gewesen war, denn seit der Hochzeit war sie ihm treu geblieben.

Als sie das Baby zum Morgenspaziergang ausführte, trug sie einen neuen Rock. Sie kleidete sich stets nach der neuesten Mode, und Sam bestärkte sie darin. Es war gut fürs Geschäft. Es signalisierte den Leuten, wie gut es ihnen ging. Sie stand vor einem Spiegel und drehte sich hin und her, um sich zu bewundern; ihre Taille wirkte schlanker denn je, obwohl sie nicht mehr so eng geschnürt war. Das lag am Schnitt des Rockes. Ihre Füße lugten hin und wieder unter den Volants hervor, klein und zart. Auf den dunklen Locken trug sie einen überproportionalen Hut; er war dunkelblau, verziert mit rosa Bändchen, farblich passend zu den Bändern auf ihrem Mieder. Sie sah nicht nur modisch aus, sondern wunderschön.

Sam betrachtete sie und das Baby, als sie sich zum Ausgehen zurechtmachte. Nie in seinem Leben war er so stolz gewesen.

Lilith rümpfte die Nase; der Geruch von Rauch und

Alkohol hing schwer über dem Raum. Man konnte ihm nicht entrinnen; er vermischte sich mit dem Essensgeruch; und wie trostlos es hier immer bei Tag aussah! Kinder gewöhnten sich an ihre Umgebung; sie konnten nichts Abstoßendes finden an dem, was ihnen normal vorkam.

»Ihr seht beide zum Anbeißen aus«, sagte Sam.

Sie antwortete nicht, und Sam lehnte sich über den Kinderwagen und nahm eine Hand des Babys. Er stimmte ›Frau Wirtin‹ an:

»Frau Wirtins Sohn ist ein Filou,
Filou vom Scheitel bis zum Schuh . . .«

»Ba-ba-ba«, sagte das Baby.

»Ich hab noch nie ein Kind so reden hören«, meinte Sam. »Nächste Woche oder so singt es bestimmt das Wirtinnenlied. Es ist ein Wunderkind, das ist es. Und es ist ein zufriedenes Baby. Zu Recht! Hat es nicht alles, was es sich wünscht? Weint überhaupt nie. Unser Junge weiß, was auf ihn wartet. Marpit & Sohn, wie? Ich will dir mal was sagen, Sammy, wir beide, du und ich, werden das größte Speiselokal in ganz London haben. Und die besten Sängerinnen . . . Wir schaffen das schon.«

»Nenn ihn nicht immer Sammy. Er heißt Leigh.«

»Das einzige, was ich an dem Baby nicht mag, ist sein Name. Leigh! Wer hat denn je so'n Namen gehört. Sammy . . . so hätte er heißen müssen. Warum ich nicht mehr dabei zu bestimmen hatte, weiß ich nicht!«

»Vielleicht warst du zu sehr mit anderen Dingen beschäftigt.«

»Und was soll das heißen?«

In Liliths Augen glitzerte es gefährlich. Ihr Blick ruhte wie zufällig auf Fans Schürze, die über einem Stuhl lag.

»Das kannst du dir selbst beantworten«, sagte sie. »Schlau genug bist du ja. Und er heißt Leigh und wird ein Gentleman. Merk dir das.«

»Das wird er ganz bestimmt«, sagte Sam versöhnlich. Was für ein Narr er gewesen war mit Fan! Er wußte gar nicht, wie das passieren konnte. So was Dummes. Hätte er nicht warten können? Aber irgendwie hatte er Fan nicht als ›eine andere Frau‹ betrachtet. Und Lilith wußte davon. Typisch Lilith. Sie würde das gegen ihn verwenden, um ihren Willen durchzusetzen. Sie war immer schon gerissen gewesen. »Du wirst 'n echter Gentleman, was, Sohnemann.« Sohnemann statt Sammy. Irgendwie konnte er das Bürschlein nicht Leigh nennen.

Lilith lächelte. Sie hatte ihn überzeugt. Sie hatte ihn in diesem Augenblick beinahe gern.

»Wir gehen jetzt spazieren. Komm, mein kleiner König.«

Sie wollte Amanda besuchen. Gewisse Pläne nahmen in ihrem Kopf Gestalt an, und die Wimpole Street spielte dabei eine Rolle. Sie meinte, daß sie Frith immer noch lieben konnte, wenn auch nicht auf die wilde, selbstvergessene Art wie früher. Sie hatte jetzt das Baby. Sie sah zu ihm in den Kinderwagen hinein, da lag es sauber und gut angezogen; mit dem dunklen Haar – das nicht lockig war wie ihr eigenes – und den rosigen Pausbäckchen war es ein Musterkind; und sie wußte, daß sie nie wieder so für einen Mann würde empfinden können wie für Frith. Ihr Sohn war jetzt wichtiger, als jeder andere es jemals sein konnte. In ihrer Gefühlswelt war sie schlicht. War sie einst völlig aufgegangen in ihrer Liebe zu Frith, so war sie jetzt in erster Linie Mutter. Der Junge würde für alle Zeiten an erster Stelle stehen, sagte sie sich.

Welche Freude war es, ihn zu betrachten! Sie ging mit ihm durch einige ärmere Straßen auf ihrem langen Spaziergang zur Wimpole Street. Sie waren jedoch nicht zu arm, denn sie hatte entsetzliche Angst, er könnte sich eine ansteckende Krankheit holen; sie wollte ihn mit anderen Kindern vergleichen – mit denen, die auf dem Pflaster hockten, barfuß und verwahrlost, mit denen, die auf den Straßen bettelten, mit denen, die bleich waren von der Arbeit in den Fabriken; sie wollte ihn vergleichen mit Kindern, die vor den Schnaps- und Bierstuben standen, den Babys in ihren Wägelchen, die den Schlaf der Betäubung schliefen, dank einer Dosis von Godfreys Herztropfen. Und sie wollte sagen können: »Nichts davon für dich, mein König. Du bist jetzt ein Gentleman, und das sollst du auch bleiben, solange es in meiner Macht steht.«

Sie stellte sich vor, wie er größer würde. Sie würde einen Hauslehrer für ihn haben müssen; zuerst vielleicht eine Gouvernante, dann einen Hauslehrer; später wollte sie ihn nach Oxford schicken, wo auch Frith gewesen war. Er sollte all das bekommen, was Frith gehabt hatte. Frith war das Maß aller Dinge.

Doch die Wirklichkeit sah anders aus. Vor ihrem geistigen Auge sah sie, wie Sam den Jungen in die Luft warf und ihm heimlich einige Dinge beibrachte.

Sie mußte zugeben, daß es Sam nicht schwerfallen würde, ihn für sich zu gewinnen. Das war jetzt schon klar. Sam würde ihn anbeten, ihn verwöhnen, ihm seine eigene unbestrittene Schlagfertigkeit, Geschäftssinn und Verachtung für Bildung beibringen. So etwas käme nicht in Frage.

Sie wußte, was sie gerne tun würde: ihn ganz von dem Lokal wegbringen, ihn in einer Atmosphäre der

Oberklasse aufwachsen lassen, sobald er solche Dinge begreifen konnte.

Darum mußte sie auch die Verbindung mit Frith wiederaufnehmen. Wenn Frith sie noch haben wollte, wenn er noch von einem kleinen Haus sprechen würde, irgendwo in vornehmer Gegend, dann würde sie es in Betracht ziehen. Es müßte eine anständige Umgebung sein, wo man sie als ehrbare Witwe mit Vermögen kennen sollte, die ihren einzigen Sohn vergötterte. Es müßte irgendwo sein, wo Sam sie nicht finden könnte. Sie würde sagen: »Ja, Frith, such ein Haus, und ich komme. Aber wenn ich komme, mußt du mir helfen und dich mit mir um meinen Sohn kümmern. Ich möchte, daß ein Gentleman aus ihm wird, und du wärst dabei eine größere Hilfe als jeder andere.«

Das wären ihre Bedingungen; und falls er akzeptierte, würde sie sich eines Tages heimlich aus Sam Marpits Speiselokal davonstehlen und ihr Baby mitnehmen, um nie wieder zurückzukehren.

Das war der Grund, warum sie den Kinderwagen so zielstrebig durch die vielen Straßen zwischen dem Lokal und der Wimpole Street schob.

Sie ging hastig an Friths Haus vorbei und zu dem, in dem Amanda wohnte. Ein Diener öffnete die Tür, nachdem sie geläutet hatte.

»Ich möchte Mrs. Tremorney besuchen. Wäre das möglich?«

»Würden Sie bitte eintreten, Madame? Warten Sie, ich helfe Ihnen mit dem Kinderwagen, dann rufe ich Mrs. Tremorney.«

Als Amanda schließlich in die Diele kam, schien sie erfreut und überrascht, Lilith zu sehen.

»Ich habe dir dein Patenkind zum Anschauen gebracht.«

»Lilith! Warum hast du mich nicht wissen lassen, daß du kommst? Und wie geht es Leigh?«

»Er sieht so klug und bedeutend aus«, sagte Amanda. »Man glaubt es kaum, daß er noch ein Baby ist.«

»Er *ist* bedeutend, und das weiß er genau.« Lilith nahm Leigh aus dem Kinderwagen. »Kann ich den hier stehenlassen?«

»Ja, natürlich. Komm jetzt mit in mein Zimmer.«

»Komm, mein Schatz«, sagte Lilith; und als sie Amanda die Treppe hinauf folgte, malte sie sich aus, wie sie in diesem Hause wohnen würden – sie und das Baby – und daß seine Zukunft gesichert wäre.

»Dies ist also dein Zimmer. Es ist wunderschön. Es ist besser als das, das du bei deinen Eltern hattest. Und sie behandeln dich wie eine Dame. Wo ist die Herrin des Hauses?«

»Sie ruht.«

»Jeder würde glauben, *du* wärst hier die Herrin.«

»Du übertreibst, Lilith. Darf ich den Kleinen halten?«

Sie nahm ihn und küßte sein Haar. »Er ist so schön, Lilith. Wie glücklich du sein mußt!«

Lilith lächelte. »Ja, das bin ich. Er ist mir lieber als alles andere auf der Welt.«

»Ich freue mich, Lilith. Ich freue mich so für dich.« Sie hatte Tränen in den Augen. »Wie dumm ich bin! Ich bin nur so froh, dich so glücklich zu sehen. Du hast so viel für mich getan, Lilith. Ich möchte am liebsten vor Freude weinen, weil du ihn hast . . . und er ist bestimmt das niedlichste Baby auf der ganzen Welt.«

»Das ist er«, sagte Lilith. »Aber Amanda, ich mache mir Sorgen um dich.«

»Um mich?«

»Es ist ungerecht, daß du in einem solchen Haus

arbeiten mußt. Du solltest die Herrin sein. Ich sähe dich gern verheiratet und glücklich ... mit deinem eigenen Baby auf dem Arm, ja, das wünsch ich mir. Du hast wohl noch nicht ans Heiraten gedacht?«

»Nein, Lilith.«

»Was ist mit Mr. Young?«

»Er ist jetzt Soldat. Er ist meilenweit weg ... auf der Krim.«

»Der ist also Soldat geworden. Und ... was ist mit Frith? Könntest du ihn nicht doch heiraten?«

»O Lilith, denkst du immer noch an ihn?«

»Wenn man ein Baby hat, bleibt nicht viel Zeit, an was anderes zu denken. Ich wollte nur wissen, ob du ihn gesehen hast und ...«

»Ich habe ihn lange nicht gesehen. Er ist auch weggegangen.«

»Weggegangen?«

»In den Krieg.«

»Was, als Soldat?«

»Nein, als Arzt. Er meinte, er sollte gehen, weil sie wohl Ärzte genauso dringend benötigen wie Soldaten.« Amanda sprach hastig. »Er kommt aber wieder. Sein Haushalt geht ganz normal weiter. Sein Assistent wohnt jetzt in seinem Haus und sorgt für alles. Napoleon wird zum Diener ausgebildet. Er ist sehr glücklich.«

Lilith war wie betäubt. Sie hatte tiefer für ihn empfunden, als ihr klar gewesen war. Jetzt war sie ärgerlich, daß sie so wenig auf das Gerede vom Krieg geachtet hatte. Namen wie Alma ... Balachava ... Inkerman ... kamen ihr in den Sinn. Es waren bisher nur unbedeutende Namen. Jetzt waren es Orte – Orte, an denen sich Frith vielleicht aufhielt.

»Aber ... da muß es doch sehr gefährlich sein.«

»Er wird sich nicht in Gefahr begeben. Das hat er

versprochen. Er hat gesagt, was auch passiert, ihm wird nichts geschehen. Lilith, er hat dich sehr geliebt. Ich glaube, darum ist er gegangen.«

»Da muß ich aber lachen«, erwiderte Lilith. »Er sieht lieber dem Tod ins Auge als einer Ehe mit mir. Das ist schon komisch.«

»Lilith, er hat gewünscht . . . ich kann dir nicht sagen, wie sehr er sich gewünscht hat . . .«

»Ich weiß. Daß ich eine Dame bin. Ich war keine, also ist er lieber auf die Krim gegangen, als mich zu heiraten.«

»Viele Leute meinen, daß sie gehen sollten. Ich wollte mich auch schon als Krankenschwester melden.«

»Haben die denn Krankenschwestern da?«

»Ja, Miss Nightingale hat einige davon dorthin mitgenommen. Ich wollte mich ihr eventuell anschließen. Das wäre auch eine Lösung für mich gewesen. Frith hat aber gesagt, das wäre nichts für mich. Er hat mehr oder weniger darauf bestanden, daß ich hierbleibe.«

»Als Krankenschwester!« sagte Lilith. Sie sah sich mit Frith in einem Land, das ihr Vorstellungsvermögen überstieg. Aber, dachte sie mit einem Blick auf das Baby, was schert mich denn jetzt Frith? Was kümmert's mich, wenn er nicht zurückkommt? Ich hab jetzt Leigh.

Sie nahm ihn Amanda ab, denn in diesem Moment konnte sie es nicht ertragen, daß eine andere ihn hielt. Sie küßte ihn und preßte ihn an sich.

»Er ist ganz nach meinem Wunsch, er ist schön, er ist wunderbar . . .«, sang sie nach der Melodie eines alten Liedes, das sie immer im Lokal zum besten gegeben hatte; und Amanda sah ihr zu und lächelte erleichtert. Gott sei Dank hatte Lilith ihr Baby. Beide

Liebenden in dieser unglückseligen Affäre hatten ihre Rettung gefunden: Frith in der Arbeit für die Armee, Lilith in ihrem Sohn.

Als sie das Baby fest an sich drückte, dachte Lilith, daß ihr kleiner Plan ihr jetzt wohl nichts mehr nützen würde. Wie konnte ihr Frith das Haus besorgen, wie konnte er ihr helfen, einen Gentleman aus dem Baby zu machen, wenn er im Krieg war?

»Erzähl mir was von dir, Amanda. Erzähl, wie es hier ist. Die Frau, für die du arbeitest . . . wie ist sie?«

Amanda zögerte.

»Ah!« sagte Lilith. »Sie ist ein Teufel, was?«

»Nein, eigentlich nicht. Sie ist sehr krank . . . und darum ist sie manchmal ein bißchen eigen. Aber . . . mir geht's gut. Ich komme zurecht.«

»Amanda, hast du schon mal darüber nachgedacht, was passiert, wenn sie stirbt?«

Amanda war plötzlich puterrot. Warum denn das bloß? dachte Lilith.

»Wenn . . . wenn sie stirbt . . .? Wieso . . . wieso sollte ich . . .?«

»Na, du arbeitest doch für *sie*, oder? Wenn sie stirbt, wird sie wohl kaum noch deine Dienste benötigen.«

»Dann muß ich mich nach einer anderen Arbeit umsehen.«

»Könntest du das denn?«

»Ich denke schon. Ich habe jetzt Erfahrung gesammelt. Der Arzt würde mir helfen. Er ist sehr freundlich.«

»Kann man mit ihm leichter zurechtkommen als mit ihr?«

»Ich sehe natürlich nicht viel von ihm. Ich arbeite für sie.«

»O Amanda, ich würde dich so gern in einem solchen Haus versorgt wissen ... mit deinen eigenen Babys. Dann könnte ich den kleinen Leigh hierherbringen, damit er mit seinen Cousins spielen kann. Sie wären doch Cousins? Entfernte. Das wäre doch schön, Amanda.«

»Du mußt dir keine Sorgen um mich machen, mir geht's gut.«

Lilith erzählte eine Weile vom Lokal; beinahe hätte sie davon gesprochen, was Sam möglicherweise bei dem Baby anrichten würde und wie ihre eigenen Wünsche und Hoffnungen für das Kind aussahen. Aber sie hielt sich zurück. Zweifellos hatte sie die Neuigkeit über Frith etwas erschüttert. Sie hatte wohl mehr auf seine Hilfe gerechnet, als sie sich selbst klargemacht hatte; ihr Entschluß, das Baby dem Einfluß des Lokals und Sams Erziehungsmethoden zu entziehen, bevor es viel älter würde, mußte sehr viel stärker gewesen sein, als sie geahnt hatte. Als sie gerade gehen wollte und Amanda sie in der Diele verabschiedete, kam der Arzt herein.

Was der wohl denkt, überlegte Lilith. Darf Amanda denn Besucher empfangen, wenn sie hier doch nur arbeitet?

»Guten Morgen«, sagte er.

»Das ist Mrs. Marpit«, stellte Amanda sie vor. »Ich glaube, ich habe Ihnen von ihr erzählt.«

Der Arzt gab Lilith die Hand. »Wie geht es Ihnen, Mrs. Marpit?«

»Und das ist Leigh«, sagte Amanda. »Mrs. Marpits Sohn.«

Amanda hielt ihm das Kind hin, und Lilith nahm etwas wahr, das sie stutzig machte.

Als sie die Wimpole Street verließ, war sie nachdenklich.

Der Arzt war also in Amanda verliebt. Was war das

für eine Situation, in der Amanda sich befand: Sie arbeitete für eine Kranke, dessen Ehemann in sie verliebt war! Wenn die Frau stürbe, würde Amanda ihn vielleicht heiraten. Dann wäre sie wieder in die Klasse aufgestiegen, zu der sie gehörte.

Und obwohl Amanda es vielleicht selbst nicht ahnte – schließlich war sie immer ein bißchen naiv gewesen –, für Lilith stand es fest, daß sie die Gefühle jenes Mannes teilte.

Lilith konnte nachts kaum schlafen, weil sie immer daran dachte. Jeder Tag bei Marpit kam ihr ein bißchen grauer vor als der vergangene. Der Gestank von schalem Tabakqualm, Schnupftabak und Alkohol schien täglich stärker zu werden. Sie tanzte nicht mehr; das hatte sie kurz vor Leighs Geburt aufgegeben. Aber sie mischte sich noch unter die Gäste, setzte sich an ihre Tische, glänzte in einem Abendkleid in Schwarz und Scharlachrot und trug rote Rosen im Haar. Sie war immer noch ein Magnet – ob mit oder ohne Tanz.

Es kam der Tag, an dem sie spürte, daß sie nicht länger zögern durfte. Am Abend vorher hatte Sam eine seiner sogenannten Galanächte gegeben; es war der Geburtstag des Jungen gewesen; er war ein Jahr alt geworden.

Sam hatte sich mitten in den Raum gestellt und die Hand erhoben. Er hatte seine schönste Weste getragen, sein Gesicht war erhitzt vom Gin und der inneren Erregung, sein Haar hatte vor Makassaröl geglänzt.

»Meine Damen und Herren, dies ist ein großer ... äh ... ein ganz großer Augenblick. Einer der größten in meinem Leben. Einige von den anwesenden Herrschaften wissen vielleicht, daß ein bedeutendes Mitglied meiner Familie jetzt nicht unter uns weilt. Und warum? Ist er weit weg? Nein, das ist er nicht. Er ist hier. Oben in seinem Bettchen ... und schläft tief. Meine Damen und Herren, ich meine damit meinen Sohn. Heute ist er ein Jahr alt, und ich möchte, daß Sie mit mir auf seine Gesundheit anstoßen ... auf Kosten des Hauses ... mit bestem Champagner ... mit Marpits Champagner, denn ich schmeichle mir, daß das der beste ist. Charlie! Jack! Schenkt ein!«

Die Gäste brachen in Hochrufe aus, denn nichts erfreute sie mehr als eine freie Runde Champagner, und sie waren gern bereit, auf Leighs Gesundheit zu trinken, solange sie es nichts kostete.

»Auf den Jungen!« rief er, sein Glas erhebend. »Auf den jungen Marpit.«

Hätte er da Schluß gemacht, wäre alles in Ordnung gewesen; aber das hatte er nicht getan. Lilith hatte sich mit ein paar Gästen über das Kind unterhalten, als sie plötzlich Sam mit dem Kleinen sah, noch rosig vom Schlaf, die Äuglein reibend, wie er verwirrt um sich blickte.

Sam sagte: »Meine Damen und Herren, hier ist der kleine Bursche selbst. Es mag vielleicht nicht richtig sein, ihn um diese Zeit aufzuwecken, aber er hat schließlich nicht jeden Tag Geburtstag, und das eine Mal wird ihm schon nicht schaden. Da müßte was anderes kommen, um dir zu schaden, was, mein Sohn?«

Die Leute drängten sich um Leigh, und jetzt, da er völlig wach war, bestand kein Zweifel, daß ihm dieses Abenteuer Vergnügen bereitete. Denn nichts machte dem kleinen Leigh mehr Spaß als die schmeichelnde Aufmerksamkeit von Erwachsenen. Dorrie Quinn, die das Lokal als Treffpunkt für ihre Herrenbekanntschaften benutzte, nahm das Baby von Sam und küßte es.

Lilith sah zu, lodernde Wut in ihrem Herzen.

Sie setzten ihn auf den Tisch und gaben ihm Kuchen und Süßigkeiten. Er lachte; er war das freundlichste Baby auf der Welt, und er machte allen klar, daß dies seiner Ansicht nach eine tolle Steigerung eines tollen Tages war.

Sam rieb sich die Hände; er bot ihr Trotz, und Lilith spürte, daß dies eine Art Einweisung für das Kind sein sollte; als ob er sagen wollte: dies ist genauso mein Sohn wie deiner. Und dies ist der richtige Weg für ihn.

Liliths Gelegenheit kam, als Leigh plötzlich anfing zu weinen. Jemand hatte ihm Champagner über seinen Schlafanzug gegossen, und ein älterer Mann, der das Kind zum Lachen bringen wollte, hielt seinen gelockten Schnurrbart dicht an Leighs Gesicht und schnitt eine Grimasse. Leighs Reaktion bestand in weit aufgerissenen Augen und Kreischen.

Da kam Lilith herüber. »Was hast du denn, mein Schatz?« Sie nahm das Baby, und es legte die Ärmchen um ihren Hals, vergrub das Gesicht in ihrem. »Ist ja gut, Mama ist ja bei dir. Ist ja gut.« Sie lächelte in die Runde. »Übermüdet«, erklärte sie. »Er sagt euch allen jetzt gute Nacht. Sag gute Nacht, mein Liebes.«

Leigh hob sein Köpfchen und winkte feierlich mit der Hand.

»Gute Nacht, Baby!« riefen die Gäste.

Lilith eilte mit ihm nach oben.

Als das Lokal geschlossen war und sich Lilith und Sam zusammen in ihrem Schlafzimmer befanden, fuhr sie ihn wütend an; er merkte nicht, daß ihre Wut ein bißchen gespielt und Teil eines Planes war.

»Da hast du dir ja was ganz Schlaues einfallen lassen!«

»Was denn?« fragte er ahnungslos.

»Was? Ein Kind aus seinem Bett zu holen und an einen solchen Ort zu bringen ... all der Qualm ... all diese Menschen ... er hätte sich den Tod holen können.«

»Es hat ihm nicht geschadet. Dem kleinen Kerl hat's gefallen.«

»Gefallen! Darum hat er wohl auch wie am Spieß geschrien!«

»Ach, das war doch hinterher. Hast du nicht gesehen, wie er gelacht hat?« Sam schlug sich auf den Schenkel, aber er war etwas nervös.

»Lachen! Na, wie schön! Erst willst du, daß deine eigene Frau nackt im Keller tanzt ... dann nimmst du deinen Sohn und versuchst, einen Trinker aus ihm zu machen.«

»Hör mal zu«, sagte Sam, »was ist eigentlich los? Ich hab nicht gewollt, daß du in'n Keller gehst.«

»Ach nein? Und warum hast du davon geredet?«

»Ach, das war doch ganz am Anfang, als du neu warst.«

»Aha. Du wolltest nur ein unschuldiges Mädchen ruinieren.«

»So unschuldig nun auch wieder nicht«, sagte Sam.

»Du schließt von dir ... und Fan ... auf andere.«

Das stopfte ihm den Mund. Sie fuhr fort: »Ich lasse nicht zu, daß mein Baby in die Kneipe gebracht wird ... nie wieder.«

»Das war doch nur, weil er Geburtstag hat.«

»Das ist mir egal. Es war nicht gut für ihn, und ich will es nicht. Ich habe dir gesagt, ich will ihn wie einen Gentleman erziehen.«

»Große Rosinen hast du im Kopf.«

»Besser als kleine ...«

»Sie sind zu groß für dich, Lilith.«

»Aber nicht für ihn. Ich muß auf ihn aufpassen. Ich sehe schon, daß es sonst keiner tut.«

»Schau mal, Lilith. Du bist zu empfindlich. Ich will für den Jungen das Beste. Niemand kann es besser mit dem Jungen meinen als ich. Aber er wird für seinen Lebensunterhalt aufkommen müssen wie wir auch. Du hast immer nur Gentlemen im Kopf.«

»Sam«, sagte sie, »ich glaube, du hast recht. Ich habe nur Gentlemen im Kopf. Darum will ich nicht, daß *er* am Eingang einer Kneipe steht, sich vor dem ganzen Abschaum von London verbeugt, nur weil sie reinkommen können und sich bis zur Besinnungslosigkeit besaufen.«

Mehr wollte sie nicht sagen.

Am nächsten Morgen aber zog sie ihr schönstes Kleid an, steckte das Baby in seine beste Wäsche und ging Amanda besuchen.

Oben in Amandas Zimmer sagte sie, was sie auf dem Weg zur Wimpole Street einstudiert hatte.

»Amanda, ich bin in der Klemme.« Das war der richtige Anfang. Sie kannte ihre Amanda. Die blauen Augen weiteten sich schon vor Mitgefühl. »Ich dürfte dich eigentlich nicht mit meinen Sorgen belasten.«

»Aber wem könntest du sie sonst erzählen? Es würde mich kränken, wenn du nicht damit zu mir kämst, nach allem, was wir füreinander gewesen sind. Was ist denn los?«

»Alles, Amanda. Einfach alles. Ich habe mein Leben völlig verpfuscht. Ich hätte Sam nicht heiraten sollen.«

»Wenn du es nicht getan hättest, gäbe es keinen Leigh.«

»Das stimmt. Für mein Baby würde ich sterben, Amanda.«

»Ja, das weiß ich. Aber erzähl jetzt, was los ist. Ich möchte dir gern helfen.«

»Meine Ehe ist nicht so, wie du denkst. Sam ist mir nicht treu gewesen.«

»Wirklich, Lilith? Das überrascht mich aber. Ich ... ich dachte, er wäre so gut zu dir ... und hätte dich so gern.«

»Gern haben? Mich?« Lilith lachte. »Weißt du, daß er was mit Fan angefangen hat, als ich schwanger war?«

»Du meinst ...«

»Du weißt, was ich meine. Sie sind zusammen gegangen, bevor ich bei ihm gearbeitet habe, und dann ... also, es ist wieder von vorn losgegangen. Was glaubst du, wie ich mich fühle in einem Haus, wo so was vor sich geht?«

Amanda war zutiefst schockiert. »Das habe ich nicht geahnt.«

Lilith bedeckte ihr Gesicht mit den Händen und schwieg eine Weile. Der Kleine, den Amanda gerade hielt, sah seine Mutter – in Tränen, wie er meinte – und begann auch zu weinen. Er strampelte und streckte die Ärmchen nach ihr aus.

Lilith nahm ihn und tröstete ihn. »Na, na, mein Schatz, ist ja gut. Mama lacht ja ... siehst du.«

Leigh nickte. Und sofort lachte auch er.

»Ach, was ist er doch für ein kleiner Liebling«, sagte Amanda. »Was immer auch passiert, du hast Glück, ihn zu haben.«

»Ich mache mir seinetwegen keine Sorgen. Ich selbst könnte mich ja mit allem abfinden, aber Sam fügt *ihm* Schaden zu, furchtbaren Schaden.«

»Du meinst doch nicht, daß er ihn mißhandelt! Aber ... er sieht doch so munter aus, als ob es ihm an nichts fehlt ...«

»Er schlägt ihn nicht. Aber es ist irgendwie noch schlimmer. Er versucht ihn zu verderben. Weißt du, was er macht? Er nimmt ihn mit in die Kneipe runter und läßt die Frauen ... weißt du, die Art Frauen, die in die Kneipe kommen ... also er läßt die Frauen das Baby halten und streicheln und Alkohol über ihn gießen. Er weckt ihn nachts auf, um ihm das anzutun.«

»Lilith!«

»Sag doch nicht immer ›Lilith‹! Das hilft auch nicht. Was soll ich tun? Soll ich dort bleiben, soll der Junge erfahren, was für ein Heim er hat ... und Fan macht sich dabei wichtig, und die Frauen rülpsen um ihn herum?«

»Das ist ja schrecklich. Ich hatte keine Ahnung. Ich wünschte, ich könnte etwas tun.«

»Ich will da weg. Dort kann ich mein Baby nicht großziehen. Ich kann nicht bei einem Mann bleiben, der mir nicht treu ist. Amanda, könnten wir vielleicht hierher kommen ... das Baby und ich?«

»Hierher?«

»Na, die scheinen dich sehr zu schätzen. Vergiß nicht, daß ich deine Kusine bin. Ich habe überlegt, ob ich hier nicht eine Arbeit finden könnte. Es würde sie doch nicht stören, wenn ich mein Baby bei mir hätte, oder? Ich dachte, der Doktor sieht so freundlich aus, er ist ein Mann, der alles versteht, der Mitleid mit mir hat, der nicht will, daß ein Kind wie mein Leigh bei Marpit aufwächst.«

»Ja, er ist sehr freundlich«, sagte Amanda.

Lilith lächelte. »Wenn du ihn vielleicht fragst ... ich glaube, er tut was für mich. Denk doch nur, was das für mich bedeutet, Amanda.«

»Aber was ... was hast du dir denn vorgestellt?«

»In so einem großen Haus gibt es viele Dienstboten ... Vielleicht ist da Platz für mich.«

»Willst du denn als Dienstbote arbeiten?«

»Ich würde alles tun, um mein Baby nicht in der Kneipe großziehen zu müssen.«

»Aber Lilith, du bist doch immer so stolz gewesen. Du hast immer wieder gesagt, du wolltest nie mehr Dienstbotenarbeiten verrichten

»Ich muß jetzt an Leigh denken. Ich kann es mir nicht mehr leisten, stolz zu sein. Ich habe Angst, wie er aufwachsen muß, wenn er bei Marpit bleibt.«

»Und du glaubst, hier wäre er besser aufgehoben?«

»Ja, das glaube ich. O Amanda, du bist doch mehr als eine Kusine für mich. Du bist mir so nah wie eine Schwester Du und ich ... wir werden uns niemals trennen ... ganz gleich, was passiert. Wenn ich hier eine Stelle bekäme, wärst du bei mir und könntest mir bei Leighs Erziehung helfen. Ich möchte, daß er so spricht wie du ... und wie Frith. Ich will nicht, daß er wie sein Vater wird. Wenn wir zusammen wären, könntest du ihn unterrichten, so wie Miss Robinson dir alles beigebracht hat. Dann wird er richtig aufwachsen ... besser als ich ... und ich allein könnte ihm nicht dazu verhelfen. Wein doch nicht, Amanda, nur weil ich dich um deine Hilfe bitte.«

Amanda wischte sich die Tränen weg. »O Lilith, ich kann nichts dafür. Ich kann mir genau vorstellen, was du meinst. Was mußt du durchgemacht haben!«

»Amanda ... willst du versuchen, etwas für mich zu tun?«

»Ich bin hier doch auch nur eine Art Dienstbote, Lilith.«

»Aber du bist eine Dame, und das wissen sie. Sie halten doch so viel von Damen und vornehmen Herren. Wenn du einmal dazugehört hast, kann dich eigentlich nichts aus der Klasse ausstoßen. Sie werden auf dich hören, Amanda.«

»Aber sie haben genügend Dienstmädchen.«

»Könnten sie nicht doch noch eins gebrauchen?«

»Warte, da fällt mir was ein, doch da müßtest du noch ein bißchen warten. Es kann sein, daß ein Dienstmädchen heiratet. Dann würde sie aufhören und . . .«

»Das ist die Gelegenheit! Leg ein gutes Wort für mich ein. Ich will das neue Dienstmädchen sein. Aber du mußt ihnen sagen, daß ich ein Kind habe und es mitbringe.«

»Es wird dir schwerfallen, hier als Dienstmädchen zu arbeiten. Es ist nicht das gleiche, wie Wirtin bei Marpit zu sein.«

»Ich muß an den Jungen denken.«

Sie küßte ihn zärtlich.

Sie malte sich aus, wie er in diesem Haus aufwachsen würde. Amanda – dann Mrs. Stockland – würde ihm Lesen und Schreiben beibringen. Er war ein hübscher kleiner Kerl, er würde wie ein Sohn des Hauses sein.

Es war der erste Schritt, aus dem Sohn eines Lokalbesitzers einen Gentleman zu machen.

Amanda klopfte an die Tür des Sprechzimmers. Sie sah, wie sich Hesketh Miene veränderte, als sie auf seine Aufforderung hin eintrat.

»Hoffentlich störe ich Sie nicht?«

»Durchaus nicht. Ich freue mich sehr, Sie zu sehen.«

»Ob Sie wohl ein paar Minuten Zeit für mich haben? Ich möchte Sie gern etwas fragen.«

Er behandelte sie fast wie eine Patientin. Er ließ sie auf dem geschnitzten Stuhl Platz nehmen, während er an dem Tisch saß, den er als Schreibtisch benutzte.

Jetzt, da sie allein waren, wurde ihr Benehmen beinahe steif und förmlich. Sie waren sich ihrer Gefühle in diesem Moment so bewußt, daß sie es für nötig hielten, sie zu verbergen.

In ihrer Gegenwart mußte er sie immer mit seiner Frau vergleichen: Amanda war so sanft, Bella so hysterisch; Amanda bescheiden, Bella lächerlich eifersüchtig. Seit Amanda bei ihnen lebte, hatte er gespürt, wie tief seine Abneigung und wie groß sein Widerwillen gegen die Frau war, die er geheiratet hatte. Er hatte hohe Ideale, war streng gegen sich selbst, kontrolliert, reserviert; aber seit Amandas Ankunft hatte er sich geändert. Seine Selbstkontrolle war weniger stark als zuvor. Er konnte die wilden Wünsche nicht unterdrücken, die ihn heimsuchten. Früher hatte er resigniert; jetzt gelang ihm das nicht länger. Er hatte schon immer seine Gefühle analysiert, und tat es auch jetzt – und erkannte: in dem Maße, in dem sein Haß auf seine Frau zunahm, stieg seine Wertschätzung für Amanda. Er lebte ständig in der Angst, sie könnte ihren Abschied ankündigen. Er wußte, daß er in dem Fall seine Reserviertheit aufgeben und ihr seine Gefühle gestehen würde. Er würde in Worte kleiden, was er ihr sonst mit einem Blick, mit einer Geste, mit einem Tonfall mitzuteilen versucht hätte: Warte. Ich bitte dich, warte. Sie kann nicht ewig leben. Sie ist eine schwerkranke Frau. Warte ... denn wenn sie tot ist, haben wir eine Zukunft.

Das Warten könnte lange dauern, das wußte er. Wie viele ähnliche Fälle hatte er schon behandelt? Bellas Krankheit war nicht selten. Herzen hatten viel Widerstandskraft. Sie überlebten unter schwierigsten Bedingungen. Es war nie vorherzusehen, wie sie reagieren würden. Das war es, was ihn an Herzen so sehr faszinierte. Er wußte, daß Bella schon diese Woche sterben konnte, aber es war auch möglich, daß sie noch zehn oder fünfzehn Jahre lebte.

Zehn oder fünfzehn Jahre, in denen sich ihr Zustand noch verschlechtern würde! Und je häufiger die Anfälle kämen, umso schwieriger wäre der Umgang mit ihr. Er als Spezialist verfügte über die Mittel, die ihr Leben verlängern würden. Wie konnte er da Amanda bitten zu warten, von einer gemeinsamen Zukunft sprechen? Wie konnte er, ein Mann mit festumrissenen Idealen, ein integrer Mann, ihr eingestehen, daß ihm solche Ideen in den Sinn gekommen waren?

Gleichzeitig mußte er sich einfach über ihre Gegenwart freuen. Die glücklichsten Stunden waren die Mahlzeiten, an denen Bella nicht teilnehmen konnte, weil es ihr zu schlecht ging, und er mit Amanda allein war.

Und Amanda konnte nie mit ihm zusammensein, ohne seine Gefühle für sie deutlich wahrzunehmen. Ihr Leben wurde allmählich schwierig und gefährlich; aber wenn sie dieses Haus verlassen würde, wäre es für ihn völlig unerträglich.

Noch nie hatte sie mit jemandem größeres Mitleid gehabt als mit ihm – nicht einmal mit William; dies kam daher, weil sie ständig an ihn dachte; jede Demütigung, die ihm seine Frau antat, durchlitt Amanda; sein ganzes Unbehagen war auch das ihre. Sie hätte ihn so gern getröstet. So hatte es bei Amanda angefangen. Später erst sah sie in ihm den hochintelligenten Mann, den großen Arzt, bescheiden und selbstlos; er schien in ihren Augen vollkommen zu sein. Da wußte sie, daß sie ihn liebte und daß die Situation, in der sie sich befand, mit hundert Gefahren verknüpft war.

Jetzt lächelte er sie an. Sie waren allein in dem großen Sprechzimmer mit der hohen Decke, in der

Atmosphäre beruflicher Würde. Sein Lächeln war zärtlich, als ob er wüßte, daß sie vor neugierigen Blikken sicher waren und er es nicht nötig hätte, seine Gefühle zu verbergen.

»Wenn ich irgend etwas für Sie tun kann«, sagte er, »wissen Sie, daß mir nichts größere Freude bereiten würde.«

»Es ist wegen Lilith – Mrs. Marpit. Sie haben sie mit ihrem Sohn vor einiger Zeit gesehen. Die arme Lilith! Sie bedeutet mir sehr viel, und sie befindet sich in Schwierigkeiten. Ich will etwas für sie tun, und ich glaube, daß Sie und Mrs. Stockland ... mir dabei helfen könnten.«

»Sagen Sie mir nur, was Sie von mir möchten.«

»Dazu muß ich eine Erklärung vorausschicken. Lilith ist unglücklich verheiratet. Sie vergöttert das Baby und befürchtet, daß die Kneipenatmosphäre nicht die richtige Umgebung für das Kind ist. Das bereitet ihr große Sorgen. Offenbar ist ihr Mann ihr nicht treu. Eine Frau arbeitet da ... und Lilith sagt, daß es ihr, was sie selbst betrifft, nichts ausmacht. Aber sie macht sich Gedanken um das Kind. Er ... ihr Ehemann ... nimmt den Kleinen nachts aus dem Bett ... und gibt unten im Lokal vor dem ganzen Pöbel mit ihm an ...«

»Das klingt, als ob sie einen guten Grund zur Besorgnis habe.«

»Sie möchte ihn gern verlassen, und sie hat mich um Hilfe gebeten.«

»Was erwartet Sie von Ihnen?«

»Das ist der Grund, warum ich mich an Sie wende. Sie hat mich gebeten, mich dafür einzusetzen, daß sie in diesem Hause arbeiten kann. Sie müßte ihren Jungen mitbringen. Er ist übrigens mein Patenkind, und sie möchte, daß ich ihn Lesen und Schreiben lehre.

Eins von den Dienstmädchen wird in ein paar Monaten heiraten. Wenn Lilith ihren Platz einnehmen könnte, wäre sie sehr dankbar . . . und ich ebenfalls. Der Junge müßte natürlich auch hier sein dürfen. Aber ich glaube, wir könnten es so einrichten, daß er nicht stört. Ich hoffe so sehr, daß Sie mir in dieser Sache helfen werden.«

»Ich würde ihnen gerne jeden Wunsch erfüllen, aber wäre es klug, bei diesem Streit zwischen Mann und Frau Partei zu ergreifen? Denn um einen Ehezwist handelt es sich doch hier?«

Wie recht er hatte, wie bedacht er darauf war, das Richtige zu tun. Sie lächelte.

»In einem normalen Fall würde ich nein sagen. Aber hier geht es um das Kind. Und ich fürchte, daß sie andere Mittel und Wege findet, wenn wir ihr nicht helfen. Sie hat es sich in den Kopf gesetzt, das Kind wegzubringen und es als Gentleman aufwachsen zu lassen, wie sie es nennt. Sie ist sehr besorgt, und sie ist nicht der Typ, demütig dortzubleiben. Ich muß ihr helfen. Leigh – das Kind – ist ja mein Patenkind. Ich halte es für meine Pflicht, den beiden zu helfen. Ich habe versprochen, ihm Unterricht zu geben. Ich muß alles tun, was möglich ist . . .«

Sie sah die plötzliche Panik in seinen Augen. Er hatte große Angst, Amanda würde das Haus verlassen, wenn Lilith nicht hierherkommen dürfte.

»Ich würde sagen, es ließe sich einrichten.«

»O . . . danke . . . danke. Ich weiß nicht, wie ich meine Dankbarkeit ausdrücken soll.«

»Ihre Dankbarkeit! Und meine?«

Sie sahen sich über die Schranke hinweg an, die sie trennen mußte. Bella war diese Schranke, und erst nach ihrem Tod würde der Weg frei sein.

Zehn Jahre, dachte er. Vielleicht fünfzehn! Wie kann ich denn so lange warten?

Sie sah die müde Enttäuschung in seinen Augen.

»Ich bin hier sehr glücklich«, sagte sie.

»Ich vertraue fest darauf, daß Sie . . . warten.«

Sie senkte den Kopf, sie konnte seine Gedanken erraten. Sie zitterte vor Sehnsucht und Angst, denn dem, wonach beide sich sehnten, mußte ein Tod vorausgehen.

»Ich glaube, daß Sie meine Frau fragen sollten wegen des Dienstmädchens«, sagte er rasch. »Es wird Ihnen sicherlich nicht schwerfallen, sie zu überreden.«

»Ja, das werde ich tun. Aber zuerst wollte ich Ihr Einverständnis haben.«

»Alles, was ich für Sie tun kann . . .«, begann er, brach dann aber ab. »Ich bin nur zu gern bereit, Ihnen zu helfen.«

Leigh war achtzehn Monate alt, als Lilith mit ihm aus Marpits Marpits Speiselokal floh.

Ruhig und methodisch war sie zu Werke gegangen.

Jeden Morgen, wenn sie mit Leigh spazierenging, steckte sie heimlich ein paar Kleidungsstücke von sich und dem Kind in den Kinderwagen und schlug die Richtung zur Wimpole Street ein.

Amanda hatte diese Methode nicht gefallen.

»Lilith«, hatte sie vorgeschlagen, »könntest du es ihm nicht sagen? Wäre es nicht weiser . . . freundlicher? Wäre es nicht direkter?«

»Direkter vielleicht«, hatte Lilith geantwortet, »aber weise wohl kaum. Und was Freundlichkeit betrifft . . . also, wir können doch deshalb nicht alles verderben!«

Und dann war der letzte Morgen gekommen. Sie erwachte und sah sich mit sehr, sehr wenig Bedauern in dem Schlafzimmer um, das sie mit Sam geteilt hatte. Das Bedauern überraschte sie. Vielleicht kam es daher, weil sie wußte, daß Sam kein schlechter Kerl war. Und weil sie ihn böswillig verleumdet hatte. Er hatte schließlich das Beste gewollt. Nur deckte sich seine Idee vom Besten nicht mit ihrer, soweit es ihren Sohn betraf; und sie würde jetzt nur noch Rücksicht auf Leigh nehmen.

Sie stand auf und hob das Baby aus seinem Bettchen. »Komm, Master Leigh. Wir wollen Teita machen.«

»Teita! Teita!« juchzte Leigh.

Das war dumm von ihr gewesen. Sam könnte etwas argwöhnen. Aber wozu sich Sorgen machen? Sam schnarchte noch. Hoffentlich würde er weiterschnarchen, denn dabei zeigte er sich von seiner schlechtesten Seite, gar nicht wert, Leigh zu erziehen. Wenn sie Sam so sah, wie er im Augenblick war, konnte sie frohlockend sagen: »Ich habe recht. Ich weiß, daß ich recht habe.«

Sie zog ihr zweitbestes Kleid an und dachte, sie werde für lange Zeit genügend Kleider haben. Sie setzte den blauen Hut mit den blauen Bändern und der roten Rose auf; Lilith hatte immer einen roten Farbtupfer an ihrer Kleidung. Sie sah wahrhaftig nicht wie ein Dienstbote aus! Darüber war sie froh, denn sie beabsichtigte nicht, diese Rolle für längere Zeit zu spielen. Der Frau des Arztes ging es nicht gut, sie litt an einer unheilbaren Krankheit, und sie konnte es nicht mehr lange machen. Dann würde Amanda die Gattin des Arztes werden, und sie würde Lilith als ihre Kusine und Schwägerin anerkennen müssen, und Leigh als ihr Patenkind. Lilith dachte, daß sie wahrscheinlich Haushälterin für Amanda werden könnte – eine Haushälterin mit besonderem Status, mit Familienanschluß.

Sie hatte alles genau geplant, und war nicht immer alles so gekommen, wie sie es sich gewünscht hatte, wenn hatte, auch manchmal nicht auf die Weise, wie sie es arrangiert hatte?

Im Kinderwagen versteckte sie den Schmuck, den Sam ihr geschenkt hatte. Einiges davon war recht wertvoll. Sam hatte es gern gesehen wenn sie im Lokal Schmuck trug. »Es zeigt den Leuten, daß das Geschäft floriert«, hatte er gesagt. Das wäre ein Notgroschen, denn man wußte ja nie, in welche Lage man geriet.

Heute morgen war sie sehr nervös. Sie hoffte, daß Sam weiterschlafen würde. Sie hatte große Angst, daß er entdecken könnte, daß ein Großteil ihrer Kleider verschwunden war.

Sie frühstückte mit Leigh unten, hinter der Gaststube, und Fan bediente sie.

Die arme Fan! Sie war ja so geduldig. Dies würde ein Segen für Fan sein; sie würde ihre alte Beziehung zu Sam wiederaufnehmen, und es war ihr gegönnt!

Lilith konnte nur wenig essen; sie sah dauernd zur Uhr. Leigh war an diesem Morgen ein ungezogener Junge – er blies in seine Milch und erstickte fast daran, und er erzählte Fan, daß er ganz, ganz weit Teita machen wollte.

Lilith hatte Amanda gebeten, einen Brief für Sam zu schreiben, und das hatte Amanda auch getan. Sie würde ihn zurücklassen und hatte Angst, Sam könnte ihn entdecken, bevor sie gegangen wäre. Er hätte einige Mühe, ihn zu lesen, aber wie er darauf reagieren würde, war überhaupt nicht abzusehen. Der Brief steckte in ihrem Mieder; er kratzte sie.

»Los, Leigh, Zeit zum Spazierengehen« sagte sie.

»Teita, teita«, rief er fröhlich.

Sam kam herunter, als sie eben gehen wollten.

»Hallo! Schon auf dem Sprung? Ihr seid früh dran.«

»So wie immer«, sagte sie. Sie beugte sich über den Kinderwagen und deckte Leigh sorgfältig zu.

»Dann bin ich wohl spät dran.«

Komisch, ihr war fast nach Weinen zumute. Sie konnte nicht vergessen, daß er gar kein übler Bursche war. Er hatte es gut gemeint. Er war zwar ordinär, aber es war nicht seine Schuld. Er war schwach; er hatte Fan nicht widerstehen können. Vielleicht hätte er es tun sollen, aber sie war ihm deswegen nicht mehr böse. Er war sehr zerknirscht gewesen und hatte sich zutiefst geschämt. Und er liebte das Baby. Was würde in ihm vorgehen, wenn ihm klar wurde, daß er das Kind nie wiedersehen würde?

Sie wurde weich. Es würde ihm das Herz brechen, denn er vergötterte den kleinen Leigh.

In einem kurzen Augenblick ungewohnter Schwäche spürte sie, daß sie Sam dies nicht antun dürfte; sie würde es anders einrichten müssen. Sie würde ihm sagen müssen: »Sam, Leigh muß so erzogen werden, wie ich es will. Aber ich will dich nicht davon abhalten, ihn zu sehen . . .«

Wie konnte sie so etwas sagen? Er würde dem Jungen heimlich einige Dinge beibringen, ihn seiner Mutter und dem vornehmen Stand entfremden.

Nein, Leigh würde nicht so leiden müssen wie sie. Niemand sollte je zu ihm sagen: »Du bist nicht gut genug.« Nur eins war richtig, nämlich daß er ein Gentleman werden sollte. Sie mußte ihren Plan verfolgen, einerlei wessen Herz dabei gebrochen würde; wenn es Sams Herz sein sollte, tat es ihr leid, wenn es ihr eigenes sein sollte, um so mehr; aber es würde nichts an ihrem Plan ändern.

Sie wünschte, sie hätte heute morgen nicht so weiche, alberne Gefühle; sie wünschte, sie hätte nicht diese rührseligen Erinnerungen, wie sie zum Beispiel das erste Mal hier hereingekommen war, mit Sam geredet und Schinkenbrote und heißen Kaffee bekommen hatte. Sie wünschte, sie könnte vergessen, wie nett Sam zu ihr war, als Frith sie so grausam gekränkt hatte; sie wollte vergessen, wie stolz er an ihrem Hochzeitstag gewesen war und wie aufgeregt bei der Rede, die er seinen Gästen gehalten hatte. Sie wünschte, sie könnte sein Gesicht vergessen beim ersten Anblick des Babys.

Doch das war ja alles dummes Zeug, sie konnte sich jetzt solche Sentimentalitäten nicht leisten.

Sam sagte: »Ihr seht gut aus heute morgen . . . alle beide.«

Breitbeinig stand er da, sah ihnen zu, klopfte sich auf den Schenkel und rieb sich die Hände. »Jetzt geht's also raus, was, mein Sohn?«

»Weit, weit teita«, sagte Leigh.

»Weit? Das ist fein.«

»Auf Wiedersehn, Sam.«

Ganz impulsiv küßte sie ihn. Das war dumm.

»Du lieber Himmel!« sagte er lächelnd und schmatzte. »Was ist los? Ist der Himmel eingestürzt oder so was?«

Dann drehte er sich um und umarmte sie stürmisch, so daß sie Angst hatte, er könnte das Papier in ihrem Mieder knistern hören.

»Du machst meinen Hut kaputt.«

»Und was das für ein Hut ist, hm? Alle werden wissen, daß da Mrs. Sam Marpit die Straße entlanggeht. Und das kleine Kerlchen sieht aus wie ein junger Lord oder so was.«

»Auf Wiedersehn, Sam. Wir müssen gehen.«

»Macht's gut.«

Sie hörte ihn pfeifend die Gaststube betreten.

Auf dem Weg nach draußen, vor dem Hintereingang, traf sie Fan. Sie hielt an.

»Sie wollten mich sprechen?« fragte Fan ein wenig überrascht.

»Nein . . . nein. Eigentlich nicht, Fan. Paß gut auf ihn auf, ja?«

Fan sah sie fassungslos an. »Auf Wiedersehn«, sagte Lilith noch rasch, und schon schob sie Leigh auf die Straße hinaus. Dann wartete sie ein paar Sekunden, bevor sie den Brief aus ihrem Mieder zog und ihn unter der Haustür durchsteckte.

Sie rannte beinahe bis ans Ende der Straße und verlangsamte ihr Tempo erst, als Marpits Lokal bereits weit hinter ihnen lag.

Verstohlen sah sie sich um; sie begann auf Leigh einzureden, während sie ihn vor sich herschob.

»Sieh dich mal gut um, Leigh. Hier ist die richtige Umgebung für dich. Siehst du die Kutsche, mein Liebling? Eines Tages wirst du selbst in einer Kutsche fahren. Da gehörst du auch hin. Keine dreckigen alten Straßen mehr. Sieh dir dieses Haus an, Leigh. Das ist ein tolles Haus. Es ist dein neues Zuhause. Hier lernst du, wie man ein Gentleman wird.«

Amanda traf sie in der Diele.

»O Lilith, ich freue mich so, daß du hier bist. Ich hatte schon Angst, du könntest nicht wegkommen.«

»Wir haben es geschafft.«

»Da habe ich mir wohl unnötig Sorgen gemacht. Komm, ich will dir dein Zimmer zeigen.«

Lilith folgte Amanda, den Jungen an der Hand. Der erste Schritt war getan.

Leigh gefiel es in seinem neuen Heim. Während der ersten Tage fragte er oft nach seinem Vater.

»Oh, dem geht's gut, Leigh. Mach dir keine Sorgen um ihn.«

»Hause?« fragte Leigh, wenn Lilith mit ihm ausging.

»Heute nicht, mein Liebling.«

Er schien ihre Angst zu bemerken, wenn sie das Haus verließen, schien zu bemerken, wie sie sich verstohlen umsah und wie sie vorsichtig um eine Ecke bog oder eine Straße absuchte. Leigh hielt das für ein neues Spiel; er lachte, und seine Augen glänzten.

Ein paar Wochen später hatte er seinen Vater und sein altes Zuhause fast vergessen.

Armer Sam! dachte Lilith. Was konnte er tun? Er wußte nicht, wo Amanda wohnte, denn sie hatte immer darauf geachtet, ihm gegenüber die Wimpole Street nicht zu erwähnen. Er konnte sich zwar denken, daß sie und Amanda zusammen waren, aber was half ihm das schon, wenn er nicht wußte, wo Amanda war?

Und schon bald erwähnte Leigh seinen Vater überhaupt nicht mehr. Seine wichtigsten Bezugspersonen waren jetzt seine Mutter und Amanda; die Dienerschaft, die seiner Anwesenheit in den ersten Tagen ablehnend gegenübergestanden hatte, ließ sich schnell von seinem Charme einwickeln, und alle verwöhnten ihn. Aber da war noch ein anderer, der Leighs Interesse erweckte. Der kleine Junge stand immer am Küchenfenster und beobachtete Beine und Füße, wenn deren Besitzer die Stufen zur Haustür emporstiegen. Besonders mochte er diejenigen, die zu einem bestimmten Mann gehörten.

Einmal war er gerade da, als dieser Mann auftauchte.

»Hallo, Mann«, sagte Leigh.

»Hallo«, erwiderte der Mann.

Leigh tapste zwei von den Stufen hinauf, die aus dem Dienstbotenbereich zu dem Weg führten, wo der Mann stand. Er lachte vergnügt dabei, weil es verboten war.

Dann zog er feierlich einen Keks aus seiner Schürzentasche, brach ihn in zwei Hälften und gab davon eine dem Mann.

»Für dich«, sagte er.

»Das ist sehr freundlich von dir«, antwortete der Mann. »Bist du sicher, daß du den übrig hast?«

»Hat die Köchin gemacht. Ist lecker«, antwortete Leigh.

Der Mann steckte den Keks ein, und auch Leigh tat seine Hälfte wieder in die Schürzentasche. Er lachte und ging dorthin zurück, wo er sich aufhalten durfte.

»Auf Wiedersehen«, sagte er.

»Auf Wiedersehen«, sagte der Mann.

Leigh mochte den Mann, und er versuchte ihn so oft wie möglich zu sehen. In der Vorstellung des Jungen hatte er sich mit seinem Vater vermischt.

Einmal kam er aus dem Zimmer, das er mit seiner Mutter teilte, und schaute neugierig durch das Geländer. Er konnte die ganze Treppe hinuntersehen; meilenweit, dachte Leigh. Er erblickte den Mann und rief: »Mann! Mann!«

Dieser hörte ihn, sah hoch und winkte ihm zu.

Leigh winkte zurück.

»Paß gut auf«, sagte der Mann. »Fall nicht runter.«

»Paß gut auf, Mann«, sagte Leigh. »Fall nicht runter.«

Er ging oft auf den Treppenabsatz und hielt Ausschau nach ihm.

Einmal sah er ihn in ein Zimmer gehen und die Tür

hinter sich schließen, und da überkam Leigh die große Versuchung. Niemand war in der Nähe, also kroch er leise nach unten, und als er bei der Tür angekommen war, durch die er den Mann hatte verschwinden sehen, konnte er seine Finger nicht davon abhalten, mit dem Türknauf zu spielen. Er wollte ihn eigentlich nicht drehen, denn seine Mutter hatte ihm eingeschärft, er dürfe auf gar keinen Fall irgendein Zimmer betreten. Aber dann drehten seine Finger wie von selbst an dem Knopf, und die Tür ging auf; und bevor er wußte, wie ihm geschah, stand Leigh auf der Türschwelle.

Es war ein wunderschönes Zimmer; das Feuer tanzte im Kamin und ließ den Schürhaken und das Schutzgitter, die für ihn aus reinem Gold bestanden, ganz rotglühend erscheinen. Alles in diesem Zimmer schien tiefrot und blau zu sein, und alles war so groß, daß Leigh sich sehr klein vorkam. Er hätte sogar ein bißchen Angst gehabt, wenn der Mann nicht dagewesen wäre. Er saß an dem gewaltigen Tisch und sah sich gewaltige Bücher an.

»Hallo, Mann«, sagte Leigh schüchtern.

»Ach, hallo«, antwortete der Mann. »Willst du mich besuchen?«

Leigh hob die Schultern, eine Geste, die bei ihm Vergnügen ausdrückte. Er schloß die Tür sorgfältig hinter sich und legte den Finger an den Mund. Das bedeutete: Sei still, Mann, weil ich eigentlich gar nicht hier sein dürfte.

Leigh kam näher und stellte sich an den Tisch. Sein Kopf war auf gleicher Höhe mit der Tischplatte, so daß er auf Zehenspitzen die Bücher und all die Federhalter auf der Schreibunterlage sehen konnte.

»Was machst du da, Mann?« fragte er.

»Ich lese, schreibe und lerne.«

Leigh kam noch näher heran und legte dem Mann seine Hand aufs Knie.

»Heb mich hoch, Mann. Will sehen.«

Also hob er ihn hoch und setzte ihn auf seine Knie, und Leigh konnte sich all die aufregenden Sachen auf dem Tisch anschauen. Der Mann erklärte ihm, was man mit Federhaltern, Tinte und Löschpapier macht. Er zeigte Leigh das Tintenfaß, welches wie Gold glänzte; dann ließ er ihn die Bilder in einem großen Buch betrachten. Es waren farbige Abbildungen von Menschenkörpern und alle möglichen komischen Sachen.

»Was ist das hier?« fragte Leigh hin und wieder und legte dann seinen kleinen dicken Finger auf die Seite.

»Das ist ein Herz. Du hast auch so eins.«

»Du auch?«

»Ja, ich auch. Jeder hat eins.«

Der Mann zeigte ihm, wie man den Herzschlag und am Handgelenk den Puls fühlen kann.

»Das ist der Motor, der dich am Leben hält«, sagte er.

Leigh verstand das nicht, aber er sah fasziniert zu, wie der Mann beim Sprechen die Lippen bewegte.

Dann zeigte er ihm Bilder von anderen Männern. Da war ein Dr. Jenner, der die Menschen vor der Pokkenkrankheit gerettet hatte; dann ein Dr. Pare, ein ganz alter französischer Arzt, der vor langer Zeit gelebt hatte; und schließlich Dr. Harvey, der entdeckt hatte, was das Blut im Körper des Menschen machte.

»Ich bin auch Arzt«, sagte der Mann.

»Bin ich Arzt?«

»Nein, aber du kannst einer werden, wenn du groß bist . . . vielleicht.«

»So einer wie du?«

»Ich denke schon. Vielleicht ein noch besserer, denn bis dahin weiß man noch viel mehr.«

Leigh konnte seine Augen nicht von den Lippen des Mannes abwenden, während er redete; er hörte ihm mit großem Vergnügen zu.

Lilith fand die beiden zusammen. Einer der Diener hatte das Kind in das Zimmer gehen sehen und es ihr erzählt. Lilith war unruhig. Sie hatte Leigh eingeschärft, nicht die Treppe hinunterzugehen, wenn er oben in ihrem Zimmer war, und nicht hochzugehen, wenn er sich unten bei den Dienstboten aufhielt. Wenn Leigh anfing, zur Last zu fallen, wären alle ihre Pläne vereitelt.

Sie eilte zur Bibliothek und klopfte an die Tür.

»Herein«, sagte der Herr des Hauses.

Sobald sie die Tür geöffnet hatte und ihren Sohn mit dem Arzt am Tisch sitzen sah, erkannte sie an seiner Miene, daß er Leighs Gesellschaft ebensosehr genoß wie Leigh die seine.

»Es . . . es tut mir leid, Sir«, sagte Lilith. »Ich hatte keine Ahnung, daß er sie stört. Er weiß, daß er diese Zimmer nicht betreten darf.«

Leigh hob verschwörerisch die Schultern und lächelte den Arzt an, als ob er sagen wollte: Schon gut, Mann. Hab keine Angst.

Er flüsterte: »Mama ist nicht wirklich böse.«

»Nein, ganz sicher nicht«, erwiderte der Arzt und hob ihn von seinen Knien herunter.

»Da sind viele Bilder in dem Buch, Mama«, sagte Leigh beschwichtigend.

Lilith nahm den Jungen an die Hand.

»Du kommst sofort mit, und wag es bloß nicht, den Herrn noch mal zu stören«, schimpfte sie.

»Sie haben einen intelligenten Sohn, Lilith«, sagte der Arzt. »Sie müssen stolz auf ihn sein.«

Lilith sah den Jungen an, und der Arzt konnte den ganzen Stolz in ihrem Gesicht lesen.

»Danke, Sir.«

In der Diele umarmte Lilith ihren Sohn leidenschaftlich. Er war so wunderbar. Niemand konnte ihm widerstehen; und mit seinem Charme und ihrer Entschlossenheit würde er alles erreichen, was sie sich für ihn wünschte.

Dieser Haushalt faszinierte Lilith. Sie gelangte allmählich zu der Überzeugung, daß sie das Leben noch nie so aufregend gefunden hatte. Vielleicht war es früher amüsanter gewesen, bunter, aber noch nie hatte sie dieses unterschwellige Staunen erlebt, nie hatte sie sich ihres Erfolgs so sicher gefühlt.

Es war ein seltsames Haus. Dafür sorgte schon die Hausherrin mit ihrer Krankheit und ihrem geheimen Schrank voller alkoholischer Getränke; aber wenn man bedachte, daß ihr Mann sie haßte und sie gern losgeworden wäre, wenn man bedachte, daß er in Amanda verliebt war, fragte man sich, was wohl als nächstes geschehen würde.

Lilith hatte sich angewöhnt, in Amandas Zimmer zu gehen; sie legte sich dann auf ihr Bett und unterhielt sich mit ihr.

»Woran erinnert dich das? An frühere Zeiten, hm? Weißt du noch, Amanda, wie ich mich in dein Zimmer geschlichen habe, wenn du zur Strafe dort bleiben mußtest ... und wie ich dir immer ein paar Leckerbissen aus der Küche gebracht habe?«

»Ja, natürlich erinnere ich mich. O Lilith, wundert es dich nicht, was seitdem alles passiert ist?«

Lilith lag da, strampelte wie ein Kind mit den Beinen in der Luft herum, die Haare im Gesicht; sie lächelte verschmitzt.

»Und jetzt sind wir wieder in fast derselben Lage.«

»O nein, Lilith. Du bist zwar Dienstmädchen hier, aber ich auf gewisse Art auch.«

»Niemand in diesem Haus hält dich für einen Dienstboten, da bin ich ganz sicher. Schon gar nicht ... der Herr. Ich glaube, er hat ganz vergessen, daß du Krankenschwester und Gesellschafterin seiner Frau bist ... oder was immer du für sie bist.«

Amanda war das Blut in die Wangen geschossen. »Nein, Lilith«, sagte sie, »das hat er nicht vergessen.«

Lilith lächelte. »Hör mal. Sie macht sich schon wieder an ihrem Schrank zu schaffen. Komisch, daß man durch diese Wände soviel hören kann. Ich wette, die trinkt sich jede Nacht dumm und dämlich.«

»Es ist sehr traurig«, sagte Amanda.

»Die macht's sowieso nicht mehr lange.«

Amanda trat ans Feuer und schürte es überflüssigerweise. Verzweifelt bemühte sie sich, auf ein anderes Thema zu kommen.

»Warum wir wohl nichts von Frith hören? Wahrscheinlich ist es schwierig, von dort zu schreiben. Es muß furchtbar sein. Trotzdem wünschte ich, wir könnten etwas von ihm erfahren.«

Lilith war bedrückt. Sie dachte immer noch viel an ihn. Sie hatte begonnen, sich für den Krieg zu interessieren; in der Küche wunderten sich alle, wieviel sie darüber wußte. Als sie von den Schlachten von Malakoff und Redan hörte, war sie einige Tage lang sehr still.

»Man könnte ja annehmen, daß du einen Liebsten im Krieg hast«, sagte Shackleton.

»So, könnte man das?« hatte Lilith erwidert. »Dann sollte man solche Annahmen besser für sich behalten.«

Mit Shackleton konnte sie in diesem Ton reden; er war sehr um ihre Gunst bemüht und half, ihre Pflichten erheblich zu vermindern.

Insgeheim machte sie sich über ihn lustig, aber er war der oberste Vorgesetzte der Dienerschaft, und da er ihr nützlich sein konnte, machte sie ihm vage Versprechungen, die sie nicht zu halten gedachte.

»Ob er überhaupt wieder zurückkommt?« sagte Lilith jetzt.

»Ganz bestimmt, Lilith . . . Und wenn er kommt . . . was machst du dann?«

»Wie soll ich das wissen?«

»Er hat dich sehr geliebt.«

»So? Dann hat er aber eine komische Art gehabt, das zu zeigen. Wenn ich jemanden liebe, will ich ihn heiraten. Ich will unter einem Dach mit ihm wohnen. Du doch auch, Amanda? Oder etwa nicht?«

»Ja«, sagte Amanda und wandte sich dem Feuer zu.

»Sogar du, Amanda. Und du hast noch keinen richtigen Ehemann gehabt, nicht? Ich finde das schade. Ich finde das nicht in Ordnung. Du solltest die Herrin eines großen Hauses sein . . . so wie dieses hier, mit vielen Bediensteten, ja, da solltest du sein.«

Amanda starrte ins Feuer; sie wagte nicht, Lilith anzusehen. Lilith ließ sich mit einem kleinen Lachen vom Bett gleiten, kniete sich neben Amanda und legte ihren Arm um sie.

»Manda.« Hin und wieder benutzte sie diese Kurzform. Leigh nannte sie so. »Manda, wenn du das mal sein solltest, bedeutet das doch nicht, daß wir uns trennen, oder? Wir beide bleiben zusammen, hm?«

Amanda sah Lilith immer noch nicht an; sie starrte unverwandt ins Feuer. »Ja, natürlich«, sagte sie. »Wir bleiben immer zusammen.«

Von der anderen Seite der Wand her hörten sie ein monotones Gemurmel. Die Frau des Arztes gab sich wieder einmal einem ihrer trunkenen Selbstgespräche hin.

»Die macht's nicht mehr lange«, flüsterte Lilith. »Wie könnte sie? Die trinkt sich zu Tode. Und es wäre gut, sie los zu sein, nicht?«

»So etwas sagt man nicht«, erwiderte Amanda scharf.

Lilith wippte keck auf ihren Absätzen. »Du hast recht, Amanda. So was sagt man nicht. Man denkt es nur.«

Bella ging es sehr schlecht. Ihre Haut war aufgrund einer Leberkrankheit ganz gelb. Amanda saß Tag und Nacht an ihrem Bett. Der Arzt hatte eine bestimmte Menge Whisky täglich verordnet.

»Wir werden die Dosis allmählich verringern«, sagte er. »Sie ist schon so alkoholabhängig, daß es gefährlich wäre, ihn ganz abzusetzen.«

Eine Woche lang lag Bella im Bett. Sie weinte häufig vor Schmerzen und hatte Depressionen, die durch die Krankheit hervorgerufen wurden; dann besserte sich ihr Zustand langsam wieder.

Eines Nachts kam Hesketh in ihr Zimmer, während Amanda bei ihr war. Er fühlte den Puls seiner Frau und legte seine Hand auf ihre feuchtkalte Stirn.

Er sagte zu Amanda: »Es geht ihr erheblich besser. Ich werde ihr ein Mittel geben, das sie die ganze Nacht durchschlafen läßt. Ich glaube, morgen wird sich ihr Zustand weiter stabilisieren.«

Er gab ihr das Schlafmittel, während Amanda ihm gegenüber auf der anderen Seite des Bettes stand. Sie beobachteten Bella, wie sie in einen ruhigen Schlaf hinüberglitt.

Hesketh lächelte Amanda an. »Sie sehen müde aus«, sagte er.

»Ach, es geht.«

»Können Sie gut schlafen? Ich glaube, Sie mußten letzte Woche häufig in der Nacht aufstehen.«

»Ich schlafe ganz gut, danke.«

»Soll ich Ihnen etwas geben? Etwas Angenehmes zur Beruhigung?«

»Glauben Sie, daß ich das brauche?«

»Ja«, sagte er. »Nur dieses eine Mal.«

»Danke. Ich komme hinunter und hole es mir.«

»Nein, kommen Sie bitte mit in die Bibliothek. Ich werde es Ihnen dort geben.«

Sie gingen in die Bibliothek.

»Setzen Sie sich«, sagte er. »Ich möchte mich ein wenig mit Ihnen unterhalten.« Er sah den erschrockenen Ausdruck in ihren Augen. Rasch fügte er hinzu: »Sie brauchen keine Angst zu haben, Amanda. Höchstens davor, daß ich vielleicht etwas sage, was besser ungesagt bliebe.«

»Soll ich . . . lieber gehen?«

»Nein. Wir müssen uns einmal aussprechen. Wissen Sie, woran meine Frau leidet?«

»Ich weiß, daß sie Herzbeschwerden hat.«

»Ja, es sind ihre Herzklappen. Sie arbeiten nicht richtig, so daß das Blut schwer passieren kann. Diese Behinderung wird mit der Zeit immer schlimmer; aber das Herz ist ein starkes Organ. Es ist erstaunlich, wie es sich immer wieder erholt.«

»Diese Krankheit jetzt . . . muß ihren Zustand verschlechtert haben.«

Er zuckte mit den Schultern. »Sie hatte eine Leberkrankheit. Zweifellos auch hervorgerufen durch ihren übermäßigen Alkoholgenuß. Mich wundert, daß sie stark genug war, sich davon zu erholen. Sehen Sie, wir haben das Trinken reduziert, und es wirkte umgehend. Sie war schon immer eine kräftige Frau, abgesehen von ihrem Herzen.«

»Und Sie meinen, sie wird nach dieser Krankheit so stark wie früher sein?«

»Das glaube ich nicht. Sie hat große Schmerzen, wissen Sie. Die Schmerzen werden schlimmer, je weiter die Herzbeschwerden fortschreiten. Und dieser Leberkrankheit werden andere folgen. Ihr Herzklappenfehler wird der Reihe nach alle Organe in Mitleidenschaft ziehen. O Amanda«, sagte er plötzlich, »es wäre besser gewesen, wenn sie hieran gestorben wäre. Was nützt es denn, wenn wir sie von einer Krankheit zur nächsten pflegen und sie immer hinfälliger wird. Wenn wir den langsamen Prozeß mit ansehen . . . die Verschlechterung . . .?«

Amanda stand auf. »Sie . . . Sie dürfen so etwas nicht sagen.«

»Verzeihen Sie mir«, erwiderte er. »Ich bin müde. Wir sind beide müde.« Er kam auf sie zu und stand vor ihr. Er legte seine Hände auf ihre Schultern. Ein Zittern durchfuhr sie. »Es ist doch nur, daß diese Schmerzen . . . dieses ganze Elend . . . so sinnlos erscheint.«

»Nicht für sie«, sagte Amanda. »Sie will leben.«

»Wie kann sie das denn wollen? Wie kann sie ihr Leben mit Schmerzen verbringen wollen . . . Schmerzen, die sich allmählich steigern? Was glauben Sie, warum sie soviel trinkt? Weil sie lebensmüde ist . . . so lebensmüde wie ich.«

»Bitte geben Sie mir das Mittel, das ich einnehmen soll«, sagte Amanda. »Ich muß gehen. Sie sind müde und . . .«

»Ich spreche jetzt aus, was ich schon viele Male habe sagen wollen, Amanda. Wenn ich nur frei wäre . . .«

Er umarmte sie, und einen kurzen Augenblick lang leistete sie keinen Widerstand.

»Wir müssen warten . . . warten . . .«, sagte sie endlich.

»Warten?« fragte er. »Wie lange? Manchmal habe ich daran gedacht . . . manchmal hab ich gedacht, es wäre so einfach . . .«

Sie wich zurück und starrte ihn entsetzt an.

»Ich muß Ihnen erzählen, welche Gedanken mir in der letzten Zeit durch den Kopf gegangen sind. Ich habe versucht, nicht an meine Wünsche, sondern daran zu denken, was für Bella das Beste ist. Was kann das Ihrer Meinung nach sein, das Beste für sie? Was könnte das sein? Sie in einen sanften, friedlichen, schmerzfreien Schlaf zu schicken . . . mit meinem ärztlichen Wissen ihr zur Ruhe zu verhelfen? Oder sie am Leben erhalten . . . sie immer wieder ins Elend zurückzubringen, zu diesen schrecklichen Schmerzen?«

»Sie dürfen so etwas nicht sagen.«

»Ich weiß. ›Du sollst nicht töten.‹« Er lachte kurz auf. »Manchmal spüre ich den Drang, das Gebot zu übertreten. Manchmal fühle ich, daß Gesetze dazu geschrieben werden, weil sie auf die meisten Fälle zutreffen. Aber, Amanda, treffen sie *immer* auf *alle* Fälle zu?«

»Ich weiß es nicht. Ich kann es nicht sagen. Sie sind müde und überarbeitet.«

»Nein. Ich denke jetzt klarer. Sie schläft nun friedlich. Morgen wird es ihr etwas bessergehen. Ich habe ihr genau die Dosis gegeben, die sie dazu braucht. Wäre es ein bißchen mehr gewesen, hätte sie genauso friedlich geschlafen, nur würde sie morgen früh nicht mehr aufwachen.«

»Das wäre Mord!«

»Wirklich? Wenn ich mein Gewissen damit beruhigen könnte, daß ich dabei nur an ihr Wohl gedacht habe, wäre es dann Mord? Ich habe ihr Medikamente gegeben, die ihre Schmerzen vorübergehend lindern; wenn ich ihr nun welche gäbe, die sie für immer von den Schmerzen befreien würden?«

Amanda packte ihn am Arm. »Wie könnten Sie sicher sein, daß Sie dabei nur an *ihr* Wohl gedacht haben?«

»Ich glaube, ich würde das wissen, Amanda. Wenn sie nicht krank wäre und sich so unerträglich benehmen würde wie jetzt, würden mir solche Gedanken nicht für eine Sekunde in den Kopf kommen. Ich würde zu Ihnen sagen: ›Sie müssen gehen. Es wäre unklug von Ihnen, zu bleiben. Ich bin mit einer Frau verheiratet, die ich verabscheue, aber ich bin mit ihr verheiratet . . . und daran wird sich nichts ändern, solange wir beide leben.‹ Ich würde Sie fortschicken. Das schwöre ich. Meine Pflicht wäre dann völlig klar. Aber so ist es nicht. Ich sehe, wie sie leidet . . . sehe, wie ihre Leiden sich verschlimmern. Es ist kaum anzunehmen, daß sie uns überleben wird. Wir können warten, Amanda.«

»Wir müssen warten«, rief sie aus.

Er ging zum Tisch zurück und schien sich langsam wieder zu beruhigen.

»Sie haben recht«, sagte er. »Ich bin müde. Ich habe mehr gesagt, als gut war. Ich habe meine Gefühle für Sie preisgegeben. Sie wissen, daß ich von einem anderen Leben träume, seit Sie in dieses Haus gekommen sind . . . von einem normalen, einem vernünftigen, würdigen Leben. Das Kind . . . Liliths Junge hat mir gezeigt, daß ich Kinder haben will. Aber ich habe Isabella geheiratet und brauche wohl nicht mehr dazu zu sagen. Ich bitte Sie, gehen Sie nicht fort. Sie sind mir ein großer Trost. Ich schwöre Ihnen, daß ich nie gegen mein Gewissen handeln werde.«

»Ich bin sicher, Sie werden das tun, was richtig ist. Ich habe keinen Moment daran gezweifelt.«

Er gab ihr das Beruhigungsmittel.

»Nehmen Sie das mit einem Glas Wasser. Dann werden Sie schlafen.«

»Danke.«

»Ich sehe noch mal zu ihr hinein und vergewissere mich, daß sie ruhig schläft.«

Sie gingen zusammen die Treppe hinauf.

Bella schlief friedlich. Ihr Gesicht war nicht mehr so gelb wie vorher, und sie lächelte fast im Schlaf.

Als sie wieder draußen waren, wünschte Amanda ihm eine gute Nacht.

»Verzeihen Sie mir meine wüsten Reden«, sagte er. »Ich hätte Sie nicht damit belasten sollen.«

»Ich bin froh, daß Sie mir Ihre Empfindungen mitgeteilt haben.«

»Gute Nacht. Gute Nacht, meine Liebe.«

Amanda ging in ihr Zimmer und schloß die Tür hinter sich. Da erhob sich Lilith von Amandas Bett und lächelte wissend.

Einige Wochen waren seit Bellas Krankheit verstrichen, und sie hatte sich erholt und schien wieder ganz die alte zu sein – geschwätzig, abwechselnd aggressiv und voll kläglichem Selbstmitleid. Amanda erschauderte, als sie die Frau ansah, die plumpen weißen Finger, die zitterten, wenn sie die Teetasse hielten, die verstohlenen Blicke, die sie auf den Schrank warf. Amanda konnte ihre Gedanken nicht verdrängen. Wie lange? mußte sie sich fragen.

Ihre größte und höchst vergnügliche Erholung zu dieser Zeit bestand darin, Leigh die Buchstaben beizubringen. Er war gerade erst zwei Jahre alt und zu jung zum Lernen, aber Lilith bestand darauf, und er war außergewöhnlich intelligent. Jeden Morgen, während Bella noch schlief, saßen Lilith und der Junge am Tisch in Amandas Zimmer, und Amanda malte die Buchstaben des Alphabets auf eine Schiefertafel. Leigh war äußerst konzentriert, seine Zungenspitze im Mundwinkel. Er hielt mit der dicken kleinen Hand den Stift und versuchte, die Buchstaben nachzumalen. Lilith sah voller Entzücken dabei zu. Der Unterricht mit Amanda machte ihr Spaß, sie lernte mit Leigh zusammen.

Lilith hing ihren eigenen geheimen Gedanken nach, während sie den Fortschritt in Leighs Erziehung und Bellas sich erneut verschlechternden Gesundheitszustand beobachtete – denn sie schien sich wieder krank zu trinken. Und es entging ihr auch nicht, daß die Zuneigung zwischen Hesketh und Amanda tiefer wurde und immer schwerer unter Kontrolle zu halten war.

Eines Tages überbrachte Amanda Lilith eine Neuigkeit. Lilith war gerade in ihrem Zimmer ganz oben im Haus und spielte mit Leigh.

»Lilith, der Krieg ist vorbei.«

Lilith sah Amanda über den Kopf ihres Sohnes hinweg an.

»Das bedeutet, daß Frith und David Young jetzt nach Hause kommen«, sagte Amanda.

Lilith nickte und lächelte ein wenig. Sie freute sich, ihn zu sehen, aber die Nachricht versetzte sie nicht in eine Hochstimmung, wie sie es erwartet hatte. Sie preßte den Kopf des Jungen an sich. Er stand an erster Stelle, dachte sie entschlossen, für immer und ewig.

Aber als David Youngs Eltern einige Tage später an

Amanda schrieben, daß ihr Sohn seinen Verwundungen in Scutari in der letzten Kriegswoche erlegen war, überwältigte Lilith doch die Angst, Frith könnte ein ähnliches Schicksal ereilt haben.

Sie war sich ihrer Gefühle für ihn noch unsicher.

Bella lag jammernd in ihrem Bett. Ihre Lippen waren leicht blau gefärbt, ihre Augen blickten wild umher; das Atmen wurde ein ständiger Kampf. Es war spät am Abend – ein Märzabend, und der Wind pfiff heulend ums Haus. Der Arzt stand am Feuer und beobachtete seine Frau.

Es war ein ereignisreicher Monat gewesen, denn in Paris war gerade der Friedensvertrag unterzeichnet worden. Frith würde heimkommen, aber das dauerte zweifellos noch einige Monate. Er wünschte, Frith wäre hier. Er hätte seine Gedanken gerne jemandem mitgeteilt. Mit Amanda konnte er nicht reden, sie war zu tief in die Sache verwickelt. Wenn er mit Amanda zusammen war, ließ er sich von seinen Emotionen hinreißen. Diese Angelegenheit aber mußte klar durchdacht werden, mit gesundem Menschenverstand und vor allem mit äußerster Ehrlichkeit.

Hesketh war ein religiöser Mensch, aber dennoch flexibel. Er akzeptierte nicht alle Regeln, die vorgegeben waren. Aus seiner Berufspraxis heraus wußte er, daß schlimme Notlagen es manchmal erforderlich machten, sämtliche Regeln zu brechen, die normalerweise angemessen waren. Man mußte oft eine Chance ergreifen, spontan handeln und sagen: »In allen anderen Fällen wäre dies falsch, aber in diesem ist es richtig.«

»Hesketh . . . bist du da, Hesketh?«

Er ging an ihr Bett. »Ja, Bella.«

»Ein Drink, Hesketh. Whisky . . .«

Er beugte sich über sie. »Bella . . . nein, Bella. Es wäre nicht gut, es würde dir zu sehr schaden.«

»Ich . . . ich halte es nicht länger aus, Hesketh.«

»Ich weiß. Ich weiß.«

Er sah auf sie hinunter und dachte daran, wie sie gewesen war, als er sie kennengelernt hatte – heiter, jung, lebenslustig. Er konnte sich an die allmähliche Verschlechterung erinnern, an das langsame Fortschreiten des Schmerzes, der seine häßliche Maske über ihre Schönheit gelegt hatte. Durfte man ihr ihre dumme Frivolität, ihre Selbstsucht, ihre schlechte Laune vorwerfen? Arme Bella! Sie hätte ein anderes Wesen haben müssen; sie hätte mit Geduld ausgestattet sein müssen statt mit Eitelkeit, mit frommer Schicksalsergebenheit statt mit Frivolität.

Er erinnerte sich an einen Tag in seiner Kindheit, die er in einem schönen Haus auf dem Lande verbracht hatte. Er hatte seinen Vater mehr bewundert als jeden anderen Menschen; weil er Arzt gewesen war, war auch Hesketh einer geworden; wenn sein Vater jetzt noch am Leben wäre, würde er mit seinem Problem zu ihm gehen.

Hesketh Vater war 1848 der Cholera-Epidemie zum Opfer gefallen. Er hatte bei den Armen gearbeitet und sich schließlich angesteckt, denn er war geschwächt von den ständigen Anstrengungen und der mangelnden Ruhe und Nahrung.

Der Tag, an den sich Hesketh jetzt erinnerte, lag fast zwanzig Jahre zurück. Sein Lieblingspferd, Ibrahim, stürzte und brach sich ein Bein. Anstelle von Bella hatte er jetzt das Pferd vor Augen, sah, wie es sich im Todeskampf auf dem Boden wälzte. Er erinnerte sich, wie sein Vater eine Pistole genommen und Ibrahim einen Kopfschuß gegeben hatte. Ihm, dem Jungen, war das Herz dabei gebrochen, denn er hatte sein Pferd sehr geliebt und nicht verstanden, warum es notwendig war, es zu erschießen.

»Es war besser so«, hatte sein Vater erklärt.

»Man darf nicht töten. Das hast du selbst gesagt.«

»Ja, das stimmt in vielen Fällen. Aber denk mal, wie Ibrahim jetzt leiden müßte, wenn er am Leben wäre. Stell dir ein Pferd wie Ibrahim vor . . . das für immer lahm gehen würde. Kein Pferd könnte sich so eines Lebens erfreuen. Es könnte nur unglücklich sein.«

Es war richtig. Natürlich war es richtig. Das wußte er jetzt.

Und was hatte Bella noch vor sich außer ein paar leidvollen Jahren?

»Hesketh . . . Hesketh . . .«

»Bella, meine arme Bella.«

»Etwas zu trinken . . . nur ein bißchen . . .«

»Ich gebe dir etwas anderes, um den Schmerz zu lindern, zum Einschlafen.«

»O Hesketh, ich wünschte, ich könnte für immer schlafen . . . nie mehr aufwachen.«

Sie wünschte es sich. Natürlich tat sie das. Wer an ihrer Stelle würde es sich nicht wünschen?

Ich kann sie nicht so leiden lassen, dachte er voller Verzweiflung. Es ist zu grausam.

Einen schnellen scharfen Schmerz, hatte sein Vater ihm erklärt, mehr hätte Ibrahim nicht gefühlt. Ein schneller scharfer Schmerz und danach Frieden.

Und Bella würde nicht einmal den Schmerz spüren – nur sanft schlafen, ohne in dieser Welt noch mal aufzuwachen.

Hatte er den Mut? Man durfte niemandem das Leben nehmen. Aber verschiedene Fälle mußte man auch unterschiedlich behandeln. Jeden Fall mußte man individuell betrachten. Er als Mediziner wußte das. Es stand nun in seiner Macht, sie von ihrem Elend zu befreien.

Und plötzlich hatte er seine Entscheidung gefällt. Er war stark, und er besaß den Mut. Er hatte keine Angst zu tun, was er für richtig hielt. Wäre er auch dazu bereit, wenn er Amanda nicht lieben würde? Das war die Frage, die er sich zu stellen hatte. Wenn er diese Frage mit Ja beantworten konnte, war der Weg klar.

Würde er dies für Bella tun, wenn er sie so lieben würde wie Amanda? Würde er *Amanda* aus diesem Leben helfen, wenn sie die Schmerzen hätte?

Er glaubte, die Antwort auf diese Frage zu kennen.

»Hesketh . . . Hesketh . . .«

»Ich komme, Bella. Ich habe etwas für dich, Bella.«

Seine Hand war ganz ruhig, als er das Getränk mischte.

»Nimm das, Bella. Nimm es, meine Liebe. Es wird dir Ruhe . . . und Frieden geben . . .«

Lilith war in ihr Zimmer hochgegangen, um nach Leigh zu sehen. Da lag er, sein Gesicht rosig vom Schlaf, sein dunkles Haar, nicht ganz so lockig wie ihr eigenes, fiel ihm in die Stirn. Er hatte die Bettdecke weggestrampelt. Liebevoll deckte sie ihn zu und küßte ihn.

»Schlaf gut, mein Schatz«, sagte sie.

In der Tür drehte sie sich noch einmal um und flüsterte: »Kluger kleiner Gentleman!«

Draußen auf dem Gang drangen Stimmen vom unteren Flur zu ihr herauf, und als sie über das Geländer ins Treppenhaus hinunterblickte, erkannte sie die des Arztes, obwohl sie ihn nicht sehen konnte. Er sprach mit Amanda.

»Gehen Sie nicht zu ihr hinein. Sie schläft jetzt. Ich fürchte, sie ist wieder sehr krank.«

»Ich sehe später nach ihr«, sagte Amanda.

»Das brauchen Sie nicht. Ich werde noch einmal zu ihr hineinschauen, bevor ich zu Bett gehe. Ich hoffe, daß sie schläft, und es wäre nicht gut, sie zu stören.«

Seine Stimme klang distanziert, als ob er gar nicht mit Amanda sprechen würde. Die Menschen verrieten ihre Gefühle durch ihre Stimme. Eigentlich, dachte Lilith, hätte ich sofort erkennen müssen, daß er mit Amanda spricht.

Sie hörte Amanda in ihr Zimmer gehen und beschloß, ihr zu folgen.

»Hallo, Amanda.«

»Hallo, Lilith.«

»Gehst du nach nebenan?«

»Nein. Sie schläft.«

»Das ist gut. Da kannst du dich ein bißchen ausruhen.«

»Ja. Sie soll nicht gestört werden, sagt der Doktor.«

»Ich vermute, er hat ihr ein Schlafmittel gegeben?«

»Ja, ich glaube. Schläft Leigh?«

»Ja, ich war gerade bei ihm. Wann wird er wohl lesen können?«

»Sehr bald, denke ich. Es geht schnell. Er ist aufgeweckt, und was noch wichtiger ist, er zeigt Interesse.«

»Ich möchte gern, daß er später mal Arzt wird.«

»Das ist ein großartiger Beruf.«

»Ja. Und das wünsche ich mir für Leigh. Ich will, daß er ein Doktor wird und ein Gentleman. Was ist das heute windig!«

»Ein richtiger Märzwind. Aber was soll's, der Frühling kommt bald.«

Ich sitze hier und rede nutzloses Zeug, dachte Lilith, und die ganze Zeit höre ich auf Geräusche von nebenan. Warum war er so kalt gewesen, als er mit Amanda gesprochen hatte, so distanziert? War es möglich, daß er nicht mehr in Amanda verliebt war?

»Gute Nacht, Amanda.«

»Gute Nacht, Lilith.«

Lilith trat auf den Flur hinaus. Das Gas war heruntergedreht. Es ging auf zehn Uhr zu, das Haus war ruhig. Wo war der Doktor? In der Bibliothek?

Lilith schlich zur Tür von Bellas Zimmer und horchte. Es war still da drinnen. Heimlich öffnete sie die Tür. Das Feuer brannte noch schwach. Die Frau des Doktors lag sehr still da.

Lilith näherte sich dem Bett.

»Madame?« flüsterte sie. »Haben Sie mich gerufen, Madame?« Sie sah Bella an. »Ich ... ich dachte, ich hätte sie rufen hören.«

Sie kam näher und blickte auf das bleiche Gesicht der Frau hinunter. Dann beugte sie sich über sie. Sie konnte etwas riechen – einen eigenartigen Geruch, schwach, aber unverwechselbar. Es war weder Wein noch Schnaps. Wo hatte sie diesen seltsamen Gesichtsausdruck schon gesehen?

Es war sehr schwierig zu erkennen, ob Bella atmete.

Lilith wurde von einer plötzlichen Panik ergriffen. Sie durfte nicht in diesem Zimmer angetroffen werden. In großer Hast schlich sie auf Zehenspitzen zur Tür und öffnete sie. Verstohlen schaute sie auf dem Flur nach rechts und links, um sich zu vergewissern, daß niemand sie gesehen hatte, und eilte dann in ihr Zimmer zurück, wo Leigh friedlich schlummerte.

Lilith konnte bis morgens nicht einschlafen. Leigh

weckte sie, indem er auf ihr Bett sprang und ihr ins Ohr schrie: »Mama! Mama! Wach auf! Es ist Morgen.«

Sie fuhr hoch, sie war noch halb in ihren seltsamen Träumen, merkwürdige Gedanken gingen ihr durch den Kopf.

»Da unten ist 'ne Menge Krach«, sagte Leigh. »Die sind heut alle schon früh dran.«

Sie setzte sich im Bett auf und lauschte. Sie wußte, was der merkwürdige Lärm zu bedeuten hatte. Die Herrin des Hauses war tot.

Es war am Abend desselben Tages. Lilith brachte Leigh zu Bett.

»Mama, du bist so still.«

»Ja, mein Liebes?«

»Alle sind heute so komisch.«

»Ja, mein Liebes?«

»Hab heute morgen keine Buchstaben an die Tafel gemalt, Manda hat gesagt, heute nicht.«

»Macht nichts. Morgen kannst du wieder welche malen.«

Er kniete neben dem Bett und sprach sein Gebet.

»Gott segne meine Mutter und Manda und alle meine Freunde ... und mach einen Gentleman aus mir ... Amen.«

Lilith deckte ihn zu. »Jetzt bleib aber auch zugedeckt. Sei ein braver Junge.«

»Warum zitterst du?«

»Wieso? Ich zitter doch nicht.«

»Doch, doch.«

»Ach das? Das mach ich nur zum Spaß.«

Er ließ seine Hand auch zittern.

»Nein, nein«, sagte sie. »Du nicht, Leigh. Du darfst nicht zittern. Jetzt leg dich hin und schlaf.«

»Kommst du wieder und siehst nach, ob ich zugedeckt bin?« fragte er.

»Ich denke schon.«

Sie saß an seinem Bett und betrachtete ihn. Alles, was ich tue, ist für ihn, dachte sie. Alles ist für ihn. Ich würde alles für ihn tun.

Als er eingeschlafen war, stand sie auf und ging leise zum Spiegel. Sie erkannte sich kaum wieder; ihr Gesicht war bleich, ihre Augen funkelten. Sie sah wohl sehr böse und verschlagen aus.

Und das war sie auch. Aber es war ihr einerlei. Es war für ihn . . . für ihren Liebling. Alles, was sie von jetzt an tun würde, wäre für ihn, für ihr über alles geliebtes Kind.

Sie ging die Treppe hinunter und klopfte an die Tür zur Bibliothek. Sie wußte, daß er da war, und sie wußte, daß er allein war. Während sie auf seine Antwort wartete, war sie sich über das Risiko im klaren, das sie jetzt einging. Sie setzte alles auf eine Karte. Vielleicht wäre er klüger als sie. Liebe war ihrer beider Motiv; die Liebe verlieh den Menschen große Kraft. Sie wußte das. Er könnte vielleicht zu ihr sagen: »Sie packen und verlassen auf der Stelle dieses Haus.« Aber sie war mutig und stark, wenn sie es klug genug anstellte, würde sie höchstwahrscheinlich nicht scheitern.

Er blickte vom Tisch hoch, und sie bemerkte, wie verstört er aussah.

»Lilith!« sagte er einigermaßen überrascht.

Sie ging auf ihn zu. »Ich muß mit Ihnen reden«, sagte sie. »Es handelt sich um Ihre Frau.«

Er war zutiefst erschrocken, aber sie erkannte das lediglich daran, daß seine Knöchel plötzlich weiß wurden, als er nach einem Federhalter auf seinem Schreibtisch griff.

»Um meine Frau?« fragte er.

Sie nickte bedächtig. Ihr Mund war so trocken, daß sie Angst hatte, ihre Stimme könnte versagen. »Ich ... ich glaube nicht, daß sie eines natürlichen Todes gestorben ist.«

Sie sah, wie er blaß wurde, der angstvolle Ausdruck in seinen Augen war unmißverständlich.

»*Sie* ... glauben nicht, daß sie eines natürlichen Todes gestorben ist?«

»Nein. Ich bin mir sogar ganz sicher.«

»Wie kommen Sie zu ... dieser Annahme? Ich bin Arzt. Ich kenne ihre Todesursache.«

»Ja. Ich glaube, die kennen Sie«, sagte Lilith. »Ich bin gestern nacht in ihrem Zimmer gewesen. Ich bin an der Tür vorbeigegangen und hatte das Gefühl, das da irgend etwas nicht stimmt. Also bin ich reingegangen. Ich glaube, sie ist mit Tabletten vergiftet worden.«

»*Sie* glauben, sie ist mit Tabletten vergiftet worden!« Er war immerhin ein Mann von Format, ein bedeutender Arzt; sie war nur ein Dienstmädchen. Er mußte glauben, im Vorteil zu sein; aber er wußte nicht, wie stark sie war, wie gerissen. »*Sie* kennen sich in diesen Dingen aus?«

»Ja.«

»Oh!« Seine Stimme war hart. Gleich würde er ihr sagen, daß er ihre Unverschämtheit nicht länger hinnehmen werde.

»Ich habe Babys gesehen, die unter dem Einfluß von Godfreys Herztropfen standen. Man konnte es immer erkennen, wenn diese Tropfen sie zum Schlafen gebracht hatten. Und man konnte es auch riechen. Es war irgendein Zeug in dem Herzmittel. Einmal habe ich ein Baby gesehen, das eine zu starke Dosis bekommen hatte. Es war tot. Ich kann mich an seinen Gesichtsausdruck erinnern ... und an die Farbe ... und an den Geruch. Den Geruch habe ich nie vergessen. Und gestern nacht war er wieder da, als ich im Zimmer Ihrer Frau war.«

»Es ist gut, daß Sie zu mir gekommen sind, Lilith«, sagte Hesketh. »Und Sie haben recht, was das Mittel betrifft. Meine Frau hat ein Betäubungsmittel bekommen. Sie brauchte Schlaf. Das war sehr wichtig für sie. Sie ist an Komplikationen gestorben, hervorgerufen durch einen Blutandrang in der Lunge; dadurch kam es zum Herzstillstand.«

Lilith war verblüfft. Er sprach so überzeugend. Er würde ihr nie verzeihen. Sie war dumm gewesen. Er würde sie fortschicken. Sie würde nie das für Leigh erreichen, was sie sich wünschte. Vielleicht sagte er die Wahrheit. Ihr wurde jetzt klar, daß sie ihren Verdacht auf Mutmaßungen begründet hatte. Sie hatte seine Gefühle für Amanda entdeckt und in vermeintlicher Kenntnis der menschlichen Natur nach dem Tod seiner Frau ihre Schlüsse gezogen. Sie mußte jetzt noch einen Schritt weitergehen, und dafür brauchte sie all ihren Mut, denn nun gab es kein Zurück mehr.

»Man wird doch bei der Autopsie feststellen, woran sie gestorben ist, nicht wahr, Sir?«

»Autopsie?« sagte er. »Es wird keine geben.« Jetzt mußte er den Rückzug antreten. Sie hatte recht gehabt; nun wußte sie es.

Er fuhr fort: »Es ist völlig klar, woran meine Frau gestorben ist.«

»Wird man Ihnen das ungeprüft glauben?«

»Einige von meinen Freunden haben sie gesehen, sie untersucht, haben alles für sie getan, was sie konnten. Andere werden bestätigen, daß sie eines natürlichen Todes gestorben ist ... der Tod war praktisch vorauszusehen.«

»Aber«, sagte Lilith listig, »wenn es nun doch eine Autopsie gibt? Bei dem Baby haben sie eine gemacht. Sie haben gesagt, es wäre zweifellos an der Überdosis gestorben. Die Mutter hat das jedoch nicht gewußt. Sie wollte nur, daß das Kind schläft. Sie wußte nicht, daß es eine Überdosis war. Bei einem Arzt ist das aber was anderes, der würde doch wissen . . .«

»Worauf wollen Sie hinaus?« fragte er scharf.

Lilith dachte an Jos Polgard und all das Gute, was ihr Zusammentreffen mit ihm gebracht hatte. Auch hieraus sollte sich Gutes entwickeln.

»Ich glaube, daß Sie Ihrer Frau eine Überdosis eines Schlafmittels gegeben haben, vielleicht, weil Sie sie nicht länger leiden sehen wollten, und vielleicht auch . . .«

»Wie können Sie es wagen?« schrie er. »Was erlauben Sie sich?«

»Weil es wahr ist«, antwortete sie. Und sie wußte es genau, denn sein Verhalten hatte ihn verraten.

»Sie werden Ihre Sachen packen und das Haus sofort verlassen.«

»Nein«, sagte sie. »Nein. Hören Sie zu. Sie müssen mir zuhören. Ich glaube, Sie haben es richtig gemacht. Ich will nichts . . . für mich selbst. Es war richtig, ihr das zu geben. Es war falsch, sie leiden zu lassen . . . und daß Sie selbst leiden . . . und Amanda. Sie hat niemandem etwas genützt . . . weder sich noch sonst jemandem. Ich weiß, daß Sie ein guter Mensch sind . . . gut genug für Amanda . . . und ich weiß, warum Sie das getan haben. Aber es ist nicht erlaubt. Und wenn ich dieses Haus verlassen muß, würde ich's weitererzählen. Dann schneiden sie sie auf und finden es raus, nicht? Das will ich nicht. Das würde Amanda verletzen. Ich liebe Amanda . . . sie kommt für mich gleich nach Leigh, den ich am meisten auf dieser Welt liebe. Ich will nicht, daß ihr weh getan wird. Ich will, daß sie glücklich wird. Ich spreche nicht für mich. Es ist für meinen Jungen. Ich möchte, daß er immer in diesem Haus wohnt ... nicht als der Sohn eines Dienstmädchens ... sondern so, als ob er Ihr Junge wäre. Er soll mit den Kindern zusammen aufwachsen, die Sie und Amanda haben werden. Und ich möchte bei ihm sein. Ich bin Amandas Kusine und Schwägerin. Ich könnte eine Haushälterin sein ... eine Gesellschafterin ... die mit Amanda verwandt ist. Ich will nicht, daß er in dem Wissen aufwächst, ein Dienstmädchen zur Mutter zu haben, und ich möchte, daß er Bildung erhält. Es ist nur für ihn, wissen Sie. Ich möchte, daß er wie ein Gentleman erzogen wird ... so daß niemand den Unterschied feststellen kann.«

»Ich glaube, Sie sind ein bißchen hysterisch«, sagte der Arzt. »Setzen Sie sich, und versuchen Sie, sich zu beruhigen.«

Sie setzte sich und schaute ihn mit glühenden Augen an.

»Sie sind überarbeitet«, fuhr er fort. »Sie sind eine gute Mutter, und der Junge hat Glück. Ich glaube, daß Sie sich seinetwegen sehr gesorgt haben. Sie haben große Armut erlebt und sind ängstlich darauf bedacht, so etwas von ihm abzuwenden. Das ist wohl sehr lobenswert.«

Er sah an ihr vorbei, sein Gesicht war leichenblaß. Sie mußte ihn bewundern; er besaß eine beneidenswerte Selbstkontrolle.

»Ich hoffe, daß Sie diese lächerlichen Anschuldigungen niemals gegenüber Mrs. Tremorney erwähnen werden.«

»Ich hab nichts gesagt«, murmelte sie. »Ich werde nie was sagen ... wenn Sie tun, was ich will.«

Er hob die Hand, um sie zum Schweigen zu bringen. »Sie sind um Ihren Jungen besorgt. Glauben Sie nicht, daß ich das nicht verstehen kann. Sie meinen, daß er eine gute Schulbildung und eine geregelte Erziehung verdient. Ich selbst habe auch schon daran gedacht.«

Sie nickte, ein plötzliches Hochgefühl erfüllte ihr Herz – und sie empfand große Bewunderung für diesen Mann, denn allmählich wurde ihr klar, wie er mit dieser Situation umgehen würde.

»Wie Sie ja wissen, sind er und ich Freunde geworden. Ich habe mir oft darüber Gedanken gemacht, was ich für ihn tun könnte. Aber nun sollte ich angesichts Ihres absurden Ausbruchs lieber mal über Ihre Eignung als Erziehungsberechtigte nachdenken.«

Ihre Augen sprühten. »Keiner außer mir wird ihn erziehen.«

»Das ist ein ganz natürlicher mütterlicher Instinkt, und ich glaube, daß Sie die beste aller Mütter sind. Ich hatte beabsichtigt, Ihnen später einen Vorschlag zu machen. Ich wollte Ihnen bei der Schulausbildung Ihres Sohnes behilflich sein.«

Sie sagte leise: »Und er soll hier wohnen? Er soll wie Ihr eigenes Kind erzogen werden?«

»Darauf lief es wohl hinaus. Aber nun, so wie Sie sich benommen haben, sollte ich Sie eigentlich fortschicken.«

»Ich hoffe, daß Sie das nicht tun werden«, sagte sie demütig, doch ihr drohender Blick strafte ihren Tonfall Lügen.

»Ich beabsichtige es tatsächlich nicht. Ich weiß, was Sie für Mrs. Tremorney getan haben und was Sie einander bedeuten. Der Junge ist ihr Patenkind. Schon allein das würde genügen, um alles für ihn zu tun.«

Lilith nickte. Sie hatte gewonnen. Egal, wie er es hinstellte, sie hatte ihr Ziel erreicht.

»Ich muß Ihnen allerdings sagen, daß ich sofort Sie verdächtigen und Ihnen die Schuld zuschreiben würde, wenn ich jemals wieder von diesem lächerlichen Gerede hören sollte«, fuhr er fort. »Denn niemand außer Ihnen würde solch eine verzerrte Darstellung verbreiten. In diesem Fall hätten Sie mein Haus auf der Stelle zu verlassen. Wenn Sie Ihren Jungen dann mitnehmen wollen, ist das Ihre Angelegenheit. Wenn Sie ihn hierließen, könnten Sie versichert sein, daß ich mich um ihn kümmere.«

»Ich werde nie ein Sterbenswörtchen sagen, das schwöre ich. Und er bleibt hier, und ich bleibe bei ihm; und er bekommt alles . . . so als ob er Ihr eigener Sohn wäre.«

Er nickte bedächtig, und ganz überraschend bedeckte Lilith ihr Gesicht mit den Händen und brach in Tränen aus. Sie wußte nicht, warum sie das tat, es sei denn aus Erleichterung. Denn seit sie das Haus ihres Ehemannes verlassen hatte, lebte sie in ständiger Angst und Anspannung.

Der Arzt legte ihr die Hand auf die Schulter, hob ihr Kinn zu sich hoch und lächelte.

»Hören Sie sofort damit auf!« sagte er.

Sie starrte ihn an. Sie hatte gesiegt, und doch verhielt er sich so, als ob er der Sieger wäre.

Er war jetzt sehr still, still und furchtlos; und sie wußte, daß er glaubte, das Richtige getan zu haben, denn er war ein guter Mensch. Nur ein guter Mensch konnte nach allem, was geschehen war, so einen Blick haben, dachte Lilith bei sich.

»Lilith, es ist wohl überflüssig, Ihnen zu sagen, daß Sie sich abscheulich benommen haben. Und dennoch sollen Sie wissen, daß ich Sie verstehe.

Denn Sie taten es aus Liebe zu Ihrem Sohn. Ich glaube nicht, daß Sie völlig falsch gehandelt haben, obwohl viele das sagen würden. Das Motiv ist wichtig. Sie haben versucht, mich zu erpressen, und das ist eine kriminelle Handlung. Wenn Sie Geld gefordert hätten, hätte ich Sie ohne Zögern der Polizei übergeben; aber Ihr Motiv war die Liebe zu Ihrem Sohn. Sie haben Angst um die Zukunft Ihres Kindes gehabt. Ich verstehe Sie. Meine eigenen Ideen werden nicht unbedingt von anderen geteilt, aber ich halte sie für richtig. Ich sehe Sie in einem anderen Licht, weil ich weiß, was Sie dazu treibt. Seien Sie unbesorgt. Ihr Sohn wird alles bekommen, was ich ihm geben kann; und Sie sollen bei ihm bleiben, denn Mutter und Kind dürfen nicht getrennt werden. Gehen Sie jetzt«, fügte er hinzu. »Gehen Sie in Ihr Zimmer. Entspannen und beruhigen Sie sich.«

Lilith ging, ohne auch nur einen Moment zu zögern, hinaus. Sie eilte in ihr Zimmer und umarmte ihren schlafenden Sohn.

2

AMANDA ERWACHTE AN jenem Maimorgen so zeitig, daß sie das allererste Vogelgezwitscher hörte. Durch ihr Fenster drangen die frischen Düfte des anbrechenden Tages. Sie konnte die Blüten auf der Kastanie schon erkennen, und sie dachte an die Rasenanlagen dieses alten Hauses mit dem Teich und der Sonnenuhr; sie ließ die Obstbäume in ihrer schönen Blüte vor ihrem Auge Revue passieren und stellte sich vor, wie sie durch den Rosengarten und über den kleinen Rasen mit den Tulpenbeeten spazieren würde, dann zu dem Sommerhaus, dem Wäldchen und zur Koppel; sie hörte die Uhr im Pferdestall vier schlagen. In diesem Haus und auf diesem Grundstück hatte Amanda das glücklichste Jahr ihres Lebens verbracht.

Zwar war es ein Jahr des Wartens gewesen, aber heute ging es zu Ende, denn heute sollte ihr Hochzeitstag sein.

In diesem wunderschönen Haus hatte Hesketh seine Kindheit verbracht – und er war hier sehr glücklich gewesen, wie er ihr erzählt hatte. Er hatte entschieden, daß sie hier warten sollte, bis das Jahr, welches Sitte und Anstand in jener Zeit erforderten, vorüber sei.

Seine Mutter hatte sie herzlich aufgenommen, denn sie liebte ihren Sohn über alles und bedauerte seine unglückliche Ehe zutiefst. Sie war bereit, jede zu lieben, die ihn wieder glücklich machen würde. Hesketh Mutter hatte Amanda in einem kurzen Jahr mehr Zärtlichkeit gegeben, als sie jemals von ihrer eigenen Mutter erfahren hatte. Amanda dachte oft an Laura und fragte sich, wie es ihr wohl gehen würde; sie konnte sich nicht mehr sehr deutlich an sie erinnern; in ihrer Vorstellung sah sie eine kränkelnde Frau, die im Schatten eines Tyrannen lebte.

Seit ihrer Abreise nach Bellas Beerdigung war sie nicht wieder in London gewesen. Hesketh hatte einige Tage nach Bellas Tod mit ihr gesprochen und ihr mitgeteilt, welche Vorkehrungen er getroffen hatte. Er hatte beschlossen, das Haus mit Ausnahme der Praxisräume zu schließen. Die Dienerschaft sollte entlassen werden. Er selbst würde in einem Hotel oder in einer Mietwohnung in der Nähe des Hauses leben, denn er müßte ja jeden Tag in die

Praxis. Wenn das Jahr verstrichen wäre, könnten sie sich neues Personal suchen und ganz von vorne anfangen.

»Ich möchte, daß du meine Mutter kennenlernst«, sagte er. »Sie freut sich schon darauf, dich zu sehen. Und nimm Lilith und den Jungen mit«, fügte er hastig hinzu. »Ich werde euch oft besuchen.«

Jedes Wochenende kam er aufs Land, und sie ritten zusammen aus. Sie erzählte ihm dann, wie glücklich sie im Hause seiner Mutter war, wie die alte Dame ihr beigebracht hatte, Früchte einzukochen und zu konservieren. Wie sie an Winterabenden am Feuer saßen und an ihrer Aussteuer und der Tischwäsche arbeiteten. Manchmal bekam sie Angst vor der Rückkehr nach London. Sie stellte sich vor, wie er in das Haus hineingehen, die Haustür mit seinem Schlüssel öffnen und lauschend in der Diele stehen würde.

Eines Tages sagte sie zu ihm: »Hast du schon einmal daran gedacht, das Haus zu verkaufen?«

Sein Gesicht war plötzlich erstarrt. »Möchtest du das?«

»Ich? Nein. Ich frage mich nur, ob du in einem anderen nicht glücklicher wärst?«

»Es ist für meine Arbeit ideal. Es hat meinem Vater gehört. Ich glaube, es dürfte schwierig sein, etwas so Passendes und so günstig Gelegenes wieder zu finden.«

Sie erwähnte das Haus nicht mehr, doch er kam noch einmal darauf zu sprechen:

»Glaubst du, es gäbe da zu viele Erinnerungen an Bella? Hast du davor Angst, Amanda?«

»Nein, Hesketh.«

»Dann habe ich auch keine Angst. Wir beide haben alles für sie getan. Wir haben uns nichts vorzuwerfen.«

Da verstand sie, daß er jene unangenehmen Erinnerungen bekämpfen wollte, von denen das Haus voll war. Fühlte er, bewußt oder unbewußt, daß es feige wäre, davonzulaufen?

Und jetzt . . . war das Warten vorüber.

Sie hatte ein bißchen vor sich hin gedöst, als sie durch ein leises Öffnen der Tür ganz aufgeweckt wurde. Lilith schlüpfte ins Zimmer. Sie stand am Fußende des Bettes und lächelte sie an.

»Wach auf«, sagte Lilith, ihre Stimme klang freudig erregt. »Wach auf, Amanda. Heute ist dein Hochzeitstag.«

Lilith zog Leigh seine weißen Satinhosen an. Dazu gehörte eine blaue Jacke. Er war aufgeregt, war sich der Bedeutung des Anlasses bewußt; er sollte bei der Hochzeit von Manda und dem Mann Mandas Schleppe tragen.

»Halt doch still«, befahl seine Mutter.

Aber wie konnte er stillhalten? Er mußte sich drehen und wenden, diesen fremden kleinen Jungen im Spiegel anschauen, der ihm so überraschend ähnlich sah. Große dunkle Augen blickten ihn ungläubig an.

»Was ist Manda bei der Hochzeit?«

»Die Braut.«

»Und was ist der Mann?«

»Der Bräutigam. Ich habe es dir doch schon erzählt.«

Er nickte. Ja, sie hatte es ihm erzählt, aber er hörte es so gerne. »Die Braut«, wiederholte er. »Der Bräutigam. Werde ich ein Bräutigam sein?«

»Eines Tages vielleicht, wenn du groß genug bist.«

Er lächelte und sah sich selbst schon so erwachsen wie den Mann. Alles, was der Mann machte, würde er auch tun. Das hatte er schon vor langer Zeit bei sich beschlossen.

»Sag mir, was ich tun muß«, bat Leigh, als ob er das nicht genau gewußt hätte. Aber er konnte es nicht oft genug hören.

Er sollte Amandas Schleppe tragen. Das war leicht. Er hatte sie schon gesehen und in seinen Händen gehalten; sie war weich und wunderschön.

Während Lilith mit ihm sprach, betrachtete sie sein lebhaftes Gesicht. Wie hübsch er war! Er erfüllte all ihre Träume. Wenn sie nach der Hochzeit nach London zurückgekehrt wären, würde er wie ein Sohn des Hauses sein. Alles kam so, wie sie es geplant hatte. Bei seinen ersten Wochenendbesuchen auf dem Land war Lilith dem Arzt ausgewichen, weil ihr jede Begegnung peinlich war. Aber er hatte sich ihr gegenüber genauso benommen wie immer – oder sah er sie manchmal so merkwürdig an, als ob er sie nie würde leiden können, als ob er ihr mißtraute?

Doch er hielt sein Versprechen in bezug auf den Jungen, und er hielt es in der von ihr gewünschten Weise. Er hatte Leigh gern; und was Leigh betraf, so bewunderte der niemanden mehr als den Arzt.

Sie hörte sich sagen: »Und wenn die Orgelmusik erklingt, gehst du gleich hinter Manda zur Kirche hinaus.«

»Und der Mann ist Bräutigam, Mama?«

»Ja, er ist Bräutigam.«

»Ich will auch mal Bräutigam sein . . . wenn ich so groß bin wie er.«

Sie lachte und nickte dem Jungen mit den rosigen Wangen und den schwarzen Augen im Spiegel zu.

»Du wirst auch Bräutigam sein«, versprach sie ihm. »Warte nur, bis du so groß bist wie der Mann.«

In der Kirche war es heiß. Von ihrem Platz aus sah Lilith das Paar vor dem Altar. Ihr kleiner Junge stand bei ihnen und neben ihm ein anderer kleiner Junge, der ein entfernter Verwandter des Bräutigams war. Lilith achtete nicht auf die Predigt; sie hatte nur Augen für ihren Sohn da vorne, Seite an Seite mit dem anderen Jungen, der in den richtigen Stand hineingeboren war.

Leigh war so gut wie jeder von denen. Oh, was hatte sie doch für Glück gehabt! Wie schlau sie es angestellt hatte! Im nachhinein betrachtet, war sie nur ein einziges Mal in ihrem Leben gescheitert, und das schien auch sein Gutes zu haben, denn es hatte ihr gezeigt, was sie für ihren Sohn tun mußte.

Amanda war wunderschön in ihrem weißen Satinkleid, das aus hundert Biesen und Rüschen bestand. Sie trug den Spitzenschleier, den vor vielen Jahren Hesketh Mutter getragen hatte. Amanda war wieder in einer Umgebung, die ihr rechtmäßig zustand. Das war nicht überraschend; das Wunder war, daß Liliths Sohn ihr dahin gefolgt war.

Lilith hielt sich an diesem Tag für beinahe ebenso glücklich wie das Brautpaar, denn die Hochzeit stellte für sie einen Triumph dar, die Erlangung von Macht. Sie war das äußere Zeichen ihres Erfolges.

Aber es gab noch einen weiteren Grund für ihre Fröhlichkeit. Frith war zurückgekehrt. Erst gestern hatte Amanda Lilith erzählt, daß er Hesketh Trauzeuge sein würde. »Ich habe hin und her überlegt, ob ich es dir sagen soll, Lilith. Ich dachte, ich müßte dich vorwarnen. Sonst wäre es wohl ein zu großer Schock. Er kommt erst am Hochzeitsmorgen.«

Lilith hatte erwidert: »Schock! O nein! Das ist schon längst vorbei.«

Und das war es auch, sagte sie grimmig zu sich; dennoch wußte sie, daß Frith zu ihrer guten Laune beitrug.

Sie beobachtete die beiden – Frith, den Trauzeugen, und Dr. Martin, den alten Freund von Hesketh's Mutter, der der Brautführer war; und sie beobachtete Hesketh's Mutter, Hesketh selbst und Amanda. Und bei ihnen war Leigh ... ihr Junge ... ihr geliebter Sohn. Er war einer von ihnen.

Amanda war überglücklich, als sie mit Hesketh dort Hand in Hand stand. Alle Sorgen der Vergangenheit waren von ihr abgefallen.

»Ja, ich will«, sagte sie. Und Hesketh steckte ihr den Ring an den Finger.

Wir werden glücklich sein, dachte sie. Unserem Glück steht nichts im Wege. Wir werden in das Haus zurückkehren, und ich werde alles hinauswerfen, was schlimme Erinnerungen in ihm weckt. Von jetzt an soll es *unser* Heim sein.

Sie bemerkte, wie Leigh an ihrer Schleppe zog, und verlangsamte ihren Schritt, um sich seinem anzupassen.

Sie konnte der Versuchung nicht widerstehen, sich nach ihm umzudrehen, sein begeistertes Gesicht und seine leuchtenden Augen zu sehen; sie mußte liebevoll darüber lächeln, wie wichtig er seine Aufgabe bei ihrer Hochzeit nahm.

Hesketh dachte: Alles wird gut. Es gibt keinen Grund zur Besorgnis: das Haus wird anders sein, wenn sie bei mir ist. Neue Diener werden dasein. Es wird eine ganz andere Atmosphäre herrschen.

Ich habe mir nichts vorzuwerfen. Hat sie nicht gesagt, daß sie das Leben satt hat? Sie hat sich danach gesehnt zu entfliehen. Sie wollte sterben.

Wie glücklich er war, jetzt, da sie das Trauerjahr hinter sich hatten. Die Zeit war ihm endlos erschienen. Manchmal hatte er daran gedacht, Amanda zu bitten, ihn in aller Stille zu heiraten. Er hatte geplant, mit ihr fortzugehen, bis das Jahr vorüber wäre und sie wieder in dem Haus wohnen könnten.

Wie oft hatte er schon beschlossen, das Haus zu verkaufen! Wie oft hatte er, nachdem die Putzfrau gegangen war und er seine Arbeit in den unteren Räumen beendet hatte, der Versuchung nicht widerstehen können, die Treppen zu ihrem Zimmer hinaufzusteigen! Wie oft hatte er in der Tür gestanden ... die verhüllten Möbel angesehen? Das Bett, in dem sie gestorben war, hatte unter seiner Hülle so gespenstisch gewirkt, daß es ihm fast vorkam, als läge sie dort und bewegte sich.

Er hätte das Haus nur zu gern verkauft, ganz neu angefangen, aber er konnte sich des Gefühls nicht erwehren, daß er damit seine Schwäche eingestanden hätte. Wenn er richtig gehandelt hatte, hatte er nichts zu befürchten; und wenn er nichts zu befürchten hatte, warum sollte die Angst ihn heimsuchen? Nein.

Er war fest entschlossen, mit Amanda in dem Haus zu wohnen. Er würde sich von Bella nicht verjagen lassen, als ob er von einer heimlichen Schuld gequält und verfolgt würde.

Er steckte Amanda den Ring an den Finger. Wie zerbrechlich sie war! Wie jung und zart!

Ich habe das Richtige getan, sagte er sich, als er in die Sakristei ging.

In der Diele, die zur Feier des Tages einem Blumenmeer glich, schnitt Amanda den Kuchen an.

Hesketh sah Lilith und Frith nebeneinander stehen.

Manche würden behaupten, daß wir Verbrecher sind, dachte er. Lilith und ich. Was für merkwürdige Verbrecher! Ich ein Mörder? Sie eine Erpresserin? Das sind zwar schreckliche Verbrechen – aber dennoch ... sind wir so sehr im Unrecht, sind wir so schlecht?

Sie liebt ihren Sohn abgöttisch. Und weil sie selbst gelitten hat, ist sie bereit, ein Verbrechen zu begehen, um ihm die Steine aus dem Weg zu räumen. Ich schwöre ... ich schwöre, daß ich es für Bella getan habe, nicht wegen Amanda.

Leigh zupfte ihn am Hosenbein.

»Mann, ich werd auch mal Bräutigam.«

»Ja, mein Junge?«

»Ja. Ich muß aber noch warten. Mama sagt, ich muß warten, bis ich so groß bin wie du.«

Hesketh streichelte liebevoll seinen kleinen dunklen Kopf.

Erpressung? Wie konnte man es mit einem solch häßlichen Wort bezeichnen? Er liebte diesen Jungen fast so wie einen eigenen Sohn. Mord – Erpressung. Nein! Das waren dumme Gedanken.

Die Gäste tranken auf die Gesundheit von Braut und Bräutigam. Jetzt *mußte* Bellas Geist verschwinden.

Frith lächelte Lilith an.

»Ich bin also wieder zurück«, sagte er.

»Das sehe ich«, antwortete sie.

Sie musterte ihn eingehend. Er hatte sich verändert. Er war jetzt Mitte Zwanzig, sah aber aus wie dreißig; die Jahre auf der Krim hatten ihn altern lassen, hatten ihn härter gemacht, aber seinen Charme, seine natürliche Heiterkeit konnten sie ihm nicht nehmen. Und geblieben war ihm auch die Art und Weise, wie er mit den Fingern gegen das Leben anschnippte, die kontrollierte Erregung, die das Leben in ihm erweckte und die anderen zeigen mußte, daß jeder, der sein Leben mit ihm teilte, auch die Erregung teilen mußte. Das war Lilith klar.

Als sie ihn zuletzt gesehen hatte, hatte sie Leigh noch nicht gehabt; und nachdem das Baby geboren war, hatte sie geglaubt, daß ihr Gefühl für Frith sich abgekühlt hätte; jetzt war sie da nicht mehr so sicher.

»Die Braut sieht schön aus«, sagte er.

»Bist du eifersüchtig?« fragte Lilith. »Weißt du noch, wie du ihr den Antrag gemacht hast?«

»Ich glaube, du erinnerst dich an alles, was ich je gesagt und getan habe.«

»Ich erinnere mich an das, was ich will.«

Leigh hatte seine Mutter entdeckt. Er ließ Hesketh stehen und kam zu ihr.

»Hallo, Mama.«

»Hallo, Liebling.«

»Ich habe Manda die Schleppe getragen«, sagte er zu Frith.

»Du nimmst es höchst genau mit deinen Pflichten, wie ich sehe«, lobte ihn Frith.

Leigh griff nach dem Rock seiner Mutter und schaute verwundert zu Frith hoch. Lilith strich ihm über den Kopf und sah Frith an; ihr Blick war beinahe trotzig, als ob sie ihm sagen wollte, daß niemand für sie zählte außer Leigh.

Amanda fand, daß es zu viele Erinnerungen an Bella

in dem Haus in der Wimpole Street gab. Also erklärte sie Hesketh, daß sie gern einige Veränderungen vornehmen würde. Er wußte natürlich, daß diese Veränderungen für ihn waren. Sie dachte ununterbrochen darüber nach, wie sie ihm eine Freude machen könnte; und sie glaubte zu verstehen, warum er sich in diesem Haus nicht wohl fühlte.

Es wäre besser gewesen, es zu verkaufen und ein neues zu suchen; aber sie verstand sehr gut diese seltsame Laune, die ihn veranlaßte, lieber dieses Unbehagen in Kauf zu nehmen. Sie glaubte, er fühle sich schuldig, weil er sie geliebt und sie hatte heiraten wollen, als Bella noch am Leben war. Einem so unbescholtenen Mann wie ihm mußte das wie eine Sünde vorkommen; er konnte es nicht vergessen, und vielleicht hatte er den Wunsch, Bella möge sterben, nicht unterdrücken können und daher ein schlechtes Gewissen. Er wollte Buße tun.

Wenn sie dieses Haus umändern ließ, würde sie alle Spuren von Bella beseitigen, soweit dies möglich wäre.

Lilith half ihr dabei. Sie war der Dienerschaft als entfernte Verwandte der Hausherrin bekannt; die Position, die sie bekleidete, war die einer mit besonderen Privilegien ausgestatteten Haushälterin.

Amanda hatte sich Hesketh Erklärungen über den Jungen angehört. »Er ist ein lieber kleiner Bursche, und ich habe ihn gern. Ich möchte was für seine Erziehung tun. Lilith ist sehr darauf bedacht, daß er eine gute Schulbildung erhält, und ich denke, daß wir gewissermaßen mit dafür verantwortlich sind, weil wir ihr bei ihrer Flucht behilflich waren.«

Sie hatte gelächelt. »Lieber Hesketh! Du brauchst dich nicht zu rechtfertigen. Ich weiß, warum du

Leigh und Lilith helfen willst.« Er hatte sie erschrocken angesehen.

»Weil du so ein guter Mensch bist, willst du ihnen helfen. Sie tun dir leid. Auch wenn du nichts mit ihrer Flucht zu tun gehabt hättest, würdest du ihnen helfen wollen. Und jetzt rechtfertigst du dich für deine Güte.« Er drückte sie an sich, so daß sie seine Miene nicht sehen konnte.

»Er ist dein Patenkind, Amanda«, hatte er erwidert. »Schließlich hast du ihm gegenüber eine Verpflichtung.«

Als sie Lilith Hesketths Pläne für den Jungen mitgeteilt hatte, hatte diese nur gelächelt.

»Du scheinst ja gar nicht überrascht zu sein«, hatte sie gesagt.

»Na, vielleicht bin ich's ja auch nicht. Mein Leigh ist so ein wunderbares Kind, daß es mich nicht erstaunt, wenn die Leute alles für ihn tun wollen.«

Lilith wollte Hesketh und Amanda das Leben so angenehm wie möglich machen; sie wollte dem Arzt zu verstehen geben, daß sie es bedauerte, ihn erpreßt zu haben, um ihr Ziel zu erreichen. Sie hielt es für unklug, in dieses Haus zurückzukehren, aber sie konnte nichts dagegen tun, und so half sie also jetzt mit Feuereifer, alle Spuren von Bella zu beseitigen.

»Als erstes würde ich das Porträt aus dem Wohnzimmer nehmen«, sagte sie zu Amanda. »Es ist so lebensecht. Fast hat man den Eindruck, als ob sie da oben ist und auf uns herabsieht.«

Mit Padnollers Hilfe – so hieß der neue Butler – nahmen sie es ab und hängten statt dessen ein Gemälde von dem Dorf auf, das in der Nähe seines Elternhauses lag; es war ein heiteres Bild mit grauen Häuschen im Sonnenschein.

»Und noch was«, sagte Lilith, als Padnoller gegangen war, »ich würde den ganzen Klimbim wegtun ... die ganzen Fächer und Tanzprogramme. Die kommen am besten ins Feuer.«

So veränderten sie das Wohnzimmer vollkommen; sie stellten die Möbel um, soweit das möglich war, und taten Blumen in die japanischen Vasen.

Ihr Zimmer war jetzt das, welches vorher Amanda gehört hatte. Lilith schlug vor, Hesketh und Amanda sollten doch das große Zimmer im ersten Stock, wo die Bibliothek gewesen war, als Schlafzimmer nehmen.

»Ich glaube, da würde es dir besser gefallen«, sagte sie. »Und es ist größer als dieses hier. Aus dem Zimmer könntest du die Bibliothek machen.«

»Und die Regale und Bücherschränke?«

»Die könntest du hier aufstellen lassen. Du willst doch jede Spur von ihr aus diesem Haus entfernen. Jetzt bist du schockiert. Der Fehler bei Leuten wie dir ist, daß sie nie aussprechen, was sie denken. Das ist es, was *er* will, auch wenn du's nicht willst.«

»Du glaubst, es ist für ihn wichtig ... sie zu vergessen, ja, Lilith?«

»Ich weiß, daß es so ist. Laß uns mal zur Abwechslung vernünftig reden. Sie waren verheiratet, und es war keine gute Ehe, oder? Nun tu nicht so, als ob es nicht so gewesen wäre. Sie war miserabel. Die Ehe von Sam und mir war dagegen ein Sonntagnachmittagsspaziergang. Er will sie vergessen. Er will dieses Haus nicht verlassen, weil es seinem Vater gehört hat oder so. Schön. Mach alles anders. Laß Handwerker kommen. Sag ihnen, wie du es haben willst, und wir werden die Köpfe zusammenstecken und alles so verändern, daß er das Haus nicht mehr als das wiedererkennt, in dem er mit ihr gelebt hat.«

Es folgten arbeitsreiche Wochen. Jeden Morgen gab Amanda Leigh eine Unterrichtsstunde, und während Leigh mit Annie, einem der Dienstmädchen, das ihn noch unverhohlener anbetete als die übrigen, spazierenging, rangierten Amanda und Lilith Schränke aus, stellten alles um und wurden Bella los, wie Lilith es ausdrückte.

Eines Nachmittags öffnete Lilith die Tür des Zimmers, in dem Bella geschlafen hatte.

Sie waren beide stiller als sonst. Lilith mußte unwillkürlich daran denken, wie sie Bella das letzte Mal lebend gesehen hatte, wie sie in einem Betäubungsschlaf da auf dem Bett gelegen hatte. Und es kam ihr vor, als stieg ihr der Geruch wieder in die Nase, den sie an ihr wahrnahm und der an Godfreys Herztropfen erinnerte.

Amanda dachte daran, wie sie hier bei Bella gewesen war, erinnerte sich an Bellas streitsüchtige Stimme und an eine Gelegenheit, als Hesketh auf einer Seite des Bettes gestanden hatte, mit einem Blick voller Verzweiflung.

Sie fürchtete, daß dieses Zimmer für sie immer Bellas Zimmer bleiben würde. Ein Schauer lief ihr kalt den Rücken hinunter, und sie verspürte den Wunsch zu fliehen; Lilith erging es ebenso, doch sie ließ sich nicht von dem Gefühl überwältigen. Sie saß auf dem Bett, aber Amanda bemerkte, daß selbst Lilith dies mit trotziger Miene tat, als ob sie einer unsichtbaren Gegenwart die Stirn böte.

»Ich fühle irgendwie, daß sie hier ist«, sagte Amanda und sah sich voller Unbehagen im Zimmer um. »Hier kommt es mir dunkler vor als im Haus.«

Lilith sprang vom Bett auf und zog die schweren Samtvorhänge zur Seite.

»Natürlich ist es dunkel, wenn man das Licht

nicht reinläßt. So! Jetzt ist es hier genauso hell wie überall sonst.«

»Lilith, glaubst du, daß Menschen, wenn sie in einem Zimmer leben – ich meine so intensiv, wie sie gelebt haben muß – und so leiden, glaubst du, daß sie dann einen Teil ihrer Persönlichkeit zurücklassen?«

Lilith öffnete die Schranktür und schnupperte.

»Puh! Geistige Getränke hinterlassen wahrhaftig etwas. Du kannst immer noch den Alkohol hier drin riechen.«

Amanda stellte sich neben sie. »Es muß wohl eine Menge davon im Schrank verschüttet worden sein.«

»Mit Sicherheit«, sagte Lilith. Sie drehte sich zu Amanda um. In dem starken Licht schien ihr Gesicht verändert. Eine ungewöhnliche Blässe lag auf ihren Wangen, und sie wirkte abgespannt.

»Alles in Ordnung, Amanda?«

»Ja, Lilith.«

»Komm, setz dich einen Moment.« Sie schob Amanda in einen Sessel und beugte sich über sie.

»Was ist denn los, Lilith?«

»Du würdest doch vor mir nichts geheimhalten wollen, Amanda?«

»Nein . . . nicht wenn ich sicher wäre.«

Lilith kam ganz nahe an sie heran und küßte sie, als ob sie es einfach tun müßte, sich aber ein bißchen deswegen schämte.

»Und hast du es *ihm* schon erzählt?«

»Nein. Ich will erst ganz sicher sein. Er wird sich ja so freuen. Ich will es ihm nicht sagen und dann feststellen, daß es gar nicht stimmt.«

»Es stimmt aber, darauf kannst du dich verlassen.« Dann sah sich Lilith im Zimmer um. »Ich will dir sagen, was wir tun. Aus diesem Zimmer hier machen wir das Kinderzimmer. Da ist die Verbindungstür, da können wir ein Spielzimmer für den Tag und ein Schlafzimmer für die Nacht einrichten. Ich wette, das vertreibt Madame Bella . . . immer vorausgesetzt, daß sie mehr zurückgelassen hat als den Geruch von Alkohol.«

Lilith schien jetzt ganz außer sich zu geraten vor lauter Aufregung. Sie öffnete die Kleiderschranktür, holte eine Handvoll Tücher und Schals heraus und warf sie aufs Bett.

Sie betrachtete sie einige Sekunden lang mit blitzenden Augen.

»Sieh zu, daß du dies los wirst«, rief sie. »Du mußt alles verschwinden lassen, was ihr gehört hat. Wir werden dieses Haus so verändern, als ob sie nie hier gewohnt hätte.«

Frith kam zu Besuch, und Lilith empfing ihn im Wohnzimmer, als ob sie die Herrin des Hauses wäre.

Er wäre gekommen, sagte er, um Amanda oder ihren Mann zu treffen; aber er hätte wissen müssen, daß Hesketh um diese Zeit im Krankenhaus arbeitete. Lilith glaubte ihm zwar, daß er tatsächlich wegen Amanda und Hesketh gekommen war, wohl aber auch gleichzeitig in der Hoffnung, sie zu sehen.

Sie schickte Padnoller fort, der Frith hereingeführt hatte.

»Bist du denn die Dame des Hauses?« fragte Frith, als sie allein waren.

»Fast«, antwortete sie munter, während sie ihre Hände über ihr zweitbestes Kleid mit den Samtschleifen am Mieder gleiten ließ.

»Fast, also nicht ganz! Gibst du dich damit zufrieden? Wo ist Amanda?«

»Sie ruht. Auf Anweisung des Arztes.«

»Tatsächlich?«

»Wir freuen uns alle so«, sagte Lilith. »Bitte nimm Platz.«

Er nahm sich einen Stuhl und rückte ihn näher zu ihr, bevor er sich setzte.

»Es tut mir leid, daß du unglücklicherweise zur falschen Zeit gekommen bist. Ich kann sie jetzt nicht stören.«

»Nein, nein. Das sollst du auch nicht. Aber... vielleicht ist die Zeit gar nicht so falsch.«

»Der ganze Krieg und die Arbeit bei den Soldaten haben dich nicht sehr verändert.«

»Nichts kann meine Gefühle für dich ändern.«

»Ach, der treue Typ bist du also.«

»Und du, Lilith?«

»Ich habe dir schon einmal gesagt, daß ich mich ganz rumdrehe, wenn ich mich ändere.«

»Dann dreh dich noch einmal rum, bitte.«

Mit einer raschen Bewegung legte er einen Arm um sie und küßte sie leidenschaftlich.

»Hör auf!« befahl sie.

»Du mußt aufhören. Hör auf, die Herrin des Hauses zu spielen.«

»Ich *bin* die Herrin des Hauses, wenn Amanda sich hingelegt hat.« Sie stand auf und ging in Richtung Tür, aber er versperrte ihr den Weg; und sie ließ es zu.

»Lilith«, sagte er, »du und ich, wir müssen eine Menge miteinander besprechen. Wir können nicht ohne einander sein.«

»Oh, mir ist es ganz gut gelungen.«

»Du hast mich vermißt, gib es zu.«

Sie fuhr ihn ärgerlich an. »Na schön. Zuerst ja. Als du mir zu verstehen gegeben hast, daß ich nicht gut genug für dich bin, hätte ich sterben können. Aber Menschen meines Schlags sterben nicht wegen Menschen deines Schlags. Sie sind zu vernünftig. Dann habe ich Sam geheiratet und Leigh bekommen. Mir geht es ausgezeichnet.«

»Das sehe ich, und ich habe deine Vernunft nie in Frage gestellt. Aber es gibt keinen Grund, warum du mich nicht noch als Zugabe nehmen solltest zu dieser ganzen Zufriedenheit. Das wäre doch das Salz in der Suppe.«

»Ich brauche kein Salz. Meine Suppe ist auch so gut gewürzt, danke.«

»Danke?« sagte er.

»Lachst du mich aus?«

»Mit Tränen in den Augen. Ich habe nicht einen ruhigen Moment gehabt, seit du mich so grausam verlassen hast.«

»Du weißt ganz genau, wer von uns beiden grausam war.«

»Du bist hart, Lilith. Was ist eigentlich mit deinem Ehemann passiert?«

»Ich habe ihn verlassen.«

»Er hat dir also nur dazu gedient, auf anständige Weise zu einem Kind zu kommen. Ich wußte gar nicht, daß du so anständig bist, Lilith. Und dann ist er entlassen worden. Die Drohne wurde nicht mehr benötigt von der Bienenkönigin, wie?«

»Ich bin keine Königin, ich bin eine Arbeiterin. Wie kannst du so zu mir sprechen ... und auch noch hier!«

»Ich gebe ja zu, es ist anstrengend, mit dir zu reden, wenn ich dich gleichzeitig lieben möchte.«

Sie lachte. »Komisch, daß ich für einige Dinge gut genug bin und für andere wieder nicht.«

»Du siehst das falsch. Du ahnst ja nicht, wie

sehr ich mir wünschte, dich nie hätte gehen zu lassen.«

»Mach dir doch nichts vor. Das paßt dir doch alles sehr gut in den Kram. Du denkst: ›Jetzt ist es sicher. Sie ist verheiratet. Jetzt kommt so eine Dummheit zwischen uns beiden gar nicht mehr in Frage!‹«

»Lilith, ich schwöre dir . . .«

»Oh, ihr feinen Herren! Das Schwören fällt euch leicht.« Der ironische Ton, in dem Lilith zu ihm sprach, vermochte aber nicht die Röte auf ihren Wangen und das Leuchten in ihren Augen vor ihm zu verbergen.

»Ich versichere dir, Lilith, daß ich nie aufgehört habe, unsere Trennung zu bedauern.«

»Na«, räumte sie ein, »da mag was dran sein. Du hättest mich gern in das Haus gesteckt, das du mir angeboten hast, in dem ich dann vor allen verborgen hätte leben können.«

»In Sünde, wie du das genannt hast. In heimlicher Sünde. Weißt du eigentlich, daß das, was du getan hast, sehr viel unmoralischer war?«

»Nein, das weiß ich nicht.«

»Du hast diesen armen Mann aus gekränktem Stolz geheiratet. Und als du das Kind bekommen hast, hast du ihn verlassen. Das ist wohl keine Sünde, wie? Das ist hochmoralisch. Es war grausam und herzlos. Aber wir sollten uns nicht länger gegenseitig unsere Sünden vorwerfen.«

»Du hast als erster damit angefangen.«

»Na, wir wollen nicht mehr davon reden. Ich liebe dich. Sag mir ganz offen, was du davon hältst.«

»Ich glaube, das ist leicht gesagt; aber auch dazu zu stehen ist eine andere Sache. Was willst du eigentlich?«

»Du weißt ganz genau, was ich will.«

»Ja ... aber was noch? Kleine Häuser, nicht zu nah und auch nicht zu weit entfernt?«

»Ein kleines Haus.«

»Also, ich habe es hier gemütlich.«

»Da bin ich sicher. Amanda hast du das alles zu verdanken, ja?«

»Vielleicht habe ich es mir selbst zu verdanken.«

»Das ist mehr als wahrscheinlich. Aber wenn du tust, worum ich dich bitte, brauchst du nicht mehr zu warten, bis die Herrin unpäßlich ist, um ihren Platz einnehmen zu können. Es wird deine rechtmäßige Rolle sein.«

»Ich bleibe, wo ich bin.«

»Lilith!« Er kam zu ihr und packte sie bei den Schultern. »Bist du wirklich fest entschlossen, nichts mehr mit mir zu tun haben zu wollen?«

Sie antwortete nicht. Wenn er ihr so nahe war, schmolz ihr Widerstand dahin.

Er küßte sie, und in dem Moment vergaß sie alles vorher Gesagte; trotz aller Anstrengungen klang jedes barsche Wort zärtlich.

Es war ein wunderbarer Sommerabend in den Gärten von Cremorne. Lilith saß in einer der Lauben. Sie trug einen neuen Hut nach dem letzten Chic; noch nie hatte ihr einer so gut gestanden, er war mit blauen Vergißmeinnicht und rosa Bändchen verziert.

Es dämmerte, und die Lampen leuchteten durch die Bäume; in der Ferne spielte eine Kapelle; und dann und wann schossen Feuerwerkskörper über den Himmel. Dies schien heute abend wie ein verzauberter Ort, aber nicht die weichen Lichter, die Kapelle in der Ferne und die Feuerwerkskörper bewirkten das, sondern einzig und allein die Tatsache, daß Frith neben ihr saß – glühend, voller Zukunftspläne, wie er in den ersten Tagen ihrer leidenschaftlichen Liebe gewesen war.

Sie waren hierhergekommen, um ungestört miteinander zu reden.

»Wie können wir zusammensein?« fragte er jetzt. »Wo sollen wir uns treffen?«

Sie antwortete nicht; sie starrte auf die Lichter in den Bäumen.

»Du treibst mich zum Wahnsinn«, sagte er. »Ich weiß, daß es dir genauso wichtig ist wie mir.«

»Das ist nicht wahr.«

»Soll ich mich verabschieden und gehen?«

»Nein. Es wär mir lieber, wenn du bleibst.«

»Du bist immer so ehrlich, liebe Lilith.«

»Ich sage, was ich denke. Und wenn du noch mehr davon hören willst, bitte: Ich will nicht, daß du gehst, weil ich dich mag. Du amüsierst und erregst mich. Liebe? Davon weiß ich nichts. Es ist nicht mehr so wie früher. Früher hast du mir die Welt bedeutet. Jetzt nicht mehr. Ich habe meinen Jungen, und ich würde mich auf der Stelle von dir verabschieden, wenn ich ihm damit helfen könnte.«

»Jetzt leg mal diese Mutterrolle ab. Er ist ein sehr netter Kerl, das wissen wir alle. Ich werde dafür sorgen, daß er alles bekommt, was du willst.«

»Das ist zwar sehr freundlich von dir, aber du kommst zu spät. Der Arzt hat mir versprochen, ihn zu erziehen und ihm eine Chance im Leben zu geben. Darum muß ich bei Amanda im Haus bleiben. Meinen Jungen würde ich für alle deine Versprechungen nicht allein lassen.«

Er stand auf und rückte seinen Stuhl zu ihr heran; sie saßen im Dämmerlicht, und er hielt sie fest in seinen Armen.

Sie dachte: Komisch, bei ihm werde ich immer noch schwach. Es gibt keinen wie ihn. Hab ich das nicht nicht immer gewußt?

Sie saß ganz still da, freute sich an seiner Gegenwart und triumphierte gleichzeitig, weil sie in der stärkeren Position war, denn er brauchte sie mehr als sie ihn.

Es war Leigh, der sie rettete. Hierfür würde sie nicht von ihren Plänen abweichen, auch nicht, wenn deren Verwirklichung Jahre dauern würde.

Die Mutterrolle, über die er sich mokiert hatte, würde sie für immer spielen. Aber es war schön, mit Frith zusammenzusein, einmal nur an die nächsten Stunden zu denken und danach an andere Zusammenkünfte. Leighs Mutter konnte auch Friths Geliebte sein, solange diese zweite Rolle nicht die erste beeinträchtigte.

Frith sprach von den Tagen in Cornwall, ihren Treffen im Wald, dem ›Anfang‹, wie er es nannte, dem ›idyllischen Anfang‹.

»Was so wunderschön begonnen hat, muß doch einfach weitergehen und unser ganzes Leben lang dauern«, sagte er.

»Ach, du konntest schon immer gut reden. Aber darauf kommt es nicht an.«

Sie riß sich von ihm los. »Wenn ich daran denke, was hätte sein können . . . Er hätte dein Junge sein können. Das wäre dir aber nicht recht, was? Du brauchst die Dunkelheit wie hier . . . und heimliche Treffen . . . mit meinesgleichen.«

»Hör mal, Lilith, ich habe einen Fehler gemacht. Das weiß ich jetzt.«

Sie wollte einwenden: »Und wenn du alles noch

einmal tun könntest, würdest du mich heiraten?« Aber sie brachte es nicht heraus, weil sie die Antwort kannte; und wenn er das sagte, bliebe ihr nur noch eins – mit ihm zu brechen; und das war durchaus nicht ihre Absicht.

Sie wurde weich und wandte sich ihm zu. »Ich bin froh, daß du wieder da bist. Froh ... froh ... Geh bloß nie wieder weg.«

Sie spazierten durch die Gärten, und nach einer Weile nahmen sie eine Droschke zur Wimpole Street.

Als er ihre Hand ergriff, dachte sie an eine ähnliche Situation vor vielen Jahren.

Er öffnete die Tür, und sie standen in der Diele, wo das Gas nur schwach brannte.

»Ich habe ihnen gesagt, sie sollen schlafen gehen. Lilith, meine Liebste, erinnert dich das an etwas?«

»Ja«, murmelte sie.

Sie gingen zusammen die Treppe hinauf wie damals.

Alle im Haus warteten. Die Diener schlichen auf Zehenspitzen umher und flüsterten nur noch. Am Morgen waren die Hebamme und eine Krankenschwester angekommen. Sie bewachten das Zimmer, in dem Amanda lag, wie Drachen, die eine böse Fee vor das Gemach einer gefangenen Prinzessin gesetzt hatte.

Sie waren die einzigen, die Ruhe bewahrten und auf alle Fragen mit überlegenem Lächeln antworteten. »Alles ist vollkommen in Ordnung. Es gibt keinen Grund zur Aufregung.« Damit schienen sie sagen zu wollen: Und wie könnte das anders sein, wenn wir die Aufsicht führen!

Für Hesketh wurde das Warten zur Qual. Er rannte in der Bibliothek auf und ab, dann blieb er wieder stehen und lauschte auf ein Geräusch, das ihm das Ende der Wartezeit ankündigen würde. Wann würde er Schritte auf der Treppe hören? Wann würde er das Kind schreien hören?

Doch wie angestrengt er auch auf diese Geräusche wartete, er konnte das Gefühl nicht loswerden, daß er noch auf ein anderes lauschte, auf eines aus dem Zimmer nebenan. Das war einfach lächerlich. Das war ein Hirngespinst. Aber er wartete tatsächlich auf ein Geräusch aus Bellas ehemaligem Schlafzimmer. Bellas Zimmer sollte jetzt das Kinderzimmer werden; doch er würde niemals vergessen können, daß es das ihre gewesen war. In diesen anstrengenden, sorgenvollen Tagen war es ihm oft so vorgekommen, als hörte er Gläserklimpern aus dem Zimmer, die tiefe, monotone Stimme, die er in den vergangenen Jahren so oft vernommen hatte, ihr weiches, spöttisches Lachen.

Es war eine große Verantwortung, ein Leben zu beenden. Und so drehte er sich ständig im Kreise. Er nahm ein Buch zur Hand und redete sich ein, er würde lesen.

Schließlich ging er zu dem Zimmer, das Bella gehört hatte, und blieb vor der Tür stehen. Dann öffnete er sie rasch und warf einen Blick hinein. Eine Vorstellung aus der Kindheit hatte plötzlich wieder Besitz von ihm ergriffen. Früher hatte er geglaubt, daß in der Dunkelheit oder in einem leeren Zimmer merkwürdige Dinge vor sich gehen. Und wenn man eine Tür öffnete oder eine Lampe anzündete, würden die Geister geschwind wieder an den Ort zurückkehren, von dem sie gekommen waren. Wenn man also nur schnell genug wäre, könnte man sie sehen.

Er schämte sich seiner Handlungsweise – als ob er Bella ertappen wollte, bevor sie Zeit hatte, sich zu verstecken. Wir sind doch alle Kinder, wenn wir Angst haben, dachte er.

Dieses Zimmer war jetzt als Kinderzimmer möbliert, mit einem Bettchen und allem erforderlichen Drum und Dran. Es hatte keinerlei Ähnlichkeit mehr mit Bellas Schlafraum, aber er würde sich hier immer an sie erinnert fühlen.

Ich habe richtig gehandelt. Ich habe richtig gehandelt.

Wie abergläubisch wir doch alle sind. Sogar diejenigen, die das Gegenteil behaupten. Er hatte entsetzliche Angst, daß er für Bellas Leben bezahlen müßte, und er wußte, daß die schlimmste Qual für ihn der Verlust von Amanda sein würde. Wie lange mußte er noch warten? Was ging in dem anderen Zimmer vor? Er sollte eigentlich zugegen sein. Es war absurd, daß er es nicht war. Er konnte diese Spannung nicht ertragen.

Er dachte an das letzte Jahr, in dem er zwar glücklich, jedoch nicht vollkommen glücklich gewesen war. Was stand denn seinem Glück im Wege außer seinem eigenen Gewissen, welches er in seinen schwachen Momenten als Bellas Geist bezeichnete?

Er hatte richtig gehandelt. Sie hatte Frieden verlangt. Sie war eine Kranke ohne Hoffnung gewesen. Ja, sagte sein Gewissen, aber du wolltest sie aus dem Weg haben. Du hast sie umgebracht ... hast sie umgebracht, um frei zu sein.

Und er spürte, wie der Geist sich über ihn lustig machte.

Ich bin überarbeitet, sagte er sich.

Wenn eine von den beiden Frauen zu ihm käme, um ihm mitzuteilen, daß er einen gesunden Sohn hätte und Amanda wohlauf wäre, wären seine abergläubischen Ängste für immer zum Schweigen gebracht. Er würde wissen, daß keine Bestrafung mehr ausstand. Aber diese Unsicherheit ... dieses Warten ... wie konnte er das ertragen?

Da ... Schritte auf der Treppe. Da kam jemand. Er rannte zur Tür. Die Krankenschwester stieg die Stufen hinauf.

»Ach, da sind Sie ja ... und warten bestimmt sehnsüchtig auf Nachricht.« Ihr Gesicht war gerötet, sie strahlte vor Stolz. »Ein schönes gesundes Mädchen«, sagte sie selbstgefällig, als ob das Kind seine Existenz ihrer Klugheit zu verdanken hätte.

Er störte sich nicht daran; er hätte sie umarmen können.

»Und ... meine Frau?«

»Es geht ihr ausgezeichnet. Sie können sie sehen ...« Sie hob ihren Zeigefinger, vornehm-anmaßend, was zu einem anderen Zeitpunkt wohl fehl am Platz gewesen wäre. »Aber nicht lange ... nur ein paar Minuten!«

»Gut«, antwortete er lachend. »Gut, Schwester.«

Er folgte ihr demütig die Treppe hinunter – nicht als Arzt, sondern als zermürbter Ehemann und Vater.

Sie tauften sie auf den Namen Kerensa.

»Ich möchte sie Kerensa nennen«, sagte Amanda zu Hesketh. »Das kommt vom kornischen *Cres ha Kerensa* und bedeutet Frieden und Liebe.«

Es war seit der ersten Lebenswoche ein lebhaftes Kind; es strampelte wilder als andere Babys, schrie durchdringender, wenn ihm etwas mißfiel, aber es lächelte auch strahlender, wenn es glücklich war. Von Anfang an war Kerensa ein Mensch mit starken

Sympathien und Antipathien, von denen einige nicht zu erklären waren. Während sie ihre Mutter über alles liebte, erregte ihr Vater ihr Mißfallen, und wenn er auch nur die Hand auf sie legte, wurde er durch ihre verdrießliche Miene oder sogar durch wütendes Geschrei abgeschreckt. Lilith fand ebenfalls nicht ihre Zuneigung. Neben ihrer Mutter mochte sie Frith und Leigh am liebsten von allen, obwohl auch Padnoller gute Chancen für ein Lächeln bei ihr hatte. Von den Dienstmädchen mochte sie keines.

Kerensas Haar war dunkel wie das ihres Vaters, aber sie hatte die blauen Augen ihrer Mutter; sie behielten die blaue Farbe, und das Haar wurde noch dunkler.

Amanda war nicht ganz so glücklich, wie sie sich vorgestellt hatte – obschon sie sich das selbst nicht eingestehen wollte. Der Grund dafür war Hesketh, der das Kinderzimmer nie betreten konnte, ohne das Zimmer so zu sehen, wie es vorher gewesen war. Hätte sie doch nur darauf bestanden, dieses Haus zu verlassen! Sie wußte, daß er oft an Bella dachte, und er konnte nicht vergessen, daß er Amanda hatte heiraten wollen, während sie noch am Leben war. Amanda wußte, daß sein Gewissen ihn nicht glücklich werden ließ. Unter diesen Umständen konnte sie ihr Leben nicht so genießen, wie sie es gewünscht hätte.

Als Kerensa etwas über ein Jahr war, erkrankte sie schwer an Masern. Eine Nacht lang hatten sie um ihr Leben gebangt. Damals hatte Amanda bemerkt, daß Hesketh von einer abergläubischen Angst verfolgt wurde; er hatte ganz einfach deshalb so große Angst um seine neue Familie, weil er sie so sehr ersehnt hatte, als er dies noch nicht tun durfte.

Und dann war da etwas im Verhalten des Kindes, was die Sache auch nicht besser machte; Kerensa kam nie freiwillig zu ihm, so daß er ihr gegenüber unsicher wurde und sich nicht gehenlassen konnte, was ihm bei Leigh so leicht fiel.

Aber als die Kinder sich erholt hatten – denn Leigh hatte auch Masern gehabt, und Kerensa hatte sich bei ihm angesteckt –, vergaß Amanda ihr Unbehagen und erinnerte sich nur gelegentlich daran.

Die Kinder teilten sich jetzt das Spielzimmer. Leigh hatte sein eigenes kleines Schlafzimmer auf demselben Stockwerk, denn er war jetzt zu groß, um im Zimmer seiner Mutter zu schlafen. Kerensa schlief in dem Zimmer, das Hesketh gehört hatte und durch eine Tür mit dem Spielzimmer verbunden war.

Wenn Amanda und Lilith im Kinderzimmer saßen und nähten, während die Kleinen zu ihren Füßen spielten, waren sich beide einer tiefen Zufriedenheit bewußt.

Für Amanda war Liliths Gegenwart ein großer Trost. Sie hatte sie bei all den Ängsten, die sie als junge Mutter durchlebt hatte, beruhigt und teilte auch alle Freuden mit ihr. Lilith machte zwar ein Geheimnis darum, aber Amanda wußte, daß sie und Frith wieder ein Liebespaar waren, daß Lilith ihn in seinem Hause besuchte und sie gelegentlich zusammen ausgingen. Doch das war ihre Angelegenheit, aus der sich Amanda weitgehend zurückhielt. Die Lilith, die Frith traf, war eine ganz andere Person als die junge Mutter, die mit ihr zusammen nähte und über Dinge des Haushalts sprach, während sie ein Auge auf die Kinder warf.

Lilith war tatsächlich zufrieden. Sie fand, daß sie ihr Leben sehr geschickt gemeistert hatte. Manchmal dachte sie zwar mit einem Schauder an Sam und verachtete sich für das, was sie ihm angetan hatte. Es hatte Momente gegeben, wo sie gefährlich nah an das Lokal herangekommen war, aber nie nah genug, um es im Blickfeld zu haben. Sie traute sich nicht. Sam hatte Anspruch auf Leigh, und wenn er herausfand, wo sie wohnten, hätte er das Gesetz auf seiner Seite gehabt. Gesetze waren für Männer gemacht, nicht für Frauen, die ihre Männer verließen.

Sie führte ein Doppelleben; einmal ein Leben erotischer Genüsse, zu dem sie sich heimlich davonstehlen mußte – worin noch ein zusätzlicher Reiz lag –, und dann das Leben als Mutter von Leigh, dessen angenehmes Wesen sie bezauberte. Auch andere waren von ihm begeistert, also konnte es nicht ihr Mutterstolz sein, der ihrer Phantasie Nahrung gab. Jeden Tag konnte sie beobachten, wie Leigh seine Stellung in diesem Hause festigte, wie er immer mehr zu einem Sohn des Hauses wurde.

Mit heimlicher Freude beobachtete sie die Gleichgültigkeit, die die kleine Kerensa für ihren Vater empfand, den sie nach Leighs Vorbild Mann nannte. Auch in allen anderen Dingen folgte sie seinem Beispiel. Der Arzt war verletzt und bestürzt, was seine Tochter betraf, und es war Liliths Sohn, der ihm die Art von Zuneigung entgegenbrachte, nach der er sich so offensichtlich sehnte. Man konnte fast glauben, Leigh wäre Amandas Sohn und Kerensa Liliths Kind. Kerensa war eigensinnig und wild, Leigh dagegen sanft und gefällig, freundlich und rücksichtsvoll. Leigh war mit anderen Worten vollkommen; noch nie hatte eine Frau so einen wunderbaren Sohn besessen.

Wenn sie im Kinderzimmer saßen, sprach sie Amanda gegenüber ihre Gedanken laut aus: »Ich habe gerade gedacht . . . Leigh ist mehr wie du und Kerrie mehr wie ich. Weißt du, wenn wir unsere Kinder gleichzeitig bekommen hätten und eine Verwechslung möglich gewesen wäre, dann würde ich glauben, sie sind vertauscht worden.«

Die Kinder spielten zerstreut mit ihren Bauklötzen, da sie wußten, daß von ihnen die Rede war. Sofort verloren sie das Interesse an den bunten Hölzern, denn wenn über sie gesprochen wurde, war das interessanter als alles andere.

»Leigh ist sehr viel älter als Kerensa«, sagte Amanda. »Er hat sich schon ans Leben gewöhnen können . . . Sie hören uns zu. Wenn ich doch besser nähen könnte! Ich bin ja schon viel besser geworden seit meiner Kindheit, aber ich würde mich immer noch nicht als Expertin bezeichnen.«

»Schau, Kerrie«, sagte Leigh. »Das ist ein B. B wie Bär.«

»B wie Bär«, wiederholte Kerensa und brachte das Häuschen zum Einstürzen, an dem sie bis zur Erwähnung ihres Namens durch die Erwachsenen gebaut hatte. Dann hatte sie aufgehört und gelauscht.

»Und hier ist ein K«, sagte Leigh. »K für Kerrie.«

Kerensa nahm den Klotz und hielt ihn liebevoll hoch. »Kerrie . . . Kerrie . . . Kerrie . . .«, murmelte sie selig.

Dann stand sie auf und tapste drauflos. Leigh fing sie im Fallen auf. Sie legte ihre Arme um ihn, und sie wälzten sich auf dem Fußboden.

»Sie vergöttert Leigh«, flüsterte Amanda.

»Vielleicht heiraten sie eines Tages. Das würde ich gern sehen.«

»Du blickst aber weit voraus«, sagte Amanda lachend.

»Wieso? Diese Dinge werden entschieden, wenn Kinder noch ganz klein sind.«

»Und oft heiraten sie dann nicht, wen die Eltern für sie bestimmt haben.«

»Ich meine, daß Eltern so etwas oft am besten wissen«, sagte Lilith.

»Ich nicht«, antwortete Amanda grimmig.

Eine Weile nähten sie schweigend weiter. Dann kam Leigh und stellte sich neben seine Mutter, und Kerensa krabbelte zu ihrer Mutter und kletterte auf ihren Schoß.

»Mama«, sagte Leigh, »wann heirate ich Kerrie?«

»Hör dir das an!« rief Lilith. »Ihm entgeht nichts.«

Und von da an stellte Leigh eine Menge Fragen über Hochzeiten.

Kerensa war achtzehn Monate alt, als Amanda wieder schwanger war. Sie freute sich sehr, doch Hesketh's Freude war überschattet von erneuter Angst.

Amanda saß am Ankleidetisch in dem Zimmer, das früher die Bibliothek gewesen war, und als sie ihre Haare bürstete, drehte sie den Kopf zu ihm um und fragte: »Hesketh, freust du dich auf das Kind?«

»Ja, meine Liebe.«

»Dich scheint aber etwas zu bedrücken.«

Er trat hinter sie, legte die Hände auf ihre Schultern und verbarg sein Gesicht in ihrem Haar.

»Das letzte Mal hat es so lange gedauert«, sagte er. »Ich hatte wirklich Angst. Das Warten war furchtbar.«

Sie lachte. »Aber Hesketh, Frauen bringen jeden Tag Kinder zur Welt.«

»Das sind irgendwelche Frauen«, erwiderte er. »Das ist es ja.«

»Ich bin sehr kräftig, weißt du.«

»O ja. Und außerdem bist du auch sehr kostbar.«

Sie stand plötzlich auf und sah ihn an. »Hesketh, ich habe schon so oft mit dir reden wollen. Es ist ziemlich dumm, etwas auf dem Herzen zu haben und es nicht auszusprechen. Ich möchte mit dir über Bella sprechen.«

»Bella!«

Sie sah, wie sich sein Kiefer anspannte; er konnte nicht von seiner ersten Frau sprechen oder von ihr reden hören, ohne betroffen zu sein.

»Was ist denn ... mit Bella?« fragte er.

»Sie ... verfolgt dich doch anscheinend ... oder?«

»Liebling, was meinst du damit?«

»Du kannst sie nicht vergessen. Irgendwie ... scheinst du dich *schuldig* zu fühlen. Ich verstehe das. Wir haben uns geliebt, während sie noch am Leben war und ... wir haben uns nach dem Leben gesehnt, das wir jetzt haben und auf das wir damals kein Recht hatten. Das kannst du wohl nicht vergessen? Hesketh, Liebster, wir müssen vernünftig sein. Sie ist nicht mehr da. Was passiert ist, war zum Besten.«

»Ach ja. Was passiert ist, war zum Besten«, murmelte er; und er nahm sie in seine Arme und hielt sie, als ob er Bellas Gegenwart fürchtete.

»Also ist es doch lächerlich, wenn du dich schuldig fühlst. Wir konnten nichts für unsere Liebe. Wir haben so gut zueinander gepaßt. Sicherlich gibt es nicht noch einmal zwei Menschen auf der Welt, die so gut zueinander passen wie wir. Glaubst du noch daran, Hesketh?«

»Von ganzem Herzen«, sagte er. »Und darum ...«

»Was denn?« drängte sie.

»Wenn alles so vollkommen ist, hat man Angst.«

»Nicht wenn man vernünftig ist. Warum sollten wir nicht restlos glücklich sein? Niemand hindert die Menschen am vollkommenen Glück, wenn nicht sie selbst!«

»Wie klug du bist, Amanda.«

Sie lachte. »Ich glaube, manchmal bin ich gar nicht so dumm, wie ich aussehe!«

»Wer sagt, daß du dumm aussiehst?«

»Lilith zum Beispiel.«

»Lilith hat keine Ahnung. Wie viele Leute verwechselt sie Milde mit Dummheit und Zärtlichkeit mit Schwäche.«

»Nun laß Lilith mal aus dem Spiel. Kommen wir auf uns zurück, Hesketh. Bitte beantworte mir ganz ehrlich: Warum denkst du so viel an Bella? Warum fühlst du dich schuldig?«

Er zauderte. Er geriet in Versuchung, ihr alles zu erzählen. Wie absurd! Wie lächerlich das wäre! Warum sollte er Amanda mit seiner Schuld belasten?

Dann sagte er: »Ich bin derjenige, der dumm ist. Ich denke an das letzte Mal und an alles, was ich durchgemacht habe ... wie ich gegrübelt und gehorcht habe ... ich habe da an das alte Bibelwort ›Auge um Auge, Zahn um Zahn‹ gedacht. Ich habe mich schuldig gemacht, weil ich Bella in Gedanken untreu war. Ich habe überlegt, ob man dafür einen Preis zahlen muß. Ich war froh, als sie starb. Du wolltest, daß ich offen bin. Ja, ich war froh, und ich frage mich, ob ich für meine Freude bestraft werde. Jetzt habe ich also Angst, denn die größte Strafe für mich wäre, dich zu verlieren ...«

»Hesketh, das sieht dir gar nicht ähnlich. Du, der du so klug ... so ruhig und so praktisch bist.«

»In der Liebe ist man nie klug oder ruhig oder praktisch, denn Liebe hat gar nichts mit diesen Dingen gemein, wie du weißt.«

»Hesketh, wenn du nach der Geburt des Kindes zu mir hereinkommst und das Kind ein gesundes Mädchen wie Kerensa oder ein gesunder Junge wie Leigh ist und wenn ich dich anlächle und sage: ›Es ist alles vorbei‹, willst du dann glauben, daß alles in Ordnung ist, daß es so ist, als ob Bella nie gelebt hätte? Versprich es mir, Hesketh, denn ich wünsche es mir so sehr.«

Er küßte sie. »Ich verspreche es.«

»Kerensa«, begann Amanda, »ich muß dir etwas sagen.«

Kerensa hatte es gern, wenn man ihr etwas sagte. Sie saß auf dem Hocker zu Füßen ihrer Mutter und hielt ihre Knie mit den Armen umschlungen.

»Sag schon«, drängelte sie.

»Du bekommst eine Gouvernante, und ich möchte, daß du sie gern hast.«

»Warum?« fragte Kerensa.

»Meinst du, warum du eine Gouvernante bekommst oder warum du sie gern haben sollst?«

»Beides.«

»Also, du brauchst eine Gouvernante, weil du alle möglichen Sachen lernen mußt.«

»Leigh bringt mir die Buchstaben bei. ABCDEFG.«

»Ja, Liebling, doch du mußt noch mehr lernen.«

»Leigh weiß noch mehr. Hat er gesagt.«

»Aber du brauchst trotzdem eine Gouvernante.«

»Wie ist eine Gouvernante, Mama?«

»Das ist eine Dame, die sehr nett ist und alles mögliche für dich tut.«

»Was denn?«

»Dich unterrichten und dir deinen Tee und deine Milch geben, und vielleicht Kleider für dich machen.«

»Nein danke, Mama. Ich will keine Gouvernante.«

»Ich habe mir gedacht, daß du das sagen würdest. Darum wollte ich dir etwas über sie erzählen. Ich möchte, daß du sie sehr, sehr liebhast, denn sie braucht Liebe.«

»Warum braucht sie Liebe?«

»Weil sie einsam ist und keine eigenen kleinen Mädchen hat.«

»Hat sie denn viele kleine Jungen?«

»Nein. Keine kleinen Mädchen und keine kleinen Jungen. Du mußt also sehr lieb zu ihr sein. Du darfst nicht vergessen, daß sie eine weite Reise macht, um zu dir zu kommen.«

»Sag ihr, sie braucht keine weite Reise zu machen, um zu mir zu kommen.«

»Jetzt hör mal gut zu, Kerensa. Ich will dir eine Geschichte erzählen.«

»O ja, Mama. Mach mal. Es war einmal . . .«

»Es war einmal eine Dame, die war sehr arm. Alle ihre Schwestern hatten Ehemänner und Babys, und sie hatten keinen Platz für sie, weil ihre Häuser alle schon voll waren.«

»Von den Männern und den Babys?«

»Ja, von Männern und Babys. Und die alte Dame wußte nicht, wo sie hingehen und wo sie schlafen sollte.«

»Und hatte keine Kleider zum Anziehen!« rief Kerensa. »Mama, hatte sie denn nicht mal ein bißchen was zum Wechseln?«

»Sie war sehr arm, und sie war hungrig.«

Kerensa wurde ernst, denn sie wußte, dies würde eine traurige Geschichte werden.

»Und da sagte sie: ›Ich habe keine eigenen Kinder, also will ich auf die Kinder anderer Leute achtgeben. Das ist das beste.‹«

»Und hat sie das gemacht?«

»Ja.«

»Und dann war sie glücklich bis an ihr Ende?«

»Nur, wenn die Kinder lieb zu ihr waren. Du weißt doch, daß jede Geschichte ein gutes Ende hat, nicht wahr?«

Kerensa nickte ernst.

»Und darum müssen Kinder lieb zu ihren Gouvernanten sein. Wenn Robbie hierherkommt, wirst du ein braves Mädchen sein; wenn du das nicht bist, lebt sie nicht glücklich bis an ihr Ende und ich auch nicht.«

»Und Leigh und Padnoller und Frith ... sind dann auch nicht glücklich«, sagte Kerensa; und beim Gedanken an soviel Unglück füllten sich ihre Augen mit Tränen. Es gab Zeiten, wo sie ihrer Mutter ziemlich ähnlich war.

Amanda küßte sie zärtlich. »Wir werden alles tun, was in unserer Macht steht, damit alle glücklich sind«, sagte sie.

Und Kerensa nickte heftig.

Miss Robinson schrieb einen überschwenglichen Brief aus dem Hause Lady Eggers.

»Meine liebste Amanda – aber ich nehme an, ich sollte Dich Mrs. Stockland nennen. Es hat mich sehr gefreut, von Dir zu hören. Du bist also verheiratet, hast ein eigenes Kind und erwartest Dein zweites! Das sind wunderbare Neuigkeiten. Und Du hast einen kleinen Jungen bei Dir! Ich bin jetzt eine ganze

Reihe von Jahren hier, aber meine liebe Janet, die Jüngste, wird in etwa einem Jahr ein Mädchenpensionat besuchen. Eigentlich sollte ich noch so lange bei ihr bleiben, aber wenn ich an Dich und Deine kleine Tochter denke und an den Jungen und das liebe kleine Baby, das noch nicht geboren ist ... Ich glaube wirklich, daß Du einen größeren Anspruch auf mich hast ...«

Amanda lächelte, als sie diesen Brief las. Sie erinnerte sich lebhaft an die kummervollen Augen hinter den Brillengläsern und das klägliche Lächeln mit der kecken Munterkeit.

Das war die Art von Macht, die Amanda sich wünschte – die Macht, andere glücklich zu machen. Sie nahm an, daß das auch William und David Young gewollt hatten. Sie war ein bißchen wie sie, in bescheidenerem Maße; der Unterschied lag darin, daß sie die Menschen als Masse betrachtet hatten und Amanda Individuen in ihnen sah. Sie wollte die wenigen Menschen um sich herum glücklich machen – Miss Robinson, Lilith, Kerensa, Leigh ... und vor allem Hesketh. Sie hatte sich die kleine Aufgabe gestellt, die tiefe Befriedigung brachte; jene hatten die größere gewählt und waren ständig enttäuscht worden.

Miss Robinson kam ein paar Wochen vor der Geburt von Amandas zweitem Kind in der Wimpole Street an.

Es war eine leichte Geburt. Amanda stand morgens auf, ohne zu ahnen, daß das Kind an diesem Tag zur Welt kommen sollte, und um zwei Uhr nachmittags lag ihr Sohn neben ihr. Bevor sie ausruhen konnte, mußte sie Hesketh sehen.

Sie lag da und lächelte ihn an. »Ein Junge, Hesketh. Ein schöner . . . gesunder Junge. Erinnerst du dich an dein Versprechen?«

»Ja, Amanda.«

»Siehst du? Er ist hier, und ich bin wohlauf.«

Er kniete neben dem Bett nieder und umarmte sie.

»Du hattest recht, Amanda. Du hattest recht.«

Endlich Zufriedenheit. Keine Geister mehr. Bella war verschwunden, und nur Hesketh und seine glückliche Familie blieben zurück.

Dominick war schon als ganz kleines Baby ein sehr schönes Kind. Er war ein zufriedenes Kind, das kaum schrie. Seine Glieder waren fein und gesund; aber seine wunderschönen blauen Augen erregten am meisten Aufmerksamkeit. Sie waren groß und heiter und schienen die Welt furchtlos und klug zu betrachten. Amanda liebte ihn leidenschaftlich, vielleicht anders, als sie Kerensa liebte. Kerensa hatte von Geburt an ein stürmisches Wesen – gierig, fordernd, ein wütendes Baby, das bei der geringsten Provokation schrie; sie hatte ihre Mutter ständig in Angst gehalten, daß sie sich etwas brechen oder ersticken könnte.

»Beim zweiten ist es anders«, sagte die Krankenschwester. »Sie wissen doch, daß sie nicht so zerbrechlich sind, wie sie aussehen.«

So ein zufriedenes Baby hätte es noch nie gegeben, meinte die Hebamme.

Und selbst die Krankenschwester rutschte in die Babysprache ab, als sie Dominick wusch.

Leigh und Kerensa wurden hereingebracht, um das Baby zu sehen.

»Mama«, beschwerte sich Kerensa, »schade, daß du kein größeres gekriegt hast. Dies ist zu klein.«

Leigh nahm eine Hand von dem Baby. »Schau, Kerrie. Schau doch, wie er meine Hand hält.«

»Meine hält er sicher auch. Nicht, Baby?«

Kerensa kam plötzlich mit ihrem Gesicht ganz nah an das des Babys.

»Vorsicht, Liebling. Vorsicht!« warnte Amanda.

Das Baby schien völlig ungerührt.

»Du hast keine Angst, was, Baby?« sagte Kerensa. »Ach, ich wollte doch so gern ein großes. Ich wollte eins, das laufen und sprechen kann. Jetzt müssen wir ihm das wohl erst beibringen!« Wieder ging sie mit dem Gesicht ganz nah heran, beinahe grob. Das Baby lag lächelnd da.

Eine schreckliche Angst hatte Amanda beschlichen. Vielleicht hatte sie in dem Augenblick begonnen, als Kerensa ihr Gesicht plötzlich so nah an das Baby hielt. Sie dachte an die unerschrockenen Augen. Danach beobachtete sie Dominick eingehend, und ihr Eindruck verstärkte sich, daß er zwar Geräusche hören konnte, aber nicht reagierte, wenn man ihm etwas vor die Augen hielt.

Konnte es sein, daß diese wunderschönen heiteren Augen sich von anderen Kinderaugen unterschieden?

Sie bewegte ihre Hand dicht vor dem Gesicht des Babys. Seine Augen folgten der Bewegung nicht. Es lag lächelnd da ... ohne mit der Wimper zu zucken.

Sie hatte große Angst; aber sie sagte nichts ... nicht einmal zu Lilith, und schon gar nicht zu Hesketh.

Es durfte einfach nicht sein. Warum sollte es so sein?

Aber schließlich konnte sie eine so schreckliche Angst doch nicht für sich behalten, und als Frith kam, um das Baby zu sehen, spürte sie, daß dieser alte Freund, an den sie sich schon vorher in der Not gewendet hatte, ihr jetzt einen Rat geben konnte.

»Frith«, sagte sie, »ich bin froh, daß wir allein sind. Ich muß mit dir reden. Über das Baby.«

»Ja, Amanda?«

»Ich bin schrecklich beunruhigt. Seine Augen ... sie haben irgend etwas Merkwürdiges an sich. Dominick ... scheint nichts zu sehen. Ich glaube, er nimmt nicht einmal das Licht wahr. Und wenn ich meine Hand vor seinen Augen bewege, reagiert er nicht.«

Frith nahm das Baby hoch und trug es ans Fenster. Amanda folgte ihm.

O Frith, dachte sie, sag, daß er gesund ist. Sag, daß ich dumm und nervös bin und mich wegen nichts aufrege.

Aber Frith schwieg. Das Schweigen schien ihr sehr lange zu dauern.

»Frith ... was ist los? Warum sagst du denn nichts?«

»Ich weiß nicht, was ich sagen soll.«

»Frith ... er ist doch nicht ... *blind*?«

»Amanda, meine Liebe, ich kann es nicht sagen. Ich ... weiß es einfach nicht.«

»Es ist merkwürdig, Frith. Das kannst du nicht ab streiten. Irgend etwas stimmt nicht mit seinen Augen.«

»Vielleicht ist es nicht so schlimm. Vielleicht ist es eine kleine Sache ... etwas, das sich leicht korrigieren läßt.«

»O Frith, was soll ich bloß tun?«

Frith ging vom Fenster weg. Sie setzte sich, und er reichte ihr das Kind.

»Wir müssen erst einmal einen Spezialisten fragen. Ich werde mit Hesketh sprechen.«

»Nein!« schrie sie.

»Nein?«

»Ich will ihn nicht beunruhigen. Ich glaube, ich bin einfach dumm. Ja, ja, das bin ich. Weißt du, ich bin ziemlich dumm. Bin ich doch schon immer gewesen, nicht? Ich hab mir immer irgendwelche Dinge eingebildet. Da ist bestimmt gar nichts. Meinst du nicht auch, Frith? Meinst du nicht auch?«

»Es kann sein, Amanda.«

»Frith ... Frith ... *was* soll ich bloß tun?«

»Du willst Hesketh noch nichts sagen? Es wäre aber klüger, es sofort zu tun, meine Liebe.«

»Nein. *Nein.* Ich muß erst sicher sein, daß alles in Ordnung ist ... Hesketh hat sich so sehr einen Sohn gewünscht ... mehr als eine Tochter. Es war so gut für ihn. O Frith, ich kann es nicht ertragen ... ich kann es einfach nicht. Ich will es nicht glauben. O Frith, ich kann Hesketh Glück nicht mit meinen Ängsten zerstören. Und es sind doch nur Ängste. Ich weiß es.«

»Liebe Amanda!« sagte Frith, aber er konnte ihr nicht ins Gesicht sehen. Sie hatte Angst, denn seine gewohnte Leichtfertigkeit war von ihm abgefallen, und sein Ernst jagte ihr einen Schrecken ein.

»Sag was zu mir, Frith«, bettelte sie. »Sag, daß ich mich irre ... sag, daß ich dumm bin. Sag, daß ich mir Sachen einbilde ... daß ich mich unnötig quäle ...«

Er kam zu ihr und legte eine Hand auf ihre Schulter. »Amanda, laß die Augen dieses Kindes so bald wie möglich untersuchen. Man kann etwas tun ... falls es notwendig sein sollte. Heutzutage läßt sich so viel Wunderbares machen. Du darfst nicht gleich verzweifeln.«

»Ich bin aber ganz verzweifelt, Frith. Ich bin es aber!«

»Das sieht dir gar nicht ähnlich, Amanda. Wir wissen doch noch nichts. Seine Augen können doch völlig in Ordnung sein. Aber wir müssen die Meinung eines Spezialisten einholen, und zwar sofort. Ich kenne einen Mann, der mehr von Augen versteht als sonst jemand in London. Ich gehe sofort zu ihm und werde einen Termin für dich und das Kind für morgen vereinbaren. Was hältst du davon? Hesketh braucht es nicht zu erfahren, bis du bei diesem Mann gewesen bist. Du und ich gehen heimlich zu ihm, hm?«

»O ja, bitte, Frith.« Sie hatte Tränen in den Augen. »Du bist ein wunderbarer Freund. Das bist du immer gewesen. Du bist so ein guter Mensch.«

Das brachte ihm seine Leichtfertigkeit zurück. Er lachte.

»Ach, Amanda, du bist unfähig, die Schafe von den Böcken zu trennen! Ich bin ein armer Sünder, das weißt du ganz genau!«

»Nein, Frith, nein!«

Er nahm ihre Hände in die seinen.

»Keine Tränen. Keine Aufregungen. Es wird alles gut. Ich bin sicher, daß alles gut wird. Ich gehe jetzt zu diesem Freund. Lach doch bitte. Ich glaube, ich höre Hesketh kommen.«

Hesketh kam herein.

»Frith! Wie schön, dich zu sehen. Bewunderst du gerade unseren Sohn?«

»Ich bin einer von den drei Weisen, die dem Kinde huldigen wollen«, sagte Frith leichthin.

Amanda beobachtete die beiden. »O Gott«, betete sie, »nicht blind. Nicht *blind*!«

3

VON ALLEN KINDERN – und jetzt waren es vier, Leigh mitgerechnet – war Dominick das am meisten geliebte. Sogar Kerensa war sanft zu ihm, und ihre Stimme änderte sich, wenn sie mit ihrem kleinen Bruder sprach. Es war rührend, die Kinder bei ihrem Spiel zu beobachten, zu sehen, wie grob Kerensa und Leigh miteinander umgingen, und wie vorsichtig sie waren, wenn sie Dominick anfaßten.

Dominick war ein schönes Kind mit einem feinsinnigen Charakter. Er zeigte sich sehr liebebedürftig, und er nahm einen besonderen Platz im Haus ein. Er war aufgeweckt und intelligent; und oft schien es, als besitze er einen besonderen Charme, ein besonderes Gespür als Ersatz für sein Augenlicht. Er spielte mit den anderen Verstecken, fühlte dabei mit seinen Händen – seinen langen, zarten Händen, die empfindsamer waren als die der meisten Menschen – und lauschte, denn sein Gehör war besser als das der anderen. Auch sein Lachen war lustiger, ansteckender. Vom Keller bis zum Dachboden wurde er von allen verehrt. Er war jedermanns Liebling, nur nicht Friths; denn, wie Frith sich selbst eingestand, er war nicht sentimental, und sosehr er den kleinen blinden Jungen auch mochte, es war doch Kerensa – die wilde, ungezogene Kerensa –, der seine besondere Zuneigung galt.

Sie forderte es. Sie schaute ihn mit ihren großen blauen Augen an und wollte die Wahrheit hören. »Wen liebst du am meisten? Das muß ich unbedingt wissen!«

»Wen ich am meisten liebe? Claudia, glaube ich.« Claudia war das Baby.

»Du lügst! Du lügst! Du lügst!«

»Weißt du denn nicht, daß Damen so etwas nicht sagen dürfen? Frag mal Miss Robinson!«

»Ich weiß es, und es ist mir egal. Robbie meint, man kommt in die Hölle, wenn man ›lügen‹ sagt. Wir sagen immer ›pflügen‹, weil sich das reimt. Und statt ›Dussel‹ ›Fussel‹.«

»Das ist sehr schlau von euch!« lobte Frith. »Ob ihr damit aber auch bei dem Engel mit dem Sündenregister Erfolg habt?«

Kerensa umarmte ihn. Er war so amüsant – erwachsen und doch nicht erwachsen; er war ein Mann, der unberechenbar war wie ein Kind, noch dazu wie ein ungezogenes Kind. Also war es äußerst wichtig für Kerensa, daß Frith sie am meisten liebte.

Sie brachte ihn wieder auf den Ausgangspunkt zurück.

»Gut. Wen hast du nun wirklich am liebsten?«

»Die Menschen lieben immer die Babys am meisten. Hast du das nicht gewußt?!

»Tun sie nicht . . . und du auch nicht.«

»Da du viel besser über meine Gefühle Bescheid weißt als ich, warum fragst du mich dann überhaupt?«

»Keiner redet so wie du, Frith . . . du lieber Frith . . . Und wir sagen ›Frith‹ zu dir. Die meisten Erwachsenen muß man Mr. oder Tante nennen. Keiner läßt sich mit dem Vornamen anreden, nur du.«

»Ich fürchte, ich bin einfach zu faul. Und sehr lax.«

»Was ist das?« Aber sie interessierte sich nicht für Wörter und kam gleich wieder auf das eigentliche Thema zurück.

»Ganz, ganz ehrlich . . . wen hast du am liebsten?« Sie schlang die Arme um seinen Hals.

»Werde ich erwürgt, wenn ich nicht die richtige Antwort gebe? Wirst du mir den Garaus machen, wenn ich nicht ›Kerensa‹ sage?«

»Ja, das mach ich.«

»Dann bleibt mir nichts anderes übrig, als zu sagen, daß ich Kerensa am liebsten habe. Aber du mußt wissen, daß Geständnisse, die unter Folter erpreßt werden, unzuverlässig sein können.«

Doch er hatte es ernst gemeint. Sie wußte, daß er es ernst gemeint hatte.

»Du stehst ganz oben an der Spitze, mit Mama natürlich«, eröffnete sie ihm. Sie führte in ihrer runden, unordentlichen Handschrift eine Liste der Personen, die sie liebte. Die Liste wurde immer länger. Sie hatte bereits das Ende der Seite erreicht. »Du und Mama, ihr kommt zuerst. Dann Nick. Dann Leigh. Dann Padnoller. Dann Robbie. Dann Papa und Claudia. Ich mag Claudia nicht. Die sabbert.«

»Das hast du auch mal gemacht.«

»Hab ich nicht!«

Dann umarmte sie ihn wieder, und er sagte: »Ich fühle mich sehr verunsichert. Die Liste bleibt keine zwei Tage hintereinander unverändert. Nur eine kleine Missetat von mir, und ich lande mit Sicherheit zwischen Papa und Claudia.«

Sie drückte ihn jetzt ganz fest. »Nein, tust du nicht. Weil es mir völlig egal ist, wie schlecht du bist. Ich mag dich so schlecht, wie du bist.«

Es bestand also gar kein Zweifel daran, daß Kerensa Friths Liebling war und Frith Kerensas.

Miss Robinson war seit vier Jahren in der Wimpole Street, und während dieser vier Jahre war sie zusehends jünger und unbeschwerter geworden. Sie machte sich keine Sorgen mehr, sie erinnerte die Kinder auch nie, was sie alles für sie getan hätte. Sie hob oft die Tugenden ihrer Mutter hervor und erzählte ihnen, was für ein braves Kind sie gewesen war. Auch Janet war ein Muster von einem Zögling, wie alle ihre bisherigen Pflegekinder. Nur Kerensa war eine traurige Ausnahme. Aber Kerensa war nicht dumm. Sie hörte gern Geschichten über die Kindheit ihrer Mutter, und schnell entdeckte sie, daß Amanda sich genauso ungeschickt mit dem Mustertuch angestellt hatte wie sie selbst.

»Vor Kerensa muß man ständig auf der Hut sein«, sagte Miss Robinson zu Amanda. »Sie ist sehr scharfsinnig, und obwohl sie beim Unterricht höchst unaufmerksam sein kann, bekommt sie fast alles mit, was nicht für ihre Ohren bestimmt ist.«

Miss Robinson liebte Dominick über alles. Sie betrachtete ihn als ihr besonderes Kind, denn er war bald nach ihrer Ankunft in diesem Hause geboren worden. Sie hatte sehr gelitten während der schrecklichen Wochen, als es mehr und mehr zur Tatsache wurde, daß er für immer blind sein würde. Die Familie hatte zu dem Zeitpunkt noch nicht gewußt, welchen Ausgleich Blinde für das fehlende Augenlicht mitbekommen.

Die schönste Aufgabe des Tages war für Miss Robinson Dominicks Lesestunde. Sie hatte ihm erklärt, wie ein Franzose, ein Monsieur Louis Braille, der ebenfalls blind gewesen war, es bedauert hatte, daß blinde Menschen sich nicht an Büchern erfreuen konnten. Und jetzt saß Dominick jeden Morgen mit ihr am Tisch im Kinderzimmer, und seine langen feinfühligen Finger wanderten über die geprägten Buchstaben, die er sehr schnell gelernt hatte.

Man konnte Dominick unmöglich bemitleiden, denn er bedauerte sich selbst nicht im geringsten.

Miss Robinson war sehr glücklich. Es war wunderbar gewesen, zu Amanda zu kommen, an die Kinder zu denken, die noch geboren und die alle unter ihrer Obhut stehen würden.

Kurz vor der Geburt der kleinen Claudia hatte Amanda gesagt:

»Robbie, auch wenn die Kinder groß sind, möchte ich nicht, daß Sie uns verlassen. Das wird erst in vielen, vielen Jahren sein, aber . . . ich möchte nicht, daß Sie daran denken, jemals zu gehen.«

Da hatte Miss Robinson Amanda mit leuchtenden Augen angesehen, und ihre roten Hände hatten gezittert. Später sagte Kerensa, die einen Blick für so etwas hatte, Miss Robinson wäre ihr vorgekommen wie der Pilger in dem Buch von John Bunyan, nachdem sein Bündel von ihm abgefallen war.

Miss Robinson ging mit den Kindern in den Park, wie fast jeden Morgen nach dem Unterricht. Leigh und Kerensa liefen immer voraus, und Dominick ging meistens neben ihr an ihrer Hand. Er war vier Jahre alt, Kerensa sechs und Leigh zehn.

Kerensa hüpfte gefährlich nahe am Teich herum. Irgendwann würde sie noch da hineinfallen. Es schien fast, als ob sie es darauf angelegt hätte.

»Ich weiß wirklich nicht, von wem du diese Ungezogenheit hast«, sagte Miss Robinson ziemlich mißmutig.

»Von niemandem«, erwiderte Kerensa frech. »Ich bin ganz von selbst so.«

Sie tauchte ihre Stiefelspitzen ins Wasser und machte sich über Leigh lustig, weil er sich nicht traute. Sie hänselte ihn immer so lange, bis er es doch tat.

»Kommt vom Wasser weg«, sagte Miss Robinson. »Das stinkt heute entsetzlich.«

Und so war es. Die Hitze ließ den fauligen Gestank der Abwässer hochsteigen, welche vom Westbourne-Flüßchen in den Teich gespült wurden.

Als Antwort auf Miss Robinsons Befehl rannte Kerensa davon.

»Komm zurück!« rief Miss Robinson. »Komm zurück!«

Aber Kerensa lief ein ganzes Stück weiter, bis sie stehenblieb, um ein Bündel, das da im Gras lag, näher zu begutachten. Zuerst hielt sie es für einen Haufen Lumpen, aber es war eine alte Frau – eine arme alte Frau; und als Kerensa sich auf Zehenspitzen näherte, schien sich die Frau leicht zu bewegen – ihre Haare bewegten sich, und auch ihre Lumpen. Kerensa sah, daß sie über und über mit krabbelnden Insekten bedeckt war. Die bewegten sich, nicht die alte Frau. Der Geruch war ekelerregend, schlimmer als die Friedhöfe, wo Kerensa die Ratten zwischen den Toten gesehen hatte.

Kerensa war entsetzt und gleichzeitig fasziniert.

Die Frau schaute sie an, also war sie nicht tot; ihre Augen hatten gelbe und rote Streifen. Sie sah Kerensa an, als ob sie um etwas bitten wollte. Und Kerensa, die bei aller Wildheit so leicht zu rühren war wie ihre Mutter, fand noch einen Penny in ihrer Tasche und warf ihn der alten Frau zu. Das war alles, was sie hatte. Wenn sie doch nur mehr zu geben hätte!

Dann drehte sie sich um und rannte davon, tränenblind, denn sie schämte sich, daß sie die Regeln nicht gebrochen hatte, die man ihr immer wieder predigte. Sie hätte näher herangehen und die alte Frau fragen sollen, ob sie ihr irgendwie helfen könnte.

Sie lief ans Wasser, welches wegen der Tränen in ihren Augen zu tanzen schien. Leigh kam und stellte sich neben sie.

»Schau!« schrie sie, um von ihren Tränen abzulenken. »Schau mal, meine Füße! Die sind ganz drin. Sie Sie sind naß!«

Miss Robinson eilte herbei und zog sie vom Wasser weg.

Hesketh kam spät nach Hause.

»Amanda«, sagte er. »Ich möchte dich allein sprechen.«

Sie saß ihm in der Praxis gegenüber. Ihr Herz schlug angstvoll, denn sie sah, daß er sehr besorgt war.

»Es sind ein, zwei Fälle ins Krankenhaus gebracht worden«, sagte er. »Ich fürchte, es ist . . . die Cholera.«

»Hesketh! Oh . . . wie schrecklich!«

»Ja. Aus dem Eastend. Es überrascht mich nicht . . . dieser ganze Schmutz in den Straßen. Die Abwässer und . . .«

Sie dachte an die Seuche, die vor gar nicht allzu langer Zeit gewütet hatte und bei der vierzehntausend Londoner gestorben waren, wie er ihr erzählt hatte. Ihr fiel ein, daß sein Vater sich mit dieser fürchterlichen Krankheit angesteckt hatte und daran gestorben war.

»Liebste«, sagte er, »ich muß im Krankenhaus bleiben. Ich kann nicht mehr nach Hause kommen. Das siehst du doch ein. Wenn wir die Epidemie isolieren können . . . sie auf das Eastend beschränken können, haben wir sie besser unter Kontrolle.«

»Ja«, sagte sie langsam. »Das sehe ich ein.«

»Wir wissen nicht, wie schnell sie sich ausbreiten kann. Aber wir müssen Vorsichtsmaßnahmen treffen. Ich gehe jetzt ins Krankenhaus zurück. Vielleicht sehen wir uns nun eine ganze Weile nicht.«

»O Hesketh!«

»Ich weiß, meine Liebe. Aber, Amanda, es muß sein. Ich darf dich und die Kinder nicht in Gefahr bringen.«

»Ich muß immer an deinen Vater denken«, sagte sie.

»Er hat sich nicht in acht genommen. Ich verspreche dir, daß ich aufpasse. Ich werde sehr vorsichtig sein. Du weißt doch sicher, daß Ärzte im allgemeinen immun sind?«

»Aber . . .«

»Mein Vater war leichtfertig. Er hat pausenlos gearbeitet. Wir sind zu mehreren, und wir werden vernünftig sein. Wir müssen die Krankheit eindämmen und einen Weg finden, sie ganz zu bekämpfen. O Amanda, mein Liebling, ich bin glücklicher gewesen, als ich es mir je erträumt habe. Ich habe dich . . . und die Kinder . . . Ich werde wohlbehalten zu euch zurückkommen. Hab keine Angst.«

Als er ging, stand sie am Fenster, um ihm nachzusehen.

Die Sonne brannte gnadenlos auf das Straßenpflaster, und es herrschte eine entsetzliche Hitze.

Kerensa ging ganz allein aus dem Haus. Sie durfte eigentlich nicht allein weggehen, aber irgend etwas war im Hause los. Ihre Mutter hatte nicht zugehört, als sie ihr von der Frau im Park erzählen wollte.

Kerensa hatte schlechte Laune; sie haßte es, wenn man ihr nicht zuhörte.

Sie machte eine neue Liste geliebter Menschen. Jetzt stand Frith an erster Stelle, Mama an zweiter.

Plötzlich erschien es ihr ungemein wichtig, Frith seine Beförderung auf Platz eins mitzuteilen. Sie fühlte sich krank und schwindlig und sehr durstig;

und sie wollte sich von jemandem trösten lassen. Sie wollte auch ungezogen sein, ihrer Mutter zeigen, daß ihr jemand anders zuhörte, wenn sie es nicht tat.

Sie sagten, sie sollte nicht allein weggehen, weil sie ein Kind war; das war doch absurd, denn sie war sechs Jahre alt, und da ist man bekanntlich schon ziemlich erwachsen. Außerdem lag Friths Haus nur ein paar Türen weiter.

Sie marschierte zu seiner Haustür und kam sich ungeheuer wichtig vor trotz der Schmerzen in ihrem Kopf und der Tatsache, daß ihr die Augen zuzufallen drohten. Sie läutete die Glocke, und Napoleon erschien.

»Hallo, Napoleon«, begrüßte sie ihn.

»Ach, die kleine Miss Kerensa«, sagte Napoleon.

»Miss Stockland«, korrigierte sie ihn hochtrabend. »Ich bin nicht mehr klein, und ich fühle mich sehr krank.«

»Oh, du möchtest sicher den Herrn sehen.«

»Ja bitte, Napoleon.«

Sie folgte ihm die Treppe hinauf, und als er an die Tür klopfte und sie Friths Stimme vernahm, rannte sie an Napoleon vorbei direkt auf Frith zu.

»Kerensa! Was soll denn das bedeuten?«

»Frith, ich ... du stehst jetzt an erster Stelle, und ich fühle mich krank und hab Schmerzen ... ganz starke Schmerzen ...«

Er hob sie hoch und setzte sie auf sein Knie. Sie hörte, wie er scheinbar aus großer Ferne ihren Namen nannte. Seine. Hände lagen auf ihrem Gesicht, und er untersuchte ihre Augen. Dann stand er auf und hielt sie ganz fest in seinen Armen.

»Frith ... Frith ... wo gehen wir hin?«

»Du legst dich jetzt ins Bett, hier in meinem

Haus. Napoleon!« rief er. »Geh sofort zu Mrs. Stockland und sag ihr, daß Kerensa krank ist. Sag ihr, ich behalte sie bei mir, weil es besser ist, wenn sie nicht mit den anderen zusammenkommt. Geh sofort, beeil dich.«

Napoleon hinkte davon. Frith trug Kerensa die Treppe hinauf in sein Zimmer und legte sie auf sein Bett. Er sprach mit ihr im Flüsterton, sehr sanft und zärtlicher, als er je zuvor mit ihr geredet hatte, dachte sie. Er sagte: »Es ist alles gut, Kerensa. Frith ist bei dir. Ich passe auf dich auf, Kerensa.«

Alle Betten im Krankenhaus waren belegt; viele Menschen lagen draußen im Hof und warteten auf Einlaß. Sie litten an sämtlichen Symptomen der gefürchteten Krankheit – Durst, schwerer Durchfall, Krämpfe und Kollaps. Sie starben zu Hunderten, fielen einfach in den Straßen des Londoner Eastends um oder versuchten, in ihre Häuser zu kriechen.

Die asiatische Cholera, wahrscheinlich von fremden Seeleuten in den Hafen von London eingeschleppt, breitete sich rasch aus in den engen Straßen, in den stinkenden Gossen, wo sich der Unrat ansammelte, Kinder spielten und die Cholerabakterien sich vermehrten. Die Infektionskrankheit stieg durch den Boden, unter dem die unterirdischen Abwässerkanäle lagen, nach oben. Dort unten floß das verschmutzte Wasser, um sich später in den Fluß zu entleeren. In den ›Mietskasernen‹, in denen sich bis zu zehn Personen in einem Zimmer zusammendrängten, steckte ein Opfer schnell das andere an; die Fliegen, die sich in diesen Sommerwochen stark vermehrten, taten das Ihre, die Krankheit von einer Straße zur nächsten zu tragen; die Ratten, die über die verwesenden Leichen auf den Friedhöfen gehüpft und bei den Sickergruben und Kloaken furchtlos herumgehuscht waren, kamen frech in die Häuser der Menschen, um ihre Aufgabe bei dem grimmigen Totentanz zu übernehmen.

Hesketh arbeitete den ganzen Tag und den größten Teil der Nacht und schlief nur wenige Stunden. Es gab andere wie ihn – edle, selbstlose Menschen, die unter die Kranken gingen und ihnen unerschrokken Linderung und Heilung brachten. Hesketh fand Befriedigung in seiner Arbeit. Bellas Tod lastete immer noch schwer auf seinem Gewissen, und jedesmal, wenn er dazu beigetragen hatte, ein Leben zu retten, dachte er: Das ist ein gerettetes Leben. Wenn ich eins genommen habe, so habe ich doch andere gerettet.

Er dachte ständig an seine Familie und sehnte sich danach, zu ihr zurückzukehren. Er grübelte fortwährend darüber nach, ob ein schwerer Schicksalsschlag auf ihn wartete. Er hatte ein glückliches Zuhause und eine Familie; nichts hatte er sich mehr gewünscht. Aber er hatte es nur durch Bellas Tod erlangt. Das konnte er nicht vergessen. Wenn Dominick nicht blind zur Welt gekommen wäre, hätte er es dann schon vergessen? Diese Frage stellte er sich oft. Sicherlich war es dumm, auch nur einen Moment Dominicks Blindheit als eine Bestrafung zu betrachten, sozusagen einen himmlischen Schlag auf die Finger. Doch immer wenn er das leere Gesicht des Jungen anschaute, meinte er Bella auf ihrem Bett liegen zu sehen, wie sie ihn auslachte.

»Sie sollten versuchen zu schlafen«, sagte der junge Arzt, der sich neben ihm ausgestreckt hatte.

Er drehte sich zu ihm um – Tom Barnardo, ein Arbeitsfanatiker, nicht viel älter als zwanzig und erst seit kurzem qualifiziert, ein junger Mann mit einem sanften Idealistengesicht und einer undefinierbaren Eigenschaft, die ihn bei Kindern beliebt machte.

»Der Schlaf kommt nicht ... wenn man ihn am meisten braucht«, sagte Hesketh.

»Sie sind übermüdet«, meinte Barnardo.

»Schon möglich. Was halten Sie von der Budd-Theorie?«

»Vermutlich ist sie richtig, aber noch nicht die ganze Antwort.«

»Ich glaube auch, daß Budd recht hat. Es kommt von den Abwässern. Und wir müssen dafür Sorge tragen, daß das Trinkwasser nicht verseucht wird. Da liegt das Problem.«

»Na, dieses Mal haben wir die Cholera wenigstens mit mehr Erfolg isoliert. Wie ich höre, gibt es kaum einen Fall außerhalb des Eastends. Wenn man da an den letzten Ausbruch denkt ...«

»Ja«, sagte Hesketh.

»Wissen Sie«, erklärte Tom Barnardo, »Sie sollten eigentlich nicht hier sein ... als Familienvater.«

»Ich meine, es sollten im Gegenteil noch mehr Ärzte hier sein, oder?«

»Vielleicht. Aber Sie haben doch eine Familie ... kleine Kinder, ja?«

»Das stimmt.«

»Ah! Die Kinder! Das ist das Problem. Ich habe heute wieder einen kleinen Jungen gefunden, der durch die Straßen wanderte und kein Zuhause hatte. Die Mutter tot, der Vater tot. Ich habe zu ihm gesagt: ›Was machst du hier? Warum gehst du nicht nach Hause?‹ Und er hat geantwortet: ›Nach Hause? Hab kein Zuhause, Herr.‹ Ich habe ihn mit ins Krankenhaus gebracht für eine Untersuchung. Was hätte ich sonst tun sollen? Ihn auf der Straße lassen?! Es gibt Hunderte ... die täglich sterben ... nicht nur an der Cholera ... sondern an Hunger ... Obdachlose Kinder ... Stellen Sie sich das vor!«

»Es ist furchtbar. Die Armut in diesem Teil von London müßte die Menschen bei ihrem Anblick zum Weinen bringen.«

»Wenn sie überhaupt hinsehen würden«, sagte der junge Mann erregt. »Aber sehen sie denn hin? Nein. Sie gehen auf die andere Straßenseite. Alle unsere Lords und Ladys ... alle unsere kirchlichen Würdenträger ... Entschuldigung. Ich rege mich schrecklich auf, wenn ich nur daran denke.«

»Sie sollten auch versuchen zu schlafen.«

»Ja, schlafen und träumen. Wissen Sie, was ich tun will, wenn dies hier vorbei ist? Ich möchte ein Heim gründen ... ein Heim, in dem ich diese Kinder aufnehmen kann ... alle obdachlosen Kinder. Ich will sie kleiden und ihnen zu essen geben und sie auf diese Welt vorbereiten.«

Hesketh lächelte dem jungen Tom Barnardo zu. Und der erzählte weiter von seinem noblen Traum, bis beide vor Erschöpfung einschliefen.

Sie erwachten an einem neuen Tag voll brütender Hitze, Krankheit und Entsetzen ... und Träumen.

Kerensa war dünn geworden während ihrer Krankheit. Und nachdem sie sie überstanden hatte, gab es Momente, in denen sie sehr still und ernst war.

Sie konnte sich nur sehr schwach daran erinnern, was geschehen war, nachdem Frith sie ins Bett gebracht hatte; sie hatte gewußt, daß sie sehr krank war und daß die anderen Kinder sie nicht besuchen durften, damit sie sich nicht ansteckten. Nur Frith konnte zu ihr, denn er war so klug, daß er wußte, wie man sich nicht ansteckt.

Lange Zeit war sie zu erschöpft, um etwas anderes zu wollen, als nur still zu liegen. Frith hatte sie aus aus einer Art Teekännchen mit einem lustigen Schnabel gefüttert. Und da er sie auch noch füttern sollte, als es ihr schon besserging, tat sie einfach so, als wäre sie zu schwach, die Tasse zu halten. Sie wollte ihn die ganze Zeit bei sich haben. Er stand nun für alle Ewigkeit auf Platz eins ihrer Liste.

Die Tage wurden kälter, es regnete häufig.

»Das ist gut«, sagte Frith. »Das wäscht den Dreck weg. Es ist genau das, was wir brauchen.«

»Warum?«

»Na, weil es zu heiß gewesen ist, und das ist schlecht für Leute, die krank sind.«

»Gibt es viele Leute, die krank sind?«

»Eine ganze Menge.«

»Kränker, als ich gewesen bin?«

»Viel kränker. Die haben mich ja nicht gehabt.«

Sie lachte und fühlte sich sehr geschmeichelt. Sie fand es richtig, daß sie, Kerensa, den besten Arzt der Welt für ihre Pflege hatte.

»Bald kannst du Besuch bekommen. Das gefällt dir sicher.«

Sie zuckte mit den Achseln. »Eigentlich will ich nur dich.«

»Ach komm, von mir hast du schon viel zuviel gehabt. ›Abwechslung macht Freude‹.«

»Ist mir gleich. Ich will keine Abwechslung. Ich will dich.«

Aber der Besuch kam. Ihre Mutter kam, die sehr zärtlich war und offenbar die ganze Zeit über, während Kerensa krank gewesen war, große Ängste durchgestanden hatte; sie ließ jetzt Kerensas Hand nicht mehr los und küßte sie dauernd. Kerensa freute sich über diese Zuwendung; sie spürte, daß ihre Mutter sehr hoch auf der Liste stand, und wenn es nicht so einen wunderbaren Menschen wie Frith gäbe, wäre sie ganz oben.

Dominick kam auch, er lächelte und betastete ihr Gesicht. Der kluge Nick! Er konnte erkennen, wer man war, wenn er die Augen und die Nase abtastete!

»Hallo, Nick.«

»Hallo, Kerrie. Wann kommst du nach Hause?«

»Weiß ich nicht. Ich bin sehr krank gewesen. Ich glaube, ich brauche noch lange Pflege.«

Leigh, der sie ebenfalls besuchte, sah sie beinahe schüchtern an und versuchte zu verbergen, daß er fast weinen mußte vor lauter Freude, daß sie nicht gestorben war. Da wußte Kerensa, daß sie auf Leighs Liste an der Spitze stehen würde, wenn er eine hätte.

Miss Robinson sagte: »Bald können wir wieder mit dem Unterricht beginnen, nicht wahr?«

»Können Sie vielleicht«, sagte Kerensa. »Ich aber nicht. Ich muß mich noch tüchtig erholen.«

Als alle gegangen waren, stand Frith lächelnd an ihrem Bett. »Jetzt brauchst du nicht mehr so zu tun, als ob es dir schlechtginge, mein Kind. Du hast die arme kleine Kranke hervorragend gespielt.«

»Aber Frith, ich bin doch immer noch krank!«

»Nein, dir geht es viel besser. Was hast du denn eigentlich?«

»Muß ich nach Hause, wenn ich gesund bin?«

»Natürlich.«

»Dann will ich nicht gesund werden. Ich möchte bei dir wohnen.«

»Das ist nur eine Laune des Augenblicks«, sagte er, »aber ein netter Gedanke.«

Lilith kam sie am nächsten Tag allein besuchen.

Kerensa saß steif im Bett, um sie zu empfangen.

»Jetzt kommst du also bald heim«, sagte Lilith.

»Ich kann nicht kommen, bis ich wieder gesund bin.«

»Leigh hat dich vermißt. Er hat immer nur von dir geredet. Du hast ihn doch auch vermißt?«

»Ich war viel zu krank«, erwiderte Kerensa. Doch dann dachte sie an Leigh und seine ernsten dunklen Augen und wie oft er ihre Missetaten vor ihren Eltern oder vor Miss Robinson zu verbergen geholfen hatte. Sie war sehr gerührt. »Ich habe Leigh vermißt«, sagte sie. »Ich wünschte, er könnte mal mit Nick hierherkommen . . . wenn Frith wegmuß.«

»Ja, vielleicht, da es dir ja jetzt bessergeht.«

Frith kam herein. »Ach«, sagte er, »noch mehr Besuch.«

Kerensa war plötzlich alarmiert. Seine Stimme klang irgendwie anders, wenn er mit Lilith redete; da war so was in seinen Augen, wenn er sie ansah.

»Lilith beehrt dich also mit ihrem Besuch?« Er tat, als spräche er zu Kerensa, aber in Wirklichkeit waren seine Worte an Lilith gerichtet. Er rückte seinen Stuhl dicht an ihren und sah sie die ganze Zeit an. »Wie sieht unsere Patientin denn deiner Meinung nach aus?«

»Prima. Es war gut, daß du dich so um sie gekümmert hast.«

»Was hätte ich denn sonst tun sollen? Sie ist einfach in mein Haus marschiert . . . und hat die Cholerabakterien mitgebracht.«

»Das hab ich doch nicht gewußt«, schmollte Kerensa.

»Ja, unsere Kerensa ist eine ganz Schlaue«, sagte Frith. »Sie weiß aus ihren Nachteilen Vorteile zu ziehen.«

Kerensa wollte nicht, daß er so redete; sie spürte, daß er mit Lilith sprach und sie dabei ausschloß.

Jeden anderen, der so etwas über sie gesagt hätte, hätte Kerensa gehaßt. Und sie haßte Lilith dafür, daß sie Frith dazu brachte, sie anzusehen und nicht seine kleine Patientin.

Jetzt redeten sie . . . redeten zusammen und vergaßen Kerensa vollkommen.

Sie wußte, daß Lilith sehr hübsch war. Sie hatte noch nie darüber nachgedacht. Lilith trug einen Hut, den Kerensa im ersten Augenblick, als Lilith hereingekommen war, albern gefunden hatte. Es waren leuchtende bunte Bänder darauf; aber Liliths Rock war wunderschön – viel schöner als die Röcke, die die meisten anderen Frauen trugen. Man mußte sie einfach dauernd ansehen.

Geh weg, murmelte sie bei sich. Du verdirbst alles!

Und endlich stand Lilith auf, um zu gehen. Frith hatte sich ebenfalls erhoben.

»Frith«, sagte Kerensa. »Frith, bleib hier.«

Er drehte sich lächelnd zu ihr um, aber es war nicht dasselbe Lächeln, das er für Lilith hatte. Es war ein abwesendes Erwachsenenlächeln.

»Bin gleich wieder da«, sagte er und verließ mit Lilith das Zimmer. Aber er war nicht gleich wieder da. Kerensa lag still in ihrem Bett und wartete auf das Geräusch der zufallenden Haustür; doch nichts geschah.

Sie waren zusammen, lachten zusammen, erzählten sich Geheimnisse; und sie waren aus diesem Zimmer hinausgegangen, weil sie sie nicht dabeihaben wollten.

Sie war erhitzt und wütend; sie weinte ein bißchen. »Das ist nur, weil ich so schwach bin!« sagte sie kläglich. Aber was half es schon, die Kranke zu spielen, wenn kein Zuschauer da war.

Es schienen Stunden zu vergehen, bis sie die Tür ins Schloß fallen hörte. Sie stand auf und schaute aus dem Fenster, aber sie konnte nicht auf die Straße sehen, ohne es zu öffnen. Und das wagte sie nicht.

»Warum bist du nicht im Bett?« Es war Frith, der in der Tür stand und sie beobachtete.

Er kam zu ihr und hob sie hoch.

»Wie heiß du bist! Sofort ins Bett mit dir!«

»Du hast mich zu lange allein gelassen«, sagte Kerensa.

Frith brach in Lachen aus und warf sie auf das Bett, als ob sie ein Bündel wäre. Er deckte sie zu, und sie schlang die Arme um seinen Hals. Sie wollte ihn fragen, ob sie an der Spitze seiner Liste stünde, aber sie traute sich nicht, denn sie hatte Angst, daß er, wenn er ehrlich wäre, nicht mit Ja antworten könnte.

Amandas Familie wurde zusehends größer. Es gab noch zwei weitere Kinder – Martha und Dennis. Sie war zufrieden und glücklich. Dennis, das Baby, war ein gesunder kleiner Junge; und was Dominick betraf, sie hätten ihn für nichts auf der Welt hergeben wollen – er wurde auch weiterhin von allen am meisten geliebt. Claudia war vier, und Martha – die sich selbst Martie nannte – war zwei.

Lilith war auch zufrieden. Leigh war jetzt vierzehn – groß und eine Schönheit, er machte dem Hause alle Ehre, meinte der Doktor. Lilith glaubte, daß er Leigh genauso liebte wie seine eigenen Kinder. Obwohl dies einige überrascht hätte, Lilith wunderte sich keineswegs darüber. Ihr Sohn schien alles zu erfüllen, was man sich von einem Sohn wünschen konnte, und wenn sie ihn betrachtete, leuchteten ihre Augen nicht nur stolz, sondern auch triumphierend. Sie hatte ihn geformt, nach ihren eigenen Wünschen, und alles, was sie für ihn geplant hatte, schien einzutreffen.

Er wollte Arzt werden, weil der Mann, den er jetzt Vater nannte wie die anderen, Arzt war. Sie verbrachten viel Zeit miteinander, und Leigh hatte seine Wünsche seinem Wohltäter mitgeteilt, der ihm auch ein Vater gewesen war. Seine Erziehung wurde sorgfältig überwacht. Wenn Leigh nie ein brillanter Arzt werden sollte – obwohl er selbst fest daran glaubte –, würde er doch mit Sicherheit ein sehr gewissenhafter werden.

Mit vierzehn war er schon zur Schule gegangen, und das bedeutete, daß Kerensa sich zur Anführerin der anderen Kinder gemacht hatte.

Es war ein Tag bald nach Kerensas zehntem Geburtstag – ein Tag, an den sie sich noch Jahre später erinnern sollte.

Sie lag auf dem Fußboden des Kinderzimmers und las Dominick vor, denn das mochte er sehr gerne. Er saß auch auf dem Boden, an ein Tischbein gelehnt. Er drehte seinen Kopf mit jener merkwürdig erregten Miene hin und her, die immer das Interesse der anderen hervorrief; denn in Dominicks Welt gab es vieles, das sie selbst nicht wahrnahmen, das hatten sie bereits verstanden. Die Kinder hörten ihn gern erzählen, was er erlebte, wenn er im Garten spazierenging und unter dem Birnbaum stand oder beim Blumenbeet niederkniete, um es zu berühren. Padnoller hielt dieses Beet mit viel Fleiß in Ordnung. Und auch Dominick hörte den anderen gerne zu, wenn sie von den Farben und Formen berichteten, die sie sahen. Er hatte es gern, wenn sie ihn zu den Dingen hinführten, von denen sie sprachen, damit er sie betasten und riechen konnte. Es war ein Spiel, das sie oft spielten und nie satt bekamen.

Kerensa hatte die Geschichte zu Ende gelesen. Sie machte das Buch zu und sah ihren Bruder an. Auch jetzt hatte er wieder den gespannten Gesichtsausdruck, der sie immer neugierig machte auf seine Welt ohne Augenlicht.

»Nick«, sagte sie leise.

Er streckte eine Hand aus. Sie ergriff sie. Mit der anderen Hand berührte er ihr Gesicht.

»Kerrie, was ist so komisch an diesem Zimmer? Es ist anders als die anderen. Warum?«

»Vielleicht, weil es unser Zimmer ist. Es ist unordentlich. Auf dem Tisch liegen Sachen herum. Da sind Marties Klötze und Claudias Puppe. Und ein Kasten mit Buntstiften ... und auf dem Fußboden sind wir und das Buch.«

»Da ist noch was anderes. Kerrie, erzähle mir von diesem Zimmer, ja?« Er stand auf und streckte seine Hand aus. »Führe mich herum und laß mich alles anfassen ... und erzähl mir davon.« Sie sprang auf und stellte sich neben ihn. Dann hob sie das Buch auf, denn man hatte ihnen eingeschärft, daß nichts auf dem Boden liegen durfte, damit Dominick nicht darüber stolperte. Es war eine Anordnung, die Kerensa nie vergaß, auch wenn sie alle anderen Dinge nicht so genau nahm. Und sie achtete peinlich darauf, daß auch die übrigen Kinder sie immer einhielten.

»Wir fangen beim Fenster an«, sagte sie. »Das hier sind Vorhänge. Die sind aus einer Art Samt ... ganz viele Linien aus Samt, alle irgendwie zusammen. Das nennt man Chenille oder so.«

»Es ist weich. Ist es hübsch?«

»Ja. Und dunkelrot.«

»Rot«, sagte Dominick.

»Äpfel sind manchmal rot«, erklärte Kerensa. »Und Pflaumen sind dunkelrot, bevor sie blau werden. Diese Farbe hier ist mehr wie bei Pflaumen als bei Äpfeln. Deine Wangen sind rot und meine auch . . . aber das ist wieder ein anderes Rot. Rot ist eine schöne Farbe. Ich mag sie am liebsten von allen Farben . . . weil sie richtig in die Augen springt.«

»In die Augen springt?«

»Ach, natürlich nicht wirklich, aber es kommt einem so vor. Wenn sie mit vielen anderen Farben zusammen ist, scheint sie zu sagen: ›Schaut mich an. Ich bin rot!‹«

Sie lachten. Kerensa konnte ihm alles viel besser als die anderen erklären.

»Und da ist das Fenster«, fuhr sie fort. »Man kann hindurchsehen, weil es aus Glas ist. Da unten ist der Garten.«

»Aber es kommt nicht von da draußen, was das Zimmer so komisch macht«, sagte Dominick. »Es ist hier drin.«

»Ist es nur da, wenn Papa hier ist?«

»Ja, und manchmal auch, wenn Mama da ist . . . aber nur, wenn er auch dabei ist.«

»Oh, was das wohl sein mag! Da bin ich aber gespannt!«

»Führ mich herum.«

»Du kennst den Teppich. Er hat dieselbe Farbe wie die Vorhänge.«

»Wie Pflaumen!« sagte Dominick. Er lachte, weil er das Gesicht verzogen hatte. Die letzten Pflaumen, die er gegessen hatte, waren sehr sauer gewesen.

»Hier ist ein Stuhl. Über die Stühle weißt du doch Bescheid, ja? Du hast auf allen gesessen.«

»Ja, ich kenne die Stühle.« Er strich liebevoll über einen davon.

»Bring mich zum Schrank«, sagte Dominick. Sie führte ihn hin, und er betastete ihn. Er fühlte die Türverkleidung und den Türknauf, den man drehen mußte.

»Könnte ein großer Mann wie Papa Angst haben wie Kinder, die sich im Dunkeln fürchten . . . Kinder, die sehen können?«

»Ich glaube, Erwachsene haben wirklich manchmal Angst«, antwortete Kerensa. »Die können sich so unheimlich verstellen. Manchmal denke ich, die sind genauso wie wir . . . nur groß.«

»Ja«, sagte Dominick, »wie wir, nur groß. Kerrie, was sind Leichen?«

»Tote Menschen. Wir sehen sie auf dem Friedhof. Hu! Gräßlich! Nick, du solltest froh sein, daß du sie nicht sehen kannst.«

»Sie stecken Leichen in den Keller, Kerrie. Ich habe gehört, wie Padnoller das neulich zur Köchin gesagt hat. Er hat gesagt: ›Na, die haben ja ’ne schöne Leiche im Keller!‹ Kerrie, ist in dem Schrank auch eine?«

»Ach, ›Leichen im Keller!‹« sagte Kerrie verächtlich. »Das ist doch nur so ein dummer Ausdruck für Sachen, die es nicht wirklich gibt. Das sind keine echten Leichen. Man meint damit, glaube ich, ein schlimmes Geheimnis.«

»Ein Geheimnis im Keller oder in diesem Schrank?«

»Nicht im Keller und nicht im Schrank. Aber irgendwo . . . ein Geheimnis, über das die Erwachsenen nicht offen sprechen wollen . . . doch sie tuscheln darüber, wenn sie glauben, daß wir Kinder nicht zuhören.«

»Kerrie, ich bin überzeugt, da ist was in diesem Schrank.« Er öffnete die Tür. »Da ist so ein komischer Geruch. Erzähl mir, was für Sachen in dem Schrank stehen.«

»Da ist der Kleister mit dem Pinsel in dem Fach ganz oben, zusammen mit unseren Alben. Dann sind da unsere Schulbücher im nächsten Fach und ein Tintenfaß.«

»Alles in diesem Schrank riecht anders als die übrigen Sachen, die hier im Zimmer sind. Kannst du das auch riechen?«

»Nein.«

»Diese Bücher riechen danach ... noch zu ihrem eigenen Geruch. Steck mal den Kopf rein, Kerrie. Es ist wie Apfelsinenschale.«

»Vielleicht haben sie hier Apfelsinen gelagert.«

»Es ist aber auch wie Äpfel ... Äpfel, die verschrumpelt sind und von innen faulen.«

»Kann doch sein, daß sie früher Obst im Schrank hatten.«

»Aber der Geruch ist nur so ähnlich wie Obst. Es ist kein richtiger Obstgeruch. Da haben wir eine von diesen Leichen, Kerrie. Darum ist Papa so anders in diesem Zimmer.«

»Nick, erzähl keinem was von dieser ›Leiche‹. Laß es uns rausfinden und für uns behalten.«

»Ja«, sagte Dominick. »Ich glaube, es ist eine böse ›Leiche‹, Kerrie.«

»Woher willst du das wissen?«

»Weil Papa und Mama hier immer trauriger sind als anderswo.«

Sie schlossen die Schranktür und gingen wieder zum Tisch. Kerensa las noch eine Geschichte vor und vergaß den Schrank ziemlich schnell. Doch später erinnerte sie sich wieder daran und forschte Lilith aus.

Sie hatte Lilith nie leiden mögen, aber seit ihrer Krankheit war ihre Abneigung noch gewachsen. Kerensa hatte nur extreme Gefühle; Gleichgültigkeit empfand sie sehr selten. Sie wußte jetzt, daß die Erwachsenen noch ein Geheimnis hatten, welches sie herausfinden mußte, und das war weitaus wichtiger für sie als die Sache mit dem Schrank, denn es betraf die Beziehung zwischen Frith und Lilith. Dabei mußte sie klug und auf Umwegen vorgehen.

Intuitiv wußte sie, daß sie durch Lilith das Geheimnis des Schrankes viel eher in Erfahrung bringen konnte als durch sonst jemanden. Also überrumpelte sie Lilith mit der Frage, indem sie hoffte, sie so aus der Fassung zu bringen: »Was war unser Zimmer, bevor es ein Kinderzimmer wurde?«

Zu ihrer Genugtuung sah sie, wie Lilith erschrak. »Ach, es war ein Schlafzimmer.«

»Von wem?«

»Was du für Fragen stellst! Warum interessiert dich das?«

»Weil ich wissen möchte, was vor meiner Geburt passiert ist.«

»Ich dachte, du bist davon überzeugt, daß die Welt vor deiner Geburt gar nicht existierte.«

»Doch, die war schon da. Am Anfang hat Gott sie erschaffen, nicht? Und es gab zuerst Adam und Eva. Das war viele Jahre bevor ich geboren wurde.«

»Seltsam, daß ER keine Kerensa erschaffen hat, sondern eine Eva!«

Kerensa dachte ernsthaft darüber nach und fand auch, daß das eine gute Idee gewesen wäre.

»Hat ER aber nicht gemacht. Doch nun wieder zum Zimmer; wem hat es gehört?«

»Der Frau deines Vaters . . . seiner ersten Frau.«

Ein Schauer durchfuhr Kerensa. Die Frau, die ihr Vater Vater gehabt hatte, bevor er ihre Mutter geheiratet hatte! Hier war ein Hinweis auf die Beziehung zwischen Mann und Frau. Vielleicht könnte sie hinter die zwischen Frith und Lilith kommen, wenn sie das Geheimnis um den Schrank im Kinderzimmer lüftete?

»Im Schrank riecht es so komisch. Was war da früher drin?«

»Soll ich's dir sagen? Whisky, Brandy und Gin. Du weißt doch, was das ist, ja?«

»Ja.«

»Gut, dann rede nicht mehr davon, sonst machst du deine Mama traurig. Weißt du, die erste Mrs. Stockland mochte das so gern, daß sie das Zeug in dem Schrank eingeschlossen hat. Daß du das noch riechen konntest!«

»Es war Dominick.«

»Aha. Na, erzähl niemandem, was ich dir gesagt habe, das könnte deine Mama aufregen.«

»Warum?«

»Warum? Wann? Wie? Wie oft sagst du das wohl am Tag?«

»Das muß man doch. Sonst würde man gar nichts wissen.«

Lilith sah sie beinahe scheu an. Sie war ein schönes Mädchen, ein bezauberndes Kind, das attraktivste von allen Kindern – Leigh natürlich ausgenommen, und einige würden sagen, auch Dominick. Lilith hätte sich Kerensas Zuneigung gewünscht; sie hätte sie gern zu ihrem Liebling gemacht. Sie konnte so vieles in ihr erkennen, das sie verstand und nachzuvollziehen vermochte. Es war merkwürdig, daß Kerensa entschlossen schien, von allen die unfreundlichste zu sein. Außerdem hatte Lilith Pläne mit Kerensa. Kerensa und Leigh sollten eines Tages heiraten.

»Natürlich muß man Fragen stellen, um etwas rauszufinden«, sagte sie versöhnlich. »Schau mal. Ich will dir was erzählen. Die erste Frau deines Vaters bewohnte dieses Zimmer . . . Tag und Nacht war sie da, weil sie sehr krank war. Und sie hat gerne getrunken, was nicht gut für sie war. Sie hat die Getränke da im Schrank eingeschlossen, damit die Leute nicht erfuhren, wieviel sie trank. Sag aber zu keinem was davon, hörst du. Es war keine glückliche Ehe, und dein Vater will alles darüber vergessen, also komm nicht mit deinem Wie und Warum und Wann, ja?«

»In Ordnung«, sagte Kerensa, die erregter war, als sie zeigen wollte.

Anschließend ging sie zu Dominick und erzählte ihm alles. »Ich habe die ›Leiche‹ gefunden, Nick. Es riecht nach Brandy, Gin und Whisky. Papa hat eine andere Frau vor Mama gehabt, und er war unglücklich, darum will er das vergessen.«

Dominick nickte bedächtig. »Du hast recht. Es ist ein Ton in seiner Stimme, als ob er etwas vergessen will.«

»Wir dürfen also nichts sagen, Dominick. Keinem. Ich bin froh, daß es keine echte Leiche war – unter den Bohlen. Das hätte mir nicht gefallen.«

»Und ich bin froh, daß es etwas ist, das vorbei ist, Kerrie.«

Kerensa nickte, aber sie war sich nicht so sicher, ob es wirklich vorbei war.

Sie war älter als Dominick, und wenn er auch sehr

klug war, sie wußte doch mehr über die merkwürdige Welt der Erwachsenen.

Für Amanda gingen die Jahre mit ihren kleinen Höhepunkten friedlich vorüber. An den Kindergeburtstagen wurden Feste in der Bibliothek gefeiert, und zu Weihnachten gab es einen Baum, mit Lametta und Geschenken glänzend geschmückt, so wie es der Prinzgemahl eingeführt hatte. Die Sommerferien verbrachte man bei Hesketh Mutter auf dem Lande. Amanda widmete ihr Leben Hesketh und den Kindern. Sie glaubte, daß Hesketh jetzt glücklich war und daß die Gewissensbisse, die ihn während der ersten Jahre ihrer Ehe geplagt hatten, verschwunden waren. Die Befürchtung, daß Dominick blind zur Welt gekommen war, weil sein Vater die Sünde begangen hatte, Amanda vor Bellas Tod zu lieben, schien ebenfalls ausgelöscht. Sie hatten jetzt den kleinen Dennis, einen robusten, gesunden Jungen. Nicht so liebenswürdig wie Dominick zwar, aber wer konnte schon so liebenswürdig wie Dominick sein?

Amanda dachte oft voller Zärtlichkeit über ihre Kinder nach. Keines von ihnen war eifersüchtig auf Dominick. Alle mußten einfach besonders zärtlich zu ihm sein. Claudia und Martie stritten sich um eine Puppe oder ein Bilderbuch; aber niemand nahm Dominick je etwas weg. Vielleicht lag das daran, daß Dominick auch nie etwas verlangte, von dem er glaubte, daß andere es haben wollten. Amanda kam allmählich zu der Überzeugung, daß Dominicks Schicksal auch seine gute Seite hatte, da der kleine blinde Junge in den anderen Kindern Freundlichkeit, Duldsamkeit und Verantwortung für die Schwachen erweckte.

So waren sie also eine glückliche Familie, einmal abgesehen von kleineren Stürmen und Sorgen und ein paar Streitereien.

Sogar Lilith war zufrieden. Ihre Beziehung zu Frith war unregelmäßig, aber sie dauerte jetzt schon so lange, daß sie wie eine ungewöhnliche Ehe schien. Frith hatte nie geheiratet; er war offenbar mit dem gegenwärtigen Zustand zufrieden. Er arbeitete nicht so gewissenhaft wie Hesketh. Sie hatte jetzt den Verdacht, daß sein Wunsch nach einem Beruf damals in Cornwall nur der Wunsch gewesen war, dem reglementierten Leben auf dem Lande zu entfliehen. Er hatte einen kleinen, aber exklusiven Kreis von reichen Patienten, hauptsächlich Frauen. Er lebte vornehmlich seinem Vergnügen und reiste viel. Den größten Teil der Wintermonate verbrachte er außerhalb Englands und überließ die reichen Frauen dann seinem Assistenten.

»Sie wissen mich besser zu schätzen, wenn ich nicht immer bei ihnen bin«, sagte er.

Er war selbstsüchtig und faul, behauptete er von sich; er hätte niemals Interesse an Dr. Barnardos Heim gezeigt wie Hesketh. Hesketh dagegen war entschlossen, ein nützliches Leben zu führen. Und das tat er auch, er arbeitete hart, schonte sich nie und widmete viel von seiner freien Zeit wohltätigen Zwecken.

Amanda hatte Friths Schwester, Alice, und Anthony, ihren Cousin, getroffen, als sie nach London zu Besuch gekommen waren. Frith hatte gemeint, es wäre doch absurd, sich nicht wiedersehen zu wollen. Sie hatte es genossen, ihre alte Freundschaft mit Alice zu erneuern; sie fanden, daß sie viele Gemeinsamkeiten hatten, denn auch Alice hatte jetzt sechs Kinder geboren. Und was Anthony betraf, so wunderte sich Amanda, wie sie vor diesem plumpen Mann im mittleren Alter jemals hatte Angst haben können. Sie glaubte, daß er ihr noch ein bißchen böse war, weil sie davongelaufen war; aber das legte sich bald. Schließlich hatte er durch ihre Flucht nichts verloren, da er jetzt der Erbe ihres Vaters war; und Amanda war sicher, daß Alice ihn als Ehefrau besser zufriedenstellte, als sie das gekonnt hätte.

Alice erzählte, daß Amandas Mutter oft von ihr sprach, und wie gern sie ihre Enkelkinder kennenlernen würde. Vielleicht, schlug Alice vor, könnten sie und Anthony bei ihrem nächsten Londonbesuch Amandas Mutter mitbringen.

Als Alice und Anthony nach Cornwall zurückgekehrt waren, bekam Amanda Briefe von ihrer Mutter. Das war tröstlich. Es war, als ob eine alte Wunde zuheilte.

So verging die Zeit. Geburtstage, Weihnachtsfeste, kleinere Krankheiten der Kinder. Sie sah sie heranwachsen, machte sich ein wenig Sorgen um sie und liebte sie sehr ... das war das Familienleben, das sie sich immer erträumt hatte.

Da Dennis jetzt vier Jahre alt war und sich außer Miss Robinson auch noch eine Kinderschwester um ihn kümmerte, fand Amanda genügend Zeit, Hesketh bei seiner Wohltätigkeitsarbeit zu helfen. Es hatte damit angefangen, daß sie zusammen zu Tom Barnardos neuem Heim im Eastend gegangen waren. Sie hatten die Kinder gesehen, die dieser gute Mann von der Straße aufgesammelt hatte, und die jammervollen Geschichten über ihr Schicksal gehört.

Das war wahre Wohltätigkeit, hatte sie gedacht. Männer wie Barnardo, die die Dinge in die Hand nahmen, waren die wahrhaften Freunde der Menschheit. David und William hatten Träume gehabt ... nebulöse Träume. Davids Traum war dem Gewissen eines reichen Mannes entsprungen, Williams dem Groll des armen Mannes; aber es waren bloße Träume gewesen – das Ergebnis persönlicher Gefühle. Jetzt, da sie einen echten Reformer, einen Mann der Tat kannte, sah sie den Unterschied. Tom sagte nicht: »Dieses spricht für den Fall und jenes dagegen.« Er sagte: »Obdachlose Kinder verhungern in den Straßen von London; darum will ich ihnen ein Heim geben; ich will sie mit Essen versorgen, ihnen ein Handwerk beibringen und es ihnen ermöglichen auszuwandern und sich einen Platz in der Welt zu erobern.«

Und so ließen die Kinder die Kindheit hinter sich. Kerensa war vierzehn Jahre alt und Leigh – den Amanda ebenso als ihren Sohn betrachtete wie Lilith – achtzehn.

Leigh kam in den Ferien nach Hause. Er war sehr erfolgreich aufgrund seiner gewissenhaften Art. Er kam gern nach Hause, denn er verehrte die Familie sehr; still und zurückhaltend, war er hier am glücklichsten. Er liebte seine Mutter und wußte, daß er ihr eine Menge zu verdanken hatte. Und sie liebte ihn über alles, dessen war er sich auch bewußt. Er kannte ihren Wunsch, daß er nur Glück und Erfolg erfahren sollte. Es war ihm außerdem nicht verborgen geblieben, daß er mit dieser Familie entfernt verwandt war, und dieses Wissen hatte ihn seine einstimmige Aufnahme in die Familie dankbar akzeptieren lassen. Er wußte auch, wie Kerensa und Dominick, daß es Geheimnisse in diesem Hause gab, die er vielleicht eines Tages entdecken würde;

aber im Gegensatz zu Kerensa war er nicht neugierig. Er akzeptierte die Tatsache, daß in dieser geliebten Familie ein Platz für ihn war, und alles andere ging ihn nichts an.

Die Heimkehr war immer ein freudiger Anlaß. Wenn der Zug in den Bahnhof dampfte, suchten seine Augen eifrig den Bahnsteig ab, um zu sehen, wer ihn abholte. Seine Mutter war gewöhnlich da, vielleicht mit Amanda; er hoffte immer, Kerensa würde sie begleiten. Liliths Augen leuchteten, wenn sie sah, daß er schon wieder gewachsen war, und sie wollte gleich immer bis ins Detail wissen, welche Prüfungen er bestanden hatte – obwohl sie nur wenig davon begriff. Es war ihr Traum, daß er ein großer Arzt werden würde ... und ein Gentleman. Er hatte nie vergessen, welches Gebet sie ihn gelehrt hatte: »Gott segne meine Mutter und Manda und alle meine Freunde ... und mach einen Gentleman aus mir.«

Daraus konnte er in späteren Jahren eine Menge schließen, zum Beispiel, wie sie für ihn gearbeitet und Pläne geschmiedet hatte und wie tief der Wunsch in ihr saß, ihm eine Chance im Leben zu geben, welche ihm jedoch ohne die Wohltätigkeit des Arztes versagt geblieben wäre.

Aber was er am dringendsten wünschte, wenn er nach Hause kam, war, Kerensa zu sehen. Er liebte Kerensa. Wäre sie doch nur älter; und dann war er wieder froh, daß sie es nicht war. Da er selbst erst achtzehn war, sollte Kerensa doch lieber noch so lange ein Kind bleiben, bis er ein bißchen älter wäre. Vielleicht könnte er in drei Jahren mit ihr sprechen.

Wäre Kerensa nicht so schön gewesen, so bezaubernd, so anders als alle anderen, er hätte sich die Frage gestellt, ob es nicht seine Mutter war, die ihm diese Idee in den Kopf gesetzt hatte. Er hatte den Verdacht, daß viele von seinen Ideen ursprünglich von ihr stammten. Und er wußte, daß seine Mutter es sich so sehr wünschte, daß er Kerensa heiratete.

Eigentlich hatte er in diesen Ferien nicht mit Kerensa darüber sprechen wollen. Aber sie hatte einen so erwachsenen Eindruck gemacht, wirkte viel älter als vierzehn. Sie trug ihr dunkles Haar mit einem steifen schwarzen Band nach hinten zusammengebunden und sah aus wie eine junge Dame. Sie freute sich, daß er zu Hause war. Er war ihr Lieblingsbruder, dachte sie, denn obwohl sie Dominick liebte, konnte sie mit ihm nie böse sein so wie mit Leigh.

»Kerensa«, sagte er, »ich freue mich so, daß du mich am liebsten magst, weil . . .«

»Weil was?«

»Egal. Ich sag's dir später.«

Aber Kerensa war nicht der Typ, der auf irgend etwas warten konnte.

»Nein. Du mußt es mir jetzt sagen.«

Also sagte er es ihr. »Ich möchte, daß du mich in ein, zwei Jahren heiratest.«

»Das kann ich nicht. Du mußt eine andere heiraten. Du bist wie mein Bruder. Geschwister können nicht heiraten.«

»Aber wir sind keine Geschwister.«

»Ich habe gesagt, wir sind *wie* Geschwister.«

»Auch wenn wir *wie* Geschwister sind, wir sind keine.«

»Trotzdem kann ich nicht. Ich werde einen anderen heiraten.«

»Einen anderen? Wen?«

»Es wäre unfair, es dir zu sagen, denn derjenige weiß es selbst noch gar nicht.«

»Kerensa! Du machst ja nur Spaß. Ich meine es aber ernst.«

»Ich meine es auch ernst.« Und mehr wollte sie nicht sagen.

Lilith bemerkte, wie deprimiert ihr Sohn war. Sie fragte ihn nach dem Grund, aber er kam erst einen Tag vor seiner Rückkehr zum College damit heraus.

»Es ist wegen Kerensa. Sie heiratet einen anderen.«

»Glaub das nur nicht!« sagte Lilith. »Sie heiratet dich.«

»Sie hat mir aber erklärt, daß es einen anderen gibt.«

Lilith lachte. »Kerensa! Die ist noch ein Baby. Warte nur ab. Ich wollte schon immer, daß ihr beide heiratet.«

»Aber wenn sie doch nicht will . . .«

»Überlaß das nur mir«, sagte Lilith.

Sie verströmte Macht und Selbstvertrauen, und Leigh fühlte, daß sie allmächtig war, wie er es schon als kleiner Junge gespürt hatte.

Kerensa ging gemessenen Schrittes die Straße entlang und läutete die Glocke von Friths Haus. Napoleon öffnete ihr.

»Hallo, Napoleon. Ich möchte deinen Herrn sehen. Sofort, bitte. Es ist sehr dringend.«

Napoleon sah erschrocken aus. Er erinnerte sich an das andere Mal, als sie so wie jetzt hereingekommen war und dann so krank wurde. Er lief hastig die Treppe hinauf. »Nicht krank, Miss Kerensa? Nicht wieder krank?«

»O nein. Aber es ist sehr wichtig.«

Frith war in seinem Zimmer im ersten Stock.

»Miss Kerensa is hier, Sir«, sagte Napoleon, während er noch die Tür aufriß.

Frith legte sein Buch hin und erhob sich. »Welch Glanz in meiner Hütte!« begrüßte er sie.

Kerensa ging auf ihn zu, immer noch sehr feierlich und gemessen und gab ihm ihre Hand.

»Wie geht es Ihnen, Miss Stockland?«

Sie lächelte erfreut. Es war das erste Mal, daß er sie so anredete.

»Ich freue mich, daß du bemerkst, daß ich erwachsen bin. Nicht mehr nur Kerensa . . . nur noch für meine Freunde natürlich.«

»Du bist also über Nacht erwachsen geworden, und ich darf dich nicht mehr Kerensa nennen, sondern Miss Stockland. Bedeutet das, ich gehöre nicht zu deinen Freunden?«

»Natürlich darfst *du* so oft Kerensa zu mir sagen, wie du möchtest.«

»Da bin ich aber froh. Ich dachte schon, einige meiner Sünden wären dir zu Ohren gekommen.«

Sie lachte. Er war immer so amüsant. Das war er immer gewesen. Das liebte sie so sehr an ihm – er war ein erwachsener Mann, nicht gerade ein Filou, aber sehr nahe dran, wie sie vermutete.

»Ich möchte mit dir reden. Ich weiß, daß es sehr ungewöhnlich ist.«

»Das ist überhaupt nicht ungewöhnlich. Du redest eine ganze Menge. Viel zuviel im Grunde.«

»Frith, jetzt mußt du mal für einen Augenblick sehr ernst sein. Ich denke an die Zukunft . . . deine und meine.«

»Deine *und* meine?«

»Hast du noch nie daran gedacht zu heiraten?«

»Ich gestehe, daß ich ein- oder vielleicht auch zweimal . . . in meiner langen und abenteuerlichen

Karriere ... dieser Dummheit gefährlich nahe gekommen bin. Doch wie du ja weißt, ist es mir gelungen, trotz zahlreicher Gefahren einen einsamen Kurs zu steuern.«

»Aber du willst diesen einsamen Kurs nicht mehr steuern. Jeder Mann sollte heiraten.«

»Kerensa, nun sag bloß nicht, du hast eine Frau für mich gefunden?«

Sie lächelte selbstgefällig. »Doch, genau das!«

»Was bist du doch für ein erstaunliches Kind! Einmal überfällst du mich, als du bis oben hin voll mit Cholerabakterien bist, und jetzt willst du mir zu einer Frau verhelfen. Weißt du, ich würde die Bakterien akzeptabler finden. Aber wer ist denn die Dame?«

»Eine Dame ist sie kaum.«

»O wie schade!«

»Aber eines Tages wird sie eine sein. Im Augenblick ist sie ein Mädchen.« Rasch fuhr sie fort: »Ich glaube, du magst sie sehr – mehr, als du zugeben willst –, und ich glaube, daß du mit ihr sehr glücklich wirst.«

»Wie alt ist sie denn?«

»Sie ist vierzehn, aber reif für ihr Alter.«

»Das bist doch nicht zufällig du selbst?«

»Doch, natürlich.«

»Oh ... Kerensa!«

Er ließ sich in seinen Sessel zurückfallen und brach in schallendes Gelächter aus. Sie rannte zu ihm hin, setzte sich auf sein Knie, packte ihn bei den Schultern und begann ihn durchzurütteln.

»Frith, hör auf damit und sei mal ernst.«

»Bin ich doch. Ich muß mich nur erst fangen. Ich glaube, in so einer Situation ist es üblich zu antworten: ›Oh ...‹, und zwar mit gebührender Zurückhaltung. ›Aber das kommt so überraschend! Der Antrag ehrt mich sehr, aber . . .‹«

»Aber?!« schrie Kerensa aufgebracht.

»Na, du bist doch sooo jung und ich sooo alt, und ein Dichter, der auf diesem Gebiet als große Autorität betrachtet wurde, hat einmal gesagt, daß die Jugend und das griesgrämige Alter nicht zusammenleben können.«

»Was ist das, ›das griesgrämige Alter‹?«

»So was wie ich.«

»Na, dann kann das griesgrämige Alter doch sehr gut mit der Jugend zusammenleben, und der Dichter hat sich geirrt. Dichter irren sich fast immer.«

»Kerensa«, sagte er, »du verstehst einfach nicht . . .«

»Und ob ich verstehe. Ich will *dich* heiraten. Natürlich jetzt noch nicht. Aber in zwei Jahren. Wartest du auf mich?«

Er nahm sie in seine Arme und drückte sie fest an sich. Doch er lachte schon wieder, und das reizte sie.

»Du *mußt* jetzt ernst sein!« sagte sie und befreite sich aus seinen Armen.

»Das bin ich doch, Kerensa. Aber weißt du überhaupt, wie alt ich bin?«

»Rede doch nicht immer vom Alter. Das ist unwichtig. Ich wollte dich schon vor Jahren heiraten. Du mußt mir ganz ehrlich sagen, ob es eine andere gibt?«

»Eine andere?«

»Eine andere, die du heiraten willst, meine ich.«

»Ich bin kein Mann zum Heiraten, wie man so schön sagt.«

»Bis jetzt natürlich nicht. Aber in zwei Jahren kannst du einer sein.«

»Kerensa – die Ehe ist ein schwerwiegender Schritt.«

»Ich weiß alles über die Ehe.«

»Dann bist du sehr weise.«

»Liebst du mich?«

»Natürlich.«

»Das allein zählt. Du mußt mich am meisten auf der ganzen Welt lieben. Es darf keine andere geben.«

»O Kerensa, ich bete dich an.«

Sie schlang die Arme um seinen Hals und drückte ihn.

Er sagte: »Es war lieb von dir, ein schwarzes Band für dein Haar zu wählen und mir einen Heiratsantrag zu machen, aber ich glaube, ich an deiner Stelle würde mich noch nicht binden.«

»Ich will mich aber binden.«

»Weißt du, wenn man so jung ist wie du, wird man nur langsam älter, und wenn man so alt ist wie ich, geht es ganz schnell. In zwei Jahren lachst du darüber, daß du mich heiraten wolltest.«

»Nein. Ich habe auch vor einigen Jahren nicht darüber gelacht. Ich habe immer gewußt, daß ich dich eines Tages heiraten werde.«

»Kerensa, du darfst mich nicht so überrumpeln.«

»Heiratest du mich also, wenn ich sechzehn bin?« Er schwieg, und sie erhob sich und stampfte mit dem Fuß auf. »Du kannst einfach nicht glauben, daß ich erwachsen bin. Du behandelst mich immer noch wie ein kleines Mädchen. Das lasse ich nicht zu. Ich will eine ehrliche Antwort.«

»Na gut, Kerensa. In Angelegenheiten, in denen man sich aus irgendwelchen Gründen nicht auf der Stelle entscheiden kann, schließt man einen sogenannten Kompromiß. Laß es uns so halten: Die Sache bleibt zwei Jahre lang offen. Wenn du mich nach Ablauf dieser Frist immer noch als Ehemann für würdig erachtest, werden wir die Situation neu überdenken. Was hältst du davon?«

»Es wäre mir lieber, wenn du jetzt ja sagen würdest.«

»Du bist sehr ungestüm in der Liebe, und ich – wie ich schon sagte – laufe Gefahr, mich überrumpeln zu lassen. Das will ich aber nicht. Ich bestehe auf einer Frist von zwei Jahren, in denen wir Freunde sind wie bisher. Und danach sehen wir weiter.«

»Aber du mußt versprechen, daß du keine andere heiratest, bis ich sechzehn bin.«

»Ich glaube, das kann ich für die beiden nächsten Jahre zusichern, nachdem es mir nun schon so viele Jahre gelungen ist.«

»Trotzdem: du mußt es schwören.«

»Ich schwöre es.«

»Danke, Frith.«

»Danke, Miss . . . darf ich Sie Kerensa nennen? Du hast doch gesagt, wir könnten zu unserer alten Freundschaft zurückkehren?«

»Du kannst mich nennen, wie du willst, aber du darfst dich nicht über mich lustig machen. Dies ist eine sehr ernste Angelegenheit für mich.«

Er küßte ihr die Hand.

»Für mich auch, Kerensa«, sagte er.

Lilith fand schnell heraus, warum Kerensa Leigh nicht heiraten wollte.

Kerensa war fünfzehn, und Lilith erinnerte sich an ihre eigenen Gefühle in diesem Alter. Sie hatte damals Frith geliebt; und Kerensa liebte Frith jetzt. Zwar gab es zwischen ihnen einen Altersunterschied von mehr als zwanzig Jahren – genaugenommen fast dreißig –, aber Frith würde seine Anziehungskraft nie einbüßen. Lilith, die sich seiner Attraktivität stets bewußt gewesen war, kannte also den wahren Grund, warum Kerensa oft so in sich gekehrt war, sehr zum Verdruß der ganzen Familie. Sie wußte, daß Kerensa Frith häufig besuchte, und das sollte man auf jeden Fall unterbinden, befand sie mit ungewöhnlichem Sinn für Anstand und Sitte. Lilith war nahe daran, Amanda darauf hinzuweisen, besann sich aber dann eines Besseren. Sie meinte, daß man Kerensas Leidenschaft für einen Mann, der ihr Vater hätte sein können, mit subtileren Methoden angehen müßte.

Außerdem hatte sie in Kerensa viele Züge ihres eigenen Wesens entdeckt, und das erschreckte sie.

Was Friths Gefühle zu diesem Kind betraf, war sie sich völlig im unklaren. *Er* war nicht fünfzehn, er verriet sich nicht durch sein Verhalten. Aber er hatte Kerensa außergewöhnlich gern, soviel stand fest. Geburtstagsgeschenke für Kerensa wählte er mit der größten Sorgfalt aus, und es war immer mehr als das, was die anderen Kinder bekamen. So war es auch zu Weihnachten. Er verbrachte immer häufiger seine freien Stunden mit der Familie, und Lilith hörte ihn mehr als einmal darum bitten, Kerensa möge doch noch eine halbe Stunde aufbleiben dürfen; und sie hatte auch bemerkt, daß er bald zu Kerensa ging.

Lilith würde nicht behaupten, daß Frith ein eitler Mensch war; doch sie glaubte, daß ein so auffallendes Anhimmeln, wie Kerensa es ihm entgegenbrachte, für ihn einfach unwiderstehlich war – zumal er den Vierzig näher war als den Dreißig. Kerensa war eine eben erblühende Schönheit; sie reifte in atemberaubendem Tempo heran, als ob sie glaubte, die

Natur überlisten und Frith einholen zu können. Es würde schwierig sein, sich solcher Bewunderung zu entziehen.

Einmal hatte Amanda gesagt: »O Frith, laß dich doch von Kerensa nicht so in Beschlag nehmen. Sie hängt ja dauernd an dir dran!« Da hatte Kerensa ihr einen haßerfüllten Blick zugeworfen. Kerensa war so geradlinig in ihrem Denken und Fühlen, wie Lilith es gewesen war, genauso entschlossen, genauso fähig zu leidenschaftlicher Hingabe, aber auch zur Rücksichtslosigkeit gegenüber jedem, der ihr im Weg stand; und Lilith war ernstlich bestürzt.

Natürlich war Leigh der richtige Mann für Kerensa. Ihre Hochzeit sollte Liliths höchster Triumph werden. Außerdem liebte sie Frith ja selbst, und er sie. Sie hatte nie einen anderen außer Frith haben wollen; und sie konnte nicht glauben, daß er sich jemals von ihr trennen würde ... aber sie hegte große Befürchtungen wegen der beharrlichen Bewunderung dieses jungen Mädchens. Er tat so, als ob es ein entzückender Scherz wäre, aber Lilith war nicht sicher, daß er es tatsächlich so sah.

An Kerensas fünfzehntem Geburtstag hatte Frith ihr einen Pelzmuff geschenkt, ein sehr teures Präsent, wie es ein Mann seiner Frau macht oder ein Liebender seiner Geliebten. Und da stand Kerensa in einem neuen Kleid aus blauem Samt, das farblich zu ihren Augen paßte. Den Muff trug sie während ihrer ganzen Geburtstagsfeier, denn sie weigerte sich, ihn auch nur einen Moment wegzulegen.

Als sie die fünfzehn Kerzen auf ihrem Geburtstagskuchen ausgeblasen hatte, dankte sie für die guten Wünsche und verkündete: »Heute in einem Jahr werde ich ganz erwachsen sein. Das ist euch allen hoffentlich klar.«

Dabei hatte sie Frith angesehen.

An diesem Tag hatten sie sich auch über die alten Lustgärten unterhalten, von denen so viele geschlossen hatten.

»Ich glaube nicht«, sagte Frith, »daß die Kinder so großen Spaß an den Lichtern und dem Feuerwerk und den großen Wiesen haben wie wir. Cremorne soll außerdem in den letzten Zügen liegen.«

»Oh, aber ich war noch nie da. Ich möchte *so* gern hin«, rief Kerensa aus.

»Dann müssen wir uns beeilen, bevor es zu spät ist«, erwiderte Frith.

»Wann, Frith? Du nimmst mich wirklich mit?«

»Kerensa«, sagte Amanda, »du darfst nicht darum betteln, mitgenommen zu werden, mein Liebes.«

»O Frith ... Frith ... frag mich doch! Schnell!« drängte Kerensa.

Und Frith fragte: »Kerensa, gestattest du mir das Vergnügen, dich nach Cremorne ausführen zu dürfen?«

»Ja, Frith, ich *glaube,* das könnte ich einrichten. Wann möchtest du gehen?«

»Ach, irgendwann.«

»Also ich möchte bald gehen. Diese Woche noch.«

»Dein Wunsch ist mir selbstverständlich Befehl.«

Wenn ich jemals ein verliebtes Mädchen gesehen habe, dann Kerensa, dachte Lilith.

Amanda war noch immer die alte Amanda, die nie etwas mitbekam, selbst wenn es sich direkt vor ihrer Nase abspielte. Sie führte das Leuchten in Kerensas Augen auf den Geburtstagskuchen mit den fünfzehn Kerzen und den eleganten Pelzmuff zurück.

Sie planten also einen gemeinsamen Ausflug nach

Cremorne. Während der Tage, die zwischen der Geburtstagsfeier und dem Besuch des Lustgartens lagen, steigerten sich Liliths eifersüchtige Befürchtungen derart, daß sie an dem von ihnen festgelegten Nachmittag ebenfalls nach Cremorne fuhr.

Sie sah sie, konnte aber nicht von ihnen gesehen werden. Da waren sie also, dachte sie, viel zu sehr miteinander beschäftigt, Kerensa ganz offen, während Frith sich vormachte, dem Kind eine Freude zu bereiten. In Wirklichkeit aber, so schien es Lilith, umwarb er die Frau in ihr. Wollte er denn Kerensa tatsächlich heiraten?

Lilith saß in einiger Entfernung und beobachtete die beiden; die eifersüchtige Geliebte und – was noch schwerer wog – die erboste Mutter. Kerensa sollte Leigh heiraten. Frith mochte es vielleicht gleichgültig sein, ob er Lilith Schmerzen zufügte, und Kerensa war es egal, ob sie Leigh betrübte. Aber Lilith war es ganz und gar nicht einerlei.

Das werde ich nie zulassen, schwor sich Lilith.

Und dann sah sie etwas, das sie für kurze Zeit sogar Frith und Kerensa vergessen ließ. Eine Gesellschaft von etwa zwölf Menschen kam über die Wiese – ein Mann in sehr farbenprächtiger Kleidung und eine dicke Frau, offenbar seine Frau, mit sieben ... acht ... nein, neun Kindern.

»Hier ist die richtige Stelle, Fan«, sagte der Mann. »Haargenau richtig. Na, du Grünschnabel, stell den Korb mal hier ab und laß uns nachsehen, was deine Mama eingepackt hat.«

»Na los, Sammy«, drängte die Frau. »Du hast doch gehört, was dein Vater gesagt hat.«

Sam! Und da war Sammy, Sams Ebenbild, farbenfroh gekleidet, die Schmalzlocke wartete schon darauf, sich mit Hilfe von Makassaröl in die Stirn kleben zu lassen – es war genau die Art von Junge, aus dem ein erfolgreicher Gastwirt werden würde.

»Na ... was haben wir da? Sardellenbrot, hm? Schinken und Pasteten ... und was Feines zum Runterspülen.«

Lilith stand auf und eilte davon. Sam! Fan! Und ihre Kinder.

Sie hätte laut loslachen können, so erleichtert fühlte sie sich plötzlich. Erst jetzt wurde ihr richtig bewußt, wie viele Gewissensbisse sie gequält hatten, seit sie Leigh im Kinderwagen aus Sam Marpits Lokal geschoben hatte. Doch was sie da sah, war nur die voraussehbare weitere Entwicklung. Alles war also bei Marpit in bester Ordnung. Sam hatte jetzt seine Fan, und er hatte auch seinen Sammy.

Sie blieb stehen und wäre beinahe wieder umgekehrt; sie wollte sie beglückwünschen und zu ihnen sagen: »Ich bin ja so froh. Ich bin ja so froh!«

Sie waren eine glückliche Familie. Sie konnte jetzt hören, wie sie alle durcheinanderriefen.

Dann erinnerte sie sich wieder daran, daß ihrem geliebten Jungen wegen Kerensa das Herz brechen und sie selbst den einzigen Mann verlieren würde, den sie jemals lieben konnte. Da vermochte sie ein bißchen Neid auf Sam und Fan nicht zu unterdrükken.

Aber sie würde das natürlich nicht zulassen. Sie hatte schon viel größere Probleme erfolgreich bewältigt. Der Zufall war Sam zu Hilfe gekommen. Fan hatte schon bereitgestanden, ihn zu trösten und mit ihm ein neues Leben zu beginnen. Sie, Lilith, hatte sich schon in der Vergangenheit ihr Glück selbst geschmiedet und würde das auch in Zukunft tun.

Es war Ende Januar, und in drei Monaten würde Kerensa ihren sechzehnten Geburtstag feiern. Sie war ernst, ruhig und sehr selbstsicher.

Leigh war mit vielen sein Studium betreffenden Neuigkeiten nach Hause gekommen. Er steckte oft mit Hesketh zusammen, um mit ihm über seine Zukunft zu reden; denn Hesketh hatte zu Leigh ein so herzliches Verhältnis, wie er es zu seinen eigenen Kindern nie hatte herstellen können.

Hesketh mußte sich immer wieder wundern, daß so viel Gutes aus Bösem erwachsen konnte. Er war dazu erpreßt worden, diesen Jungen wie seinen eigenen zu behandeln, und ausgerechnet er hatte ihm mehr Zuneigung geschenkt als seine Kinder. Das Leben verlief nicht so konventionell, wie gemeinhin behauptet wurde; man erntete nicht unbedingt Böses, wenn man Böses gesät hatte. Das Leben nahm viele überraschende Wendungen, brachte tausend Verwicklungen mit sich. Aus Bellas Tod war eine glückliche Familie erwachsen; aus Liliths Erpressung ein weiterer Sohn für ihn.

»Freust du dich, daß du denselben Beruf gewählt hast wie ich?« fragte er Leigh.

»O ja. Arzt zu sein ... zu dieser Familie zu gehören ... das wünsche ich mir fast mehr als alles andere.«

»Wieso denn fast?« fragte Hesketh.

»Ja«, sagte Leigh und errötete leicht, »da gibt es noch etwas, was ich mir so sehr wünschte. Nämlich Kerensa zu heiraten. Würdest ... du deine Einwilligung geben?«

»Ich könnte mir keinen besseren Schwiegersohn vorstellen. Ich weiß, daß Kerensas Mutter auch so fühlt. Du mußt nur Kerensa fragen.«

»Sie ist noch so jung.«

»Ihr seid beide jung, aber ihre Mutter und ich

würden uns freuen, wenn ihr zu diesem Entschluß kommen würdet.«

Danach konnte er der Versuchung nicht widerstehen, noch einmal mit Kerensa zu sprechen. Sie sah jetzt ganz wie eine junge Frau aus mit ihrer steifen schwarzen Schleife und dem goldenen Medaillon, das sie fast immer trug. Sie schien voller Ungeduld darauf zu warten, erwachsen zu werden.

Als sie zusammen im Park ausritten, sagte er: »Kerensa, würdest du gern heiraten?«

Sie war auf der Hut und sehr zurückhaltend.

»Das hinge von dem Ehemann ab«, antwortete sie nach einer Pause.

»Und was für einen Ehemann würde ich deiner Meinung nach abgeben?«

»Einen sehr netten.« Er lachte, aber sie fuhr rasch fort: »Für die richtige Frau.«

Dann begann sie, für ihn in Frage kommende Bräute aufzuzählen – die Töchter von Freunden ihrer Eltern; sie schlug sogar Claudia vor, wenn, wie sie hinzufügte, er bereit wäre, auf sie zu warten, bis sie größer wäre.

»Männer sollten mit dem Heiraten warten«, sagte sie. »Sie sollten es nicht zu früh tun. Sie ... sie brauchen Zeit, um sich umzusehen und Erfahrungen zu sammeln.«

»Kerensa, was willst du damit ausdrücken?«

»Genau das, was ich sage.«

»Kerensa, ich *will* mich aber nicht umsehen und ... Erfahrungen sammeln.«

»Das ist sehr unnatürlich und ungewöhnlich.«

»Kerensa, du wirst bald sechzehn und ein Jahr später siebzehn. Das ist für ein Mädchen ein gutes Alter zum Heiraten. Ich habe dich schon immer heiraten wollen.«

»O Leigh, nein. Ich kann dich nicht heiraten. Das habe ich dir doch bereits gesagt.«

»Was soll denn dieser Unsinn mit dem anderen?«

»Es ist kein Unsinn.«

»Wer ist es?«

»Das verrate ich nicht. Ich kann es nicht.«

»Es gibt keinen. Sonst würde ich es wissen.«

Sie schwieg.

»O Kerensa«, fuhr er fort, »dein Vater sagt, er will uns seine Zustimmung nicht verweigern. Wir könnten uns jetzt verloben. Du liebst mich doch, oder?«

»Natürlich liebe ich dich. Genauso wie Dominick und Claudia und Martie und Dennis. Ich liebe dich mehr als die Babys. Die weinen zuviel. Ja, ich liebe dich sogar mehr als die anderen . . . Nick vielleicht ausgenommen. Aber es ist nicht die Art von Liebe, die man fürs Heiraten braucht.«

»Du bist noch zu jung, um das zu verstehen.«

»Ich bin nicht zu jung, und es ärgert mich, wenn man das behauptet.«

»Du wirst mich heiraten. Du mußt dich nur an den Gedanken gewöhnen.«

Sie sagte nichts; aber er hatte noch nie einen so eigensinnigen Blick an ihr gesehen.

Er war jetzt ernstlich beunruhigt, und seine Mutter bemerkte es.

»Leigh, mein Liebling, du machst dir doch keine Sorgen ums Studium?«

»Nein, Mama.«

»Du hast irgendwas auf dem Herzen.«

Er erzählte es ihr nicht sofort, aber sie fand den Grund heraus. Es war Kerensa. Sie wollte Leigh nicht heiraten, weil sie einen anderen liebte.

Lilith war wütend. Wie weit war diese lachhafte

Affäre denn schon gediehen zwischen einem Mädchen, das den Kinderschuhen noch nicht entwachsen war, und ihrem eigenen Liebhaber, diesem Lebemann?

Sie wußte nicht, welchen Weg sie einschlagen sollte. Sie wartete ab, brütete und beobachtete in der festen Überzeugung, daß sie rechtzeitig das Richtige tun würde.

»Du hast dem Arzt also erzählt, daß du Kerensa heiraten willst, und er hat zugestimmt, ja?«

Das war klug von ihm, dachte sie; wenn er nicht zugestimmt hätte ... Jetzt war sie wieder ganz die alte Lilith, die dem Bauern Polgard entgegengetreten war, die Leigh seinem Vater weggenommen hatte, die alles aufs Spiel gesetzt hatte mit dem Gespräch, das sie nach Bellas Tod mit Hesketh führte. Sie würde sich von diesem törichten kleinen Ding nicht den Liebhaber wegnehmen oder das Herz ihres geliebten Sohnes brechen lassen.

Lilith war nicht wirklich traurig, als sie hörte, daß Frith wieder eine seiner Vergnügungsreisen auf den Kontinent machen sollte. Er fuhr jedes Jahr nach Italien oder Südfrankreich und entging so dem schlimmsten Teil des Winters. Lilith hatte jedoch den Verdacht, daß ihn außer der Sonne noch etwas anderes dorthin zog. Sie malte sich irgendwo eine schöne Frau aus, mit leichtfertigem Lebenswandel, die ihn freudig willkommen hieß, wenn er ihr seine jährlichen Besuche abstattete. Er hatte gelacht, als sie ihn zur Rede gestellt hatte, doch er hatte es nicht abgestritten. Er hatte sehr klug darum herumgeredet, aber sie kannte ihn zu gut, um ihn nicht zu durchschauen.

Normalerweise schmollte sie ein bißchen, wenn er seine Reisevorbereitungen traf. Zwei oder drei Monate ohne ihn! Wie konnte er da Treue von ihr erwarten? Sie steigerte sich dann immer in eine Eifersucht auf die unbekannte Schöne hinein, und er zog sie damit auf. Er beschrieb die Frau, doch jedesmal kam eine andere dabei heraus.

In diesem Jahr war sie froh, daß er abreiste. Es bedeutete, daß er Kerensas Verehrung nicht allzu ernst nahm; er sah das amüsante Kind in ihr, mehr nicht.

Kerensa erfuhr durch ihre Mutter von seiner bevorstehenden Abreise. Sie war wütend, daß er es ihr nicht selbst gesagt hatte, und ging sofort zu ihm.

»Kerensa«, tadelte er sie, »weißt du denn nicht, daß du nicht ohne Begleitung zu mir kommen sollst? Einmal benimmst du dich wie eine gesittete junge Dame, dann wieder wie ein Kind.«

Sie ignorierte diese Bemerkung. »Warum fährst du weg?«

»Ich verreise immer um diese Jahreszeit. Im Februar und im März gefällt es mir in London nicht.«

»Mir würde es im Februar und im März sogar in Grönland gefallen, wenn du da wärst.«

»Das ist zwar sehr schmeichelhaft, meine Liebe, aber du bist noch nie in Grönland gewesen. Ich glaube, die Eskimos verlassen ihre Iglus in den Wintermonaten überhaupt nicht. Das würde dir wohl kaum gefallen.«

»Genau das würde mir gefallen. Wenn wir Eskimos wären, müßtest du auch im Iglu bleiben.«

»Aber wir sind keine Eskimos!«

»Warum hast du mir nicht gesagt, daß du verreist?«

»Habe ich das nicht?«

»Nein. Das weißt du ganz genau.«

»Tut mir leid, Kerensa, aber das ist nun mal so eine Angewohnheit von mir, und über seine Angewohnheiten spricht man nicht.«

»Angesichts der Tatsache, daß wir heiraten wollen, hast du mich meiner Meinung nach sehr schlecht behandelt, findest du nicht?«

»O Kerensa!« Er kam zu ihr, legte seine Hände auf ihre Schultern und küßte sie flüchtig. »Betrachtest du mich immer noch als deinen zukünftigen Ehemann?«

»Ich will nicht hoffen, daß du dein Versprechen zurückziehst.«

»Du wirst älter, weißt du.«

»Frith!«

»Kerensa, schau mich nicht so an. Ich möchte dich um keinen Preis verletzen. Lieber brenne ich mit dir durch. Noch morgen. Das weißt du.«

»Durchbrennen? O ja!«

»Jetzt laß uns mal ganz ernst sein, Kerensa.«

»Ich bin immer ernst. Du bist derjenige, der es nicht sein will.«

»Du hast eine zu romantische Vorstellung von mir, meine Liebe. Sieh mich doch mal so, wie ich wirklich bin. Sieh dir mein Gesicht an. Es schaut ganz schrecklich aus – die Spuren meiner ausschweifenden, verpfuschten Jugend sind tief darin eingegraben.«

»Du siehst sehr gut aus.«

»Du mußt wirklich blind sein.«

Sie stampfte mit dem Fuß auf.

»Ich glaube, du willst dein Versprechen nicht halten. Du hast gesagt, wir könnten heiraten, wenn ich sechzehn wäre, und jetzt, da ich fast sechzehn bin, tust du so, als wäre es nur ein Spiel.«

Ihre Stimme zitterte. Er legte seine Arme um sie und küßte sie. Erst zärtlich, dann leidenschaftlich.

»Das ist nicht wahr, Kerensa«, sagte er. »Hör zu. Ich fahre weg und komme erst wieder, wenn du sechzehn bist. Und wenn du mich dann immer noch willst . . .«

»Frith . . . schwörst du mir das?«

»Ich schwöre es.«

»Dann sind wir verlobt.«

»Eine Verlobung ist nicht nötig. Wenn du mich nach meiner Rückkehr heiraten willst, spreche ich mit deinen Eltern. Es kommt auf sie an, weißt du.«

»Es kommt nicht auf sie an. Wir könnten weglaufen.«

»Sie müßten ihre Zustimmung geben.«

»Du könntest von jedem eine Zustimmung haben, wenn du es wirklich wolltest.«

»Vielleicht haben sie andere Pläne mit dir.«

»Leigh!« gab sie zu. »Aber nur, weil sie nichts wissen.«

»Leigh ist doch sehr nett«, erwiderte Frith. »Hast du noch nicht darüber nachgedacht?«

»Doch, natürlich.«

»Und trotzdem ziehst du mich alten Mann dem hübschen Jungen vor!«

»Ich will nur dich, und du kannst mir nicht weismachen, daß du mich nicht liebst, wenn du mich so küßt wie eben. Es war ein wunderbarer Kuß. Niemand kann so küssen, wenn er nicht liebt.«

»Kann es nicht auch daran liegen, daß er eventuell einige Erfahrung im Küssen hat?«

»Nein. Nein, Frith! Wir wollen uns heimlich verloben!«

»Du wartest, bis ich zurückkomme. Bis dahin lege dich lieber nicht fest. Es ist immer besser, sich nicht festzulegen, Kerensa.«

Dann schickte er sie heim. Sie wünschte, sie wüßte nun, ob er sie wirklich liebte. Bei Frith konnte man nie sicher sein. Er meinte nie etwas so, wie er es sagte; er neckte und scherzte. Manchmal hielt man seinen Ernst für Scherz, und manchmal war es umgekehrt. Es war zum Verrücktwerden, aber vielleicht machte ja gerade das ihn so anziehend.

Als Frith abreiste, begleiteten ihn Amanda, Lilith, Kerensa und Dominick zum Bahnhof, um ihn zu verabschieden.

Sie verbrachten die Fahrt schweigend.

»Ich hasse es, Abschied zu nehmen«, meinte Amanda, »auch wenn es nur für eine Vergnügungsreise ist.«

»›Scheiden tut weh‹«, sagte Frith. »Das ist wirklich wahr! Scheiden tut tatsächlich weh, und es ist so lieb von euch, daß ihr euch die Mühe macht, mit zum Bahnhof zu kommen.«

Er schien Kerensa gegenüber reserviert. Sie hatte Lilith am Abend zuvor spät nach Hause kommen sehen; es war schon weit nach Mitternacht, und Kerensa hatte gewußt, daß sie aus Friths Haus kam. Kerensa hatte beobachtet, wie sie wegging, und am Fenster auf ihre Rückkehr gewartet. Klamm vor Kälte, war sie dann ins Bett geklettert.

Wie konnte Lilith es nur wagen, ihn so lange zum Aufbleiben zu zwingen ... mit, wie sie vermutete, pausenlosem Gerede, weil er am nächsten Tag wegfuhr.

Sie standen jetzt auf dem Bahnsteig. Kerensa hoffte voller Verzweiflung, daß der Zug aus irgendeinem Grund nicht fahren könnte. Sie sah Lilith an und wußte, daß sie in diesem Moment dasselbe wünschte.

Aber der Zug fuhr, und Frith hatte alle in der Runde geküßt. Als er Lilith küßte, sah Kerensa genau zu, und als er Kerensa küßte, sah Lilith genau zu.

Auf dem Rückweg sagte Dominick: »Alle sind so still. Alle sind ziemlich komisch.«

»Wir sind traurig, weil wir Frith lange nicht sehen werden«, sagte Amanda. »Aber es wird gar nicht so lange dauern. Die Zeit vergeht wie im Fluge.«

Nachdem Frith fort war, zögerte Lilith nicht lange. Sie hatte nicht mehr viel Zeit, darüber war sie sich völlig im klaren. Am dritten Abend nach seiner Abreise beschloß sie, mit Kerensa zu reden.

Kerensa hatte in Anbetracht ihres zunehmenden Alters seit einiger Zeit ein eigenes Zimmer. Auch darauf hatte sie bestanden, als sie verlangt hatte, daß man sie wie eine Erwachsene behandelte; sie hatte erklärt, nicht mit einem Haufen Babys in einem Zimmer schlafen zu können. Und wie immer hatte man Kerensas Wunsch stattgegeben.

Lilith ging nun zu diesem Zimmer, ihr dichtes lokkiges Haar fiel auf ihre Schultern herab; sie trug einen wunderschönen Morgenmantel aus rotem Samt, den Frith ihr geschenkt hatte. Mit einer Kerze in der Hand überprüfte sie noch einmal ihr Aussehen in einem Spiegel. Sie glaubte, sie sähe sehr schön und sehr böse aus; und genau so wollte sie wirken, denn alles hing jetzt davon ab, wie sie ihre Rolle spielte. Sie durfte nicht vergessen, daß Kerensa alles andere als sanft war; sie mußte an sich selbst mit sechzehn denken – kühn, unbarmherzig, stürmisch in der Liebe und im Haß. Bei Kerensa waren diese Eigenschaften gleichermaßen stark ausgeprägt, sie sollte sie also gut verstehen. Und sie würde auch daran denken, daß Kerensa nur ein Kind war. Sie klopfte an ihre Tür und öffnete sie. »Kerensa«, flüsterte sie. »Schläfst du?«

Kerensa fuhr in ihrem Bett hoch. Das Kaminfeuer tanzte im Zimmer umher. Lilith stand am Fußende des Bettes und hielt die Kerze in der Hand. Sie wirkte auf Kerensa wie eine Erscheinung, schön und böse, aufregend und beunruhigend.

»Hoffentlich habe ich dich nicht erschreckt, Kerensa. Ich wollte mit dir allein sprechen ... in einer sehr ernsthaften Angelegenheit ... und ich habe gedacht, daß jetzt die beste Zeit dazu wäre.«

»Nein, du hast mich nicht erschreckt. Was willst du mir sagen?«

Lilith stand immer noch am Fußende und hielt die Kerze so, daß sie in ihrem flackernden Schein wie ein junges Mädchen aussah, so jung wie Kerensa.

»Es ist wegen Leigh, Kerensa. Er ist unglücklich. Sein Herz ist gebrochen.«

»Das tut mir leid.«

»Er liebt dich und wünscht sich nichts mehr, als dich zu heiraten.«

»Das weiß ich, und ich habe ihn sehr gern, aber es ist so ein schwerer Schritt, jemanden zu heiraten. Man kann es nicht einfach tun, weil einer einen haben will. Man muß auch verliebt sein. Ich kann Leigh nicht heiraten.«

»Warum denn nicht? Weil du dir Hoffnungen machst, Frith zu heiraten?«

Kerensa lehnte sich in die Kissen zurück, und Lilith beugte sich vor. Ihre Augen sprühten, und Kerensa dachte, sie sieht aus, als würde sie mich am liebsten umbringen.

»Ja, ist es so? Ist es so?«

»Ja ...«, stammelte Kerensa.

»Hat Frith dir einen Antrag gemacht?«

Kerensa zögerte, und Lilith brach ganz plötzlich in Lachen aus.

»Was für eine Frage!« rief Lilith. »Natürlich nicht. Und wenn doch ... dann nur zum Spaß.«

»Es ... es ist kein Spaß.«

»Glaubst du, ich weiß nicht, was Frith fühlt?«

Kerensa begann zu zittern. Es war, als ob ihr die Erkenntnis plötzlich dämmerte, als ob Lilith ihr den Schlüssel hinhielt und sagte: »Du willst erwachsen sein. Du willst über uns Bescheid wissen. Schließe die Tür auf und tritt ein in die Erkenntnis.« Und an der Art, wie Lilith lächelte, erkannte Kerensa, daß ihr das, was zu sehen war, nicht gefallen würde; sie wußte, es wäre etwas Hassenswertes, Häßliches, was sie unglücklich machen würde.

»Weißt du, was eine Geliebte ist, Kerensa?«

»Ja ... eine wie Mama ... eine Frau, die man liebt.«

»Nicht ganz. Es ist eine Frau, die einen Liebhaber hat. Sie sind nicht miteinander verheiratet ... darum nennt man sie Geliebte. Ich bin Friths Geliebte.«

»Das ist nicht wahr! Nicht ... jetzt. Vielleicht war das ... früher einmal.«

»Nein, jetzt. Schon seit Jahren. Ich bin mit Leighs Vater verheiratet, und weil der noch am Leben ist, kann Frith mich nicht heiraten. Aber er wird es tun, wenn ich frei bin. Bis dahin leben wir zusammen ... nicht im selben Haus, aber ich glaube, du weißt schon, was ich meine. Ich bin wie eine Ehefrau ... die nur deshalb keine ist, weil sie nicht in der Kirche war.«

»Ich weiß, daß das nicht stimmt.«

»Hat Frith das gesagt?«

»Nein. Aber ich weiß es.«

»Du weißt es nicht, Kerensa. Du weißt sehr wenig. Du bist noch ein Kind. Du bist noch nicht erwachsen. Du glaubst es nur, weil du ein bißchen älter bist als Dominick und Claudia und die anderen ... aber du wirst erst noch erwachsen. Du weißt gar nichts vom Leben und wie die Menschen sind.«

»Ich weiß, wie Frith ist.«

»Hat er gesagt, daß er dich heiraten will? Wenn du ehrlich bist, mußt du zugeben, daß er es nicht getan hat. Er findet, daß du ein reizendes Kind bist, das ihm Gefühle entgegenbringt. Das hat er mir erzählt.«

»Frith hat *dir* von mir erzählt!«

»Ja, natürlich«, log Lilith. »Er erzählt mir fast alles. So wie dein Vater deiner Mutter alles erzählt. Das ist die Art von Beziehung, die wir miteinander haben. Es tut mir leid, dir das alles sagen zu müssen. Deiner Mutter wäre das gar nicht recht, sie will dich behütet wissen. Aber manchmal halte ich es für besser, wenn man die Wahrheit erfährt, auch wenn man noch so jung ist.«

»Meinst du damit ... daß Frith über mich gelacht hat?«

»Das klingt, als ob er gemein wäre. Er hat schon gelacht ... aber so wie du über etwas lachen würdest, was der kleine Dennis sagt.«

»Ich ... ich glaube es nicht.«

»Weil du es nicht glauben willst, meine Liebe. In der Nacht vor seiner Abreise war ich bei ihm. Du weißt doch, was ich meine, oder?«

»Ja ... ich denke schon.«

»Und du glaubst mir doch?«

»Nein!« sagte Kerensa, aber ihre Stimme wurde brüchig.

»Ich habe mich aus diesem Haus geschlichen und bin zu ihm gegangen. Das tu ich oft. Er hat mich reingelassen. gelassen. Und dann sind wir in sein Zimmer . . .«

»Aufhören! Aufhören! Geh weg! Ich will nichts mehr hören!«

Aber Lilith fuhr fort: »Ich bin erst weit nach Mitternacht zurückgekommen.« Kerensa wußte, daß dies die Wahrheit war, denn sie hatte sie ja beobachtet. Das war also die Erklärung. Bilder schossen ihr durch den Kopf; sie erinnerte sich daran, wie die beiden sich angeschaut und angelächelt hatten. »Du siehst also, Kerensa, daß du dich sehr dumm benommen hast. Aber es macht nichts. Frith hat gesagt, es war sehr reizend . . . wie du dich ihm an den Hals geworfen hast. Er findet es amüsant. Er mag dich wirklich sehr. Aber in deinem eigenen Interesse darfst du jetzt nicht dumm sein. Du darfst dir nicht einbilden, daß es für Frith etwas anderes als ein Scherz ist.«

»Ich weiß nicht, warum du hier hereingekommen bist . . . nur um mich so zu quälen. Geh weg!«

»Nicht um dich zu quälen, Kerensa. Um dich zur Vernunft zu bringen. Nein . . . es ist nicht einmal das. Es ist wegen Leigh. Mein Leigh ist unglücklich, und du bist schuld daran. Das kann ich nicht zulassen.«

»Er will, daß ich ihn heirate, aber das geht nicht.«

»Warum nicht? Ich finde, es wäre gut. Dein Vater meint dasselbe. Deine Mutter auch.«

»Das ist allein meine Angelegenheit . . . allein meine.«

»O nein, das stimmt nicht. Deine Eltern müssen dich führen, Eltern müssen entscheiden, wen die Kinder heiraten sollen.«

»Das würde ich nicht zulassen.«

»Nun schau mal. Sie sind immer lieb zu dir gewesen. Sie haben dir immer deinen eigenen Willen gelassen. Aber dies hier kannst du nicht selbst entscheiden, und sie wollen, daß du Leigh heiratest.«

»Woher weißt du das?«

»Weil Leigh mit deinem Vater gesprochen hat, und dein Vater hat gesagt, es ist sein Wille, daß du Leigh heiratest.«

»Ja, dann aber nur, weil er nicht weiß, daß . . .«

»Daß du ein bißchen mit Frith herumgealbert hast? Weißt du überhaupt, wieviel älter er ist?«

»Ja, aber das spielt keine Rolle.«

Lilith kam ans andere Bettende; sie stellte die Kerze auf den Tisch und sah Kerensa eindringlich an. Kerensa spürte, daß etwas Böses in der Luft lag; sie zog sich noch weiter in ihre Kissen zurück.

»O doch, das spielt eine Rolle«, fuhr Lilith fort. »Das würdest du in ein, zwei Jahren merken, auch wenn er dich heiraten würde. Aber ich sage dir, daß er mich heiraten wird. Wir haben noch am Abend vor seiner Abreise darüber gesprochen.«

»Das glaube ich nicht.«

Lilith lachte; sie beugte sich weiter vor, so daß ihr Gesicht ganz nahe an Kerensas herankam. »Du weißt gar nichts. Du weißt nichts über Männer und was sie wollen. Du denkst, es ist alles nur Scherzen und Herzen und Küssen. Du hast deine Mutter und deinen Vater zusammen gesehen, und du denkst, daß alle so sind. Sie sind gute Menschen . . . aber du weißt auch nicht *alles* über sie. Frith ist kein guter Mensch. Ich auch nicht. Wir sind anders. Frith braucht immer Abwechslung, verstehst du. Er muß sich amüsieren, darum reist er im Winter zu seiner italienischen Freundin und kommt dann wieder zu mir zurück. Und er findet es lustig, daß sich ein kleines Schulmädchen in ihn verliebt hat ... oder meint, es zu sein. Ich erzähl dir, wie ich Frith kennengelernt hab, ja? Ich war damals nicht viel älter als du jetzt ... aber er auch nicht. Ich meine die Nacht, als wir uns das erste Mal geliebt haben. Da war eine Hochzeit gewesen – die von meiner Schwester –, und die Hochzeitsgäste haben ihre Scherze im Schlafzimmer des Brautpaares getrieben, sie haben Ginsterbüsche ins Bett gelegt.«

Kerensa hielt sich die Ohren zu. »Ich will nichts von dir und Frith hören.«

»Hast du Angst davor?«

Kerensa drehte sich um und vergrub ihr Gesicht in den Kissen.

»Angst! Ja, Angst hast du!« rief Lilith.

Doch sie wußte, daß Kerensa keine Angst vor ihr hatte, sondern vor der Wahrheit. Sie wollte nicht von Lilith aufgeklärt werden; sie wollte nicht von ihr hören, was Frith getan hatte.

»Glaubst du mir jetzt, ja?« fragte Lilith. »Glaubst du jetzt, daß Frith und ich uns geliebt haben? Glaubst du, daß wir auch in der letzten Nacht ... nachdem er so zärtlich und liebevoll zu dir war ... glaubst du, daß wir in der Nacht ...«

Kerensa drehte sich um und funkelte Lilith böse an. »Aufhören, habe ich gesagt!« schrie sie.

Lilith war gern bereit, jetzt nicht weiter über Frith und sich zu reden, denn sie sah, daß sie den ersten Teil der Schlacht gewonnen hatte. Aber sie war noch nicht fertig.

»Du heiratest Leigh«, sagte sie.

»Nein!«

Lilith legte eine Hand auf Kerensas Nachthemd, über ihre erblühenden Brüste.

»Faß mich nicht an«, sagte Kerensa.

»Du bist kein kleines Kind mehr. Du bist fast sechzehn, und das ist alt genug zum Heiraten. Meine Großmutter war verheiratet – so was Ähnliches wie verheiratet –, lange bevor sie so alt war wie du ... und ich kann dir versichern, daß Frith und ich ...«

»Ich höre nicht zu.«

»Das solltest du aber. Mein Junge liebt dich. Wenn du ihn nicht heiratest, wird er sein ganzes Leben lang unglücklich sein.«

»Nein. Er wird eine andere lieben.«

»So wie du einen andern lieben wirst ... und nicht Frith?«

»Er wird eine andere lieben«, beharrte Kerensa.

»Er ist ein guter Junge; er ist der beste Junge auf der ganzen Welt. Er würde gut und freundlich zu dir sein. Oder glaubst du, er ist nicht gut genug für dich?«

»Nein. Natürlich nicht. Ich liebe Leigh, und wenn ...«

»Und wenn Frith nicht wäre ... hm? Ich erzähle dir was von Frith, und du brauchst nicht zu sagen, daß du nicht hinhörst, denn du wirst hinhören!«

Lilith fing an zu erzählen. Kerensa kam es vor, als kröchen ihr die Worte aus dem Mund wie Kröten und Schnecken im Märchen – entsetzliche Worte. Sie versuchte wegzuhören und war doch auf gewisse Weise fasziniert, was ihr unbegreiflich war. Sie konnte ihre Ohren nicht verschließen. Lilith sah böse aus; ihre Augen funkelten, ihr Mund lachte, und der Feuerschein tanzte auf ihrem Gesicht.

»Geh weg von mir«, rief Kerensa endlich.

»Würdest du Frith jetzt immer noch heiraten ... selbst wenn er dich heiraten wollte?«

»Ich will überhaupt keinen heiraten. Geh weg!«

»Mit Leigh wäre es etwas ganz anderes. Er ist gut ... wie dein Vater und deine Mutter. Menschen wie Frith und ich ... wir sind nicht gut. Nichts würde mich ändern, und nichts würde Frith ändern.«

»Ich will kein Wort mehr hören.«

»Morgen wirst du mit Leigh reden«, fuhr Lilith fort. »Du wirst mit ihm reden, lieb und nett.«

»Nein.«

»Doch.«

»Du kannst mich nicht zwingen.«

»Ich kann dich und jeden hier im Haus zu allem zwingen, was ich will.«

»Wie denn?«

»Das habe ich schon einmal gemacht ... und ich könnte es wieder tun. Kannst du ein Geheimnis für dich behalten?«

Kerensa nickte.

Lilith sprach rasch und leise. »Du weißt, daß dein Vater schon vor deiner Mutter eine Frau hatte. Er hat sie gehaßt. Sie war Trinkerin. Deine Mutter ist in dieses Haus gekommen, um sie zu pflegen. Ich hab alles mitbekommen, was passiert ist, denn ich war auch hier. Das Kinderzimmer war ihr Schlafzimmer. Du kennst doch den Schrank darin ... er war voller Getränke ... alkoholischer Getränke. Sie hat ihn immer verschlossen gehalten.«

Kerensa starrte sie nun mit weit aufgerissenen Augen an.

»Sie war krank ... und dein Vater und deine Mutter konnten nicht heiraten ... so wie Frith und ich jetzt nicht heiraten können. Aber Frith und ich sind anders. Wir lassen uns dadurch nicht davon abhalten, uns zu lieben. Aber manche tun das ... und dazu haben auch deine Eltern gehört.«

»Was ist passiert? ... Was ist im Kinderzimmer passiert?«

»Stell dir ein Schlafzimmer vor mit schweren Gardinen dinen vor den Fenstern. Stell dir eine arme, kranke, betrunkene Frau vor. Dein Vater war damals jünger ... jünger, als Frith jetzt ist ... sehr viel jünger. Deine Mutter war auch jung. Dein Vater hatte Mitleid mit seiner Frau, weil sie sehr krank war. Er gab ihr was zu trinken, so daß ...«

»So daß was?«

»So daß sie danach nicht mehr aufgewacht ist.«

»Du meinst, er hat sie umgebracht?«

»Pst!« Lilith legte einen Finger vor den Mund. »Sag so was nicht! Das stimmt nicht ganz. Er hat ihr ... hat ihr aus dem Leben geholfen. Das hat er getan.«

»Wenn Papa das getan hat, war es auch richtig.«

Liliths Gesicht war so nahe an Kerensas, daß jene nur noch ihre großen schwarzen Augen sah.

»Du liebst deine Mutter doch sehr, oder? Und irgendwie auch deinen Vater. Du willst zwar nicht, daß er dich streichelt ... dich küßt und liebkost ... wie du es von Frith magst.« Liliths Lachen brachte Kerensa soweit, daß sie sich aller Gefühle schämte, die sie je für Frith gehegt hatte. »Nein. Aber du liebst ihn trotzdem. Du würdest alles tun, um ihn da zu lassen, wo er ist, nehme ich an.«

»Wo Papa ist? Was meinst du damit?«

»In diesem schönen, komfortablen Haus, als angesehener Arzt und als euer Vater ... ein stiller Mensch, manchmal ein bißchen streng mit euch, wenn es nötig ist, nicht so unkompliziert wie deine Mutter, aber er ist schon in Ordnung ... genau so, wie er deiner Meinung nach sein sollte. Du würdest doch nicht wollen, daß es eine Menge Aufregung gibt und etwas über ihn in die Zeitung kommt, oder?«

»Ich weiß nicht, wovon du redest.«

»Doch, das weißt du. So dumm bist du nicht.«

»Du meinst, daß es Ärger gibt ... einen Skandal?«

»Ja. Und was für Ärger ... großen Ärger.«

»Aber ... es muß doch schon vor langer, langer Zeit gewesen sein.«

»Das macht nichts. Egal wie lange es her ist ... man kann es noch nachweisen.«

»Das glaube ich nicht.«

»Nein?«

»Ich glaube dir kein einziges Wort. Ich werde sie fragen.«

»Wen willst du fragen?«

»Meine Mutter.«

»Die weiß nichts davon. Es ist vor ihr geheimgehalten worden.«

»Dann frage ich meinen Vater.«

»Das würde ich an deiner Stelle nicht tun. Wie gesagt, das ist alles lange her. Er vergißt es allmählich. Es dauert seine Zeit, so was zu vergessen. Ein Mann wie dein Vater wird von einer solchen Sache verfolgt ... auch wenn er noch so sehr davon überzeugt ist, richtig gehandelt zu haben.« Lilith packte Kerensa plötzlich am Handgelenk. »Du magst Leigh doch, oder?«

Kerensa nickte.

»Tu, was dein Vater will. Tu, was ich will und auch Leigh ... und niemand braucht je zu erfahren, was vor vielen Jahren passiert ist.«

»Weiß es ... Leigh?«

»Nein. Nur drei kennen das Geheimnis. Dein Vater ... ich ... und du. Und wir wollen doch keinen Ärger, oder?«

»Du bereitest anderen Menschen gerne Ärger. Du bist böse!«

»Ja, das bin ich. Darum kriege ich auch, was ich will. Eine Zeitlang bin ich gut, und dann überfällt mich wieder meine Schlechtigkeit. So ist es immer gewesen. Denn nur auf diese Weise kann ich bekommen, was ich will – und wenn ich etwas will, dann setze ich alles dafür ein, um es zu erreichen.«

»Und du hast beschlossen, daß ich Leigh heiraten soll.«

»Ich will nicht zulassen, daß du meinem Jungen das Herz brichst.«

»Und mein Herz?«

»Dir wird's nicht schlechtgehen. Einen besseren Ehemann als meinen Leigh kannst du gar nicht bekommen. Alles Böse, was ich getan habe, war im Grunde gut. Ich habe schlecht gehandelt, um Gutes damit zu bewirken – nicht nur für mich, sondern auch für andere. So ist es wohl immer gewesen; und wenn ich dich jetzt davon abbringe, dich wegen Frith lächerlich zu machen, zähle ich auch das zu meinen wirklich guten Taten.«

»Ich lasse mich von dir zu nichts zwingen.«

»O doch, sonst . . .«

»So schlecht könntest du nicht sein. Nicht einmal du würdest so etwas fertigbringen, Lilith.«

»Doch, das würde ich. Ich will, daß mein Junge glücklich ist, egal, was ich dafür tun muß.«

Lilith streifte Kerensas Stirn mit ihren Lippen.

»Hab keine Sorge. Alles ist in Ordnung. Es ist sicher. Dein Vater ist bei uns sicher aufgehoben.«

»Und wenn . . .?« begann Kerensa von neuem.

»Sprich nicht darüber, meine Liebe. Ich möchte nicht daran denken, was passieren würde, wenn ich es tun müßte. Bring mich nicht dazu. Wenn ich mir etwas in den Kopf gesetzt habe, dann geschieht es auch so. Also ... zwing mich nicht. Aber das würdest du nicht tun. Natürlich nicht. Du wirst deinen Vater und deine Mutter und meinen Jungen und deine ganze Familie vor dem Unglück bewahren. Das wäre eine gute Tat. Und viel besser als meine ...«

»Erzähl mir nichts mehr.«

»Ich laß es ... wenn du sagst, daß du Leigh heiratest. Du wärst glücklich und sicher und geborgen bei meinem Leigh. Ich will euch beide verheiratet sehen ... und zwar bald. Ich will, daß du deinen Eltern sagst, daß ihr nächsten Monat heiratet.«

»Sie werden erklären, daß ich zu jung bin.«

»Unsinn! Wie viele Mädchen heiraten mit sechzehn? Die schimpfen dich eine alte Jungfer, wenn du mit neunzehn nicht verheiratet bist. Deine Eltern werden dir keine Steine in den Weg legen. Und falls doch, bleibst du einfach fest und stampfst mit deinem kleinen Fuß auf. Das kannst du doch so gut. Das hast du dein ganzes Leben lang getan. Gute Nacht, Kerensa.«

Lilith nahm ihre Kerze und ging zu Tür.

Kerensa starrte noch auf die Tür, nachdem sie sich schon längst hinter Lilith geschlossen hatte. Sie war verängstigt und bestürzt. Sie hatte zuviel in zu kurzer Zeit erfahren. Sie wollte nicht mehr leben, wollte kein Mädchen sein; sie haßte Lilith, und sie glaubte Frith mehr als alle anderen zu hassen.

Sie erinnerte sich an das, was er zu ihr gesagt hatte, sein Lachen, seine Scherze. Er hatte sich über sie lustig gemacht. Und die ganze Zeit war er Liliths Liebhaber gewesen ... Liliths abscheulicher, obszöner Liebhaber!

Sie haßte alle Erwachsenen, einschließlich Vater und Mutter. Ja, die haßte sie auch, denn Lilith hatte sie in den Dreck gezogen. Und sie hatten sich geliebt – sie mußten sich so geliebt haben wie Frith und Lilith; und ihr Vater hatte etwas noch Entsetzlicheres getan.

Aber er war ein guter Mensch. Sie konnte einfach nicht glauben, daß er etwas anderes war. Sogar Lilith hatte gesagt, daß er ein guter Mensch war.

Sie wollte der Welt der Erwachsenen entfliehen; sie wollte die Tür zur Erkenntnis wieder schließen und den Schlüssel für immer wegwerfen.

Sie verspürte den Wunsch, mit jemandem zu reden. Mit Dominick? Er war zu jung. Wie konnte sie mit ihm reden? Sie liebte ihn, und er war sauber und anständig, nicht böse wie diese Erwachsenen; aber er würde es nicht verstehen. Da war natürlich noch Leigh. Aber Leigh gehörte auch nicht zu denen. Leigh war gut, und sie liebte ihn ebenfalls.

Sie würde ihm so gerne alles erzählen und sich von ihm trösten lassen, aber das durfte sie nicht. Es war ein schreckliches Geheimnis. Sie glaubte alles, was Lilith gesagt hatte, denn sie hatte immer geahnt, daß in dem Zimmer etwas Furchtbares vorgefallen war.

Doch selbst wenn Leigh nicht wußte, warum er sie trösten sollte, er würde es tun, und wenn sie Leigh heiratete, würde sie ihren Vater und ihre Mutter und ihre ganze Familie retten ... und sich selbst.

Leigh war der einzige Mensch, der älter war als sie selbst und an den sie trotzdem ohne Unbehagen denken konnte. Vor Leigh hatte sie keine Angst. Er war immer so freundlich gewesen, er würde ihr jetzt helfen, wie er ihr schon so viele Male geholfen hatte. Lilith hatte gesagt, daß ihr nichts anderes übrigbliebe, als Leigh zu heiraten, und Lilith hatte recht. Sie bedeckte ihr Gesicht mit den Händen, und sie traute sich nicht, sie wieder wegzunehmen aus Angst, Lilith könnte in ihr Zimmer zurückgekehrt sein . . . Lilith, das Symbol alles Bösen.

Große Vorbereitungen wurden im Hause getroffen.

»Sie ist natürlich noch sehr jung«, sagte Amanda zu Hesketh, aber sie sagte es freudig. Sie wollte diese Verbindung. »Es ist ja nicht so, als ob sie einen Fremden heiratet; und wenn Kerensa sich etwas vorgenommen hat, kann man sie nicht davon abhalten.«

»Kerensa ist reif für ihr Alter«, sagte Hesketh. »Aber sie wird ja schließlich in ein paar Wochen sechzehn. Ich finde es schön, wenn Menschen jung heiraten, vorausgesetzt, sie sind sich ihrer Gefühle sicher. Die beiden haben sich ihr ganzes Leben lang gekannt, und ich wüßte nicht, wen ich sie lieber heiraten sähe als Leigh.«

»Wie still sie ist. Fast feierlich!«

»Heiraten ist doch auch eine feierliche Angelegenheit, meine Liebe.«

»Aber bei Kerensa erwartet man doch nicht, daß sie so denkt. Sie ist wie ausgewechselt . . . so in sich gekehrt.«

Leigh und Kerensa waren jeden Tag zusammen. Sie gingen im Park spazieren und sprachen über die Zukunft. Zunächst wollten sie auch nach der Hochzeit weiter so zu Hause wohnen, als ob sie nicht verheiratet wären. Wenn Leigh seine Ausbildung abgeschlossen hätte, würde Kerensas Vater ihn zu seinem Partner machen.

»Papa freut sich so, daß ich dich heirate. Man könnte fast annehmen, es wäre seine Hochzeit.«

Leigh lachte. Er lachte über alles, was sie sagte.

Er war ein Schatz, sie hatte ihn immer sehr geliebt; aber jetzt liebte sie ihn noch mehr, weil er für sie ein gewisses Maß an Geborgenheit darstellte.

Sie sagte: »Leigh, vielleicht werde ich am Anfang ein bißchen Angst haben ... vor einigen Sachen.«

Er antwortete: »Mach dir keine Sorgen. Ich vielleicht auch.«

Wir sind jung, dachte sie. Wir sind eigentlich noch nicht erwachsen. Wir sind nicht verdorben. Wir sind nur Kerensa und Leigh ... die beiden, die zusammen im Kinderzimmer gespielt haben.

»Du hast immer behauptet, daß es einen anderen gäbe«, sagte er. »War das nur Spaß?«

»Das war vermutlich dumm von mir. Du weißt, wer es war.«

»Na ... Frith natürlich.«

Sie nickte, und er lachte herzlich, als ob es ein guter Scherz wäre. Für alle war es ein Scherz, nur für sie selbst nicht.

»Der ist ein richtiger Don Juan.«

Sie versuchte zu lachen. Sie wußten alle über Frith Bescheid. Nur sie hatte nichts geahnt. Sie war dumm gewesen.

»Schade, daß er nicht dasein wird«, sagte Leigh. »Zur Hochzeit, meine ich. Er wäre bestimmt gern dabeigewesen.«

Sie ging an den Rand des Teiches und starrte ins Wasser. War es schade? Wenn er hier wäre, würde sie Leigh niemals heiraten können, denn ganz egal, was Frith war und wie sehr er auch über sie lachte, sie würde ihn immer lieben. Manchmal glaubte sie, es wäre ihr alles gleichgültig ... wie entsetzlich es auch immer war ... wenn sie nur mit Frith zusammensein könnte.

»Weißt du noch, wie wir immer unsere Füße naß gemacht haben?« fragte sie.

Er lachte. Er war so glücklich. Und sie brachte ein falsches herzliches Lachen zustande, um die Tränen Tränen in ihren Augen zu erklären.

Amanda sagte: »Hier ist noch ein Brief für Kerensa. Es sieht nach Friths Handschrift aus.«

Lilith griff sofort danach.

»Er ist für Kerensa«, sagte Amanda.

Lilith war es ganz schwindlig geworden. Jetzt durfte nichts mehr schiefgehen. In drei Tagen sollte die Hochzeit stattfinden. Drei Tage – und ihr Leigh wäre ein wirklicher Sohn des Hauses.

Was stand in dem Brief? Lilith verwünschte sich, weil sie nicht lesen gelernt hatte. Sie könnte den Brief über Dampf öffnen, aber was nützte ihr das schon.

Er mußte schnell in ihren Besitz gelangen.

»Gib ihn mir. Ich bringe ihn zu ihr.«

Amanda gab ihn ihr widerspruchslos. Dumme Amanda, die änderte sich wohl nie mehr.

Sie verstand immer noch nicht, daß Lilith wütend sein mußte über diesen Anblick: ein Brief von ihrem Liebhaber an eine andere Frau. Amanda aber sah Kerensa nicht als eine andere Frau. Sie war blind ... blind ... blinder als Dominick.

Lilith stopfte den Brief in die Tasche ihres Kleides. Sie mußte sichergehen, daß Amanda ihn Kerensa gegenüber nicht erwähnte.

»Was sie wohl zu diesem Brief sagen wird? Hast du schon gemerkt, daß sie gar nicht von Frith spricht?«

»Ja«, sagte Amanda. »Sie erwähnt ihn mit keinem Wort. Auch ihrem Vater ist das schon aufgefallen. Noch vor kurzem hat sie nicht den Mund aufgemacht, ohne daß sein Name gefallen wäre.«

»Du kannst dir vielleicht denken, was sie fühlt. Sie sind so sensibel in diesem Alter. Wahrscheinlich denkt sie jetzt, daß sie sich ein bißchen albern mit ihm benommen hat. Ach, für uns ist das ein Scherz . . . aber in Kerensas Alter nimmt man sich eben sehr ernst. Frith ist ein wunder Punkt bei unserer kleinen Braut. Ich glaube, ich lege den Brief in ihr Zimmer und erwähne Frith gar nicht.«

»Ja, da hast du wohl recht«, sagte Amanda lachend.

Die Braut, die an Hesketh's Arm zum Altar schritt, war blaß und wunderschön.

Amanda sah es mit Tränen in den Augen und glaubte noch nie in ihrem Leben so glücklich gewesen zu sein. Ihr Mann und ihre Älteste! Hesketh wurde schon grau an den Schläfen, aber wie gut, wie eindrucksvoll er in ihren Augen aussah! Gern gab er ihre Tochter an Leigh; sie wußte, daß er Leigh liebte und die Hochzeit zwischen dem Jungen und seiner ältesten Tochter immer sein Wunsch gewesen war.

Und da war endlich Kerensa, ungewöhnlich still, in ihrem weißen Satinkleid und dem schönen fließenden Spitzenschleier.

Lilith beobachtete alles voller Spannung und Triumph. Das war der Höhepunkt ihres Traums.

Leigh steckte Kerensa den Ring an den Finger. Und nichts konnte diese Heirat mehr aufhalten.

Leigh, ihr Sohn, war Amandas Schwiegersohn. Sie waren jetzt miteinander verbunden . . . enger als je zuvor.

Sie warf einen Blick auf die Braut und den Bräutigam, auf den kleinen Dennis und Martie, die so hübsch aussahen, und auf Claudia, die sich als Ehrenjungfrau sehr wichtig vorkam.

Dann sah sie zu Amanda, und Amanda lächelte sie an, als ob sie Liliths Gedanken lesen konnte.

Auf der Rückfahrt von der Kirche sagte Lilith zu Amanda: »Da wird aber jemand sehr staunen, wenn er dies alles hört.«

»Ja«, stimmte Amanda ihr zu. »Ich wünschte, Frith hätte zu Kerensas Hochzeit kommen können.«

»Er weiß es doch gar nicht«, erwiderte Lilith. »Denk mal nach: Sie waren noch nicht verlobt, als er weggefahren ist. Es ist alles so schnell gegangen.«

»Das sieht Kerensa ähnlich«, sagte Amanda mit einem liebevollen Seufzer. »Sie kann es nicht abwarten, wenn sie sich etwas in den Kopf gesetzt hat. Aber sie hat ja vor ein paar Tagen einen Brief von ihm bekommen, sie weiß vermutlich, wo er ist. Ob sie es ihm vielleicht geschrieben hat? Bestimmt! Ich mochte sie nicht danach fragen. Du weißt, warum, wir haben ja darüber gesprochen.«

»Für ihn ist es sicher ein Schock«, meinte Lilith.

»O ja. Er wäre bestimmt zu gern dabeigewesen.«

»Das kommt davon, wenn man sich in der Gegend rumtreibt«, sagte Lilith grimmig.

Kerensa zog sich um. Sie wollte in wenigen Stunden mit Leigh die Hochzeitsreise antreten.

Lilith kam herein.

Sie hielt einen Brief in ihrer Hand.

Kerensa sagte nichts bei ihrem Erscheinen; sie knöpfte sich die Bluse zu.

»Hier ist etwas für dich«, sagte Lilith. »Er ist vor ein paar Tagen angekommen, aber ich habe ihn bei all der Aufregung vergessen.«

Kerensa nahm den Brief. »Frith . . .!« stieß sie hervor.

Mit zitternden Fingern öffnete sie den Umschlag. Lilith beobachtete sie dabei, doch Kerensa schien ihre Gegenwart bereits vergessen zu haben.

»Liebste Kerensa«, hatte Frith geschrieben. »Meine heiß- und inniggeliebte Kerensa! Denkst Du genausosehr wie ich daran, daß Du in kurzer Zeit das wichtige Alter von sechzehn Jahren erreichst? Ich habe auf diesen Tag gewartet. Jetzt, da er so nahe heranrückt, will ich Dir sagen, wie sehr ich Dich liebe, mehr als ich jemals in meinem ganzen Leben geliebt habe. Tatsächlich weiß ich jetzt, daß ich noch nie eine andere geliebt habe. Ich habe nach außen hin den Eindruck erweckt, als ob ich über Deine Entschlossenheit, mich zu lieben, lache. Aber ich war zutiefst gerührt. Ich mußte das tun, Liebling, weil Du so jung warst und ich wirklich nicht glauben konnte, daß mir etwas so Wunderbares widerfährt. Du warst schon immer ein merkwürdiges kleines Ding, ein entzückendes Ding, so anders als all die andern. Ich versuchte mir einzureden, daß Du nur ein Kind bist, ein Kind, das ich besonders liebe ... wie eine Tochter. Ich habe nie eine Tochter gehabt und versuchte mich damit zu täuschen, daß sich alle Männer in meinem Alter nach einer Tochter sehnen. Es schien eine neue, kompensierende Beziehung, wenn die anderen abebbten. Aber das stimmte natürlich nicht. Ich liebe Dich auf hunderterlei Art. Ich habe das schon lange gewußt, und darum bin ich auch abgereist, denn Du solltest alleine herausfinden können, ob Du mich wirklich heiraten willst. Dein Glück ist mir wichtiger als alles andere. Es ist merkwürdig, Kerensa, aber mir gehen jetzt so oft Gedanken durch den Kopf, die ich früher für kitschig und abgedroschen gehalten habe. Vielleicht ist es kitschig und abgedroschen, verliebt zu sein ...

und vielleicht sind die schönsten Dinge im Leben so ... das ist ein tröstlicher Gedanke, wenn man es recht betrachtet.

Ich liebe Dich, Kerensa. Ich möchte, daß Du mir sofort schreibst und mir sagst, daß Du mich auch liebst und daß Du mich immer noch heiraten willst. Aber weil ich Dich so sehr liebe, möchte ich nicht, daß Du mich als eine Art guten Onkel aus dem Märchen betrachtest, sondern als einen Mann, der sehr viel älter ist als Du, der auch kein besonders guter Mensch ist, aber sich Deinetwegen bessern will. Schreibst Du mir an diese Adresse und sagst mir, daß Du auf mich wartest? Dann komme ich sofort zurück und werde mit Deinem Vater und Deiner Mutter sprechen. Ich glaube, daß ich sie bald davon überzeugen kann, daß wir heiraten sollten. Habe keine Angst, mein Liebling. Vergiß nicht, daß ich Dich liebe.

Frith«

Kerensa las den Brief und las ihn noch einmal, während Lilith neben ihr stand.

»Was schreibt er?« fragte Lilith.

Kerensa wandte sich zu ihr um.

»Du hast mich belogen«, sagte sie kalt und bedächtig. »Er liebt mich. Es war kein Scherz. Er sagt, daß es keiner war. Ich weiß, daß er mich liebt. Was hast du mir angetan ...?«

Lilith riß ihr den Brief aus der Hand und starrte entsetzt und voller Wut auf die Buchstaben. »Was schreibt er? Was schreibt er?«

»Er schreibt, daß er mich liebt, daß ich keine Angst haben soll. Was hast du getan! Du bist schlecht ... verdorben!«

»Sei still. Leigh könnte hereinkommen.« Lilith

kam ganz nah an sie heran und packte ihren Arm. Sie war so furchterregend und böse wie in jener denkwürdigen Nacht. »Sei ruhig, sag ich. Vergiß nicht unser Geheimnis.«

Kerensa stand ganz still da, ihre Kehle war trocken vor Erregung. Nach alldem konnte sie einfach nicht glauben, daß sie mit Leigh verheiratet war. Sie spürte jetzt, daß sie von dem Bann befreit war, den Lilith über sie verhängt hatte. Sie hatte immer gewußt, daß Frith sie liebte, daß er die Zukunft akzeptierte, die sie für sie beide geplant hatte; seine Zärtlichkeit hatte es ihr verraten. Und dennoch vermochte es Lilith, sie vom Gegenteil zu überzeugen. Aber dieser Brief brachte ihr Frith wieder klar in Erinnerung. Er war ein Mann, der die ganze Welt bereist und Dinge getan hatte, die andere Leute für schlecht halten konnten, weil sie ihn nicht kannten. Doch sie wußte, daß er nie etwas Schlechtes getan hatte, daß er es gar nicht konnte. Der wahre Frith war mit dem Brief zurückgekehrt; und der, den Lilith in jener alptraumartigen Szene entworfen hatte, als sie mit ihrer Kerze und dem roten Morgenmantel in ihr Zimmer gekommen war, existierte nicht mehr. Es gab nichts Schlechtes an Frith, nichts Schreckliches; mit ihm wäre das Leben ein Freudentaumel gewesen, wenn sie erst einmal alles Nötige gelernt hätte; und er hätte ihr alles beigebracht, da sie zum Lernen bereit war. Sie ging wütend auf Lilith los:

»Du hast gewußt, was in dem Brief steht, und hast ihn zurückgehalten. Du hast ihn tagelang unterschlagen. Wenn ich ihn bekommen hätte, wäre alles anders verlaufen . . .«

»Was schreibt er? Was schreibt er?«

»Er schreibt, daß er mich heiraten will. Es war kein Scherz für ihn. Er sagt, daß er mich liebt.«

»Er ist ein Narr!« schrie Lilith. »Er ist zu alt. Er sucht bloß etwas Neues . . . eine neue Erfahrung. Er will will deine Jugend, weil er seine eigene verloren hat. Das ist alles nur gespielt. Du mußt mir danken, daß ich dich von einer unglücklichen Ehe abgehalten habe . . . eine Heirat, die völlig falsch gewesen wäre.«

»Es wäre die beste Ehe der Welt geworden«, schrie Kerensa aufgebracht. »Und du hast sie verhindert!«

»Du kennst ihn nicht. Er ist charmant . . . aber seine Gefühle gehen nicht tief wie deine . . . wie Leighs . . . wie meine . . . wie die deines Vaters oder deiner Mutter . . .«

»Hör auf, so mit mir zu reden. Ich will dich nie mehr wiedersehen. Ich werde dich immer hassen. Ich werde immer daran denken, wie verdorben du bist . . . wie grausam . . . wie schlecht . . .«

»Du hast meinen Sohn geheiratet. Du mußt ihn glücklich machen.«

Kerensa sah kummervoll an Lilith vorbei. »Es ist nicht seine Schuld, daß du seine Mutter bist. Armer Leigh!«

Lilith lächelte. Das Mädchen kannte seine eigenen Gefühle nicht. Sie war emotional und unerfahren. Sie verstand sich selbst nicht, und Frith hatte sie vorübergehend bezaubert. Leigh war der Richtige für sie, und Leigh war nun ihr Ehemann. Sie würde ihr in ein paar Jahren dankbar sein.

Lilith versuchte jetzt, sie zu trösten. Sie war rücksichtslos gewesen; Kerensa tat ihr leid. Sie wollte die Menschen nicht verletzen, die ihr im Weg waren; sie tat es nur zum Besten der Menschen, die sie liebte.

»In wenigen Jahren ist Frith vierzig«, begann sie von neuem. »Stell dir das mal vor! Und du bist dann noch nicht einmal zwanzig. Du wirst gerade erst auf der Schwelle des Lebens stehen, wie man so sagt, und er wird alt sein ... alt ... Das wäre nicht gut. Der Unterschied ist zu groß. Wart nur ab, du wirst schon sehen. Und Leigh liebt dich. Das hat er sein ganzes Leben lang getan. Du bist seine erste und seine letzte Liebe. Bei Frith warst du nicht die erste und wärst auch nicht die letzte gewesen. Du hast Glück, sag ich dir ... auch wenn es jetzt nicht so aussieht. Kerensa, kleine Kerensa, ich will dir nicht weh tun.«

»Ach nein?« sagte Kerensa. »Aber ich will dir weh tun. Ich hasse dich. Ich werde dir das nie verzeihen. Du hast gelogen ... Du hast ihn in einem falschen Licht erscheinen lassen. Er ist gar nicht so ... und ich wußte es bis jetzt nicht. Du hast es gewagt, dich in mein Leben einzumischen ... Du hast es gewagt, mich mit dem Mann deiner Wahl zu verheiraten, hast mich nicht selbst entscheiden lassen.«

»Du wirst mir noch dafür danken, meine kleine Königin. Oh, nun schau mich nicht so böse an. Du bist Leighs Frau, und er liebt dich. Du bist Amandas Tochter, und ich liebe Amanda. Wir sind uns alle ganz nah. Wir müssen uns gegenseitig beistehen. Und du und ich ... wir werden Leigh dabei helfen, ein großer Mann zu werden ... wir beide zusammen. Wir werden ihn so lieben, wie er es verdient. Wir sind jetzt zu dritt ... du ... ich ... und Leigh.«

Kerensa starrte Lilith an, ihre blauen Augen waren hart und glitzerten wie Saphire.

»Ja«, sagte sie. »Ich werde Leigh helfen. Er ist jetzt mein Mann. Aber für dich ... für dich wird es keinen Platz bei uns geben. Du kannst weder lesen noch schreiben. Du kannst ihm nicht helfen ... in unserem Heim wird nie ein Platz für dich sein ... und auch nicht bei unseren Kindern.«

Lilith bekam es mit der Angst zu tun. Das war doch albern. Was konnte ihr so ein Kind schon tun! Kerensa wäre einige Zeit wütend, dann würde sich ihr Zorn wieder legen.

»Von jetzt an«, sagte Kerensa ruhig, »bin ich die wichtigste Person in Leighs Leben. Das hast du so arrangiert. Du hast es für Leigh getan. Also gut. Egal wie sehr es uns verletzt, wir müssen immer an Leigh denken. Alles muß für ihn getan werden ... und für Leighs Kinder.«

»Natürlich ... natürlich ...«

»Ich glaube kaum, daß es gut für sie wäre, ihre Großmutter zu kennen ... eine ordinäre Frau, die weder lesen noch schreiben kann ... die ihrem Mann davongelaufen und die Geliebte eines anderen Mannes ist.«

Das Lachen, das Kerensas Worte begleitete, erschreckte Lilith. Kerensa hatte sich zu ihrem Ankleidetisch umgedreht. »Geh jetzt!« sagte sie. »Ich muß mich fertigmachen.«

»Ja«, sagte Lilith. »Es wird schon alles gut, Liebling.«

Leigh stand an der Tür. »Kann ich reinkommen?«

»Ja«, sagte Kerensa.

Er trat ein und sah zu seiner Mutter. Da ging Kerensa zu ihm und schlang ihre Arme um seinen Hals. Es war eine beeindruckende Geste. Leigh freute sich darüber; für Lilith aber bedeutete sie: Geh weg. Du bist verbannt. Für dich gibt es keinen Platz bei uns, und es wird nie einen geben.

Amanda beugte sich über ihre Stickerei und runzelte ein wenig die Stirn; sie war nie sehr geschickt darin gewesen und würde es nie sein.

»Ob es den Kindern wohl in Italien gefällt?« fragte sie.

Lilith schwieg.

»Ich habe in letzter Zeit viel über alles nachgedacht«, sagte Amanda. »Das liegt wohl an der Hochzeit. Es sind diese Ereignisse ... diese wichtigen Ereignisse ... die einen darüber nachdenken lassen, wie alles gekommen ist.«

»Amanda, ich bin ein bißchen beunruhigt. Kerensa ... sie war ziemlich böse auf mich, bevor sie abgereist sind.«

»Auf dich? Warum?«

»Wegen dieses Briefes. Du weißt doch, er war von Frith. Ich habe ihn in meine Tasche gesteckt und vergessen.«

»Na ja, es gab ja soviel zu tun.«

»Du weißt, wie komisch Kerensa in bezug auf Frith war. Sie hatte eine tiefe Zuneigung zu ihm gefaßt.«

»Ja, ich weiß – so eine kindliche Zuneigung, wie sie öfter vorkommt. Aber bei Kerensa war sie natürlich stärker und heftiger als bei jedem anderen Kind.«

»Amanda ... Kinder sind so seltsam. Ich glaube, sie denkt, daß Frith sie geheiratet hätte und daß ich den Brief zurückgehalten habe, um das zu verhindern.«

»Was für ein Unsinn!«

Süße dumme Amanda! dachte Lilith. Noch genauso naiv wie früher.

»Ja, aber ich glaube trotzdem, daß Leigh für sie im Augenblick nur die zweite Wahl ist.«

»Das kann nicht sein. Sie war ganz wild auf die Hochzeit.«

»Junge Mädchen sind oft wild auf Hochzeiten. Für sie bedeutet es die ganze Aufregung und die Aufmerksamkeit, das Kleid und die Zeremonie.«

»Aber Kerensa und Leigh haben sich doch so gern. Mach dir keine Gedanken um den Brief. Den hätte jeder von uns vergessen können.«

»Wenn ich überlege, was ich alles getan habe, bekomme ich Angst«, sagte Lilith nachdenklich. »Aber es war fast immer für andere. Amanda, wenn sie zurückkehren, wirst du mir helfen, ja? Du wirst nicht zulassen, daß sie mich ... ausschließen?«

»Dich ausschließen? Wie meinst du das?«

Lilith stand auf, rückte einen Hocker zu Amanda, setzte sich und lehnte sich an sie.

»Manchmal glaube ich, du bist die klügere von uns beiden«, sagte sie. »Du hast ein Heim, einen Mann, eine Familie. Du hast deinen festen Platz. Daran wird sich nichts ändern. Was hast du dir gewünscht? Nur Zuneigung ... und ich glaube, du wolltest auch das Richtige tun. Ich kam mir selbst wichtig vor. Ich wollte Macht. Es ist wie in der Bibelgeschichte. Du hast auf einen Felsen gebaut. Und ich auf Sand.«

»Lilith, was ist denn mit dir passiert?«

»Sand bewegt sich, Amanda, und was man darauf baut, ist nicht sicher. Ich wünschte, ich hätte das alles gewußt. Ich wünschte, ich hätte mehr gelernt. Dann wäre vielleicht alles anders gekommen.«

Amanda legte ihr Stickzeug nieder und drückte Lilith an sich.

»Amanda ... jetzt bin ich diejenige, die Angst hat.«

»Du ... und Angst! Du hast noch nie Angst gehabt, Lilith. Ich habe darüber nachgedacht, was uns beiden alles zugestoßen ist . . . seit wir uns zum ersten Mal gesehen haben. Wir hatten denselben Großvater. Das hast du mir erzählt, und du hast immer gesagt, es wäre ungerecht, daß ich in dem großen Haus und du in der Kate geboren bist. Dann hat Frith – den du geliebt hast – das alles noch unterstrichen . . . diesen Unterschied, den du als so unfair empfunden hast. Aber Lilith, du hast für Leigh erreicht, was du für dich selbst nicht erreichen konntest. Darauf kannst du mit Sicherheit stolz sein. Ich habe Leute reden hören, und ich habe Leute handeln sehen. Du gehörst nicht zu denen, die in der Grube knien und weinen; du kletterst hinaus.«

»Ach, Amanda, wer hat denn jemals gesagt, daß du gar nichts weißt? Ich etwa? Dann habe ich mich getäuscht. Du bist die klügere. Du hast recht mit dem, was du über die sagst, die auf den Knien liegen und weinen, und du hast recht, was mich betrifft. Egal was mich zurückhält, ich werde mich freistrampeln; ich werde rausklettern.«

Sie lachte, und ihr Lachen war eine Herausforderung an Kerensa, an Frith und an die Zukunft.

Band 12068

Phyllis A. Whitney

DER EBENHOLZ-SCHWAN

Roman einer Frau, die ein schreckliches Geheimnis löst

Erst nach dem Tod des Vaters wagt Susan Prentice ihrer Vergangenheit auf den Grund zu gehen. Wer war ihre Mutter, die vor Jahren auf mysteriöse Weise ums Leben kam? Wer ist ihre Großmutter, die zu besuchen ihr der Vater streng verboten hatte. Und wie verlief ihre eigene Kindheit?
Susan fährt ins Haus der Großmutter, und es entgeht ihr nicht, daß ihr Erscheinen bei einigen Erschrecken hervorruft. Doch erst als sie den Ebenholzschwan findet, den ihr Großvater einst für ihre Mutter schnitzte, hält sie den Schlüssel zu einer furchtbaren Familientragödie in Händen...

BASTEI
LÜBBE

Band 12169

Catherine Gaskin

Das grünäugige Mädchen

Die Liebe zu ein und demselben Mann entzweit die Wahlschwestern Emmy Brown und Rose Maguire. Zwar wird Emmy schließlich Adams Frau, doch der Kampf gegen die schöne und verführerische Rivalin geht weiter. Die Handlung ist eingebettet in die turbulente Epoche der australischen Kolonisation um die Mitte des vorigen Jahrhunderts. Es ist die Welt der Goldcamps und Schafzüchter, rasch aufstrebender Städte und vagabundierender Banditenhorden, die ihren Anteil vom neuen Reichtum fordern.